나인폭스 갬빗

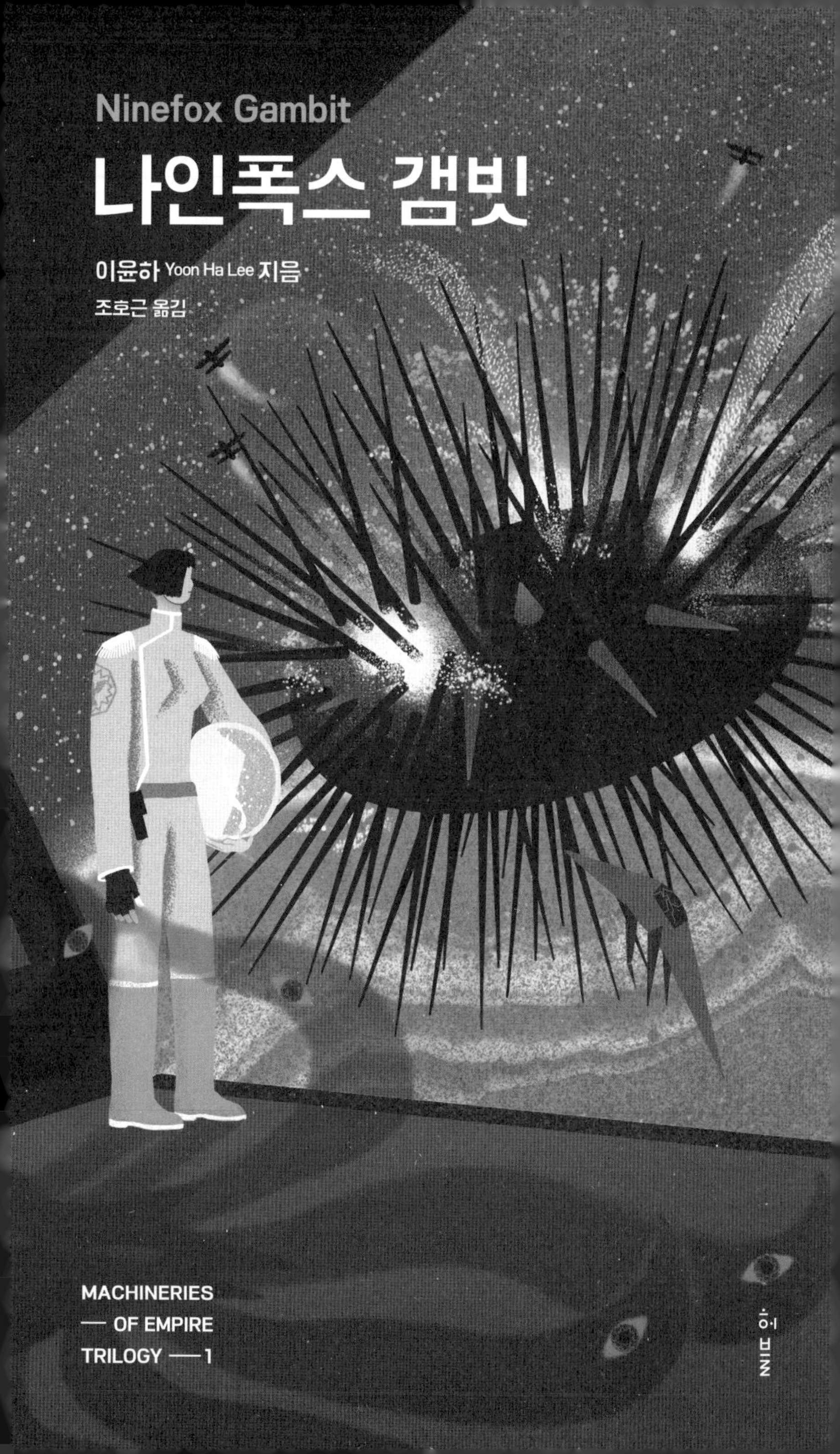
Ninefox Gambit
나인폭스 갬빗
이윤하 Yoon Ha Lee 지음
조호근 옮김
MACHINERIES
— OF EMPIRE
TRILOGY — 1

이 책에 쏟아진 찬사들

"나는 이윤하의 작품을 사랑한다! 『나인폭스 갬빗』은 만족스럽게 묘사된 전투 신과 치밀하게 구성된 정쟁으로 가득하며, 이윤하가 아름답게 직조한 SF세계는 인간적인 동시에 지극히 이질적이다. 이윤하의 훌륭한 단편에 이미 친숙한 독자에겐 선물이나 다름없을 것이고, 이윤하의 작품을 처음 읽는 독자라면 두 배의 즐거움을 맛볼 수 있을 것이다."

— 앤 레키(휴고상, 네뷸러상, 로커스상, 아서 C. 클라크상, 영국 SF협회상 수상 작가)

"『나인폭스 갬빗』은 아름답고 무자비하며, 최고의 SF에서만 찾아볼 수 있는 독창성으로 가득한 작품이다. 이윤하의 데뷔 무대는 더할 나위 없이 패셔너블했으며, 그녀는 너무도 수월하게 독보적인 작가로 자리매김했다."

— 알레스테어 레이놀즈(영국 SF협회상 수상 작가)

"『스타쉽 트루퍼스』가 『지옥의 묵시록』을 만나고, 커츠 대령이 지휘봉을 잡았다! 이윤하의 밀리터리 스페이스 오페라는 읽는 사람으로 하여금 좀처럼 정신 못 차리게 만든다. 또한 소설 속에 깃든 개념이나 기이함의 밀도는 하누 라야니에미, 심지어 코드웨이너 스미스마저 떠오르게 만든다. 이윤하의 데뷔작은 결코 놓쳐선 안 될 대사건이다."

— 스티븐 백스터(영국 SF협회상, 존 W. 캠벨상, 필립 K. 딕상 수상 작가)

"밀리터리 스페이스 오페라와 순수한 운문이 뒤얽혀 있는 『나인폭스 갬빗』을 읽다 보면 순간 아찔해진다. 이윤하가 구축한 독창적인 세계에 존재하는 모든 단어, 이름, 개념에는 순수한 경이로움이 깃들어 있다."

— 하누 라야니에미(로커스상 수상 작가)

"뛰어난 신예 작가의 매력 넘치는 스페이스 오페라."

"이윤하는 지난 16년 동안 SF계의 그림자 제독으로, 모든 승리의 배후에 있는 냉철한 전략가로 군림했다. 그리고 마침내 대규모 작전에 직접 나서기 시작했다. 종이접기처럼 우아하고, 여우처럼 교활한, 그러면서도 단호하고 흉포하게 참신한 이 소설은 책을 읽는 독자들의 뇌수를 광선총처럼 태워버릴 것이다. 수학적으로 기발하며, 이단적으로 훌륭한 작품이다."

"『나인폭스 갬빗』은 무한한 독창성으로 가득한 세계를 탐험하는, 아주 활력 넘치는 작품이다. 역법이 전쟁 병기로 사용되고, 전사한 병사들이 살아남은 이들을 돕는다. 대담하게 이야기를 진행시키며, 창의력을 발휘하는 데 있어 일말의 두려움도 없다. 거기에 적절한 수준의 잔혹함까지. 이윤하의 이번 작품은 모든 수상 후보 목록에 올라 마땅한 소설이다."

"눈을 뗄 수 없는 대담하고 독창적인 작품이다. 코드웨이너 스미스가 워해머 소설을 썼다면 이런 작품이 나왔을 것이다."

안녕하세요, 한국 독자 여러분!

어린 시절 스페이스 오페라와 사랑에 빠진 이래로, 저는 늘 저만의 SF세계를 창조하고 싶었습니다. 그리고 시간이 흘러, 『나인폭스 갬빗』이라는 SF세계를 구축하게 되었죠. 대규모 우주전에서부터 거대한 우주 전함, 그리고 위대한 영웅과 악당들까지! 저는 늘 이런 것들에 열광했습니다. 처음 부모님과 함께 영화 〈스타워즈〉를 보던 게 기억나는군요. 다스베이더가 루크의 팔을 자르는 장면을 보면서 얼마나 무서웠던지! 뭐, 그러고는 부모님한테서 소설판 『스타워즈』를 선물받자마자 부리나케 읽어댔지만요.

그때를 기점으로, 스페이스 오페라와 밀리터리 SF를 탐독하기 시작했습니다. 마거릿 와이스의 〈수호자의 별Star of the Guardians〉시리즈부터 더글러스 힐의 〈최후의 군단Last Legionary〉시리즈, 나아가 데이비드 웨버의

〈아너 해링턴^{Honor Harrington}〉시리즈를 걸쳐 애니메이션 〈은하영웅전설〉까지 두루 섭렵해왔죠. SF와 함께했던 시간은 무척 즐거웠습니다. 그러나 한 가지 마음에 걸리는 게 있었어요. 제가 읽었던 SF 대부분이 서양 문화만을 그려낸다는 점이었죠. 물론 주인공이 백인이 아닌 경우도 있긴 했습니다. 예컨대, 『스타워즈』의 '란도 칼리시안'이나 마거릿 와이스가 만들어낸 '멘다하린 투스카'는 흑인이고, 데이비드 웨버의 '아너 해링턴'은 아시아계 후손이며, 〈은하영웅전설〉의 '양 웬리'는 아시아인이긴 했죠.

제가 어릴 적에 읽었던 영미권 SF에선 항상 저와 생김새나 문화적 배경이 다른 인물들이 활약했습니다. 또한 하나같이 서구가 세계의 중심이라는 전제가 깔려 있었고, 그보다 좀 더 오래된 소설에선 소비에트 연방이 양념처럼 곁들여지는 정도가 전부였죠. 저는 괴리감을 느낄 수밖에 없었습니다. 나아가 이전의 것들과 다른 SF세계를 만들고 싶단 욕망이 생겨났죠.

『나인폭스 갬빗』은 한국의 미래상을 비추는 거울이 결코 아닙니다. 한국적 이미지를 토대로 설계된 SF 건축물로 보시면 좋을 듯해요. 제 소설에선 한국적 이미지가 장면을 그려내는 사소한 디테일로도, 세계관을 구축하는 중요한 구성요소로도 고루고루 쓰입니다. 켈 병사들이 '양념한 양배추 절임'(김치죠!)에 환장한다는 설정도 마찬가지예요. 이제까지 수많은 밀리터리 SF가 항상 스테이크와 감자만 입에 달고 살아왔잖아요? 저는 그게 무척 질리더라고요. 이제 딴것 좀 먹을 때가 됐다 싶었죠. 또한, 한국 민담에 등장하는 '구미호' 이미지를 차용해 세력이나 인물을 묘사하기도 했습니다. 이 경우엔 영미권 독자들도 딱히 괴리감을 느끼지 않았을 거라 생각해요. 서양에서도 '여우'를 책략가로 여기니까요.

제가 만든 SF세계에선 어떤 역법(曆法)을 믿느냐에 따라 마법을 쓰는 것처럼 물리법칙을 바꿀 수 있습니다. 이러한 '역법 전쟁'에 대한 발상엔 제 어릴 적 경험이 큰 영향을 끼쳤습니다. 저는 텍사스주 휴스턴에서 태어났지만, 어릴 적엔 한국에서 9년 넘게 살았습니다. 부모님이 미국과 한국을 오가며 생활하셨기 때문이었죠. 대부분의 시간을 서울외국인학교를 다니면서 보냈습니다. 기독교 미션스쿨이었는데, 석가탄신일 같은 국경일은 그대로 지키는 신기한 곳이었습니다. 음력 설날에 할머니 댁에 가서 떡국을 먹었던 게 기억나네요. 추석날에 온 가족이 모여 할머니 댁 대추나무에서 대추를 따 먹던 기억도 여전히 생생하고요.

그렇게 한국에서 보낸 유년 시절 덕분에, 여러 문화권에서 날짜를 다른 방식으로 계산한다는 걸 일찍부터 체득할 수 있었습니다. 그 후 한참 시간이 흘러, 마샤 애셔의 『타민족의 수학Mathematics Elsewhere』을 읽게 됐고, 그때부터 본격적으로 비(非)서구권 사회에서 사용하는 수학과 역법에 대해 공부하기 시작했습니다. 여기서 흥미로운 사실은, 나중에 알고 보니 애셔는 제 대학교 시절 친구의 형제의 대모였더군요! 어쨌든, 유대인이었던 애셔는 서구의 그레고리력이 유대의 전통 역법과 어떻게 다른지 잘 알고 있었고, 그 부분이 특히 제 상상력을 자극시켰습니다.

처음엔 그저 유혈이 낭자한 활극을 쓸 생각이었습니다. 비디오 게임, 특히 게임즈 워크숍Games Workshop의 〈워해머 40K〉와 같은 미니어처

게임에 한창 빠져 있던 시기였거든요. 그러나 쓰면 쓸수록 저의 내밀한 부분이 묻어 나오기 시작했습니다. 『나인폭스 갬빗』에선 반대 세력을 강제로 복종시키는 우주 제국인 '육두정부'가 등장하는데, 이는 제국주의와 이민족 탄압에 대한 제 생각을 소설 안에 풀어 넣은 것이죠. 그리고 주인공 체리스. 체리스는 자신을 둘러싼 거대한 세계인 육두정부에 녹아들고 싶어 하는 인물입니다. 그러나 동시에, 육두정부가 억압하는 어머니 쪽 민족 '므웬'을 자신의 일부처럼 여기는 인물이기도 하죠. 이처럼, 상충되는 두 마음 사이에서 고뇌하는 인물이 바로 체리스입니다. 저 또한 어린 시절부터, 이와 비슷한 혼란을 수도 없이 겪었습니다. 한국에도 미국에도 속하지 못하는, 양쪽 세계에 발 하나씩을 걸치고 있는 한국계 미국인으로 살아야만 했으니까요.

그렇기에 제 책이 모국어인 한국어로 번역되어, 한국 독자분들과 만날 수 있게 돼 더할 나위 없이 기쁘고 영광스럽습니다. 제가 이 책을 쓰면서 느꼈던 즐거움을 여러분도 만끽하실 수 있었으면 좋겠습니다.

역법 전쟁의 동료
이윤하

01

체리스가 켈 사관학교 생도였을 당시, 한 교관이 '경계면 탈곡기'라는 병기에 대해 설명해준 적이 있었다. 교관에 따르면 탈곡기는 최후의 수단으로만 사용해야 하며, 그 이유가 단순히 무기에 얽힌 끔찍한 악명 때문만은 아니라고 했다. 교관은 탈곡기가 사용되는 걸 실제로 본 적이 있다고 했다. 그날 목격담을 들으며 그녀의 뇌리에 각인된 것은 포위된 도시 주민들이 온몸의 구멍으로 빛을 쏟아내며 타죽는 광경도, 이처럼 끔찍한 이능력을 이끌어내는 수식도, 하물며 당시 탈곡기에 의해 손상당했다는 시쳇빛이 일렁이던 교관의 왼쪽 눈도 아니었다.

그녀가 결코 잊을 수 없었던 건 마지막에 교관이 중얼거리던 혼잣말이었다. 그건 폭연에 그을린 벽과 유리처럼 멀건 자갈 위에 널브러진 시체들, 빛을 쏟아내느라 눈알이 터져나가고 사지가 뒤틀린 시체들로 가득한 전장을 떠나, 그 시체들과 다를 바 없는 몸으로 부대에 복귀하던 그때가 자기 인생 최고의 순간이었다는 혼잣말이었다.

그로부터 5년 5개월 16일 후 뱀장어 이단의 전초기지 행성 드레지에서 109-229대대 왜가리 중대를 이끌고 있던 켈 체리스는 박살 난 전차와 포연이 피어오르는 구덩이 사이에서 그날 교관이 했던 말은 완벽한 개소리였다는 걸 뒤늦게 깨닫고 있었다. 살점이 증발해 뼈만 남은 시체 더미에선 그 어떠한 위안도 찾아낼 수 없다. 이곳에 남겨진 것이라곤 무자비하게 잘려나간 숫자들뿐이다.

원정대 사령부에서 보내온 정보에는, 뱀장어 이단의 군대가 '편향 폭풍 생성기'를 보유했다고 했다. 폭풍은 전장의 역법 벡터를 뒤섞어 놓는다. 그 영향이 국지적이긴 하나, 역법 영역의 병렬행이 서로 10만 단위로 떨어진 도로의 양쪽 끝에 자리 잡게 되면 골치 아파진다. 혹여 행성 표면으로 이동하며 역법을 유지하던 역법 벡터가 지하로 들어가는 날엔 걷잡을 수 없게 된다. 그렇다고 무작정 폭풍에 접근할 수도 없는 노릇이었다. 폭풍의 영향권 안에 발을 디디는 순간, 역법의 구성 요소 자체가 완전히 분해될 테니까. 이러한 상황에서 체리스를 비롯한 전 중대장들이 하달받은 명령은 이랬다. 연대 본부가 '기후 흡수기'로 폭풍을 제어할 테니, 켈 보병대는 그대로 진격하여 적의 폭풍 생성기를 확보할 것.

그 명령을 받은 것이 18시간 전이다. 왜가리 중대의 누구도 작전이 실패했다고 해서 놀라지 않았다. 그들을 놀라게 한 것은 다름 아닌 눈앞에 펼쳐진 끔찍한 피의 참상이었다.

남서쪽 숲에서 엄폐 중이던 체리스의 왜가리 중대가 숲을 벗어난 건 겨우 83분 전의 일이었다. 왜가리 중대는 본대와 함께 117고지로 바로 진격하지 않고, 동쪽으로 우회해 구불구불하게 이어지는 따분한 산길을 오르는 중이었다. 뱀장어 이단의 전위대가 숲에서 더 가까운 계곡을 확보하기 위해 산길 진격로를 방치할 거라는 첩보가 들어왔기 때문이다. 그 연유로 본대 병력보다 뒤처져 있던 체리스의 중대는 선행한 부대가 겪은 참상을 뒤늦게 목격했다.

대대 병사들의 잔해를 앞에 두고서 체리스는 심장이 멎는 듯했다. 흠집 하나 없는 군화 옆엔 어느 병사의 발이 피부가 뒤집혀 붉은 살가죽이 그대로 드러나 있었다. 또한 한 병사의 부서진 갈빗대 안쪽은 금색과 검은색 조각들, 갈기갈기 찢긴 켈 군복으로 촘촘히 메워져 있었다. 입을 떡 벌린 채 위아래가 뒤틀린 두개골은 옆으로 돌아간 눈구멍으로 밖을 내다보았고, 힘줄 가닥이 삭아버린 이 사이를 훑고 지나며 꼼꼼히 매듭을 지었다. 병사들의 몸뚱이에서 쥐어 짜낸 온갖 종류의 붉은색 물감을 한데 모아 써 내려진 신성 모독의 금서가 한쪽 지평선에서부터 반대쪽 지평선까지 전장을 가득 메우며 펼쳐져 있었다.

체리스의 중대가 살아남은 건 순전히 운이 좋아서였다. 전장 그리드 시스템에 오류가 생겨 진격이 늦춰진 덕분에 폭풍을 직격으로 맞는 건 피할 수 있었다. 체리스는 폭풍 공격에서 살아남은 대대나 중대 병력이 얼마나 되는지 몰랐다. 연대 본부와는 교신이 끊어졌다. 통신 실패야 항상 일어나는 일이니 새삼 놀라울 것도 없었으나, 하달받은 진격 명령을 그대로 이행할지 말지가 문제였다. 어쨌건 따르는 수밖에. 이단 병력에 가까이 붙을 수만 있다면 지금으로선 진격이 최선의 방책이 될 수도 있으니까. 뱀장어 이단도 자신들의 주력부대가 휘말릴 수도 있는 상태에선 폭풍을 함부로 발생시키진 못할 테지.

통신을 알리는 열선 펄스가 왼팔을 따끔하게 쏘아댔다. 참새형 서비터 3번이 보낸 뱀장어 대대의 좌표에 따르면, 2시간 후 조우 예정이었다. 연락을 보내던 중 갑자기, 참새형 3번의 통신이 고통에 울부짖는 소리와 함께 끊어졌다. 발각된 것이다. 뱀장어 이단이 바보가 아니고서야 우리 켈의 서비터라는 걸 모를 리 없었다. 만약 저들이 서비터를 파괴하기 전에 일부러 정보를 흘렸다면 함정일 수도 있었다. 켈음악을 좋아하던 참새형 3번을 애도할 시간은 없었다. 상황 파악이 먼저였다.

"다른 서비터의 보고는 없나?" 체리스는 입속말 교신으로 통신반 기술장교인 디넹 소위에게 질문했다.

잠시 침묵이 흐른 후, 디넹이 대답했다. "없습니다, 중대장님. 현재 참새형 8번이 전방의 폭풍을 탐사 중입니다."

앞에서 주기적으로 깜빡이는 투명한 오버레이 화면에 뜬 보고 내용을 훑어보던 체리스는 얼굴을 찌푸렸다. 상황 판단에 혼란만 가져올 뿐 아무짝에도 쓸모없는 내용이었지만, 이 또한 익숙했다. 그녀는 눈으로 기존 지도와 새 정찰 결과를 비교하면서, 한쪽 귀로 교신망에서 쏟아지는 소리의 물결을 들었다. 지지직거리며 수차례 되풀이되는 특정 단어가 있었다. *뱀장어, 잠, 폭풍, 프랙털 계수, 기후 흡수기들이 좀 서두를 수 없는지.* 이런 세상에, 켈 이노에는 또 자기 성생활에 대해 떠벌리고 있나?

체리스는 지금 당장에라도 바위 그늘에 구멍을 파고 들어가서 일주일 정도 푹 자고 일어나고 싶었다. 일주일은 육두정부에서 통제하지 않는, 흔치 않은 시간 단위 중 하나였다. 그녀의 고향인 '까마귀 향연의 도시'에서는 일주일을 8일로 쳤다. 그녀는 지칠 때면 10일로 치는 군대의 일주일을 고향처럼 8일이라고 의도적으로 착각하곤 했다. 그녀 어머니의 민족에서 은밀하게 이어오는 전통에 의하면, 오늘은 썩은 시체를 먹어치우는 짐승의 중요성을 기리는 '썩은 시체의 날'일 것이다. 그녀로선 도통 이해할 수 없는 전통이었다.

"중대장님. 119고지의 모습이 심상치 않습니다." 켈 베라브 중위가 그녀를 몽상에서 끌어냈다. 119고지는 117고지의 남서쪽에 있었다. 그녀는 화면에 영상을 띄우고는 그 기묘한 모습에 얼굴을 찌푸렸다. "아무래도 일종의 시설을 건설한 모양이고, 저 안에 분명 탐지기도 있을 겁니다. 우리를 전부 처리할 수 있으리라는 확신이 서면, 즉시 포격을 시작할 겁니다. 계속 동쪽으로 이동하는 편이 좋을 것 같습니다."

"이단 병력을 언제까지고 피할 수는 없을 텐데. 일단 포탄이 떨어지기 시작하면, 우리 수비 진형이 잘 버텨주기를 기대하는 수밖에." 그녀는 중대를 향해 명령을 내렸다. "'고승의 부채' 진형으로." 더 긴 이름도 있지만, 전장에선 긴 이름을 부르고 있을 시간이 없었다.

고승의 부채는 비교적 단순한 진형 중 하나로, 그 이름에서 유추할 수 있듯이 쐐기 형태를 가진다. 따로 체리스가 할 건 없었고, 그녀를 최전방의 중심축으로 삼아 중대원들이 알아서 자리를 잡을 것이다.

진형 전투야말로 켈의 전문 분야다. 진형기하학과 켈의 엄격한 규율을 조합하면, '열선의 창'에서 '역장 방패'에 이르는 다양한 이능력 효과를 발휘할 수 있다. 그러나 다른 이능력과 마찬가지로, 진형의 이능력 또한 해당 부대가 육두정부의 표준 역법체계를 얼마나 충실히 따르느냐에 따라 위력이 달라진다. 표준 역법체계는 단순히 시간을 기록하는 방법 따위가 아니다. 축제를, 이단자 고문 의식을 동반한 추도 행사를, 육두정부의 불안정한 사회질서 전체를 망라하는 것이 바로 표준 역법체계다.

온 세상이 푸른빛을 띠기 시작하고 검은색이 흐릿해지는 모습에서, 체리스는 진형의 이능력 효과가 발휘되기 시작했음을 확인했다. 고승의 부채 진형은 폭풍과 같은 기후 공격에 대한 저항력을 크게 향상시켜준다. 보통은 기후 흡수기로 제어하는 편이 더 낫지만, 체리스는 연대 본부로부터 도움을 받을 수 있을 거란 기대를 완전히 버렸다. 애석하게도 고승의 부채 진형 효과만으로는 직격하는 폭풍 공격까진 막아낼 수 없을 것이다. 그녀는 한시라도 빨리 폭풍 생성기까지 거리를 좁힐 수 있기만을 빌었다.

현재 상황만 모면한다면, 다른 진형도 사용할 수 있을 것이다. 켈 보병대의 기록 보관소에는 수천 가지의 진형이 기록되어 있지만, 기초 진형 목록에 적시된 진형은 100여 가지에 지나지 않는다. 게다가 진형을 바꿀 때는 충분한 변조 시간이 필요하며, 익숙하지 않은 진형으로 바꾸려면 그 시간이 길어진다. 그리드 시스템을 통해 진형 정보를 부하들에게 전송할 수 있지만, 제대로 된 진형 훈련에 비할 바는 아니었다.

북쪽으로 진로를 바꾸어 행군한 뒤로, 체리스는 다소 진정이 되었다. 이곳 드레지 행성의 잎이 두툼한 다육식물은 키가 너무 작아 엄폐물로 쓰기엔 무리였고, 그저 군홧발에 짓밟히기만 했다. 짓이겨진 식물이 뿜어내는 코를 찌르는 냄새가 공기 중으로 섞여들며 역겨울 정도로 달큼한 냄새로 변해갔다. 지역 탐사 보고서에 독극물로 분류돼 있지는 않았다. 이 식물이 뱀장어 이단한테 어떤 의미인지 체리스로선 알 도리가 없었다. 아마도 이곳 드레지 행성을 떠날 때까지도 알 수 없을 것이다. 어디까지나 떠날 수 있을 때의 얘기지만.

베라브는 열선 펄스로 적 병력을 발견했다는 신호를 보냈다. 교신망에선 휘하 병사에게 소리치는 분대장의 목소리가 들렸다. 배속된 지 얼마 안 된, 일을 망치는 데 일가견이 있는 신병 하나가 소총을 떨어트린 모양이었다.

커다란 고지 하나를 통째로 점거한 뱀장어 군대의 전장 방어시설은 마치 모래의 바다를 마주한 거친 바위 해변처럼 보였다. 느긋하게 시설 주변을 순찰하던 이단의 경비대가 체리스 부대를 발견했는지 다급하게 움직이기 시작했다. 이단 병력이 요새의 안전성만 믿고서 긴장이 풀려 있을 것이라는 체리스의 예측은 맞아떨어졌다.

뱀장어 이단의 깃발, 녹색 불길과 뒤틀린 형태의 불길한 그림자로 이뤄진 문양이 시선을 끌었다. 뱀장어 이단자들은 스스로를 '번영의 공동체'라 칭했지만, 육두정부는 그 이름으로 부르지 않았다. 이름을 빼앗긴 민족은 저항할 힘을 잃는다. 체리스는 그 잔혹한 교훈을 떠올리지 않기 위해 애썼다.

체리스는 소리쳤다. "켈의 군기를 펼쳐라. 전진 사격 개시. 움직이는 것은 전부 사살한다."

중대 기수가 발생기를 점화하자 금빛 화염이 하늘 높이 타올랐다. 화염의 한가운데에선 켈의 잿불매, 영예를 위해서라면 온몸을 불사르는 그 검은 새가 날개를 펄럭였고, 마치 화염의 심장이 뛰는 것처럼 보였다. 그 아래엔 부대 사령관을 상징하는 '문장(紋章)'인 가시나무 사슬이 걸려 있었다. 체리스는 켈의 성미에 맞는 실용적인 문장 그림에 웃음을 지으면서도—현란하게 타오르는 잿불매와 화염이라니, 이얼마나 당연한 조합인가—가슴속 깊은 곳에서부터 저릿해져 오는 것을 느꼈다.

베라브 소대의 신병 몇 명이 이단의 경비대를 향해 다짜고짜, 당연히 제대로 조준도 하지 않고, 사격을 시작했다. 그들의 선임 분대장이 다른 문제에 신경이 쏠린 탓에 효율적으로 전투하라는 명령을 내리지 못했으나, 베라브가 이미 문제에 대처하고 있었다. 어쨌든 아예 쏘지 않는 것보다는 어디에라도 쏘는 편이 낫긴 하다.

신병들의 사격 실력은 끔찍했고, 폭풍은 뱀장어군의 방어시설을 완벽하게 피해 일어나고 있었다. 일렁이는 그림자들이 세상을 가득 메웠다. 흙냄새가 코를 쏘았는데, 소금 알갱이가 섞여 짭짤하면서도 달큼한 맛이 났다. 문득 그녀는 이 달큼한 냄새가 다육식물이 꽃을 피우면서 내뿜는 것이라는 걸 깨달았다.

폭풍 공격을 안전하게 피하려면 적군의 진지를 뚫고 들어가야만 한다. 체리스는 혹시라도 뱀장어 이단이 켈 보병대에게 폭풍의 최대 위력을 맛보여주기 위해 아군 병력을 희생하지는 않을지 걱정했다.

"소대장, 병력들은 제대로 통제되고 있나?" 체리스는 베라브에게 물었다.

진형 전투에서는 병사들 각각의 정신상태가 큰 영향을 끼치며, 통제를 벗어나는 병사가 하나라도 생기면 진형의 이능력 효과 또한 감퇴한다. 진형 전투는 육두정부 사회에서 교리가 가지는 중요성을 간접적으로 보여준다고 할 수 있었다. 모든 켈은 사관학교에서 진형 본능을 주입받기 때문에, 진형 전투에 필요한 응집성을 가지고 있다. 그러나 실전에선 실력 차이가 드러나기 마련이다.

"충분할 겁니다, 중대장님." 베라브는 매 단어를 딱딱 끊으며 대답했다.

"확실하게 살피도록." 체리스가 말했다.

오버레이 화면에 적의 공격에 굳건히 버티는 소대들의 모습이 나타났다. 적군의 총탄은 진형의 이능력이 만들어낸 방어막에 튕겨 터무니없는 방향으로 날아갔다. 비가 거세게 쏟아붓고 있었지만, 빗방울조차 체리스와 그녀의 병사들을 건드리지 못했다.

불길하게도, 어느새 빗발은 흩날리는 눈발로 변하고, 눈송이는 그대로 얼음 결정체로 변했다. 체리스는 참새형 14번을 보내 결정체 하나를 수집해 오게 했다. 은빛으로 반짝이는 결정체는 빛을 산란시켜 무지개를 만들어내고 있었다. 청색과 보라색으로만 만들어진 우울한 빛살을 과연 무지개라 볼 수 있는지 모르겠지만. 그녀는 켈 보병대의 제식용 장갑을 끼고 있었지만 결정체를 만지기가 꺼려졌다. 그녀가 이미 부식이 시작된 참새형 3번을 향해 애도를 표하자, 참새형 14번은 체념한 듯 지저귀는 소리를 냈다.

원래라면 추가적인 진형 변형 없이 고승의 부채만으로도 폭풍을 비껴냈어야 했다. 체리스는 얼굴을 찌푸렸다. 사관학교에서의 5년 동안, 없는 시간을 쪼개가며 틈틈이 진형 역학의 수학적 이론을 연구했다. 그런 피나는 노력 끝에, 그녀는 사용하는 모든 진형의 약점을 완벽히 파악할 수 있게 됐다.

지금 같은 사태가 벌어진 건 외려 체리스의 진형 분석이 표준 역법 체계의 합일 역학을 아주 충실히 따랐기 때문이었다. 편향 폭풍 생성기의 효과를 비추어봤을 때, 표준 역법체계에서 크게 벗어나는 이단의 역법과 거기서 비롯된 이단의 역학을 사용한다는 게 명백해 보였다. 그렇다면 켈의 진형 효과가 제대로 발휘되지 않는 것도 당연했다. 진형 효과의 근간이 되는 표준 역법이 폭풍 생성기에 사용되는 이단 역학의 방해를 상당 부분 받고 있을 테니까. 그녀는 이러한 사태를 예측하지 못한 자신에게 화가 날 지경이었다. 이단의 군대도 대체로 표준 역법과 호환 가능한 기술을 사용하긴 하나, 언제라도 이단 역법에 근거한 기술을 사용할 수 있다는 걸 염두에 두었어야 했다.

영관급 이상의 장교들이 이단 역법 병기의 존재를 몰랐을 리가 없었다. 물론 체리스 같은 위관급 장교에게까지 이단 역법과 같은 기밀 정보를 공개할 순 없었겠지만, 그래도 알고 있었더라면 다른 켈 중대들이 지금처럼 아무 의미 없이 곤죽이 되거나, 비참하게 죽지는 않았을 것이다.

체리스와 마찬가지로 다른 중대장들도 연대 본부가 지원해주기로 한 기후 흡수기와 중대의 전투 진형이 만들어내는, 발견 이래로 문명 전체가 의존하게 된 이능력 효과의 힘에 전적으로 의존했다. 체리스는 극도로 혐오하는 게 별로 없었지만, 의미 없는 낭비는 분명 그중 하나였다.

두 역법 간의 편차는 측정 가능했지만, 지금 체리스가 가진 측정 도구는 오직 그녀의 중대원들이 보여주는 반응뿐이다. 그녀는 숨을 들이쉬며 교신망 잡음에 귀를 기울였다. 폭풍과 죽음과 하늘의 색깔과 물집. 접촉, 접촉, 접촉과 빌어먹을 결정체. 스쳤을 *뿐이야, 안 돼, 츠리프가 쓰러졌어.* 아마도 발음하기 힘든 이름이라고 항상 놀림받던 츠리페라파일 것이다.

총탄과 뱀장어화염이 폭풍의 일부처럼 체리스의 중대 쪽으로 쏟아졌다. 진형의 방어막에 튕겨나간 불길의 덩굴손이 옆을 스치고 지나가자 체리스는 저도 모르게 움찔했다.

이 명령을 내리면 다들 불만을 토로하겠지만, 일단 병사들의 생존이 무엇보다 중요했다. "진형 강제 변환." 체리스는 교신망을 통해 명령했다. 숨결이 허공에서 은백색으로 빛났다. 추위를 거의 느낄 수 없는데도. 나쁜 징조였다. "2분대에서 6분대까지, 진형을 변경한다." 그녀가 한 손으로 써 내려가는 수식을 동작 감지기가 모두에게 전송했다.

우선 가벼운 테스트부터. 그 테스트 결과를 기반으로 다시 추가 테스트를 실시하고, 그렇게 표준 역법과 이단 역학 사이의 편차를 확인한 뒤 그 편차 속에서 허점이 되는 요소를 판별한다. 이단 역학을 계산하는 것만으로도 이단으로 몰릴 가능성이 있었지만, 사용 가능한 모든 자원을 이용해 처리하라는 명령을 받은 이상, 그 명령에 충실히 따라줄 생각이었다.

진형이 휘청거렸다. 체리스가 서 있는 자리에서는 진형의 전체적인 모습이 보이지 않았지만, 화면 속 진형 아이콘이 밝게 빛나며 진형의 총합성이 무너져 내리고 있다는 경고를 보냈다. 순간 신경에 거슬리는 내면의 목소리가 들려왔다. 퇴각하거나 진형을 바꾸라는 명령을 내리라고, 뭐든 좋으니 교리를 따르는 행동을 하라고 종용했다. 시야 가장자리가 붉게 물들어갔다.

"전부 계획대로거든." 그녀는 경고를 무시한 채 짜증 섞인 목소리로 중얼거렸다.

이런 데 신경 쓸 겨를이 없었다. 지금 신경 써야 할 건 명령 앞에서 망설이고 있는 휘하 병사들이었다. 3, 5, 6분대는 순순히 명령을 따르고 있었다. 6분대는 전사자가 생겨 진형 조율에 애를 먹고 있긴 하지만. 체리스는 마음을 가라앉힌 후 6분대 분대장에게 현 상황을 영상으로 보고하라고 지시했다. 그러자 6분대를 휩쓸고 지나간 편향성 폭풍이 남긴 질척거리는 핏자국과 분홍빛 피 웅덩이에 떠다니는 시체의 살 조각이 통신으로 돌아왔다. 체리스는 이단 역법과의 편차를 고려한 대체 진형을 분대장들에게 제시했다. 명령에 따를지 말지는 전적으로 그들 몫이었다.

명령에 저항하는 쪽은 4분대였다. 고승의 부채는 그들이 잘 알고 있으며, 확실히 이해하고 있는 진형이었다. 반면 그녀가 수정하여 전송한 진형은 그렇지 않았다. 분대장은 켈의 행동강령을 인용함으로써 상투적으로 항명했다. 이 진형은 켈의 진형 목록에 실려 있지 않다, 확실한 검증을 거친 계급제도에서 파격적인 사고는 위험 요소일 뿐이다, 그녀의 명령은 육두정부에 조금도 도움이 되지 않는다, 기타 등등.

폭풍이 물결치는 빛의 리본으로 변하더니, 체리스의 중대를 향해 뱀처럼 날카롭게 달려들었다. 굽이치는 빛살의 움직임을 따라 시큼한 냄새가 풍겼다. 빛살에 공격 능력이 있는지 확인하려고, 체리스는 디

넝에게 참새형 서비터 한 대를 내보내라고 명령했다. 방어막 밖으로 나간 참새형 서비터는 빛의 리본을 미처 피하지 못하고 금속성 비명을 지르며 평행하게 쓸려나갔다. 땅에 떨어져 미동도 없는 참새형 서비터를 빛의 리본은 가만히 두지 않았다. 반복적으로 쓸린 참새형 서비터는 결국 응축된 입방체 무더기가 되었다. 체리스는 순간 움찔했지만 어찌할 도리가 없었다.

체리스는 개인 교신망 채널을 열고 항명하는 분대장에게 최대한 부드럽게 말했다. "재고하라." 그의 협조를 얻어내는 편이 가장 바람직할 것이다. 그렇지 않으면 진형을 다른 식으로 조율해야 할 테니까. 조금이라도 진형에 변화가 생기면 예상치 못한 결과가 도출될 수도 있었다.

체리스와 4분대장은 수년간 공용 식탁에서 함께 식사를 해온 사이였다. 그는 체리스에게 '수몰 공역'이나 '막투 행성'의 두 대륙을 잇는 '깃털 다리'에서 복무하던 시절 이야기를 들려주곤 했다. 그가 공용 잔을 돌린 다음 항상 자기 잔에서 두 모금을 홀짝인다는 것도, 쌀밥 위에 채소절임이나 깻잎나물을 올리는 습관이 있다는 것도 그녀는 기억하고 있었다. 4분대장은 모든 물건이 제자리에 있어야 만족하는 사람이었다. 충분히 이해할 수 있는 항명이었다. 결국 그것 때문에 목숨을 잃게 되겠지만.

그가 어떤 대답을 내놓을지 이미 알고 있었기에, 체리스는 이미 진형 수식을 고쳐 쓰기 시작했다.

4분대장은 항명을 반복했고, 체리스까지 이단이라고 매도하는 수준에 이르렀다. 진형 본능이 그녀에게 복종하라고 강하게 다그치고 있을 텐데도, 그녀의 행동이 극도로 퀠답지 않다고 간주한 탓에 저항을 계속할 수 있는 모양이었다.

체리스는 그와의 교신을 끊고선 피아식별장치에 새로운 내용을 덧씌웠다. 수정된 사안을 확인하는 베라브의 목소리엔 침울한 기색이 묻어났다. 체리스가 4분대에게 더 이상 퀠이 아님을 나타내는 추방자의 낙인을 찍은 것이다. 그녀에게 복종하지 않았으니 당연한 결과였다.

삐걱거리며 진형을 새롭게 갖춘 체리스의 중대는 전진을 계속했다. 포화가 한결 거세졌다. 5분대 바로 옆을 스쳐 지나간 뱀장어화염이 나무 두 그루를 산산조각 냈다. 튕겨 나온 나무 파편이 한 상병의 몸통을 관통했고, 그대로 고지 비탈면에 처박혔다. 체리스 왼쪽으로 세 발짝 떨어진 곳에 있던 한 병사는 진형에서 낙오되자마자 피보라와 함께 넝마가 되어 사라졌다. 노래 솜씨가 훌륭했던 퀠 니카라였다.

4분대도 녹아내리기 시작했지만, 그쪽에 신경 쓸 여유는 없었다.

체리스는 직접 일일이 목표 지점까지 병력을 유도했다. 병력 손실이 생길 때마다, 머릿속으로 전체적인 진형 형태가 오차범위 안에서 유지되도록 수식을 계산하면서 동시에 병사 한 명 한 명에게 직접 명령을 내려 진형을 세세히 조율했다. 어느 순간 폭풍의 영향이 사라져갔다. 뱀장어 주력부대와 충분히 가까워진 것이다. 더 이상 폭풍을 고려할 필요가 없으니, 다음 수식 계산으로 넘어갈 차례였다. 이제부터는 뱀장어 이단 부대가 사용하는 불변성 무기를, 이능력을 사용하지 않기 때문에 어떤 역법 체계에서도 작동하는 무기를 조금이라도 더 막아낼 수 있는 진형을 고안해야 한다.

수적으로는 5 대 1로 열세였지만, 뱀장어 이단 부대는 진형을 사용할 수 없기에 체리스에게도 승산은 있었다. 시간이 없으니 즉시 효과를 볼 수 있는 전력 증폭 진형에 운을 걸어보는 편이 최선이었다. 그녀는 변경점을 추가했다. 폭풍에서 살아남은 병사들은 그녀를 믿고 따라야 한다는 사실을 잘 알고 있었다. 교신망에서 흘러나오는 소리의 파편에도 그러한 생각이 반영돼 있었다. *뱀장어, 시체의 악취, 저기 잡목림 쪽은 포화가 거세다고, 북소리.* 체리스의 중대는 다시 집중했다.

　다행스럽게도, '천 개의 손을 찌르는 독가시 하나' 진형에 사용하는 증폭 계수를 추출해 선형으로 변환하니 지금 사용하는 즉석 진형에도 도입할 수 있었다. 체리스를 비롯해 전 병력은 평소에는 결투용으로 사용하는 역법검을 소지하고 있었다. 그녀가 선호하는 무기는 아니었지만, 다른 무기로는 너무 가까이 있는 폭풍 생성기를 파손 없이 확보하기가 힘들었다. 무생물에게 피해를 주지 않는 역법검의 특성을 최우선으로 고려할 수밖에 없었다.

　"전원, 발검." 체리스가 명령했다.

　켈 보병대는 일제히 검집에서 검을 뽑았다. 제각기 다른 색조를 띤 빛의 막대였다. 체리스의 역법검은 자루 쪽은 푸른색이지만 검 끝으로 갈수록 붉은빛을 띠었다. 적 병력과의 거리를 좁히는 동안, 검신을 따라 숫자들이 타올랐다. 켈은 이 숫자를 "네 녀석이 골로 가게 될 시간과 날짜"라고 즐겨 부르곤 했다.

　검신에 뜬 날짜와 시간이 이상했지만 체리스는 신경 쓰지 않으려 했다. 당황하는 건 체리스만이 아니었다. 병사들 사이에서 정비가 필요하다고, 차라리 총을 쓰겠다는 불만이 터져 나왔고, 심지어 모두가 두려워하는 '역법 부식'이라는 단어까지 들려왔다. 숫자만 이상한 게 아니었다. 검신이 불꽃을 튀기며 떨렸고, 흐릿하게 깜빡거리기까지 했다. 서둘러 중대 전체를 확인해보니 모든 검이 같은 증상을 보이고 있었다. 그걸로도 부족했는지 전체 동기화마저 제대로 되지 않았다.

"중대장님, 아무래도 다른 무기를…" 베라브가 말했다.

"총은 안 돼. 이대로 전진한다." 체리스가 말했다. 역법 편차 때문에 검이 무력해졌다면 당연히 다른 무기를 꺼내야겠지만, 검신이 완전히 꺼진 건 아니었다. 그녀는 그 점에 희망을 걸었다. 그 정도를 가지고 희망이라 부를 수 있다면 말이지만.

처음에는 아무 문제 없이 잘 풀리는 듯했다. 체리스가 검을 휘두를 때마다, 길게 뻗은 역장이 뱀장어 이단 부대를 휩쓸며 수십 명씩 베어 넘겼다. 그녀의 검은 결투할 때처럼 체계적이고 계산적으로 움직였다. 한 번 찔러서 여덟 명의 뱀장어 병사를 꿰뚫어버리기도 했다. 그녀는 항상 각도를 가늠하는 실력이 출중했다.

켈 중대는 진형을 갖춰 뱀장어 이단 부대를 도살하며 전진했다. 고지를 감싸는 안개에 핏빛이 서렸다. 체리스는 검을 휘두르면서 이단 병사들의 얼굴을 하나하나 확인했다. 부하들의 얼굴과 별로 다르지 않았다. 젊은 사람도 나이 든 사람도, 검은 피부도 하얀 피부도 있었다. 대부분 갈색 눈이었고, 이따금 회색 눈도 섞여 있었다. 이단 병사 하나는 회색 눈만 아니었더라면 디넹의 형제라고 해도 믿을 법했다. 그러나 검의 광채가 비추는 곳에서는 그 모든 색채가 흐릿한 그림자 속으로 휘감겨버렸고, 이단 병사들의 모습은 다시 낯설어졌다.

폭풍 생성기가 시야에 들어오자 체리스는 잠시 망설였다. 생성기는 투명한 방책에 둘러싸인 채, 나지막한 언덕에 바싹 붙어 있었다. 겉보기로는 작고 일그러진 전차 같았다. 체리스는 참새형 서비터 한 대에 명령을 내려 생성기의 예상 중량 분석 결과를 입수했다. 그리고 수치를 확인하고 입술을 깨물었다. 뭐, 반중력 장치는 이런 경우에 쓰라고 있는 거니까.

묘하게도 생성기 주변을 방어하는 병력은 서비터 네 대뿐이었다. 전부 레이저로 무장하고 있긴 하나, 어차피 켈의 진형 방어막을 뚫지 못하는 무기들이었다.

문득 체리스는 진형 효과가 사라지고 있음을 깨달았다. 주변 기온이 내려가고 공기가 잿빛으로 변하기 시작한 것이다. 점점 호흡이 힘들어졌다. 부대 전원이 비상용 산소 공급기를 가지고 있기는 했지만, 이건 시작에 불과하리라는 느낌이 들었다. 벌써 몸의 움직임이 눈에 띄게 둔해지고 있었다.

진형 조율을 시도해봤지만, 바람을 더욱 싸늘하게, 주변 풍경을 더욱 잿빛으로 만들 뿐이었다. 교신망에서 들려오는 소리에 그녀는 이를 악물었다. *겨울, 엔트로피, 퇴각해야 해, 하지만 이렇게 가까이 왔는데.* 그녀는 진형 구성을 바꾸며 다시 상황을 확인했다. 이제는 수식 계산은커녕 숨 쉬는 것조차 힘들었다. 어디선가 눈 내리는 풍경을 읊는 노래가 들려오는 듯했다.

"전 부대원의 연산 할당량을 내게 돌려라." 체리스는 장교들에게 명령했다. 폭풍 생성기는 눈앞에 있었고, 뱀장어 병력은 격파된 채 이리저리 흩어지는 중이었다. 이제 저 빌어먹을 물건을 확보한 다음, 수송대가 도착할 때까지만 버티면 된다. 그러려면 제대로 된 진형을 구축해야 한다. 그녀는 시원시원하게 쏟아지는 총탄과 폭탄이 그리워지기 시작했다.

체리스도 병사들의 연산 자원을 빼앗는 짓 따원 하고 싶지 않지 않았다. 그러나 연산 자원을 하나로 모으지 않고선 연산력 강한 전장 그리드 시스템을 가상 구축할 방도가 없었다. 주둔지가 아니라면 근방에 있는 군사기지나 아군 '공허나방' 수송선의 성능 좋은 그리드 시스템을 빌려 쓸 수도 있겠지만, 지금으로선 접속할 수 없었다. 이곳의 그리드 시스템 성능을 최대한 긁어모아 사용할 수밖에. 가진 게 그뿐이니까.

체리스는 휘하 병력이 현 상황을 이해할 수 있도록 잠깐 시간을 준 뒤, 모든 연산 할당량을 자신에게 돌렸다. 항의는 전부 무시했다. 대체로 비난을 쏟아댔지만, 일부는 꼭 그렇지만도 않았다. *앞이 안 보여, 좌표가 사라졌어, 너무 추워,* 그리고 간간이 섞이는 욕설들까지. 베라브가 장교들에게 뭐라고 말하고 있었지만, 따로 그녀한테 대화에 주목해달라는 문장을 붙이지 않았기에, 체리스는 그저 맡기기로 했다.

체리스는 남은 시간 안에 최적의 결과를 얻을 수 있도록 연산 요청을 다듬었다. 중대의 그리드 시스템은 군용 서비터처럼 자의식을 가진 존재는 아니지만, 시스템과 대화를 하는 방법만 익힌다면 미묘한 뉘앙스가 섞인 답변 정도는 얻어낼 수 있다. 세상이 칠흑처럼 어두워져가는 가운데, 그리드 시스템은 일련의 특정 근사치를 사용해서 계산을 진행해야 한다고 알려주었다. 그녀는 연산 진행을 승인하고 그리드 시스템이 최대한 빨리 해결책을 찾아낼 수 있도록 몇 가지 제한 조건을 추가했다.

문제 자체를 파악하는 건 어렵지 않았다. 뱀장어 이단의 폭풍 생성기는 이단 역학을 사용하며, 따라서 그 효과 또한 기후 흡수기에 의해 무력화되지 않는다. 그러나 그게 다가 아니었다. 이 폭풍 생성기 본체에는 주변의 표준 역법을 억제하는 능력도 있는 것이다. 이 사실을 상부에 보고할 생각을 하니 암담해졌다.

암녹색 불길이 체리스의 중대를 휘감고 돌았다. 뱀장어 군대가 남긴 마지막 저항의 찌꺼기였다. 체리스는 전장 그리드 시스템이 연산을 끝낼 때까지 진형이 버텨주기만을 빌었다. 더 빨리. 이가 고드름처럼, 손가락은 옹이 진 나뭇가지처럼 얼어붙을 만큼 매서운 추위 속에서 그녀는 계속 간절히 기도했다.

"생성기를 확보했습니다, 중대장님!" 중대가 마지막 남은 뱀장어 병력을 제거한 순간, 베라브가 외쳤다. 당분간 숨 좀 돌리겠군.

"잘했다. 이제 버텨내기만 하면 돼." 그녀는 진심을 담아 대답했다.

전장 그리드 시스템을 돌리기 위해 병사들의 연산 자원을 빼앗은 후폭풍이 이곳저곳에서 드러나고 있었다. 체리스는 교신망을 통해 3분대의 퀠 즈로가 상황인식 능력을 적정 수준 이상으로 그리드에 넘겨버린 후폭풍을 맞고 있음을 확인했다. 즈로가 진형을 이탈한 순간 그녀의 오른편에 있던 병사가 조심하라고 소리쳤고, 덕분에 그녀는 뱀장어화염을 정통으로 뒤집어쓰기 직전에 간신히 원위치로 돌아올 수 있었다. 즈로 외에도 많은 병사들이 후폭풍을 맞고 있었다. 평소처럼 주의해서 교신망을 사용하던 사람들조차 동기화가 풀리기 시작했다.

체리스는 중대 그리드 시스템에 예상 결과를 요약해 보고하라는 명령을 내린 다음, 그 내용을 훑어보았다. 없고, 없고, 없고. 아하. 칠흑 같은 하늘이 바래가는 와중에, 그녀는 자신의 제안을 입력하고 조금 더 기다렸다.

"중대장님. 누군가 작전을 눈치채고 뱀장어 이단의 화력을 이곳으로 집중시키는 것 같습니다. 두말할 것도 없이, 지금 저들한텐 최고의 전략이죠." 3분대의 안카트였다.

"그리드 시스템의 연산 속도는 지금이 한계다. 손이 없다면 이로 물어뜯어서라도 떨쳐낼 수밖에. 우리는 켈이니까." 체리스가 대꾸했다.

마침내 그리드 시스템이 지금 겪는 상황을 설명할 수 있는 이론적 모형을 도출했다. 그녀는 흘러나오는 안도의 한숨을 삼키고, 불꽃이 완전히 식은 석탄 조각 같은 혀를 움직여 명령을 내렸다.

중대 병력은 곳곳에 나사가 풀려 삐걱대는 기계처럼 움직였다. 체리스는 그에 맞춰 1분대와 2분대의 이동 경로를 지정하고, 후위 분대를 전위 부대와 합쳐 뱀장어 이단의 잔여 병력에 대응할 수 있도록 조치했다. 병력이 천천히 제 위치를 찾아 들어가면서 기후 공격의 추위도 가시기 시작했다. 다시 제대로 숨 쉴 수 있게 된 것만으로도 다행이었다.

잠시나마 여유를 되찾은 체리스는 근처 뱀장어 이단의 시체를 살펴보며 생각에 잠겼다. 일부는 기후 공격에 휘말려 탁한 빛깔의 얼음 기등이 돼버렸다. 다른 일부는 살점과 안구와 머리카락이 원래 색을 잃어버린 채 기묘한 색채로 녹아내렸다. 그녀는 사상자 수를 어림해서 기록했다. 나중에 참새형 서비터의 관측 결과와 대조해볼 생각이었다. 숫자를 확인하는 일은 언제나 중요하다. 자신 때문에 발생한 사망자 수 같은 경우엔 특히 더.

체리스와 장교들은 폭풍 생성기 방어에 유리하도록 중대 병력을 재배치했다. 사용한 진형은 육두정부에서 사용을 금지한 '화톳불은 안으로 타들어가니'와 거북할 정도로 흡사했다. 체리스는 뱀장어 이단으로부터 폭풍 생성기를 확보했다는 전문을 궤도 지휘소로 여러 차례 보냈다. 운이 따르면 누군가는 수신해주겠지. 곧 되돌아온 전문을 확인하면서 체리스는 잠시 동안 지휘소의 식별부호를 인식하지 못했다. 이렇게 보내자마자 바로 응답이 올 것이라곤 예상치 못했기 때문이었다.

교신망의 잡음 너머로, 놀라울 만큼 명확하고 날카로운 목소리가 들렸다. "109-229대대, 왜가리 중대 소속, 켈 체리스 대위. 응답하라." 원정대의 사령관인 켈 파로쉬 준장의 목소리라는 걸 체리스는 즉각 알아차렸다.

체리스는 현 상황을 계속 주시하면서 같은 보안 코드를 입력하여 대답했다. "체리스 대위입니다, 장군님. 목표물을 확보했습니다."

"필요 없다." 파로쉬가 말했다. 체리스가 기대한 대답이 아니었다.

"26분 안에 퇴각 준비를 마치도록. 생성기는 두고 간다. 뱀장어 이단의 지역 대공방어를 일시적으로 무력화해놓았다."

체리스는 자신이 제대로 들은 건지 확신하지 못하며, 고개를 돌려 생성기를 바라보았다. 생성기는 반짝이는 청보라빛 매듭에 둘러싸여 있었다. 그 모습을 보는 것만으로도 몸에 한기가 돌며 뱃속까지 아려 오는 듯했다. "여기 있는 폭풍 생성기 말씀입니까, 각하?"

"귀관은 훌륭히 임무를 수행했다." 파로쉬가 말했다. "하지만 다른 급한 곳에서 자네를 필요로 하네. 생성기엔 신경 끄고 어서 귀환하도록." 그녀는 그대로 통신을 종료했다.

체리스는 하달받은 명령을 전 병력에게 전달했다.

"설마 농담이겠죠, 중대장님. 목표 지점까지 확보했습니다. 우리가 마무리하면 되는 거 아닙니까?" 베라브가 대답했다.

"현 위치를 사수하겠다고 자원하는 건 어떻습니까? 켈 사령부가 자원자를 얼마나 좋아하는지는 다들 알잖습니까." 안카트가 무심하게 말했다.

"우리가 떠나길 원하는 게 명백해 보였다." 체리스가 대꾸했다. 그러나 그녀 또한 부하들처럼 짜증이 치솟고 있었다. 그들의 작전 목표는 뱀장어 이단의 소굴로 들어가 그들을 몰아내고, 생존자는 다시 문명에 속할 수 있도록 육두정의 집행관에게 보내 교화시키는 것이다. 원정대의 작전이 이런 식으로 도중에 중단되는 일은 상당히 드물었다. 애초에 회수하지 않을 거였으면 대체 무슨 이유로 생성기를 확보하라고 보낸 것인가?

사관학교를 갓 졸업한 가장 어린 병사인 켈 데즈켄이 동료와 고약한 농담을 나누려고 위치를 슬쩍 벗어났다가 그대로 뱀장어군의 마지막 총탄에 목숨을 잃었다. 체리스는 그 광경을 무심히 기억해놓았다. 타이밍이 끔찍하게 나빴을 뿐이야. 어차피 켈의 운이라는 건 고약하기 짝이 없으니까.

왜가리 중대를 궤도로 데려갈 양륙정과 위생병이 호위매 서비터와 아무짝에도 쓸모없는 기후 흡수기의 호위를 받으며 내려왔을 때, 체리스는 전투를 포기하고 전장을 떠나야 한다는 사실에 낙심하고 있었다. 그녀에게 모든 전장은 고향 집이나 다름없었다. 사사로운 실수엔 가혹한 처벌을 내리고 커다란 공적엔 무관심으로 일관할 뿐이지만, 그래도 그녀에겐 집이었다. 언제나 임무 속에서 위안을 찾는 자신의 모습이 고약하게 느껴지기도 했지만, 임무는 임무일 뿐이며 그녀가 무슨 생각을 하든 변할 리도 없었다.

중대가 양륙정에 무사히 오를 수 있도록, 각진 새 형태의 호위매 서비터들이 엄호사격을 퍼부었다. 머리를 위아래로 혹은 앞뒤로 까닥거리는 모습이 자신이 맡은 일에 나름대로 잔잔한 즐거움을 느끼는 듯했다. 켈의 서비터는 진형을 구성하진 않는다. 켈과 달리 진형의 영향을 받지 않기 때문이다.

드레지 행성의 태양이 밝게 타올랐다. 박살 난 손에서 떨어져나간 무기에, 피와 누런 체액으로 물든 으스러진 갈비뼈에, 바늘처럼 가느다란 폭풍 결정체 부스러기에, 태양 빛이 깃들며 반짝였다. 체리스는 마지막으로 양륙정에 올랐다. 전장의 모습을 기억 속에, 두개골 봉합선을 메우듯 단단히 새겨 넣으면서.

양륙정은 비좁았고, 땀과 배기가스의 악취로 가득했다. 체리스는 다른 병사들과 조금 떨어져 앉았다. 수송선이 원호를 그리며 하늘로 치솟는 동안, 그녀는 계속 창밖을 내다보고 있었다. 그 덕분에 켈의 '기치나방'이 폭탄 두 발을 조금 전까지 그들이 있던 위치에 깔끔하고 정확하게 투하하는 모습을 목격할 수 있었다. 하루 동안의 힘겨운 전투와 목표물이 고작 폭탄 두 발에 통째로 날아가버린 것이다. 폭발과 함께 피어오른 밝은 화염이 눈으로 간신히 보일 만큼 작은 점이 되어 결국 사그라질 때까지, 그녀는 그 광경에서 시선을 떼지 않았다.

02

슈오스 육두관 미코데즈는 두 개의 최악 중에서 어느 쪽이 더 최악인지 생각해봤다. 화면 위에 출력되는 '산개하는 바늘 요새'의 사태인가, 아니면 지난 4.12분 동안 니라이 육두관 쿠젠의 은빛 공허나방이 줄기차게 보내오는 저 깜빡거리는 호출부호인가. 쿠젠은 수다에 미쳐 있는 개자식이었다. 그 점에선 사실 미코데즈도 딱히 비판할 입장은 아니긴 했지만. 여기서 최악 중의 최악은 쿠젠이 미코데즈에게 연락을 취할 명분이 분명하다는 거였다. 육두정이 위험에 처한 것이 분명하므로.

문제는 슈오스 본부가 '유리칼날 공역'의 항성 요새인 '백안의 성채'라는 점이다. 유리칼날 공역과 '뒤얽힘 공역'이 서로 이웃해 있다는 성계 지리학의 단순한 상식 덕분에, 백안의 성채는 최근 사태의 발생지인 뒤얽힘 공역의 산개하는 바늘 요새와 불편할 정도로 가까웠다. 역법의 흐름은 우주공간에서도 놀라울 만큼 멀리까지 영향을 끼칠 수 있기 때문에, 미코데즈는 이 사태의 추이에 특별히 관심을 기울이고 있었다. 한 줌의 이단 무리가 일으킨 소란이 이토록 심각한 사태로 번지다니 참으로 애석한 일이었다. 그러나 미코데즈는 이번 사태를 해결하기 위한 최적의 책임자는 곧 슈오스의 가장 오래된 병기에 대한 사용 허가를 받아내기에 최적의 사람이리라는 점을 확신했다. 특히 그 병기가 켈의 병기창에 들어가 있는 현 상황에서는 말이다. 그 모두가 398년 전에 악의를 불태우며 그 물건을, 사실상 '그'라고 칭해도 무방한, 켈의 손아귀에 넘겨버린 칠두관 슈오스 키아즈 탓이었다.

어쨌든 미코데즈는 시간 끄는 걸 싫어하긴 했으나, 휘하의 수학자들이 그 비장의 켈 후보자를 재검토할 시간을 벌 필요가 있었다. 그 켈 후보자가 방금 드레지 행성에서 벌인 사고 덕분이었다. 미코데즈는 백안의 성채의 여러 집무실 중에서도, 쉽게 흔들리는 상대방을 겁줄 때 사용하는 방이 아닌 실제로 업무를 처리할 때 사용하는 방에 틀어박혀 있었다. 어쨌든 이 집무실엔 쿠젠을 위협할 만한 건 하나도 없었다. 아홉 개의 눈 달린 꼬리를 가진 '구미호' 그림도, 딱히 눈에 띄는 무기도, 한창 진행하던 게임을 멈춰놓은 가지각색의 돌멩이를 얹은 놀이판도, 마구잡이로 걸어놓은 정물 사진도 마찬가지였다. 미코데즈는 잠깐씩이라도 업무와 전혀 관계없는 것에 시선을 돌리는 걸 중요하게 여겼다. 아니, 거의 관계없는 것이라고 말하는 게 정확할 것이다. 그는 흉기와는 거리가 먼 온갖 물건들을 볼 때도 암살 방법을 끊임없이 고안하도록 교육받은 슈오스였으므로.

오늘의 실내 분위기는 쿠젠을 불안하게 만들기 위해 미코데즈가 손

수 선택한 것이었다. 거친 곡선과 쪽매붙임으로 멋들어지게 장식된 가구들은 이제는 먼 옛날이 된 쿠젠의 어린 시절에 사용했던 물건들 이었다. 쿠젠은 인간 자체에 크게 관심이 없으며, 그가 관심을 가지 는 인간이란 특정 분야에서 자신의 경지까지 도달할 수 있는 자들뿐 이었다. 정수론이 바로 그가 관심을 보이는 분야 중 하나였는데, 육두 정 내에서 정수론으로 쿠젠을 따라잡을 수 있는 인간은 놀라울 정도 로 희소했다. 예의 켈 후보자가 그 희소한 인간들 중 하나이기는 했으 나, 쿠젠의 경우 정수론뿐만 아니라 건축, 동력기, 그리고 제국이라는 기계장치의 작동 원리에도 능통했다.

미코데즈는 다시 후보자의 사진을 보며 얼굴을 찌푸렸다. 그녀의 심리 프로필에 관해서는 이미 잘 알고 있었다. 수하의 첩보원으로부 터 비범한 수학 성적에 대한 보고가 들어왔던 소위 시절부터 말이다. 그는 그녀가 양배추 선적물 따위를 지키다 목숨을 잃지 않기를 바라 며 계속 주시해왔다. 켈은 괴벽이라 부를 정도로 양배추를 좋아할뿐 더러, 양념한 양배추 절임에 대해서는 극단적이리만큼 단호한 태도를 보이기 때문에.

겉보기엔 딱히 특이점은 없었다. 육두정의 국민 대부분과 마찬가지 로, 그녀는 검은 머리에 길색 눈, 그리고 미코데즈보다 훨씬 옅은 상 앗빛 피부를 가지고 있었다. 수수하게 매력적인 여성이기는 해도 방 에 들어서자마자 절로 고개가 돌아갈 정도는 아니었고, 입을 보면 잘 웃지 않는 사람 같았다. 아마 실제로도 친구들과 어울리거나 신병을 안심시킬 필요가 있을 때만 웃는 부류일 것이다. 그러나 프로필에는 의무감이 투철하다고도 써 있었다. 제법 쓸모 있어 보이는 특성이었다.

쿠젠과 대면하는 일을 얼마나 더 미룰 수 있을까? 수학자들 쪽에 연락해볼까도 생각했지만, 통신기에서 호박색 불빛이 깜빡이는 순간 다들 투덜거리기 시작할 테고, 그들의 기분을 해쳐서는 곤란했다. 그들의 힘을 빌리지 않고선 해낼 수 없는 일이었으므로. 그도 생도 시절에는 수학 실력이 나쁘지 않은 편이었지만, 이미 수십 년 전의 일일뿐더러 애초에 수학자가 될 수 있을 정도도 아니었다. 역법 계산이나 인적자원을 평가하는 전문가가 되는 것은 고사하고.

같은 육두관이라 할지라도, 원칙적으로는 미코데즈가 쿠젠보다 지위가 높았다. 슈오스는 상위 분파이고, 니라이는 하위 분파니까. 그러나 864세인 쿠젠은 그보다 까마득히 육두관 경력이 길뿐더러, 말 그대로 실질적인 육두정부의 번영을 일구어낸 사람이었다. 과거 칠두정부 시절, 쿠젠은 초기 전함나방 추진체를 발명해 고속으로 세력을 확장할 수 있게 만들었고, 현대 표준역법과 그에 따른 역학의 시초라 볼 수 있는 완벽하게 새로운 수학의 영역을 개척했다. 미코데즈는 자기 주제를 아주 잘 알고 있었다. 어차피 그는 첩자와 분석가와 암살자 무리를 다룰 줄 아는 대체 가능한 관료일 뿐이었다. 슈오스 육두관의 임기가 보통 한 자릿수에 불과하다는 걸 감안했을 때, 지난 40년 동안 꽤나 훌륭하게 봉직해왔다는 사실은 분명했지만 말이다. 그러나 쿠젠에 비할 바는 아니었다. 그는 대체할 수 없는 존재니까. 적어도 미코데즈가 더 나은 대체재를 발견할 때까지는 말이다.

쿠젠은 모종의 수단을 이용해서 불멸의 삶을 누리고 있다. 140세나 150세를 넘겨서 안정적으로 살아남는 방법을 발견한 것만으로도 그는 독보적이었지만, 그가 가진 비밀이란 단순히 오래 사는 방법만 있는 게 아니었다.

나머지 네 명의 육두관은 쿠젠의 비밀을 파헤치는 일에 지대한 관심을 보였다. 현존하는 불멸 장치의 실험대에 오른 첫 번째 피험자는 완전히 미쳐버렸다. 세 번째 피험자는 처음부터 미쳐 있었고. 오직 두 번째 피험자인 쿠젠만이 온전한 정신상태로 살아남았다. 그는 미치지 않는 방법이 있음을 넌지시 내비치길 즐겼지만, 누구에게도 방법을 알려주진 않았다. 과연 쿠젠다웠다.

혹시라도 이와 관련하여 미코데즈에게 의견을 묻는 사람이 있었다면, 그는 불멸이란 섹스와 같다고 답했을 것이다. 불멸성 앞에선 이성적인 사람들조차 머저리가 되고 마니까. 그러나 다른 육두관들은 미코데즈의 의견을 묻지 않았다. 그저 그 또한 자기들처럼 불멸성을 갈구하고 있다고만 여겼다.

요새 쪽 화면이 다시 바뀌었다. 부식된 구역을 나타내는 회색 촉수가 죽음과 먼지와 차가운 비의 색깔을 머금고 꿈틀대고 있었다. 미코데즈는 얼굴을 찌푸린 다음 명령어를 하나 입력했다. 이 정도의 분석은 혼자서도 수행할 수 있다. 즉시 숫자들이 떠올랐다. 행렬에서 가장 문제가 되는 수치들이 점멸하고 있었다. 수가 제법 많았다.

역법이 정상 작동하도록 관장하는 라할 분파에서도 자체적 대응 수단인 '초점나방'을 파견하기는 했다. 그러나 그것만으로는 지금 같은 대규모의 이단 사태를 대응하기엔 역부족이었다. 켈을 제외한 모든 분파가 아무리 원치 않더라도, 결국 무력으로 해결할 수밖에 없을 것이다.

미코데즈는 다시 한 번 공허나방 아이콘을 바라본 다음, 부관에게 질문을 보냈다. 어쩌면 지난 16분 동안 뭔가 진전이 있었을지도 모르니까. 그렇지 않다면 쿠젠과 대화를 나누며, 평소처럼 외줄 타기로 주의를 분산시켜 필요한 시간을 조금이라도 벌어볼 생각이었다. 쿠젠이 미코데즈를 얼마나 잘 아는지 생각하면 성공 가능성은 희박했지만, 그래도 시도해볼 가치는 있었다.

그의 부관인 슈오스 제훈이 그답지 않게 퉁명스러운 쪽지로 응답했다. "그렇게 안절부절못할 필요 없습니다, 미코데즈. 정신도 말짱하고 충분히 괜찮은 사람 아닙니까." 쪽지엔 수학자들의 평가서가 첨부돼 있었다. 전부 처음 평가대로 적합한 인재라는 결론이었다. 적어도 수학이라는 특정 영역에서는.

좋아, 그럼 가볼까. "1-1번 회선. 쿠젠을 연결해주게."

미코데즈의 화면에는 이미 뒤얽힘 공역의 역법 부식 정도를 확인하기 위한 측정치 목록과, 비교를 위해 띄워놓은 요새 인접 지역의 수치 목록이 떠 있었다. 그 바로 오른쪽으로 화상통신 화면이 열렸다. 아직까지 총합 수치는 안정되어 있었지만, 계속 그런 상태를 유지할 가능성은 낮았다.

검은 머리와 아주 창백한 피부색을 가진 늘씬한 남자가 화면에 떠올랐다. 치명적일 정도로 아름다운 눈매가 시선을 사로잡았다. 그는 언제나 뛰어난 미모를 자랑했기에, 기술 분파인 니라이가 아니라 문화 분파인 안단을 이끌고 있다고 해도 믿을 정도였다. 나뭇잎 모양의 자개 세공 단추가 달린 검회색 셔츠에 각도에 따라 영롱한 무지갯빛을 내는 스모크색 스카프라니. 쿠젠은 자신의 옷장에 든 물건만 팔아도 연구부서 하나 정돈 유지하고 남을 것이다. 그러나 그의 사치스러운 옷차림과 별개로, 그가 놀라운 연구 성과를 냈다는 사실만큼은 부정할 수 없었다. 켈 분파에서 사용하는 무기들은 대부분 그가 개발해 낸 것이었으니까.

"암살당하지 않고 멀쩡한 모습을 보니 정말 기쁜데?" 쿠젠은 무심한 어조로 입을 열었다. 붙들고 있을 능력만 된다면 누구나 육두관이 될 수 있다는 게 슈오스의 신조였다. 슈오스에서 인기 있는 여가 활동 중 하나가 육두관 자리를 두고서 다투는 것이다. "네가 다른 슈오스 무리와 같았다면 망설임 없이 너를 비난했을 거야. 누군가를 총으로 쏘거나 유혹하거나 대화를 엿듣느라 내 호출을 무시했을 게 분명하니까. 하지만 너는 정말로 서류 업무에 파묻혀 있었던 거야, 그렇지?"

미코데즈는 그저 어깨를 으쓱했다. 평소에도 두 사람은 효율적으로 기능하는 관료제의 중요성에 대해 공감하는 사이였다. "당신이 협박해서 모아들인 후보자들이 어떤 자들이건 신경 안 씁니다. 제 후보자가 훨씬 적합할 테니까요." 미코데즈는 이렇게 말하며 파일을 전송했다.

이번에 미코데즈의 시선을 끈 것은 켈 체리스 대위 사진 아래 떠오른 그녀의 문장이었다. 깃을 품은 잿불매. 안정성을 암시한다는 점에서 훌륭한 신호였다. 켈 쪽에선 부당한 차별을 받기에 딱 좋겠지만. 쿠젠도 이깟 문장 하나로 후보자를 좋게 보진 않을 것이다. 소시오패스가 건전한 정신 같은 걸 좋게 볼 리가 없으니까 말이다.

"있잖아." 쿠젠은 계속 지껄이고 있었다. "켈 녀석들이 제다오보다 신뢰성 높은 전술 능력 축전지를 고안해냈으면 얼마나 좋았을까 하는 생각이 계속 들어. 물론 결국에는 그 친구에게 맡길 수밖에 없겠지만… 젠장, 관자놀이가 다 아프네. 수학 능력이 뛰어난 켈이라고?"

"보고 있자니 퀠 상품은 마뜩잖게 여기시는 것 같아서요. 이번엔 신경 써서 구미가 당기실 만한 상품으로 준비했습니다." 미코데즈가 말했다.

체리스의 수학 실력은 보통 뛰어난 것이 아니었다. 쿠젠과 막상막하로 겨룰 만한 수준이었다. 수학 연구자의 길을 가지 않았기에 확인할 도리는 없었지만. 어쨌든 중요한 건 지금 사용하려는 병기인 제다오의 유일한 약점, 수학 능력을 충분히 메워줄 수 있으리라는 것이었다.

"대체 어디서 이런 친구를 찾아낸 거야? 아니, 말하지 마. 고등수학을 약간이라도 이해할 수 있는 퀠이 존재한다는 것만으로도 너무 설렌다고! 퀠의 징병관 놈들은 어째서 이런 친구를 내 쪽으로 보내지 않았던 거야? 지금 당장 불러서 혼구멍을 내야겠어."

"쩨쩨하게 굴지 마세요. 원래는 니라이 분파로 재배치하려 했던 모양이니까요. 당사자가 퀠이 되고 싶다고 주장했답니다. 장교 후보생으로도 충분히 매력적인 인재이니 물러선 거지요." 미코데즈가 대답했다.

시야의 한쪽 구석에서 뭔가가 반짝거렸다. 쿠젠은 얼굴을 찌푸리며 말했다. "산개하는 바늘 요새의 종합 측정치를 확인해봐, 미코데즈. 저 안에서 무슨 수단을 쓰는지는 몰라도 내부의 모든 구역에 동시에 부식을 퍼트리고 있어. 우리 운도 다했는지 이제껏 봐왔던 멍청한 이단 놈들이 아니야. 드디어 영리한 이단 녀석이 등장한 거지. 얼른 저들을 처리할 후보자를 정해야 해. 네가 헛소리나 늘어놓으며 나를 피하려고만 한다면 영영 못 정하겠지만."

"적임자를 원했을 뿐이에요." 미코데즈가 말했다.

"이 여자는 꽤 괜찮아 보이는데?" 쿠젠은 동의하면서도 말을 이었다. "하지만 그 손이 예쁜 함장도 꽤 괜찮았잖아? 아니, 그런 표정 말라고. 어디까지나 외모가 아닌 자격에 대해서 말하는 거니까. 솔직히, 미코데즈, 너 이 문제를 진지하게 받아들이고는 있어? 적어도 그 함장은 우주 전투 경험이라도 있지. 네가 데려온 보병 대위는 아무것도 없잖아?"

"아주 진지하게 받아들이고 있습니다." 미코데즈가 말했다. "제 후보자인 체리스 대위는 특출난 수학 능력으로 역법 전투에서 큰 힘을 발휘할 겁니다." 이렇게 말하면서도, 그는 여전히 쿠젠에게 느긋한 미소를 지어 보였다. 쿠젠에게서 원하는 걸 얻기 위해선 별로 신경 쓰지 않는 것처럼 보이는 편이 좋다는 걸 잘 알고 있었으므로.

산개하는 바늘 요새는 우주 공역의 연결 지점에 있었고, 가장 가까운 성계는 '발길잡이 성계'였다. 라할에서는 이미 거기에 초점나방 한 척을 배치해놓았지만, 한 척으로는 감염된 요새에서 흘러나오는 부식을 막는 게 고작이었다.

산개하는 바늘 요새는 여섯 개의 분파에 맞춰 여섯 구역으로 나뉘어 있었는데, 과거 칠두정 시절처럼 경계가 딱 정해지지는 않았다. 한때는 일곱 번째 분파인 리오즈를 위한 일곱 번째 구역도 있었다. 그러나 리오즈 이단 사태 이후, 막대한 비용을 들여 파괴와 재건축을 반복한 결과, 일곱 번째 구역은 흔적도 없이 사라졌다.

요새에 역법 부식을 퍼트린 자들은 조직적으로 움직이며 여섯 개의 구역을 동시에 제압했다. 이것만으로도 사태는 충분히 심각해 보였지만, 미코데즈에겐 요새에 퍼져나간 부식이 육두관 라할 이루자와 허수아비 육두관 니라이 파이안이 진행한 실험을 이단자들이 이용한 결과라는 확실한 증거까지 있었다.

쿠젠은 아무 방해 없이 연구를 즐기기 위해 자신의 허수아비인 파이안을 니라이 육두관 자리에 앉혀놓았지만, 사실 그녀는 애초부터 이루자에게 매수돼 있었다. 이루자와 파이안, 두 사람에게 연결체 요새는 최적의 역법 실험장으로 보였을 것이다. 연결체 요새야말로 육두정부의 모형이나 다름없는 곳이니까. 미코데즈가 이해하지 못한 점은 왜 좀 더 작은 요새를 사용하지 않았느냐는 것뿐이었다.

두 사람이 역법 실험을 강행하는 이유는 명백했다. 모든 육두관이 익히 알고 있고, 직접 듣지 못한 쿠젠조차 짐작할 수 있는 그것. 그들은 보다 온전한 불멸성을 원하는 것이다. 지금까지 쌓여온 연구 결과에 따르면, 현존하는 역법 체계에서 쿠젠보다 온전한 불멸성을 얻기는 불가능하다. 그게 정말 사실인지 미코데즈라면 거리낌 없이 쿠젠에게 물어볼 수 있겠지만, 그는 다른 육두관들을 대신해 쿠젠을 감시하는 입장이었다. 쿠젠도 뻔히 짐작하고 있겠지만, 그가 직접 암시를 흘렸다면 이루자는 언짢아했을 것이다.

이처럼 자신을 호시탐탐 노리는 다른 육두관들을 쿠젠이 용인하는 이유는 자신의 불멸성이 육두정부의 표준 역법에 기반을 두고 있기 때문이다. 표준 역법체계는 단순히 시간을 계측하고 표기하는 것을 넘어, 모든 역학과 사회구조까지 포괄하는 시스템이다. 육두정부의 경우 여섯 개의 분파가 그 구조적 근간이 되는데, 만약 쿠젠이 경쟁 분파가 없더라도 자신의 불멸성을 유지할 방법을 고안해낸다면, 쿠젠은 육두정부에 커다란 위협이 될 것이다. 그러나 아직까지 그가 다른 경쟁자들을 제거하지 않았다는 건, 다행히 대안이 존재하지 않는다는 걸 방증했다.

특정 시점이 되면, 라할 이루자는 미코데즈에게 쿠젠을 완전히 제거할 것을 요청할 것이다. 미코데즈는 이미 그 세세한 암살 계획을 여러 파일에 정리해놓았다. 반드시 필요한 경우가 아니면 실행에 옮기지 않겠지만 한 달에 두 번씩 업데이트했고, 지루할 때면 좀 더 자주 했다. 분명 쿠젠의 취향은 짜증 날 정도로 낭비가 심하긴 하나, 자기할 일은 하는 사람일뿐더러 어느 정도 안정성에 기여하는 측면도 있었다. 물론, 미코데즈는 쿠젠이 사망할 시 반드시 발생할 권력의 지각변동에 대처하는 계획도 짜놓은 상태였다.

쿠젠은 미코데즈에게 현 상황에 들어맞는 이단 역법의 목록을 전송했다. "가능성에 따라 정렬해놨지. 첫 번째라면, 애 좀 먹을 거야. 특히 중심값을 7로 고정해놨다면 말이야. 과거에 관심을 가지는 녀석이라니. 그런 녀석은 이제 없는 줄 알았는데." 쿠젠은 일곱 개의 분파가 다스리던 시절이 어땠는지를 기억하는 단 두 명의 생존자 중 하나였다.

"켈하고만 어울려 다니니까 그렇죠." 미코데즈가 말했다. 켈이 역사를 경시한다는 말은 사실 편견에 가깝지만.

미코데즈는 쿠젠의 얘기가 무척이나 신경 쓰였다. 역사의 뒤안길로 사라진 리오즈 분파가 되살아날지도 모른다니. 과거 철학과 윤리를 담당했던 리오즈 분파는, 일부 단서에 따르면, 쿠젠이 좋아하는 추도의식에 반대를 표했다가 제거된 것으로 보였다. 쿠젠의 성향으로 볼때, 그가 이 문제를 개인적으로 파헤치기 시작했다는 건 분명 심상치 않은 일이었다. 게다가 미코데즈 입장에선 자료를 더 수집하지 않고선 무엇 하나 확신하기 힘들었다. 사실 모든 것이 의문투성이였다. 리오즈 분파는 이미 이단 사태를 일으켰다 실패한 자들이다. 그런데 이단들이 제정신이 아니고서야 굳이 그들의 방법론을 따를 필요가 있을까?

"켈 농담을 생각해내려고 끙끙대고 있는 거지?" 쿠젠이 말했다. 그의 입꼬리가 슬쩍 올라갔다.

"누군가는 해야 하는 일이니까요." 켈의 굳은 사고방식을 조롱하는 켈 농담은 육두정부 어디서나 인기가 좋았다. 심지어 켈 육두관 본인도 켈 농담을 하고 다니는 지경이었다.

쿠젠이 화면 바깥에서 뭔가를 만지작거렸다. "어쨌든 여기 있는 역법들은 전부 산개하는 바늘 요새의 방어막과 호환 가능한 것들이야. 그래서 내가 켈 사령부 놈들한테 몇 마디 해줬지. 어차피 언제까지고 숨길 순 없는 노릇이니 방어막 제거법을 공유하라고 말이야. 그런데 아직 버티고 있는 모양이던데?"

"정보는 퍼트리지 않는 편이 좋긴 하죠. 꼭 필요한 일이 아니라면요." 미코데즈가 대꾸했다. 방어막이 내려간다면, 요새는 위태로울 만큼 무력해질 것이다.

"그렇기는 한데, '아군'인데도?"

'아군'은 사실 조금 지나친 표현이었다. "방어막에 대해서 언급만 해도 싫어할 자들입니다." 미코데즈는 굳이 불필요한 경고를 했다. 애초에 쿠젠은 군사적 결정에 왈가왈부할 권한이 없었다. 켈이 반드시 필요로 하는 병기를 관리할 수 있는 자가 그뿐이긴 했지만.

"잘 다물고 있을 테니 걱정 말라고." 쿠젠은 짜증 섞인 목소리로 대꾸했다. "너도 다른 슈오스 놈들처럼 켈에 대해서 편견이 있지. 딱히 숨기려 들지도 않고 말이야. 그런 네가 이 작전을 승인했다니 뭐든 이유가 있지 않겠어?"

슈오스의 지도자들은 그들이 배출한 마지막 장군이 켈한테 넘어갔다는 사실을 항상 못마땅해했다. 지난 4세기 동안 줄곧. 켈이 작전에서 그를 사용하려면 아직도 슈오스 분파의 허가를 맡아야 하는 상황인데도. 미코데즈는 쿠젠이 뭔가 덧붙일지도 모른다는 생각에 잠시 기다렸다가 다시 입을 열었다. "제 후보자를 어떻게 생각하시는지 아직 답을 안 주셨는데요."

"그 깃을 품은 잿불매가 정말 마음에 드나 봐. 그녀가 제다오를 영영 잠재워버리면 어쩔 거야?"

정신적 안정성 따윈 거들떠보지도 않는 모습이 역시 쿠젠다웠다. "제다오 장군이 그녀의 삶에 적절한 자극제가 될 것이라 생각합니다만."

"훌륭한 재능을 낭비하는 셈이야." 쿠젠은 투덜거렸다. "나는 아직도 중령 쪽에 더 눈이 가. 게다가 켈 사령부가 그 여자를 더 이상 원치 않는다면, 내가 데려가도 되는 거 아냐? 그자들보다 훨씬 유용하게 써먹을 수 있을 텐데."

미코데즈는 종종 쿠젠의 손등을 찰싹 때려줄 사람이 필요하다고 생각했다. "욕심이 지나치시네요. 제 후보자가 최신 암호 판독법에 도움이 될지 말지는 요새 문제를 처리한 다음에 확인해도 충분합니다." 과연 그녀가 요새 공격 임무와 소시오패스 육두관 중에서 어느 쪽을 선호할지는 알 수 없는 노릇이지만.

"산통 깨기는. 너 말이야, 뒤로 물러설 생각이 조금도 없는 거구나?" 쿠젠이 말했다.

미코데즈는 그에게 미소 지어 보였다. "'최신 전파방해 시스템'을 연구 중이신 걸로 아는데요, 혹시 자금이 부족하진 않으세요?"

"맙소사, 네가 대놓고 뇌물을 제안하다니. 물론 나야 네가 그러는 편이 더 좋지만." 쿠젠이 말했다.

"슬슬 지루해져서 말이죠." 미코데즈는 어깨를 으쓱했다. "어차피 남겨둬봤댔자 제 부하 중 하나가 건전하다 못해 따분하기 짝이 없는 일에 쓸 돈입니다. '위협의 알고리즘화 식별 체계' 같은 거 말입니다." 미코데즈가 변덕스러운 성격이라는 평판을 세심하게 가꾸어온 것은 바로 이런 경우를 대비해서였다.

"좋아, 알았어. 내 쪽에서 승인해놓을게. 네 책상 위에 쌓인 서류들이 산더미 같다고 생각하는 모양인데, 내 책상을 한번 구경시켜주고 싶어."

모른다고 생각하는 건가? 미코데즈는 애써 무심한 표정을 유지했다. 쿠젠의 보안 체제는 본인이 생각하는 것만큼 최신식이 아니었다.

"그 켈 체리스란 여자와 인사 정도는 나눌 수 있겠지? 어차피 임무에만 신경 쓰고 있겠지만 말이야. 때때로 비시아스와 내가 진형 본능을 너무 세밀하게 설계한 게 아닌가 싶기도 한데, 결과물이 이렇게 사랑스럽다면야 상관없지."

미코데즈는 켈 체리스에게 슬쩍 동정심이 일기는 했지만, 쿠젠도 정수론 분야에서 자신을 즐겁게 만들어줄 가능성이 있는 귀중한 인재를 당장 망가트리진 않을 것이다. 게다가 긴급 사태라는 점은 사실이다. 역법 부식 사태를 해결하려면 결국 제다오를 다룰 후보자가 필요하다. 그래도 작전에 투입될 다른 사람들보다는 그녀의 생존 가능성이 높기는 할 것이다.

"그럼 그대로 시행하도록 하죠." 미코데즈는 말했다. "켈 사령부가 얼마나 협조해주느냐에 따라 다르겠지만, 18일 정도면 그녀를 만나실 수 있을 겁니다."

"딱이야. 다음번엔 말이야, 너무 그렇게 대놓고 피하지는 말라고. 다 큰 슈오스가 그렇게 뻔히 구는 걸 보고 있자니 내가 다 부끄럽잖아." 쿠젠은 대답을 기다리지 않고 바로 통신을 끊었다.

이정도 수모쯤이야, 원하는 후보자를 파견하기 위해서라면 감내할 수 있었다. 미코데즈는 잠시 시간을 들여 켈 사령부에 보낼 지령을 작성한 다음 송신했다.

켈 체리스는 강한 정신력을 가진 군인이었지만, 머지않아 무너질 것이 분명했다. 그래도 한 개인이 희생해서 육두정부의 안녕이 유지될 수만 있다면, 지금으로선 그것이 최선이라고 미코데즈는 생각했다. 언젠가 이보다 나은 정부 체제를, 더 이상 추도제에서 세뇌나 고문 의식을 강행하지 않더라도 유지되는 체제를 떠올리는 사람이 나타날지도 모른다. 그런 세상이 도래할 때까지 미코데즈로선 자신이 할 수 있는 일을 할 뿐이었다.

체리스는 '수납나방' 보병 수송선을 타고 돌아오는 내내 침묵했다. 체리스가 탄 수납나방은 다른 것들과 마찬가지로 내부 벽면은 엄숙한 검정과 짙은 회색 페인트로 칠해져 있었고, 이따금씩 금빛이 섞여 있었다. 체리스는 수납나방의 부함장에게 보고를 마쳤다. 오른쪽 눈 위에 흉터가 있는 굳은 표정의 남자였다. 그녀는 주먹을 어깨에 가져 다 대며 경례를 했고, 부함장도 같은 동작으로 경례를 받았다. 이어 그녀는 상관들이 시간 날 때 정보를 검토할 수 있도록, 중대 그리드 키를 건네주었다.

"귀환을 환영하네, 대위." 부함장은 이렇게 말하며 호기심이 동한 눈으로 슬쩍 그녀를 훑어보았다.

순간 체리스는 불안해졌다. 켈 사회에서는 지나치게 눈에 띄어 좋 을 일이 없었기 때문이다. 다행히도 부함장 쪽에선 별 반응이 없는 눈 치였다.

전함나방 그리드가 함선의 전체적인 구조를, 집회 구역과 개인 선 실 그리고 병사 숙소 위치 등 전체적인 함선의 구조를 알려주었다. 하 지만 실제로는 세척 작업을 거치기 전까지는 지정된 집회 구역으로 들어갈 수 없으니, 어차피 지금 가도 병사들은 없을 것이다. 함선 쪽 에서 의무실로 이송해 간 부상병들의 현재 치료 상태 정보가 들어왔 다. 체리스는 명령에 항명하다 결국 드레지 행성에 뼈를 묻고 만 분대 를 떠올렸다.

중대 병력 숙소 옆에 있는 체리스의 선실은 작은 방 두 개에 욕실 하나가 전부였다. 근육통 때문에 온몸이 뻐근했지만, 그녀는 품속의 함부터 꺼내 확인했다. 작은 함 속엔 스물세 살 생일 때 어머니에게 받은 행운의 까마귀돌이 들어 있었다. 칙칙한 회색 돌을 갈고 닦은 뒤 까마귀 문양을 새겨 넣은 그것은 가본 지 오래인 고향 땅을 떠올리게 해주는 소중한 물건이었다.

잠시 후, 누군가 빠르게 방문을 두드렸다. 셋, 하나, 넷, 하나, 다섯.

"들어와." 체리스는 그들만의 의식을 치르며 흡족해졌다. 행운의 돌은 도로 품에 집어넣었다.

수납나방의 새형 서비터가 산화 처리 코팅한 철사로 만든 꽃다발을 품에 안고서 방으로 들어왔다. 이번 작전에서 파괴된 열두 대의 서비터에 맞춰서 열두 송이였다. 희생된 서비터는 전사자로 인정받지는 못하지만, 그들을 기리지 않을 이유는 조금도 없었다.

"고맙다." 체리스는 새형 서비터에게 인사했다. "아래쪽 상황은 정말 끔찍했어. 그래도 내가 조금 더 신경 썼어야 했는데."

새형 서비터는 어쩔 수 없다는 듯 금색과 적색 불빛을 깜빡였다. 축약형 기계 공용어를 읽을 수 있었던 체리스는 고개를 끄덕여 동감을 표했다. 서비터는 덧붙여 말하길 자기 집게에 문제가 있다며, 잠깐 조정해줄 수 있냐고 물었다.

"물론이지." 체리스가 말했다. 그녀는 기술자까진 아니었지만, 기초 정도는 배워놓았다. 기계보다 인간의 손으로 하는 게 편한 수리도 있기 때문에. 상태를 보니 특수형 펜치로 잠깐 손봐주면 끝날 것 같았다. 수리를 마치자, 서비터는 감사의 뜻을 담아 종 울리는 소리를 냈다.

"아직 임무가 남았어. 남은 얘기는 나중에 마저 하자." 체리스가 말했다.

서비터는 알겠다는 신호로 불빛을 깜빡이고는 꽃을 놔둔 채 밖으로 나갔다.

체리스는 저 서비터의 이름을 알지 못했다. 인간이 편의상 부르는 이름이 아니라, 저들끼리 사용하는 이름을. 그들에게 진짜 이름이 따로 있을 것이라고 체리스는 확신했다. 혹시 실례가 될까 봐 애써 묻진 않았지만.

몸을 씻는 데는 오래 걸리지 않았다. 그 짧은 시간 동안 그녀의 제복은 자가 세척을 마무리했고, 그녀가 손에 들었을 땐 마지막 남은 주름마저 깨끗이 펴졌다. "중간 정장으로." 그녀의 명령에 따라, 제복은 정장으로 변했다. 소맷동과 금테의 밝기 말고는 전투복과 크게 다르지 않았다.

집회소에서 생존을 축하하며 중대원들과 의식용 잔을 나누기까지 14분이 남았다. 빡빡한 일정 틈새의 여가시간은 목욕보다도 소중하다. 그녀는 의자에 편하게 앉았다. 책상 위에 손을 올리고 차갑고 딱딱한 유리목재의 촉감을 만끽했다. 그대로 시선을 내렸다면 나무의 결을 따라 유랑하는 은하처럼 늘어선 소용돌이무늬 위로 자신의 검은 눈동자와 얼굴이 겹치는 모습이 보였을 것이다.

열선 펄스가 팔을 자극해 그녀를 사색에서 깨어나게 했다. 즉시 함내에 설치된 보안 단말로 가서 지령을 받으라는 명령이었다. 뜻밖에도 맺음말엔 격식이 갖춰져 있었다. 전장에서는 누구나 맺음말을 약어로 줄인다. 그렇지 않다는 건, 아무래도 꽤나 높으신 분을 상대해야 할 모양이었다. 그녀의 중대가 뱀장어 이단을 완전히 제압한 상황에서 어째서 긴급 지령이 내려졌는지 그녀로선 짐작조차 할 수 없었다.

아무래도 중대원들과 함께 식사하긴 힘들 것 같았지만, 별수 없었다. 명령보다 우선시되는 건 없으니까.

체리스의 선실 반대쪽 끝 벽감 안에 내장된 검은색 무광 금속판 단말기가 보였다. 그 앞엔 육두정부의 문장인 '여섯 개의 바큇살을 가진 수레바퀴'가 새겨져 있었다. 각각의 바큇살 끝에는 각 분파의 문장이 그려져 있고, 상위 분파의 맞은편에는 그에 상응하는 하위 분파가 배치되어 있었다. 흔드는 꼬리마다 눈꺼풀 없는 눈이 달린 슈오스의 구미호 맞은편에는 켈의 타오르는 잿불매가 있었다. 안단의 '칼날장미' 맞은편에는 비도나의 '독가오리'가, 라할의 '예지늑대' 맞은편에는 날개에 별이 반짝이는 니라이의 '공허나방'이 있었다.

체리스는 제복을 완전 정장 복장으로 바꾸었다. 켈의 잿불매가 밝은 빛을 발하며 고개를 추켜세웠는데, 이 형상을 켈들은 우스갯소리로 '우쭐대는 자세'라 부르곤 했다. 제복 원단엔 연한 청록색과 보라색의 보다 은은한 광택이 섞여 들었고, 길이가 늘어난 목깃과 소맷동에도 반짝이는 금색 명주실 자수가 새겨졌다. 장갑은 평범하고 기능적인 형태 그대로였다. 켈은 오직 장례식장에서만 화려한 장갑을 착용했다.

"켈 체리스 대위입니다. 지령을 받고 도착했습니다." 그녀는 말했다.

단말에 그녀의 개인 문장인 잿불매 형상이 떠올랐다. 그림자 주변으로 적금색의 불길이 타올랐고, 제복에 달린 휘장과 달리 깃을 품은 모습이었다.

깃을 품은 잿불매는 체리스가 신중한 성격이라는 걸 나타냈지만, 정작 본인은 문장에 대단한 의미를 부여하진 않았다. 역사를 거슬러 올라가보면, 개인 문장이 완전히 엇나간 예는 금방 찾을 수 있다. 지표는 어디까지나 추정된 결과물일 뿐이지, 이미 정해진 미래의 모습까진 아닌 것이다. 대반역자이자 미치광이였던 슈오스 제다오의 경우, 선견지명을 갖춘 전략가란 뜻을 가진 '사방에 눈이 달린 구미호'

의 문장을 가지고 있었지만, 결국 '번제(燔祭)의 여우'임이 드러났다. 최후의 리오즈 칠두관은 온 세상을 서로 연결하는 '거울거미줄'의 문장을 가지고 있었지만, 결국 슈오스와 켈과 라할의 병력 앞에서 산산조각 난 채 죽음을 맞이했다.

단말의 개인 문장이 깨지면서 자신의 얼굴이 떠오르자, 체리스는 용서를 구하고 재접속을 해야 하는 건 아닌지 고민했다. 단말 속의 여성은 그녀와 똑같이 깔끔한 검은 머리에 검은 눈을 가지고 있었다. 그러나 입가에 떠오른 미소는 그녀의 것이 아니었고, 제복에도 대위를 뜻하는 핏방울 맺힌 발톱이 아니라 장성을 뜻하는 불길 속에서 활짝 펼쳐진 날개 휘장이 달려 있었다.

"대위." 화면의 얼굴이 입을 열었다. 심지어 목소리조차 체리스와 똑같았다. "이쪽은 켈 사령부 예하 2번 복합 지휘체다. 관등성명을 대라."

체리스는 식은땀이 흐르는 걸 느꼈다. 복합 지휘체는 임무에 따라 계속 구성이 바뀐다. 따라서 지금 그녀가 상대하고 있는 집단 지성이 몇 명의 장성으로 이뤄져 있는지, 해당 장성들이 누구인지 그녀로선 알 방법이 없었다. 그나마 '2번'이라는 직함 덕분에 저 지휘체 안에 적어도 한 명 이상의 최고위 장성이 포함돼 있다는 건 알 수 있었다. 조짐이 좋지 않았다. 그녀는 너무 빠르지도 느리지도 않게 정확한 동작으로 거수경례를 했다.

"귀관도 이미 알고 있을 거라 생각한다." 2번 복합 지휘체는 어젯밤 같이 와인을 마시며 했던 얘기를 마저 풀어내듯이 가벼운 투로 말했다. "귀관이 맡았던 작전은, 솔직히 말해서 엉망진창이었지. 그 아까운 인재들을 사지로 내몰다니."

"저희는 항상 충성할 준비가 돼 있습니다, 각하." 체리스는 조심스럽게, 그러면서도 너무 길게 망설이지 않고 대답했다. 켈은 망설이는 걸 좋아하지 않는다. 교관들이 끊임없이 반복해 일러준 내용이었다.

2번 복합 지휘체는 체리스를 무시했다. 그녀가 기대할 수 있는 최선의 반응이었다.

"드레지 행성에 투입된 귀관은 따로 상황 보고를 하지 않고 작전을 강행했다. 뱀장어 이단 무리가 역법 부식 범위 내에서만 사용 가능한 무기를 제작했다는 걸 귀관도 파악했을 것이다. 부인해봐야 소용없다. 이단자들을 대상으로 귀관이 취한 행동을 미루어봤을 때, 상황을 이해하고 있었음이 명백하니까."

체리스는 최대한 차분하게 대답했다. "각오는 되어 있습니다." 켈이라면 어느 누구도, 강제 퇴역을 당하는 치욕 따윈 바라지 않을 것이다.

그녀는 대대로 켈에 봉직해온 집안 출신이 아니었다. 사실 그녀의 가족은 그 어떤 분파에도 속하지 않았으며, 오히려 켈이 되고자 했을 때 그녀는 부모의 반대에 부딪혀야만 했다. 그러나 부모의 만류에도 불구하고, 그녀는 1급 사관학교에 입학해 우수한 성적으로 졸업했다.

삶이 한순간에 무너진 것처럼 체리스는 씁쓸하기 짝이 없었다. 그것은 과장이 아니었다. 이제껏 그녀는 힌 명의 켈로서, 켈 진체를 위해 몸과 마음을 전부 바쳐왔으니까. 그러나. 아이러니하게도, 이 또한 켈에게 걸맞은 최후이긴 했다. 환히 타오르며 비상하다 불현듯 추락하는 새가 바로 잿불매니까.

그래서 많은 이들이 잿불매를 다르게 부르곤 했다. '자살매'라고.

2번 복합 지휘체가 다시 입을 열었다. "그 말대로, 귀관 휘하의 병사 대부분은 교리에 따라 퇴역 처분을 받을 것이다. 그러나 귀관의 임기응변 능력은 그들과 함께 처분하기에는 아깝다는 게 우리의 생각이다."

체리스는 켈이라면 누구나 알아차릴 만한 완곡어법을 명확히 알아들었다. 그녀의 지휘권을 박탈한 다음 퇴역보다 끔찍한 운명을 선사할 것이라는 뜻이었다. 그러나 그녀는 이에 경계하면서도 내심 일말의 기대를 남겨두고 있었다. 추락한 명예를 되찾을 기회가 주어질 것이다. 그게 아니라면 굳이 그녀를 따로 호출해 지령을 내릴 이유가 없으니까. 분명 힘든 임무일 것이다. 그렇다 하더라도 완전히 불가능한 임무란 존재하지 않았다.

"현재 육두정부는 한 줌의 뱀장어 이단이 변방에서 날뛰는 소란과는 비교할 수 없이 위급한 상황에 놓여 있다. 역법 부식이 드레지 행성만이 아니라 육두정부 중앙 공역 곳곳에 뿌리를 내린 것이다. 해당 소요 사태를 좌시할 수는 없다."

"각하, 그건 켈이 아니라 슈오스가 처리할 문제이지 않습니까?" 그 정도로 대규모 사태라니. 라할 분파가 교리와 법률을 다루기는 하나, 그 정도의 대반란까지 처리하는 일은 거의 없다. 전후 처리는 비도나의 몫이긴 한데, 그들이 갓 궐기하여 세력이 왕성한 반란군을 제압할 수 있을 리가 만무했다. 육두정부가 쥐고 있는 두 자루의 검, 슈오스와 켈이 나설 차례이긴 하나, 현 상황에선 백병전과 단기 목표에 특화돼 있는 켈보다는 정보전과 장기 계획에 특화된 슈오스가 적격이었다. 물론 구미호의 게임에 놀아나는 걸 좋아할 켈 따윈 어디에도 없겠지만 어쩔 수 없는 노릇이었다. 모든 작전엔 나름의 적재적소가 존재하는 법이니까.

체리스를 비추고 있는 단말 화면이 잠시 일렁이는 동안, 그녀는 장성의 금빛 날개 내부에서 자신을 주시하고 있는 한 쌍의 노란 눈을 발견했다. 모든 것을 간파하는 구미호의 눈. 그 노란 눈을 보고 체리스는 더욱 낙담할 수밖에 없었다. 저 복합 지휘체 안엔 슈오스가, 아마도 슈오스 육두관이 직접 내려보냈을 대리인이 포함돼 있다. 켈 사령부에서 슈오스의 감독관과 긴밀하게 협력하는 경우는 극히 드물므로, 그 말은 곧 켈이 자존심을 꺾을 정도로 엄청난 위기 상황이란 뜻이었다.

"지령을 주십시오, 각하." 체리스는 말했다.

"우리는 산개하는 바늘 요새와 그 권역에 퍼진 이단을 제압할 적임자를 찾고 있는 중이다. 현재 여섯 명의 장교가 후보에 올라온 상태고, 슈오스 측에서 일곱 번째 후보로 자신들이 사용할 '거미줄 말'을 선정했는데, 그게 귀관이다." 체리스의 얼굴을 가진 복합체가 이를 드러내며 씩 웃었다.

체리스는 순간 자신이 잘못 들었다고 생각했다.

표준 역법체계를 육두정부 권역 전체에 투사하는 일은 일련의 연결체 요새들을 통해서 이뤄지는데, 그중에서도 가장 핵심 고리가 되는 곳이 바로 산개하는 바늘 요새다. 그런 곳을 대체 어쩌다 함락당한 거지? 게다가 슈오스는 어째서 하고많은 사람 중에서 하필 나를, 그것도 거미줄 말로 원하는 것일까?

거미줄 말은 슈오스가 고안한 훈련용 게임에 사용되는 공격용 말 중 하나로, 그 이름은 예전 리오즈 분파의 문장인 '거울거미줄'에서 따온 것이다. 과거 칠두정부 시대에 리오즈 분파는 정부를 조직하고 조율하는 역할을 맡아왔는데, 게임에서 거미줄 말의 역할이 그와 비슷했다. 체리스는 그 게임을 딱 한 번 해봤을 뿐이지만, 기본 규칙은 아직 기억하고 있었다. 플레이어는 여러 공역으로 나뉘어 배치되고, 각 공역에서 개별적으로 경쟁을 벌인다. 특정 플레이는 게임 포인트를 취하는 대신 이단 수치를 상승시키는데, 이단 수치가 상승함에 따라 게임 규칙도 바뀐다. 거미줄 말은 이단 수치와 상호작용하는 역할을 맡으며, 게임 규칙을 왜곡시키는 대신 돌파구를 마련하는 무기를 상징한다.

"명령을 받들겠습니다, 각하." 체리스가 말했다. 게임판 위에서 거미줄 말의 생존 가능성이 얼마나 될지는 모르지만, 어떻게든 비집고 들어가 살아남을 것이다.

방금 제대로 본 게 맞나? 여우의 흔들리지 않는 눈빛이 한 번 더 스쳐 지나갔다. "귀관이 사관학교를 졸업할 때, 담당 채점관이 뭐라고 평가했는지 알고 있나?"

"제 기억이 맞다면, 저는 1급 사관학교를 상위 6퍼센트의 성적으로 졸업했습니다, 각하." 체리스는 부드럽게 대꾸했다.

"그렇기 때문에 채점관은 귀관이 명령에 살고 명령에 죽는 분파에 지원한 이유를 궁금하게 여겼다. 귀관의 보수성에 주목했던 거지. 귀관이 군에 남기로 한 이번 결정을, 귀관이 아직도 켈이라는 증거로 받아들여도 되겠나?"

"명령을 받들겠습니다, 각하." 체리스는 같은 말을 반복했다.

2번 복합 지휘체는 보다 명확한 답변을 요구할 수 있는데도 굳이 그러지 않았다. 그녀의 얼굴이 다시 한 번, 이번에는 여우의 끈질긴 희열을 담은 웃음을 지어 보이고는 그대로 사라졌다.

도박에서 돈을 따내려면 두 가지 조건을 충족해야 한다. 하나는 상황을 정확히 파악하는 것이고, 다른 하나는 확률을 정확히 계산하는 것이다. 체리스는 상황 파악과 확률 계산을 전부 끝마쳤다. 물론 이번 도박판에 걸린 건 돈이 아닌 목숨이며, 패배할 경우 어떤 참혹한 죽음이 기다리고 있는지 그녀는 너무도 잘 알고 있었다. 그러나 이미 도박은 시작됐고, 이제는 자기 자신을 믿는 것 외에 다른 방법이 없었다.

면담이 끝난 뒤에도, 체리스는 단말에 비친 자신의 모습을 물끄러미 바라보았다. 여전히 깃을 품은 잿불매의 문장이 떠올라 있었다. 어릴 적엔 개인 문장이 바뀌어서 자신에 대한 새로운 정보를 알려주길 기대하곤 했다. 그러나 언제나 그렇듯이, 오늘도 별다른 차이는 없었다.

어서 병사들을 찾아가 소식을 전해야 한다. 체리스는 보고서를 간단히 작성해 제출한 뒤, 부상병 수용 양식에 서명했다. 얼굴이 찌푸려질 정도의 부상자 수였다. 그들과 잠시라도 대화 나눌 짬이 생긴다면 좋겠지만, 아무래도 그건 어려울 듯했다.

"중간 정장." 제복은 그녀의 명령에 얌전히 복종했다. 장갑 안감에 땀이 흥건했다.

체리스가 사용하는 선실 바깥쪽 복도는 싸늘하다 싶을 만큼 고요했다. 그녀가 복도를 지나가는 동안, 복도가 심하게 굽어지기 시작했다. 이러한 곡률 변화는 공허나방에 더 많은 인원을 싣기 위한 위상수학을 이용한 속임수에 불과했지만, 그녀의 눈은 이번에도 어김없이 환상에 속아 넘어갔다.

복도를 한 바퀴 돌자, 집회소가 등장했다. 켈 보병대는 전함나방 정규 승무원과 떨어져 앉아 식사 중이었다. 문 앞쪽 벽엔 꺼칠꺼칠한 종이가 붙어 있었는데, 그림이 그려져 있었다. 겨울 숲에서 새의 여왕이 궁정 연회를 벌이는 중에 그 옆에 반쯤 몸을 숨긴 여우가 만면에 미소를 짓고 있는 그림이었다.

체리스의 중대가 배정받은 집회소는 빈자리가 많아 휑했다. 다른 중대는 전멸했기 때문에 나머지 집회 공간은 아예 텅 비어 있었다. 일부 서비터들은 식탁 배치를 바꾸어 조금이라도 덜 휑해 보이려고 애쓰는 중이었고, 나머지 서비터들은 머리 위로 바쁘게 날아다니며 장식 배치를 조율했다. 날개를 활짝 펴고 환히 타오르는 잿불매의 깃발로 한쪽 벽면 전체를 덮는다거나, 켈이 가는 곳이면 어디든 따라가는 '모든 불꽃이 커다란 불길이 되리니'라는 좌우명을 쓴 서예 작품이나 전사한 병사들의 군복을 풀어서 전사자의 성명과 그들이 전사한 전장의 이름, 그리고 전사한 일시를 수놓은 태피스트리를 거는 등.

체리스가 집회소에 들어서자 병사들이 수저를 내려놓으며 일제히 일어섰다. 집회소 안엔 절그렁거리는 소리가 울려 퍼졌다. 그녀는 충분히 시간을 들여 경례를 받은 다음 눈웃음을 지어 보였다. 베라브는 언제나 그렇듯 근엄한 얼굴이었지만, 안카트는 냉소가 섞인 웃음으로 그에 화답했다. 장교 식탁에서 새로 발표할 켈 농담을 떠올린 게 분명했다. 그는 그녀가 지금껏 만나본 다른 누구보다 많은 농담을 알고 있었다. 그녀는 장교 식탁 가운데로 걸어가 자리를 잡으며, 중대원들에게 착석하라고 손짓했다.

단풍잎 문양이 새겨져 있는 붉게 옻칠 된 의식용 잔이 체리스를 맞이했다. 누군지 몰라도 찰랑거릴 정도로 채워놓았다. 오른쪽에 앉아 있던 베라브가 그녀에게 잔을 전달했다. 지독히도 지쳐 보이는 모습이라 그녀가 슬쩍 눈썹을 치켜들어 보였지만, 그는 별일 아니라는 듯이 어깨를 가볍게 으쓱해 보였다. 그녀는 굳이 파고들지 않았다. 체리스 자신도 같은 입장이었으므로. 베라브를 비롯한 나머지 중대원들에게 털어놓아야 한다고 생각하니, 벌써부터 지친 기분이었다. 그녀는 애써 평온한 표정을 지으며 물을 한 모금 마셨다. 상쾌하고 시원했다. 그녀는 이런 맛이 나는 게 이상하다고, 쓴맛이 나는 게 마땅하다고 생각했다.

자리마다 밥 한 공기가 놓여 있었고, 공용 쟁반에는 익숙한 반찬들이 즐비했다. 쌀가루 반죽과 샐비어 잎을 튀김옷으로 입힌 생선, 매실절임, 깨소금을 곁들인 메추리알. 베라브는 체리스가 귤을 좋아한다는 걸 기억하고 조금 남겨놓았다. 귤은 흔히 맛볼 수 없는 사치품이었다. 그는 그다지 좋아하지 않아 보였지만. 그녀는 음식상을 내려다보며 중대원들과 함께했던 그 수많은 식사를 떠올렸다. 전장에서 지쳐 쓰러졌을 때 조금만 참으면 이 녀석들과 함께 밥숟갈을 뜰 수 있으리라는 희망으로 힘겹게 몸을 일으켰던 순간, 짓궂은 켈 농담을 들으면서 때로 그 농담대로 행동했던 순간, 함께 살아남은 전우들의 목소리를 들으며 안식을 찾았던 순간. 그 모든 순간으로 이뤄진 시간이 이제 곧 끝날 것이다.

"나쁜 소식이 있다." 체리스가 입을 열었다. "중대를 해산할 예정이라고 한다."

모든 중대원들이, 심지어 충분히 예상했을 법한 베라브조차 그녀를 멍하니 바라보고 있었다. "교리 때문이로군요." 그는 갈라지는 목소리로 물었다. 베라브는 다섯 세대에 걸쳐 켈에 봉직해온 가문 출신이다. 그의 집안에선 이 사태에 상당한 타격을 받을 것이다.

"너희들 중 일부는 다시 복무할 수 있을지도 모른다." 체리스는 문득 자신의 표현에 문제가 있음을 깨닫고 덧붙였다. "결국 비도나 쪽 치안판사의 판결에 달린 일이다. 미안하다. 자세한 내용은 모른다."

"켈은 늘 지지리도 재수가 없죠." 안카트는 극도로 불안한 심정을 그대로 농담에 담을 작정인 게 분명했다. 그녀가 재빨리 날카로운 눈빛으로 노려보자, 그는 입 밖으로 나오려던 말을 그대로 다시 삼켰다.

"임무가 내려왔다." 체리스는 말을 이었다. 당장은 새로운 임무도 무미건조하게만 느껴졌다. "나 혼자서만 간다. 다른 쓸데가 있는 모양이다."

식탁 위는 한동안 웅성거리다 순식간에 잦아들었다. 그들도 켈의 완곡어법을 이해한 것이다. 그들의 앞날은 결코 밝지 않을 것이다. 중대원 대부분이 켈의 전통과 진형 본능을 박탈당할 것이다. 머리로는 켈의 좌우명과 진형 속 자신의 위치를 기억할지라도, 더 이상 켈의 좌우명을 떠올리면서 안식을 얻지도 못할 것이며, 진형을 갖춰도 이능력 효력을 발휘하지 못할 것이다.

"어딜 가시든 행운이 뒤따르길 빕니다, 중대장님." 안카트의 말에 베라브도 중얼거리며 동의를 표했다. 무슨 일이 일어나고 있는지 이해할 수 없는 모양이었다. 그의 눈빛에는 충격을 받은 기색이 역력했다.

"관등성명과 복무기간 신고를 받겠다." 그녀는 나직한 목소리로 말했다. 의식을 치르면 조금이나마 현실감이 들 테고, 무엇보다 병사들에게도 의지할 곳이 생길 것이다. 딱히 위안이 되지는 않겠지만. "중대 전원. 신고를 시작한다."

"알겠습니다." 중대원들은 한목소리로 대답했다. 안카트는 자기 손을 내려다보다가 고개를 들고 다시 그녀를 향했다.

정식 퇴역 의식이 아니었기에 군악대 연주는커녕 예포도 없었다. 체리스는 그 정도도 해줄 수 없다는 사실이 안타까웠다. 그러나 서비터들조차 그녀의 명령을 따라서, 전부 하던 일을 멈추고 한 줄로 늘어서선 경청하는 자세를 취했다. 그녀는 서비터들을 향해 고개를 끄덕였다.

신참부터 신고를 시작했다. 데즈켄이 죽었으니 켈 니리오가 맨 처음이었다. 이후로는 계급에 따라 올라갔다. 의식이 치러지는 동안에는 아무도 음식에 손대지 않았다. 체리스도 식사를 못 한 지 오래됐지만, 허기 따위에 신경 쓸 때가 아니었다. 중대원 각각의 이름은 이미 오래전부터 그녀의 머릿속에 각인돼 있었다. 그러나 의식에 집중하고 있는 각각의 중대원들 얼굴이, 퇴역을 신고하는 그 거친 목소리가 다들 어땠는지 확실하게 기억하고 싶었다. 앞으로 닥칠 역경 속에서 조금이나마 위안을 얻을 수 있도록.

중대원들에 이어 체리스도 신고를 시작했고, 그동안 나머지 중대원들은 전부 침묵을 지켰다. 그녀는 의식을 마무리하면서 감사를 표했다. "고맙다. 다들 행운을 빈다."

이렇게 휘하 장병들을 떠나보내는 상황에서도, 체리스는 내심 앞으로 어떤 임무가 기다리고 있을지 궁금해졌다. 자신의 그런 이중적인 모습 때문에 속으로는 죄책감을 느꼈지만 내색하지 않았다.

"드시죠, 대위님." 안카트가 말했고, 그녀는 식사를 시작했다. 너무 빠르지도 느리지도 않게 수저를 움직였다. 베라브가 그녀를 위해 남긴 두 개의 귤로 식사를 마무리했다.

03

체리스는 보다 구체적인 지령이 내려오길 바랐으나 그런 행운은 따르지 않았다. 그녀는 불안 속에서 간신히 잠들었다가 한밤중에 깨어났다. 평소보다 4시간 62분이나 이른 시각이었다. 조명이라고는 양초덩굴 하나뿐인 방 안은 어둑했다.

체리스가 자는 동안 일어난 일들이 개인 단말 메시지로 와 있었다. 〈타오르는 잎사귀〉호가 밤새 내부구조를 바꿨다는 것, 그리고 무엇보다 중요한 정보는 그녀가 더는 왜기리 중대 소속이 아니라는 것. 일부러 자는 틈을 노린 게 분명했다. 깨어 있을 때 처리됐다면 그나마 괜찮았을 텐데. 이제 그녀가 할 수 있는 것이라곤 조금이라도 자비심을 가진 담당자가 존재하길 비는 것뿐이었다. 만약 기도가 먹힌다면, 중대원들은 교리 심사를 받으러 끌려가기 전 잠시나마 마음을 가다듬을 시간을 벌게 될 것이다. 부상자의 경우, 몸이라도 건사한 상태로 판결을 맞이할 수 있도록 충분한 치료를 받게 될 것이다.

책상 앞에서 어슬렁거리던 체리스는 뒤늦게 인기척을 느꼈다. 열린 문 앞에 서비터 한 대가 노크도 없이 가만히 서 있었다. "안녕." 체리스는 의아한 낯빛으로 인사를 건넸다.

이 전함나방 서비터들은 대부분 거미형이거나 새형이었지만, 이 서비터는 여우형이었다. 다면으로 깎은 유리 눈이 노랗게 빛났다. 슈오스 서비터였다, 당연하게도.

노란 눈의 여우 서비터는 침묵했다. 켈 서비터는 절대 인간과 대화를 나누지 않으며, 슈오스 서비터도 거의 하는 일이 없다. 안단이나 비도나 서비터들은 원한다면 가끔씩 하지만. 여우 서비터는 조용하고도 재빠르게 지그재그로 움직이며 다가왔다. 그러다 여러 번 공중 도약하더니 체리스의 책상 높이까지 도달했다.

서비터는 옆구리에 달린 수납공간에서 두루마리 천을 꺼냈다. 두루마리 천엔 손쉽게 뜯어낼 수 있을 법한 가느다란 사슬이 고정되어 있었다. 체리스는 즉시 뜯어내는 대신 감사의 말을 웅얼거리며 이리저리 돌려 걸쇠를 찾았다.

그냥 천이 아니었다. 얼룩덜룩한 무늬가 들어간 견직물 위에 정사각형 구획이 새겨져 있었다. 슈오스 게임에 쓰이는 말판인 듯했다. 가장자리를 따라 달린 자그마한 청동색 구슬과 진한 주황색 구슬이 반짝였다. 그녀는 엄지로 늘어선 구슬을 훑으며 올록볼록한 촉감을 즐겼다.

자세히 보니 이 천은 말판이라기보다는 게임의 진행을 기록한 것에 가까웠다. 선이 교차하는 곳마다 수놓아진 말들은 게임의 상황을 그대로 담고 있었다. 체리스는 구석에 있던 거미줄 말을 찾았고, 자연스레 씁쓸한 미소를 지었다.

체리스가 처음이자 마지막으로 슈오스 게임을 즐겼을 때, 상대는 당시 사귀던 예쁘장한 여성 통신기술자인 슈오스 알라이아였다. 체리스는 알라이아의 어색한 웃음과 기능 장애에 빠진 광업 공동체에서 보낸 그녀의 어린 시절 이야기를 떠올렸다. 체리스와 알라이아는 드라마 취향마저 일치했다. 터무니없는 멜로드라마에, 결투가 많을수록 좋다는 것까지 전부. 옅은 갈색 눈동자와 그보다 살짝 어두운 피부를 가진 알라이아는 항상 손을 가만두지 못했다. 이러한 슈오스의 과민성 경련은 보통 훈련을 받으면서 생기는 경우가 많았기에 체리스는 굳이 캐묻지 않았다. 슈오스 상부에서 그녀와의 교류까지 전부 기록으로 남겼다니, 정말 기가 찼다. 당연히 예상했어야 하는데.

체리스는 게임판 위의 탑들과 하나 남은 대포의 위치를 뜯어보며 생각에 잠겼다. 설마 그때의 게임일까? 그녀는 기억력이 좋은 편이긴 해도 사진처럼 완벽하지는 못했다. 휴가 중이어서 중대 그리드에 기억을 저장하지도 않았다. 그 게임을 재현해놓은 것이 맞을지도 모른다. 분명 지고 있었고, 대포를 잃으면 전세를 뒤집기 힘든 상황까지 아귀는 맞았다. 하지만 게임 내용을 살짝 비틀어 은밀한 메시지를 숨겨놨다면, 그녀로서는 알아낼 도리가 없었다.

짜증 나게도 슈오스는 원하는 바를 직접 말해줄 족속이 아니었다. 슈오스는 게임을 이용해 교훈을 줄 기회가 생기면, 상황이 어떻든 반드시 실행에 옮긴다. 솔직히 말해서, 알라이아가 기꺼이 시연해 보였듯이, 교육적인 게임이란 침대 위에선 나름 즐거울 수도 있지만.

체리스는 천의 양면을 모두 확인하며 놓친 것이 있는지 확인했다. …있었다. 빈 사각형 공간 뒷면에, 톱니바퀴 문양 자수가 탄력 있는 섬유로 새겨져 있었다.

서비터는 격려하듯 고개를 갸웃해 보였다. 체리스는 잠시 머뭇거리다 섬유를 잡아 뽑았다. 순간 열선 펄스가 팔을 따갑게 쏘았다. 섬유 안에 메시지가 있는 것이 분명했다. 후덥지근했던 장갑이 다시 차갑게 식었다.

펄스를 타고 흘러든 정보가 체리스의 정신 속에 지도를 그렸다. 손가락 끝이 복잡하게 뒤얽힌 공허나방 항로를 훑었다. 광활한 우주에 흩어진 항성의 후끈한 열기가 얼굴에 느껴졌다. 지도에는 '산개하는 바늘 요새'라는 이름이 떠올랐지만, 사실 필요 없는 짓이었다. 뒤얽힘 공역에서 가장 큰 연결 기지이자 육두정의 축소판 같은 그곳을 알아보지 못할 사람은 없으니까.

산개하는 바늘 요새가 관할하는 영역에선 육두정부의 이능력 병기가 효력을 발휘하기 힘들 것이다. 요새에 역법 부식 사태가 발생하면서, 요새의 주요 역할인 주변 영역에 대한 역법 안정성 투사가 끊겼기 때문이다. 육두정부는 '불변성 기술', 즉 모든 역법 체계에서 사용 가능한 기술 측면에서는 뒤처져 있다. 그 말은 곧 부식이 진행된 지역에 가까이 다가가기만 해도 공허나방의 주력 항성 간 추진체가 작동을 멈출 것이라는 뜻이다. 만에 하나 육두정에 속한 행성들을 연결해줄 공허나방이 사라지면 육두정은 붕괴해버릴 것이다.

만약 이단자들이 요새를 자기들 역법 체계로 개종했다면, 문제는 더욱 심각해진다. 육두정이 관할하는 가장 풍요로운 성계 한가운데에, 적대 세력이 존재하는 상황을 용인하는 것이나 다름없으니까.

이처럼 문제의 심각성을 고려해볼 때, 체리스는 켈 사령부에서 아직도 이 문제를 해결할 장군을 파견하지 않았다는 것에 놀랄 수밖에 없었다. 장성급 인사가 오염되는 사태를 피하기 위해서일까?

이번 위기 상황을 타개하여 명예를 얻고자 하는 나머지 여섯 명의 후보에 대한 기본 정보는 전부 제공되었다. 다만 이름이 공개되지 않았기에, 아마 그들의 얼굴 또한 볼 수 없을 거라고 체리스는 추측했다. 물론 그들도 그녀의 얼굴을 보지 못할 테지만. 그녀로선 이런 막중한 임무를 두고서 선택지를 둔다는 것 자체가 놀라웠다. 게임이고 뭐고 할 거 없이 당장 책임자를 뽑아야 하는 상황 아닌가? 그러나 일개 대위인 그녀에겐 결정권이 없었다. 그녀는 복합 지휘체 안에서 자신을 바라보던 슈오스의 눈빛을, 악명이 자자한 그들의 게임 취향을 다시금 떠올렸다.

체리스를 제외한 켈 후보자들은 전부 영관급 장교였지만, 장성급은 없었다. 어쩌면 그녀와 마찬가지로 명예가 실추된 자들일지도 모른다. 놀랍게도 우주전 경험이 없는 후보자가 둘이나 있었다. 4번 후보자, 그리고 체리스였다.

체리스는 중령인 1번 후보자가 혁혁한 전공을 세운 장교라고 추측했다. 전장 정보는 전부 비공개였기에 확신할 수는 없었지만, 그가 받은 다섯 개의 훈장 중에 '붉은 화톳불'은 죽음을 불사하는 용기를 가진 자들에게 수여하는 켈의 훈장이었다.

2번 후보자는 라할 분파의 치안장교였다. 라할이 작전 지휘권을 쥔다고 생각하자 체리스는 불안해졌다. 라할은 육두정부를 이끄는 상위 분파로, 교리를 제정하고 표준 역법을 유지하는 역할을 한다. 융통성 없기로 명성이 자자한 이들이지만, 직접 후보자까지 보내면서 관여하고 있는 걸 보니, 퀠의 기벽에 어울려줄 최소한의 의지는 가지고 있는 모양이었다.

3번 후보자도 중령이었지만, 아무 기록도 없었다. 적어도 체리스에게 주어진 권한 내에서는. 좋은 쪽이든 나쁜 쪽이든 독특한 이력을 갖고 있다고 볼 수 있었다.

4번 후보자는 엄청난 수의 훈장을 받은 보병대 대령이었다. 체리스는 4번을 이기기란 쉽지 않겠다고 생각했다. 그에게 4는 아주 어울리는 번호였다. 4는 죽음을 부르는 불운의 숫자이지만, 명예로운 죽음을 바라마지않는 퀠에겐 결국 행운의 숫자기도 했다.

5번 후보자는 가장 심상치 않은 후보자였다. 내부 기록을 외부에 드러내길 꺼리는 슈오스가 파견한 요원이었다. 벌써 후보를 내정한 상황에서, 퇴역당하기 직전의 평범한 퀠을 후보자로 지목한 것일까. 육두정부의 모든 구성원에게 공통으로 표하는 충성을 빼면, 그녀에겐 딱히 슈오스에 충성을 바칠 이유도 없었다. 그녀의 행동양식을 너무 완벽하게 알고 있어서, 따로 지시를 내리지 않아도 원하는 역할을 수행하리라 생각하는 걸까? 물론 굳이 답할 필요도 없는 질문이었다.

6번 후보자는 세 번의 포위전 참전을 빼고는 전형적인 경력을 밟은 영관급 장교였다. 이로써 중령만 세 명째였다. 체리스는 복무 경력으로는 저들과 대적할 수 없으리라 생각하면서도, 동시에 저들도 자기와 같은 이유로 끌려왔을 것이란 희망의 끈을 놓지 않았다. 다들 교리를 거슬러서 문제를 일으킨 자들이라면 아직 승산은 있었다.

"혹시 작전 중 자원을 어느 정도까지 사용할 수 있는지는 모르겠지?" 체리스는 서비터에게 물었다. 사용 가능한 폭탄을 전부 요새에 때려 박아 방어막이 벗겨지는지 확인해보자고 제안하고 싶었다. 지극히 매력적이지만 동시에 너무 전형적인 켈 방식이긴 했다. 물론 너무 전형적이라고 해서 딱히 망설일 필요는 없었지만.

서비터가 대화를 시작하는 바람에 체리스는 깜짝 놀랐다. 물론 불빛을 반짝여서 켈의 군용 암호로 말하는 것이기는 했지만. "켈 사령부의 승인만 받는다면, 사실상 모든 작전이 허용됩니다." 언뜻 보기에 뻔한 말처럼 들렸지만, 꼭 그렇다고만 볼 순 없었다. 승인이라.

"뒤얽힘 공역에 대한 추가 정보는 없고?"

서비터는 침묵을 지켰다. 필수 숙지 사항 외엔 없다는 뜻일 것이다.

쓸 만한 대답을 얻긴 힘들어 보였지만, 그래도 계속 묻는 편이 좋을 것 같았다. "회의 일정은 정해졌어?" 체리스가 물었다.

"어림잡아 3시간 후입니다." 서비터가 말했다.

"'어림잡아?'" 체리스는 어이없다는 투로 되물었다.

서비터는 어깨를 으쓱해 보였다.

"좋아. 다른 전달 사항은?"

다시 어깨를 으쓱했다.

체리스는 천을 다시 말아서 걸쇠를 채웠다. 그러나 서비터에게 돌려주려고 고개를 들어보니 문이 닫히고 있었다.

어림잡아 3시간 후라면 그녀의 평소 기상 시각보다도 일렀다. 잘 시간을 쪼개서 조사해야 했지만, 아까부터 너무 지쳐서 휴식이 필요했다.

이제 와서 침대에 누워봤자 잠도 오지 않을 것이기에, 체리스는 두루마리 천을 책상 구석에 밀어놓고 벽을 바라봤다. 그녀는 얼굴을 찌푸렸다. 모든 작전이 허용된다고? 켈 사령부의 승인만 받는다면? 이 정도의 정보는 나머지 후보자들한테도 전달됐을 거라 생각하는 편이 옳았다. 이론적으로나마 켈의 무력을 원하는 대로 휘두를 수 있다니. 물론 선택의 여지가 있다고 해서 꼭 선택할 수 있다는 건 아니었다. 모든 것은 승인받을 수 있을 만한 계획을 세우느냐 마느냐에 달려 있었다. 켈은 가장 강력한 화력을 지녔을 뿐만 아니라 인근에 역법적 안정성을 투사할 수 있는 소멸나방을 여섯 척이나 보유하고 있다. 여섯 척 전부를 요새로 보내는 계획을 세울 수도 있지만, 그러면 육두정부의 나머지 영역은 방어수단 없이 위험에 노출될 것이기에 승인은커녕 진지하게 여겨지지도 않을 것이다. 자신의 앞날은 윗선에서 진지하게 여길 법한 계획을 세우는 일에 달려 있다. 아니, 앞날은 차치하더라도, 육두정부의 안녕을 위해선 최선의 계획을 제시해야만 한다.

체리스는 손을 내려다보면서 애써 긴장을 풀었다. 켈 사령부는 가장 빠르고 효율적인 해결책을 찾고 있을 것이다. 즉, 평소라면 금지되는 병기도 사용할 수 있다는 뜻이다.

그렇다면 켈 병기창을 고려해야 한다. '대재앙을 부르는 대포', '천체를 분해하는 여과기', '수많은 행성에 질멸을 고하는 작고 반짝이는 상자'까지. 체리스는 사관학교 졸업식날 그 무기들을 실제로 본 적이 있었다. 수많은 행성에 절멸을 선사하는, 뇌관을 제거한 작고 반짝이는 상자는 여기저기 파인 자국이 가득한 평범한 상자에 불과해 보였다. 연사는 그 무기가 행성 세 개의 거주민을 전멸시켰다고 설명했다.

비록 작은 행성이었다 할지라도, 저런 자그마한 상자가 그토록 많은 죽음을 불러올 수 있다니. 그녀로선 놀랄 수밖에 없었다.

병기창의 보유 병기 목록은 가지고 있지 않았지만, 체리스도 그런 군사 기밀정보를 요구할 만큼 분별력이 부족하진 않았다. 그녀는 작고 반짝이는 상자를 몇 개까지 승인받을 수 있을지 고민하다 이내 그만두었다. 애초에 육두정부가 요새를 깨끗이 쓸어버릴 생각이었다면 벌써 하고도 남았을 것이다. 그들은 산개하는 바늘 요새를 최대한 원상태로 점령해 지배권만 되찾고 싶은 것이다.

켈 사령부에서 가장 중요하게 생각하는 조건이 뭘까? 이단자들이 투항할 때까지 폭격을 가할 생각이라면 남는 문제는 최적화뿐이다. 비용과 비축물자와 병력의 손실을 최소화하는 문제로 좁혀진다.

체리스는 다시 한 번 두루마리 천을 내려다보았다. 원칙을 오염시키는 거미줄의 말. 슈오스는 그녀에게 무슨 말을 하고 싶었던 걸까?

"뻔한 거잖아." 체리스는 중얼거렸다. 저들은 전장을 고르라고 말하고 있는 것이다. 켈 후보자들은 분명 켈답게 전형적인 해결책을 제시할 것이고, 라할 후보자는 우아하고 깔끔한 해결책을 제시할 것이다. 슈오스 후보자가 어떤 식으로 나올지 그녀로선 예측할 도리가 없었다.

산개하는 바늘 요새가 이미 개종당한 상태라면, 전설적인 난공불락을 자랑하는 그 요새를 공략하기 위해 '불변성 얼음의 방어막'을 돌파할 방법이 필요할 것이다. 불변성 방어막은 어떤 역법 체계에서도 작동하기 때문에, 이단자들이 육두정부에 대항할 때도 사용할 수 있으니까. 그러나 체리스는 그 방어막을 돌파하는 방법은 고사하고 작동 원리에 대해서도 제대로 알지 못했다. 육두정부의 핵심 연결 요새의 방어수단에 대한 1급 군사 기밀을 일개 대위에게 알려줄 리가 없으므로.

그러나 다른 난공불락의 요새를 함락시킨 한 장군의 이야기는 머리에 떠올랐다. 그걸 '함락'이라고 부를 수 있다면 말이지만. 399년 전, '슈오스 제다오' 대장은 켈의 함대를 이끌고 있었다. 필패의 전투를 승리로 이끈다는 명성이 자자한 사람이었기에, 켈 사령부는 '등롱꾼 이단'에게 빼앗긴 '지옥나선 요새'를 되찾기 위한 함대에 그를 투입했다.

제다오 대장은 다섯 번의 전투를 치르면서 반란군을 격파해나갔다. 첫 번째 촛불전광 전투에서 그가 이끄는 병력은 반란군에 비해 8 대 1로 열세였다. 그러나 두 번째 전투부터는 병력마저 우세했다. 반란군의 지도자는 고중력 부유물과 부식성 성간 먼지라는 보호 수단으로 둘러싸인 지옥나선 요새로 퇴각했지만, 칠두관들은 제다오 대장이라면 큰 문제 없이 요새를 확보할 수 있으리라 생각했다.

그러나 제다오 대장은 요새 확보를 눈앞에 둔 상황에서, 병력 전체를 나선 요새 속으로 몰아넣고는 사상 최초로 경계면 탈곡기를 가동시켰다. 등롱꾼 이단과 켈 병력 전부가 시쳇빛에 잠겨 익사했다. 그 병기의 치명적인 위력은 그 사건을 계기로 널리 알려지게 됐다.

제다오 대장은 자신의 기함에서 평범한 개인화기인 패터너 52식 권총을 뽑아 들고 참모진을 남김없이 살해했다. 참모들도 다들 훌륭한 군인이었지만, 제다오 대장에게 비할 바는 아니었다. 적어도 그가 반역을 저지르기 전까지는.

제다오 대장을 제압한 뒤 이어진 뒤처리 작업에서, 칠두정부는 항성계 몇 개를 사고도 남을 돈과 그보다 귀중한 수많은 목숨을 소모해야 했다.

지옥나선 요새에선 100만 명이 넘는 사람들이 목숨을 잃었다. 생존자는 수백 명에 불과했다.

켈 사령부는 훗날 제다오 대장을 이용하기 위해 보존해두기로 결정했다. 역사 기록에 따르면, 제다오 대장은 순순히 투항했으며, 사령선에 진입했을 당시 그는 시체에서 파낸 총알을 모양에 따라 배열하고 있었다고 한다. 켈 사령부는 그를 '검은 요람'에 안치하여 영원한 죄수로 만들어버렸다.

막다른 골목까지 몰린 체리스에게 최선의 수는 무기나 병력이 아니었다. 나머지 후보자들도 그 정도는 생각하고 있을 것이다. 그녀가 둘 수 있는 최선의 수는 바로 '장군'을 선택하는 것이었다.

문제는 산개하는 바늘 요새의 부식 현상 때문에, 요새에 접근하는 함대가 이능력 병기를 제대로 사용할 수 없으리라는 점이었다. 그녀에게 필요한 것은 화력이 아니라 문제에 대처할 수 있는 전략가였다. 그렇다면 켈의 병기창에서 유일하게 대장 계급을 단 망령, 니라이 기술자들이 그 광기의 원인을 발견하고 치유법을 찾아낼 때까지 영영 검은 요람에 잠들어 있어야 할 그 광인의 힘을 빌릴 수밖에 없었다. 번제의 여우, 슈오스 제다오. 전술의 천재이면서 동시에 대반역자이자 대량 학살자인 바로 그 사람이 필요했다.

이런 제안을 꺼내는 것만으로도 켈 사령부의 처벌을 받을 수도 있다는 것을 체리스는 잘 알고 있었다. 제다오 대장이 별 도움이 되지 않을 가능성도 있었다. 그러나 그의 뛰어난 전술 능력을 이용할 생각이 아니었다면, 애초부터 그를 검은 요람 안에 보존하지도 않았을 것이다.

게다가 켈 사령부는 대담함을 높이 평가한다. 드레지 행성의 사투가 고스란히 낭비되는 경험을 했으면서도, 체리스는 여전히 사령부의 평가에 신경을 썼다. 켈로서 훈련받은 자들의 정신에는 본능적인 충성심이 자리 잡는다. 그녀를 비롯한 모든 사람이 알고 있는 사실이었다.

체리스는 이번에는 자신의 그림자 속 잿불매가 깃을 펼칠지도 모른다고 반쯤 기대하고 있었다. 그러나 지금 당장은, 그림자는 그저 평범한 그림자일 뿐이다. 차라리 그쪽이 더 나았다.

다른 통신이 들어와서 회의 개최 시각을 전달하고, 그 시간에 전략 상황실로 가서 출석 보고를 하라고 일러주었다. 체리스는 전함나방 그리드에서 산개하는 바늘 요새에 대한 정보를 빼내려 노력해보았지만, 예상대로 1급 기밀인 불변성 얼음에 대한 정보는 나오지 않았다. 아마 이런 시도조차도 윗선의 주시를 받겠지만, 어차피 지금 상황에서 그런 걱정은 의미 없었다. 그녀는 전략상황실로 가는 길을 미리 확인해두었다.

체리스는 6분 전에 지정 장소에 도착했다. 상황실로 통하는 문은 여러 개 있고, 모두 환히 타오르는 잿불매 문양이 그려져 있었다. 그녀가 보조 두뇌를 이용해 암호를 전송하자 문 하나가 슉 하고 열렸다.

예상대로 상황실은 텅 비어 있었다. 1번에서 6번 후보자들은 다른 장소에서 회의에 참석할 것이다. 체리스는 과연 그들의 얼굴을 볼 수 있을지, 아니면 개인 문장이 빈자리에 떠올라 있을지를 생각해보았다. 이름도 공개되지 않는 상태에서 얼굴을 드러낸다는 건 말이 안 되겠지. 만에 하나 얼굴을 공개한다고 할지라도, 상황실을 떠나는 순간 머릿속에서 그 기억을 지울 것이다.

약속시간에서 정확히 1분 전에, 2번 복합 지휘체의 얼굴이 화톳불처럼 타오르며 등장했다. 그 얼굴은 상황실을 굽어보다가 체리스에게 시선을 고정하고 움직임을 멈추었다. 체리스는 혐오감을 억누르려 애썼다. 자신의 얼굴로 태연하게 장군의 계급장과 장식을 달고 있는 모습이 지독히도 신경에 거슬렸다. 물론 그조차도 그녀의 감정을 동요시키려는 술수일 테지만.

"저 자리에 앉는 것이 어떤가." 2번 복합 지휘체가 긴 탁자의 한쪽 끝을 가리키며 말했다.

체리스가 그 말에 따르자마자 다른 이들이 도착했다. 다들 개인 문장만 보였으므로. 마찬가지로 저들 또한 그녀를 깃을 품은 잿불매 문장으로만 볼 것이다.

1번과 4번 후보자는 창공으로 낙하하는 잿불매 문장으로 등장했다. 용맹함을 상징하는 저 잿불매는 켈에서 높이 평가받는 문장 중 하나였다. 체리스의 눈길을 끈 것은, 기본 정보상으론 특별할 게 없었던 3번 후보자의 개인 문장이었다. 알에서 깨지 않은 잿불매였던 것이다. 이론적으로 별다른 뜻은 없지만, 깨지 않은 잿불매는 보통 끔찍한 일이 벌어질 징조로 취급받는다. 켈에서 가장 흔하게 볼 수 있는 환히 타오르는 잿불매가 문장인 6번 후보자에게서는 얻을 수 있는 정보가 없었다. 2번 후보자인 라할 장교는 홀로 사냥하는 예지 늑대 문장이었는데, 문장만 봐도 그가 켈에 봉사하려는 이유를 충분히 짐작할 수 있었다. 5번 후보자인 슈오스 장교는 눈을 반쯤 감은 구미호였는데, 누구나 등 뒤를 조심해야 한다는 경고를 담은 문장이었다. 체리스는 저 구미호의 아홉 개의 눈이 전부 자신을 향하고 있음을 분명히 느끼고 있었다.

"현재 산개하는 바늘 요새를 중심으로 역법 부식이 진행 중이다." 2번 복합 지휘체가 갑자기 입을 열었다. 탁자 중앙 허공 위로, 요새의 지도가 화면으로 떠올랐다. "이 역법 부식을 시급히 처리하지 않으면 뒤얽힘 공역에서 육두정의 장악력은 심각한 위협을 받을 것이며, 이 공역이 육두정의 중심부라는 점을 고려하면 결국 육두정 전체가 위험에 처할 것이다. 마지막 보고에 따르면, 이단은 불변성 얼음 방어막을 최대 강도로 가동하고 있다고 한다. 부식 제거를 위해 파견되었던 대응 부대는 패전했다."

"패주한 겁니까, 아니면 회유된 겁니까, 사령관님?" 슈오스 후보자가 말했다. 조금도 겁내는 기색이 없는 냉담한 여자 목소리였다.

"패주한 함선 하나를 제외하곤 전부 회유됐다. 대응 부대는 총 스물다섯 척으로 구성된 함대였고, 라할의 초점나방 한 척만이 살아 돌아왔다. 덕분에 무슨 일이 벌어졌는지 알게 된 거지." 2번 복합 지휘체가 대답했다.

3번과 4번 후보자, 즉 깨지 않은 잿불매와 창공을 낙하하는 잿불매가 서로 눈짓을 교환했다. 적어도 저 둘은 서로 아는 사이인 것 같았다. 상황이 꽤나 불편해질 듯했다.

체리스는 나머지 후보자들이 그녀가 모르는 추가정보를 가지고 있을지 궁금했다. 초점나방이 이미 투입되었다는 것은 상황이 생각보다 훨씬 좋지 않다는 뜻이다. 초점나방은 오직 라할만 사용하는 함선이다. 그들은 보통 한 척만 파견해도 성계 하나의 이단 세력 정도는 가볍게 소멸시키는 화력을 가진 초점나방을 야멸차다 싶을 정도로 소중히 다룬다. 그러나 초점나방은 이능력 기술에 대한 의존도가 높기 때문에, 역법 이단이 일정 수준 이상으로 진행된 상태에서는 무력해지기 일쑤다. 따라서 초점나방은 이단자들을 흥분시키고 과격한 행동을 하도록 부추기는 촉매재가 되기도 한다.

"라할 측에서 이 문제를 켈 사령부에 넘겼다." 2번 복합 지휘체가 한 말의 속뜻은, 자기들이 한시라도 빨리 그 이단 녀석들을 심문하고 징벌할 수 있도록, 켈 사령부가 요새를 충분히 두들기길 바란다는 것이었다. "현 상황에서 귀관들은 모두 소모품이나 다름없다. 물론 임무를 완수하면 포상이 있을 것이다. 이제, 귀관들이 생각하는 계획을 브리핑해보도록. 번호 순서대로 진행하겠다."

1번 후보자가 그림자의 몸으로 기립해서 경례를 붙였다. 관절의 움직임이 미묘하게 어색한, 살아 있는 인형을 보는 느낌이 들었다. 그의 계획은 켈-슈오스의 연합 함대로 감염 구역 밖에서 폭격을 퍼붓는 것이었다. 그러나 그런 식으로 불변성 무기에만 의존하면 위험이 따를 수밖에 없다. 반군 쪽에서 역법 부식을 이용한 새로운 대응책을 얻었을지 모르는 상황이니까. 게다가 1번은 요새 거주자 수를 감소시키는 방안을 제시했는데, 전후에 요새의 표준 역법체계를 적정 수준까지 되살리려면 거주민을 새로 채워 넣어야 한다. 그것도 역법을 충실히 따르는 인원이 필요하기에, 껄끄러움을 무릅쓰고 교리를 담당하는 비도나 측에 의존해야 한다는 문제가 생긴다.

2번 후보자인 라할 장교는 비교적 단순한 해결책을 제시했다. 초점 나방 함대를 파견해 이단 신앙이 퍼진 지역을 불태워버리는 것이다. 일개 장교의 발언이기는 해도, 라할이 이런 제안을 용인한 것 자체가 그들이 막다른 골목에 몰렸다는 것을 방증해주었다. 라할은 막강한 권력을 손에 쥐고 있지만, 완고한 정직성과 추상적인 사고방식, 그리고 무엇보다도 가혹하다 싶을 정도의 금욕주의 때문에 재정 상태가 가장 열악한 분파다. 실용적인 측면에서 말하자면, 감염이 빠르게 진행되는 현 상황에서 초점나방은 너무 느린 해결책이라는 문제가 있었다. 체리스는 지도를 한참 들여다봤다. 2번의 방책도 얼추 가능은 하겠지만 관련 기하학의 정밀도에 병적으로 집착하는 인원이 반드시 필요해 보였다. 물론 그런 쪽으로 특출난 라할을 확보하는 건 그리 어렵지 않을 것이다.

3번과 4번 후보자는 공동 작전 계획을 발표했다. 켈 병기창에서 가져온 온갖 무기를 사용해 보병대가 제압에 나서는 것이었다. 그들이 언급한 '배제포'는 체리스로선 들어본 적도 없는 무기였다.

5번 후보자가 작전 계획을 브리핑하는 동안, 체리스는 문득 자세를 바로잡았다. 5번 슈오스 장교는 안단의 기록 보관소에 병기 차출을 요청하고 싶어 했다.

"안단 측의 협조는 기대하기 어렵다." 브리핑 도중에 2번 복합 지휘체가 말을 끊는 것은 이번이 처음이었다. 안단은 라할과 슈오스와 함께 상위 분파에 속하며, 보통 군사 실무와는 거리를 두는 경향이 있다. 그들은 고매한 문화와 막대한 부를 사랑하는 데에 그치지 않고,

뭐든지 닥치는 대로 손아귀에 쥐려고 든다. 사실, 다른 건 전부 차치하더라도, 안단은 슈오스나 켈과는 결코 좋은 사이가 아니었다.

"실례합니다만, 여러분." 5번 후보자가 말했다. "방금 하신 말씀은 사실과 다릅니다. 안단 또한 다른 분파들처럼 설득이 가능합니다. 설득할 방법이 없었다면 애초에 계획을 말씀드리지도 않았을 것입니다."

2번 복합 지휘체가 잠시 침묵한 후 말했다. "계속하도록."

"안단에는 슈오스 '포고기'와 유사하나, 그보다 더 넓은 역법값에서 작동하는 병기가 있습니다." 5번이 말을 이어나갔다. "비도나의 기술을 적절히 적용할 경우, 생존자들이 다시금 생산적인 삶을 살 수 있다는 연구 결과 또한 존재합니다. 정확한 판단을 위해 일부 내용을 공개하자면, 비도나 기술을 적용했을 때 생존율은 40퍼센트에 육박하며, 물론 나머지 60퍼센트는 이성조차 유지할 수 없다고 합니다."

브리핑이 진행되는 동안에도, 체리스는 슈오스 장교의 반쯤 감긴 눈들이 복합 지휘체가 아닌 자신을 향하고 있다는 걸 분명히 느꼈다. 여기서 가장 난감한 점은, 상대방이 슈오스일 때는 이런 느낌을 단순히 피해망상으로 치부할 수 없다는 거였다.

"잘 들었다." 다시 오랜 침묵이 흐른 후, 2번 복합 지휘체가 대답했다. "다음."

6번 후보자는 보병대 침투, 초점나방 함대, 안단 확성기 등 이전 후보자들이 언급한 작전 계획들을 간략하게 요약하는 것으로 서두를 뗐다. 그러면서 그녀는 미소를 지어 보였다. 그녀 또한 그림자일 뿐이라 입은 보이지 않았지만, 미소를 지었다는 사실은 누구라도 알 수 있었다. 목소리와 함께 입술 끝이 올라가는 소리까지 들릴 지경이었다.

"니라이 몇 명을 희생하면 됩니다." 6번 후보자가 그 말을 꺼내자마자 체리스는 그녀가 싫어졌다. 켈 병력을 희생하는 것과는 다른 차원의 문제였다. 전체를 위해 기꺼이 목숨을 버리는 켈과는 달리, 니라이는 자기 목을 내놓길 결코 원하지 않았다. 그들은 연구자 혹은 기술자이지 전사는 아니다. "니라이 기술자 몇 명을 보내서 이단자들한테 무기를 쥐여주는 겁니다. 그러면 이단자들은 우릴 향해 쏴대기에 앞서, 자기들끼리 총구를 겨누게 될 겁니다. 그렇게 이단 놈들끼리 서로 죽이고 난 뒤에 우리가 진입하면 됩니다." 켈이 생각할 법한 작전은 아니었다. 물론 모든 켈이 농담처럼 돌진만 아는 것은 아니다. 그래서는 어떠한 전투에서도 승리하기 어려울 테니까. 6번의 작전 계획은 아군 손실도 적을뿐더러, 성공 가능성도 제법 높았다. 이와 비슷한 속임수가 효과를 발휘했던 역사적 사례를 체리스는 여럿 떠올릴 수 있었다. 그러나 거북하기는 매한가지였다.

"7번." 2번 복합 지휘체가 말했다. "더 나은 작전이 있나?"

체리스는 구미호와 눈을 마주치지 않으려 애썼다. "5번 후보자는 병기 한 대로 승리할 수 있다고 했습니다만, 저는 더 나은 작전이 있습니다. 저는 한 사람으로 승리할 수 있습니다."

체리스는 모두를 주목시키는 데 성공했다.

"한 사람? 그게 누구지?" 2번 복합 지휘체가 말했다. 이미 눈치채고 있는 게 분명했다. 그러나 어차피 달리 물러설 곳도 없었다. 도박을 걸 수밖에.

"슈오스 제다오 대장입니다." 좋아. 해버렸다.

"사령관님, 기권하겠습니다." 4번이 즉각 답했다.

좋은 징조이자 동시에 나쁜 징조였다. 가슴팍이 무거울 정도로 훈장을 주렁주렁 달고 있는 대령이 이 제안을 인정했다는 점은 좋은 징조였지만, 동시에 바로 그 이유에서 나쁜 징조이기도 했다.

기권한 후보자는 4번뿐이었다. 라할 장교는 생각에 잠긴 자세였다. 체리스는 계속 슈오스의 눈을 피하려 애썼다.

"정말 흥미롭군." 2번 복합 지휘체는 체리스를 똑바로 바라보며 미소를 지었다. "슈오스 미코데즈 육두관께 보고하겠다." 제다오 대장은 397년째 켈 쪽에 구금돼 있으나, 슈오스 소속인 이상 당연히 밟아야 할 절차였다. 지휘체가 이야기를 마치기도 전에, 다른 후보자들의 그림자가 깜빡이다 꺼졌고, 이어서 그림자의 돌풍이 방 안을 휩쓸었다. 어느새 2번 복합 지휘체의 눈은 노란빛을 띠고 있었다. 악의 섞인 즐거움으로 그득한 여우의 눈이었다.

체리스는 복합 지휘체가 의도적으로 슈오스 게임을 이용해 자신의 선택을 유도했다는 것을 깨달았다. 그렇다 할지라도 켈 사령부가 어째서 바로 결정을 내리지 않고 이런 과정을 거쳤는지는 여전히 이해할 수 없었다.

"각하?" 그녀는 의아함을 드러내며 말끝을 슬쩍 올렸다.

"제다오 대장의 부활 지령을 내렸다." 2번 복합 지휘체가 말했다. "〈타오르는 잎사귀〉호는 귀관이 제다오 대장을 인수할 수 있도록 환승 지점으로 이동 중이다. 그동안 휴식을 취하도록."

2번 복합 지휘체의 모습도 깜빡이다 꺼졌고, 체리스는 답 없는 질문으로 가득한 상황실 안에 홀로 남았다.

04

켈 사관학교의 첫 진형 실습에선 항상 낙오자가 발생한다. 체리스의 첫 진형 실습 때도 마찬가지였는데, 그날 그녀 옆에 서 있던 젊은 남자는 몸을 말 그대로 진동하듯 떨고 있었다. 딱 봐도 상태가 나빠 보였지만, 교관들은 누가 낙오자가 될지 아무도 예측할 수 없다며 그를 진정시키려 애썼다.

체리스의 학급은 인간이 일반적으로 가질 수 있는 벌레 공포증을 주입받은 상태였다. 교관은 생도들에게 첫 번째 진형을 취하라고 명령했다. 첫 번째 진형은 집단과 하나가 될 수 없는 생도를, 말하자면 켈이 될 수 없는 생도를 걸러내는 용도로 사용된다. 체리스는 적합 판정을 받겠다고, 그리고 저렇게 볼썽사납게 떨지는 않겠다고 마음을 다잡았다.

생도 전원이 측면마다 돌출부가 있는 정사각형의 진형 태세를 취하자 교관이 벌레를 소환했다.

사실 진짜 벌레도 아니었다. 뱀이나 등에 혹은 거미 형의 초소형 서비터였다. 그러나 유사한 형태라는 것만으로도 공포증을 유발하기에는 충분했다. 어린 시절부터 서비터들과 친구로 지냈던 체리스조차 겁이 나서 참을 수 없었다.

벌레들이 피부를 핥고 긴장한 손가락 사이를 더듬었다. 차갑고 묵직한 서비터 수십 마리가 얼굴에 들러붙어 힘이 빠지기도 했다. 체리스는 눈앞에서 흔들리는 은빛 더듬이를 보면서도 눈 하나 깜빡이지 않으려고 노력했지만 소용없었다. 저 더듬이가 홍채 속으로 파고들어와 구멍을 벌릴 것만 같았다. 온갖 끔찍한 환상이 순식간에 그녀를 옥죄어갔다. 벌레는 홍채 구멍을 벌리는 것만으로 만족하지 않을 것이다. 시신경을 따라 머릿속까지 침투해선 뇌의 표면 주름 안쪽에다 둥지를 틀고 말겠지. 조만간 표피로 덮여 있던 뇌의 신경절이나 지방조직 안은 벌레 알로 드글거리게 될 것이다.

자리를 지켜야만 해. 진형을 유지해야만 한다. 체리스는 자신을 다그쳤고, 결국 버텨냈다. 문득 머릿속이 얼어붙은 것처럼 묘하게 차분해졌다. 처음엔 공포증의 일부인 줄 알았지만, 이내 그녀는 그것이 진형의 효과임을 깨달았다. 한데 뭉친 전우들이 자신을 구원해주고, 마찬가지로 자신 또한 그들을 도와주고 있다는 감각이었다. 입가에 달라붙은 거미 서비터를 생생하게 느끼며, 손을 움직여 쫓아내고 싶다는 욕구를 참느라 온몸을 덜덜 떨면서도, 진형을 깨지 않을 수 있다면 뭐든 할 수 있다는 생각이 들었다.

세 명의 생도가 낙오했다. 서비터들은 교활하게도 낙오자를 따라가지 않았다. 오직 진형에 남아 있는 생도들만 괴롭혔다.

평소 체리스는 시간 감각이 뛰어났지만 공포와 피로에 의해 무뎌졌다. 더 이상 낙오자가 발생하지 않으리라 확신한 교관이 서비터들을 불러들였다. 체리스는 시간을 확인했다. 고작 24분이 지났을 뿐이었다. 최소한 1시간은 흐른 것 같았는데.

기술자들이 공포증을 제거해준 후에도, 체리스는 종종 작고 꼬물거리는 존재들이 혈관으로 기어들어 심장에 알을 까는 악몽에 시달렸다. 그러면서도 동시에, 두 번 다시 홀로 남지 않으리라는 믿음에 엄청난 안도감을 느꼈다.

인간들이 '참새형 2번'과 '참새형 11번'이라 부르는 왜가리 중대의 두 서비터는 잡담을 나누는 중이었다. 그리드를 통해 나머지 중대원들에 대한 지령이 내려올 때까지는 딱히 할 일이 없었다. 그리드도, 켈의 인간들도 서비터 전용 통신 내용까진 감청하지 않는다. 서비터들의 지겨운 기술 토론 따위는 그들의 흥미를 끌 만한 내용이 아니었으니까. 물론 어딜 가나 심심해 죽겠어 하는 인간들이 있기 마련이었고, 그때를 대비해 전함나방에 배속된 서비터 중 상당수는 그들을 얌전히 돌려보내기 위한 '가공 오차와 의사 난수 정수 생성기'에 대해 끝없이 이어지는 토론을 준비해놓았다.

참새형 2번은 체리스가 슈오스 게임에 놀아나고 있음을 알려줬어야 한다고 주장했다.

참새형 11번은 자기 다리를 수리하며 이의를 제기했다. 놀아나는 정도로 끝날 만한 상황이 아니었다. 참새형 11번이 보기에, 체리스는 슈오스 게임판 위에 올라왔을 뿐만 아니라, 동시에 니라이 육두관 쿠젠과 번제의 여우 제다오의 손아귀에 들어가게 됐다. 체리스와 서비터들이 얼마나 깊이 교류하고 있는지 육두관들이 알게 된다면, 그녀뿐 아니라 모든 서비터들이 위험해질 수 있었다. 서비터가 살아남은 것은 인간들이 조련된 가구 취급을 하기 때문이니까.

니라이 육두관 쿠젠은 기계는 고사하고 인간조차 자신과 동급으로 여기지 않는 사람이었다. 서비터들로선 실로 다행스러운 일이었다. 번제의 여우는 육두정 체제를 위협하는 존재이기는 해도, 서비터에게 딱히 해를 끼칠 이유는 없기 때문에 쿠젠만큼 경계할 필요까진 없었다. 그러나 켈 소속의 이 두 서비터는 대반역자에게 어느 정도 선입견을 가지고 있었다.

참새형 2번은 체리스가 처한 현재 상황에 대해 우려를 내비쳤다. 나아가 체리스와 정수론을 토의하는 일이 얼마나 즐거웠는지, 체리스가 들려줬던 고향의 까마귀 이야기가 얼마나 흥미로웠는지를 언급했다. 체리스를 위해 뭔가 할 수 있는 일이 없을까?

참새형 11번은 참새형 2번이 너무 어리고 미숙하며, 이와 마찬가지로 거짓말에 서툰 체리스도 너무 무르다고 지적했다. 그녀가 검은 요람 안에서 무사히 돌아오려면, 차라리 자신이 처한 상황을 아예 모르는 편이 나았다. 만약 그녀가 상황을 눈치채고 자신의 생각을 솔직히 드러낸다면, 낌새를 맡은 니라이 육두관이 즉각 그녀를 제거할 것이다.

이어지는 대화에서 결국 참새형 2번은 참새형 11번의 생각이 옳았음을 인정했다. 어차피 체리스가 쿠젠의 손아귀에서 벗어나게 되면,

서비터 통신망을 따라 소문이 퍼질 테니 바로 알게 될 것이다. 체리스가 어느 전함나방에 탑승하든 간에 서비터는 있을 테니까. 물론 그녀가 서비터를 단순한 대화 상대가 아닌, 도움을 요청할 정도로 의지할 만한 상대로 보고 있는지는 알 수 없었다. 그러나 서비터들은 먼저 도움의 손길을 건네진 않더라도, 도움의 손길을 구하는 동료를 뿌리치진 않는다. 아무리 위태로운 상황이라도, 동료가 정중히 부탁한다면.

회의가 끝나고 얼마 되지 않아 수납나방의 부함장이 체리스의 선실로 찾아왔다. 목적지로 가는 동안 약물을 사용해 그녀를 재울 거라고 했다. "달리 방법이 없네, 대위. 깨어 있는 채로 이동해봤자 나중에 자네 머릿속을 말끔히 청소할 테니까. 목적지에 도착하면 그곳 기술자들이 상세히 설명해줄 걸세." 부함장은 체리스도 이미 알고 있는 사실, 그녀를 목적지까지 데려다주는 이곳 수납나방의 모든 승무원의 머릿속도 청소될 것임은 굳이 입에 담지 않았다.

의식이 없는 상태에서 먼 곳을 이동하는 건 분명 불쾌한 일이었으나, 적어도 정신 억제 상태로 만들어서 끌고 간다곤 안 했으니 다행이라면 다행이었다. "상세히 설명을 해주시면 적절한 채비를 갖출 수 있을 것 같습니다만." 체리스가 이렇게 말한 이유는 정보를 끄집어내기 위해서가 아니라, 이렇게 말하면 부함장이 그녀가 반대 의견을 표했다고 성부에 보고할 것이기 때문이었다.

"물론 그렇겠지, 대위." 부함장은 이렇게 말할 뿐이었다.

체리스는 의무실을 찾아갔고, 효과가 소급 적용된 덕분에 문턱을 넘은 일조차 기억하지 못했다. 한참 후에야 몇 가지 인상이 떠올랐을 뿐이었다. 박하와 연기와 창포꽃과 흡사한 냄새, 자기 것이라고 여기기엔 너무 느린 심장박동, 반쯤 기울어진 채로 회전하는 세상. 잠의 색으로 일렁이는 물, 또는 물의 색으로 일렁이는 잠.

그리고 체리스는 깨어났다. 보조 두뇌를 살피니 이미 〈타오르는 잎사귀〉호에서는 내린 모양이었다. 지금 그녀는 전함나방 내부가 아니라 기지 안에 있었다. 아마 검은 요람이 배치된 기지일 것이다. 그녀는 혼란한 정신을 추스르며 따끔한 열선 펄스가 팔을 쏴대길 기다렸지만, 왼팔에는 아무 반응도 없었다. 열선 펄스는 켈에서도 보병대만 사용하는 물건이다. 그리고 그녀는 이젠 보병대 소속조차 아닐 것이다.

눈을 뜨자 휘황찬란하게 반짝이는 평면과 접선들이 주변을 둘러싸고 있었다. 그녀는 거울에 둘러싸인 것처럼 보이는 기묘한 육면체 방 안에 있었다. 공기는 찼지만 뿌연 입김이 나오지는 않았다. 천천히 팔다리를 움직이자 차갑고 뻣뻣한 몸에 피가 돌았고, 그제야 살아 있다는 걸 실감할 수 있었다.

누군가 머릿속을 헤집어놓은 듯한 기분이었다. 자신의 몸을 구성하는 신경 언어가 전부 낯선 외국어로 뒤바뀐 느낌이었다. 생각을 정리하기조차 힘들었다.

체리스가 정신을 잃은 사이, 누군가 그녀를 갈아입혀 놓았다. 평범한 황갈색 속옷과 발열 잠옷. 그녀는 천천히 몸을 뻗으며 조심스레 근육을 풀었다. 잠옷의 열기가 뻐근한 몸을 달래줬다. 주변을 둘러보니 그녀의 제복이 놓여 있었다. 그녀는 곧장 제복으로 갈아입었는데, 묘하게도 팔다리 길이가 전부 잘못된 것처럼 느껴졌다. 그러다 문득 자신의 그림자로 시선을 돌린 그녀는 그대로 얼어붙었다.

타인의 그림자였다. 자기 것이란 느낌이 들지 않았다. 몸의 비율이 다른 것도 컸지만, 그게 전부가 아니었다. 그림자 안에는 눈이, 촛불처럼 노란 눈이 가득했다. 깜빡이지 않는 아홉 개의 눈. 눈들은 세 개의 삼각형을 이루며 그녀를 지켜보고 있었다. 그녀가 지켜보는 가운데 눈들이 움직이더니 한 줄로 늘어서며 그림자를 완벽하게 절반으로 나누었다. 어느새 눈은 더 커져 있었다. 아니, 더 가까이 다가온 것일지도 몰랐다. 거리감이 느껴지지 않았다.

머릿속에 자욱하게 깔려 있던 안개는 말끔히 사라졌다. 목에서부터 응어리가 치밀어 올랐다. 그녀는 비명을 지르지는 말자고 자신을 타일렀다. 그러나 소름끼치는 건, 그 타이르는 목소리조차 자신의 것이 아니란 거였다. 그녀의 내면 목소리는 이제 낯선 남자의 목소리로 바뀌었다. 틀어막을 수도, 끄집어낼 수도 없는 목소리. 내 목소리가 사라졌다. 내 목소리는 결코 되찾을 수 없을 것이다. 이러한 절규조차도, 낯선 남자가 대신 부르짖었다. 모음을 길게 끄는, 느릿한 목소리. 평소라면 그 목소리가 마음에 들었겠지만, 지금은…

다행히 켈의 훈련이 도움이 됐다. 진형 효과가 그녀를 진정시켰다. 내면 목소리가 달라지다니. 상부에서 그녀에게 새로운 진형을 주입하려 하는 것일까? 그렇다면 어쩔 수 없다. 받아들여야 한다. 상부에서 새로운 진형에 적응하길 원한다면, 무조건 복종할 뿐이다. 이제껏 혼란에 빠져 있었던 게 부끄럽게 느껴졌다. 그녀는 두려움을 무릅쓰고 그림자를 다시 바라봤다. 다시 보니 그림자는 남자의 모습을 하고 있었다. 상부에서 그녀를 남자로 만든 것일까? 슈오스나 안단은 종종 하는 일이고, 그녀는 개인적으로 어떤 느낌일지 궁금하게 여겼지만, 대부분의 켈은 성전환을 불쾌하게 여겼다. 그런데 어쩌다 이런 일을…?

순간 머릿속에서 남자 목소리가 다시 울렸지만, 이번에는 분명히 타인의 생각이었다. 방 안에는 체리스뿐이었다. 목소리가 말했다. "저쪽에서 미리 알려주지 않은 모양이로군. 실례하겠네만, 아무도 자네 이름을 알려주지 않아서 말인데."

정중하기는 해도 권위가 실린 목소리였다. 체리스는 권위를 가진 자에게 어떻게 반응해야 하는지 잘 알고 있었다. "켈 체리스 대위입니다, 각하." 그녀는 최상위 존대 형식을 사용해서 이렇게 말했다.

이런, 예상했던 대로였다. 머릿속으로 말하는 게 아닌 목으로 말할 때는 원래 자신의 목소리가 들렸다. 체리스는 자기 장갑을, 나아가 자신의 신체 중 눈길이 닿는 모든 곳을 살펴보았다. 생각해보면 당연한 일이었다. 어차피 몸은 그대로였으므로.

잠시 침묵이 흐른 후, 목소리가 다시 말을 했다. "미리 알려두네만, 나는 자네의 생각까진 읽을 순 없다네. 다만 자네가 소리 내서 말하면 들을 수 있고, 입속말도 여기에 포함되지. 그럼 이제 대답해보게. 내가 계속 설명해줬으면 좋겠나, 아니면 자네 스스로 알아내는 쪽이 좋겠나?"

체리스는 상관이 선택권을 제시하는 상황이 당혹스럽기만 했다. "각하?" 그녀가 간신히 대꾸했다.

"자넨 켈이겠지? 보통은 켈이더군." 그는 이어 말했다. "제복의 형태가 별로 변하지 않아서 다행이야. 나는 방금 본 색깔도 순식간에 잊어버리거든. 어쨌든 간에 지금 그건 그만두게나. 이건 진형이 만들어내는 효과가 아닐세. 나한테 자네를 맞추려 하지 않는 쪽이 편할 거야. 장갑을 끼겠다고 손을 장갑에 맞추면 안 되지 않겠나? 이런, 소개가 늦었군. 나는 슈오스 제다오일세. 그렇다고 그렇게 깍듯이 '각하'라고 부를 필요는 없어. 이런 상황에서는 웃기는 짓거리지. 그렇지 않은가?"

체리스는 주변을 둘러보며 목소리가 나오는 곳을 찾으려 애썼다. 진형 본능에 따라 반응하지 않는다면, 어떤 식으로 반응해야 한다는 말인가?

"거울을 조금 더 찬찬히 들여다보는 게 어떤가." 체리스는 제다오의 말을 명령으로 간주했다. 그녀는 홀린 듯이 거울 속을 바라보고, 자신의 손 쪽으로 시선을 내렸다가, 다시 고개를 들어 거울 속의 남자를 바라보았다. 사관학교에서 영상으로 본 제다오의 모습이 어땠는지 떠올리려 했지만, 기억은 흐릿했다. 거울 속 남자는 현재의 켈 규범으로는 너무 긴 검은 직모와 검은 눈을 하고 있었다. 웃음을 짓는다면 잘생겼다고 부를 만한 얼굴이었지만, 체리스는 웃고 싶은 생각이 조금도 들지 않았다. 늘씬한 근육질 몸. 옷깃 바로 위 목 부근엔 커다란 흉터가 슬며시 보였다.

제대로 보고 있는 건가 싶어 체리스는 자기 몸을 다시 살펴보았다. 틀림없는 그녀의 몸이었다. 제나오가 된 건 거울 속 모습뿐이란 걸 확인하고 나서야, 그녀는 안도하며 제복을 마저 입었다.

제다오가 막지 않았기에, 체리스는 거울 속 모습을 다시 살폈다. 거울 속 남자가 입은 제복엔 슈오스의 상징인 '주시하는 구미호의 눈' 문장과 그 위로 대장 계급을 나타내는 날개 휘장이 달려 있었다. 다만 휘장의 양쪽 날개가 은사로 엮은 사슬로 연결돼 있었는데, 그게 무엇을 뜻하는지는 굳이 물어볼 필요도 없었다.

무엇보다도 체리스를 거북하게 만든 건 그가 낀 장갑이었다. 그녀가 켈의 규범에 따라 장갑을 끼듯이, 거울 속 제다오도 규범에 맞춰 검은색 장갑을 끼고 있었다. 그러나 그의 장갑에는 손가락이 없었다. 다른 분파에서 배속된 켈 군인이 끼는 장갑. 이제는 손가락 없는 장갑 대신 회색 장갑을 끼며, 외부인뿐만 아니라 그 누구도 손가락 없는 장갑은 끼지 않는다. 제다오의 반역 사건 이후부터 그랬다. 손가락 없는 장갑은 제다오를, 제다오가 저지른 대학살을 연상시켰으니까. 그녀도 실제로 본 건 이번이 처음이었다. 옛날 그림이나 사진에서나 구경할 법한 아주 오래된 물건이었다.

제다오는 체리스보다 머리 반 개 정도 키가 컸기 때문에, 그녀는 자신의 행동을 그대로 따라 하는 그와 결코 눈을 마주할 수 없었다. 그녀는 거울 속 자신과 눈을 마주할 수 없다는 게 거북했다.

"각하." 체리스는 무심코 그 말을 또 뱉었다. 망령이라도 여전히 대장 계급인 자를, 직급이나 직함이 아닌 다른 호칭으로 부를 수 있을까? 아무리 생각해도 '당신'이라고 부르는 건 스스로가 용납할 수 없었다.

제다오는 나직하게 한숨을 쉬었다. "질문이라도 있나? 나는 여러 번 겪은 일이지만 자네는 처음일 테니까."

"혹시 유령입니까?"

"거의 그렇다고 볼 수 있지. 실체가 없긴 하네만, 그래도 이능력 공격에는 영향을 받는다네. 그림자를 조준하고 쏘면 되지. 꼭 그림자가 아니더라도, 자네에게 이능력 공격이 가해지면 대부분 내가 그 피해를 대신 받게 돼 있다네. 적어도 내가 죽기 전까지는 말이야. 자네는 직함만 번드레한 이능력 방패를 갖게 된 셈이지. 너무 신경 쓰지 말게나. 이런 말 하기는 뭐하지만, 내 안녕을 위해서라도 자네의 안녕을 지켜야만 하거든. 보다시피 나는 자네 몸에 결박돼 있으니까. 그리고 내 목소리를 들을 수 있는 건 자네와 다른 망령뿐이라네. 다른 망령이라고 해봤자 하나뿐이지만. 그 망령은 곧 만나게 될 거야. 우리와 동행하지는 않겠지만 말이야. 자네도 머지않아 깨닫겠지만, 내 목소리를 자네만 들을 수 있다는 건 상당히 유용하면서도 동시에 끔찍하게 불편할 거라네."

순간. 아무 조짐도 없이. 한쪽 거울 벽이 열리면서 러닝머신이 설치된 비좁은 방이 나타났다. 그 안에선 창백한 인상의 몸이 홀쭉한 남자가, 검은색 원단에 금테로 치장된 켈 제복을 입고 그들을 기다리고 있었다. 예의 검은색 장갑은 착용하지 않았다. 제복에 부착된 은빛 거울거미줄 휘장을 보니 켈에 배속된 니라이인 듯했지만, 계급 휘장은 달려 있지 않았다. 제다오의 날개 휘장에 달려 있던 은빛 사슬은 이번엔 나방 날개에 대신 연결돼 있었다. 그의 그림자를 자세히 들여다보니 나방의 실루엣이 모여 만들어졌다는 걸 알 수 있었다. 파닥이는 수많은 나방들로 우글거리는 그림자. 나방 떼가 그대로 날아올라 자신을 뼈째 집어삼켜버릴 것 같다는 상상에 체리스는 몹시 불안해졌다.

켈의 평균보다 키가 작은 편인 체리스는 늘 올려다보는 것이 익숙했지만, 이 니라이 남자는 그녀보다 훨씬 컸다. 그녀는 만약을 대비해 상급자를 대하듯 정중하게 인사를 건넸다. "기다리시게 해서 죄송합니다, 각하." 그녀는 니라이 남자의 비어 있는 계급 휘장이 자꾸만 신경 쓰였다.

니라이 남자는 태연한 태도로 대꾸했다. "네가 깨어나는 모습을 지켜보고 있었어. 지금으로선 너의 건강 상태가 무척 중요하니까 말이야. 어쨌든 저번 대상자보다는 덜 당황하던데? 나는 켈의 극기심을 훌륭하게 보여주는 이들을 좋아하지." 아름다운 목소리였지만 평범한 말투였고, 거의 반말에 가까웠다. 이 정도로는 딱히 어떠한 정보도 뽑아낼 수 없었다. 어차피 니라이는 대개 어떠한 부분에서건 형식에 구애받지 않으므로.

"진형 본능을 너무 강하게 받은 것 같진 않습니까?" 제다오는 제법 공손한 말투로 물었다.

니라이 남자는 나름 즐거운 듯 눈썹을 추켜올렸다. "켈 사관학교에서는 여전히 변수를 열심히 만지작거리나 보네. 그러니 이렇게 다양한 친구들이 생겨나지. 비범한 것까진 딱히 모르겠지만, 외부 영향에 휘둘릴 친구는 아닌 듯한데? 그런 친구를 너의 간수 역할로 내보내서야 되겠어? 물론 네 입장에선 육두정부가 그래주기만을 간절히 바라겠지만."

"4세기 동안 제법 얌전히 굴었던 것 같은데, 이제 와서 변할 이유가 있겠습니까?" 제다오가 말했다.

"네가 살아 있을 적에 저들도 그렇게 생각했겠지, 아마?"

"상대방 말문을 막아버리는 게 취미신 모양이죠?"

"이기는 게 좋은데 어쩌겠어." 니라이 남자는 체리스에게 주의를 돌렸다. 그녀는 놀랄 정도로 아름다운 그의 눈과 벨벳 같은 속눈썹 아래의 흐린 호박색 눈동자에 마음을 빼앗겼다. 보통은 남자에게는 눈 길조차 주지 않는데도 불구하고. "저 러닝머신을 이용해서 몸을 제대로 가눌 수 있는 상태로 만들어놔. 저 친구의 근육 기억 때문에 종일 바닥에 걸려 넘어질 거야. 제대로 걷지도 못하는 그런 인간은 쓸모없어."

체리스는 니라이 남자의 명령에 복종했다. 그녀가 원하는 바이기도 했다. 그녀는 제대로 말을 듣지 않는 다리가 꼬이지는 않을 정도로 느리게 러닝머신 속도를 조절했다. 균형 감각이 어긋나는 느낌이 불편하기 짝이 없었다. 처음부터 운동신경이 특출났던 건 아니지만, 지금 상태는 너무 심각했다. 일시적 현상이기를 바랄 수밖에.

"제다오, 이 여자는 어때? 마음에 들어?" 니라이가 말했다.

"저는 주군의 총이오니, 어찌 불평할 수 있겠습니까." 제다오가 대답했다.

체리스는 순간 당황했다. 의식을 치르는 자리, 그것도 아주 공식적인 자리에서나 할 법한 말이었으므로. 그러나 제다오의 비꼬는 어조를 보면 뭔가 다른 의미가 숨어 있는 듯했다.

제다오는 이어 말했다. "게다가 지금까지 결박 대상이었던 이들처럼, 이 여자도 딱히 선택권은 없었을 테지요. 저도 같은 처지지만."

체리스는 의아한 기색을 숨기지 못했다. 니라이 남자가 그녀에게 설명했다. "우리는 항상 자원자만 써. 아무래도 그쪽이 더 잘 견디니까."

아, 그렇기야 하겠지. 켈 방식에 의한 지원자를 자발적 지원자라 보긴 어렵겠지만.

니라이 남자는 설명을 이어나갔다. "그럼 기본적인 부분부터 시작해볼까? 육두정부에 제다오가 필요한 일이 생긴 모양이야. 켈 사령부에서도 승인한 걸 보면 꽤 시급한 일인 것 같고. 일단 네가 알아둬야 할 점은, 검은 요람의 망령을 되살리기 위해선 살아 있는 자가 필요하다는 거야. 망자와 생자를 서로 연결해야 하는데, 우리는 이를 '결박'이라고 부르지. 당연히 처음 들어보는 소리일 거야. 근데 아까 저 친구한테 들었지? 이 결박 상태에선 저 친구가 대부분의 이능력 공격을 너 대신 받아줄 거야. 말 그대로 몇 가지 예외가 있긴 한데, 시간 될 때 찾아보는 걸 추천할게."

"본인이 직접 말했듯이, 저 친구는 네 생각까진 읽진 못해. 그런데 여기서 빠뜨려먹은 설명이 하나 있어. 저 친구가 직접 보고 들을 수는 있다는 건 알고 알지? 그게 너처럼 보고 들을 수 있다는 게 아니야. 평범한 사람보다 훨씬 멀리까지, 모든 방향을 동시에 볼 수 있지. 켈한테 이런 경고를 해봤자 헛수고겠지만, 항상 행동거지를 조심하는 편이 좋을 거야. 그렇지 않으면 저 친구가 네 행동거지를 창문 삼아 머릿속을 고스란히 들여다볼 테니까. 때론 제다오의 존재감이나 감정 반응이 새어 나와 너와 뒤섞이는 느낌을 받을 수 있어. 아마 서로의 근육 기억이 뒤섞이는 게 가장 곤란할 테지. 그러나 마냥 나쁘기만 한 건 아니라는 걸 깨닫는 날이 올 거야. 예전 결박 대상자 중엔 저 친구의 뛰어난 반사신경 덕분에 목숨을 구한 이들도 있으니까."

니라이 남자는 나른하게 몸을 벽에 기댔지만, 눈빛은 여전히 그녀를 똑바로 바라보고 있었다. "하나 더 말해둘 게 있어. 이건 좀 너한테 고통스러울 수도 있는데, 저 친구가 미치거나 네 임무를 망치려 들거든 그 즉시 죽여야 돼."

니라이 남자의 말대로, 강렬한 고통이 체리스를 엄습해 왔다. 격통으로 손가락 하나 까딱할 수 없던 그녀는 비틀거리다 결국 러닝머신 아래로 쿵 하고 떨어졌다. 그녀는 계급 체계에 복종을 맹세한 켈이었다. 그리고 그 계급 체계에서 제다오는 여전히 대장이었다. 그녀는 떨림을 억누르며 힘겹게 몸을 일으켰다. 이성적으로는 니라이 남자의 지령이 합당하다는 걸 잘 알고 있었다. 그러나 지금 그녀는 진형의 지도자인 제다오 대장에게 복종 중인 상태다. 망령에다가 반역자라 할지라도, 그 사실만큼은 변하지 않는다.

니라이 남자는 체리스를 지켜보며 웃음을 머금었다. 자신의 즐거움을 숨길 생각 따윈 전혀 없다는 듯이.

제다오가 부드럽게 말했다. "금방 누그러질 걸세. 저 사람 말이 옳다는 건 자네도 잘 알겠지. 나 또한 내가 얼마나 끔찍한 일들을 저질렀는지 전부 기억하고 있다네."

"켈 사령부가 바보가 아닌 이상, 유사시를 대비해 친구들을 보낼 거야. 하지만 네가 직접 처리해주는 편이 최고겠지." 니라이 남자가 탁자 하나를 두드리자 눈에 보이지 않는 수납공간에서 광택 없는 녹회색 총이 나왔다. 켈인 그녀조차 처음 보는 형태의 총이었다. 평범한 물건은 아닌 듯했다. 기술을 담당하는 니라이가 만들 법한 그런 물건. "'번데기총'이라는 건데, 저 친구를 검은 요람에 처박아놓을 수 있는 상태로 되돌려놓지. 다음에 편히 꺼내 쓸 수 있도록 말이야."

체리스는 극심한 고통에 시달리는 와중에도 생각을 질문으로 옮기려 애썼다. 세 번째 시도 만에 가까스로 성공했다.

"제다오 장군이 가진 방어수단은 무엇입니까, 각하?"

"말재간이지." 니라이 남자는 코웃음을 섞어 대꾸했다. "아니, 농담이 아니라고. 저 친구 말재간은 정말 훌륭하다니까. 저 친구가 하는 말이 정상으로 들리고 나머지 세계가 비정상으로 느껴지는 바로 그때가 방아쇠를 당길 때라고 생각하면 돼. 기분 나빠하지 마, 제다오."

"처음 듣는 얘기는 아니니까요. 제가 미쳤다는 건." 제다오는 여전히 비꼬는 투를 섞어 대꾸했다.

니라이 남자는 총을 내밀었다. "최저 출력으로 맞춰놨으니 영구적인 피해를 주지는 않을 거야." 그는 이렇게 말하며 조절 슬라이더를 보여주었다. "체리스, 지금 제다오를 쏴봐."

체리스는 총을 받아 들었다. 니라이 남자가 거짓말을 하는 것은 아닐까? 물론, 이따위 거짓말을 할 이유는 짐작조차 되지 않았지만. "어딜 겨누면 됩니까, 각하?"

"그림자나 거울 속 제다오를 쏘면 돼. 본인 몸을 직접 쏘는 것도 가능하지만, 내가 들은 바로는 뒷맛이 아주 고약하다더라고. 추천하진 않겠어."

체리스는 그림자에 번데기총을 겨누었다. 장갑 안이 땀으로 흥건해졌고, 등을 타고 땀방울이 흘러내리는 게 느껴졌다. 그러나 격식을 차리지 않은 명령도 명령이었고, 그 사실이 그녀를 진정시켰다. 또 다른 변명이 떠오르기 전에, 그녀는 방아쇠를 당겼다.

그리고 체리스는 견딜 수 없는 고통을 받으며 총을 떨구었다. 무기를 절대 놓지 않도록 훈련을 받아왔는데도.

제다오는 그녀가 모르는 언어로 욕설을 내뱉고 있었다. 무슨 뜻인지는 몰라도 욕임은 분명했다.

제다오? 그녀는 생각했다.

그녀의 생각이 그의 목소리로 울렸다.

진형 본능이 주는 고통이 점차 사그라졌다. 그제야 조금 더 제대로 생각할 수 있었다.

"조금 낫군." 제다오의 목소리가 들렸다. 진심으로 안도하는 걸까? "그 총은 항상 지니고 다니게. 총집은 허리춤에 있어."

그녀는 제다오의 지시를 따랐다.

"그럼 너희들도 바로 일을 시작하는 게 좋겠어. 조금 더 편안한 환경을 미리 준비해놨지. 여섯 번 돌아 올라가서 문이 보이면 걷어차고 들어가라고. 문을 조금 더 재밌는 걸로 바꿔놓고 싶었지만, 뭐 어쩔 수 없지. 대신 다른 재밌는 일이 생겼으니까." 니라이 남자 오른편에 있는 문이 열렸고, 그는 따로 작별인사 없이 그대로 걸어 나갔다.

"'다른 재밌는 일이 생겨서?'" 체리스는 자신이 러닝머신에서 떨어졌을 때 그가 짓던 미소를 떠올리며 중얼거렸다.

"저 니라이는 취향이 살짝 독특하다네. 검은 요람에 들어가서 살아남은 사람은 지금까지 단 두 명뿐인데, 하나는 저 사람이고, 다른 하나는 나지. 이제 자네도 짐작할 테지. 육두정부가 요람 안에다 사람을 욱여넣지 않는 이유를 말이야. 어쨌든 전장이 우리를 기다리고 있나 보군. 그게 아니라면 자네가 나를 냉동고에서 꺼낼 리가 없었을 테니까." 제다오는 묘하게 평탄한 어조로 말했다.

"계신 곳이 춥습니까?" 때론 켈의 직설적인 어투가 유용할 때도 있다.

"말이 그렇다는 걸세."

체리스는 러닝머신이 있는 방을 떠났다. 두 사람은 외부형 나선 복도를 따라 여섯 바퀴를 돌았는데, 한 바퀴를 돌 때마다 현기증이 몰려오는 것을 빼고는 별다를 게 없는 복도였다. 여섯 바퀴를 다 돌아서 꼭대기에 오르자 이상 징후가 나타났다. 바닥은 체리스의 발소리를 삼키고선 지나치게 오래 뜸 들인 후 메아리로 뱉어냈다. 벽도 바닥도 천장도 검었다. 천장에 시선이 꽂혀 있던 체리스의 눈에 이윽고 별들이 보였다. 처음에는 흐릿하게 보이다 점점 빠르게 명료해졌으며, 빛의 얼룩처럼 보이던 성운 속에서 알알이 빛나는 보석들이 모습을 드러냈다. 벨벳처럼 부드러운 어둠에 균열이 생겼고, 그 틈으로 힘겹게 돌아가는 거대한 톱니바퀴의 모습이…, 그녀는 결국 시선을 돌렸다. 니라이 연구기지가 기묘하다는 이야기는 줄곧 들어왔지만, 실제로 보는 것은 처음이었다.

복도 끝 통로는 토치나이프로 벽을 잘라낸 것처럼 보였다. 문 가장자리가 적백색으로 달아올라 치익 소리를 내기를 내심 기대하게 될 정도였다. 체리스는 여기서도 켈의 직설적인 태도가 필요하다고 생각하며 문을 걷어찼다. 문은 그대로 열렸다.

방은 간소하게 꾸며져 있다. 모든 물건이 벽에 평행으로 배치된 모습은 깔끔한 성격의 체리스조차 서북해 움츠러들 성노였다. 책상 위 적색과 금색의 식탁보에는 꽃병 네 개가 늘어서 있었다. 적색과 금색은 슈오스의 색깔, 여우의 색깔이다. 제다오를 위해서 준비한 것일까? 그러나 굳이 물어볼 생각은 없었다. 꽃병마다 꽂혀 있는 꽃송이들은 제각기 삶의 다른 단계를 나타내고 있었다. 봉오리에서 만개, 낙화, 촘촘하게 박힌 씨앗까지. 체리스는 식탁보를 획 잡아당겨서 눈앞의 섬세한 전시품을 망가트리고 싶은 충동에 휩싸였다.

"얼마나 알고 계십니까?" 체리스가 물었다.

"이번 임무에 대해서? 전혀 들은 바가 없다네. 정보도 무기와 마찬가지로 위험하지 않은가. 나는 무기를 맡을 만큼 신뢰를 받지 못한다네."

"그 말씀을 어떻게 받아들여야 할까요?"

"과거 내게 배반당한 자들은 그 일을 역사로 남겼다네. 아마 저들도 그 일에 대해 잘 알겠지. 그러니 내게 역사를 되풀이할 여지 따윈 주고 싶지 않은 거고, 안 그런가?"

체리스는 얼굴을 찌푸렸다. 뭔가 맞아떨어지지 않는 구석이 있었다. "배려에 감사드립니다, 각하." 습관적으로 각하란 말이 계속 나왔다.

"자네는 지옥나선 요새 공성전 때 없었으니 어쩔 수 없겠지." 제다오가 대꾸했다. 처음으로 완벽하게 감정을 억누른 어조였다.

제다오가 수백 번은 들었을 질문이겠지만, 묻지 않을 수 없었다. "왜 그런 일을 저지르신 겁니까?"

다른 모든 켈이나 슈오스와 마찬가지로, 체리스도 그 공성전 기록을 자세히 읽었다. 제다오가 의도적으로 학살극을 벌였다는 것엔 의심의 여지가 없었다.

"혹시라도 자네가 나를 치유할 수 있다고 생각할까 봐 하는 말이네만." 제다오가 대꾸했다. "최고의 니라이 기술자가 수백 년 동안 들러붙었는데도 동기조차 발견하지 못했다네. 내 꿈속을 이리저리 헤집이 대기도 했지, 그것도 내가 깨어 있는 상태에서 말이야. 그것으로 부족했던지 온갖 과일이 나오는 한심한 연상 테스트도 해봤고, 육두정에 존재하는 모든 카드 게임을 시켜보기도 했지. 어쨌든 그게 다 무슨 소용인가. 사람은 이미 다 죽어나간 판국에." 그는 잠시 말을 멈추었다. "자, 그럼 내가 여기 있는 이유를 말해주겠나, 대위."

체리스는 최대한 머리를 굴려 현재 상황을 파악했다. 지금 제다오는 지극히 평범하게 대화를 이끌어나가고 있지만, 속으로는 그녀를 배신할 계획을 짜고 있을지 모른다. 겉으로는 솔직해 보일지 몰라도 결코 신뢰할 수 없는 인물이다. 그렇지만 그를 이용해먹지 않을 거면, 굳이 데리고 다닐 필요가 없다. 그의 뛰어난 전술 능력이 필요하다는 점에는 이론의 여지가 없다. 다만 전술이란 인간을 이해하는 능력에서부터 시작하기에, 숙련된 여우가 모략을 꾸민다면 그녀로선 결코 막아내지 못할 것이다. 그렇다면 차라리 그에게 솔직한 것이 가장 좋지 않을까, 전부 도박과 다름없다면. 그녀는 점점 가장 위험한 도박수 쪽으로 마음이 기울어갔다.

"역법 부식 사태입니다." 체리스는 자신이 아는 모든 정보를 그대로 제공했다. 그녀가 지도를 불러오자 그리드에는 얼마 전까진 열람 권한이 없어 확인할 수 없었던 다른 정보들도 떠올라 있었다. 부식은 예전보다 더 심하게 진행된 상태였고, 이센 요새의 부식이 흘러는 주변 지역도 지도상에서 확인할 수 있었다.

"자원을 잘만 사용하면 승리할 수 있겠군. 물론 결코 쉬운 상황은 아니지만 말일세." 제다오가 신중하게 대답했다.

체리스는 이런 평가에 기분이 나아져야 할지, 아니면 나빠져야 할지 가늠할 수 없었다.

단말 화면 위로 6일 내에 동원할 수 있는 가용자원이 떠올랐다. 체리스는 메시지를 두 번 되풀이해 읽었다. "총에 딱히 불평이 있는 건 아닙니다만, 총은 마음이 아니라 정신을 바꿉니다. 그리고 역법 부식은 마음의 문제죠."

"어디를 쏘느냐에 달린 문제라네. 그쪽 화면을 3차원으로 전환해주겠나?"

체리스는 선명한 붉은 등고선으로 가득한 화면을 3차원으로 전환했다. 그리고 부식에 가장 심하게 잠식당한, 기분 나쁜 질감의 연회색으로 표시된 지역을 자세히 볼 수 있도록 수직축을 중심으로 회전시켰다.

요새는 역법 전개에 용이하도록 텅 빈 공역에 배치되어 있었고, 가장 가까운 거주 행성은 발길잡이 성계에 있었다. 기록을 보니 벌써 초점나방 한 척이 인근에 주둔해 있긴 했으나, 외부로 새어 나오는 부식을 막느라 급급할 뿐, 요새 내부의 오염까진 손쓸 수 없는 모양이었다.

"두 가지 접근 방식이 가능하겠군." 제다오가 말했다. "사실 세 가지지만, 육두정부가 이 지역을 싹 쓸어버릴 생각이었다면 우리 둘 다 애초에 필요 없었겠지."

체리스는 지령에서 그와 연관이 있는 부분을 소리 내 읽었다. "경제적 문제로 추천하지 않는다는군요." 부식은 이미 발길잡이 성계의 거주 행성을 건드리고 있었는데, 그곳의 생태계는 그냥 쓸어버리기엔 너무 귀중했다.

제다오는 잠시 침묵했다. "알겠네. 하나는 발길잡이 성계를 안정시켜서 보다 큰 규모의 공격을 시작할 거점으로 사용하는 방법일세. 다른 하나는 발길잡이 성계에서 우리 배후로 밀어닥쳐 오지 않기만을 빌면서 요새로 강행돌파를 감행하는 거지. 어느 쪽이 마음에 드나?"

체리스는 요새에 대해서 개략적으로는 알고 있었다. 예컨대 그곳에서 가장 많이 사용되는 하위 언어가 무엇인지, 계급에 따라 부가 어떻게 분배되는지 정도. 요새 주민 중 얼마나 많은 수가 분파의 사관학교에 다니는지도, 분파별 사관학교 소속자의 비율도 알고 있었다. 또한 육두정부에서 이걸 모르는 사람은 없지만, 불변성 얼음으로 만들어졌다는 그 유명한 방어막에 대해서도 알고 있었다.

하지만 온갖 것을 알고 있으면서도, 동시에 아무것도 모르는 상태였다. 생동하는 문화들끼리 서로 맞부딪치며 만들어내는 잡음 앞에서, 깔끔하게 정리되어 나열된 기록들이 얼마나 부질없어지는지 체리스는 잘 알고 있었다. 언젠가 켈 사령부에서 정리한 까마귀 향연의 도시 기록 정보를 열람한 적이 있었다. 그때 그녀는 자신의 고향이 아무 짝에도 쓸모없는 정보로 기록된 모습을 목격했다. 각각의 정보는 물론 전부 사실이었지만, 그 기록 목록은 까마귀 떼가 소용돌이치며 하늘로 날아오를 때 어떤 소리를 들을 수 있는지, 피어오른 흙먼지가 그려내는 신비로운 궤적이 어떤 인상을 주는지 전혀 담아내지 못했다.

체리스는 입을 열었다. "언젠가는 요새를 뚫어야 하니까요, 어쩌면 빠른 쪽이 나을지도 모르겠습니다. 운만 따른다면 후자가 사상자를 적게 내겠지요."

"알겠네. 우리 둘의 관심사가 일치한다니 기쁘군." 제다오는 상쾌한 목소리로 대꾸했다.

대량 학살자가 입에 올린 말치고는 꽤나 묘했지만, 그녀가 이 발언의 중요성을 깨달은 것은 한참 후였다.

05

체리스의 선실은 작은 짐승 뼈로 엮어 만든 꽃을 담은 꽃병으로 장식돼 있었다. 체리스는 니라이 남자가 심심할 때마다 무슨 짓을 하는지 궁금했지만, 이미 그의 악취미엔 진절머리가 났기에 생각하길 관두었다.

"필요한 일부터 해볼까. 그리드에 신규 결박 대상자 교육 안내서를 요청하게."

이름으로 미루어봤을 때, 분명 위원회에서 만든 자료일 것이다. 어쨌든 체리스는 그의 지시대로 안내서를 요청했다. 놀라울 만큼 내용이 짧았다. 걱정이 더욱 커졌다.

제다오가 다시 말했다. "질문은 얼마든지 해도 좋네. 다만 어떤 부분은 통째로 말해줄 수 없다는 걸 미리 알려주겠네."

체리스는 안내서를 최대한 빨리 읽어치우며 공성전을 준비할지, 안내서의 모든 항목을 기억 속에 확신하게 새겨 넣을지 갈등했다. 쭉 훑어보니 대부분의 내용이 이미 그녀가 들은 이야기를 상세하게 설명한 것들이었다. 중요한 부분만 추려야겠군. 그렇게 쭉 읽어나가다 '시체 유리질' 항목에 이르자 절로 얼굴이 찌푸려졌다.

'망령을 회수해서 재사용하려면 '시체총'을 이용해 적출해야 한다.'

안내서 본문 아래에 주석이 달려 있었다.

'망령의 정보가 긴급히 필요할 경우, 자원자는 망령의 시체 유리질을 섭취해 정보를 얻을 수 있다. 아직 실험 단계이기는 하나, 해당 방법을 사용하면 망령에게 육체를 부여하여 고문하는 일이 가능해진다.'

"자원자?" 체리스는 중얼거렸다. 니라이의 '자원자'라는 용어 또한 의심할 나위 없이 켈과 같은 의미인 모양이었다.

"유령의 시체를 강제로 먹일 수단은 없을 걸세. 아마도. 일단 내가 알기론 한 번도 그런 적이 없었으니까. 어쨌든 그다지 권하고 싶은 방법은 아니로군. 나와 같은 유령 니라이가 말하길, 남의 시체 유리질 따윌 먹으면 결국 미쳐버릴 거라고 확신하더군. 하물며 나처럼 광인의 유리질이라면 십중팔구지 않겠나?"

"명심하겠습니다." 체리스는 지금 자신이 처한 상황도 그와 크게 다르지 않다는 걸 알았지만, 그렇게는 생각하고 싶지 않았다. 그녀는 애써 안내서에서 고개를 들었다. "준비 끝났습니다."

"알겠네. 그럼 배치부터 시작하지. 1번 화면에는 요새와 그 방어체계에 대한 모든 정보를 띄우게. 2번 화면에는 요새의 거주인구에 대한 보고서와 이단의 근원에 대한 정보를. 3번 화면에는 이 특정 부식의 성질과 전이 속도에 대한 정보를… 가만, 니라이의 수학 분석가를 한 명 빌려와야 할 텐데…"

"제가 분석할 수 있습니다." 체리스가 말했다.

제다오의 관심이 쏠리는 게 또렷이 느껴졌다. "자네 니라이 훈련을 받았나?"

"적성 분야가 수학이었습니다." 체리스가 말했다. 이런 식으로 주목받는 건 이미 여러 번 겪은 일이었다. "징병관들은 니라이 사관학교에 지원하라고 조언했지만 제가 거절했습니다."

"켈은 자네를 받아들였고."

"그렇습니다. 우선 니라이 사관학교에 지원하라고 조언하긴 했습니다."

"내가 제대로 들은 게 맞나? 주목받을 만큼 수학 실력이 뛰어나고, 선택권도 주어졌는데, 잿불매가 되길 희망했다고? 가족의 압력이 있었나?"

"이에 대해 살펴보실 수 있도록 제 이력 정보를 요청하겠습니다."

"좋아, 그래주면 고맙지. 그래도 자네 입으로 직접 듣고 싶은걸."

체리스는 이력 정보를 불러왔다. 본인 자료임에도 불구하고, 열람할 수 있는 부분이 제한돼 있었다. 그녀는 어느 부분이 그의 관심을 끌지 생각했다. '여가 활동' 항목에 기록된 드라마 취향을 부끄럽게 여길 필요는 없겠지? 결투를 좋아하지만 실력은 중간 정도라는 기록도? 애초에 망령들은 뭘 하면서 쉬지?

"부모님은 제가 고향에 남기를 원하셨습니다. 군대를 좋아하지 않으시거든요." 사실 육두정부 자체를 별로 좋아하지 않긴 했다. 당시 머무를 만한 자리를 원했던 체리스는 순응주의 원칙을 따르는 켈이야말로 자신에게 적합하다고 여겼다. 물론 그한테 이런 사사로운 일까지 알려주진 않았다.

"알겠네." 한동안 불안한 침묵이 흐른 후, 제다오가 다시 입을 열었다. "4번 화면에는 가용자원 검토 내용을 띄워주게. 5번 화면에서는 지난 40년 동안 일어난 기술 발전을 확인해보고 싶어. 6번 화면은 일단 비워놓게나."

"미리 생각해놓고 계셨군요." 체리스는 화면을 지시에 따라 배열하며 말했다.

"나는 시간 낭비를 싫어하거든. 역법으로 돌아가는 이상, 이 체제 자체가 시간으로 구성되어 있는 셈이지 않나? 그럼 역순으로 살펴보지."

낮은 등급의 역법 붕괴는 언제나 일어나며, 육두정은 이런 오류를 그날그날 수정한다. 반면 대대적인 부식 사태는 흔히 일어나는 일이 아니긴 한데, 그렇다 할지라도 유사시를 대비해 표준 역법에 의존하지 않는 불변성 무기는 항상 준비해둘 필요가 있었다. 역법 부식에 잠식된 지역에서는 이능력 무기가 제대로 작동하지 않으므로.

체리스와 제다오는 함께 5번 화면을 검토했다. "딱히 대단한 진보는 없군." 제다오는 요약 내용을 찬찬히 살펴본 다음 이렇게 평가했다. "균사체 고치를 제외하면 예전 군용 기술과 대체로 비슷하군. 어차피 고치 기술은 세정 작업 비용이 만만치 않을 테니 사용하지 않을 테고. 그럼 내가 알고 있는 전장과 별반 다르지 않겠지. 이제 좀 안심이군."

체리스는 그림자를 슬쩍 살폈지만 아무것도 읽어낼 수 없었다. "우리가 어떻게 공격해 올지 이단자들도 알고 있을 겁니다." 그녀가 말했다.

"어차피 적들을 단숨에 쓸어버릴 비밀 병기 같은 게 있는 것도 아니지 않나." 제다오는 말을 이었다. "물론 저쪽에 고약한 신종 이능력 병기가 있을 수도 있지만, 그거야말로 별수 없는 일이지. 그런 병기가 있는지 없는지 확인할 방법이라곤, 일단 한 방 맞을 각오로 가까이 다가가는 것뿐이니까."

4번 화면을 확인할 때, 빠르게 두 번 문 두드리는 소리가 들렸다. 일전의 그 니라이 남자가 대답도 기다리지 않고 방으로 들어왔다. "나는 그대를 마주하면 거울이나, 그대의 입맞춤에 부서져버리니." 니라이 남자는 짓궂은 웃음을 띠었다.

"물이지요." 제다오는 질린 듯 대답했다. "육두정부보다도 오래된 수수께끼 아닙니까? 체리스, 5번 화면을 리셋해서 병력 배치 현황을 띄워주겠나? 고맙네."

"수수께끼란 자기가 얼마나 오래됐는지 신경 써선 안 되는 법이야." 니라이 남자는 의자를 가져다 탁자 앞에 앉더니 젱자이 카드를 가지고 혼자 게임을 시작했다.

"저분은 무시하고, 22-5급 전함나방 추진체에 대해 설명해보게. '백색 균열'이라는 역법 무효 지역이 없었더라면, 지금까지 불가능했던 지역까지도 영토 확장을 가능케 할 법한 물건 아닌가."

"너무 건방 떠는데. 문제는 지금 있는 것만으로도 충분하지 않아?" 니라이 남자가 고개도 들지 않은 채 말했다.

"때론 색다른 적을 상대하고 싶을 때가 있기 마련이죠." 제다오가 말했다.

체리스는 눈을 깜빡였다. 제다오의 목소리에서 한기를 느낄 수 있으리라고는 생각조차 못하고 있었다. 반면 니라이 남자는 아예 듣지 못한 것처럼 계속 고요한 표정이었다.

제다오는 말을 이었다. "함대에 대해서 말하자면, 저 신형… 미안하네, 자네한테는 신형이 아닐 테지. 소멸나방급이 대단하다는 사실은 인정해야겠네만, 그저 숫자만 봐서는 위력이 얼마나 될지 가늠하기가 어렵군. 자네도 소멸나방에서 복무한 적은 없는 걸로 아는데?"

대위 계급장만 보더라도 알 수 있었다. "그렇습니다." 육두정부 전체를 통틀어도 소멸나방급은 단 여섯 척뿐인데, 그중 두 척, 〈따뜻한 환대〉와 〈무언의 법령〉에 대한 사용 허가가 떨어진 것만으로도 충분히 놀라운 일이었다. 체리스로선 소멸나방급 함장들이 이러한 상황에서 어떻게 반응할지 예상조차 어려웠다. "의전 문제로 질문이 있습니다만."

"말해보게."

"각하의 권위를 내세울 만한 좋은 수가 있을까요? 각하의 명령을 들을 수 있는 건 저뿐이다 보니 질문드립니다."

"함대가 집결하고 나면 내 대리인 자격으로 자네를 대장으로 명예진급시켜줄 걸세."

체리스는 당황한 내색을 하지 않으려고 애썼다.

"그 뒤부턴 자네가 재채기만 잘못해도 일단 쏘고 나중에 뒤처리를 하려 들겠지. 내 직위를 해제하긴 어려운 모양이더군. 켈 사령부 쪽 얘기로는 내 직위를 해제하는 데에 반대하는 세력이 있다는 것 같았네."

반대표 때문이라니. 그건 제다오를 자유롭게 사용하기 위한 변명에 지나지 않았다. 그를 써먹을 수 있을 만큼 써먹다가 죽이는 편이 훨씬 이롭다고 여길 뿐이야. 그러나 체리스는 입을 열지 않았다.

제다오는 이런 말을 덧붙였다. "우리 둘을 동시에 죽일 수 있는 이능력 병기는 그리 많지 않다네. 대부분의 무기는 자네에게 영구적인 손상을 입히지 않고 나부터 죽일 걸세. 물론 내가 사라진 다음에는 자네도 남들처럼 다시 취약해지겠지만. 어쨌든 우리 둘을 동시에 죽일 수 있는 불변성 무기는 항상 조심하는 편이 좋네. 그런 의미에서 이능력 병기 목록을 6번 화면에 띄워볼까. 그래, 그렇게 검색하면 나올 걸세."

목록이 매우 짧다는 소리는 빈말이 아니었다. 단 두 개의 무기만 검색되었는데, 하나는 '온화포'고 다른 하나는 '뱀쓸림 다트'였다. "이 두 가지 빼고는 첫 공격은 조금도 겁낼 필요가 없다네. 애초에 이능력 병기까지 동원한다는 건 자네를 산 채로 확보하고 싶다는 뜻이니까, 목숨은 안전하겠지. 니라이 쪽에선 사전 시험도 하지 않고 일단 저지른다는 게 문제긴 하지만."

"나 들으라고 하는 소리 같은데. 그렇게 원한다면 한 방에 골로 가는 무기를 설계해줄 수도 있어." 니라이 남자가 말했다.

"오, 다행이군요. 아직도 뭔가를 만들 여력이 남아 있으시다니." 제다오는 조금 전보다 확연하게 덜 방어적인 태도로 대꾸했다. "장난은 이쯤에서 그만두고, 슬슬 소멸나방의 능력에 대해 말해주는 게 어떻습니까? 당신이 설계한 물건이잖아요?"

"거의 그렇지. 그래도 너의 결박 대상에게 물어보는 편이 좋지 않겠어? 저 친구가 얼마나 숫자를 잘 다루는지 한번 시험해보는 건 어 때?" 니라이 남자가 말하는 '숫자'란 단순히 선박의 제원이나 전함나 방에 장착되는 굉격포 개수를 말하는 것이 아니었다. 그 숫자가 가지 는 중요성, 나아가 육두정부의 신념 체계인 표준 역법과의 상관관계 까지 말하는 것이다.

체리스는 본능적으로 제다오의 표정을 읽어내려고 시선을 돌렸다. 애초에 표정을 지을 수조차 없는 그림자임에도 불구하고.

제다오는 체리스의 낌새를 눈치채곤 말을 걸었다. "나도 어림짐작 은 가능하지만, 제대로 파악하기 위해선 그리드가 필요했다네. 물론 수학 전문가에게 의뢰하기도 했지. 어쨌든 나 혼자선 전함나방을 개 조하지는 못할 걸세. 내게 전함나방 개조 설계도와 못이 가득 든 상자 를 주더라도 말이야." 니라이 남자는 비웃음을 머금었다. "하지만 나 는 전함나방이 전장에서 울부짖게 만들 수는 있어. 그게 내 전문 분야 니까. 자네는 내 수학 전문가가 아닌가, 체리스. 답해보게."

화면 속 소멸나방의 세부 사항 중에는 평소 체리스 권한으로는 확 인할 수 없었던 수치도 여럿 있었다. 그녀는 머릿속으로 수치를 배분 하면서, 그것을 구성하는 배열을 정리했다. "상당히 움직임이 빠른 함 선이네요. 이 정도까지라곤 생각하지 못했는데."

체리스는 전함나방 추진 체계와 관계된 주요 방정식이 해당 함선 의 출력 곡선과 어떤 식으로 연결되는지를 지적했다. 제다오는 조용 히 듣고 있다가, 문득 이렇게 말했다. "미안하네만, 그래프 형태로 바 꿔줄 수 있겠나?"

흥미롭군. 수학에는 자신이 없는 건가? 체리스는 해당 수치를 간단히 도표화했다. 도표를 바탕으로 소멸나방이 선체 주변에 어떤 식으로 역법 안정성을 유지하는지와 보다 작은 기치나방과 비교해 화력이 어느 수준인지를 설명했다. 추가로 표준 시뮬레이터를 사용해, 소멸나방 한 척과 불변성 얼음 방어막이 각각 전투기동에 총력을 다할 경우 어떤 식으로 공성전이 진행되는지도 시연했다. 다음 시연에선 두 척, 그다음 시연에선 여섯 척. 소멸나방 여섯 척이 모일 때부터 상당한 화력 상승효과가 일어나지만, 아쉽게도 여섯 척까지는 사용 허가를 받지 못했다. 그녀는 니라이 남자가 생각에 잠긴 표정으로 자신을 주시하고 있다는 걸 눈치챘다. 그러나 도통 입을 열지 않으니 무슨 생각을 하고 있는지는 알 길이 없었다.

산개하는 바늘 요새, 분석반

우선도 : 개인적

송신자 : 바헨즈 아프리르 다이 노움

수신자 : 리오즈 자이 칠두관

세부 역법 사항 : 살찐 암소의 해, 암탉의 달. 새 역법 달력에다 죄다 농장 짐승 이름 붙이는 것만으로도 웃겨 죽겠는데, 심지어 '누에의 날'이라고요? 아무리 투표로 뽑는다지만 도대체 무슨 생각으로 누에를 집어넣은 거죠? 교리부에서 좀 그럴듯한 호칭을 생각해내면 저한테도 알려주시죠.

친애하는 자이, 제가 다소 신경질적으로 굴었던 건 용서해주세요. 요새의 일광주기를 인체에 자연스럽도록 조절해야 한다는 헛소리에 진절머리가 나서 말이죠. 이젠 어딜 가든 흐릿하고 싸늘한 조명뿐이네요. 행성 기후처럼 온갖 짜증 나는 것들로부터 벗어나고 싶어서 여기까지 왔는데, 이제는 설국에 온 것만 같다고요.

마지막 라할 심판관의 처리를 분석 3반에 맡기는 건 부디 재고해주셨으면 합니다. 저도 다른 동지들만큼이나 그 달달한 임무에 앞장서고 싶기는 하지만, 상대가 라할이잖아요. 솔직히 말해서, '자살매'라 불리는 켈도 실제로 동반자살을 감행하거나 하진 않아요. 그런 새대가리도 자기네 열 명을 희생해서 우리 쪽 한 명을 제거하는 일이 아무 의미도 없다는 그런 간단한 산수 정도 할 줄 안다는 거죠. 그런데 라할은 그렇지가 않아요. 머릿속에 대원칙 하나가 세워지기만 하면, 주변 상황 따윈 전부 무시하고 자살을 택할 거란 말이죠. 뭐, 됐어요. 제가 뭐라 하든지 당신은 이미 마음을 굳혔겠죠? 우리끼리 언쟁을 벌이느라 힘을 소모해선 안 될 일이니, 당신 방식을 따르도록 할게요.

앞에서 떠들어봤댔자 당신은 전부 건너뛰고 본론으로 넘어올 거예요, 맞죠? 좋아요, 슬슬 시작해보죠. 저는 지속적으로 방위선 쪽 경비 함대끼리 나누는 통신을 감시해왔습니다. 제가 이런 쪽에 늘 촉각을 곤두세우고 있다는 건 당신도 잘 알고 있을 거예요. 당시에도 감시 중이었죠. 행복하게 목욕을 즐기면서 말이에요. 사실 혼자 있었던 건 아니었는데… 아니, 넘어가죠. 당신은 이런 범속한 즐거움엔 조금도 관심이 없잖아요? 그저 제가 잠드는 순간까지 데이터를 위아래로 훑어보는 일을 멈추지 않았다는 것만 알아두세요.

켈의 함대는 줄곧 우리와 거리를 유지해왔습니다. 마치 결투 시합처럼 말이에요. 무슨 말인지 아시겠어요? 아, 당신은 결투 중계방송도 시청하지 않으니까 잘 모를 수도 있겠네요. 어쨌든 우리가 여태까지 관측할 수 있었던 건 작은 정찰나방 편대가 피해망상에라도 걸린 것처럼 들락날락한 게 전부였습니다. 주구장창 정찰만 해대는 거죠. 켈의 정규 함대가 나타날 조짐은 여전히 보이지 않았습니다. 당신도 아시다시피, 우리 분석팀 전원은 조바심을 내고 있었어요. 켈이 언제, 무슨 카드를 내밀지 몰랐으니까요.

맞아요, 그 언제 터질지 모르는 전쟁광들이 문제랍니다. 굳이 켈 농담을 들먹일 필요도 없이, 잿불매는 총을 뽑는 일을 망설이지 않잖아요? 지금의 폭풍전야가 지속될 수 있었던 건 어디까지나 슈오스 측이 켈의 고삐를 단단히 틀어쥐고 있어준 덕분이죠. 만약 켈 육두관이 전권을 잡았더라면, 폭격 소리가 끊이질 않아 잠도 이루지 못할 지경이었을 거예요. 놈들이 총을 쏴대지 않는 걸로 봐선, 앞으로 우리를 기다리는 건 총뿐만이 아닐 겁니다. 총쯤이야 우리가 쉽게 대처할 수 있죠. 앞으로 우리가 상대할 최대의 적은 놈들의 치밀한 계획일 겁니다. 그것도 슈오스식으로 복잡하게 배배 꼰 계획 말이죠. 아쉽게도 놈들의 암호를 해독하진 못했지만, 놈들이 쳐들어올 거라는 건 분명해요. 늦건 빠르건 간에요. 놈들이 우려하는 것처럼 우리가 뒤얽힘 공역의 지배권을 완전히 장악하게 된다면, 주변 공역들 또한 알아서 무너지기 시작할 겁니다. 이래서 부식의 흐름이 아름다운 거예요. 게다가 놈들은 우리 분석팀이 얼마나 실력이 좋은지 짐작조차 못 할 테지요.

요즘 저희 팀은 지하 사격 연습장에 구미호 모양 표적판을 시용하고 있답니다. 스트레스 해소에 제격이더군요. 언제 한번 같이 가는 게 어때요? 짬 좀 내봐요. 제 사격 실력에 감탄하고 말 거예요. 매번 정확하게 눈을 맞히니까.

역법 이단의 동료

Vh.

산개하는 바늘 요새의 3D 조감도가 체리스의 눈앞에서 천천히 회전했다. 여섯 개의 지하공간이 볼록하게 솟아 있는 구형 위성이었는데, 서로 다른 형태의 지하 공간마다 4만 명에서 6만 명 정도의 주민이 살고 있었다. 방어시설의 골조가 요새의 여러 구역을 하나로 묶어주고 있었다.

"불변성 얼음이로군." 제다오가 골조를 유심히 바라봤다. "저 희귀한 물질을 추가로 발견하진 못했으리라 보네만."

체리스는 니라이 남자 쪽을 슬쩍 돌아보았지만, 그는 두 사람의 대화를 무시하고 있었다. "어차피 보병대 대위가 알 만한 일은 아니죠."

불변성 얼음은 주변 공간에 방어막을 생성하는데, 극도로 좁은 대역폭의 통신용 전파 말고는 그 어떤 것도 방어막을 뚫지 못한다. 방법이 아예 없는 것은 아니다. 이론적으로는 일정 수준의 화력을 가해 방어막을 잠시 동안 약화시킬 수 있고, 그 틈을 이용해 얼음을 제거하면 된다. 그러나 체리스가 최근 들은 바에 따르면, 격노 폭탄 정도의 화력으로도 부족하다고 했다. 애초에 격노 폭탄 자체가 이능력 무기라 요새엔 쓸 수도 없지만.

"방어막을 어떻게 뚫을 생각이신지 짐작도 못 하겠네요." 애초에 육두관들이 중앙부의 연결 요새에다 불변성 얼음을 설치한 이유가 바로 그 놀라운 방어막 때문이다. 연결 지점에선 역법의 효과가 증강되는 만큼, 불변성 얼음까지 설치한다면 난공불락의 요새가 될 거라고 다들 생각한 것이다.

"지금까지 돌파를 시도한 자들은 몇이나 되나?" 제다오가 물었다.

"수가 중요치 않습니다. 문제는 그들 전부 접근조차 못 한 채 죽었다는 거죠. 그들에 비할 바는 아니지만, 우리 상황도 충분히 나쁩니다." 체리스는 표준 시뮬레이터 중 하나를 골라, 조건을 최소화한 뒤 가상 시나리오를 돌렸다. 전후 결과 상태창이 그녀의 눈앞에서 반짝거렸다. "29년에 걸친 공성전이라. 육두관들이 달가워하지 않을 것 같은데요."

제다오는 나직하게 웃음을 터트렸다. "그렇게까지 오래 걸리진 않을 걸세. 체리스, 우리는 얼음과 싸우는 게 아니야. 얼음을 이용하는 이들과 싸우는 거지. 요새와 관련된 첩보 내용을 한번 확인해보지 않겠나?"

두 사람은 개별 첩보 내용에 대한 요약본을 분담해, 그들에게 가장 필요한 것을 골라냈다. "자네가 첩보처리 업무까지 이수했을 리는 없겠지." 제다오가 말했다.

니라이 남자는 이제 카드를 나열하는 중이었다. 카드는 전부 앞면이 보이게 놓여 있었는데, 한가운데에 '익사한 장군' 카드가 있었다. 체리스는 그 카드가 자신의 상황을 암시하는 듯해 눈살을 찌푸렸다.

"죄송합니다만, 무엇을 찾아야 할까요?"

"뻔한 것들일세. 역법 부식 사태를 꾸민 자가 누구이며, 동기는 무엇인가? 산개하는 바늘 요새와 같은 역법의 요충지에서 역법 부식이 우연히 발생할 리가 없지 않은가. 분명 누군가가 요새를 노린 걸세. 그렇지만 한 가지 의아한 점이 있지. 그동안 요새에 상주하던 라할 심판관들은 도대체 뭘 한 거지? 평소라면 즉각 알아차리고 그들만의 잔혹함으로 문제의 싹을 잘라냈을 텐데 말이야. 그러지 못했다는 건, 온갖 역법 수치를 임계점 직전까지 눌러놓았다가 일제히 터트렸다는 뜻이야. 반란 세력의 조직력이 상당하다는 뜻이지."

"공모 세력이 요새 밖에 존재한다는 말씀이시군요."

"아직 증거는 없다네. 다만 직관이 답을 가리키는 경우도 종종 있지."

대부분의 첩보 정보가 몇 주 이상은 묵은 것들이었다. 너무 갑작스레 벌어진 일이라 제대로 된 보고조차 들어올 겨를이 없었다. 반군은 통신설비를 가장 먼저 장악했다. 육두관들은 스물다섯 척의 함선으로 구성된 막강한 특무부대에서 오직 초점나방 한 척만이 부대로 복귀한 다음에서야 사태를 인지했고, 뒤늦게 요새에 전면적인 제재를 가했다.

"이런, 육두관들이 머리 꽤나 굴렸나 보군. 외부와의 통신을 끊어버린 건 이단자들이 요새 주민들을 더 쉽게 현혹할 수 있도록 도와주기 위해서지, 안 그런가?" 제다오는 비꼬듯 말했다.

니라이 남자는 다시 웃음을 머금었다. "육두관들한테 뭘 더 기대한 거야?"

"표준 절차를 따랐을 뿐입니다." 체리스는 뻣뻣하게 몸을 굳히며 말했다.

"물론 그랬겠지." 니라이 남자가 대답했다.

체리스는 요새 내부의 정치역학 관계를 이리저리 살폈다. 분열돼 있었다. 애초에 육두정 자체가 분파 간 경쟁을 조장하도록 설계돼 있긴 했지만. 문득 제다오가 혼잣말을 하듯 중얼거렸다.

"잠깐 언급되어 있을 뿐이지만, 요새 주민들을 대상으로 '사전 시장 조사'라는 걸 잔뜩 한 모양인데. 무슨 상품을 말하는 거지? 인구통계 데이터는 이미 파일로 정리되어 있는데. 설마…"

"무슨 일입니까?" 체리스가 물었다.

"아닐세, 상상이 지나쳤던 거 같군. 분석 지원을 담당할 슈오스 정보처리반과 슈오스 잠입병 1개 중대를 따로 불러와주게. 물론 함대에도 슈오스가 배속돼 있겠지만, 죄다 자네한테 신경이 쏠려 있을 걸세. 내가 자네를 세뇌시키진 않았는지 확인하려고 안달이 나 있을 테니까. 지금 우리에겐 적을 파악하는 일에만 온 신경을 집중할 이들이 필요하네. 그리고 눈은 많을수록 좋지."

'눈은 많을수록 좋다.' 슈오스의 금언이었다. 제다오처럼 몇 세기를 살아온 슈오스조차 그런 금언을 따른다고 생각하니 체리스는 묘하게 안도가 되었다.

"불변성 얼음을 어떻게 뚫을 생각이신지 속 시원하게 알려주시면 좋겠는데요."

체리스는 다시 니라이 남자의 게임판을 바라보았다. 그는 이제 카드를 가지고 화려한 요새를 쌓는 중이었다. 니라이는 지루해지면 저러고 노는 모양이었다. 켈을 선택함으로써 참으로 많은 것을 놓치게 됐다는 걸 그녀는 다시금 깨달았다.

제다오가 입을 열었다. "내 생전에는 켈 사관학교에서 바늘 요새의 공성을 기본 시험문제로 출제했다네. 사실상 아무짝에도 쓸모없는 시뮬레이션 기동 훈련에서도 흔히 사용됐고 말일세. 아직도 그런가?"

"정확히 말씀드리기 어렵네요. 시험 정보를 우리 쪽으로 불러올 수 있을 겁니다. 6번 화면에 띄울까요?"

"그렇게 하게."

체계적으로 분류된 요새 공성 시험에 대한 시험관들의 평가 기록 목록이 화면에 띄워졌고, 체리스는 어안이 벙벙해진 상태로 바라보았다. 그녀의 눈길을 사로잡은 두 가지 분류 항목이었다. '이단적 사고'와 '구제불능일 정도로 어리석음'. 전자와 후자 모두 있으리라 예상했지만, 특히 후자는 저렇게까지 직설적으로 써놓았을 줄은 몰랐다. 켈 시험관에게 유머 감각이 있을 줄 누가 알았겠는가?

"나한테 교관을 맡기지 않은 것도 이해가 되는군. 나라면 적응하지 못했을 테지, 절대로." 제다오는 그 목록에 매료된 듯 이렇게 말했다. 번제의 여우를 교관으로 쓴다고? 그렇게 되지 않아 천만다행이었다. "어느 항목이 흥미로우신가요?"

"'이단적 사고'와 '내일 진급시킬 것' 항목의 전체 비율을 확인해보지."

체리스는 가슴속에 응어리가 맺히는 것 같았다. 이단적 사고라니.

"단지 비율만 보자는 걸세, 체리스."

시험 결과의 2퍼센트가 이단으로 분류되어 있었다. 체리스는 그 생도들이 결국 낙오했거나, 켈이 됐을지라도 '이단' 낙인이 찍힌 채 모두가 기피하는 직위에 배치되었을 것이라고 어렵지 않게 예상할 수 있었다. 아마 그녀에게도, 본인은 열람할 수 없는 부분에, 비슷한 낙인이 찍혔을 것이다. 제다오를 깨우겠다는 말을 꺼낸 바로 그 순간에.

"걱정 말게. 더 자세한 내용은 확인하자고 말하지 않을 테니. 나도 그 정도 분별력은 있다네. 자네 켈들은 이런 부류의 문제에 심각할 정도로 경직돼 있지." 제다오는 못내 아쉬운 투였다.

"높게 평가해주셔서 감사합니다." 체리스가 말했다.

"습관적으로 나왔군, 슈오스다 보니. 자네도 잘 알고 있겠지, 육두정의 모든 화력을 자네들이 쥐고 있다는 걸." 제다오는 마치 방 안을 느릿하게 돌아다니는 것처럼 목소리를 흘렸다.

"그 화력을 어디다 쏟을지는 슈오스가 정한다는 걸 모를 만큼 멍청한 여자는 아닐 텐데." 니라이 남자가 불쾌한 투로 끼어들었다. 체리스는 어마어마하게 커진 카드 요새에 감탄할 수밖에 없었다. 언제 무너져 내려도 이상하지 않았다. 카드가 눈보라처럼 흩날릴 테지.

"왜 켈 군대에 지원하신 겁니까?" 체리스는 제다오에게 물었다.

제다오는 걸음을 멈추었다. 아니, 목소리의 움직임이 멈췄다. "그쪽이 잘 맞는다고 판단했네. 전장에 나가고 싶었거든. 정보부에서 보고서 선별 작업만 하기에는 좀이 쑤셔서 말일세."

"거짓말이야." 니라이 남자가 탑 하나를 분해하며 말했다. "저 친구는 분석보다 암살 쪽에 더 오래 있었다고."

"체감상 전혀 그렇지 않았습니다만." 제다오가 대꾸했다.

체리스는 대화가 위험한 쪽으로 흐르기 전에 화제를 바꾸었다. "최고 득점자들을 보니 위상수학을 기반으로 한 복잡한 작전을 주로 선택했네요. 수학적으로 판단 오류가 생기도록 방어막 조종자를 유도할 수만 있다면 빈틈을 낼 수도 있으니까요, 이론적으로는요." 그녀는 몇 가지 제안을 그대로 넘겼다. "하지만 기계연산 수준의 속도와 정밀도가 필요할 겁니다. 그리고 요새 근처에서는 복합 연결이 작동하지 않을 테니, 복합체를 구성해서 필요한 연산을 수행할 수도 없습니다."

"위상수학 방면으로 해결책이 마련된다면 바로 말해주게. 그쪽은 아무래도 보조 두뇌의 도움이 필요한데, 보다시피 나는 보조 두뇌를 심을 몸이 없지 않은가."

"또 다른 방법이 있을까요?"

"나도 별 뾰족한 수가 없군. 자네나 나나 가진 정보는 거의 같다네. 내 생전에도 불변성 얼음에 대한 정보는 최고 기밀로 취급됐거든. 일단 요새의 문장 측정 결과부터 확인해보지. 파일을 요청하게."

연결 요새에 문장이 있을 수 있나? 체리스는 그리드에 요청을 입력했다.

잠시 후, 그리드는 해당 파일이 존재하지 않는다고 답변했다.

"나 참, 술래잡기라도 하자는 건가." 제다오는 잠시 생각을 정리했다. "담당자에게 직접 문의할 수 있는지 물어보게."

체리스가 명령에 따르자 신청서 양식이 눈앞을 가로막았다.

"내 이름을 적어 넣게. 그래야 신경 써서 봐줄 테지."

"대신 제 복무기간은 더 짧아질 테고요." 체리스는 이렇게 말하면서도 명령에 따랐다.

"자네는 자살매 아닌가. 이 정돈 각오하고 있었을 텐데." 제다오가 대꾸했다.

니라이 남자는 카드 탑을 전부 해체한 다음, 다시 새 탑을 쌓기 시작했다.

신청서가 어디론가 전달되긴 한 건지 고민할 때쯤, 답변이 도착했다. 8분 만에 도착한 답변은 간단했다. '해당 파일 없음'.

"켈 사령부에서 요즘 저런 인장을 쓰나? 잿불매와 검 문장이 아니군. 혹시 하부 조직의 인장인가?" 제다오가 물었다.

"저건 기록 보관소 인장이야." 니라이 남자가 대답했다. "항상 저 모양이었어." 그는 톱니바퀴 그림 카드 두어 장을 탑에 배치하는 중이었다. 그중 한 장이 톱니바퀴 2번 카드라는 걸 확인한 순간, 체리스의 등골을 타고 서늘한 기운이 올라왔다. 먼 옛날 제다오가 자신의 문장으로 사용했던 것이 톱니바퀴 2번 카드였기 때문에.

"그렇군요." 제다오는 수긍했다. "어쨌든 골칫거리가 하나 더 생겼네, 체리스. 켈 사령부가 우리에게 무언가를 숨기고 있다는 걸 알았으니 말일세. 관련 자료를 완전히 폐기한 것이 아닌 이상에 그 파일만 없을 순 없거든. 기록 보관소에서 자료를 폐기했을 리는 더더욱 없지."

체리스는 얼굴을 찌푸렸다. "저쪽에선 딱히 조심할 생각도 없나 보군요."

"숨길 필요가 없을 테지. 우리가 영향력이 있는 건 아니니까 말일세. 그래도 하나 확인한 건 있군. 저쪽한테는 이 정보를 숨기는 게 요새를 되찾는 것보다 중요하다는 거지."

그녀가 생각하기에도 사령부라면 능히 그렇게 할 법했다. 어떤 비밀이기에. 그녀로선 초조해질 수밖에 없었다.

"어쨌든 내가 가진 정보를 하나 알려주지. 남아 있는 기록을 확인해보면 알겠지만, 불변성 얼음이 구현하는 물리적 방어막은 상황에 따라 형태가 다르다네. 주로 방어막의 색깔과 무늬에서 다양성을 보이지. 이는 인간 조종자의 영향을 받았기 때문일세."

"불변성 얼음의 고유 성질이 아닌 게 확실한가요?"

"그래. 만약 고유 성질이었다면 우리 분파가 이미 알았을 거야." 니라이 남자가 끼어들었다.

"기술과 관련해선 저분을 믿어도 되네." 제다오는 체리스가 망설이고 있다는 걸 눈치채고는 이렇게 덧붙였다. "그 말은 곧 방어막이 아닌 조종자를 노려도 된다는 게지. 자네, 미심쩍다는 표정이로군."

"아닙니다. 각하께 도움을 받기로 해놓고 믿지 못하는 것만큼 어리석은 일이 없겠죠. 무엇보다 각하의 전문 분야니까요." 체리스가 대답했다. "앞으로의 전략에 대해서 자세히 여쭤봐도 되겠습니까?"

"현장에 도착하기 전까지는 참게. 요새가 정확히 어떤 식으로 함락된 건지도 아직 모르니 말일세. 물론 겉으로 봐선 요새 내부에서부터 전복된 게 확실해 보이네만. 무엇보다도 우리 병력 중에 믿을 만한 이가 얼마나 될지부터 판단해야 하네. 우리가 직접 뽑기야 하겠지만 역법 부식은 어디서든 뿌리를 내릴 수 있으니 조심하는 편이 좋지. 평범한 첩자들은 물론이고. 내가 자네한테 하는 말까진 못 듣겠지만, 자네의 반응을 통해서 읽어낼 가능성도 있네. 솔직히 말해서, 자네는 감정이나 생각을 숨기는 쪽으로 숙련된 편은 아니지 않은가?"

체리스는 입술을 깨물었다. 켈 사령부의 명령에 따라 제다오를 이용해야만 했지만, 어쨌거나 그 또한 그녀가 충성해야 할 직속상관이었다. 진형 본능이 계속해서 그녀를 충동질했다. 그가 하는 말을 그대로 따르라고. 그러나 언젠가는 그를 죽여야 할지도 모른다. 체리스는 마음을 다잡았다.

"일단은 알겠습니다. 하지만 나중에 설명이 필요한 상황이 오면 바로 알려주셔야 합니다."

체리스는 지금 대장에게 조건을 달고 있었다. 미리 예상했어야 했는데. 이번 임무 때문에 켈답지 못한 행동을 저질러야만 한다는 걸.

"더할 나위 없이 정당한 요구로군." 제다오가 말했다.

제다오가 너무 간단하게 승낙해서 도리어 의심이 들었지만, 체리스로서는 더 이상 어찌할 방법이 없었다.

"함대 구성에 관해 제안하고 싶은 게 있나?"

"평소라면 역법 요소를 고려하지 않을 수 없겠습니다만," 우주전 경험이 전혀 없는 자신에게 조언을 구한다니, 체리스는 당황할 수밖에 없었다. "이번 같은 경우엔 불변성 무기 쪽이 더 쓸모가 있을 테죠. 현재 보유 중인 이능력 병기를 요새 환경에 맞춰 조율하는 것에도 한계가 있을 테니까요."

"전반적으로 옳은 답변일세. 요새가 역법 무효 지대는 아니지만, 아직 그곳에 뿌리내린 이단의 체제나 추가적인 방어수단이 어떤 부류일지는 알 수 없으니까. 적어도 그곳에 도착할 때까지는 말일세."

"방어수단이라뇨, 벌써 최고의 방어수단을 가지고 있지 않습니까?"

"우리야 예비 방어수단이 없는 편이 좋겠지만, 그렇다고 우리 편할 대로 가정하고 행동할 수는 없지 않겠나." 제다오는 비꼬는 투로 말했다.

체리스는 화면 속 숫자들을 물끄러미 바라보다가, 4번 화면의 정보를 참조해서 함대 하나를 꾸렸다. 평상시라면 소멸나방 두 척만으로도 모든 위협을 제거하고도 남겠지만, 그녀는 화력지원용 기치나방 열세 척과 보병 수송용 수납나방 일곱 척을 추가했다. "보병대를 투입하실 작정이시죠? 이 경우에는 어떤 식으로 이단을 청소하실지 짐작이 가지 않네요. 무장 세력만 제압하실 생각이십니까? 나중에 비도나들을 투입해서 주민들을 재교육시키도록?"

"그보다 더 좋은 방법이 있다네. 내가 방어막이 아닌 방어막 조종자를 노릴 거라고 하지 않았나. 그건 비유적인 표현이 아니었다네. 이미 역법 전쟁 이전부터 사용해오던 전략이야. 언제나 적의 의지를 꺾는 것이 가장 중요한 법이지."

물론 그렇겠지. 하지만 당신의 진정한 적은 누굴까?

직접 물어보지 않을 정도의 분별력은 있었지만, 마음의 동요는 작전 회의 내내 가라앉지 않았다.

06

보병대 사령관을 선발하는 과정에서 체리스는 놀랄 수밖에 없었는데, 제다오와 함께 적임자로 의견을 모은 켈 라가스 대령이 아무래도 회의에 참석했던 4번 후보자 같았기 때문이다. 잠시 역사가로 일하다 켈로 돌아왔다는 그의 복무 경력과 훈장 정보는 4번 후보자와 완벽하게 일치했다. 그러나 증명할 확실한 방법이 없었던 터라, 체리스는 이에 관해선 입을 다물기로 했다.

제다오가 말했던 슈오스 정보처리반과 잠입병 중대 요청 건은 생각보다 까다로웠다. 당황스럽게도 선별 시스템에 체리스가 입력할 수 있는 내용이라곤 작전 개요뿐이었다. 그녀가 원하는 적성을 가진 요원을 개별적으로 선택할 방법은 아예 존재하지도 않았다.

"흔한 일일세. 우리 분파는 항상 사사로운 비밀과 서류 업무를 사랑해왔지. 장장 몇 세기 동안 말이야. 그저 육두관들이 우리의 승전을 원할 거라고 믿는 수밖에 없겠군. 그럼 최소한 유능한 요원으로 배정 해줄 테니까 말일세."

다음은 함대를 구성할 함선을 요청할 차례였다. 함대 소집은 장군 급만 할 수 있기 때문에, 아직 진급 처리가 되지 않은 체리스의 눈엔 모든 것이 허황되어 보였다. 진급을 한 다음에도 크게 나아지는 건 없 겠지. 그러나 그리드는 '특수 상황' 문구를 반짝이며, 함대 소집까지 5.9일이 걸릴 것이라 알렸다.

체리스는 다음으로 무얼 해야 할지 고민하다가, 문득 자신이 하품 을 하고 있다는 사실을 깨닫고 당황했다.

"자네 잠을 좀 자야 하지 않겠나. 자네가 충분히 쉬지 않으면, 우리 둘 다 제대로 기능하지 못할 걸세." 제다오가 말했다.

"밤새 새로운 소식이 들어올지도 모르니까요." 체리스는 거짓말했 다. 잠들어 있는 동안 당신이 무슨 짓을 벌일지 몰라 걱정된다고 말할 순 없었으므로. "보통 이런 일을 대신 처리해주는 참모진을 대동하진 않으시나요?" 주변에 다른 켈이 있다면 조금이나마 안도가 될 것 같 았다. 생판 처음 보는 사람이라도.

"원래대로라면 마땅히 그래야겠지." 제다오는 수긍했다. "하지만 그건 어려울 걸세. 육두관들은 나와 접촉하느라 오염될 장교 인원수 를 최소한으로 두고 싶어 하거든. 아마도 얼추 판단이 섰을 게야. 이 정도 함대 규모라면, 전함나방 한 척분의 장교 인원으로 해결될 거라 고 말이지." 분명 그럴 법한 얘기였다. "어쨌든 나 혼자서 화면을 조 종할 수는 없네만, 자네가 자동 실행 명령 몇 가지만 입력해놓는다면 흥미로운 소식이 들어왔을 때 자네를 깨워줄 순 있다네. 글은 한 번에

한 가지 이상 읽지 못해도, 도표 쪽은 보통 사람보다 많은 수를 동시에 파악할 수 있거든. 덤으로 자명종 역할도 기꺼이 맡아주겠네." 체리스가 당황한 표정을 짓자. 그는 웃음을 터트렸다. "미안하네. 충격을 주려던 건 아니야."

체리스는 그가 지켜보는 가운데서 잠들고 싶진 않았으나, 그렇다고 영영 깨어 있을 수도 없었다. 몸에 이 작자가 깃들 줄 알았더라면, 제다오를 깨우기 전에 심각하게 고민했을 것이다. "아… 그럼 어디서 자면 될까요?"

"우리가 들어왔던 길로 되돌아 나가면 이미 준비돼 있으리라 생각하네."

제다오의 말이 맞았다. 거울이 조금 많기는 해도, 방은 어느 정도 평범한 모습에 가까워져 있었다. 게다가 체리스가 묵어본 어떤 방보다도 넓었다.

체리스는 거울에 비친 모습을 지켜보았다. 제다오가 조롱하는 미소를 띤 채 그녀를 바라보고 있었다. 그녀는 이를 악물고 그를 마주 봤다.

"훌륭하군." 어떠한 기색도 내비치지 않는 제다오를 바라보면서 체리스는 후회했다. 속내를 드러내지 말았어야 했는데. "앞으로도 그런 기개가 필요할 걸세." 무슨 말을 하든 최대한 대꾸하지 않는 편이 최선이었다.

〈타오르는 잎사귀〉호에서 가져온 소지품이 탁자에 놓여 있었다. 체리스는 무엇보다 먼저 까마귀 행운돌이 무사한지 확인했다. 다행히 들어 있었다. 다음으로 제복과 민간인 복장, 그리고 개인 문장을 확인했다. 특히, 역법검을 다시 볼 수 있어서 기뻤다. 결투를 즐길 시간이 있을지는 모르겠지만. 제다오가 뒤에서 지켜보는 와중에 찾아본 바로는, 역법검은 망령을 상대로는 딱히 도움이 되지 못했다.

안내서에서는 망령이 수면 상태의 결박자에게 아무런 영향을 미치지 못한다고 했지만, 체리스는 안정되지 않았다. 더군다나 망령이건 아니건 간에, 제다오는 그녀의 상관이었다. 상관이 계속 붙어 있는 상황에서 마음을 놓고 쉴 수 있을 리가 없었다.

"일단 자두게. 새로운 첩보가 들어왔는지는 아침에 확인해보자고." 제다오가 말했다.

평소처럼 옷을 벗던 체리스는 장갑을 벗다가 잠시 머뭇거렸다. 평소라면 장갑을 벗고 잘 테지만, 상관인 제다오가 자기 맨손을 본다고 생각하니 영 꺼림칙했다. 켈이 공공장소에서 장갑을 벗는다는 건 자살 임무에 나선다는 의미니까. 아니, 생각해보니 아까 충분히 봤었겠군. 젠장.

"끼고 있는 게 편하다면 그렇게 하게. 사실 나도 장갑을 벗은 적이 거의 없거든." 제다오가 말했다.

그가 아무 말도 하지 않았더라면, 체리스는 이내 장갑을 벗고서 불을 껐을 것이다. 문득 그녀의 머릿속에 조금 전 거울에 비쳤던 제다오의 모습이 번뜩였다. 켈 제복을 차려입은, 이제는 배신을 의미하는 손가락 없는 장갑을 낀 제다오의 모습이. "학살극을 벌인 날에도 장갑을 끼고 계셨습니까?" 체리스는 거의 힐문하듯 물었다.

"그렇더군. 저들이 보여준 영상에서는 그랬다네."

"기억이 안 나시는 겁니까?" 체리스는 믿을 수 없다는 듯 물었다.

"전부 기억하지는 못한다네. 시간 순서도 뒤죽박죽이고."

"각하께서 죄책감을 가진다는 느낌은 조금도 안 들더군요." 체리스는 북을 두드리듯 단어를 뱉어내며 말했다. "당신이 죽인 사람들은 게임말 같은 게 아니었어요. 진짜 살아 있는 사람들이었죠. 켈 사령부가 무슨 생각으로 당신을 보존하기로 결정했는지 모르겠어요. 가장 가까운 항성에다 던져 통구이로 만들어도 모자랄 판국에요. 당시에도 켈엔 훌륭한 사령관이 넘쳐났을 텐데."

"내 기록을 다시 확인해보게." 제다오는 결코 자랑하는 투로 말하지 않았다. 도리어 우울해 보였다. "나를 해동하기 전에 한 번쯤 봤으리라 생각하네만."

체리스는 그가 얼마나 대단한 사령관이었는지 잘 알고 있었다. 사관학교에서 그가 지휘했던 전투를 배우기도 했으니까.

"소령으로 진급한 후로 나는 한 번도 패한 적이 없다네. 서른두 살 때 준장으로 진급해서 마흔다섯 살에 죽음을 맞기까지, 켈 사령부는 나를 계속해서 전장에 보냈다네. 이길 수 없는 전장만 골라서 보내고 또 보냈지. 그건 내가 실력이 좋아서만은 아니었어. 솔직히 말해서, 나를 죽이기 위해서 보냈던 거나 다름없다네. 내가 슈오스이기 때문에. 내가 전사하더라도 켈 장군 한 명의 목숨을 구한 셈이라는 계산이 깔려 있던 거야. 그런데 무슨 일이 벌어졌는지 아나? 나는 그들의 명령에 따라 모든 적과 싸워 물리쳤다네.

켈 사령부가 나를 살려둔 이유는 결코 나를 위해서가 아니라네, 체리스. 기밀 사항이라 자네는 모를 테니, 내가 직접 알려주지. 그들은 나를 처형한 후에도 계속해서 전장에 내보냈고, 나는 그 모든 전투를 승리로 이끌었다네. 켈 사령부가 뭘 원하는지 아직도 모르겠나? 저들은 내 머릿속에서 광기를 유발하는 요소를 배제하고 전술 능력만을 추출하고 싶어 하네. 그걸 다른 누군가의 머릿속에 집어넣어 계속 사용하고 싶으니까. 만에 하나 추출을 성공한다면, 그때야말로 나를 제대로 처형하겠지."

"그게 변명이 된다고 생각하십니까?" 체리스가 물었다.

"안 되지." 제다오의 대답은 정중하기는 해도, 사과의 기색은 조금도 없었다. 무심하게까지 느껴지는 그의 목소리를 들으니 등줄기에 소름이 돋았다. "죄책감에 시달리는 척하는 거야 어려운 일도 아니지만, 그게 과연 희생자들을 위한 행동일지는 의문이 드는군. 이미 몇 세기 전에 죽은 사람들을 위해서 무엇을 할 수 있겠나. 그나마 할 수 있는 일이라곤 그들이 죽기 직전까지 충성을 바쳤고, 나 자신도 충성을 맹세한 육두정부를 위해 복무하는 것뿐이지. 이마저도 속죄가 되진 않겠지만 말일세."

거의 납득이 갈 지경이었다. 제다오의 속셈이 무엇인지 알 수 없다는 게 애석할 뿐이었다. 체리스는 침대 쪽으로 터덜터덜 걸어가서 몸을 던졌다. 제다오는 더 이상 아무 말도 하지 않았지만, 그의 존재를, 어둠 속에서 촛불처럼 빛나는 눈을 모른 척할 수는 없었다.

머지않아 잠이 찾아왔다. 꿈속에서 체리스는 숲속을 걷고 있었다. 풀숲에 몸을 숨긴 여우들이 노란 눈을 반짝이며 그녀를 둘러싸고 있었다. 발걸음을 옮길 때마다 가장 가까이에 숨어 있던 여우 한 마리가 오려낸 종이 같은 실체를 드러냈다가 그대로 불타 사라졌다. 한 가닥의 연기와 불똥만을 남긴 채. 잠에서 깨어났을 때, 체리스는 자신의 그림자도 불타 없어졌으리라고 반쯤 확신할 수 있었다. 그러나 아홉 개의 차분한 눈은 그대로 자리를 지키고 있었다.

체리스는 출출한 배를 채우기 위해 몸을 일으켰지만, 그리드가 오늘이 추도일임을 알렸다. 뱀 불길의 날이었다. 그녀가 자는 동안 누군가 다녀갔는지, 탁자엔 명상에 집중하는 데 도움을 주는 도구가 놓여 있었다. 이번 물건은 배를 가른 뱀처럼 생긴 녹색 양초였다. 오른쪽 허파를 끄집어내 십자꼴로 베어놓은 모양이 눈에 띄었다. 육두정의 모든 거주지에서는 추도일 때마다 비도나들이 범죄자 혹은 이단자를 의식에 따라 고문하지만, 공허나방은 예외로 취급되기 때문에 함상에서 고문 의식이 벌어지는 일은 없었다. 체리스는 추도일 행사를 싫어했다. 사실 그녀뿐만 아니라 대부분의 사람이 좋아하지 않았다. 그러나 어쩔 수 없이 따라야만 한다. 합일 역학을 사용하는 지금, 라할이 지정한 대로 모든 국민들이 추도일을 지키고 사회질서에 순응하지 않으면, 표준 역법의 이능력 기술은 제대로 발현되지 않으므로.

"이건 또 처음 보는 이단인데." 체리스가 초에 불을 붙이는 동안, 제다오는 감정을 읽을 수 없는 목소리로 말했다. "이자들은 어떤 이단이었나? 화형을 당한 건가?"

"자기네들을 뱀의 교단이라고 부르는 자들이었습니다. 짐작하셨겠지만. 윤회진생 신앙과 연관된 종교적 이단을 신봉했습니다." 체리스는 대답했다.

"흥미롭군. 좋아, 자네의 의식을 방해하지 않겠네." 여전히 읽기 힘든 목소리였다.

제다오는 자신도 의식을 치를 것이라고 말하지 않았고, 아마도 하지 않을 모양이었다. 체리스는 망령의 의식 준수 여부가 합일 역학에 영향을 미칠지 생각해보다 그만두었다. 추도일 의식에 연연하지 않는 구나. 그러지 말아야 한다고 생각하면서도, 체리스는 그에 대한 호감이 깊어지는 것을 느꼈다.

정해진 39분의 명상이 끝난 다음, 체리스는 평소처럼 아침 운동을 시작했다. 몸풀기 체조로 시작해 조금씩 어려운 자세를 취했다. 몸을 움직일 때마다 거부반응이 일어났다. 다리는 더 길어야 하고, 균형 중심도 더 높은 곳에 있어야 한다는 생각이 자꾸만 들었다. 생각을 떨쳐내기 위해 아무리 애써봐도 별 소용이 없었다. 그녀는 우울해져 검투 자세는 포기하자고 마음먹었다.

"백병전에 강할 뿐 아니라 개인화기도 잘 다루신다고 들었는데요." 체리스는 결국 먼저 말을 꺼낼 수밖에 없었다. 가시 돋친 말을 주고받은 어젯밤부터, 그녀는 먼저 말을 붙여야 한다는 압박을 느끼고 있었다. 어쨌든 함께 일하게 된 건 기본적으로 그녀 때문이기도 하고.

"켈을 따라잡으려면 그럴 수밖에 없었지." 제다오도 다소 달래는 듯한 어투로 말을 받았다. "결박 과정에서, 내가 생전에 익혔던 전투 기술이 자네에게 전해졌을 수도 있다네. 다른 몸이 익힌 기술이다 보니 자네의 몸이 적응하기엔 상당히 힘들겠지. 내 기술을 사용할지 말지는 전적으로 자네한테 달려 있네."

"이전 결박자들도…?"

"운이 좋았던 자도 분명 있었지. 그는 키나 체격이 나하고 꽤 비슷했다네. 그게 도움이 되었을 수도 있겠군."

체리스는 제다오가 지옥나선 요새에서 벌인 모든 행동들, 자기 참모진을 학살하던 순간의 감각들이 자신의 힘줄 곳곳에 스며드는 것

136

처럼 느껴졌다. 학살자의 몸에 새겨진 끔찍한 기억이 제 몸에도 고스란히 옮겨지는 듯한 감각. 그뿐만 아니라 그 끔찍한 기억이 그녀로선 도저히 어찌할 수 없는 영역에 영영 남아 있을 거라 생각하자 더할 나위 없이 불쾌해졌다.

제다오는 말을 이었다. "자네도 사람을 죽이는 방법이야 넘칠 만큼 알고 있지 않은가. 요즘엔 켈 사관학교에서 무엇을 가르치는지 모르겠지만, 그쪽 방면의 기술이 정체 중일 거라고는 상상할 수 없네만."

어떤 기억이 체리스의 뇌리를 간질였다. "각하께선 군 생활을 슈오스 암살자로 시작했다고 하셨죠?" 그녀도 보병대 소속이었던 만큼 살상 경험이 제법 많은 편이었지만, 제다오는 자신과 비교해도 훨씬 무신경한 어조였다. 물론 그녀가 아는 켈 중에도 그와 같은 부류가 꽤 많긴 했지만.

"그렇지. 이젠 구닥다리에 불과하지만 말일세."

암살자에게도 유통기한이 있다는 건가. 체리스는 거의 미소를 지을 뻔했다.

그러다 서비터들이 쟁반 세 개를 가져왔다. 큰 쟁반이 하나, 작은 쟁반이 둘. 서비터들은 여섯 개의 퇴화한 날개를 달고 있는 뱀 형태였는데, 체리스는 처음 보는 형태였다. "니라이 쪽 물건일세." 제다오는 그 정도면 충분히 설명된다는 듯 말했다. 사실 그녀가 생각하기에도 그 이상의 설명은 불필요해 보였다.

체리스는 서비터들을 향해 예의를 갖춰 묵례했다. 그들과 잠시 잡담을 나누고 싶었지만, 지금은 해야 할 일이 있었다. 물론 서비터들도 마찬가지일 것이다. 서비터들은 친근함이 느껴지도록 지저귀고선 방을 나갔다.

큰 쟁반엔 반찬이, 작은 쟁반엔 한 사람이 아닌 두 사람분의 식사가 준비돼 있었다. 금속제를 두들겨서 톱니바퀴 2번 카드 문장을 새겨 넣은 밥그릇은 아무래도 제다오의 것인 듯했다. 그의 밥그릇과 접시엔 아무것도 들어 있지 않았지만, 잔 안에는 구름 조각을 뜯어온 것처럼 흐릿한 안개가 휘돌고 있었다.

"역시 내 몫의 술은 없군. 암, 훌륭한 위스키를 낭비하면 지옥에 간다고." 이렇게 말하면서도 제다오는 내심 아쉬워하는 모습이었다. "내가 양분을 섭취할 필요가 있는지 궁금하단 얼굴이로군. 답은 아니요지만, 의전에 따라 필요하다고 생각한 모양일세."

"휘하 병사들과 함께 식사도 하셨습니까?" 이 또한 예민한 질문이었지만, 어차피 체리스가 할 수 있는 질문이라면 뭐든 예민할 수밖에 없었다. 제다오는 성마른 웃음을 터트렸으나 목소리는 차분하게만 느껴졌다. "식탁을 함께 썼던 동료를 어떻게 죽일 수 있는지 궁금한가 보군. 나도 마찬가지야. 내가 무슨 정신으로 그랬는지 궁금하다네. 어쨌든 자네의 질문에 답하자면, 그래, 함께 식사했네. 내 생전엔 지휘관이 잔을 따로 구해 와서 식탁의 모든 동료들과 나눠 마셨다네. 이번 말고 가장 최근에 깨어났을 때 보니 더는 그렇게 하지 않던데, 아직도 그런가? 자네도 알다시피 켈의 관습은 시대에 따라 종종 바뀌곤 하지 않나."

"그렇습니다." 체리스는 바싹 마른 입으로 대답했다.

"나는 적 병사에게서 약탈한 잔을 돌렸다네. 싸구려 주석으로 만든 조잡한 물건이었지." 팽팽하게 긴장돼 있던 그의 목소리가 점차 풀리더니 다시 차분해졌다. "우리에겐 정말 소중한 의식이었지. 모두가 똑같은 인간이라는 사실을 되새겨줬거든."

그런 때도 있었겠지. "그 잔은 어떻게 되었습니까?" 어차피 이 질문을 기다리고 있었겠지. 혹시 함정일까?

"전장에서 잃어버렸다네. 여간 까다로운 매복이 아니었지. 그런데 진짜 큰 문제는 따로 있었어. 그 빌어먹을 물건을 되찾겠답시고 내 병사 중 한 명이 전장으로 돌아간 거네. 돌아오라고 명령을 내렸지만 그 친구는 불복했어. 내가 자기 목숨보다도 그 잔을 더 중요하게 생각할 줄 알았던 거야. 이 일을 기록으로는 남기지 않았다네. 고작 고물 하나 때문에 목숨을 버렸다는 말로 그녀의 유족에게 수치를 안겨주고 싶지는 않았거든."

사실 전부 꾸며낸 이야기일 수도 있었다. 어차피 체리스로선 진위를 확인할 도리가 없었으니까. 설령 사실이라고 할지라도, 이런 수 세기 전에 있었던 사소한 일화에 일일이 신경 쓰거나 의미를 부여할 사람이 과연 어디 있을까. 무엇보다도 그녀가 가장 이해할 수 없는 것은, 제다오가 이런 훌륭한 사령관에게나 어울릴 법한 일화를 통해 얻고자 하는 게 대체 무엇인지였다. 물론 그도 훌륭한 사령관일 수 있었다. 실제로 그가 인간이길 포기하기 전까지는 다들 그렇게 생각하기도 했다.

체리스는 일단 저 일화를 있는 그대로 받아들인 채 입을 열었다. "한때는 그토록 휘하 병사들을 아끼셨는데, 대체 무슨 일이 있었던 겁니까?"

"알게 되면 나한테도 좀 알려주게나." 제다오가 대꾸했다.

또 게임이군. 이런 식으로 나온다면 더 이상 장단을 맞출 필요는 없다. 체리스는 쟁반을 내려다보았다. 구수한 밥내가 코끝을 간질였다.

"들게. 꽤나 출출할 텐데."

"색깔도 떠올리기 힘드시면서 허기는 기억하시네요?" 체리스가 물었다.

"굶주림은 잊기 힘든 감각이니까." 체리스가 머뭇거리자, 제다오는 표준어가 아닌 말로 뭔가를 중얼거렸다. 마치 불경한 욕설처럼 들리는 소리였다. 수 세기 동안 죽지 않고 살아 있으면 저런 말들을 잔뜩 알게 되는 것일까. "미안하네. 습관적으로 고향 말이 나왔네. 가만, 기록을 보니까 자네도 고향 말이 표준어가 아니던데?"

"맞습니다." 체리스의 부모는 그녀에게 어머니 쪽 말인 므웬-달어를 가르쳤다. 까마귀 향연의 도시에서도 소수파에 속하는 하위 언어였기에, 체리스는 켈 공동체 소속이 된 후부터는 표준어만 쓰도록 습관을 들였다. 므웬-달어를 사용하는 건 오직 고향에 내려갈 때뿐이다. 육두정부에서 하위 언어를 사용했다간 의심의 눈초리를 사기 십상이기 때문에.

"그렇군. 나는 욕설은 여전히 고향 말로 나온다네. 쉬파르어지. 육두정부에서는 사어에 속하니까 모를 수도 있어. 내 고향 행성은 300여 년 전 하픈과의 국경 전쟁으로 멸망했거든."

모르던 사실이었다. "유감입니다." 체리스는 이러면 안 된다고 생각하면서도, 제다오에게 동정심을 느꼈다. 고향 행성이 통째로 사라진다는 건 어떤 느낌일까. 그녀로서는 상상조차 할 수 없었다. 불가능한 일이었다. 두 사람 사이를 가로지르는 간극이 계급만이 아니란 것을, 수 세기의 기나긴 시간이 벌어져 있다는 것을 그녀는 처음으로 실감했다.

"시간의 흐름엔 누구나 휩쓸릴 수밖에 없지." 이 정도쯤은 아무렇지도 않다는 듯이 제다오는 말했다. "들게나. 자네가 굶다 쓰러지더라도 나는 도와줄 수가 없으니까. 물론 누군가가 발견하고 조치해주겠지만."

체리스는 탁자 맞은편에 제다오의 쟁반을 밀어놓고는 잔을 들었다. 뒤늦게 그가 마실 수 없다는 걸 깨닫고는, 혼자서 한 모금 마시고 젓가락을 집었다. 밥은 평범했지만, 얇게 썬 단무지를 올린 생선구이는 기가 막혔다. 쌉싸름한 고사리무침이 입맛을 돋우었다.

"생전에도 비슷하게 드셨습니까?" 체리스는 물었다. 제다오가 처형당한 지 397년이 흘렀다. 식문화도 상당히 바뀌었을 것이다.

"병참장교가 가져다주는 거라면 뭐든 해치웠지." 제다오가 대답했다. "한번은 지상전을 벌이던 중 개구리알묵 한 상자를 입수한 적이 있었지. 그 지역에서는 진미로 여기는 모양이더군. 자네 표정을 보니 요즘엔 꽤나 즐겨 먹는 음식인 듯하네만, 당시만 해도 생소한 것이었지. 그래도 배가 고파서 전부 먹어치웠다네. 그렇게 큰 상자는 아니었지만 말이야. 어쨌든 그 후로 한참 동안 아가미가 자라날 거라는 고약한 농담을 던지곤 했다네. 제법 유행했지."

이후 체리스는 조용히 식사를 하면서, 주석 잔과 명령 불복종과 개구리알묵을 생각했다. 식사가 끝나고 차를 홀짝이며 제다오의 잔에 담긴 정체 모를 안개를 힐끔거렸다. "제가 뭔가 도와드려야 하는 겁니까?"

"그건 아닐 거야. 양분 섭취용은 아닌 듯하니까. 어떤 의미에서건."

마지막 한 모금을 마신 체리스는 찻잔을 내려놓고 기지개를 켰다. 몸을 왼쪽으로 비틀고 있을 때 그리드의 딱딱한 목소리가 방 안에 울렸다. "통신이 들어왔습니다." 통신 화면이 검게 변하고 그 위에 켈 사령부를 뜻하는 잿불매와 칼의 문장이 금빛으로 타오르며 떠올랐다.

체리스는 제복을 완전 정장으로 변환시켰다. "지금 받겠다." 그녀는 화면 앞으로 향했다.

이번에도 체리스의 얼굴을 뒤집어쓴 2번 복합 지휘체였다. "슈오스 제다오 대장." 지휘체는 제다오가 어디에 서 있는지 보이기라도 한다는 듯이 말했다. 아니, 어쩌면 정말 보일지도 모른다. "켈 체리스 대위."

체리스는 이미 경례를 붙이고 있었다.

"앞으로는 저 얼굴 앞에서도 평상심을 유지하도록 하게. 감정을 쉽게 드러낼수록 먹잇감이 되기 십상이니까." 제다오가 말했다.

켈 사령부와 통신하는 와중에 제다오에게서 조언을, 심지어 이런 식의 조언을 받게 된 상황이 마뜩지는 않았다. 앞으로 이런 상황이 더 많아질 텐데.

"편히 있게." 2번 복합 지휘체는 제다오를 볼 수 있을지언정 목소리까진 들을 수 없는 듯했다. "어째서 통신을 취했는지는 짐작하고 있으리라 생각한다, 대위. 슈오스 제다오 대장은 물리적 형태를 가질 수 없으므로, 귀관이 대장의 손과 목소리 역할을 담당해야 한다. 임무 편의성을 고려하여 켈 사령부는 작전 동안 귀관을 명예 대장으로 진급시키기로 결정했다."

이 순간, 체리스는 어떤 감정이 일어날 거라 기대했었다. 불안이든,

희열이든, 혼란이든, 뭐든. 그러나 정작 그녀에게 남은 건 피로뿐이었다.

"또한 귀관에게 유용한 정보를 하나 가져왔다."

체리스는 긴장했다.

"이단 역법을 판독한 결과, 이단자들의 통치 체제에서 핵심 정수는 7이라고 한다. 이 점 명심해두도록. 머지않아 우리보다 자네들이 정확한 정보를 얻게 되겠지만."

7이라. 과거 이단 사태를 일으킨 리오즈의 재림을 암시하는 것일까? 체리스는 사관학교 1학년 수업인 역사개론강의를 좀 더 성실하게 듣지 않았던 것을 뒤늦게 후회했다. 당시엔 좋은 점수를 받는 것에만 혈안이 돼 있었다. 일단 성적이 나온 다음엔 깨끗하게 잊어버렸고.

"이상이다. 행운을 빈다." 화면이 꺼졌다.

"반가운 소식은 아니군요." 체리스가 말했다.

"얼추 짐작하지 않았나." 제다오가 말했다. "아, 체리스, 잊어버리기 전에 제복 계급장을 바꿔두게나."

명예 진급이라. 켈 사령부에서 내린 공식 명령이라는 걸 잘 알고 있었으나, 이 모든 것이 생도 시절 친구들한테 당했던 짓궂은 장난처럼 느껴졌다. 기분까지 어찌할 도리는 없었지만. "명예 진급, 대장." 체리스가 명령을 내리자, 제복에 달린 대위의 발톱 휘장은 대장의 날개 휘장으로 바뀌었다.

"함대 내 영관급 이상 장교진을 다시 검토하고 싶군. 비도나 함장 때문에 불안한 사람이 나뿐만은 아니었으면 좋겠는데." 제다오가 말했다.

〈굶주린 사냥개〉호의 함장 비도나 디아이야는 지휘명령의 빈틈을 찾아내 미꾸라지처럼 교묘히 빠져나가는 솜씨로 이름난 사람이었다. 교리를 전파하고 반체제 분자를 재교육하는 분파인 비도나가 켈 군대에서 함장 직급까지 오르는 건 꽤나 드문 일이었다. 체리스는 대부분의 국민들처럼 그들에게 존경을 표했지만, 될 수 있으면 거리를 두는 쪽을 선호했다. "디아이야 함장은 훈장을 여럿 받은 사람입니다." 그녀는 괜한 우려로 머리를 복잡하게 만들고 싶지 않았다.

"그 훈장에 딸린 표현 말인데, 다들 조심스러워하는 게 느껴지더군. 아마 저 비도나 여자는 높은 곳에 연줄이 있을 거야." 제다오가 대꾸했다.

"아직 확신하긴 이릅니다. 어쨌든 그녀가 마음에 안 드신다면 〈검소한 눈매〉호나 〈여섯 개의 견고한 첨탑〉호를 택하셔야 할 텐데요." 전자의 함장은 '지나친 폭력성'으로 인해 두 번 문책을 받은 경력이 있었는데, 체리스는 켈 사령부에서 폭력성을 운운할 줄은 꿈에도 생각하지 못했다. 도대체 무슨 짓을 저질렀기에. 후자의 경우 함선이 수리 연한을 한참 넘긴 상태였다.

"그래, 다른 선택지가 없긴 하지. 디아이야로 합세. 그래, 어쩌면 나름대로 쓸모가 있을지도 모르겠군. 물론 계속 주시하느라 피곤은 하겠지만 말이야. 아, 라가스 대령한테는 미리 요청할 게 있네. 그 친구 휘하의 니라이 몇 명은 골치깨나 썩일 것 같거든. 같잖은 잔재주를 부리기 전에 미리 재갈을 물리려면 그 친구의 협조가 꼭 필요하네." 제다오는 해당 인원의 이름을 알려주었다.

"보병대에 그렇게까지 관심을 가지실 줄은 생각도 못 했습니다."

체리스는, 솔직히 말하자면, 조금 감동받기도 했다.

"별말을 다 하는군." 제다오는 딱딱하고 날카로운 어조로 대꾸했다. "우리 목표는 요새를 탈환하는 것일세. 요새 진입은 당연히 보병대가 할 테고. 그중에서도 자율적으로 작전을 수행할 중대가 필수적이지. 긴박한 상황에서는 결국 위관급 장교들에게 의지할 수밖에 없네. 그러니 그들을 잘 파악해서 임무 수행 능력이 증대할 수 있도록 지원해줘야지."

"요새 내부의 잔존 병력과 합류해도 괜찮을까요?" 체리스는 입 밖으로 내뱉자마자 어리석은 질문이었다는 걸 깨달았다. 정신 차려야 하는데.

"중대 지휘관처럼 생각하고 있군. 자넨 이제부터 함대를 이끌어야 한다는 걸 명심하게. 게다가 우리가 기함에서 내리는 순간 감시하던 자들이 그대로 쏴버릴 걸세. 우리가 시야에서 벗어나는 걸 용인할 정도로 신뢰할 리가 없지 않은가. 그 사실을 기억하고 행동하게."

"명심하겠습니다." 체리스가 대답했다.

제다오는 잠시 뜸을 들였다가 다시 입을 열었다. "함대를 소집한 다음엔 연설을 해야 하네. 대충 무슨 말을 해야 할지는 알고 있나? 미리 준비해놓는 게 좋아. 내가 처음 힘대 지휘권을 받았을 배는 내 이름조차 생각나지 않더군."

"혹시 조언을 해주실 수 있으신가요?" 체리스는 조심스레 말을 골랐다. "중대를 지휘할 땐, 중대원들과 개인적으로 만나 이야기를 나누곤 했습니다. 그러면 많이 나아지더군요."

"분명 그렇긴 하네만, 이번엔 경우가 다르네. 지금 함장 중 절반 이상이 요새를 깨부수고 싶어 안달이 나 있겠지. 쾰의 충성심이란 늘 하늘을 찌르니까 말일세. 그렇다고 자네를 사령관으로 인정해준다는 얘기는 아니야. 오히려 특진으로 계급을 앞지른 자네에게 노골적으로 혐오를 내비칠 가능성이 커. 가장 중요한 건 그들의 혐오가 동정으로 이어지는 것만은 막아야 한다는 것일세. 자네가 나한테 조종당한다고 여기는 순간 전부 끝장이야. 결코 자네를 동정하도록 놔두지 말게. 동정심만큼 존경심을 빨리 앗아가는 것도 없다네." 제다오는 잠시 생각을 정리했다. "게다가 육두관들이 예상보다 빨리 나를 끌어내릴 수도 있어. 그땐 오롯이 자네 혼자서 헤쳐나가야만 할 거야. 그런 긴급 상황에도 대비를 해두는 게 좋지."

"그렇다면 제 지휘권은…"

"쾰 사령부에서 내려온 명령에 따르면, 자네의 명예 진급 기간은 '작전 기간'으로 돼 있네. 분명 그대로 붙들려 있게 될 거야."

제다오의 말이 옳았다. 긴급 상황이 되면 쾰 사령부의 새로운 명령을 받을 시간조차 없을 것이다. 결국 계속 함대를 이끌게 될 것이다. 사관학교에서 우주전의 필수 기본 과정을 이수하긴 했지만, 실제 전투 경험은 보병대에서 겪은 것이 전부였다. 결국 실전에선 이론이 아닌 경험이 필요한 순간이 오기 마련이었다.

"연설은 짧게 하게. 천부적인 연설가가 아닌 이상 그쪽이 안전할 테니까." 제다오는 친절하게 일일이 알려주었다.

"각하는 어떻게 연설하셨습니까?" 그녀가 물었다.

"나야 사람들과 이야기하는 걸 워낙 좋아하니까. 소통이라는 건 연단 위에서건 아래서건 결국 똑같다네. 좀 더 많은 사람에게 이야기할 땐, 말을 좀 더 보편적으로 만들면 되는 거지. 연습하면 나아질 걸세. 결국 뭐든지 연습으로 귀결되니까 말이야."

체리스는 제다오와 함께 꾸린 함대 장교들의 이름과 사진을 물끄러미 바라봤다. 그녀가 이들을 이끌다니. 비현실적이기 짝이 없었다. 그래도 현실로 받아들여야 한다. 머지않아 이들을 실제로 통솔하게 될 것이고, 그때 정신을 바짝 차리지 않으면 이들을 파악하는 데에 있어서 제다오보다 뒤처지게 될 테니까. 그런 상황만큼은 결코 용납할 수 없었다.

07

조금씩 함대가 집결했다. 모여든 전함나방들은 이곳 연구기지 통제실의 지시에 따라 격자 형태로 위치를 잡았다. 체리스와 제다오는 6번 화면으로 전함나방들 각각의 정보를 살펴보고 있었다. 공허나방은 같은 함급에서도 함선마다 형태가 다르다. 알아서 비용만 충당한다면, 함장이 내키는 대로 개조하도록 승인해주기 때문이다. 기본적으로 전함나방은 늘씬하고 길쭉한 삼각형 형태다. 두 척의 소멸나방이 특히 눈에 띄었는데, 단순히 거대해서만은 아니었다. 전함나방의 척추에 장착된 소멸포가 그 위용을 자랑했을 뿐만 아니라, 굉격포를 추가할 수 있는 포좌도 여럿 눈에 띄었다.

함대 집결은 예정보다 고작 1.78시간이 지연된 시점에 완료되었다. 체리스는 28분 후에 취임식을 하겠다고 공지를 돌렸다. 또한 복합 지휘체를 구성하는 대신 함장들과 개별 대면하겠다고도 말했다.

"흥미로운 결정이로군." 제다오는 가타부타 말하는 대신 감상을 얘기했다.

"장교 개개인의 능력을 파악할 필요가 있으니까요." 요새에 접근하면 복합체 기술을 사용하지 못할 가능성이 컸다. 게다가 최근까지 보병대 대위에 불과했던 체리스는 아직 복합체 연결 준비가 되지 않은 상태였다. "서로 알아가기엔 이 방법이 좋을 것 같습니다."

그러는 와중에 니라이 남자가 잠시 들렀다. 저렇게 나돌아다닐 만큼 할 일이 없는 걸까. 저 사람 상관은 일도 시키지 않고 뭘 하는 거지. 니라이 남자의 복장은 겉보기로는 수수하지만 교묘한 방식으로 호사스러웠다. 위에는 어두운 색조의 실로 유리거미줄 문장을 수놓은 검은색 상의를 걸치고 있었고, 귀에는 레이스처럼 나부끼는 은사 귀걸이를 달고 있었다. "내가 돌봐줄 수 없는 곳으로 가는 거니까, 항상 경계를 늦추지 말라고 경고해주고 싶었어." 니라이 남자가 말했다.

"최선을 다하겠습니다, 각하." 그녀가 말했다.

"돌아와서 정수론에 대해 같이 얘기해보자. 네가 생도 시절에 제출한 논문을 살펴봤어. 니라이 메데라의 진형 생성기를 평가한 것 말이야. 접근 방식이 참신하던데."

체리스는 긴장을 풀었다. 니라이 남자가 이런 사소한 문제에 관심을 가지는 건 당연한 일이다. 그는 이번 임무와 무관하니까. "물론입니다." 그녀는 대답했다.

체리스를 바라보며 미소 짓는 니라이 남자의 아름다운 눈은 거의 친절해 보일 지경이었다. "환히 타오르렴." 그는 켈의 작별인사를 건네고 자리를 떴다.

니라이 남자가 떠나자 연설에 대한 걱정이 다시 수면 위로 올라왔다. 그녀는 벌써 함대의 장교들을 앞에 둔 것처럼 긴장했고, 과호흡에 빠지지 않으려 애쓰느라 뒤이은 50초를 낭비했다. 얼마 전만 해도 자신을 죽이려 덤벼 오는 뱀장어 이단 무리를 상대하기만 하면 됐는데. 평소라면 자신의 상급자였을 그 모든 함장들을 통솔하느니, 차라리 그 전장으로 돌아가고 싶었다.

제다오는 긴장을 풀라고 말하지 않았다. 그저 화면에 떠오르는 모든 정보를 분석하며 편안한 목소리로 읊어줄 뿐이었다. 그는 정보의 시각적 표현법과 서체까지 신경 써서 얘기했다. 체리스는 장군 계급까지 단 군인이 인터페이스 설계에 이렇게 관심이 있을 줄은 꿈에도 생각지 못했다. 브리핑을 받는 입장에서 브리핑을 준비하는 과정까지 꿰차고 있다니.

"자네 개인 문장은 생각해봤나?" 제다오가 뜬금없이 이렇게 물었다.

"제 것 말입니까?" 되묻고 나서야 깨달았다. 명예 진급인 이상 개인 문장을 사용할 권한은 없었지만, 뭐가 됐든지 함대를 상징하는 문장이 필요하긴 했다. 병사들의 사기에 상당한 영향을 미치기 때문에. 제다오의 톱니바퀴 2번 카드 문장을 쓰는 것도 원칙적으로는 가능했지만, 결코 좋은 생각이라고는 볼 수 없었다.

"생각이 있는 모양이로군." 제다오가 말했다.

"다들 곱게 보진 않을 겁니다."

"고깝게 본들 어쩌겠나. 저들이 사령관도 아닌데." 제다오는 짤막한 침묵 이후 말을 이었다. "그렇군. 내 생각에도 괜찮을 것 같네."

"어떻게 아셨어요?" 체리스가 물었다.

"글쎄, 추측일 뿐이지만 자네 얼굴을 보아하니 제대로 짚은 것 같군. 자넨 얼굴에 속이 너무 빤히 드러난단 말이야. 그건 상당히 위험한 습관일세. 어쨌든 더 나은 제안도 없는 것 같으니 그걸로 가지. 6분 남았어. 슬슬 준비를 마치는 게 좋겠군. 그림자를 보여줄 건가?"

"보여줄 겁니다. 누구 휘하에 들어온 것인지 알려줘야죠."

"조명 배치는 마쳤나?"

조명이야 손쉬운 문제였다. 각도만 조절하면 되니까. 걱정되는 건 연설이었다.

"화면 재조정." 체리스는 그리드에 변수를 입력했다. "대화 참가자 전원의 얼굴을 직접 보고 싶다."

수많은 작은 화면이 계급에 따라 배치됐다. 약속된 시간이 되자 모든 화면이 동시에 켜졌다. 소멸나방 함장 두 명, 기치나방 함장 열세 명, 보병대 대령 한 명, 정보부 대위 한 명, 수납나방 함장 일곱 명. 전부 모이니 화면이 상당히 북적거렸다. 켈 사령부에서 복합 지휘체를 선호하는 이유를 이제야 알 것 같았다.

모두 그녀에게 경례하고 있었다. 체리스는 이런 변칙 상황을 초래한 걸 사과하고 싶었지만, 애써 충동을 억눌렀다. 그녀는 입을 열었다. "편히 듣도록. 켈 사령부의 지령에 따라 이번 작전 동안 대장으로 명예 진급된 켈 체리스다. 현재 슈오스 제다오 대장이 자문을 맡아주고 있다."

모두 자기 뒤편 그림자를 주시하고 있다는 걸 체리스는 또렷이 느낄 수 있었다. 그녀는 사람들의 얼굴을 둘러보며 현재 상황에 불만을 가진 자와 수용하려는 자를 판별하려 해봤지만, 역시 무리였다.

"우리 함대의 임무는 이단들 손에 넘어간 산개하는 바늘 요새를 탈환하는 것이다." 체리스는 말을 이어나갔다.

"내 그럴 줄 알았지!" 맥을 끊은 이는 소멸나방 〈무언의 법령〉호의 함장 켈 네레보르였다. 늘씬한 체격에 짙은 피부색을 가진 여성으로, 드문드문 백발이 섞인 머리와 웃음기가 서려 있는 입가가 인상적이었다. "다들 그 이야기만 떠들어대고 있죠. 육두정부를 위해 그 요새를 되찾을 수 있다면 크나큰 영예일 겁니다."

뚱한 얼굴의 다른 소멸나방 함장인 켈 파이잔이 고개를 저었다. "함장, 장군 앞에 예의를 갖추게."

"자네가 직접 다물게 했어야지." 제다오가 중얼거렸다.

체리스는 제다오가 하는 말에 동의하지 못해서가 아니라, 전적으로 옳으며 자기 자신도 동의하기 때문에 짜증이 났다. "우리 함대는 요새까지 정면 돌파할 것이다. 아직 많이 부족하긴 하나 지금까지 확보한 정보를 전송해주겠다."

"17번 보조 화면." 제다오의 지시보다 체리스가 더 빨리 움직였다. 해당 보조 화면에는 정보반의 수장이자 분석장교인 슈오스 코 대위가 나타났다. 턱수염을 기르고 있어서 유달리 눈에 띄는 인상이었다. 켈 남성은 보통 깔끔히 면도하는 쪽을 선호했다.

"각하." 슈오스 코가 고개를 숙이며 말했다. 듣기 좋은 목소리였으나 체리스는 경계를 늦추지 않았다. 저 남자는 특색이 너무 없었다. 서비터들 중에도 저 남자보다 개성 있는 친구들은 차고 넘칠 것이다. 일부러 자신의 색을 완전히 감추는 것이 분명했다. "조금 전에 추가 정보가 들어왔습니다. 원하신다면 지금 바로 전해드리겠습니다. 육두정부와 통신이 끊기기 전 이틀 동안 요새를 출입한 함선을 분석한 결과인데, 흥미로워하실 겁니다. 역법 부식이 누군가가 치밀하게 짜놓은 계획의 결과물이라는 가설을 뒷받침해주는 내용입니다."

"고맙다. 확인해보겠다." 체리스가 말했다.

네레보르가 눈을 반짝이며 다시 끼어들었다. "장군, 어느 전함나방를 기함으로 삼으실 겁니까?"

애초 계획으로는 상급자인 파이잔 함장의 〈따뜻한 환대〉호를 기함으로 삼으려 했지만, 생각이 바뀌었다. 관습을 깨야 할지라도 네레보르에게서 눈을 떼선 안 될 것 같았다. 나아가 그녀가 방금 던진 질문도 함정이라는 걸 체리스는 눈치챘다.

"잘 생각했네. 하지만 표정은 좀 더 신경 쓰게. 누누이 말하지만, 자네 얼굴에 전부 드러나고 있어, 자네 감정이 말일세." 체리스가 입을 여는 순간, 제다오가 끼어들었다.

"〈무언의 법령〉호에서 지휘하겠다." 체리스의 방금 결정은 파이잔으로선 충분히 모욕적으로 느껴질 만한 명령이었지만, 흥미롭게도 그는 씁쓸한 표정으로 입을 다물 뿐이었다. 체리스의 의도를 정확하게 파악했을뿐더러, 거기에 동의한 것이 분명했다. 네레보르가 다시 입을 열기 전에 체리스는 덧붙였다. "우리 함대의 문장은 비워둘 것이다." 체리스는 말을 내뱉자마자 네레보르의 표정을 살폈고, 그녀의 얼굴에 잠시 혐오감이 내비친 것을 확인할 수 있었다. 체리스는 자신도 모르게 뒤틀린 미소를 지었다.

"그럴 줄 알았네." 제다오가 말했다.

빈 문장. 말 그대로, 아무 문장도 없는 검은 깃발. 오명을 얻은 장군만이 사용하는 문장이었다. 이제 막 진급한, 아직 개인 문장을 등록하지 못한 장군들조차 검과 깃털의 기본 문장을 사용한다. 병사들의 사기가 다소 떨어지더라도, 최소한 네레보르의 광폭한 질주에 제동을 걸 순 있을 것이다. 어쩌면 이단자들을 상대할 때도 도움이 될지 모른다. 아무래도 빈 문장으로는 사령관이 누구인지 모를 테니까.

"2시간 뒤 슈오스 분석반과 함께 〈무언의 법령〉호에 승선할 것이다. 필요한 채비를 갖추도록."

"알겠습니다."

함장들의 대답과 함께 모든 화면이 일제히 꺼졌고, 체리스는 무릎이 후들거리는 걸 어쩌지 못했다.

"쉬려면 아직 멀었네." 제다오의 말은 도저히 농담처럼 들리지 않았다. "장교들이 어떻게 반응했는지 지켜봤을 테지. 자네 평가를 들어보겠네."

다행스럽게도 보조 화면엔 아직 이름이 떠올라 있었다. 평소 체리스는 사람 이름을 제법 잘 기억했지만, 압박 때문인지 머릿속이 전부 날아간 것 같았다. "9번의 경우, 제 생각에 동의하는 듯했지만 계급이 낮았지요." 그녀는 말했다.

"켈 이리오 함장일세. 숫자가 아닌 이름으로 기억해보게."

"저도 그럴 생각이었습니다." 본인이 듣기에도 신경질적인 목소리였다. "잠시라도 생각할 시간을 주세요. 4번은 걱정이 되더군요. 그러니까 비도나 디아이야 말입니다. 네레보르 함장이 말하는 동안 제 얼굴을 주의 깊게 살피고 있었습니다. 켈 아가스 함장은 표정을 전혀 읽을 수 없었는데, 결코 좋다곤 볼 수 없겠죠. 수납나방 함장들까진 제대로 살펴볼 수도 없었습니다. 어쨌든 지금 우리의 골칫거리는 네레보르 함장이겠지요."

"그건 내 잘못일세." 제다오의 말에 그녀는 깜짝 놀랐다. "내가 자네의 몸짓언어를 엉망으로 만들었을 거야. 그저 명예 계급 때문만이 아니라, 그 여자의 머릿속에 심어진 진형 본능이 자네를 거부하도록 부추겼을 걸세. 켈로 인식하지 말라고 말이야."

"그건 생각도 못 했어요." 아마 제다오도 신경 쓰지 못했을 것이다. 진형 본능은 그가 처형되고 수십 년 후에나 개발되었으니까.

"과거 다른 결박 대상자들에게도 벌어진 일일세. 그리고 보니 슈오스 대위에 대해서는 말하지 않았군."

체리스는 입술을 깨물며 기억을 떠올리려 애썼다. "잊어버렸습니다. 이러면 안 되는데."

"뭐, 배경에 녹아드는 훈련을 전문적으로 받은 친구니까."

"바로 눈앞에 있었는데요."

"자네는 스물몇 명을 상대했지만, 그 친구는 한 사람만 신경 쓰지 않았나."

"스물네 명입니다."

"지적 고맙군."

"그 대위와 관련하여 제가 조심해야 할 부분이 있었을까요?" 녹화 내용을 돌려서 처음부터 살펴봐도 딱히 눈에 띄는 점은 없었다.

"딱히 없었네. 뭔가 단단히 숨기고 있는 모양이야. 뭐, 슈오스니까. 그래서 흔히들 이렇게 말하곤 하지. '슈오스에게서는 항상 눈을 떼지 않는 편이 낫다.'"

그 격언은 절반짜리였다. '그래 봤자 슈오스 쪽이 눈이 더 많지만' 이 나머지 절반이었다. 체리스는 굳이 이 점을 지적하지 않았다.

"라가스 대령은 노골적으로 무료함을 드러내더군요. 그것도 아주 예의를 갖춰서 말이죠." 체리스가 말했다. "하지만 그럴 만하다고 생각해요. 어쨌거나 우리가 요새까지 데려다줘야지만 보병대가 움직일지 말지 정해질 테니까요. 그때까지는 막사에서 잠이나 자고 있겠죠."

"정확하네." 제다오는 말했다. "수납나방 함장은 걱정할 필요가 없을 것 같네. 오해하지 말게. 수송이 중요하지 않다는 게 아니야. 수납나방 함장들이 자네에게 원하는 건 단 하나야. 합리적인 일정표. 그런 부분을 맞춰주는 건 그리 어렵지 않지."

"어쨌든 〈무언의 법령〉호를 기함으로 삼은 것은 적절한 조치였네. 네레보르는 딱 보기에도 호승심에 불타오르고 있지. 분명 그 기세로 자네를 어디까지 몰아붙일 수 있을지 확인하려 들 걸세. 그 친구와 자네가 공용 식탁에서 어떤 공방을 주고받을지 제법 기대가 되는군."

그 상황을 상상하던 체리스는 혐오감에 몸서리를 쳤다.

제다오는 그녀의 기색을 즉각 눈치챘다. "장군 업무의 절반은 정치라네, 체리스. 어렵겠지만 반드시 필요한 일이야. 어쨌든 시간이 좀 있으니 분석장교의 파일을 확인해볼까."

체리스는 분석 결과를 훑어본 뒤 입을 열었다. "암시하는 바가 심상치 않네요. 분석장교도 음모와 연관돼 있다고 판단하고 있어요. 연결 요새에서 반란이 일어날 때까지 육두관들이 몰랐을 리가 없어요. 이 사달이 날 때까지 그들은 무슨 생각으로 방치한 걸까요?"

제다오도 짐작하고 있을 사실을 체리스는 굳이 입 밖으로 내지 않았다. 산개하는 바늘 요새에 음모가 도사리고 있다는 건 결국 육두정부 전체를 무대로 한 음모가 숨겨져 있음을 의미했다. 소우주는 대우주를 반영하니까.

"그 질문에 대한 대답은 라할 분파에게서 듣고 싶군. 그러나 그쪽에서 지금까지 아무 말도 없다는 것은, 우리가 질문해봤자 답해줄 생각이 없다는 뜻이겠지." 제다오가 말했다.

분석장교인 슈오스 코는 심지어 자신의 여러 질문에 대한 라할 측의 반응까지 기록해놓았다. 그중 체리스가 가장 마음에 든, 아니 흥미롭다고 느낀 답은 이랬다. *라할 내부 사정. 추가 질문은 역수사의 대상이 될 것이다.*

"이렇게까지 숨기려 드는 중요한 정보란 대체 뭘까요?" 체리스가 물었다.

"나도 평소라면 그들의 특성일 뿐이라고 가볍게 치부했을 걸세. 예지늑대들의 결속력이란 유별나지 않은가." 제다오가 답했다. "그러나 이번엔 가벼운 사안이 아니야. 보아하니 켈 사령부의 협조를 얻은 것 같더군. 육두관들이 뭔가를 꾸미는 것이 아닌지 점점 의심이 든다네."

체리스는 소용없는 짓이라는 걸 알면서도 라할 쪽에 질문 하나를 전송했다. 아까의 답변을 보면, 그쪽도 질문을 기다리고 있을 테니까. 역시나 아무 대답도 돌아오지 않았다.

"가서 분석장교를 만나보게." 제다오가 말했다. "자네가 찾아오길 기다리고 있을 거야. 네레보르가 감시하기 전에 만나두는 편이 낫겠지."

"제 일정을 분 단위로 짜놓으신 건가요?"

"우선 서비터부터 부르게. 짐을 옮겨야 하지 않겠나."

그건 사실이었다. 2분 만에 서비터들이 도착했다. 뱀형 세 대와 다부져 보이는 딱정벌레형 한 대였다. 체리스는 왜가리 중대의 서비터들에게 안부를 전해달라고 부탁하면서, 통신 경로를 알려주었다. 놀랍게도 딱정벌레형 서비터는 그녀의 말이 끝나기도 전에 즐겁게 지저귀며 설명을 가로채 마무리 지었다. 이미 알고 있던 모양이었다. 서비터들은 생각보다 인간에 대한 이해도가 높을뿐더러, 자기네끼리 대화를 나누기도 한다. 이에 대해 체리스는 일찍부터 눈치채고 있었지만, 인간과 서비터 모두의 평화를 위해 굳이 파고들지 않았다. 딱정벌레형 서비터는 바닥에 내려앉아 그녀의 더플백 쪽으로 움직였다. 평소와 다를 바 없는 모습이었다. 그녀는 서비터들에게 목적지를 일러주며 감사를 표했다. 속으로는 이 정도 짐은 직접 나르는 게 마땅하다고 생각하면서. 그녀는 이곳의 니라이 서비터들과 친분을 쌓을 기회가 없었다는 점이 아쉬웠다. 니라이 서비터가 켈 서비터보다 수학에 대한 흥미가 더 크면 컸지 적진 않을 것이기에. 네 대의 서비터는 감사에 응답하여 경쾌한 소리를 울리며 방을 나갔다.

슈오스 분석반으로부터 이동 채비를 마쳤다는 메시지가 도착했다. 연구기지 통제실에서는 16번 전송 지점에서 분석반과 합류하라고 통제했다. 체리스는 길을 잃더라도 서비터가 나타나 길을 안내해줄 거라는 걸 잘 알았지만, 지도를 찬찬히 살폈다. 머릿속의 제다오는 묘하게도 계속 침묵을 지키고 있었다. "이제 우리도 가봐야겠군요." 그녀가 말했다.

전송 지점으로 가는 길목에는 체리스가 니라이 기지에서 기대하던 모든 것들이 모여 있었다. 직선과 교차점이 계속 더해져 뒤얽힌 미로를 만드는 모습은 마치 나무가 모여 숲이 되는 모습 같았다. 다행히 지도는 경로를 정확히 표시했고, 곳곳에 떠 있는 은빛 조명이 길을 안내해주었다. 희끄무레한 조명이 비추는 벽면으로는 금색과 은색이 번갈아 새겨진 켈과 니라이의 문장이, 잿불매와 공허나방의 모습이 드러났다.

16번 전송 지점은 상당히 넓었다. 슈오스 분석반은 이미 적색 원단에 금테로 치장된 완전 정장을 입은 채 대기하고 있었다. 체리스는 제다오가 저런 적색 옷을 입었다면 어땠을지 떠올려보았다. 분석가들은 생김새가 다들 비슷비슷해서 구별하기 쉽지 않았다. 오직 코 대위만이 턱수염 덕분에 간신히 분간되었다.

"각하." 코는 침착하게 예의를 지키며 입을 열었다. "제 부하 반원들을 소개해드리겠습니다." 그는 한 명씩 돌아가며 소개했다. 얼굴을 찡그리고 있는 저 여자는 선임 분석가 슈오스 벨디아다르. 불안해 어쩔 줄 모르며 묵례하는 저 친구는 분석가 슈오스 텡. 몸집이 큼직하고 다부져 켈 보병대에 있어도 전혀 어색할 것 같지 않은 저 남자는 분석가 슈오스 므라이 던. 나른하게 웃으면서도 눈으로는 체리스를 훑어보고 있는 저 여자는 분석가 슈오스 리이스. 리이스의 갸름한 얼굴은 물결치는 검은 머리카락에 감싸여 있었다. 입매가 아름다웠지만 호의는 전혀 보이지 않았다.

"걱정 말게. 이번 시험은 무사히 넘어갔으니까."

"무슨 시험이요?" 그녀가 입속말로 물었다.

"나중에 설명해주겠네."

"귀관들과 함께 일하게 되어 기쁘다." 체리스는 사령관으로서 해야 할 말을 했다.

"지휘권을 잡게 되신 경위는 다들 알고 있습니다. 공성전에서 승리할 때까지 최선을 다해 지원하겠습니다." 코가 말했다.

"아마 진심이겠지." 제다오가 말했다.

"혹시 문장 측정에 익숙한 사람은 없나?" 체리스가 물었다.

"요새의 문장 측정 말씀이십니까? 파일이 있다고는 들었습니다만, 열람 신청 절차가 제법 까다롭다고 하던데요. 켈 사령부나 요새 상급 관료의 허가가 필요할 겁니다." 코가 대답했다.

체리스는 너무 성급하게 '문장'이란 말을 입에 올렸다고 제다오가 질책할 줄 알았지만, 그는 침묵을 지켰다. 슈오스 리이스는 뭔가를 알고 있는 듯한 눈치로 그녀를 주시하고 있었다. 체리스도 그녀의 놀라운 아름다움에 사로잡히기는 했지만, 지금은 그보다 신경 쓰이는 게 한두 가지가 아니었다. 자신이 무슨 시험에 통과했다는 건지, 나아가 제다오는 리이스에 대해서 무엇을 알고 있는지.

"현재 직위엔 얼마나 오래 있었나?" 체리스는 코에게 물었다. 어느 정도는 서로에 대해 아는 편이 이로우니까.

"8년입니다, 각하." 코는 대답했다. "오해 말아주시길. 드라마에 나오는 슈오스 감시관은 없으니까요. 우리는 거의 대부분의 시간을 보고서를 읽거나 지도와 시계를 멍하니 바라보며 시력을 손실하는 데 사용한답니다. 그토록 오랫동안 골방에 박혀 있는데 다들 용케도 버섯이 되지 않고 있지요."

흥미로운 표현이었다. "행성 출신인가?" 그녀가 물었다.

"그렇습니다. 슈오스 사관학교를 졸업한 후로는 거의 계속 기지에만 있었지만요. 이곳은 아무리 시간이 지나도 영 익숙해지지가 않더군요."

체리스도 같은 생각이었다. 까마귀 향연의 도시는 작은 반도의 항구 도시였다. 처음 사관학교에 들어와서 1년은 흐르는 강물 소리나 새가 지저귀는 소리를 쫓다가 잠에서 깨어나곤 했다.

"각하." 리이스가 말했다. 눈빛은 공손했지만 목소리는 전혀 그렇지 않았다. "어째서 번제의 여우를 무기로 택하신 겁니까?"

"나는 데이터를 신뢰하기 때문이네." 체리스는 이렇게 말하고선 고개를 돌렸다. 더 이상의 질문은 받고 싶지 않았다.

"이번에도 잘 넘어갔군." 제다오가 말했다.

체리스는 제다오가 입을 열 때마다 신경이 거슬렸다. 차라리 텔레파시로 대화할 수 있었으면 좋겠건만.

다른 목소리가 비집고 들어왔다. "소멸나방으로부터 각하를 맞이할 준비가 되었다고 연락이 왔습니다. 가장 큰 문으로 나가서 복도를 따라 내려가주십시오. 양륙정 한 대가 〈무언의 법령〉호까지 태워다 드릴 겁니다."

"시간이 됐군요." 므라이 던이 말했다.

"먼저 가시죠, 각하." 체리스가 먼저 움직여야 한다는 걸 코가 일깨워주었다.

체리스의 그림자가 한발 앞서 문틈을 비집고 복도로 나아갔다. 그녀는 혹시라도 비틀거릴까 봐 온 정신을 집중했다. 복도 끝에서 양륙정 한 대가 기다리고 있었다. 다른 양륙정과 마찬가지로, 완전무장한 1개 소대를 수용 가능한 크기였다. 이름은 따로 없고 숫자로만 부르는 듯했다. 괜찮다. 어차피 그녀는 글자보다 숫자가 더 친숙하니까. 뒤편으로 슈오스들이 충분히 거리를 둔 채 앉아 있는 걸 보면서, 체리스는 안도의 한숨을 내쉬었다.

양륙정이 콧노래를 부르며 기지를 떠났다. 철조망에 달린 종이 울리는 소리와 비슷했다.

체리스는 입속말로 제다오에게 물었다. "슈오스 리이스는 뭐가 문제인 겁니까?" 소음이 심하지만 제다오라면 그녀의 목소리를 알아들으리라 확신했다.

"성형수술을 받았더군."

"그게 답니까?" 설마 제다오도 신체 개조를 혐오하는 쪽일까? 켈중에도 그런 자들이 제법 있긴 하나, 대부분의 슈오스는 그 방면에서 비교적 느슨한 태도를 가진 걸로 알고 있었다.

"설명이 부족했군. 내 생전의 칠두관이었던 슈오스 키아즈와 똑같은 얼굴로 성형수술을 받았다는 걸세."

"그게 시험이라고요?"

"그래, 시험이지, 자네가 아니라 나를 대상으로 한. 만약 우리가 보다 긴밀하게 연결돼 있었다면, 자네가 반응을 보였을 수도 있어. 다행히 반응하지 않았으니, 저들에게 점수를 딴 셈이지."

제다오가 너무 에둘러 말하는 통에 무슨 말인지 이해가 안 갔지만, 체리스는 곧 말뜻을 이해했다. "당신 칠두관하고 무슨 사이였던 거예요?"

"입속말로 말하게." 그의 목소리는 단도 날처럼 날카로웠다. "그저 경고하는 것뿐이야. 슈오스인 내가 켈의 소유물이 된 건 키아즈 칠두관 때문이지. 지옥나선 요새 사건 이후에 그녀가 나를 켈 사령부에 넘겨버렸거든. 현재 슈오스 육두관이 누군지 말해주겠나?"

"슈오스 미코데즈입니다." 체리스가 대답했다. 미코데즈는 악명이 자자한 자였는데, 자기 휘하의 후보생 두 명을 그저 심심하다는 이유로 암살했다고 알려져 있다.

"그 친구 아직도 눌러앉아 있는 모양이군. 그리 놀라울 일도 아니지. 수완이 대단한 친구니까. 대부분의 슈오스가 나의 존재를 인정하려 들지 않지만, 미코데즈는 그중에서도 가장 심하다네. 만약 내게 문제라도 생겨서 켈 사령부로부터 반환받는다면, 그자는 바로 나를 끝장내려 할 걸세. 말하자면 저 리이스란 친구의 얼굴은 미코데즈가 나한테 보내는 일종의 경고인 셈이야. 얌전히 구는 편이 신상에 좋을 거라는." 그리고 비교적 짧은 항해가 이어지는 동안, 제다오는 침묵을 지켰다.

양륙정에서 내리니 켈 네레보르 함장이 직접 나와 맞아주었다. 눈부신 완전 정장 차림이었지만, 얼굴엔 포식자의 음흉한 미소가 걸려 있었다. "환영합니다, 각하." 그녀의 목소리는 암사자가 가르릉거리는 소리를 연상시켰다. "잘 왔네, 슈오스 대위." 개인 이름을 빼고 장교를 부르는 건 가벼운 모욕에 속했지만, 코의 부드러운 표정은 조금도 변하지 않았다.

빈 문장의 검은 깃발이 확실히 눈에 띄었다. 체리스는 순간 불쾌감이 치솟아 올랐지만, 실제 처지와 크게 다르지 않다는 점을 곱씹으며 참았다. 그녀는 분명 명예를 더럽힌 자였다. 제다오는 말할 것도 없고. 그 사실을 분명히 인지했기에 고른 문장이 아니던가.

"슈오스 분석반을 배정된 구역으로 안내해주도록." 체리스가 말했다.

이미 슈오스 중대를 호위할 서비터들이 대기하고 있었다. 〈무언의 법령〉호에서는 여러 개의 갈고리 부리를 가진 새형을 선호하는 모양이었다. 중대원들은 경례를 올리고 자리에서 물러났다.

"다음 일정은 어떻게 할까요?" 네레보르 함장이 물었다.

"우선 함내 사령실을 둘러보겠다." 엄밀히 말하자면 네레보르가 어떤 식으로 사령실을 꾸며놓았는지 확인하고 싶은 거지만. "선실엔 그 다음에 가겠다. 앞장서도록, 함장."

"따라오시죠." 네레보르가 말했다.

조명이 환하게 켜진 사령실엔 자리마다 복합체 인형들이 앉아 일하고 있었다. 병기, 통신, 탐지, 기관, 항해, 교리까지. 아니, 하나는 달랐다. 교리반 장교는 라할에서 넘어온 치안장교인 듯했다. 계급장 밑을 보니 늑대머리 문장을 달고 있었다.

"새로 보낸 모양이로군." 제다오가 말했다. "소멸나방 교리반 장교는 특별히 주의를 기울였는데, 기억에 없는 얼굴이야."

나쁜 소식이었다. 체리스는 자신이 까먹어서 알아보지 못한 것이길 바랐는데. 그렇다고 예상치 못한 일은 아니었다. 라할 측에서 감시 인력을 배치하는 건 흔한 일이니까. 아마 파이잔 함장 쪽 교리반 장교도 교체되었겠지. "장교, 이름이 뭔가?" 체리스가 말했다.

라할은 자리에서 일어나 경례를 붙였다. 갈대처럼 깡마른 몸에 혈색마저 창백해 평소의 체리스라면 나뭇가지 하나 부러트리지 못할 사람이라고 여겼을 것이다. "치안장교 라할 가라입니다, 각하." 목소리에 힘이 실려 있었다.

체리스는 네레보르를 향해 고개를 끄덕였다. 네레보르는 복합 연결체를 구성하고 있지 않았지만, 개인 기록을 통해 개별 활동을 선호한다는 건 미리 알고 있었다. 어차피 이단 역법의 영역으로 들어가면 복합 연결에는 의존할 수 없으므로, 딱히 나쁜 일은 아니었다.

"항해반, 산개하는 바늘 요새로 향하는 최단 경로 계획을 제시하도록." 체리스는 출력이 부족한 전함나방도 따라올 수 있도록 계수를 지정했다. "방사 진형으로. 현 시간부터 21.3일 후, 역법 부식 구역에 이르면 불변성 추진체로 전환한다."

"알겠습니다." 네레보르는 시원하게 대답했다. 푸른색 장발을 꼼꼼하게 땋은 항해반 인형이 작업에 착수했다.

"이 정도면 충분하다. 3.2시간 뒤에 공용 식탁 앞에서 보지." 체리스가 말했다.

"말씀대로 따르지요."

네레보르가 선실까지 동행해주겠다고 했지만, 체리스는 제안을 거절했다. 대신 세 대의 새형 서비터에게 인도를 받았다. 서비터들은 저들끼리 번갈아가며 즐겁게 노래했다. 그 모습을 보고 있자니, 체리스는 친하게 지냈던 〈타오르는 잎사귀〉호의 서비터들이 왈칵 그리워졌다. 그러나 어쩔 수 없었다. 이곳 서비터들과 친하게 지내면서 그리운 마음을 떨쳐내는 수밖에.

체리스의 개인 선실은 어마어마하게 넓은 데다 호화롭기까지 했다. 원한다면 연회도 열 수 있을 정도였다. 그러나 그녀에겐 가구나 보면서 감탄하고 있을 시간이 없었다. 그녀는 그대로 전함나방의 장거리 전이용 좌석에 몸을 밀어 넣었다.

"얼른 전투나 시작됐으면 좋겠어요." 체리스가 말했다.

"다들 그렇게 말하곤 하지. 하지만 그때부턴 사람이 죽어나간다네." 제다오가 대꾸했다.

"아무것도 안 하는 것보단 낫잖아요? 어차피 요새를 얻으려면 싸우는 수밖에 없는데."

"반박할 수 없군."

10일 주기로 두 주가 지나면 요새에 근접하게 될 것이다. 체리스는 마음을 다스리려 애썼다. 일단 포격이 시작되면 눈 붙일 시간도 없이 바빠질 것이다. 그때가 되면 지금의 무료함이 그리워지겠지. 포격이 시작되기도 전에 예상치 못한 일들이 터져 정신없이 바빠질 수도 있고. 눈을 감은 그녀는 문득 절대 깜빡이지 않는 구미호의 노란 눈을 떠올렸다. 그 아홉 개의 눈이 행성과 행성 사이, 저 아득한 허공 속에서 무엇을 볼 수 있을지를 생각했다.

08

산개하는 바늘 요새, 분석반

우선도 : 일반

송신자 : 바헨즈 아프리르 다이 노움

수신자 : 리오즈 자이 칠두관

세부 역법 사항 : 살찐 암소의 해, 암탉의 달, 수탉의 날. 암탉과 수탉을 둘
다 넣은 이유가 대체 뭐죠? 됐습니다. 누가 알겠어요. 다음 투표에서 제가 직
접 물어보죠.

자이, 우선 당신의 금욕적인 식단부터 전면 재고해야 한다는 말씀을 드리
고 싶네요. 일전에 말씀드린 그 끝내주는 제과점 있잖아요? 드디어 일을 내
고야 말았어요. 바삭거리는 패스트리 사이에다 대추 과육과 레몬 커스터드
로 번갈아 속을 채우다니! 정말 기가 막힌다니까요. 제가 지불하는 비용을

생각하면 이 내용물은 또 얼마나 비쌀지, 생각만 해도 소름이 돋더군요. 뭐, 전시 상황이니 어쩔 수 없으려나요. 어쨌든 저는 절제력을 발휘하여 하루에 딱 한 개씩만 맛보고 있습니다.

탐지반이 내놓은 보고서에 대한 제 소견을 듣고 싶다 하셨죠. 지금 말씀드 릴게요. 장거리 투시 결과를 분석해보니, 켈 함대가 접근하고 있는 게 거의 확실하더군요. 전위대에 소멸나방 한두 척이 껴 있는 모양이고요. 나름 감춘 다고 감춘 것 같긴 한데, 완벽하게 감추기는 영 쉽지 않은 물건이죠. 이에 대 해서 탐지반이 애매한 용어를 섞어가며 돌려 말하던데, 신경 쓰지 않으셔도 됩니다. 저는 두 척이라고 거의 확신합니다. 저쪽에서 탐지를 방해하는 진형 을 택한 탓에 거리가 충분히 좁혀질 때까지 정확한 수는 파악하기 어렵지만 요. 뭐, 기치나방 열두 척 정도, 자잘한 수송선 몇 척 섞인 함대겠죠.

제가 신경 쓰이는 것은 저들이 선택한 사령관입니다. 다행히 우리의 상대 가 켈인 이상, 저들이 누굴 선택하든 우리 쪽이 유리하겠지만요. 당신, 저번 회의에서는 지루한 말다툼을 하다가 이성을 잃기 직전까지 갔었죠. 스토간 은 주절거릴 기회만 생기면 닥칠 줄을 모른다니까요. 좋아요, 친절한 제가 저들이 선택할 수 있는 경우의 수를 정리해드리지요. 가장 위험한 장성급 인 사는 켈 체르카드일 겁니다. 안단 분파 휘하에서 복무한 경력이 있는 여자인 데, 개인 문장도 짜증 나게 생겼어요. 그 기묘한 나선무늬를 보고 있으면 진 짜 현기증이 난다니까요. 어쨌든 능력만큼은 의심할 여지가 없는 자입니다. 다음으로 위험한 인사는 켈 다리추 중장일 텐데요. 아직 젊어서 정치 상황까 지 고려할 여력이 있는, 꽤나 열려 있는 자입니다. 현재 켈 다리추는 이베누 아 국경에 있는데, 켈 사령부에서 그를 이곳까지 데려올 가능성은 적어 보여 요. 통신이 단절되기 직전에 들어온 보고서에 의하면 말이죠. 마찬가지로 우리로선 가장 두려운 존재인 켈 이네세르가 육두정부 반대편 끝에 있다는 것도 다행스러운 일이지요.

지휘를 맡을 만한 장군들의 목록을 파일로 첨부하긴 했습니다만, 켈 전파에 실린 깃발을 확인하기 전까지는 여흥에 지나지 않을 겁니다. 물론 자기네 장군과 슈오스 장군을 융합할 가능성도 없다고 볼 수는 없지만, 켈이라면 자기네가 코너에 몰려 있다고는 절대 인정하지 않을 테니 걱정하지 않아도 될 듯합니다.

실례지만, 잠시 어디 좀 다녀오겠습니다. 새로운 이능력 유지 보수 임무를 맡은 이들과 면담해야 하거든요. 출력 현황 보고서가 제출 기한을 훌쩍 넘겼는데도 아무런 말들이 없더라고요. 저는 그런 게으름뱅이들은 그냥 두고 보질 못해서요. 새로운 상황이 발생하면 연락 주세요. 어디로 걸어야 하는지 알고 계시죠?

역법 이단의 동료
Vh.

두 번의 10일 주기는 체리스가 예상한 것보다 빨리 흘러갔다. 승무원들과 공용 식탁에 마주 앉았을 땐 거북하기 그지없었는데, 그건 그들이 그녀의 얼굴이 아닌 그림자를 향해 말을 걸었기 때문이다. 켈 네레보르만은 그러지 않았지만, 대신 체리스가 경험이 부족하단 점을 조롱하는 짓궂은 농담을 던져대곤 했다.

식사 내내 신경이 곤두섰던 체리스는 당황스럽게도 젓가락을 놓치고 말았다. 이에 세모형 서비터가 새 젓가락을 가져다주었고, 그녀는 감사를 표하는 자신의 목소리가 떨리지 않은 것을 다행으로 여겼다. 이제는 어느 정도 신체 기능을 되찾았다고 생각했는데. 젓가락질 하나 제대로 못 하다니. 세모형은 밝은 기색으로 지저귀며 꼬박 고개를 숙이곤 원래 자리로 돌아갔다.

"서비터와 제법 교감을 나누시는 모양이군요, 각하." 식사가 끝나갈 때쯤 네레보르가 말했다.

체리스는 어떻게 반응할지 잠시 망설였다. "나는 서비터를 동료로 생각하고 있네." 그녀는 〈무언의 법령〉호에 승선한 이후, 서비터들과 거의 대화를 나누지 못했다. 사령관으로서 처리해야 할 서류 업무가 그녀의 생각보다 훨씬 많았다.

"동료가 많아서 나쁠 거야 없지요." 네레보르는 이렇게 대꾸했지만 체리스를 괴짜로 보는 게 분명했다.

이후 체리스는 산개하는 바늘 요새에 대한 기존 정보를 재검토하며, 각 분파가 맡고 있는 여섯 구역을 하나씩 살폈다. 안단, 슈오스, 라할은 각각 북꾼 구역, 잠자리 구역, 아네모네 구역을 맡고 있었고, 비도나, 켈, 니라이는 리본 구역, 광휘 구역, 우산 구역이었다. 모든 구역의 통신소가 동시에 점거당했다는 사실이 계속 신경 쓰였다. 하지만 그보다는 일단 책상 위에 가득 쌓인 방대한 서류를 조금이라도 처리해야만 했다.

"조금 쉬는 편이 좋겠군." 놀라울 정도로 엉망진창으로 작성된 의무반 보고 내용을 애써 분석하고 있는데, 제다오가 끼어들었다. "기분전환으로 보통 뭘 하지?"

"지금은 그럴 때가…"

"내 말 듣게. 앞으로 죽을 만큼 바빠질 거야. 지금 같을 때 즐기지 않으면 분명 후회할 걸세."

체리스는 반신반의하면서도 서비터 몇 대를 초청해서 함께 드라마를 시청했다. 세모형 한 대와 나방형 한 대가 선실로 찾아왔고, 드라마가 시작하기 전까지 서로 살갑게 인사를 나눴다. 니라이인 것으로 보이는 여주인공의 친구가 방정식이랍시고 뭔가를 끄적거릴 때마다, 나방형은 호전적으로 금색, 적색, 주황색 불빛을 연달아 깜빡여댔다.

체리스는 그동안 세모형에게 소멸나방 승무원들, 특히 네레보르 함장에 대해 의견을 물었다. 이렇게 서비터에게 정보를 캐내는 걸 보고 누군가는 야비하다고 할 수도 있었다. 대부분의 사람들은 바로 눈앞의 서비터도 제대로 인지하지 못하니까. 그러나 지금 그녀에겐 남의 눈치를 볼 여력이 없었다. 모든 방법을 동원해 정보를 긁어모아야 한다. 중대를 지휘하던 시절엔 휘하 장교들이나 다른 중대장들을 통해 뜬소문이나마 얻을 수 있었지만, 여기서는 그럴 수 없으니까. 계급의 간극은 그녀가 감당하기에 너무 컸고, 그렇지 않다 한들 제다오가 중간에 껴 있다 보니 대화 자체가 어려웠다.

세모형은 드라마 여주인공의 전동 공구 취향에 대해 신랄하게 비판하는 중간중간(대개 서비터들은 전동 공구에 대한 취향이 확고해 수다스러워진다), 네레보르가 부하들에게 인기가 많다고 알려주었다. 지휘 성향이 대담할 뿐 아니라, 일 처리가 우수한 부하에겐 칭찬을 아끼지 않는다. 심지어 그녀를 머리로 앞지르는 경우에도. 퀠이 딱 좋아할 만한, 호승심은 강하지만 공정한 성품의 함장이었다. 서비터들 또한 그녀에게 딱히 불만은 없었다. 켈은 켈다운 수준의 예의만 보여도 족하다. 세모형의 철학적인 접근에 체리스는 쓴웃음을 지었다.

제다오는 그들의 대화에 조금도 주의를 기울이지 않는 듯했다. "로맨틱 코미디라니. 자네 이쪽 취향일 줄은 상상도 못 했는걸." 그는 재생을 잠시 멈추고 이렇게 평했다. "거기다 떠돌이 기술자와의 로맨스라니."

"아, 로맨스만 있는 게 아니거든요. 서로 결투를 벌이기도 해요. 각화마다 여주인공이 종이 클립과 금속 테이프로 새로운 역법검을 만들어내죠." 체리스가 이 드라마를 좋아하는 건 바로 역법검 결투 장면 때문이었다. "사실 결투 자체는 터무니없긴 한데, 필살기를 쓸 때 정말 재밌어요. 방금 지나간 장면 보셨죠. 저렇게 질주하는 말을 불러낸 기술 같은 거요."

세모형은 상대방이 말을 소환해서 공격해 온다면, 자기는 즉시 항복할 거라고 했다.

"꽤나 현명한 결정이네. 질량만으로도 압도당할 상황이니까. 제다오, 당신도 결투 실력이 뛰어나지 않았던가요? 아, 정 보기 싫으면 다른 걸 봐도 돼요." 체리스가 말했다.

제다오는 웃음을 터트렸다. "사실 어머니의 드라마 취향을 생각하고 있었다네. 어머니에 비하면 자네 취향은 무난한 편이지."

제다오에게 어머니가 있다고 생각하자 체리스는 어딘가 모르게 거북해졌다. 그의 가족에 대해서 전혀 아는 바가 없었으니까.

"전해 듣기로는 누군가 어머니를 살해했다더군. 내가 심문받는 동안 말일세." 제다오는 마치 1개 대대가 매달 소비하는 오이 개수를 보고하는 것처럼 담담하게 말했다. "아버지는 돌아가신 지 오래였지. 뭐, 그 양반하고는 그렇게 가까운 사이는 아니라서. 내 형은…" 문득 감상적인 투가 완전히 사라진 날 선 목소리가 울렸다. "지옥나선 요새 사건이 있고 정확하게 1년 후, 잠들어 있는 배우자와 딸 세 명을 총으로 쏜 다음 자살했다네. 여동생은 실종되었다더군. 아마 소식을 듣고는 곧장 칠두정부 밖으로 피신했을 거야. 항상 현실감각이 뛰어났으니까."

"유감입니다." 체리스는 이 말 말고는 할 말이 떠오르지 않았다. 서비터들은 질문을 하듯 그녀를 향해 불빛을 깜빡이다가 이내 그만두었다. 다시 침묵 속에서 드라마를 시청했다.

에피소드가 끝나갈 즈음, 제다오가 입을 열었다. "네레보르 쪽에는 제법 괜찮게 대처하고 있는 셈일세. 네레보르가 자네를 계속 자극하는데도 굳건히 버티고 있으니까."

"제다오, 저는 지금 더 큰 위협을 앞에 두고 있어요. 네레보르가 걱정되긴 해도, 제 상황에선 딱히 더 심한 것도 아니잖아요."

"그렇게 생각한다면 됐네." 그가 말했다.

"뭐가요?"

"더 단호하게 대하게. 자네는 네레보르에게 너무 예의를 차리고 있어. 권위라는 건 말일세, 아무 데나 막 놔두면 누군가 채 가버리기 십상이라네. 사령관답게 처신하게. 그렇지 않으면 다른 자들이 자네를 사령관으로 보지 않을 거야."

체리스는 얼굴을 찌푸렸지만, 그의 말이 옳다는 걸 잘 알고 있었다. 몸이 근질거리는 참에 운동을 했다. 여전히 몸을 움직이기 불편했다.

예전엔 없었던 행동 습관이 멋대로 튀어나와서, 주의를 기울여봐도 발이 꼬여 넘어지기 일쑤였다.

승무원들과 함께 식사한 지 나흘째 날, 잣을 띄운 차가운 계피 생강차로 그날의 호사를 누리고 있는데 퀠 네레보르가 몸을 기울이며 말했다. "이곳에 오신 뒤로 대련하시는 모습을 본 적이 없습니다만, 각하."

네레보르는 나흘째에 맞춰 도박수를 던졌다. 죽음과 희생, 불운과 행운의 뜻을 전부 가진 숫자 4라니. 그녀는 역시 자살매다웠다. "혹시 저와 역법검 결투를 해보는 건 어떠십니까? 부관들이 꽤나 궁금해하는 것 같더군요. 각하의 결투 유파가 뭔지에 대해서요."

거절하면 엄청난 실례가 될 터였다. 물론 네레보르의 결투 제안도 결코 예의 바른 행동이라 보긴 어려웠지만. "좋아, 받아들이지. 괜찮을지 모르겠군. 분명 나보다 뛰어난 적수를 여럿 상대해봤을 텐데 말이야." 어차피 역법검 결투는 체리스도 좋아했으니까. 문제는 여전히 몸을 움직이기엔 불편한 상태라는 거였다. 서비터들은 네레보르가 역법검 결투에서 거의 져본 적이 없으며, 현란하고 공격적인 검술을 즐겨 쓴다고 일러주었다. 그녀는 제다오가 권위에 대해 한 말을 떠올렸다. "1시간 후면 되겠나."

승무원들이 호기심 가득한 눈으로 체리스를 지켜봤다. 수군거리는 소리가 그녀의 귀까지 들렸다. 다들 그녀의 몸짓 하나하나가 서툴다는 걸 눈치챈 듯했다. 굼뜬 퀠이란 흔치 않으니까.

"이거 재밌겠군." 제다오는 선실로 돌아오자마자 이렇게 평했다. 널찍한 방엔 아무래도 익숙해질 수가 없었다. 제복에 달린 장군의 날개 계급장이야 보지 않으면 그만이지만, 선실은 그럴 수가 없으니까.

"사실 운동 능력이 이렇게까지 더디게 회복될 줄은 예상치 못했네."

"이전 결박자들은 더 빨랐나 보죠?"

"그렇긴 한데 자네 탓은 아니니 오해 말게. 대충 무슨 일이 벌어지는 중인지 짐작은 가네만, 자네에게 알려줘봤자 딱히 도움이 되진 않을 것 같군. 만에 하나 내 짐작이 맞는다면, 어차피 자네도 머지않아 깨닫게 될 테지."

"알기 쉽게 다시 말씀해주실래요?"

"그래, 나중에. 일단 준비운동부터 하지."

체리스는 그 말에 따랐다. 약속 시간을 12분 남겨놓고 그녀는 역법검을 손에 들었다.

결투장에 도착하니 네레보르는 이미 나와 있었다. 네레보르의 역법검은 번들거리는 청동 손잡이에 녹색 덩굴무늬가 반복 배열로 들어가 있었다. 소멸나방 함장이란 지위에 어울리는 화려한 장식이었다. 네레보르 휘하 부관들 상당수가 관객석에 자리를 잡고 있었고, 그 안에 라할의 치안장교 가라도 있었다. 켈들은 열띤 분위기 속에서 두 사람을 주시하고 있었다. 슈오스 리이스는 앞줄에 앉아 대놓고 활짝 웃었다. 체리스는 시선을 돌렸다.

"따 맞춰 오셨네요, 각하." 네레보르의 언행은 무례했으나, 목소리엔 진심 어린 기쁨이 묻어났다.

체리스는 한쪽 눈썹을 추켜올렸다. 눈앞의 여성이 보여주는 단도직입적 태도에 끌리는 마음을 어찌할 도리가 없었다. "5판 3선승이면 되겠지, 함장?"

"물론입니다, 각하."

네 대의 서비터가 결투장에 직사각형을 그렸다. 세모형이 아닌 새형 서비터들이었다. 체리스는 네레보르 맞은편으로 걸어가며 서비터들에게 살짝 묵례를 했다. 네레보르는 눈썹을 치켜들면서도 딱히 뭐라 하지는 않았다. 눈에 띄진 않더라도, 어쨌든 저들이 도움된다는 것만큼은 사실이니까.

　네레보르가 자세를 잡고 역법검을 발동시키자, 검신 위로 자그마한 숫자들이 떠올랐다. 숫자들은 반짝거리며 점차 커지더니, 이내 눈이 시릴 정도로 밝은 황백색 빛이 됐다. 저토록 켈에 어울리는 자와 동료로 지낼 수 없다니. 안타까울 따름이었다. 저런 상관을 섬기며 복무한다면 무척 즐거웠을 텐데.

　체리스의 역법검은 푸른색과 붉은색이 섞여 있었다. 사관학교 교관들은 검의 주인과 색깔 사이에 연관성 따위 없으며 전부 근거 없는 얘기라고 했지만, 인간은 종종 그런 미신에 사로잡히는 법이었다.

　"넷에 갑니다." 네레보르가 말했다.

　이에 따라 서비터들은 완벽히 동시에 딸각 소리를 네 번 냈다.

　네레보르는 빨랐다. 그녀의 팔에서 뻗어 나온 칼날이 아직 발 디딜 곳도 제대로 찾지 못한 체리스의 가슴을 크게 갈랐다. 베인 자리에서 잠깐 고통이 엄습했지만, 살상 모드가 아니었기에 금세 가라앉았다.

　네레보르는 모욕적인 언사를 쓰진 않았지만, 내려간 입매를 보니 실망한 게 분명해 보였다. 두 번째 결투에선 지나치게 주의하며 체리스에게 접근했다. 그녀가 이미 지루해질 대로 지루해진 결투에서 조금이라도 재미를 짜내기 위해 애쓰고 있음을 체리스는 짐작할 수 있었다. 어떻게 반격할지 생각하느라 속도를 늦춰선 안 된다는 걸 잘 알고 있었지만 몸이 따라주질 않았다. 네레보르는 체리스가 취하는 미적지근한 방어 태세에 이내 질렸는지 그대로 돌진했다.

젠장, 눈 깜짝할 새에 당하겠군. 네레보르가 자신보다 몇 수 위인 것은 명백한 사실이었지만 그렇다고 해도 이렇게 무력하게 당할 정도는 아니었다. 체리스는 승무원들 앞에서 한심한 모습을 보이고 싶지 않았다. 아니, 차라리 완벽하게 압도당하는 편이 나으려나. 역법검 검투야 사실 잠깐의 유희에 지나지 않았다. 이보다 훨씬 더 심각하고 중대한 문제들을 앞에 두고서 해결은커녕 제대로 시작조차 못 하는 판국이다 보니, 현재 상황은 사소하게만 느껴졌다.

세 번째 결투가 시작되고 자세를 잡는 순간, 체리스는 진심으로 평온한 기분이 되었다. 그녀가 순수한 미소를 지어 보이자, 네레보르의 눈매가 가늘어지며 미간에 주름이 떠올랐다.

네레보르는 다시 빠르게 치고 들어왔다. 체리스는 반격과 발놀림에 대한 생각을 머릿속에서 전부 지워내고선, 흐름에 몸을 맡긴 채 반사적으로 움직였다. 다시 균형 감각이 어긋나는 듯한 진한 위화감이 느껴졌지만 아랑곳하지 않았다. 오직 한 가지 생각만을 머릿속에 남겨두었다. 가만히 서 있으면 안 된다. 네레보르가 화려한 검술 실력을 뽐내려 하자, 체리스, 아니 체리스의 몸은 그녀를 가만히 두면 안 된다고 스스로 판단하여 움직였다. 체리스는 몸을 회전시켜 네레보르의 검 아래로 파고들었다. 군더더기 없는 날쌘 움직임에 이어, 체리스의 칼끝이 네레보르의 갈빗대 사이를 정확히 찔렀다.

"이번 판은 따내신 것 같군요, 각하. 아까 전엔 어째서 무력한 척 연기하신 겁니까?" 네레보르가 헐떡이며 내뱉었다.

체리스는 눈을 깜빡이며 방금 벌어진 일과 네레보르가 한 말을 연결시키려 애썼다. 지금까지 일부러 연기를 했다고는 말할 수 없었다. 그건 이번 결투와 네레보르한테 모욕을 주는 것이니까. 그렇다고 사실대로 말해봤자 딱히 좋을 것도 없을 것 같았다. 망령 장군의 숙련된 솜씨를 빌렸다고 하면 네레보르가 과연 기뻐할까. 체리스는 말을 아끼기로 했다. "좀 더 힘내보게."

"물론 그래야지요." 네레보르는 웃음을 머금으며 대꾸했다.

체리스는 이어진 두 판을 예상했던 것보다 훨씬 빠르게 따냈다. 아무래도 제다오는 가차 없이 확실히 끝내버리는 걸 선호했던 모양이었다. 그녀는 찝찝한 기분으로 제다오의 결투 이력을 떠올렸다. 제다오를 이긴 사람은 켈 한 명뿐이었다.

네레보르는 조금도 비꼬는 기색 없이 경례를 붙였다. "지금까지의 무례를 용서하십시오. 각하 덕분에 한 수 배웠습니다."

"귀관을 상대할 수 있어 영광이었다." 체리스는 본심 그대로를 말했다.

사람들은 이해할 수 없다는 듯이 체리스의 그림자를 바라보고 있었지만, 그것까지는 어찌할 수 없는 노릇이었다. 리이스는 불안할 정도로 기뻐하는 얼굴이었다.

네레보르는 묵례를 하더니 상쾌한 얼굴로 결투장을 나갔다.

"바로 그거였네." 개인 선실로 돌아오자마자 제다오는 이렇게 말했다. "자네는 계속 계산하기에 바빴지. 어떻게 움직일까 하고 말일세. 그렇게 머리로 생각하고 움직여선 안 되는 거라네. 몸으로 생각해야지. 특히 전투에서는. 살상용 무기가 밀고 들어왔다면 더 빨리 깨달았겠지만 어쩔 수 없지. 자네 상대한테 몰래 살상용으로 전환하라고 조언할 수는 없는 노릇이지 않은가. 그것도 친선 결투에서 말일세."

"그냥 알려주셔도 됐을 텐데요." 체리스는 손목을 위아래로 돌려보며 말했다. 분명 자신의 손이 맞을 터인데, 터무니없이 작게 느껴졌다. 이보다는 훨씬 더 크고 길어야 할 것 같은데. 지금껏 한 번도 손이 바뀌거나 한 적이 없었으나, 묘하게도 지금은 다른 이와 손이 뒤바뀐 듯한 느낌이었다. 당장에라도 이 장갑을 벗으면 다른 이의 손이 나올 것 같은, 그렇게 영영 자신의 손을 잃어버리게 될 것 같은 느낌.

"결박이 풀리면 이런 반사신경도 사라집니까?"

"그에 대해서는 정보가 없네." 제다오는 잠시 뒤에 덧붙여 말했다. "기분이 좋지 않은 모양이군."

"그렇게 빤히 보이나요?" 체리스가 말했다.

"말해보게, 뭐가 불만인가?"

"공정하지 않은 결투였습니다."

제다오는 침묵했고, 그 잠깐 동안의 고요가 방 안 전체에 울려 퍼졌다. "착각하지 말게, 체리스. 전쟁의 요체는 속임수야. 상대방의 카드를 바꿔치고, 술에 약을 타는 것, 그래도 상대방이 굴복하지 않으면 가족을 인질 삼아서라도 굴복시키는 것, 그게 바로 전쟁이라네. 게다가 네 레보르는 내 존재를 몰랐던 것도 아니지 않은가. 모두한테 공개된 카드를 사용한 것이니 딱히 자네가 속임수를 썼다고도 볼 수 없지."

"사람 목숨 구하기엔 더할 나위 없이 좋은 방법이군요." 그녀는 싸늘한 목소리로 말했다.

더 이상 대화의 주제는 결투가 아니었다. "전쟁이 빨리 끝날수록 사람은 덜 죽기 마련이라네. 자네가 켈의 긍지를 얼마나 중요하게 여기는지 잘 아네만, 부디 이번만큼은 내 말을 새겨듣게나. 적에게만큼은 무자비해지게. 적에게 건네는 자비의 손길은 반드시 무자비한 칼날로 돌아오는 법이네."

"잘 기억해두겠습니다." 체리스는 뻣뻣하게 대꾸했다.

제다오는 한숨을 쉬면서도 굳이 더 파고들지는 않았다.

19일째 되는 날, 체리스가 결박 대상자 안내서를 훑어보며 유사시 제다오를 다룰 방법을 강구하는 와중에, 통신이 들어왔다. "급히 사령실로 와주셨으면 한다는 네레보르 함장의 요청입니다. 탐지 결과, 적의 방위 함대와 곧 조우하게 될 듯합니다."

"바로 가겠다." 체리스가 말했다.

"적에 대한 정보를 구하는 것이 급선무라네." 제다오가 말했다. "우선 함장들에게 협조를 구해야 할 거야. 마음 단단히 먹게."

소멸나방은 선실에서 사령실까지의 이동 경로를 단축시키기 위해 몸의 구조를 바꾸었다. 그래봤자 몇 초 차이에 불과했지만, 그 몇 초가 많은 걸 바꿀 수도 있기에. 체리스는 사령실에 들어가 주변을 둘러보았다. 네레보르가 초조한 모습으로 사령실 안을 돌아다니고 있었다.

"각하." 네레보르가 급히 경례를 올리며 말했다. "상황이 심상치 않습니다. 현재 함대의 진형 이능력으로부터 이상 변화가 감지됐습니다. 역법 요소에 의한 자연 발생적 변화로 추측됩니다만, 문제는 해당 이상 변화가 발생한 직후 적의 방위 함대가 우리 쪽으로 전진하기 시작했단 겁니다."

"진형 정보를 보내게." 탐지반이 진형 이능력 정보를 체리스의 단말로 전송했다. 그녀는 현재의 이상 변화 수치와 역법 부식 계수를 비교 분석한 뒤, 몇 가지 계산식을 도출한 다음 이맛살을 찌푸렸다. "교리반, 역법 부식에 대한 다른 정보는 없나?"

"요약과 수식, 둘 중 어느 것으로 보내드릴까요?" 라할 가라가 물었다.

"수식으로." 체리스는 이렇게 대답하고선 입속말로 제다오에게 물었다. "이제는 그 계획이란 것을 말해주세요. 그렇지 않으면 이대로 전투에 돌입하게 될 겁니다."

"저들을 속여 기습하는 것까지는 무리겠지만, 혼란 정도야 충분히 줄 수 있지. 잘 듣게. 현재 저들한텐 장기전까지 치를 여력 따윈 없을 걸세. 함대에 포위된 상태로는 버티고 싶어도 물자가 부족할 테니까. 그때는 얼마나 걸렸더라, 한 30년쯤 됐나? 어쨌든 이렇게 포위된 상태로 전쟁을 치르는 것 말고도 다른 계획을 세웠지 않겠나. 저들은 분명 자기네 이단들을 지원해줄 세력을 기대하고 있을 거란 말일세. 물론 그 지원군이라는 게 우리 배후에 있을 수도 있지. 그래도 나는 코대위의 생각이 어떻든 유두정부의 목줄이 그렇게 느슨할 것이리곤 생각하지 않네. 그렇다면 남은 곳은 타국뿐이지. 이단에게 힘을 빌려주기 위해 타국에서 함대를 보내왔다고 한다면, 저들은 혹할 수밖에 없을 걸세."

하지만 그건 반역이잖아요, 라고 말하려다 체리스는 생각을 바꾸었다. "애초에 타국의 함대로 속일 방법이 없잖아요. 저들이 켈의 전함

181

나방을 식별하지 못할 리가 없으니까요. 게다가 저들이 기대하는 타국이란 게 어느 나라인지도 모르지 않습니까."

"맞는 말일세. 그러니 차선책을 택해야지. 켈의 함대를 이끌고 올 만한 지원군으로 위장하는 걸세. 이제부터 휘하 장교들에게 단호함을 보여줘야만 하니 미리 마음의 준비를 해두게나."

탐지반 인형이 말했다. "각하, 수식 자료를 보냈습니다. 역법 요소 와 관련된 수치상의 변화가 확인되십니까? 아무래도 역법 부식 같습니다. 제 생각엔 해당 이상 변화 때문에 적 함대의 선두 함선을 제대로 식별할 수 없는 것 같습니다."

체리스는 끔찍하게 얽혀 있는 수식과 숫자들을 뚫어져라 바라보다 잠깐 고개를 들고 물었다. "저쪽에서 먼저 깃발을 보내왔거나 하진 않았겠지?"

"그런 행운은 따르지 않았습니다. 일단 우리부터 깃발을 보내는 게 좋지 않겠습니까?" 네레보르는 아마 빈 문장의 깃발이라도 보내고 싶어 안달이 났을 것이다. 빈 문장이건 아니건 간에, 일단 깃발을 교환한 뒤부터는 정식 교전을 시작할 수 있으니까.

"아직은 안 되네. 깃발도 우리가 가진 카드 중 하나니까. 위치야 언젠가 발각되겠지만, 깃발을 계속 숨기다 보면 결국 저쪽에서 먼저 반응할 수밖에 없을 걸세. 그 반응을 토대로 우리는 유리한 정보를 확보하는 것이고. 그때까지는 아직 한참 남았으니까, 지금이야말로 네레보르에게 우리의 위장에 대해 설명할 적기겠군." 제다오가 말했다.

"함장." 체리스가 입을 열었다. "우리는 앞으로 저들의 반응을 확인할 수 있는 거리까지 접근한 뒤, 저들을 속여 정보를 끌어낼 것이다.

통신반, 해당 계획을 다른 함장들에게도 통보하도록."

"지극히 슈오스다운 생각을 하셨군요. 어쩌겠습니까, 명령은 따라야지요. 받들겠습니다." 네레보르가 말했다.

"방금 한 말은 기억해두지." 제다오가 살짝 짜증 섞인 투로 중얼거렸다.

탐지반과 교리반은 서로 토의를 하더니, 적의 방위 함대가 요새 방어막의 유효 범위 밖으로 총 1.7일이 걸리는 거리까지 빠져나왔다는 결과를 도출했다.

"저 함대는 방어를 위해 나와 있는 게 아닙니다. 우리를 정찰하러 온 거지요." 네레보르가 말했다.

"식별 신호는 보냈나?" 체리스가 날카롭게 물었다.

"각하의 지령을 기다리고 있었습니다."

"잘했다." 체리스가 말했다.

"함정을 파고 도사리고 있다니 찝찝하네요. 그런데 굳이 요새 코앞에서 진을 치는 이유는 뭐죠?"

"지금보다 더 접근하지 않는다면, 저들도 행동에 나서지 않을 것이다. 여길 보도록." 체리스는 역법 농도를 표시해 보였다. "프랙털 경계면이 엉망이기는 한데, 실제로 탐색하지 않고는 확정할 방도가 없다. 상황이 여의치 않으니, 약식 계산으로 대신하겠다." 그녀는 기초 수식을 특정하며 말을 이었다. "여기, 여기, 그리고 여기. 이쪽의 근을 구하고 같은 식으로 반복하면…" 그녀는 직접 계산해서 결과를 입력했다. 지도의 농도 표시가 계산 결과에 맞춰 바뀌었다.

"저기 황색 구역에서 우리를 맞이할 생각일 걸세. 상변환 경계에서는 퀠 진형의 효과도 떨어지니, 그 기회를 노려 준비한 게 있겠지."

제다오가 말했다.

체리스도 동의하며 그 분석 결과를 전달했다.

"각하께서 니라이 훈련도 받으신 줄은 몰랐습니다." 네레보르는 체리스를 물끄러미 바라보며 이렇게 말했다.

"퀠 사관학교에 있을 때 수학이 적성 분야였다." 체리스는 차분하게 대답했다. 어차피 누군가 물어볼 거라고는 생각하고 있었다.

"우리가 돌입할까요? 아니면 저들을 끌어낼까요?" 네레보르가 물었다.

"우린 지금 정보 확보가 급선무라네. 지금 위험을 감수해야 할 쪽은 저들이 아니라 우리지." 제다오가 말했다.

체리스는 제다오의 생각이 못마땅했다. 어쨌든 요새를 탈환해야 한다면, 결국 저 방위 함대도 어떻게든 돌파해야 할 것이다.

"평소라면 일부 병력을 이용해 정찰을 시도했을 걸세. 하지만 이번엔 전 함대를 끌고 들어가보지. 그리드를 통해 드레지 행성에서 자네가 벌인 활약을 확인했다네. 뱀장어 이단을 상대로 역법 효과를 시험할 때 정말 신속하게 중대를 이끌었더군. 자네 능력이라면 충분히 기습할 수 있겠어."

"각하?" 네레보르는 체리스의 정신이 다른 곳에 팔린 것을 눈치채고는 말을 걸었다.

어차피 계속 비밀로 할 수도 없는 노릇이니, 체리스는 솔직히 말하기로 했다. "제다오 대장과 상의 중이었다. 전 함대가 돌입해서 적의 반응을 확인하겠다."

네레보르는 노골적으로 거북한 기색을 내비쳤다. "어떤 진형으로 갈까요?"

체리스는 진형을 그려서 전송했다. "이걸로 한다."

기본 진형 목록에 실려 있는 진형이 아니기 때문에, 라할 가라는 진형을 다시 확인했다. "각하, 이대로 하면 세 군데 중심축이 약점으로 노출됩니다. 변형 속도를 중시하다 보니 어쩔 수 없으셨을 테지만요."

"그렇다." 체리스는 가라가 알아채줘서 기뻤다. 그녀는 네레보르에게 다시 지시했다. "이대로 실행한다."

네레보르가 다른 함장들에게 지시사항을 전달했다. 전 함대의 통신이 일제히 울리기 시작했고, 체리스는 뭔가 느낌이 있으리라 예상했지만, 남은 건 오직 흐릿한 차분함뿐이었다.

제다오가 말했다. "전문을 준비하게. 문서로만. 음성도 영상도 아무것도 넣지 말고. 내가 겪어보니 켈은…, 이렇게 말해서 미안하네만, 강압적으로 일을 진행시켜야 오히려 호의적이더군. 내가 직접 전문을 입력할 수 있다면 그쪽이 더 낫겠지만 아무래도 그건 무리니 부탁하지."

"말씀하시죠." 체리스가 말했다.

"여기는 가라크 제다오 쉬칸이다…"

체리스는 그가 '슈오스 제다오'가 되기 전의 이름 따윈 전혀 알고 싶지 않았다.

"…나는 육두정부에 갚아줄 빚이 있어 이곳에 왔다. 원군이 도착할 때까지 버티려면 동맹이 필요하다는 걸 알고 있다. 함대를 물리고 대화에 응하라. 나는 방어막을 뚫는 법을 알고 있다. 대화할 생각이 없다면, 몸소 뚫고 들어가겠다."

체리스는 입력한 내용을 보면서 눈살을 찌푸렸다. "이런 허풍에 속아 넘어갈 리 없잖아요."

"이 전문의 강점은 내 말이 허풍이 아니라는 거라네."

체리스는 멈칫했다. "진심인가요?"

"내가 들은 바로는 때론 슈오스도 진실을 말한다더군."

네레보르는 복합체 장교 일부와 대화를 나누고 있었다. 체리스는 그 모습을 지켜보다가 제다오에게 말했다. "네레보르의 지휘 방식에 대해 어떻게 생각하십니까?" 근무자들은 전반적으로 체리스가 아닌 네레보르의 말에 귀를 기울이고 있었다.

"극도로 실무 중심적이군. 자네가 저 친구를 마음에 들어 하는 이유는 알겠네. 호전적일 뿐만 아니라 앞장서는 것을 두려워하지 않으니까. 내가 보기엔 변덕도 심할 듯하니, 써먹더라도 그 점을 꼭 염두에 두게나." 흥미롭게도 네레보르를 그리 높게 평가하진 않는 모양이었다.

"사람을 분석하는 일은 도저히 멈출 수가 없나 보죠?"

"그보다 고약한 습관도 잔뜩 있지 않나."

"적 함대가 우리 쪽으로 가속을 시작했습니다, 각하." 탐지반이 말했다. "상변환 구역으로 향하고 있습니다."

"그곳에서 조우하도록 하지." 체리스가 말했다.

방어막에 가로막혀 요새를 직접 탐지할 수는 없었지만, 주변 공간에 새겨지는 역법의 영향력이 화면에 또렷한 파문을 그렸다. 체리스는 차가운 겨울의 눈이, 그 교활하고도 무한한 인내심을 가진 시선이 자신을 꿰뚫어보고 있다고 상상했다.

켈 함대는 방위 함대와 조우할 진형을 갖추었다. 각 함선이 진형에 맞춰 함대 안의 위치하는 걸 바라보면서 체리스는 불안감에 휩싸였다. 아직 역법 부식 범위 안에 들어와 있지 않다는 걸 머리로는 이해했지만, 곧 눈앞의 세계가 무너져 내릴 것 같은 느낌을 떨쳐낼 수가 없었다. 벽이 물처럼 녹아 흘러내리고, 빛이 움찔거리다 못해 형형색색으로 요동치고, 사람들의 목소리가 조각 나서 철새들의 울음소리로 변할 것만 같았다. 그러나 눈앞의 세계는 무너져 내리지 않았고, 그러한 평화로운 풍경이 그녀를 더욱 불안하게 만들었다. 인간의 몸으로는 역법의 변화를 인지하지 못한다. 만약 인간의 몸이 역법의 변화를 느낄 수 있을 만큼 예민해진다면, 현재 육두정부의 기둥이 되는 표준 역법이 도리어 육두정부를 무너뜨리는 쐐기가 될 것이다.

시간이 힘겹게 흘러갔다. 체리스는 느릿하게 등골을 따라 내려오는 시간의 흐름을 느낄 수 있었다. 그동안 침묵을 지켜주는 제다오에게 내심 감사할 따름이었다.

"굉격포 사거리 진입까지 13.4분 남았습니다." 병기반이 말했다. "현재 속도로는 소멸포를 명중시키기 힘들 겁니다."

"좋아." 제다오의 목소리에서 흥분이 엿보였다. "굉격포 사거리로부터 25초 정도 남을 때까지 현 속도로 전진하게. 그런 다음 우리 깃발과 전문을 송신하도록. 내가 불러준 대로 말일세."

체리스는 전문을 전달했다.

통신반이 고개를 돌려 그녀를 쏘아보았다. "각하, 지금 설마…"

"명령에 따르도록. 전 함대에 진형을 유지하도록 일러라."

"우리가 뭐로 위장을 한다고요? 이건…" 네레보르가 말했다.

통신반은 다른 전함나방 함장들로부터 항의가 쏟아지고 있다고 보고했다. 체리스의 지휘 단말도 반짝이며 같은 내용을 알렸다.

"이의제기는 받지 않는다. 명령도 그대로 유지한다. 방위 함대에서 반응은 없나?"

"지난 공격 함대의 특징과 일치하는 요소들이 확인되었습니다, 각하." 탐지반이 말했다. "전방의 기치나방은 〈불친절한 모범〉호입니다. 그다음 중심축에 있는 함선은 〈영원까지 단 하루〉호로 보이지만, 역법의 형식 요소가 계속 바뀌고 있는 터라 확신할 순 없습니다."

"〈영원〉호의 함장은 제 사관학교 동기입니다." 네레보르가 분노를 터트리며 말했다. "자기 함선을 적에게 갖다 바치다니, 대가를 톡톡히 치렀기만을 바랄 수밖에 없군요."

"누가 저 기치나방을 지휘하는지는 속단하지 않는 게 좋을 것 같군." 제다오가 말했다.

"적 함대가 깃발을 전송했습니다." 통신반이 보고했다.

육두정부처럼 여섯 개가 아닌 일곱 개의 바큇살로 이어진 하얀 수레바퀴였다. 바퀴통에는 금빛 불꽃이 타오르고 있었다. 체리스는 2번 복합 지휘체가 이단의 핵심 정수, '7'에 대해서 했던 말을 떠올렸다.

웅성거리는 소리가 사령실 안을 휩쓸었다. "뭐, 적어도 이단임을 숨기려 들지는 않는군요." 네레보르가 말했다.

"리오즈로군." 제다오는 아주 조용히 중얼거렸다. 체리스는 자신이 잘못 들은 것이기를 바랐다. 리오즈는 이단 사태를 일으켰다 소멸된 분파였다.

"굉격포 사거리까지 30초 남았습니다." 병기반이 말했다.

"말씀하신대로 전문과 빈 문장 깃발을 송신했습니다." 뒤이어 통신반이 보고했다.

"적이 대응해서 진형을 바꾸고 있습니다. 잠시나마 함대 모습을 확인할 수 있겠는데… 이런, 수상하기 짝이 없네요." 탐지반의 인형은 욕설이 나오려던 걸 간신히 참았다. "제 눈엔 적 함대가 다섯 척의 전함나방밖에 없어 보입니다만."

"내 눈에도 그렇게 보이네." 체리스는 자신에게 분노를 느끼며 내뱉었다. "저기 중심축을 보면…" 저런 중심축에, 저런 계수에… "탐지 잔상을 최대로 늘렸을 테지. 함선 수가 많다는 걸 숨기려고 수가 적은 것처럼 흉내 내는 게 아니라면 말이지." 저 정도로 공을 들여서까지 함선 수를 속일 필요가 있겠나 싶었지만, 가능성이 아예 없다고는 할 수 없었다. "그럼 나포한 전함나방은 다섯 척이라는 뜻이군." 나머지 함선은 스스로 침몰시킨 걸까?

"적 함대가 요새로 통신을 보내오고 있습니다." 통신반이 말했다. "현재 암호반에서 해독 중입니다만, 극비정보용 암호가 걸려 있는 데다 따로 해독키도 없으니 취약점을 파악하려면 시간이 필요할 겁니다."

"그럼 요새 쪽에서 어떤 반응을 보일지나 확인해볼까. 저들 중 누군가가 신경쇠약 증세를 보일지도 모르니까." 제다오가 말했다.

과연 방어막을 뚫을 수 있다는 황당한 주장을 이단자들이 믿어줄까?

제다오가 말했다. "정신 차리게, 저건 평범한 공격이라기엔…"

그의 말에 체리스는 탐지 화면으로 시선을 돌렸다. 투사체 하나가 빠른 속도로 접근하고 있었다.

"폭탄입니다! 그런데 궤적이 이상합니다. 저대로 폭발한다면, 우리 함선이 아닌 자기들 함선이 피해를 입게 될 겁니다." 탐지반이 말했다.

돌발 사태는 언제나 위험을 초래하기 마련이다. 특히 지금처럼 다섯 척의 함대가 폭탄을 피하는 것이 아닌 쫓아가는 상황에선 더더욱 그럴 가능성이 크다.

폭탄이 터졌다. 폭발과 함께 일어난 화구(火球)는 유리 파편처럼 다채로운 색으로 일렁였다. 탐지반의 예측대로 폭발 범위에 켈 함대는 한 척도 들어가지 않았다. 대신 다섯 척의 적 함대가 그 빛의 구체에 휩싸였다. 어지러운 빛의 물결 속에서 전함나방의 형체가 이리저리 흔들렸다.

그러다 곧, 켈 함대는 만화경처럼 늘어난 적의 기치나방 함대에 둘러싸였다. 족히 100척은 돼 보이는 함선의 수. 물론 다섯 척을 뺀 나머지는 환영에 불과하겠지만, 환영도 조금은 피해를 입힐 수 있을 것이다. 체리스는 환영의 위치와 이동 규칙을 파악한 후 대칭축을 지도로 옮겨보았다. '배수화 이능력'이었다. 아마도 폭탄이 방출한 에너지가 유지되는 동안은 지속될 테지. 전 함대가 적군의 포격에 벌집이 되기에는 충분한 시간이었다. 반격할 방도를 찾아내지 못한다면.

09

"뒤에서 저런 걸 준비하고 있었던 거군."

제다오의 말에 일일이 맞장구쳐줄 시간이 없었다. 체리스는 단말 위로 바쁘게 손가락을 움직였다. "해당 진형으로 변경한다. 즉각 시행하도록." 이 정도 대응은 시간 벌기에 지나지 않을 것이다. 그마저도 얼마 못 버티겠지. 진형을 통한 방어막 효과는 지속 시간이 짧다. 역법 경계 지역이니 실제로는 더 짧아질 것이다.

"우리를 시험하는 걸세. 무력을 과시할 때군. 섬멸하게." 제다오가 말했다.

실질적인 작전 목표가 필요했다. 지금 그녀가 쓸 수 있는 카드는 요새와의 거리다. 요새와의 거리를 좁힌다면, 적 함대는 요새 방어를 위해 반응할 수밖에 없을 것이다. 또한 요새와의 거리가 가까워질수록 만화경 폭탄이라는 카드도 봉쇄할 수 있을 것이다. 켈 함대까지 만화경 폭탄의 능력을 이용할 수 있다면 그들로선 꽤나 골치 아플 테니까. 스무 명의 제다오라니, 상상만 해도 끔찍하군. 만화경 폭탄 같은 배수화 이능력이 병기의 화력에만 영향을 미칠 뿐 사람까지 불리진 않는다는 게 천만다행이었다.

체리스는 자신의 중간 계산 결과를 항해반에 전송하며, 최종 이동 지점을 계산하라고 명령했다.

적의 포격이 쏟아지기 시작했다. 함대 진형이 만든 방어막에서 켈의 금색 불꽃이 열에 달뜬 꽃처럼 화려하게 피어났다.

체리스는 지정된 패턴에 따라 대응 사격을 하도록 병기반에 지시했다. 병기 담당 인형은 항의하고 싶은 기색이 역력했지만, 네레보르가 노려보자 곧 얌전해졌다. 네레보르는 마저 체리스의 명령에 따라 휘하 장교들의 업무를 조율했다.

내 머리에도 사방으로 눈이 달려 있다면 좋을 텐데. 그럼 화면 위로 흩어져 있는 온갖 정보들을 단번에 받아들일 수 있으련만. 체리스는 한순간 놓고 있던 긴장의 끈을 다시 부여잡았다. 지금 가지고 있는 눈에 만족할 수밖에. 제다오는 침묵으로 일관했다. 체리스에게 일임해도 괜찮다고 생각하는 모양이었다.

만화경 효과로 만들어진 환영 함대로부터 경향성이 포착됐다. 특정 전함나방에서 갈라져 나온 환영들은 전부 동일한 방식의 움직임을 보였다. 원본과 너무 흡사해서 일반적인 탐지로는 식별할 수 없었지만, 체리스는 이능력 효과의 강도가 다르다는 점을 이용해서 원본 전함나방을 하나씩 식별해냈다.

"원본들의 좌표다." 체리스는 정보를 전송하며 말했다. "1번 함에 화력을 집중하고…"

켈 함대는 방어막 효과를 끌어올리는 진형을 취하고 요새 쪽으로 이동했다. 그때 제다오가 다급히 외쳤다. "체리스! 비도나 디아이야가 뭔가 저지를 모양일세!"

"진형이 깨졌습니다, 각하!" 동시에 탐지반도 소리쳤다.

체리스는 욕설이 나오려던 걸 간신히 삼켰다. 왜 뭐 좀 하려고 할 때마다 진형이 깨지는 거야? 켈이 불운과 친해서?

"디아이야 함장의 전언입니다." 통신반은 체리스의 대답을 기다렸고, 그녀가 고개를 끄덕이자 재생을 시작했다.

디아이야는 웃고 있었다. "제가 말끔히 해치워드리죠, 대장 각하." 그녀는 체리스의 계급을 지나치게 강조하며 말했다.

적 함대가 발사한 광격포의 적백색 탄도가 진형 방어막에 생긴 균열을 파고들었다. 수납나방 중 한 척인 켈 니엘 함장의 〈조약돌로 가득 찬 강〉호가 기관부에 치명상을 입었다. 그러나 비도나 디아이야의 〈굶주린 사냥개〉호는 아군의 피해에도 개의치 않고 선회를 계속했다. 광격포조차 장착하지 않은 측면이 적 함대에 노출됐다.

네레보르 함장은 디아이야에게 진형으로 복귀하라고 외쳤으나, 〈굶주린 사냥개〉호는 완고하게 침묵을 지켰다.

체리스는 끓어오르는 분노를 삭이기 위해 애썼다. 바로 디아이야 같은 이들 때문에 켈 말고는 지휘권을 허용하지 않는 것이다. 명령에 복종하지 않는 장교에게 지휘를 맡긴다는 건 병력을 위험에 빠뜨리는 일이니까. 진형 본능 없는 자들은 언제 어디로 튈지 아무도 알 수 없다.

"전 함대, 〈굶주린 사냥개〉호를 제외한 형태로 진형을 재정비한다."
체리스는 냉정하게 명령했다. 지금이라도 니엘의 전함나방을 구해야
만 한다. 이미 너무 늦은 듯했지만.

〈굶주린 사냥개〉호는 크고 뭉땅한 투사체를 발사했다. 포문의 형태
를 보니 이 공격을 위해 따로 특수 개조한 모양이었다. 투사체는 폭발
과 함께 거미줄 같은 포자 구름을 퍼트렸는데, 환영 전함나방의 3분의
1 정도가 살짝 보랏빛을 띤 탁한 분홍색 포자 구름에 휘말렸다. 역겹
고 거대한 균사체 조직이 주변의 함선을 차례대로 감쌌고, 몇 초 후,
〈굶주린 사냥개〉호는 화염과 재와 실패로 뒤덮인 채 침몰했다.

"저 대가리에 똥만 찬 머저리가! 자기 장난감을 자랑하고 싶어서
병사들을 제물로 삼다니." 제다오의 격한 목소리가 울려 퍼졌다.

체리스는 그 말에 공감하면서도, 고개를 돌려 그를 물끄러미 바라
볼 수밖에 없었다. 물론 그녀의 시선이 닿은 곳엔 그림자만 있었지만.
사령실 근무자들은 그녀를 멀뚱히 바라볼 뿐이었다.

"대체 저 망할 비도나 자식은 무슨 수로 저 빌어먹을 균사체 용기
를 구한 거야?" 네레보르는 분통을 터트렸다. "기치나방엔 또 어떻게
처넣은 거고. 젠장 맞을, 가능할 리가 없는데!"

"직접 물어보기에는 이미 늦었네." 체리스는 이렇게 쏘아붙였다.
균사체 고치가 도움이 되었다는 건 부인할 수 없는 사실이었지만, 군
이 균사체를 사용하지 않았더라도 승리할 수 있었다. 지금보다 사상
자가 늘기는 했겠지만. 현 상황을 사령부에 보고하는 것도 문제였다.
승리한 것까지는 좋으나 비인가 병기를 이용한 것이니. 보통 전함나
방에 고치 병기를 적재하려면 켈 사령부의 직접 승인이 필요한데, 〈굶

주린 사냥개〉호가 승인받았단 기록 따원 보이지 않았다.

"현 상황에 집중하게. 저 친구도 좀 진정시키고." 제다오가 날카롭게 말했다.

체리스는 네레보르를 노려본 다음, 다시 사령실 근무자들의 업무를 조율했다.

"체리스." 제다오는 그녀가 어느 정도 조율을 마치자 입을 열었다. "움직임에 규칙이 있네. 수학적으로 증명할 수는 없지만, 3번과 4번의 움직임은 1번에 종속돼 있어. 5번은 2번에 종속돼 있고." 환영이 아니라 실제 전함나방을 놓고 하는 말이었다. 원본에 피해를 입힐 수 있다면 환영들의 화력도 함께 줄어들 것이다.

4번은 고치에 발이 묶인 상태이니 나중에 처리해도 될 법했다. 체리스는 탐지반한테 움직임의 규칙성에 대해 검토를 요청했다. 탐지 담당은 막대한 계산식을 바쁘게 처리하더니만, 제다오의 판단이 옳을 확률이 높다고 답했다.

체리스는 전 함대의 화력을 집중하여 1번 전함나방을 겨냥하라고 명령했다. 켈 함대는 일제히 모여들었고, 곧 포격이 이어졌다.

다음은 2번 전함나방이었다. 켈 파이잔의 〈따뜻한 환대〉호가 방어막에 작은 구멍을 내고는, 그 틈으로 정확히 포격해 끝장냈다. 〈따뜻한 환대〉호가 소멸포의 실체탄으로 2번 전함나방의 기관 배열부를 무자비하게 꿰뚫었지만, 구멍을 닫기 전 들어온 대응 포격으로 기치나방 중 하나인 〈축복의 유리잔〉호가 피격됐다. 다행히 〈유리잔〉호에서 항해엔 무리가 없다고 보고했다.

제다오의 짐작이 옳았다. 1번과 2번이 격침되자 3, 4, 5번은 하나

둘 포격을 멈추었다.

통신반은 전파 방출 흔적을 분석해본 결과 2번 전함나방에서 요새를 향해 최후 통신을 보낸 것이 확인되었다고 보고했다. 아쉽게도 내용까지 확보하진 못한 모양이었다.

체리스가 기대했던 것과는 달리 환영 전함나방들은 사라지지 않았지만, 원본이 움직임을 멈추자 포격을 중단했다.

"각하, 수복은 아무래도 어려울 것 같습니다. 놈들이 선실 내부에 함정을 잔뜩 설치해두었을 게 불 보듯 뻔하니까요." 켈 네레보르는 탐지 결과를 훑어보며 코웃음을 쳤다.

"4번 전함나방을 제외하곤 완전히 소각하도록. 불변성 얼음 방어막은 안팎 모두 투과시킬 수 없으니, 저들도 우리를 탐지할 수 없겠지. 저들도 우리처럼 귀머거리가 된 셈이다." 체리스가 말했다.

켈 함대는 유사시를 대비해 최대한 조심스럽게 소각 작업을 했고, 네 대의 전함나방이 전소될 때까지 아무 일도 일어나지 않았다.

"각하, 산개하는 바늘 요새에서 전문이 들어왔습니다. 문서뿐입니다만." 통신 담당이 말했다.

"그대로 읽도록." 체리스가 말했다.

"훌륭하군, 제다오 대장. 제다오라는 명성에 걸맞은 전술이었네. 물론 진짜 제다오가 아닐 수도 있지만. 나방의 달 첫째 날 25시 14분까지 방어막을 뚫어서 본인의 말을 입증해 보이게." 통신 담당은 덧붙여 설명했다. "해당 시간을 우리 역법으로 변환하는 법도 일러주었습니다." 표준 역법의 하루는 이단의 역법으로 1.21일이었다. 저들은 자기네 역법으로 4일 후를 기한으로 제시한 셈이었다.

"기치나방 한 척을 사거리 밖으로 내보내게. 지금 당장." 제다오는 말했다. "답장을 송신하게. 우리가 진입하는 동안 혹여 요새에서 공격을 감행할 경우, 방금 내보낸 기치나방이 방어막 무력화 방법을 모든 주파수를 통해 전파할 거라고 말일세. 이 밖에 또 시험을 치르고 싶다면, 슈오스 사관학교에나 가라고 덧붙이게. 아주 기뻐들 할 거야. 다들 언제나 지루해 죽을 지경이거든."

체리스는 켈 코로에의 〈두려움엔 잠식되지 않으리〉호를 골라서 제다오가 말한 대로 지시했다. 코로에는 상상력은 좀 부족해도 견실하다고 평가받는 함장이었다.

"그럼 저쪽한테 고민할 시간을 줘볼까." 체리스는 네레보르의 걱정 어린 표정을 고통스러울 정도로 인식하고 있었지만 어쩔 수 없는 노릇이었다. 우선 할 수 있는 일부터. 그녀는 〈따뜻한 환대〉호에 정확한 포격을 칭찬하는 전문을 보냈다.

파이잔은 즉각 응답했다. "각하, 썩 달갑지 않은 전투였습니다. 이렇게 딱 달라붙어선 원거리 포격이란 게 무색할 정도니까요. 그래도 어쩔 수 없죠, 별다른 도리가 없으니."

"그렇지 않네, 아주 훌륭한 솜씨였다." 체리스가 말했다.

네레보르가 한쪽 눈썹을 추켜올리자, 체리스는 그녀를 향해 고개를 끄덕였다. 소멸나방 함장들만의 동료애를 다지고 싶은 모양이었다. 네레보르는 파이잔에게 말했다. "다음번엔 그 신나 보이는 도살 작업에 저도 껴줬으면 좋겠군요. 그 망할 비도나가 발광하는 바람에 상황이 너무 빨리 끝나버렸어요."

"자넨 항상 피에 굶주려 있지, 네레보르." 파이잔은 나름 애정이 담긴 표정을 띠우며 통신을 끊었다.

"암호 해독반을 호출하도록." 체리스는 통신반을 보며 말했다.

네레보르가 대답했다. "각하, 해독반은 복합 연결이 불가능하다는 걸 아셔야 할 것 같습니다. 니라이들은 개인 단위로 작업하는 쪽이 더 효율적입니다." 니라이들이 뭔가가 불가능할 땐 대체로 그들 특유의 고약한 심성이 그 이유였다. 바꿔 말하자면, 제대로 복합체를 구성하기에는 성격이 너무 고약하다는 뜻이다.

"해독반 전원 호출할까요, 아니면 니라이 다미오드 분석장교만 따로 부를까요?"

"다미오드 대위면 충분하다. 슈오스 분석반과 협조해서 작업하고 있나?"

"아닙니다, 각하."

"지금 지시하도록. 이왕 슈오스를 데려왔으니 최대한 유용하게 써 먹어야지."

"하." 제다오가 한숨을 내뱉었다.

체리스의 화면 왼쪽에 니라이 다미오드의 얼굴이, 그 바로 아래에 슈오스 코 대위의 얼굴이 떠올랐다. 다미오드는 연한 갈색 눈동자와 어두운 피부색을 가진 홀쭉한 몸매와 초조한 표정의 남자였다. 코는 차분하고 무심한 분위기가 한층 짙어진 느낌이었다.

체리스가 질문하기도 전에, 다미오드는 단순한 질문에 대한 단순한 대답엔 익숙하다는 듯이 말했다. "표준 군사 암호입니다. 보통 67스네이크라고 부르는데, 특정 등급의 함수를 기반으로…"

"어떤 등급인가?" 체리스는 평소 다미오드가 네레보르와 어떤 식으로 대화를 나누는지가 궁금해졌다.

다미오드는 그녀를 유심히 바라보며 대답했다. "정확하게 말하자면, '마치바-주 유사매듭 다항식 등급'입니다. 이런, 이쪽 분야에 배경지식이 있으신 모양이군요?"

"전반적인 내용만 알 뿐이다." 아쉽게도 대부분의 훌륭한 암호체계는 그 체계가 무엇인지 안다고 해서 저절로 해석되지는 않는다. "가망이 없는 모양이로군."

"가망이야 항상 있습죠, 각하. 그러나 연산력으로 무식하게 뚫는 건 불가능합니다. 함대 전체의 그리드 연산력을 전부 사용한다고 해도 말이죠. 저쪽에서 그런 취약한 암호체계를 사용할 거라 기대하긴 어렵습니다. 여기서 우리가 취할 수 있는 최선의 방책은 전문을 암호화한 자가 초보적인 실수를 저질렀길 바라는 것뿐입니다. 잘못된 하드웨어에서 돌리거나 작업자의 표식을 남기거나 하는 식으로요. 여태껏 더 한심한 전례도 충분히 많았으니까요."

"코 대위와 협력해서 작업을 진행하도록." 체리스가 말했다.

"분부대로 따릅지요." 다미오드가 말했다.

"알겠습니다." 코는 부드럽게 묵례하며 대답했다.

"행운을 빈다." 체리스는 통신을 종료했다.

체리스는 역법 농도 지도를 불러온 다음 얼굴을 찌푸리며 살펴보았다. "역법 전환 지점을 넘어선 뒤부터는 더욱 각별히 조심해야 한다. 이단 역법의 영향권 안에서 우리들의 진형이 얼마나 발휘될지 미지수니까. 이쪽 지역을 보도록. 요새에서 전개하는 역법이 이미 놀랍도록 안정되어 있다. 심상치 않군."

"최소한 균사체는 더 없겠지요." 켈 네레보르는 4번 전함나방이 입은 피해를 확인하고 있었다. 아마 감염된 기치나방을 처리하려면 니라이 오염 제거반 하나는 통째로 투입해야 할 것이다. 저 균사체가 4번 전함나방의 병력들을 깔끔하게 죽여준다면야 그나마 다행이지만, 만약 목숨을 앗아가지 않는다면 입맛이 뚝 떨어지는 돌연변이로 만들어버릴 것이다.

"아까운 전함나방 한 척을 버렸군요. 저렇게 균사체로 뒤덮인 상태라면 그대로 항성에 처박아버리고 새 전함나방을 개조하는 편이 싸게 먹힐 겁니다."

"그건 우리가 고민할 문제가 아니다. 켈 사령부에서 결정하겠지." 체리스가 말했다. "교리반, 이번 교전에서 확보한 자료를 전부 취합한 뒤, 이단 역법과 관련된 것만 따로 뽑아서 보고하도록."

"받들겠습니다, 각하." 라할 가라가 대답했다.

체리스는 잠시 눈을 감았다. "전 함선, 불변성 추진으로 전환한다." 적을 눈앞에 둔 상황에서 표준 역법이 주는 편의가 사라진다면 여러모로 귀찮아질 것이다. "계속 요새 방향으로 진격한다."

"방어막은 어떻게 합니까, 각하?" 체리스의 예상대로 네레보르가 질문했다.

"별도로 브리핑을 하겠다." 체리스는 감정 없는 얼굴로 대꾸했다. "뭐든 상황이 생기면 즉시 보고하도록."

체리스는 손이 떨리는 걸 누군가가 알아채기 전에 얼른 사령실을 떠났다.

산개하는 바늘 요새, 분석반

우선도 : 일반

송신자 : 바헨즈 아프리르 다이 노움

수신자 : 리오즈 자이 칠두관

세부 역법 사항 : 살찐 암소의 해, 자고새의 달. 거위의 날로 하는 건 어때요. 난 거위가 좋더라.

친애하는 자이, 지금도 눈으로 광선을 쐈대면서 바닥에 구멍을 숭숭 뚫고 있나요? 그렇다면 당장 그만두세요. 그래 봤자 얼굴에 주름살만 생긴다고요. 물론 생각했던 것보다 사태가 곤란해진 것 같긴 해요. 그렇다고 그렇게까지 걱정할 필요는 없답니다! 미리 대비만 해놓으면 아무 문제도 없을 거예요. 저번에 사격장에선 결국 만나지 못해 아쉬웠어요. 타이밍이 영 좋지 않았거든요. 그래도 피오로가 아직까지도 내 점수를 넘기지 못했다는 건 기분 좋지 않던가요? 그 녀석은 망신 좀 당해봐야 해요.

2반의 무능한 머저리들이 뭐라고 주장하건 간에, 진짜 문제는 만화경 함대를 처리한 속도가 아닙니다. 그 정도쯤이야 간단히 해결할 수 있는 문제예요. 켈이 니라이 전문가들을 데리고 다니며 복합 연결을 시키는 것도 그런 이유에서죠. 당신은 어떻게 생각할지 모르겠지만, 만약 제가 이단 역법이 지배하는 영역으로 들어가야 할 상황이라면 다른 건 차치하고 일단 저 대신 성실하게 계산해줄 얌전한 니라이들을 긁어모으는 일부터 시작할 겁니다.

사실 좀 애매하지만 나름 위안이 되는 건, 켈 군대도 우리 영토 안에 발을 디디는 순간부턴 더는 복합 기술을 사용할 수 없다는 겁니다. 복합 기술을 사용할 수 없는 건 우리한테도 불편하긴 마찬가지지만, 지금은 그쪽에 돌릴 여력이 없답니다. 매일같이 쓸 수 있는 신앙 계수가 아직 얼마 안 되는데, 지금은 요새를 보호하는 쪽으로 최대한 사용해야 하거든요. 아래서 다들 애쓰고 있습니다만, 역법 효과를 추가할 수 있을 정도로 총합 수치를 확보하려면 시간이 좀 걸릴 겁니다.

현재 가장 큰 난제는 가라크 제다오 쉬칸 대장입니다. 바로 그 대반역자 슈오스 제다오 말이죠. 요즘은 자기 자신을 뭐라고 칭하고 다닐지 짐작도 안 가네요. 어쨌든 지금부터 하나씩 가능성을 살펴보기로 할까요? 함대 사령관이 누구냐는 사실 그리 중요한 게 아닙니다. 뭐, 본인 말대로 제다오 대장이거나 아니거나, 둘 중 하나겠지요.

우리에게 중요한 것은 함대가 이곳까지 온 목적입니다. 설사 진짜 제다오라고 해도, 그가 우리에게 밝힌 목적은 거짓일 수 있죠. 협박을 통해 켈 함대를 탈취해 왔다는 그의 얘기는 일견 허황돼 보이긴 하나, 진짜 제다오라면 아예 불가능한 것도 아닙니다. 또한 육두정부 최고의 반역자가 함대를 훔쳐 달아났으니 엄청난 소란이 벌어지는 게 당연해 보이죠. 그러나 그 또한 육두관들이 개입해서 정보 유출을 막았다면 얘기가 달라집니다. 그들로선 제다오가 함대를 훔쳤다는 사실보다도 제다오로 인해 발생하게 될 공황 사태를 더 꺼릴 테니까요. 우리야 통신 자체가 끊긴 상황이니 확인조차 불가능하고요.

제다오가 켈의 함대를 훔쳤다는 게 첫 번째 가능성이라면, 두 번째 가능성은 저 사령관이 진짜 제다오이며 여전히 켈에 봉사하는 중이라는 겁니다. 과거에도 켈을 위해 얌전히 일했다고는 하던데, 그게 진짜일지 아닐지 누가 알겠어요. 현장에 있던 사람들의 기억은 켈 사령부가 전부 지워버리는데요. 어쨌든 제다오가 켈의 사냥개를 자처하는 상황이라면 그가 켈 함대를 대동하고 있는 게 어느 정도 설명이 되죠. 켈 사령부의 근시안적인 성향과도 맞아

떨어지는 결정이고요.

하지만 저는 돈을 건다면 세 번째 가능성에 걸겠습니다. 누군가 제다오를 사칭해 우리를 겁주고 있다는 거죠. 저 함대 안의 켈들은 분명 이런 작전에 치를 떨고 있을 겁니다. 켈 함대가 그 악명 높은 톱니바퀴 2번 카드 대신 빈 문장을 전송해 왔다는 사실도 눈여겨볼 지점이에요. 이것도 타협의 결과물일 수 있습니다. 육두정부에 속한 그 어떤 잿불매도, 제아무리 중요한 작전이라 한들, 배신을 상징하는 톱니바퀴 2번 카드 문장 아래서 싸우려 하지는 않을 테니까요. 그 대신 빈 문장을 사용한 거지요. 어쩌면 저 함대의 사령관은 이미 불명예를 얻은 자일 수도 있겠네요. 그렇다면 묘한 일이지만요. 켈 사령부가 숨기려 애쓰고는 있습니다만, 이 요새는 야심 찬 사령관 눈엔 분명 매력적인 전과처럼 보일 테니까요. 켈이라고 개인적 야심 같은 시시한 충동이 없는 건 아니니, 이번 임무의 지휘권을 놓고 다투는 사람들이 제법 있었겠지요.

주의할 점은 이겁니다. 저는 해당 교전에서 얻어낸 전투 정보를 검토해보았습니다. 전법이 완전히 다르더군요. 제 말을 오해하지 마십시오. 우리 적은 극도로 유능하며, 주의를 기울일 필요가 있습니다. 그러나 동시에 계산을 통해 조심스레 접근했습니다. 2반은 균사체 폭탄 때문에 우리 적이 화려한 기술력을 내세우기를 좋아한다고 주장하지만, 저들이 그 폭탄을 사용한 전함나방을 우리 포격에 노출시켜버렸다는 점은 확인할 수 있을 겁니다. 개별 행동을 인정하지 않는 일반적인 켈의 행동이지요.

어쨌든 옛 가르침을 떠올려보시죠. 제다오 대장의 전역은 역사의 기록으로 남았습니다. 가장 눈에 띄는 특성은 적극적인 공격성과 적의 사고방식을 예측하는 비범한 능력을 적절히 섞어 사용했다는 겁니다. 등롱꾼 이단과 싸운 첫 전장에서는 병력이 8 대 1로 열세인 상황에서 적에게 결정적 패배를 안겼고 그 때문에 주목을 받았죠. 다행스럽게도 우리 적수는 그 정도 급수는 아니더군요.

우리 적수의 최근 주장과는 달리, 저는 제다오 본인이라도 방어막을 뚫고 들어오지는 못하리라 생각합니다. 따라서 앞으로 나흘 동안 무슨 일이 벌어지는지를 살피는 일도 꽤나 즐거울 것 같네요. 그러는 동안 저는 일전의 그 제과점에서 배달해 온 맛있는 봉봉을 즐기고 있을 생각입니다. 건강에 나쁘다는 점은 알고 있습니다만 조금의 방종도 없는 삶이 대체 무슨 의미가 있나요? 당신이 입에 대지도 않으리라는 점은 아주 잘 알고 있지만, 일단 그쪽으로 몇 개 보냈습니다. 당신 보좌관들은 봉봉을 좋아하고, 부하들을 기쁘게 해줘서 나쁠 일은 없으니까요.

잊어버리기 전에 말씀드리는데, 아네모네 구역의 통신소 점거에 대한 스토간의 제안을 검토해보시기 바랍니다. 권한 있는 부하들에게 일임하는 일이 나쁜 건 아니지만, 그 작자가 아무리 뒷배경이 좋아도 실제 전장보다 종이 위의 전투 실력이 낫다는 사실은 변하지 않습니다. 혹시나 충성파들이 제다오에게 경고를 보내거나 육두관 쪽에 제다오에 대해 경고하려 들지도 모르는 일이고 하니, 가능하다면 저들에게 뭐든 보고할 기회 자체를 주지 않는 편이 나으리라 생각합니다.

역법 이단의 동료
Vh.

뜨거운 물에 담가도 손의 떨림이 멎지를 않았다.

"괜찮을 걸세. 물 한 잔 마셔보게나. 나한테는 항상 도움이 되더군."

"이렇게 뻔히 보이는 게 정말 싫어요."

"나는 첫 우주전을 치르고 나서 토악질을 할 뻔했다네. 백병전과 좀 다르리라고 생각했는데 말이지. 실제로 눈앞에 시체가 널브러져 있는 건 아니니까. 하지만 포격이 명중할 때마다 딸깍거리는 소리, 그 무미건조한 금속성 소리엔 어딘지 모를 섬뜩함이 있다네. 지금은 다른 소리로 바뀐 모양이네만, 나한텐 여전히 그 딸깍 소리로 들리지."

체리스가 대답이 없자 제다오는 이렇게 덧붙였다. "너무 많이 봐와서 그렇다네. 자네처럼 젊은 장교들이 온갖 참혹한 상황에 맞닥뜨리는 걸 말이야. 그뿐일세."

체리스는 물 한 잔을 따라 마셨다. 차갑고 공허한 맛이 났다. 그녀는 전부 들이켠 다음 입을 열었다. "나는 당신이…" 보다 정확한 표현을 찾느라 잠시 머뭇거렸다. "상황을 지휘할 거라 생각했어요."

"그럴 필요가 있나? 내가 했음직한 방식으로 싸우지는 않았지만 무슨 상관인가. 자네는 승리했어. 내가 잠깐씩 승리에 필요한 것들을 환기시켜주긴 했지만 말일세. 나는 상관이 일말의 자율성도 보장해주지 않아 망가져버린 하급 장교들을 수도 없이 봐왔다네. 자네가 임무를 수행하는 중엔 내가 입 다물고 방해하지 않는 편이 모두에게 최적이지."

흥미로운 얘기였다. 어쩌면 제다오도 그렇게까지 지독한 교관은 아니었을지 모른다는 묘한 생각이 들었다. "저를 상당히 믿어주시는 군요."

"믿고 맡기지도 않을 거면서 어찌 희생을 요구하겠나. 켈 사관학교에서 이젠 이런 것에 대해서 가르치지 않나 보군."

체리스는 이쯤에서 물러나기로 했다. "2시간 후에 브리핑을 할 예정입니다. 이제 슬슬 그 기표 시험에 무슨 의미가 있는지 알려주시죠. 물론 우리가 어떻게 방어막을 뚫고 들어갈 수 있는지도 설명해주셔야 합니다. 적어도 브리핑 전까지는요."

제다오가 대답했다. "그래, 당연히 그래야겠지. 나는 요새에 대해 자네가 모르는 사실 한 가지를 알고 있다네. 과거 불변성 얼음의 역장을 이용한 방어막을 시연하는 실제 포격 현장을 참관한 적이 있었거든. 물론 그때도 불변성 얼음의 작동 원리는 기밀이었네만. 그런데 한 가지 묘한 점이 있었다네. 방어막이 공격을 받을 때마다, 정확하게 가시광선 영역에서만 관측 오차로 인한 시각적 부산물이 발생하더란 말일세. 나는 기술자도 아니고 사실 기술과는 아주 거리가 먼 사람이네만, 그래도 이상하단 것쯤은 알 수 있었지. 관측 오차가 가시 영역에서만 발생하다니. 우연의 일치로 치부하기엔 어딘가 꺼림칙하지 않은가."

"그 사실이 어떻게 해결의 실마리가 될 수 있는지 아직 짐작도 안 가네요." 체리스도 물론 기술자와 거리가 멀었다.

"내 추측이 옳다면 말일세, 이 가시 영역의 부산물을 분석하면 방어막 조종자를 파악할 수 있는 실마리가 잡힐 걸세. 물론 조종자는 인간이겠지. 그런 중대한 시스템의 제어를 그리드에게 맡겨둘 수는 없으니까. 복합체가 제어할 수 있으려나?"

체리스는 못 할 것이라고 확신했지만, 분명히 짚고 넘어가기 위해 교리반에 질문을 보냈다. 답변은 순식간에 도착했다. 마치 미리 답을 구해놓고 책상 위에 올려뒀다가 그녀가 요청하기만을 기다렸던 것처럼. "요새 안 이단 역법에선 복합 연결 기술은 작동하지 않습니다."

"그럼 우리 상대는 인간인 셈이로군. 일종의 암호 해독 연습이라고 생각해보게나. 기표에 대해 어떤 반응을 보이는지를 확인하기만 하면, 조작자를 망가트려서 방어막을 해제하는 방법도 알게 될 거라네."

체리스는 대꾸했다. "제다오, 치밀하게 짜인 암호체계를 해독하는 데 얼마나 많은 연산력이 필요할지 생각해보셨나요? 아무리 요새의 암호체계가 오래된 것이라 할지라도 아직 해독된 선례조차 없는걸요."

"자네는 지금 니라이처럼 사고하고 있군. 좀 더 슈오스나 안단처럼 머리를 굴려보게나. 의도적으로 관측 오차를 일으킬 만한 부산물을 만들어낼 리 없지 않은가? 기술을 사용할 때마다 필수적으로 벌어지는 현상이기 때문에, 그렇게 숨기려고 애쓰는 거겠지. 내 생각으론 일부러 방어막을 그렇게 설계할 것 같진 않네만."

잠시 무거운 침묵이 흐른 다음, 체리스가 입을 열었다. "정확히 어떻게 요새를 공략할 건지를 말씀해주세요. 브리핑에 모인 휘하 장교들한테 이런 뜬구름 잡는 얘기만 할 수는 없잖아요. 벌써 배반자로 위장하라는 명령까지 내린 상황이에요. 물론 상황이 이렇다 보니 설명 자체가 가능할지 모르겠지만요. 사전에 시연해 보일 수도 없는 노릇이고요."

제다오가 차분한 목소리로 말했다. "알겠네. 뭐든 작은 물체를 하나 골라서 손에 들고 있어보게, 체리스."

"네?"

"직접 시연해 보이면 된다고 하지 않았나?"

아무래도 게임을 시작하려는 듯했다. 아무 의미도 없이 상대방을 궁지에 몰아넣기로 악명 높은 슈오스의 게임. 예전에 그녀의 상관이었던 어떤 대령 말에 따르면, 슈오스는 직설적으로 답을 알려주는 법이 없다고 한다. 언제나 끔찍하게 배배 꼬인 미로로 상대를 끌어들인 다음, 출구에 다다를 때까지 말장난 치는 걸 즐긴다고. "시연해 보인다니 무슨…"

"시연을 원하는 건가, 원하지 않는 건가?"

체리스는 치밀어 오르는 반발심을 억누르며 행운의 돌을 꺼냈다. 매끄러운 표면을 따라 흐르는 빛이 까마귀 문양이 돋을새김된 굴곡과 만나 번쩍였다. "계속하시죠." 어디 시간 낭비기만 해보라지.

"그 돌을 계속 쥐고 있게. 만약 도움이 된다면, 해당 지시를 명령으로 간주해도 좋네. 이제 자네가 브리핑에 들어가기 전에 그 돌을 놓도록 만들어보겠네."

체리스는 벌써 실망하고 있었다. 이제는 없는 팔로 그녀의 손을 잡아 비틀기라도 할 생각인 걸까? "이게 당신이 말한 시연인가요?" 그녀는 불만 가득한 투로 말을 이었다. "알겠습니다. 이 돌이 요새이고 제 손이 방어막인 거예요, 그렇죠? 이건 안 먹혀요, 제다오. 손에 쥐고 있는 걸 놓게 만드는 것 가지고 어떻게 함장들을 설득시킬 수 있겠어요?" 자신의 생각과 켈의 함장들 생각이 크게 다르지 않으리란 걸 체리스는 확신할 수 있었다. 물론 그쪽은 훨씬 더 무례하겠지만.

"아, 물론 그들 앞에선 돌멩이 따위로 시연할 생각은 없네만…"

"돌멩이 따위가 아닙니다." 의도했던 것보다 날카로운 목소리가 나왔다. 제다오가 므웬의 풍습을 알 리 없다는 걸 알면서도 어쩔 수 없었다. 므웬에선 어머니가 갓 태어난 아이에게 탄생석을 선물하며, 그 탄생석엔 아이의 탄생일을 수호하는 동물이 새겨져 있다. 체리스는 까마귀가 수호하는 날에 태어났다. 이런 이야기는 다른 퀠에게도 한 적이 없다. 이해할 리가 없으니까.

"미안하네." 제다오는 즉시 사과했다. "장교들을 상대할 땐 조금 더 큰 물건이 필요하겠단 얘기였네. 비도나 디아이야가 이미 저 꼴이 난 이상…"

"군율에 따라 조치했을 뿐입니다!"

"그 돌, 놓지 말게."

순간 체리스는 행운의 돌을 꽉 움켜쥐었다가, 다시 손가락에 힘을 뺐다.

"군율이 어떻든 간에, 아낄 만한 상황이었다면 그렇게 지시했을 걸세. 지금 같을 때 써먹으려고 했으니까. 한데 상황이 여의치 않았지 않은가. 어쨌든 디아이야는 사라졌으니 새로운 표적을 찾아야겠군."

표적이라니? 지금 우리 주변엔 적대 세력이 존재하지 않는다. 우리가 발 벗고 찾아 나서지 않는 한. 대체 무슨 소리를 하는 거지?

"요새를 시연 대상으로 삼을 순 없네. 애초에 그게 가능하다는 걸 함장들에게 보여주려는 거니까. 따라서 우리 함대를 가지고 시연해볼 수밖에 없지. 전함나방 한 척 정도면 감당할 수 있는 손실 아닌가. 디아이야를 소모품으로 사용할 생각이었네만, 뭐 어쩔 수 없지. 자기 혼자서 불타버렸으니." 제다오는 침착하고 평온해 보였다.

서늘한 기운이 체리스의 목덜미를 타고 올라왔다. 어쩌다 이 작자가 광인이라는 사실을 잊은 걸까? "디아이야는 다른 함장들과 달라요. 디아이야는 명령에 불복하고 진형을 깨트렸지만, 다른 함장들은 아무런 잘못도 저지르지 않았습니다. 장난감 취급을 받을 이유가 없습니다." 물론 장난감 취급으로 끝날 경우의 이야기다. 체리스는 그 정도로 끝나지 않을 거라고 확신했다.

일전에 함대를 편성하던 중 디아이야를 골랐을 때도 제다오는 비슷한 말을 했다. 당시엔 별말 아니겠거니 치부하고 잊어버렸지만, 지금 가슴속에 맺히는 응어리는 그게 완전히 잘못된 생각이었음을 또렷이 알려주었다.

"본격적으로 요새 공략이 시작된 뒤부턴, 그 어떤 변수도 용납할 수가 없다네. 함대 전체가 하나로 똘똘 뭉쳐서 무슨 명령이든 복종할 태세를 갖추고 절대적으로 신뢰해야 하지. 제아무리 명령권자가 나일지라도 말일세. 앞으로 우리가 상대할 이단 세력은 호락호락하지 않네. 육두정부에서 가장 중요한 연결 요새를 함락시키지 않았나. 게다가 만화경 폭탄 같은 건 하루아침에 개발하고 제조할 수 있는 물건이 아니니, 배후에 조력자가 있는 게 분명하지. 어찌 됐든 함대를 하나로 단결시킬 필요가 있지 않나. 그러려면 모두의 시선이 적에게 쏠리도록 만들어야 하지. 자네 휘하의 함장 한 명만 이단으로 몰면 끝나는 일일세."

체리스는 말문이 막혔다.

순간, 아무런 조짐도 없이, 제다오는 쉬어 갈라진 목소리로 말했다. "내 총. 내가 총을 어디다 뒀더라? 왜 이리 어두워."

체리스는 욕설이 튀어나오는 걸 간신히 참았다. 속임수가 분명했다. 물론 이런 역겨운 기만행위가 망령 장군에게 무슨 득이 될지는 짐작조차 할 수 없었지만. 그녀는 최대한 침착한 목소리로 말해보려 했지만 실패했다. "제다오, 이렇게까지 할 필요는…"

그림자가 아까보다 한층 짙어진 것은 물론이거니와 아홉 개의 눈들도 지옥의 불길처럼 밝게 타올랐다. 하늘에서 뻗어 나온 밤의 헛바닥이 훑고 지나간 것처럼, 방 안엔 무겁고 축축한 어둠이 내려앉았다. 모래가 씹히는 듯했다. 밥 먹듯이 전투에 참가하고 제 안방처럼 전장을 누볐던 그녀지만, 지금은 갓 사관학교를 졸업한 신병처럼 얼어붙은 채 지켜보는 것 말고는 아무것도 할 수 없었다.

번데기총은 어디 있지? 허리춤에 묵직한 물체가 느껴졌다. 손을 뻗어 쥐어야 한다. 몸을 다시 움직여야…

"장군, 누군지는 모르겠지만 복식이 잘못돼 있군. 시정하도록." 제다오의 목소리엔 냉랭한 권위가 실려 있었다.

제다오가 어떤 계기로 광기에 빠졌는지는 그녀뿐 아니라 그 누구도 짐작조차 하지 못했다. 따라서 그가 정말로 다시 미쳐가는 중인지조차 짐작할 수 없었다. 그녀는 거수경례를 하면 그가 진정할지 생각하느라 소중한 시간을 낭비한 다음, 정신을 차리고 번데기총을 찾아 손을 움직였다. 만약을 대비해야 한다.

아홉 개의 눈을 가진 구미호 그림자는 그녀의 뒤편에서 모든 기하학의 법칙을 무시한 채 이리저리 움직였다. 순간 체리스는 자신이 실제로 위험한 상태임을 깨달았다. 여태껏 함대의 고위 장교들과 적에 대한 정보를 분석하며 보낸 시간…, 그중 일부는 제다오를 연구하는 일에 할애했어야 했다.

"그렇게 가만히 서 있어선 안 돼. 얌전히 서 있다간 당할 거라고. 계속 움직여. 대응 사격을 해야지." 이번엔 오랜 친구에게 말하듯 가벼운 목소리였다.

"누굴 쏘라는 겁니까?" 그녀는 이렇게 말하면서, 제다오가 지옥나선 요새에서 이런 식으로 미쳐간 것이 아닐까 하는 끔찍한 상상을 했다.

그림자는 느릿하게 걸음을 옮기며 체리스의 주변을 맴돌았다. 계속 말을 걸면 어느 정도 시간을 벌 수 있을지도 모른다. 잘하면 그의 생각을 가늠할 수 있을지도 모른다.

아무래도 제다오는 체리스가 한 말을 듣지 못한 듯했다. "계속 기다리다간 남은 등불마저 전부 꺼질 거라네. 그렇게 되면 상황이 더 어려워져. 저들은 자네를 볼 수 있어도, 자네는 저들을 보지 못할 테니까. 그렇게 아주 오래도록 어둠에 휩싸이게 될 걸세." 불길할 정도로 부드러운 목소리였다.

등불이라는 건 등롱꾼 이단을 말하는 건가? 지옥나선 요새의? 물론 우연의 일치일 수도 있다. 상상이 지나친 것일 수도 있다. 정말 그럴까?

어느새 체리스는 총을 들고 있었다. 그림자를 조준해보려 했지만, 움직임이 너무 빨라 자꾸만 놓쳤다. 총을 쏘면 경보기가 울리려나? 가급적 무의미한 혼란 사태는 유발하고 싶지 않았지만 어쩔 수 없었다. 그녀는 마음을 다잡고 총을 쐈다. 그러나 그림자는 그녀의 움직임을 예측하곤 사선으로 벗어났다. 녹회색 광선이 번쩍이며 바닥에 튕기더니 아무런 흠집도 못 내고 그대로 사라졌다. 다음 공격도 별다를 바가 없었다. 제다오를 그리 간단히 맞출 순 없을 거라고 니라이 남자가 미리 경고해주었다면 좋았을 텐데.

능숙하게 움직여 피하고 있으면서도, 목소리만 들어보면 체리스가 자신을 쏘고 있다는 것조차도 모르는 듯했다. 제다오의 목소리가 차츰 커졌다. "잘도 여기까지 함대를 끌고 왔군. 저들은 짐작도 못 할 테지. 또 수백만 명이 목숨을 잃을 거란 걸 말이야."

이대로 있다간 정말 사달이 날지도 모른다. 체리스는 후유증을 무릅쓰고라도 자신을 겨누려고 했지만, 문득 의심이 들었다. 그러면 행운의 돌을 떨어트리게 될 텐데. 사실 그녀가 자기 자신을 쏘도록 유도하기 위해 제다오가 연기를 하는 것은 아닐까. 그렇다면 손은 왜 말을 듣지 않는 거지?

제다오에 대해 충분히 알아놨어야 했다. 그랬다면 그가 지금 무모할 만큼 공격적인 심리 게임을 벌이는 것인지, 아니면 진짜로 광기에 빠진 것인지 어떻게든 판별할 수 있었을 테니까. 아냐, 머뭇거릴 때가 아니라고. 체리스는 자신에게 윽박질렀다. 더 이상 망설여서는 안 될 상황이었다.

순간 제다오가 입을 다물었다. 체리스는 저도 모르게 제다오의 게임이 끝났기를, 이제 게임은 그만두자고 말하기를 기대했다. 그녀에게 이런 일은 무리였다. 그녀가 제다오에게 말을 걸려는 순간, 다시 그의 목소리가 울렸다. 이번에는 초조함이 섞인, 반 옥타브 정도 높은 목소리였다. 마치 갓 입학한 생도처럼.

"각하?" 그가 말했다.

경의를 표하는 목소리. 심지어 공포까지도 엿보였다. 또다시 두 사람의 관계가 달라졌다.

"각하, 시체입니다. 셀 수가 없습니다. 이건 제가 한 게… 각하, 어떻게 해야 할지 알려주세요. 저는 모르겠습니다." 떨리는 목소리였지만, 그에 어울리는 거친 숨소리가 들리지 않아 불편했다. 다음으로 들린 목소리는 수치심으로 흔들리다가 이내 마음을 다잡은 듯, 초연한 느낌마저 들었다. "이제 제가 죽을 차례인 거지요? 깜깜해서 잘 보이진 않지만, 총만 찾는다면…"

한참 침묵이 흘렀다.

그러다 살짝 나직한 목소리가 들렸다. "이로 뜯어야겠네요."

체리스는 얼어붙은 채 진정하려 애썼다. 이건 전부 속임수일 뿐이다. 지옥나선 요새나 자신이 바보처럼 복습하지 않아서 떠올리지 못하는 역사 속 일화와는 아무 관계도 없다. 그러다 결국 그녀는 어떤 확신이 들었다. 이건 게임 따위가 아니다. 그녀는 다시 총을 겨눠 방아쇠를 당겼지만, 이번에도 맞히지 못했다.

"체리스." 더 이상 젊었을 적의 목소리가 아니었다. 마침내 제다오가 돌아왔다는 사실을 깨달은 체리스는 소리가 들리는 쪽으로, 그림자의 반대 방향으로 고개를 반쯤 돌렸다. 사방엔 몽환의 장막 같은 어둠이 드리워 있었다. 호박색으로 반짝이는 불빛들이 제다오의 그림자뿐만 아니라 벽에, 허공에, 사방에 가득했다. 그녀를 지켜보려고 별들이 다가온 것처럼. 그녀는 그 별들을 가까이서 보면 전부 구미호의 눈처럼 생겼으리라 믿어 의심치 않았다.

제다오는 다시 그녀를 알아보고 있었다. 부하를 대하는 투로 말하자, 체리스 안의 진형 본능이 다시 고개를 들었다. "그쪽이 아닐세. 그쪽도 아니야. 도망치고 싶은 거라면 말이지. 방금 왼쪽으로 돌리려고 했군. 아니야, 움직임을 멈추진 말게. 포기한 게 아니라면 말일세."

불빛 무리에 포위당한 체리스는 도대체 어딜 쏴야 할지 짐작조차 할 수 없었다. 빠르지만 명료한 목소리가 이젠 여러 방향에서 동시에 울렸고, 그 때문에 혼란은 갈수록 심해지기만 했다.

제다오의 목소리엔 웃음기가 섞여 있었다. "자네는 지금 내 움직임에 반응만 하고 있어. 심지어 그 반응속도조차도 내 것이지 않은가. 나는 자네가 어떻게 행동할지 고스란히 읽고 있다네. 당연하게도 말이야."

체리스는 주먹을 그러쥐었다. 광선이 벽에 부딪쳤지만 아무 효과도 없었다. 그녀를 괴롭히는 것은 제다오의 목소리에 드리운 냉랭한 악의나 권위만이 아니었다. 그의 반사신경마저도 그녀의 일부라는 어떤 일체감, 몸속에 도사리고 있는 제다오를 끄집어낼 수 없다는 그 밀착감이 그녀를 가장 괴롭게 만들었다.

이게 정말로 게임이 아니라면, 제다오가 연기를 하는 게 아니라면, 광기를 자극해서 그에게 대적할 무기로 사용할 수 있을지 모른다. 그러나 문제는 그의 입을 다물게 할 수 없다는, 그의 목소리가 머릿속을 뒤죽박죽으로 만드는 통에 제대로 생각을 정리할 수 없다는 것이었다.

"총을 떨어뜨리지 않으려 애쓰고 있는 모양이네만, 지금 자네 손이 얼마나 떨리고 있는지 한번 보세나. 이런, 떨어뜨리고 말았군. 그런데 자네는 여전히 그 한심하기 짝이 없는 돌멩이는 소중히도 쥐고 있군. 우선순위를 다시 따져보게. 어느 쪽이 진짜 위협인가? 어느 쪽이 진짜 게임이지? 자, 어서 총을 다시 집게. 다시 시도해보라고."

체리스는 그의 목소리를 지울 수도, 그가 원하는 대로 반응하지 않을 수도 없었다. 심지어 켈이기에 그의 명령을 따르지 않을 수도 없었다. 명령대로 총을 들어야 한다. 시도를 해야…

제다오는 진심으로 웃음을 터트렸다. "자네가 죽는 모습을 천천히 감상해주지, 햇병아리."

햇병아리. 퀠이 낙오하는 후보생이나 하급자들을 일컫는 멸칭이다. 체리스는 온몸의 근육이 그대로 굳는 걸 느꼈다. 손에 쥔 행운의 돌마저 납덩어리처럼 무거워졌다. 어머니에게서 받은 이후로 언제나 이 돌을 쥐고 있으면 마음이 편안해졌지만, 지금은 아무 느낌도 들지 않았다.

"정말 아무것도 모르는군. 그 총을 최고 출력으로 돌린 다음 방아쇠를 당겼을 때 무슨 일이 벌어질지 말이야." 제다오의 목소리에는 업신여기는 기색이 느껴졌다. "게다가 무슨 원리로 작동하는지조차 물어보지 않았어. 아무것도 모르면서. 퀠이란 것들은 생각이란 걸 할 머리가 없나 보지? 자, 해봐. 방아쇠를 당겨보라고."

그 니라이 기술자가 거짓말을 했을 리가…

아니다. 그 작자도 속을 알 수 없는 사람이지 않았는가. 처음부터 끝까지 줄곧.

"햇병아리, 그 총의 이름이 뭔지 잘 생각해봐. 아무리 멍청해도 번데기가 무슨 뜻인지는 알겠지. 언젠가 나를 회수해야 할 텐데, 그땐 어디다 담아둘 거라고 생각하나? 도로 가져가려면 담아둘 용기가 필요할 거 아닌가. 오, 마침 손닿는 곳에 하나 있군. 그래, 자네 시체 말이야. 명심하게. 내가 반역자에다가 대량 학살자이긴 하나, 우리 둘 중 누군가가 소모품이 되어야 한다면 그게 내가 되진 않을 거란 걸."

소름 끼칠 정도로 합당한 얘기였다. 체리스는 다시 방아쇠를 당겼지만, 이번엔 제대로 조준조차 하지 않았다. 벽에 튄 광선의 불꽃이 수많은 눈 속에서 일렁였다. 아무리 쏴도, 아무것도 달라지지 않았다.

"솔직히 말하지, 대위." 제다오는 체리스의 원래 계급을 과시하듯 입에 담았다.

"자네가 켈 장교의 표본이라 한다면, 켈 사령부가 나를 깨운 것도 얼추 이해가 가는군. 끔찍하게 혐오하는 인간이 무능한 인간보다는 나을 테니까 말이야."

햇병아리라 불리는 것보다 대위라 불리는 쪽이, 켈의 계급 체계를 명확히 드러내 보이는 쪽이 체리스에게는 훨씬 고통스러웠다. 체리스는 계속 총을 쏘려 했으나 불가능했다. 출입구 바로 옆에 그림자가 모습을 드러냈고, 아홉 개의 눈은 빛나는 미소 모양으로 배열되었다. 구미호의 미소. 그림자를 멍하니 바라보던 그녀는 그 안으로, 냉혹한 눈 안으로 추락하는 느낌에 사로잡혔다. 그녀를 삼킬 듯 크게 벌어지는 구미호의 눈 안에서, 흉물스러운 이빨이 돋아나는 것처럼 보였다. 순간 그녀의 정신은 무너졌다. "대장 각하." 그녀는 떨리는 목소리로 말했다. "그럴 생각이 아니었습니다… 무엇을 원하시는지 모르겠습니다, 각하. 명령을 이해할 수가…" 입에서 끊임없이 말이 흘러나왔고 도저히 멈출 수 없었다. "각하를 실망시켰습니다. 죄송합니다. 저는…"

"체리스." 그림자의 눈빛이 약해지더니 이전의 모양으로 다시 돌아왔다.

"…명령을 이해할 수가…"

"체리스! 됐네. 이제 끝났어."

"각하." 체리스의 입에서 끊긴 실처럼 계속해서 목소리가 새어 나왔다. "…명령을 다시 설명해주시겠습니까?" 반사적으로 손가락이 번데기총으로 천천히 움직였지만, 그녀는 손가락을 멈췄다. 이걸 원하는 게 아니라면 어떻게 하지? 이번에도 잘못 이해했다면? 또다시 명령을 잘못 받아들일 수 있단 생각조차도 견딜 수 없었다.

"체리스, 좀 앉게나." 제다오가 부드럽게 말했다.

좀처럼 그의 말대로 움직일 수 없었다. 두 번을 시도한 끝에야 가까스로 한 발짝 내디딜 수 있었다. 각하의 명령은 곧 켈의 명령이다. 명령은 반드시 수행해야 한다. 명령을 위해서라면 죽음까지도 불사하는 것, 그게 켈이 아닌가?

"나는 결국 매에 붙어먹는 개자식일 뿐이야." 제다오가 말했다. 체리스는 몸을 움찔했다. 켈과 친하게 지내는 다른 분파 출신을 일컫는 멸칭. 그가 자신을 그렇게 일컫다니. "진형 본능이 자네를 어디까지 몰아붙일 수 있는지 미처 깨닫지 못한 내 탓이야. 자네 잘못이 아닐세. 자네는 서로 모순된 명령을 받았을 뿐이니까."

"저는 켈입니다, 각하."

"알고 있네. 내 잘못이야. 변명의 여지가 없네." 그는 지친 목소리로 말했다.

자책하는 상관을 눈앞에 두고 어떻게 반응해야 할지 몰랐기에, 체리스는 침묵을 지켰다. 제다오는 나의 상관이다. 내 의지 따윈 얼마든지 꺾을 수 있으며, 실제로 시연해 보이기까지 했다. 그런데도 나는 그가 육두정부에 위협이 된다고 판단되는 순간, 그를 죽여야만 한다. 그렇게 명령받았으니까. 켈 사령부에서는 대체 무슨 생각으로 내게 이런 일을 맡긴 걸까? 진심으로 퀼이 상관을 죽일 수 있다고 생각한 걸까? 심지어 그가 밤낮없이 나를 지켜보고 있는 마당에?

"체리스, 제발 뭐라 말 좀 해보게."

진심 어린 목소리가 그녀의 정신을 깨웠다. 문제는 제다오가 그녀에게 총구를 자기 쪽으로 돌리라고 압박하던 순간에도 그렇게 들렸다는 것이다. "번데기총 말입니다, 각하." 이렇게 말하면서도, 저 총을 어떻게 받아들여야 할지 혼란스러웠다.

"전부 거짓말은 아니네. 저 물건은 나를 자네 안으로 밀어 넣고 우리 둘 다 가사 상태로 만들지. 자네에게 치명적인 피해를 입힐지는 나도 모르네. 지금까지는 항상 확인하기 전에 정신을 잃었거든."

번데기총의 기능에 대해 좀 더 일찍 알았더라면. 교육 안내서에는 그런 사항은 전혀 적시돼 있지 않았다. 어째서 나는 저 총이 쓸모가 있을 거라 생각한 걸까. 이유는 간단했다. 이런 상황에 제 발로 걸어 들어올 만큼 멍청하니까.

체리스는 호흡에 집중하며 정신을 가다듬었다. 다시 정신이 맑아지자, 그녀는 행운의 돌을 책상 모서리에 올려놓았다. 달각 소리가 방 안에 울렸다. "이제 게임은 질렸습니다, 각하. 각하의 승리입니다." 그녀는 차분한 목소리로 말했다.

"아, 자네는 대체 그런…" 제다오는 문득 말을 멈추었다. "자네와의 사이가 영영 벌어지는 걸 각오해서라도 말해야겠네. 충분한 협상 없이 내가 만든 게임의 규칙에 동의한 순간부터 자네는 이미 패배한 거나 다름없었어."

정말이지 지긋지긋할 정도로 슈오스다운 생각이었지만, 듣기 싫다고 무시할 순 없는 얘기였다. "설마 함대 전체와 이런 식으로 게임을 하겠다는 건 아니겠지요, 각하?"

"함장들을 장난감처럼 다루지 말라고 누군가 소리쳤던 것 같은데. 그래, 그럴 생각은 없네. 하지만 자네는 내가 진심으로 그렇게 생각했다고 믿었던 게지? 한번 생각해보게."

체리스는 얼굴을 찌푸렸다. "그걸 증명해 보이기 위해 이런 일까지 벌일 필요가 있었나요?" 그녀는 행운의 돌을 내려다보고 있었다.

"자넨 지금 교훈을 거꾸로 받아들이고 있는 거야, 체리스. 행운의 돌은 부수적인 문제일세. 나는 손도 없고 총도 쥘 수 없어. 게임을 시작하면서 자네는 내가 무슨 무기를 가졌다고 생각했나?"

"목소리입니다." 그녀는 이렇게 대답하다가, 곧바로 다른 중요한 것을 놓쳤음을 깨달았다. "당신의 명성이로군요."

"그렇지. 우린 이미 이단자들에게 내가 그들의 상대라고 일러줬지. 그렇지 않은가?"

"가라크 제다오 쉬칸." 그녀의 목소리는 떨리고 있었다. 어쩌면 톱니바퀴 2번 카드의 문장을 그대로 내거는 편이 좋았을지도. 이단들이 그의 존재를 깨닫고 두려워하도록 말이다.

"내가 거위를 괴롭히다 어머니한테 야단맞던 시절을 떠올리게 하고 싶다면, 언제든 그 이름을 불러도 좋네." 제다오는 뜬금없는 유머 감각을 보이며 말했다. "어쨌든 명성이란 불편하기 짝이 없지만, 애초에 버리고 싶다고 해서 버릴 수 있는 게 아니니 결국 사용법을 익히게 된다네."

"이해했습니다, 각하." 체리스는 정말로 이해하고 있었다. 괜히 제다오를 병기라고 부르는 것이 아니었다. 병기에 대한 공포, 그 자체만으로도 훌륭한 병기가 될 수 있었다.

　"그런가? 그럼 계획을 들을 준비가 된 셈이로군. 내 계획은 이걸세."

10

켈 네레보르는 사령실에 나타난 체리스에게 인사를 건네려다가 이내 굳은 표정으로 입을 다물었다. 체리스가 장갑을 벗고 있다는 걸 깨달은 것이다. 체리스의 장갑은 모두 접혀 허리띠에 넣어져 있었다.

손은 너무 차갑고 축축했고, 벌거벗고 있는 기분이었다. 그러한 강박은 단지 손에만 국한되지 않았다. 허리띠에 달린 전투용 단검조차 너무 무거우며 동시에 너무 가볍게 느껴졌다. 항상 그곳에 지니고 있었음에도. 체리스는 이제부터 자신이 하려는 행동이 다른 누구도 아닌 자신이 직접 생각해낸 것임을 다시 한 번 되새겼다. 물론 제다오도 이에 동의하기는 했지만.

"각하." 네레보르가 입을 열었다.

"브리핑을 시작한다." 같은 말을 반복하고 싶지는 않았다.

전함나방 함장들의 얼굴이 줄지어 화면에서 빛났다. 체리스는 그들을 훑어보며 대체적으로 어떤 반응들인지 가늠하려 했다. 개개인의 반응을 파악하려 해봤자 혼란만 가중될 뿐이라는 것이 지난 대면의 교훈이었으므로. 대략적인 흐름만 파악하고, 놓치기 쉬운 세세한 부분은 제다오에게 맡기는 게 최선이었다.

체리스는 심호흡을 하고 입을 열었다. "이제 우리 함대는 방어막을 돌파할 것이다." 여기저기서 입이 벌어졌다. "아니, 질문은 받지 않는다. 듣기만 하도록."

굳이 제다오가 말해주지 않더라도, 대부분이 회의적이라는 것쯤은 알 수 있었다. "슈오스 코는 자네 말을 진지하게 받아들이고 있네. 생각해보면 그게 당연한 거긴 하네만. 켈 파이잔과 기치나방 함장 일부는 우리가 두 번째 지옥나선 사건을 일으킬까 봐 걱정하고 있군." 제다오가 말했다.

체리스는 말을 이었다. 제다오가 입을 열 때마다 말을 멈출 수는 없으니까. "방어막에도 약점이 있다. 바로 방어막을 제어하는 인간 조종사다. 방어막은 반드시 인간의 손으로 제어해야만 하지. 따라서 조종사를 동요시킨다면 방어막에도 빈틈이 생길 것이다. 그 밖에도 기밀 정보가 있긴 하나 부분적으로밖에 밝힐 수 없다는 점을 미리 알린다. 요새가 함락된 방식이나 동기가 명확히 밝혀진 건 아닐뿐더러, 굳이 떠들어대서 기밀 누출의 불씨를 남길 필요는 없지. 그러므로 추가 지령은 공성전이 시작된 다음 전달할 것이다."

연설을 마침과 동시에, 체리스는 전투용 단검을 빼 들고 나머지 손으로는 왼쪽 장갑을 집어 들었다. 단검의 시퍼런 날이 살을 에는 밤을 연상시켰다. 그녀가 장갑의 손가락을 하나씩 잘랐다. 잘 보란 듯이,

천천히. 잘린 손가락은 피를 모두 토해낸 거머리처럼 팔랑거리며 바닥으로 떨어졌다. 손가락이 잘려나간 장갑은, 제다오가 처형당한 이후 아무도 낀 적이 없던 그의 장갑을 거칠게 흉내 낸 것처럼 보였다.

항성 하나쯤 단숨에 집어삼킬 듯한 거대한 정적이 흘렀다.

"여기서 분명히 밝히겠다. 지휘봉은 내가 쥐고 있으며, 나는 이 시간 이후로 그 어떠한 군율 위반 행위도 용납하지 않겠다. 다들 대열에서 이탈한 전함나방 함장에게 무슨 일이 벌어졌는지 똑똑히 목격했을 것이다. 귀관들 모두 확실히 이해했으리라 믿는다."

체리스는 켈 네레보르를 돌아볼 엄두조차 나지 않았다. 화면 속에서 파이잔의 턱 근육이 움찔거리는 게 똑똑히 보였다. 켈 라가스도 시야에 들어왔는데, 그는 도리어 즐거워 보이는 표정이었다.

"계속 말하게. 기세가 끊기면 곤란하니." 제다오가 말했다.

"다들 무슨 생각을 하고 있을지 잘 알고 있다. 무모해 보이겠지. 그러나 자네들이 분명히 알아두어야 할 점은 해당 작전에 의문을 품고 있는 자는 켈로서 부적절하다는 것이다. 켈 사령부는 병기창에 잠들어 있는 온갖 대단한 무기를 제쳐두고 단 한 사람만을 골라 이번 작전에 투입했다. 켈은 그를 적임자로 판단했다. 그런 켈 사령부의 판단을 의심하는 자를 과연 켈이라고 볼 수 있는가?"

체리스가 살아온 세월보다도 더 길게 켈에 복무해온 고위급 장교들을 앞에 두고 이런 말을 하는 건 도박이나 다름없었다. 그래도 분명 설득력이 있을 것이다. 권위에 호소한다는 것이야말로 켈에게 가장 잘 먹히는 설득법 중 하나니까.

장교들은 아무 말 없이 그녀를 바라보고 있었다.

"대답은?"

"명령 받들겠습니다, 대장 각하!" 전원이 한목소리로 대답했다.

그녀는 문득 제다오가 생전에 모든 켈을 규합해 이끌 수만 있었더라면, 과연 어느 정도의 업적을 달성할 수 있었을지 궁금했다. 상상조차 어려웠다. 휘하 병사들은 그를 사랑했다. 그 부분만큼은 역사책에 지나칠 정도로 분명하게 서술돼 있었다.

체리스는 말을 이었다. "전 함대는 현재 역법 농도의 변화가 비교적 완만한 경로를 따라 전진 중에 있다. 그러나 결국엔 비표준 진형을 사용할 수밖에 없는 상황이 오겠지. 우선 초기 진형과 좌표를 담은 지령을 이미 보내놓았다. 전 함대는 2시간 안에 최근 교전에 대한 보고서를 제출하도록. 이상."

다행히 휘하 장교들의 경례 대신 온갖 색깔의 상태 그래프가 화면을 메웠다.

네레보르 함장의 눈엔 당황한 기색이 역력했다. "각하, 그… 잘려나간 것들은 어떻게 할까요? 따로 지시할 사항이라도?"

"그냥 버리도록." 체리스도 이런 장갑을 끼고 다닌다는 게 영 꺼림칙했지만, 뭔가 내세울 만한 게 필요하긴 했다. 참을 수밖에. 현재의 불명예만 벗어던진다면야, 세 장갑쯤 언제든 새로 살 수 있을 테니까.

사령실은 공포가 깃든 침묵으로 가득했다. 애초에 목적이 이런 분위기를 조성하는 거였는데, 어째서 가슴에 응어리가 맺힌 느낌이 드는 걸까?

네레보르 함장이 방어막까지 1시간 남짓 남았다고 알려 왔을 때,

체리스는 사령실에 있었다. "보십시오, 각하." 그녀는 탐지 해석 결과를 가리켰다.

탐지 전파로는 방어막을 뚫을 수 없기에, 요새의 모습을 제대로 확인할 수는 없었다. 대신 그리드 위로 요새 위치를 예측한 시뮬레이션 결과물이 떠올랐는데, 마치 먹물을 끈적해질 때까지 휘저은 듯한 모습이었다. 곡선과 직선으로 이뤄진 소용돌이. 옆 화면에선 함대 진행 방향을 전방위로 보여주는 반구 형태의 화면이, 그 옆에 달린 보조화면에선 각 방위에 있는 주요 탐지 대상을 하나씩 확대한 육각형과 오각형 화면이 떠 있었다.

체리스는 방어막 위로 색색이 떠오르다 흰빛으로 점멸하는 형상들을 찬찬히 살폈다. 깃털, 나뭇잎, 부서진 강가의 돌멩이, 총알, 먹구름. 계속 변하는 형상이 주는 예상치 못한 아름다움에 사로잡힌 채로, 그렇게 영원히 서 있을 수도 있을 것만 같았다.

"저게 무적의 요새로군요." 네레보르가 무심한 목소리로 말했다. "각하, 지시를."

"지휘명령에 따라 함대를 전개한다." 체리스는 지령을 통신반으로 넘기기 전에 일일이 재차 확인했다. 이미 수차례 확인했고, 제다오의 확인까지 맡은 상태였지만, 어쩔 수 없었다. 자그마한 실수 하나도 절대 용납할 수 없었으므로. 만약 실수로 숫자 쌍의 행과 열을 바꿔 넣기라도 했다간, 오류의 원인을 찾아낼 때까지 끔찍할 정도로 긴 시간이 낭비될 터였다.

지금까지 입은 손실은 경미한 편이었지만 요새 공략을 눈앞에 두자 뼈아프게 다가왔다. 〈굶주린 사냥개〉호는 침몰했고, 피해를 당한 〈축복의 유리잔〉호는 운용하는 데에 제약이 있었다. 어쩔 도리가 없었다. 숫자가 스스로 재생하는 법은 없으니까.

체리스와 제다오는 서로 원활히 협력할 만한 사람들을 가늠하여 전술 부대를 편성했다. 1번 전술 부대는 〈무언의 법령〉호가 지휘한다. 2번 전술 부대는 켈 파이잔의 지휘하에 〈따뜻한 환대〉호를 따른다. 3번 전술 부대는 기치나방 함장 중 최고 직급자인 켈 라이 모겐 함장의 〈붉은 바늘땀〉호를 따른다. 남은 여섯 척의 수납나방은 부대마다 두 척씩 배정했다. 균열이 방어막 어디에 생길지 예측할 수 없기 때문에, 어디서든 보병으로 상륙 지점을 확보할 준비를 해놓아야만 했다. 마찬가지로 슈오스 잠입병도 배치해놓았다. 요새 내부로 침입하는 즉시, 현지 첩보를 긁어모으기 시작할 것이다.

전함나방들은 지령에 따라 재배치했다. 보호막에 균열이 생길 때까지는 포격 범위를 고려할 필요가 없을 것이다. 물론 균열이 생긴다면 말이지만. 아직 방어막 쪽에서도 딱히 눈에 띄는 반응은 없었다.

체리스는 입을 열었다. "8.26분 안에 다음 지령을 수행한다." 이단의 역법에 따르면 10분일 테니, 동시에 정각이 될 것이다. "그동안 '여섯 채의 첨탑과 여섯 개의 기치' 진형으로 전환하고, 지금 지시하는 패턴에 따라 포격을 가한다." 그녀는 패턴 정보를 통신반으로 보냈다. "눈앞에 무엇이 보이건 간에 휘둘리지 말고, 명령만 정확히 따르도록. 탐지반, 현 시간으로부터 모든 취득 정보는 코 대위에게도 전송한다. 슈오스의 분석이 필요할 차례다."

켈의 전함나방들이 진형을 맞춰가자, 방어막의 나뭇잎 무더기와 포말 형태가 조금씩 흔들렸다. '여섯 채의 첨탑과 여섯 개의 기치'는 명

목상 방어용으로 분류되기는 하나, 여러 약점 때문에 보조 진형 목록으로 밀려난 상태다. 이제는 웅장해 보이는 효과 때문에 관함식에서나 가끔 사용됐다.

"포격 개시." 체리스는 함장들이 기다리고 있던 명령을 내렸다. 명령을 확인했음을 나타내는 각 부대의 금색 불빛이 그녀의 단말 위를 환하게 수놓았다.

표적은 무작위로 지정해놓았다. 방어막에 퍼렇게 달아오르는 섬광이 환히 타올랐다가 순식간에 사라졌다.

"이 정도로 반응을 보일 거라곤 기대하기 힘들지. 코 대위한테 이번에 저 퍼런 방출물을 기본값으로 설정하라고 지시하게. 아까 얘기한 대로 8.26분 후에 진형을 전환하고." 제다오가 말했다.

체리스는 다음 명령을 내렸다. 이번 패턴은, 엄밀하게 말하자면, 진형이라 부르기 어려웠다. 손바닥이 축축해지는 게 느껴졌다. 켈이 본능을 거스르는 상태로 얼마나 버틸 수 있을까? 그러나 그녀는 마음을 다잡았다. 자신마저 흔들린다면 휘하 장교들은 순식간에 무너질 수밖에 없을 테니까. 버텨야 해. 그 마음속 목소리가 제다오의 목소리가 되어 머릿속에 울렸다. 익숙한 상황이었다.

"각하." 네레보르가 말했다. "이러한 대진형의 중심 골격 형태를 갖추려면, 정확히 79척의 전함나방이 추가로 필요해 보입니다만…"

네레보르가 말하는 대진형은 〈장미의 영광〉이었다. "그대로 포격 패턴을 바꾼다. 내 지시를 따르도록." 체리스는 단말기 시간을 확인했다. 화면 위에서 함대의 전함나방들은 터무니없이 길쭉한 삼각형 형태로 늘어섰다. "발사." 다시 단말 위로 금색 불빛이 반짝거렸다.

이번에는 포화가 명확한 형태를 이루었다. 빛살이 직선과 소용돌이 형태를 이루며, 그녀로선 너무도 익숙한 안단의 칼날장미 형태를 그려냈다. 여력이 없어 배색까지는 맞추지 못했지만, 알아보기엔 충분했다. 이번에도 방어막에선 딱히 반응이랄 것이… 잠깐.

"방어막에 포격을 가한 직후의 6초를 재생해보도록. 속도를 10분의 1로 늦춰서." 체리스가 말했다.

반응이 있었다. 방어막 조종자가 안단의 문장을 인식하는 순간, 아주 짧은 시간이었지만, 지연이 발생했다. 뒤이어 휘어진 가시에 꿰뚫린 채 흩날리는 장미 꽃잎의 형상이 방어막 위를 수놓았다. 그리고 장미 꽃잎 사이로 흥미로운 지점이 포착됐다. 화톳불처럼 붉게 타오르는 세 개의 점. 세 점을 꼭짓점으로 하는 삼각형이 요새의 중심축을 가리켰던 것이다. 그러나 방어막의 균열은 보이지 않았다.

"저 그림에 뭔가 의미가 있습니까?" 네레보르가 물었다.

"안단은 아니로군. 하지만 실마리는 찾았네." 제다오가 말했다. "조종자가 대진형을 인식하고 그에 대한 반응을 보였으니, 우주 전술에 관한 배경지식이 어느 정도는 있는 모양일세. 물론 관련 드라마를 시청하기만 했어도 알 수 있을 법한 내용이지만…"

"각하, 슈오스 고 대위에게서 통신이 들어왔습니다. 드릴 말씀이 있다고 합니다." 통신 담당이 말했다.

"연결하도록." 체리스가 말했다.

어쩌면 코의 평온한 얼굴이 조금이나마 흐트러지진 않았을까 싶었지만, 헛된 기대였던 모양이었다. "각하. 슈오스의 보안 부호에 대해서 얼마나 알고 계십니까?"

"전혀 알지 못하네." 체리스가 대답했다.

"이거 재밌겠는데. 분명 내 생전에 쓰던 의미와는 전혀 다르겠지." 제다오가 말했다.

"라할 측이 새로 공시한 규정에 따라 전면 개정된 게 5년 전 일입니다. 얼핏 듣기로 역법 조율과 관련된 모양이더군요. 과거에는 일급 경보 사항에서 붉은 V자를 사용했습니다만, 지금은 세 꼭짓점이 모두 빛나는 삼각형을 사용합니다. 이로 비추어봤을 때, 지금 방어막을 조작하는 자는 최근까지 정보 업무에 종사했던 것이 분명합니다."

"훌륭한 친구로군. 나로선 파악할 수 없었던 정보였어." 제다오가 말했다.

"수고했다. 더 보고할 내용이 있나?"

"이상입니다, 대장 각하." 그의 얼굴이 사라졌다.

"다음 순서대로 문장 그림을 발사하고 결과를 기록하도록. 가시가 거친 칼날장미, 꿰뚫린 칼날장미, 달콤하게 타오르는 칼날장미."

분명 머지않아 요새 측에서 방어막에 구멍을 열고 포격을 개시할 것이다. 사실상 그들 입장에선 전혀 걱정할 필요가 없는 상황이겠지만. 함대는 포격을 재개했다. 방어막의 시각적 부산물이 달라지는 것으로 비추어봤을 때, 방어막을 인간이 조종한다는 점은 명백해 보였다. 이대로라면, 지극히 인간적인 대응을 해 올지도 몰랐다.

체리스는 다시 대진형의 중심축 형태로 진형을 바꾸었다. 93척의 함대였다면 〈주검의 일격〉이 되었을 진형이었다. 거기에 더불어 라할의 예지늑대 형태를 구성하는 포격을 선사했다. 체리스는 어깨 너머로 라할 가라를 슬쩍 확인했다. 그녀는 핏기 없는 입술을 꾹 다물고 있었다.

이번에는 방어막에서 그리 뚜렷한 반응은 없었지만, 그래도 시각적 부산물이 피어오르기는 했다. 일급 경보의 삼각형과 산호 가지 형상이 주를 이뤘고, 내부가 뿌연 육각형이 간간히 섞여 있었다. 뒤이어 숫자들 몇 개가 어른거렸다. 가라는 그 숫자가 지금까지 확인된 이단 역법의 주요 구성요소와 일치한다고 보고했다.

제다오는 짤막하게 웃음을 터트렸다. "늑대가 아닌 건 분명하군. 늑대라면 이 정도로 나약하진 않았겠지. 좋아. 홀로 사냥하는 늑대, 포위를 푼 늑대, 유리에 갇힌 늑대, 기습당한 늑대 순으로."

도대체 제다오가 무엇을 확인하고 싶은지 체리스는 궁금했다. 문장에 따라 방출물이 바뀌긴 했으나, 방어막은 실금이 생길 기미조차 보이지 않았다.

다음 문장은 슈오스의 구미호였다. 이젠 방어막 조종자도 질렸는지 거의 아무 반응도 보이지 않았다. 체리스는 제다오가 자신이 소속된 문장인 사방에 눈을 두른 구미호를 시험해보리라 생각했지만, 그는 다른 문장 네 가지를 골랐다.

그들은 예정대로 세 가지 하위 분파를 시험했다. 켈, 니라이, 마지믹으로 비도나. 매번 시각 부산물은 흔들리다 흐릿한 얼룩으로 변했고, 시각 정보를 아무리 보정해도 그 안의 형상을 알아보긴 힘들었다.

"이제 어쩌죠?" 네레보르가 초조하게 사령실 안을 돌아다니는 걸 지켜보며 체리스는 입속말로 물었다.

"때론 이렇게 예감이 잘 들어맞는 게 정말 싫다니까." 제다오가 말했다. "사전 시장조사라니. 어느 정도 예상은 했지만."

체리스로선 제발 그가 설명해주기만을 바랄 뿐이었다. 과연 언젠가는 설명해주는 날이 올까?

"다음에는 〈무너지는 하늘〉 대진형의 중심축을 사용할 걸세. 포화 패턴은 '온 세계의 거미줄'을 그리도록 하게나. 기본 거울거미줄 문장이 아니라, 정확하게 '온 세계의 거미줄'이어야 하네."

설마 이번 이단자들이 진짜로 사멸한 리오즈 분파를 되살리려는 건 아니겠지? 체리스는 포격 패턴을 구성한 다음, 패턴 기록 자료를 확인하며 자신이 그린 문장이 정확한지 재차 확인했다.

"하나 더 하는 겁니까, 장군?" 여전히 사령실 안을 서성거리고 있던 네레보르가 말했다. "그냥 저 방어막을 뚫을 수만 있다면…"

체리스는 명령을 내리며 리오즈에 대해 알고 있던 내용을 떠올리려 애썼다. 별로 많지는 않았다. 이단에 대한 세부 정보는 기밀이니까. 켈 사관학교에서도 딱히 배운 건 없었는데, 리오즈 내란분자들과의 전투는 학살에 가까울 만큼 지나치게 일방적이었던 터라, 어느 교관의 말을 인용하자면 '군사적으로 흥미로울 만한 부분이 전혀 없었기 때문'이다.

〈무너지는 하늘〉 대진형의 구축은 이전 것들보다는 쉬웠다. 제다오 대장이 '잘려나간 손 전투'에서 등롱꾼 병력을 괴멸시킬 때 사용했던 아주 유명한 진형이기 때문에.

잠시 골똘히 생각 중이던 체리스는 갑자기 울린 탐지반의 목소리에 깜짝 놀랐다. "미세하게나마 돌파구가 발생했습니다. 위치는…" 탐지 담당이 해당 좌표를 불렀다. 뒤이어 일곱 군데의 균열이 추가로 발생했다.

"탐지반." 체리스는 입을 열었지만, 탐지반은 이미 작업 중이었다. "중심축에 화력을 집중한다. 조종자를 겁먹게 만들어야만 한다."

사령실 안이 너무 시끄러워서 체리스는 자기 목소리도 제대로 알아듣지 못할 지경이었다. 정신없이 떠들어대는 근무자들과 전술 부대를 조율하기 위해 호통을 내지르는 네레보르. 거기에 더불어 식겁할 정도로 자신감 넘치는 목소리로 조언하는 제다오까지. 그녀는 도저히 생각을 정리할 엄두조차 낼 수가 없었다.

요새 방어막에 구멍이 열렸다. 응사를 시작할 모양이었다. 함대는 화각을 벗어나기 위해 산개했고, 두 척의 소멸나방이 연이어 소멸포 포탄을 뿜어댔다.

"지금까지 구성한 문장 반응 목록을 꺼내도록 하게." 제다오가 말했다. "이번 포격은 꽤나 따끔할 걸세. 1번과 2번 전술 부대에게 명령하게. 표면 구조체에 톱니바퀴 2번 카드 문장을 때려 넣으라고 말이야." 제다오는 드디어 자신의 개인 문장을 사용하려 했다. "인식 가능한 정도로 그려낼 수만 있다면, 재량껏 행동해도 좋다는 말도 덧붙이게. 체리스, 부산물에 대응하는 진형 목록을 구축하라고 명령하게. 3번 전술 부대는 균열이 아닌 방어막에 포격을 가하면서, 시각적 방출물이 보일 때마다 그에 대응하는 문장을 때려 넣으라고 하게. 라이겐 함장에겐 정확도보다 신속한 대응을 우선시하라 단단히 일러놓고."

네레보르는 체리스의 명령에 얼굴을 찌푸렸다. "각하, 그럼 결국 톱니바퀴의 깃발을 올리는 것이나 마찬가지의…"

체리스는 손가락 없는 장갑 낀 손을 쥐었다 펴면서 시선을 끌었다. "우리는 대반역자의 이름을 사용하는 중이다. 그 악명이 도움이 된다면 끝까지 이용할 생각이다. 명령은 그대로다."

네레보르는 입을 굳게 다물었지만, 더 이상 항의하지는 않았다.

1번과 2번 전술 부대는 20퍼센트 화력으로 요새 장갑에 톱니바퀴 2번 카드 문장을 새겨 넣기 시작했다. 물론 예상대로 정교하게 그려지진 않았다. 톱니바퀴는 크고 작은 두 개의 원 정도로밖에 보이지 않았으며, 톱니 부분은 뭉개져서 잘 분간도 되지 않았으므로. 그러나 현 상황을 고려한다면, 누구라도 제다오의 문장을 떠올릴 것이다.

붉은 점이 이루는 삼각형은 갈수록 늘어나고 있었다. 번개처럼 번쩍이며 늘어나는 붉은 점들의 모습이, 마치 조종자의 초조함이 핏물을 타고 흘러나오는 것처럼 보였다. 끊임없이 반복되는 삼각형의 프랙털 무늬가 방어막 위를 뒤덮었다.

"이걸로 끝이군." 제다오가 말했다.

순간 요새에서 대응 사격이 날아왔고, 빔 한 줄기가 켈 샨의 〈하지 동안의 교역〉호를 스치고 지나갔지만, 이윽고 다시 멎어버렸다.

3번 부대는 여전히 정신없이 몰아치며 방어막의 시각적 방출물에 맞대응하고 있었다. 골짜기, 부러진 이빨, 위태롭게 흔들리는 다리, 붉은 포연에 맞추어 그에 대응하는 문장의 포격을 박아 넣었다. 체리스는 띄엄띄엄 떠오르며 흐늘거리는 형상에서 시선을 떼지 않으며 차분하게 호흡을 골랐다. 이제는 확실해졌다. 방어막이 조종자 내면의 마음속 앙금과 밀접한 관련이 있었다. 그렇지만 대체 무엇 때문에 방어막 설계를 그렇게…

"이런 빌어먹을. 말도 안 돼." 체리스가 욕설을 뱉어내자, 네레보르는 제자리에서 뻣뻣하게 굳었다. 네레보르는 다음 명령을 기다렸지만, 체리스는 다른 곳을 보고 있었다.

"알아챈 건가? 어디 한번 들어볼까. 입속말로 하게. 어차피 켈 사령부는 함대를 통째로 몰살시키려 들겠지만 말일세." 제다오의 목소리가 즐겁게 울렸다.

"불변성 얼음이 불변성이 아니라는 걸 언제부터 알고 계셨던 겁니까?"

상상도 하지 못한 일이었다. 불변성 얼음이 역법에 의한 이능력이었다니. 그리고 이단 측에서는 단순히 불변성 얼음을 계속 사용할 수 있도록 역법을 구축했을 뿐이라니. 아니, 생각해보면 상상하지 못하는 것이 당연하다. 체리스를 포함해서 육두정의 모든 이들은 불변성 얼음이 역법과 무관한, 그저 역법을 무효화하는 물질이라고만 생각해왔으니까.

"그저 운 좋게 때려 맞힌 거지. 미안하네, 조금 잘난 척해봤네. 체리스, 육두정부에서 무슨 헛소리를 내놓든 간에, 저 방어막은 물리력으로 구성된 것이 아닐세. 내가 니라이는 아니네만 우리 우주의 법칙이 대충 어떻게 생겨먹었는지 정도는 알고 있거든. 저런 방어막은 불변성 기술로는 절대 만들 수 없어. 그렇다면 결국 이능력 효과일 수밖에 없지 않나. 게다가 연결 요새란 주변 환경에 역법 체제를 전개하도록 설계되었으니까, 그러한 전개 효과를 이용하는 방어막이라면 상당히 그럴듯하지.

결국 요새의 방어막은 조종자의 개인 신념 체계를 전개한 결과물이라는 뜻이 되지. 집단의 신념 체계가 아닌 건 분명하네. 일단 기호 체계가 너무 일정한 데다, 애초에 이단 구역에선 복합체 기술이 작동하지 않으니까. 사실 이것 말고도 수상한 요소는 잔뜩 있지 않았나. 눈으로 식별되는 부산물도 그렇고, 켈 사령부에서 그걸 숨기기 위해 그토록 애쓰는 것도 그렇고. 그것 말고는 설명할 도리가 없더군… 체리스, 네레보르가 부르고 있네."

"각하. 탐지반이 균열을 통해 해석 가능한 정보를 수집하기 시작했습니다." 네레보르가 말했다.

탐지반이 뒤이어 말했다. "아네모네 구역과 광휘 구역 상부에 추가로 균열이 발생했습니다. 하지만… 잠시만 기다려주십시오."

삼각형 형상이 여름 들판 위로 타오르는 불길처럼 방어막 위를 번져나갔다. 3번 부대는 포위를 푼 예지늑대 형상으로 반격을 가했다.

"대체 어떻게 이런…" 체리스는 멍하니 입을 열었다.

"체리스, 인간은 생각보다 상당히 단순하다네. 한쪽으로 정신이 팔리게 만들 수만 있다면, 장벽이 내려간 틈을 뚫고 무의식 위에다 직접 충격을 줄 수 있다네. 지금 우리는 진형을 그런 식으로 사용한 걸세. 조종자는 분명 켈의 진형에 주의하도록 훈련받았을 테니, 우리가 취한 진형에 신경이 쏠렸을 테지. 그렇게 이목이 쏠린 사이, 우리는 저들이 그토록 두려워하는 나의 문장을 새겨 넣은 거고. 방어막에 새겨진 저 문장은 우리 눈엔 불명확한 낙서로 보일 뿐이지만, 조종자 입장에선 결코 그렇게 보이지 않을 거야. 저 방어막은 그의 정신에 다름 아니니까. 가장 두려워하는 그림을 뇌에다 직접 지져서 새겨 넣은 것과 거의 다름없을 테지."

"열렸습니다!" 탐지반의 외침이 제다오의 말을 뒤덮었다.

그리고 갑자기, 찰나에 불과했지만, 체리스는 아무것도 느낄 수 없었다. 뒤이어 사령실 근무자들 모두 실이 끊어진 꼭두각시처럼 쓰러져버렸다.

조금 전까지 방어막 위에 떠오르던 온갖 색채와 무늬와 형상이 무한히 늘어나며 온 세상을 휩쓸었다. 나뭇잎이 깃털이 되었다가 꽃잎이 되었고, 다시 광풍을 타고서 그녀의 손아귀를 빠져나갔다. 군데군데 갈라진 틈새로 어둠이 용암처럼 분출했다. 모래시계 안의 모래가 전부 쏟아져 내렸다.

제다오도 침묵했다. 체리스는 네레보르를 돌아보았다. 네레보르는 바닥에 웅크린 채 주저앉아, 체리스가 모르는 저급 언어로 뭔가를 힘겹게 중얼거릴 뿐이었다.

당황할 시간이 없었다. 체리스는 통신반이 쓰던 화면을 자기 단말로 돌렸다. "파이잔 함장을 연결하도록."

실제로는 한순간에 불과했지만 체리스에겐 끔찍할 정도로 기나긴 시간이 지나고서, 그리드의 명료한 목소리가 사령실 안에 울려 퍼졌다. "파이잔 함장이 응답하지 않습니다."

체리스는 모든 전함나방 함장을 대상으로 전체 통신을 보냈다. 응답은 없었다.

"제다오 대장, 거기 있나요?" 순간 그녀는 제다오가 자신을 방패라고 칭했던 걸 떠올렸다.

제다오는 여전히 침묵했다.

체리스는 거칠어진 호흡을 가다듬으려고 애썼다.

탐지 결과에 따르면, 산산조각 난 요새 방어막이 주변으로 확산되면서 벌어진 일인 듯했다. 그리드 위에서 요새는 마치 피부가 벗겨지고 사방으로 신경다발이 펼쳐진 손처럼 보였다. 체리스는 수식을 확인하고, 휘하 병사들이 일거에 무력화된 이유를 파악하느라 또 시간을 낭비했다. 두 사람이 비명을 지르고 있었다. 그녀는 반쯤 몸을 돌려 그들을 어떻게 도와줘야 할지 고민하다가 이내 그만두었다. 지금은 한두 사람이 아닌 전 함대의 운명이 걸린 상황이었다. 의무반에 연락해봤지만 아무 반응도 없었다.

"켈 체리스 대장이 함대 그리드에 명령한다. 기본 함대 명령을 재설정하도록. 전 함대 전함나방의 움직임을 〈무언의 법령〉호에 종속시킨다."

함대의 전함나방들이 일제히 더듬거리며 명령을 확인하는 소리가 울렸다. 켈 리아이 멩 함장의 〈운율의 정수〉호에는 소리 내어 대답할 만큼 회복된 사람이 있는 모양이었지만, 관등성명을 묻자 대답이 돌아오진 않았다. 공포가 그녀를 옥죄었다.

네레보르는 어느덧 일어나려 애쓰는 중이었다. 계속 다리가 후들거리는 탓에 자꾸만 넘어졌다. 아직 눈에 초점이 돌아오진 않았다. 체리스는 그녀를 벽에 기대 앉히면서 가만히 있으라고 말했지만, 네레보르는 시도를 멈추지 않았다.

공포보다도 무거운 절망이 체리스를 짓눌렀다. 사령실 안을 둘러보자 모든 것이 끝났다는 사실이 비수처럼 날아와 가슴에 꽂혔다. 지독하게 피곤했다. 너무 오래 어둠 속에 갇혀 있었어. 희망도 없는 상황에서 너무 오래 싸워왔어. 이대로 주저앉아 몸을 웅크리고 잠들 수만 있다면. 우주가 자비를 베풀어 두 번 다시 깨어나지 않게 해준다면 얼마나 좋을까.

체리스는 전투용 단검으로 손을 뻗었다. 전함나방에 탄 이상 더는 쓸모가 없을 거라 생각했지만, 그렇지 않았다. 지금 이러한 상황에서만큼은 가장 필요한 물건이니까. 그녀는 묵직한 단검의 무게를 생생히 느끼며, 그대로 자신의…

"체리스, 그만두게." 제다오였다. 텅 빈 곳을 사이에 두고 속삭이는 것처럼 희미한 목소리였다.

"어떻게 되신 건가요?" 체리스는 무심한 투로 물었다.

"아프더군." 제다오는 간단하게 대꾸했다. "체리스, 칼 치우게."

"저는 실패했습니다. 전부 아무 의미 없는 일이었어요."

"체리스, 이건 명령일세. 내 감정이 자네 안으로 새어 들어가고 있어서 그런 걸세. 미안하네. 어쨌든 간에 그 칼은 치우게." 목소리가 날카로워졌다.

복종하고 싶지 않았다. 그대로 끝내고 싶은 유혹이 너무 강했다.

"칼 치워, 체리스."

문득 그녀는 깨달았다. "내 것이 아니로군요." 절망에서 튕겨 나오듯 정신을 차린 그녀가 중얼거렸다. "이 자살 충동은 당신 거였어요. 대체 얼마나 오랜 시간 이런 마음으로 살아왔던 거죠?" 그녀는 단검을 집어넣었다.

제다오는 397년 동안 망령 신세였다. 자살할 방법을 깨닫기에 부족하지 않을 시간이었을 터였다. 죽고 싶어도 죽지 못하는 몸이라는 건가. 이러한 정보도 잘만 사용한다면 그에게 대적할 좋은 무기가 될 터였다. 언제 제다오가 슈오스 게임을 재개할지 모르니 미리 대비해두는 편이 좋았다.

"감정이 흘러들어 가는 것만 멎으면 괜찮아질 걸세. 보병대와 슈오스 잠입반에 내릴 명령을 준비해놓게." 그는 냉정하게 말했다. "저쪽 조종자도 죽을 맛일 게 분명하네. 아까도 말했지만 방어막은 조종자의 정신 그 자체이니, 지금 같은 상태로는 오래 버티지 못할 거야. 탐지 화면을 보게. 우리를 잡으려고 요새 전체의 기능을 포기하는 셈이지 않은가. 버티기만 하면 승산이 있네."

방어막이 걷혀진다 한들, 여전히 병력을 상륙시키는 문제가 남아 있었다. 여기까지 왔는데 함선을 멍청하게 몬 탓에 충돌사고를 일으킬 순 없지. 체리스는 충돌을 피할 수 있도록 함선 경로를 세심하게 설정해서 이동 명령을 내렸다.

어디선가 쿵쿵거리는 소리가 들려 체리스는 고개를 들었다. 라할가라가 경련을 일으키고 있었다. 문제가 있는 건 가라 한 사람만이 아니었다. "빨리 끝나야 할 텐데요." 그녀는 말했다.

7분 19초 후에, 역류된 방어막은 완전히 사라졌다.

요새로부터 전문이 도착했다. '아주 훌륭하군, 가라크 제다오. 자네라면 쓸모가 있겠어.'

병사들이 슬슬 정신을 차렸고 눈앞에는 점령을 기다리는 요새가 있었지만, 체리스는 여전히 그 단검을 생각하고 있었다. 제다오는 슈오스 육두관에게 처형당하는 일이 두렵다고 하면서도, 동시에 극심한 자살 충동을 겪고 있었다. 체리스는 그 모순을 이해할 수 있기를, 그 모순이 자신의 목덜미에 송곳니를 박아 넣기 전에 이해할 수 있기를 바랄 뿐이었다.

11

산개하는 바늘 요새, 분석반

우선도 : 높음

송신자 : 바헨즈 아프리르 다이 노움

수신자 : 리오즈 자이 칠두관

세부 역법 사항 : 살찐 암소의 해, 자고새의 달, 거위의 날. 그리고 이제 시간 단위까지 내려가지 않으면 보고서를 구별할 수가 없을 텐데. 메뚜기 떼의 시각은 어때요? 딱 맞아 보이는데.

좋아요. 제가 얼마나 사과하길 싫어하는지 당신도 잘 알고 있겠죠. 일단 사과할게요. 당신한테 소리치면 안 되는 거였어요. 바로 그 순간 그 회의에서 쓸모 있는 결론이 나올 가능성이 완벽히 사라져버렸으니까요. 제가 사관학교에 다니던 시절, 이성을 잃기 직전이면 다른 생산적인 일에 집중하라고 충고해주는 교관이 있었죠. 아무도 보지 않는 사이 태블릿에 교수형당한 사람을 그리거나, 사무실 의자와 손톱깎이를 사용해 즉살 함정을 구상하거나 하는 식으로요. 당시엔 그저 농담인 줄 알고 웃어넘겼는데, 지금 생각해보니 그렇게 적절할 수가 없네요. 다른 건 전부 차치하더라도, 아주 간단한 함정이라도 파놓는다면 스토간은 여지없이 걸려들 테니까요. 당신도 잘 알겠지만, 그 사람 개인 보안에 전혀 주의를 기울이지 않잖아요. 아, 걱정 말아요. 당신이 그 작자를 필요로 하는 이상 함정은 자제할 테니까요.

어쨌든 이 점만큼은 꼭 말씀드려야겠네요. 제가 드리는 조언이 쓸모 있으려면, 일단 제게도 제대로 된 정보가 있어야 한다는 것을요. 저는 말이죠, 적이 나를 속이려 든다고 해서 앙심을 품는 사람이 아니에요. 왜냐하면 적을 속이는 건 지극히 온당한 행동이니까요. 그러나 나를 속이려 드는 자가 아군이라면 얘기가 달라집니다. 당신이 아군인 저한테 무언가를 숨기려 든다는 건, 그건 곧 당신의 대의에 치명적인 타격이 된다는 걸 명심하세요. 저는 지금 스토간이 안단 인증서를 가진 고급 창부를 몰래 만나는 일 따위를 알고 싶다는 게 아니에요. 물론 제가 어디까지 파악하고 있는지 알게 된다면 그 작자는 아마 놀라 자빠지겠죠. 어쨌든 제가 말하는 정보란, 우리 요새의 악명 높은 방어막의 기본 작동 원리 같은 걸 말하는 거예요. 처음부터 그런 중요한 약점을 알고 있었으면서 왜 저한테 숨긴 건가요?

당신도 지금 상황이 얼마나 심각한지 저만큼이나 잘 알고 있잖아요. 그 방어막은 대반역자 한둘쯤 끼어들더라도 마지막까지 버텨줬어요. 하픈의 지원군이 도착할 때까지 얼마나 걸릴지는 짐작조차 할 수 없는 상황이잖아요. 켈 사령부도 하픈 함대가 이곳으로 향하고 있다는 걸 머지않아 깨달을 테고요. 조금이라도 시간을 벌려고 켈 사령부에 혼선을 주는 작업에 상당한 자원을 쏟아붓고는 있습니다만.

외부 문제는 이쯤으로 해두죠. 그럼 이제부턴 요새 안에서 무슨 일이 벌어지고 있는지 확인해볼까요? 현재 아네모네 구역은 완전히 엉망이에요. 스토간이 보내오는 보고서 내용은 시간이 갈수록 앞뒤가 맞지 않는다고요. 물론 육두정부 충성파들도 상당히 필사적으로 항전하는 모양인 듯하나, 그렇다고 통신소를 도로 내어줄 순 없는 노릇이잖아요.

북꾼 구역과 리본 구역은 역법 요소의 변동을 주시하고 있으니, 여론이 좀 흔들린다고 해서 안달할 필요는 없어요. 그 새로 도입한 '투표'라는 놀음은 계속 진행 중이니까요. 동시에 당신네 시민들이 새 역법을 준수하도록 설득하는 중이기도 하고. 물론 과격한 수단은 안 쓰고요. 나도 말이죠, 비도나가 싫었던 사람 중 한 명이라고요. 그러고 보니 말인데, 구금해놓은 비도나들을 처리해서 석방하는 작업은 서두르는 게 좋겠습니다. 소문이 빠르게 퍼질수록 우리한테 유리할 테니까요.

육두정부 충성파들은 사령부로 접근할 수 있는 경로 근처도 가지 못한 상황이니, 얼른 침묵시켜버리는 편이 좋겠지요. 당신네 표준 언어에서 '침묵'을 '공동체'와 연결 짓는다는 사실이 항상 매력적으로 느껴지더군요. 내 고향에서 '침묵'은 '죽음'하고 연결되거든요.

광휘 구역에서는 다들 제법 열심히 일하고 있답니다. 주로 그 멍청한 스토간의 주장에 따라서지만요. 물론 그 구역의 지배권을 굳건히 확립해야 하는 건 사실이니 아예 낭비라고는 할 수 없을 테고, 게다가 이렇게 의견을 들어주고 나면 나중에 뭔가를 요구할 때 귀찮게 따지는 게 좀 줄거든요. 일전에 스토간을 그만 괴롭히겠다고 약속하기는 했었지만, 참 지키기 어렵네요. 너무 손쉬운 목표물이라서요. 애초에 그런 작자가 부유층의 지지를 다수 확보한 것 자체가 잘 납득되지가 않아요. 제 가족이 만약 지난 3세대 동안 그에게 정치적으로 의존해온 상태였다면, 저도 그의 매력이 이해가 될지도 모르겠지만요. 물론 그가 매력적인 남자가 아니라는 건 아닙니다. 다만 가끔은 그 매력 요소를 모아놓은 꾸러미 속에 두뇌도 함께 들어 있었으면 얼마나 좋았을까 생각해요.

게레나그 아브라나는 항상 조심하시길 바랍니다. 아브라나는 분명 영리하지만, 동시에 야심가이기도 하거든요. 게다가 그녀가 다스리는 영역의 생산 설비가 우리한테 반드시 필요하다는 점을 고려한다면 조심히 다룰 이유야 충분하지요. 그래서 최근 들어 그녀의 태도가 너무 고분고분하다는 점이 외려 의아합니다.

특히 그 여자의 수하들이 내 집무실 주변을 쑤시고 다니는 상황이니까요. 마음 같아선 놈들을 발견하자마자 쏴버리고 싶긴 해요. 솜씨가 녹슬면 곤란하니까. 하지만 보안을 생각하자면, 놈들에게 추적을 붙여 꼬리를 만 채로 과연 누구 밑으로 기어들어 갈지 확인하는 편이 낫겠지요.

우산 구역은 최근 유행하는 게임을 제외하면 나름 선방하고 있습니다. 슈오스가 항상 눈에 거슬리는 건, 그들은 정말로 게임을 통해 사람들을 조종할 수 있기 때문입니다. 교리부에서 이 문제를 어떻게 해결할지 피오로에게 확인해볼 생각이에요.

신경 쓸 일이 아주 많을 거라고 생각합니다. 지금까지 없었다면 이제부터라도 신경 써야 할 거고요. 피오로한테 슬쩍 가봐야겠군요. 당신 무릎 위로 중요한 정보가 굴러떨어지면 나한테도 좀 알려줘요. 알겠죠?

역법 이단의 동료

Vh.

체리스는 정신이 말짱했지만, 이대로 오래 버티긴 힘들었다. 제일 먼저 자리를 털고 일어난 사람은 켈 네레보르였다. 그녀는 병기반 단말 앞에 앉았다. 서비터들이 의무반으로 이송해 간 켈 자이 소위의 빈자리를 메꿀 대체인력이 아직 도착하지 않았기 때문이다.

도움을 요청하는 경고음이 사령실을 휩쓸었다. 우선순위를 정해야 한다. 모든 경고등이 전부 다급해 보여도 흔들려선 안 된다는 걸 체리스는 잘 알고 있었다. 사방에서 깜빡이며 사령실 안을 빼곡히 채우는 적색과 황색의 경고등 무리를 보다 보면 지금 이 함선이, 아니 이 함대 전체가 우주 암초를 향해 돌진하는 중인 것처럼 보일 정도였다.

몇몇 세모형 서비터들이 어질러진 곳을 정리하고 있었다. 사람들이 잘못 넘어지며 벽이나 단말 모서리에 피가 묻기는 했지만, 다행히도 심각한 부상자는 없었다. 다행스럽게도, 서비터들이 알아서 잘 움직여준 덕분에 지시할 사항이 크게 줄었다. 서비터들은 켈이 생각하는 깃보다 더 능률적으로 임무를 수행한다. 하물며, 켈이 전투에 몰두할 땐 특히, 방해가 되지 않도록 은밀하고 조용하게 움직인다.

"각하, 이단자들은 어째서 포격을 멈춘 걸까요? 이해가 되지 않습니다. 뭘 하더라도 지금보다 상황이 나빠지진 않을 텐데요." 네레보르가 숨을 헐떡이며 말했다.

"여전히 우리 정체를 알아내려 애쓰고 있겠지." 체리스는 이렇게 대꾸했지만, 네레보르의 말이 전적으로 옳았다. 시각적인 경고, 즉 지금 그녀가 한쪽 눈을 떼지 않고 있는 지지직거리는 차트와 도표와 지도 외에도, 가끔씩 청각적 경고가, 낮고 둔중한 벨 소리가 울렸다. 그녀의 단말 화면은 갈수록 복잡해져가고 있었다. 다행히 아직은 즉각 대응이 필요한 문제는 발생하지 않았지만, 그녀는 매번 움찔할 수밖에 없었다. 언제 긴급한 상황이 터질지 모르는 일이었다.

"각하, 아네모네 구역에서 뭔가 일이 벌어지고 있습니다." 탐지장교가 창백해진 입술로 상황을 알렸다. 목소리는 평온하게 들렸지만, 뻣뻣하게 경직된 자세로 단말 앞에 앉은 모습을 보아 통증이 상당한 모양이었다. 대단한 친구였다. 심지어 네레보르조차도, 아주 약간이기는 하지만, 고통스러워서 구부정하게 앉아 있는데.

"켈 보병대가 휘장 없는 제복을 착용하고 있는지 다시 확인해보게. 슈오스 쪽은 이미 그렇게 차려입고 있을 걸세." 제다오는 덧붙여 말했다. "켈 병력은 무슨 일이 있어도 생포되면 안 되네." 현재 사령실 내부가 얼마나 혼란스러운지는 조금도 염두에 두지 않은 듯했다. 물론 제다오가 그런 데까지 신경 쓴다면 도리어 그쪽이 놀라울 일이겠지만.

체리스는 계속해서 명령을 내렸다. 내부가 조금만 덜 건조했다면, 덜 더웠다면, 물이라도 한 잔 마실 수 있다면 소원이 없을 텐데. 그러나 몸이 달아오른 것은 더위 때문이 아니라 현 상황에서 비롯된 압박 때문일 터였다. 조금 쉬면 나아지겠지만, 사령실을 떠날 순 없는 노릇이었다. 다른 이들의 시간과 마찬가지로, 체리스의 시간도 고통스러울 정도로 찔끔찔끔 흘러갔다.

코 대위가 통신을 요청해 왔다. 기술반으로부터 불변성 추진체와 관련된 상황 보고가 계속해서 올라오는 상황인 터라 놓칠 뻔했지만, 다행히 제다오가 알려주기 전에 슈오스의 눈 모양 신호가 깜빡거리는 걸 포착할 수 있었다.

"각하. 확보하지는 못했습니다만, 분명 어딘가에 켈 사령부로부터 인가를 받은 방어막 조종자 명단이 존재할 겁니다. 방어막이 뚫리면서 그와 관련된 기밀도 함께 밝혀진 만큼 켈 사령부에서 해당 정보를 제공해줄 수 있습니다. 다만 타이밍에 주의하셔야 합니다. 우리가 켈 사령부와 대화를 나누는 모습을 들킨다면, 이단자들로부터 의심을 살 테니까요. 게다가," 순간 그의 목소리에 날이 섰다. "켈 사령부는 우리 머릿속에 든 국가 기밀을 지워내고 싶어 안달이 나 있을 테니까요. 아무쪼록 제다오 대장께 찬사를 보낸다고 전해주십시오." 통신이 끊겼다.

"꽤나 관대한 친구로군." 제다오도 똑같이 냉담한 투로 대꾸했다. 체리스 옆 한쪽 바닥에 드리운 그림자의 눈매가 가늘어졌다.

체리스는 한쪽 눈썹을 추켜올렸다.

"자네 켈들이 보기에 슈오스들끼리 서로 치고받는 꼬락서니가 꽤나 즐거워 보이겠지."

체리스는 정보 요청서를 작성한 다음, 함대의 위장이 벗겨지면 송신하라는 꼬리표를 붙여 저장해놓았다.

"각하, 차라리 총이나 쏘는 게 속 편하겠습니다." 네레보르는 의자 팔걸이를 손가락으로 두드리며, 우울하게 중얼거렸다.

"모든 포좌를 빠르게 제거할 방도를 찾지 않는 한, 양륙정 투입 경로를 확보하는 데엔 시간이 걸린다." 체리스가 대답했다.

"저도 압니다." 네레보르는 대꾸하며 한숨을 쉬었다. "일단 때를 기다린다, 뭐 그런 거겠지요."

체리스는 뭐라도 해야겠다고 생각하고는, 양륙정 부대의 보급 경로를 재확인했다. 이 정도로 입안이 바짝 말라본 적은 없었다. 물론 자신만 그런 건 아닐 거라고는 생각했다. 조금만 더 빨리. 화면 배치를 조정하는 일에도 점점 익숙해지고 있었다. 우선도가 낮은 경고는 뒤로 치우고, 긴급한 상태창을 바로 확인할 수 있도록 앞으로 꺼낸다. 그리드에 맡길 수도 있었지만, 판단이 잘못될 경우가 종종 있다 보니 손수 배치하는 쪽이 마음 편했다.

기다리던 돌파구는 5.39시간 후에 등장했다. 체리스는 그동안 잠시 사령실을 떠나 휴식을 취하고, 그렇게 고대하던 시원한 물 한 잔으로 기분 전환을 한 다음 사령실로 돌아왔다.

보병대에 있을 때, 그녀는 전함나방 근무자들을 부러워했다. 쾌적한 시설 안에서 거주하며, 목욕과 수분 섭취도 손쉽게 할 수 있고, 먼지나 그을린 금속이나 구워진 살점 냄새에 숨 막힐 일도 없을 테니까. 그러나 직접 소멸나방에 타고 보니, 매번 발 디딜 곳을 조심해야 하는 보병대 생활이 그리워졌다. 이제는 사방을 얼기설기 메우는 적색과 호박색 불빛 대신 따스하게 부풀어 오르는 태양 빛을 맛보고 싶었다. 눈을 따갑게 찌르던 바람이 너무도 그리웠다.

"각하!" 통신반 여성 장교는 어서 빨리 교대 시간이 오기를 간절히 바라는 얼굴이었다. "아네모네 구역의 통신설비 근처에서 폭발이 일어났습니다. 요새 장갑에도 가벼운 균열이 생겼습니다."

"수납나방의 모든 양륙정에 출격 준비를 지시하게." 제다오가 말했다.

체리스는 명령을 내렸다. 수납나방 〈가을 피리〉와 〈한데 묶인 여섯 개의 막대〉호에는 슈오스 잠입반을 태웠다. 이단의 근원과 저지 방법을 알아내기 위해선 이들 잠입병만큼은 반드시 요새 안으로 들여보내야 한다.

그녀가 명령을 마치자 제다오가 말했다. "새 전문을 준비하게. 가라크 제다오 쉬칸이다. 통신소는 돌려줄 테니 걱정들 말라고. 그렇지만 장난감 간수하는 법은 다시 배워야겠지? 선물을 하나 딸려 보내겠다. 내 자그마한 호의니, 맘껏 즐기도록."

체리스는 거의 자동으로 제다오의 말을 입력하고서, 밝게 빛나는 문자열을 물끄러미 바라보았다. "'선물'은 무슨 뜻입니까?"

"인질일세. 고위급 장교, 가능하면 전함나방 함장급이 좋겠지. 저쪽에서 문서로 확인할 수 있는 사람으로 말일세." 제다오가 대답했다.

"지금 제정신이세요? 저 빌어먹을 이단 놈들에게 우리 장교를 제물로 바치자는 겁니까?"

"체리스, 들어보게. 어떻게든 잠입병들을 침투시켜야 하지 않겠나? 포격을 쏟아붓는 것만으로는 방어막을 돌파할 수 없어. 저 요새에 포대만 헤도 얼마나 있을지 생각해 보게. 내 솜씨가 아무리 좋다 한들, 한도라는 게 있단 말일세. 정면으로 돌파할 수 없다면, 돌아가는 게 상책 아니겠나. 일단 이단자들도 확신이 없다 보니 포격은 멈췄지만, 우리 병력이 상륙하는 걸 놔둘 만큼 멍청하지는 않을 걸세. 내가 실제로 가라크 제다오라는 점을 납득시켜야만 하네. 지저분한 작전이나 좋아하는 켈 장군이 아니라. 그래야 저쪽에서도 우리와 손잡을 생각이 들지 않겠나?"

"그래도 저는…"

제다오는 말을 멈추지 않았다. "이단자들은 지금 동요하고 있네. 방어막이 뚫리는 걸 두 눈으로 확인했으니 당연하겠지. 그렇다 해도 망령에 불과한 내가 육두정부에서 탈주하고, 심지어 매혹이나 협박만으로 켈 함대를 통째로 수중에 넣었다는 게 가당키나 한 소리인가. 그것도 소멸나방이 두 척이나 포함된 함대를 말이야. 상식적으로 불가능하기에, 저들의 상상력을 자극해야만 하네. 적당히 바람을 집어넣고 시간을 두고 기다리면, 저들이 알아서 이야기를 꾸며내 빈틈을 메울 걸세. 현 상황에서 상상력을 부추기는 데엔 함장 인질이 제격이지. 켈이라면 절대 하지 않겠지만, 나라면 꽤나 할 법한 일이지 않은가. 켈은 결코 그런 식으로 싸우진 않지."

"젠장, 맞아요. 아주 정확히 짚으셨습니다." 체리스가 내뱉었다. "우린 절대로 그렇게 싸우지는 않을 겁니다."

"좋아, 받아주지. 햇병아리." 제다오는 군대식으로 말했다. 체리스는 목덜미를 따라 뜨거운 기운이 올라오는 것을 느꼈다. "그럼 대안책을 제시해보도록."

이 말에 체리스는 말문이 막혔다. 대안이 없었기 때문이다. "거리를 벌린 다음, 우리가 가진 모든 폭탄을 쏟아부어 방어시설을 날려버리는 겁니다."

"대안이 있다면야 기꺼이 훑어봐주겠지만," 제다오는 방금 그녀가 되는대로 내뱉은 말을 적절하게 무시했다. "아무래도 없나 보군."

체리스는 제다오의 얼굴을 갈기고 싶다는 생각뿐이었다. "좋습니다. 그렇게 누군가를 보내고 싶으시다면, 저는 어떠신가요? 저를 보내시죠."

"불가능하다." 제다오가 말했다. "지금 귀관은 이성적으로 생각하지 않고, 감정적으로 반응하고 있다. 전략을 짤 때는 항상 감정보다 이성을 앞세워야 한다. 만약 요새 쪽에서 귀관에 대한 기록을 확인할 수 있다면, 저들은 귀관을 보병대 대위로 간주할 것이다. 인질로서 아무짝에도 쓸모없는 하찮은 존재지. 다만 실제로는 내 결박 대상이자 함대 지휘권을 가진 너무도 중요한 존재이기도 하다. 그런 귀관이 약에 절어서 감방에 갇혀 있어봤자 함대에 하등의 도움도 되지 않는다. 반대로 적들한테 이롭겠지. 귀관의 그림자나 거울에 비친 모습을 보면 저들도 알아차릴 테니까."

"제 장교들한테 그따위 일은 요구할 수 없습니다!"

"각하." 네레보르가 완벽하게 평온한 목소리로 말을 걸었다. 어느새 자리에서 일어난 그녀는 눈을 가늘게 뜨고 체리스를 바라보고 있었다.

체리스는 자신이 고함을 지르고 있었다는 걸 깨달았다. 사령실 근무자들도 전부 들은 것이다.

"각하, 무엇 때문에 다투고 계신 겁니까?" 그녀가 끈질기게 캐물었다.

네레보르가 끼어들 만한 상황이 아니었지만, 전적으로 그녀다운 행동이긴 했다. 체리스는 고민하다 결국 입을 열었다. 사실상 아무 일도 없는 척하기엔 이미 너무 늦은 상태였다. "제다오 대장은 이단자들이 양륙정을 격추시키지 않도록 인질을 보내야 한다고 조언했다. 속임수가 효과를 발휘하려면 인질은 고위급 장교여야 하고."

"퀠 장군이라면 절대 하지 않을 일이지만, 미친 데다 복수심에 불타는 슈오스라면 충분히 할 법한 행동이라는 거겠지요? 우리 함대가 퀠의 전함나방이라는 사실을 숨길 방도가 없으니, 제다오 대장에게 제압이나 협박을 당했다고 위장해야겠지요." 네레보르는 코웃음을 치며 말했다. 전부 꿰뚫어 보고 있다는 듯 확신에 찬 목소리였다. 사령실 인원들은 미동조차 하지 않고 두 사람을 지켜보았다.

"그렇다." 체리스가 대답했다.

네레보르는 턱을 높이 들었다. "그렇다면 제가 가겠습니다, 각하. 소멸나방 함장 정도면 부족함이 없을 테지요."

머릿속이 겨울처럼 차갑게 식어버린 체리스는 자신이 제다오에게 놀아났다는 사실을 깨달았다. 이성을 잃고 소리치게 만들어 네레보르가 알아차리도록 유도한 것이다. "매에 붙어먹는 개자식." 체리스는 입속말로 말하는 것을 잊지 않고 제다오에게 말했다. 그림자를 노려보고 싶은 충동을 애써 억누르며, 네레보르를 찬찬히 살폈다.

제다오는 딱히 부인하지 않았다. "기억 소거가 필요할 걸세. 의료반을 호출해서 최대 강도의 진형 본능 유도제를 투여한 다음 햇병아리 상태로 돌려놓게. 저 친구를 통해 정보를 얻어내지 못하게 할 가장 빠른 방법이니까."

"기억 소거가 불가피할 것이다, 함장, 귀관은 진정으로…"

"시간 낭비는 관두게." 제다오가 말했다.

네레보르는 태연하게 대답했다. "저는 퀠입니다, 각하. 전부 감수할 준비가 돼 있습니다. 각하의 함대에 배속되면서 기대했던 임무는 아니지만, 충실히 수행하겠습니다."

"의료반으로 가도록." 체리스가 말했다.

"명령 받들겠습니다, 각하." 네레보르는 깍듯이 경례를 붙이고선 그대로 몸을 돌렸다.

체리스는 의료반에 지시를 내렸다. 손이 떨렸고 가슴에 맺힌 차가운 응어리가 생생히 느껴졌다. 이따위 비열한 방법을 통해 안전을 누리느니, 총격전이 벌어지는 전장으로 돌격하는 편이 나았다. 이윽고 그녀는 입을 꾹 다문 채 귀를 기울이고 있던 부함장 하잔 중령을 향해 고개를 끄덕였다. "귀관이 함장 대리다."

하잔은 차분한 태도로 그녀를 향해 깍듯이 경례했다. 그러나 근무자들 사이로 동요가 퍼져나가는 게 여실히 나타났다.

"통신. 요새로 이 전문을 송신하도록." 체리스는 작성해놓은 전문을 보내며 지시했다.

"양륙정은 출격 대기 중입니다, 각하." 항해반은 그녀를 똑바로 보지 않으며 보고했다.

"네레보르 함장이 준비를 마칠 때까지 대기한다. 1번과 2번 전술대는 엄호사격을 준비하되 내가 지시를 내리기 전까지 대기하도록. 탐지반, 지금 요새의 상황은 어떤가?"

탐지반이 답했다. "상당수의 총기 사용이 확인되며…"

"각하! 아네모네 구역에서 통신을 암호화 없이 사방으로 뿌려대고 있습니다." 통신반이 다급하게 끼어들었다.

체리스는 탐지반 쪽을 보며 말했다. "그쪽부터 듣겠다. 간략하게 보고하도록."

"아네모네 구역 통신소 근처에서 전투가 벌어졌습니다. 분명치는 않지만, 탐지 신호 자체는 켈의 소형 화기와 일치하며, 그 밖에 민수용 총기로 보이는 것도 있습니다. 통신설비에 치명적인 영향은 없는 것으로 확인됩니다. 설비 구조에 생긴 물리적 균열은 금속 거품으로 메운 모양입니다. 분광 스펙트럼선에서 검출된 독성물질로 보아, 최고 위험등급의 폭발물을 사용한 것으로 보입니다만, 더 이상은 관찰되지 않습니다."

"저쪽에서도 흠집 없이 점령하고 싶은 거겠지. 딱히 놀라운 일은 아니로군." 제다오가 말했다.

"라가스 연대장과 잠입부대에 해당 정보를 전달하도록." 모호한 정보라도 있는 게 없는 것보다는 나았다. 체리스는 눈을 깜빡였다. 그녀의 시야에서 사령실 내부는 밝은 붉은색으로, 나아가 여우의 노란색으로 변해갔다. 그녀는 시야 가장자리에서 번쩍이는 불빛을 바라보며 다음 명령을 내렸다. "통신반, 전문을 재생하도록."

이단의 지도자하고는 지금껏 문서로만 대화를 나누었기 때문에, 이번 통신 또한 문서 형식일 거라고 자연스럽게 짐작하고 있었다. 그 와중에 눈앞에 영상 통신이 떠오르자, 체리스는 당황할 수밖에 없었다. 입체 영상에 뭔가 문제가 있는지 보정을 했는데도, 화면 속에 싸락눈과 분진이 계속 떠다녔다.

"안단 니다리오가 켈 사령부에." 화면 속 남자는 풍부한 성량과 따뜻한 음색을 가졌지만, 얼굴의 오른쪽 절반은 찰과상과 화상 자국으로 가득했다. 분명 입을 여는 것만으로도 고통스러울 것이다. "젠장, 누구든 좋으니까 듣고 있다면 응답하라." 그는 고개를 기울여 카메라 바깥에 있는 누군가의 말을 경청했다. "탈주한 슈오스 제다오가 요새 방어막을 두들겨 부쉈다. 놈을 처리할 자가 필요하다. 제다오가 아군일 가능성도 없지는 않지만, 이단자들과 교섭 중인 거로 보아 헛된 희망으로 보인다. 이쪽의 관찰 결과를 첨부해놓았다. 이 통신소도 오래 사수하기는 힘들어 보인다."

한쪽에서 다시 누군가의 말소리가 들려왔다. "안단 리아가 덧붙이길 그 작자가 제다오라고 확신할 순 없다고 한다. 내가 보기엔 몇 시간 만에 요새 방어막을 날려버린 것만으로도 충분한 증거가 될 것 같지만."

"이곳에 도착하면 우선 자신을 장군이라 떠들어대는 즈네브 스토간부터 총살하길 바란다. 놈은 처음부터 이단자들과 한패였다." 자동화기의 총성이 울렸다. "젠장, 누구 문 좀 맡아주겠나? 잠시 실례하겠다. 진통제 효과가 끝나기 전까지 총을 쏴서 뭐라도 맞추는 편이 나을 테니까. 어쨌건 이 정보를 받고서 어떻게든 조치해주길 바란다. 통신 종료."

"전체 전문을 코 대위에게 전송하도록." 체리스가 말했다.

하잔은 블랙 유머를 가득 섞어 말했다. "다행히 우리 쪽에서 손수 정보를 조작할 필요는 없어 보이는군요. 평소의 안단이라면 좀 더 은밀하게 행동하겠지만, 아무래도 상황이 절망적인 모양이지요." 네레보르의 자리에 대신 앉게 되었음에도 불편한 기색은 조금도 없어 보였다. 눈에 거슬렸지만 적절한 대응이긴 했다.

"내가 저 친구를 죽인 셈이 되는군." 제다오의 목소리에는 즐거운 기색도, 후회하는 기색도 보이지 않았다. "어쨌든 우리한텐 잘된 일일세. 가만히 지켜보는 것만으로도 이단자들에게 믿음을 줄 수 있으니

255

까 말이야. 내가 켈이었다면 충성파를 구출하기 위해 현장에 부대를 파견했을 테니."

"이런 일이 벌어질 거라고 예상하셨던 거군요." 체리스는 천천히 말했다. 왜 이제 와서 새삼 놀라는 것일까? 지극히 제다오스러운 행동인데.

"나는 뭐든 미리 계획하는 편이 좋다고 믿는 편이라네. 내 악명을 이용했던 건 단순히 이단자들을 위협하려는 의도만은 아니었어. 육두 정부 충성파를 자극해 정보를 풀게 만들고, 이를 이용해 이단자들을 설득하기 위한 것이었지. 충성파 쪽에서야 내가 켈 사령부 명령에 따라 여기 왔다는 사실을 알 수 없고, 우리 쪽에서도 알릴 방도가 없으니까 말이야. 모두 연결된 것이라네. 이번 일을 계기로 자네를 비롯한 함대의 전 병력이 자신들을 이끌고 있는 게 누군지 확실히 깨닫게 된 것도 마찬가지지. 이 정도면 자신의 사령관이 광인이자 대반역자라는 현실을 받아들이는 데에 꽤나 도움이 되지 않았겠나."

"목적이 꽤나 많았군요."

"세 개뿐인데 뭘. 마지막 목표는 덤일 뿐이고. 말을 움직일 땐 항상 여러 각도로 바라보면서, 여러 목표를 노려야 하는 걸세. 효율적인 행동의 효과는 순식간에 중첩되거든."

"의료반에서 보고가 올라왔습니다. 네레보르 함장이 준비를 마쳤답니다." 통신반 장교가 말했다.

"다른 병사들과 함께 1번 양륙정에 태워서 보내도록." 체리스는 이런 끔찍한 명령을 내리는 자신의 목소리마저 혐오스러웠다. 구역질이 나야 마땅한 고통스러운 8분이 흐른 후, 항해반 장교가 말했다. "끝마쳤습니다. 1번 양륙정이 발진했습니다."

"나머지도 발진한다." 체리스가 말했다.

다시 기다리는 시간. 체리스는 배 속이 뒤틀리는 듯했다.

그녀는 앞으로 이 붉은색 잔상을 계속 보게 될 것이라 생각했다. 사령실에서 나가는 순간에도, 물론 그런 순간이 찾아온다면 말이지만, 그녀의 꿈속 회랑에서도.

아니. 스스로에게 솔직해야 한다. 그녀가 영영 잊지 못하게 될 것은, 제다오가 의도했을 뿐만 아니라 체리스가 용인한 대로 자원하던 네레보르의 얼굴이었다.

"요새에서 서비터 부대를 보내 1번 양륙정을 회수하고 있습니다, 각하." 탐지반이 말했다. 목소리가 떨리는 것이 느껴졌다. "요새 내부에서 추가 포격이 확인되었습니다. 포격 방향이 어느 쪽인지는 알 수 없지만 양륙정에 심각한 피해는 없습니다."

"라가스 연대장에게 반격하지 않는 충성파는 생포해서 이단 쪽으로 넘기라고 전달하도록. 긴급 상황을 제외하면 보고하지 말라는 지시도 덧붙이겠다." 체리스가 말했다.

"대령이 명령을 확인했습니다." 다소 거슬릴 만큼 긴 침묵이 흐른 후 통신반이 응답했다.

"네레보르는 그렇게 큰 고통은 겪지 않을 걸세." 제다오는 이렇게 말하더니 한마디 덧붙였다. "물론 그녀가 괜찮을 거라는 말로 자네를 모욕할 생각은 없네만, 햇병아리 수준으로 머릿속을 비운 상태니까 말일세. 상관의 지시를 하달받을 때까지 버텨야 한다는 것 말곤 아무것도 알지 못하는 그녀를 정신적으로 고문하려면 아주 악랄한 켈이 필요할 텐데, 저쪽한테 그런 인력이 있을 거라곤 기대하기 힘들지. 켈이 이단이 될 가능성 자체가 극도로 낮으니까. 자네 분파는 충성을 바치는 일에 능숙하지 않은가."

체리스는 머릿속에서 수수께끼 퍼즐을 하나하나 맞춰보았다. 여전히 들어맞지 않는 조각들로 가득했다. 체리스는 처음 자신에게 결박되었을 때 제다오가 아무것도 모르는 것처럼 진형 본능에 대해 물었던 것을 떠올렸다. 그녀는 입속말로 말했다. "진형 본능에 대해 아는 것이 없는 분치고는 그 효과에 대해 상당히 잘 알고 계시는군요."

마지막 양륙정 무리가 귀환을 시작했다. 저 양륙정 중 하나에 내가 타고 있었더라면. 소멸나방과 이 빌어먹을 구미호 그림자에서 벗어날 수 있다면야 더할 나위 없이 좋을 텐데. 체리스는 그림자의 호박색 눈빛을 바라보면서 문득 기묘하다는 느낌을 받았다. 사령실 안은 호박색 불빛으로 가득한데 어째서 저 눈빛만큼은 명확하게 구별할 수 있는 것일까?

"생각해보게, 체리스. 내 특기 중 하나가 바로 개별 켈의 사기와 충성심을 판별해내는 것이었다네. 그런 켈의 성향을 표준 규격화한 것이 바로 진형 본능이지. 그런데 내가 자네를 파악하는 게 어려웠을 것 같나?"

그렇다면 행운의 돌을 가지고 벌인 게임도, 체리스 자신을 쏘라는 제다오의 도발도, 그가 보인 참회의 모습도…

"바로 그걸세. 자네가 언제 무너질지 정확하게 알고 있었어. 내 주장을 입증하기에는 그게 가장 빠른 방법이었지."

체리스는 치미는 분노를 억눌렀다. 자신이 이성을 잃은 탓에 켈 네레보르가 희생하게 됐다는 사실을 잊지 않으려 애쓰면서. "지금까지 잘도 거짓말을 해왔으면서, 왜 이제 와서 진실을 밝히는 겁니까?"

또 새로운 게임인 걸까? 이제 막 거미줄 말 역할에서 벗어났다고 생각했는데. 지금 이 순간만큼은 순수하게 즐거워하며 슈오스 사관학교를 불태울 수 있을 것 같았다.

"자네가 네레보르를 걱정하고 있기 때문일세."

체리스는 이를 악물었다. "마치 당신은 걱정해본 적이 없다는 듯이 말하네요. 당신도 부하들을 걱정해본 적이 있었을 거 아니에요?"

그는 거친 목소리로 대답했다. "사람들은 늘 그런 식으로 되묻더군. 아니, 나는 그런 적이 없네."

체리스는 그의 말을 잘랐다. "하잔 함장. 휴식을 취하겠다. 이상이 생기면 즉시 보고하도록."

"명령 받들겠습니다, 각하." 하잔이 말했다.

선실에 가더라도 제다오에게서 벗어날 수 없다는 걸 체리스도 아주 잘 알고 있었다. 지금은 휴식을 취할 때가 아니라는 것도.

12

"아무짝에도 쓸모없습니다. 직접 보시죠." 어떤 남자가 말했다.

네레보르는 눅눅한 어둠으로 가득한 방 안에서 회색 벽을 바라보며 똑바로 앉아 있었다. 차가운 금속 구속구가 그녀를 단단히 붙든 터라 몸을 거의 움직일 수 없었다. 어깨가 쑤셨고 턱도 어긋난 듯했다. 그러나 전부 하찮은 고통일 뿐이다. 그녀는 켈이다. 살아남으라는 명령을 받은 이상, 죽을 각오로 살아남을 것이다.

"이름은." 다시 그 무심한 목소리의 남자가 물었다.

저자는 켈이 아니다. 대답할 필요는 없다.

이번에는 여성의 목소리가 이어졌다. "이 여자가 누군지는 이미 알잖아."

"그게 문제가 아닙니다. 어떤 말이건 간에 일단 내뱉게 만드는 거죠."

"그럼 퀠 제복이라도 한 벌 가져와서 다시 시도해보든지."

"그 정도론 속이지 못할 겁니다. 진형 본능을 주입받은 퀠 생도들에겐 명령체계의 기준이 되는 몸짓언어가 각인돼 있습니다. 아주 복잡미묘한 구석이죠. 뛰어난 슈오스 잠입병이라면 몸짓언어를 얼추 모방할 수도 있을 테고, 안단이라면 그들 특유의 매혹 기술로 명령을 따르게 만들 수 있겠지만, 우리에겐 별다른 도리가 없습니다. 우리한텐 퀠은커녕, 슈오스나 안단도 없으니까요. 만약 퀠이 있었더라면, 당장에라도 저 여자 스스로 전신의 뼈를 부러트리게 만들 수도 있겠죠. 퀠은 상관을 기쁘게 만들기 위해선 그러고도 남을 녀석들이니까요. 어쨌든 제다오는 함장의 얼굴만 덩그러니 붙어 있는 따듯한 살덩이를 우리한테 보낸 셈이고, 그 빌어먹을 장난질 덕분에 우리 쪽에선 저 여자로 아무것도 얻을 수 없게 됐습니다. 물론 제다오에겐 분명 이 여자를 회복시킬 방법이 있겠지만요, 참 나, 최소한 DNA는 기록과 일치하네요. 야멸찬 개자식 같으니."

네레보르는 슈오스 제다오가 현 상황과 무슨 관계가 있는지 짐작조차 할 수 없었지만, 훗날 유용할 수 있으리라는 생각에 잘 기억해두었다.

"돌려받을 때의 조건은 따로 없었잖아. 우리한테 처리를 떠넘긴 건가? 다 마신 빈 깡통처럼 말이야." 여자가 말했다.

"그렇게까지 넘겨줬을 건 아니라고 봅니다. 일단 기술진을 배정하시죠. 어쩌면 기억이 소거된 저 햇병아리를 회복시킬 방법을 찾을 수도 있으니까요. 게다가 저 흐리멍덩한 눈동자 안에 유용한 정보가 아직 남아 있을 가능성도 무시할 순 없는 노릇이고요. 일단 두고 보시죠. 어차피 우리가 원하는 만큼 오래도록 두고 봐도 상관없으니까요."

남자의 목소리는 여전히 무심했다.

여자는 다른 생각을 하고 있는 모양이었다. "애초에 기억을 완전 소거하는 명령을 내리려면, 장성급 정도의 인가가 있어야 하지 않나? 대체 번제의 여우는 어느 장군을 회유한 거야?"

"회유를 했을 수도, 뇌물을 썼을 수도요, 어쩌면 협박을 했을 수도 있겠군요. 뭐가 됐든 간에 우리 쪽에선 알 도리가 없다는 거예요."

"네가 이 여자 앞에서 이런 대화를 나눈다는 게 놀라운데. 평소엔 질릴 정도로 '기밀, 기밀' 노래를 부르면서."

"우리의 대화가 어떤 반응을 이끌어낼지 확인하고 싶었습니다. 기억 소거를 실시한 장소의 역법 상태에 따라 빈틈이 생길 수도 있으니까요. 물론 아까 말했듯이 기술자들이 처리할 문제이긴 합니다만." 남자는 문을 두드리며 말했다. "뭐라도 하고 싶은 말 없나, 햇병아리?"

네레보르는 낯선 이에게 햇병아리라 불리는 게 불쾌했지만, 지금 그녀에겐 중요한 일이 아니었다. 저자는 켈이 아니다. 대답할 필요는 없다.

두 사람이 가버리자, 그녀는 총소리와 발소리를 찾아 귀를 기울였다. 켈이 정한 그녀의 무덤이 이곳이라면, 그녀는 기꺼이 목숨을 내놓을 것이다. 어쩌면 켈의 이름을 더럽히지 않은 채 이를 악물고 버티다 보면, 언젠가 동료들이 그녀를 구하러 올지도 모른다. 그런 기대를 품는 것까지는, 그러한 생각으로 마음의 위안을 얻는 것까지는 도저히 멈출 수가 없었다.

산개하는 바늘 요새, 분석반

우선도 : 긴급

송신자 : 바헨즈 아프리르 다이 노움

수신자 : 리오즈 자이 칠두관

세부 역법 사항 : 살찐 암소의 해, 자고새의 달, 고슴도치의 날. 차라리 매크로를 짜는 게 낫겠어요. 시간 따위는 엿이나 먹으라지.

친애하는 자이, 당신이 여전히 제다오한테 헛된 희망을 품고 있다 할지라도 저는 신경 안 씁니다. 또한 다른 이들이 어느 쪽에 투표했는가도 신경 쓰지 않아요. 투표제를 계속해서 시도하려는 당신의 모습은 무척 멋지지만요. 현재로선 진짜 제다오일 가능성이 조금 더 높아지기는 했지만, 그가 진짜 제다오라고 해서 문제가 사라지는 건 아니에요. 제다오는 지옥나선 요새 직전까지, 그리고 지금 우리한테 찾아오기 직전까지 켈 사령부한테 꼬리를 흔들어왔습니다. 저런 작자와 손을 잡느니 차라리 균사체 폭탄과 잡는 게 나을 거예요. 그쪽은 그나마 신뢰가 무슨 뜻인지 알 가능성이라도 있으니까.

하픈 함대의 도착 예정 시기가 계속 지연되고 있으니, 당신이 동요하는 것도 이해는 갑니다. 그러나 하픈이 요새에 도달하기 전에 무너뜨려야 할 상대가 체르카드 장군이란 점을 부디 기억해주세요. 하픈이 요새의 해방을 진심으로 원하고 있다는 건 제가 보증하지요. 다만 기적을 일으키려 해도 어느 정도 시간이 필요한 법이잖아요. 맞아요, 타이밍이 좋지 않았죠. 그래도 봉기를 더 지체했다간 분명 라할에게 들통났을 거예요.

최소한 우리와 번제의 여우 사이에 생각이 일치하는 부분이 있기는 하지요. 양쪽 모두 요새가 무사하기를 바란다는 거예요. 그렇지 않았다면 방어막이 깨지는 순간 폭탄 수천 개쯤 던져 넣지 않았겠어요? 기치나방 정도는 요새의 방어시설로도 한동안 막아낼 수 있겠지만, 소멸나방이 들어오는 순간 이 상황이 완전히 뒤바뀌거든요.

안타깝게도 제다오가 병력을 상륙시키도록 용인하셨던데요. <무언의 법령>호의 켈 네레보르 함장을 인질로 삼는다 한들 당장의 이점이 없다는 것쯤 우리 모두 알고 있었잖아요. 그 여자를 아네모네 구역에서 회수해 오는 동안 제법 비싼 대가를 치러야만 했고, 심지어 스토간 휘하의 불량배들이 거칠게 다룬 탓에 온전한 상태로 데려오지도 못했지요.

아네모네 구역의 통신설비는 다시 우리 수중에 돌아왔고, 제다오의 병력은 심지어 육두정부의 충성파를 우리 쪽으로 넘기기까지 했더군요. 하지만 제다오가 데려온 병력을 확인하니 아무래도 걱정이 되네요. 스토간의 졸개들을 협박해서 영상 자료를 조금 넘겨받았는데, 상륙한 놈들은 단순한 보병이 아니라 켈이었어요. 검은색에 금색 치장이 된 제복 대신 갈색 군복을 입고 있긴 했지만, 무슨 상관이람. 놈들은 분명 켈입니다.

그 농담 알고 계시겠죠? 기밀 임무에 파견할 때 세 살짜리 어린애와 켈 중에서 골라야 한다면 세 살짜리를 고를 거라는 농담 말입니다. 켈은 거짓말도 못 할 만큼 단순 무식하니까요.

어쨌든 중요한 건 제다오가 어디서 켈 병력을 얻어냈냐는 거죠. 어딜까요? 만약 우리 상대가 정규 켈 함대라면, 켈 사령부가 제다오에게 지휘권을 준 거라면… 하지만 고위급 장교 한 명을 제물로 내놓았잖아요. 켈을 상대로 그런 전략을 설득하는 것이 가능하긴 한 걸까요? 다른 켈 장군이라면 진형 본능을 이용해 밀어붙일 수 있겠습니다만, 제다오의 경우 켈 사령부의 명확한 승인이 있지 않는 한 그 정도의 복종을 끌어낼 수 없었을 텐데요. 그래도 저는 켈 사령부가 제다오한테 지휘봉을 쥐여줬다는 쪽이 가장 설득력 있어 보여요. 켈의 역사를 통틀어 가장 신뢰받지 못하는 장군인 제다오가 최소한 한 명 이상의 다른 켈 고위급 장교를 설득해서 반란에 동참시킨다? 이건 아무래도 상상하기 힘드니까요. 아무튼 진형 본능은 이런 게 문제라니까요. 명령체계 상위에 위치한 개인 한 명만 꼬드기면 휘하 전원이 줄줄이 따라 들어오거든요.

우리는 제다오가 단순한 반역자가 아니라는 사실에 주목해야 합니다. 다들 의도적으로 잊으려 애쓰고는 있지만요, 그가 슈오스란 점도 명심해야 해요. 슈오스 농담과는 달리, 반역자와 슈오스는 항상 정확히 일치하는 건 아니니까요. 그 작자는 인생의 진로를 바꾸기 전까지 슈오스 암살자였고, 정황 증거상 분석 업무까지 담당했던 것으로 보입니다.

어쨌든 제다오가 켈의 장교로서 혁혁한 전과를 올렸다는 사실만큼은 반박할 수 없죠. 적어도 지옥나선 요새 사건이 벌어지기 전까지는요. 그래도 거의 20년 동안 그런 실적을 유지해온 것도, 사실 본심을 숨기기 위한 전략이었을지도 몰라요. 그는 슈오스니까요.

돌이켜보건대, 지옥나선 요새 포위전은 켈의 방식이 아니었어요. 요새 쪽에서 놈들이 온다는 것을 모를 수가 없었을 겁니다. 켈은 전장에 뛰어들기 전에 상대방을 향해 깃발을 휘둘러대잖아요.

한쪽도 아니고 양쪽 병력 모두 죽음으로 내모는 함정을 꾸몄는데, 그걸 단순히 미쳐서 저지른 짓으로 치부할 수 있을까요? 천만에요. 그건 20년에 걸쳐 이뤄낸 장대한 계획이었어요. 정확히 말하자면, 슈오스식 계획이라 할 수 있겠지요. 매복, 엉망으로 뒤엉킨 컴퓨터 시스템, 모순되는 명령, 작동하지 않는 무기까지. 그 악명 높은 경계면 탈곡기야 두말하면 잔소리죠. 부관들을 직접 쏴 죽이는 건 너무 지나친 연출이긴 했지만, 어쨌든 먹히긴 했고요.

니라이가 아무 소득도 얻지 못한 것도 당연한 일입니다. 놈들은 제다오를 치료하려 시도했지만, 그 작자는 애초에 조금도 미쳐 있지 않았으니까요.

여기서 한 가지 조언을 해드리죠. 지금까진 제다오가 짜놓은 그림대로 완벽하게 흘러가고 있어요. 평생 죽지 않는 몸이니 계획을 치밀하게 짤 시간은 얼마든지 있었겠죠. 굳이 학살극을 벌여서 검은 요람에 들어간 이유는 짐작도 가지 않아요. 하지만 그 이해할 수 없는 학살조차도 나름의 목적이 있어서 벌였다는 데에 눈물을 머금고 제 마지막 남은 단팥 패스트리를 걸겠어요.

어쨌든 우리는 제다오의 계획에서 다음 단계인 셈입니다.

자이, 그자를 막아야 합니다. 제거해야 해요. 아무리 많은 켈 함대가 몰려들지라도, 진정한 위협은 바로 그자라고 장담할 수 있어요.

이렇게 생생한 기분이 드는 것도 정말 오랜만이네요.

역법 이단의 동료
Vh.

체리스는 선실 안을 걸어 다니며 지금 감각되는 방의 넓이에 익숙해지지 않으려고, 자신이 원래 누구인지를 잊어버리지 않으려고 마음을 다잡았다. 문득 뭐라도 손에 들고 싶다는 생각에 슬레이트를 가져다 달라고 서비터들에게 주문했다. 세모형 서비터 한 대가 두께가 느껴질 정도로 얇으면서 금으로 두른 테두리 때문에 기울일 때마다 반짝이는 슬레이트를 가져다주었다. 서비터는 걱정하는 듯한 소리를 냈다. "괜찮을 거야." 체리스는 이렇게 말했고, 서비터는 믿지 못하겠다는 듯 잠시 머뭇거리다 방을 나갔다.

이윽고 체리스는 입을 열었다. "인질 작전에 대해서 사전에 알려주실 수도 있었잖아요. 대안을 떠올릴 시간이 있었을 텐데요."

"병력을 어떻게 상륙시키는가는 내가 말하지 않더라도 자네 스스로 충분히 고심했어야 하는 문제였네. 그 순간에 닥쳐서 떠올려선 안 됐던 거지. 우리 두 사람한텐 해결 방법을 떠올릴 동일한 시간이 주어졌던 거고. 애초에 지금이라고 해서 딱히 떠오르는 것도 없지 않나?"

눈이 화끈거렸다. 그의 말대로, 스스로 생각하길 멈추고 그저 그한테 의존해버린 것이다. 날카로운 목소리가 나오는 걸 참을 수 없었다. "당신은 관찰자의 입장에서 바라볼 수 있잖아요. 어쨌든 맞아요. 지금도 더 나은 계획 같은 건 떠오르지 않습니다."

"체리스."

그녀는 눈을 감고 네레보르가 보여주는 용기를 곱씹었다. 일전에 제다오는 이미 경고를 했었다. 켈에게는 이의를 제기할 시간조차 주지 말아야 임무의 효율이 올라간다. 흘려듣지 말았어야 했는데.

"나는 해결책을 발견했고, 실행에 옮겼을 뿐이네. 그게 다야."

도저히 그의 목소리로부터 도망칠 수가 없다.

"자네가 얼마나 네레보르 대신 희생하고 싶었는지, 그 간절한 마음은 충분히 느꼈다네. 자네도 알 거라고 믿네만, 네레보르도 자네의 마음을 분명 느꼈을 걸세. 그래서 자기가 희생하겠다고 자청한 거겠지."

"그런 비열한 방법을 통해서 자원하게 만들고 싶지는 않았어요." 체리스가 말했다.

아득한 침묵이 흘렀다.

"저는 이번 임무를 맡을 자격이 없어요.."

"체리스, 자네는 켈일세. 켈 사령부가 자네를 필요로 하는 한, 자격 여부를 정하는 건 자네가 아니야. 그 이상은 생각할 필요가 없네."

"제가 보는 앞에서 그 대단한 말솜씨로 켈들을 맘껏 휘둘러놓고서, 지금 와서 당신이 하는 말을 믿으라는 건가요?" 체리스는 태블릿으로 제다오를 검색했다.

슈오스 제다오의 복무기록을 불러오는 일은 그리 어렵지 않았다. 그가 얼마나 높이 평가되는 장군이었는지 익히 알고 있었고, 심지어 그가 활약했던 전역에 대해선 세세하게 연구까지 해봤지만, 지옥나선 요새 사태가 일어나기 전까지 그가 격파한 적군의 수는 숨이 멎을 정도로 놀라웠다. 켈은 지금껏 무수히 많은 우수한 장군들을 배출했지만 단연코 그가 최고였다.

지옥나선 요새 포위전에서 발생한 전사자의 세부 정보는 조금 더 파고든 것만으로 손쉽게 손에 넣을 수 있었다. 이단과 칠두정 양쪽 모두의 것을.

"좋아. 내 결박 대상자들은 꼭 그걸 보려고 하더군. 늦든 빠르든 말이야." 제다오가 나직하게 중얼거렸다.

수백 년이라는 세월이 흘렀으니 정확한 수치까진 가늠하기 어려울 테지만, 그래도 켈 역사가들은 나름대로 최선을 다한 모양이었다. 지옥나선 요새 포위전에서 제다오가 이끈 함대의 병력은 현재의 기준으로 비추어봤을 때도, 결코 적다고는 할 수 없었다. 그가 받은 명령은 이랬다. 지옥나선 요새를 정복하여 등롱꾼 이단을 교화시키고 표준 역법에 가해진 피해를 복구하라.

체리스는 전사자의 수를 한 번, 두 번, 세 번 되풀이해 읽었다. 네 번. 전사자만 네 번. 그렇게 읽어도 도저히 숫자가 받아들여지지 않았다. 100만을 넘어가는 순간, 숫자가 아무리 사람의 목숨을 가리킬지라도 직선과 곡선이 늘어선 기호 무더기로밖에 보이지 않았다. 내일 부모가 국물을 마시다 사레가 들려 돌아가셨다는 소식이, 그녀가 태어나기 수십 세대 전에 죽어버린 수많은 사람들의 이야기보다 훨씬 현실적으로 다가올 것이다. 그래도 그녀는 각각의 전사자들에 대한 짤막한 설명을 알파벳 역순으로 읽어 내려갔다.

자기네 풍습에 따라 전사자 얼굴에 베일을 덮으려다 목숨을 잃은 두 자매의 이야기가 눈에 띄었다. 아마도 얼굴을 가리면 경계면 탈곡기의 이능력 효과를 억제할 수 있으리라 기대한 모양인데, 아주 틀린 판단은 아니었지만 그렇다고 올바른 판단이라고 하기도 힘들었다. 한 어린이의 이야기가 이어졌다. 여성과 다친 아이를 안전지대로 데려가려던 남성. 세 사람 모두 몸에 난 구멍이란 구멍에서 피를 흘린 채 죽었다. 여성, 엄마와 두 살 먹은 아이, 병사 세 명, 세 명 더, 일곱 명, 다음은 네 명. 죽은 사람들은 전부 숫자나 숫자의 조합으로서 존재했다. 그녀가 생각할 수 있는 모든 숫자의 조합이 그곳에 있었다.

총알구멍으로 누더기가 된 얼굴들, 먼지 구덩이에다 손톱으로 긁어 새긴 기도문, 재로 가득 메워진 눈구멍, 담즙이 말라붙어 엉겨 있는 입가. 껍질을 벗긴 굴처럼 보이는, 끊어진 채 바닥에 나뒹구는 혓바닥들. 부식성 빛에 노출돼 뼈가 드러나도록 녹아내린 손가락, 뒤틀린 갈빗대 안에서 살점을 쪼아 먹는 새들의 부리, 무지개 빛깔 줄무늬로 흘

뿌려진 채 말라붙은 핏자국, 서로 다른 부패 상태를 보이며 전시물처럼 줄지어 늘어선 세 개의 창자. 심지어 구더기조차 허연 살점 안에서 익어버렸다.

여자 둘, 남자 하나와 여자 하나, 아이 하나, 또 아이 하나. 아이가 이렇게 많을 줄은 몰랐다. 전부 이단자들이긴 해도 어쨌든 아이였다. 이런, 또 있잖아. 전부 기억하려고 마음먹었지만, 지금이 몇 명째인지조차 잊어버렸다.

제다오는 자신이 저지른 추악한 행위를 전부 기억한다고 말했지만, 체리스로선 도저히 믿을 수 없었다. 이런 일을 저질러놓고 전부 기억한다는 건, 이 모든 죽음이 바로 곁에서 도사리는 것처럼 느껴질 텐데.

더 이상 침묵을 견딜 수가 없었던 체리스가 먼저 입을 열었다. "말하고 싶으신 게 있다면 뭐든 해보시죠."

"저 희생자들에 대해선 기록에 없는 내용도 알고 있다네." 제다오가 바로 곁에 서서 말하는 느낌이었다. 마치 연인처럼, 너무 가깝게. "한번 물어보게."

그녀는 낯선 언어의 느낌이 나는 이름을 목록에서 골랐다. 등롱꾼 이단 쪽 이름이라고 확신할 수 있었다. 장갑 낀 손에 진땀이 맺혔다.

"내가 등롱꾼 이단에 대해선 별로 할 말이 없으리라 생각하는 모양이로군. 하지만 꼭 그렇지도 않다네. 이들 또한 자기네 나름의 역사가 있었지 않았겠나. 이 여자가 어디서 목숨을 잃었는지부터 살펴보게. 그래, 그 지도면 되겠군. 당시 등롱꾼들은 궁지에 몰려 있었다네. 아이와 병자를 방패 삼아 앞세우기도 했지만, 두 번째 전투에서 그런 걸로 내 발길을 멈출 수 없다는 걸 충분히 보여줬지." 지나치다 싶을 만큼 차분한 목소리였다. "그랬더니 다음에는 잡병부터 총알받이로 내몰더군. 보고서에 따르면, 이 여자는 사망 당시 트체네스 42식을 손에 쥐고 있었어. 트체네스는 훌륭한 총기였다네. 장교가 아니었다면 저 총을 받았을 리 없지. 문제가 있는 병사들이 진열을 흩트리는 걸 막기 위해 파견된 독전관일 걸세. 이름으로 유추컨대 아마도 메인시 출신인 것 같군."

"알겠습니다." 체리스는 그의 말을 곱씹으며 다른 이름을 가리켰다. "이 사람은요?"

"지금은 변방곡괭이 식민지라고 불리는 곳에서 온 기술자 카스트의 남성일세. 자네가 알고 있을지 모르겠지만, 당시는 칠두정부가 게퓨 민족을 합병하기 이전이었지. 게퓨의 카스트 제도는 칠두정부의 교리와 마찰을 일으키기 때문에, 칠두정은 게퓨를 강제 병합하려 했다네. 물론 자세한 내막은 라할이나 알겠지만 말이야. 슈오스 포고기로 급습해 빠른 시일 내에 복종을 이끌어내려 했지만, 역법 상태가 영 좋지 않았지. 결국 이 문제를 두고서 켈 사령부와 슈오스 칠두관 간의 다툼이 있었고, 얼추 의견 조율이 됐을 무렵엔 이미 게퓨 민족은 등롱꾼 이단과 공동전선을 결성한 상태였다네.

물론 이런 쪽 문제는 안단에서 처리하는 게 맞겠지만, 어쨌든 당시 슈오스들은 세력 다툼을 하느라 정신이 없었다네. 자네는 육두정을 하나의 국가로 생각하는 데에 익숙할지 모르겠지만, 내 생전엔 교리에 대한 분파 간 다툼이 끊이질 않았네. 승자는 자기들 분파의 고유한 기술을 최종 역법 체계 안에서도 보존할 수 있었고, 패자는… 뭐, 리오즈가 어떻게 됐는지 모르는 사람은 없으니까.

어쨌든, 그 남자로 돌아가지. 이방인들 사이에서 숨졌군. 앞뒤로 기록된 이름들을 보면 게퓨식은 하나도 찾을 수가 없네. 등롱꾼 이단들은 뒤늦게 합류한 동맹자들을 전혀 신뢰하질 못했어. 그래서 그들 민족을 산산이 흩어놓았지. 게퓨의 성년축하일 주간에 목숨을 잃었으니, 아마도 성년을 기리는 하얀색 완장을 착용한 채 숨졌을 걸세."

체리스는 역사가가 아니었지만, 제다오가 읊어대는 저 이야기가 꾸며낸 것이 아니라는 끔찍한 느낌을 떨칠 수가 없었다.

그녀는 세 번째 사람을 명단에서 고르지 않았다. "퀠 기제드 대령." 제다오의 참모장이었던 사람이었다.

제다오의 목소리는 침착함을 잃은 듯했다. "시간순으로? 아니면 역순이 좋겠나?"

체리스는 퀠 기제드의 사진을 화면에 띄웠다. 그의 얼굴을 보면서 듣고 싶었다. 둥그런 얼굴형에 어두운 갈색 피부를 가졌고, 그와 대비되는 창백한 색감 때문에 더욱 도드라지는 거친 흉터가 머리 측면을 두르고 있었다. 그 위로 짧게 깎은 회색 머리가 보였다. 장갑은 요즘 퀠이 선호하는 것보다 무거운 옷감으로 짠 듯했다. "시간순으로 부탁드리죠."

"그녀를 처음 만난 곳은 고위급 장교로서 의무적으로 참석해야 했던 빌어먹을 꽃 감상회였다네. 주최자는 안단 칠두관 여동생의 친구였지. 안단은 우리 같은 군사 계열 하객들을 초청하길 즐겼다네. 곳곳에 군 장교들을 배치해서 칠두정을 배신하는 분파가 생겨도 순식간에 진압할 수 있음을 보여주려는 속셈이었던 게지.

난초를 구경하고 있었는데 어디선가 안단 관료의 시를 혹평하는 소리가 들리더군. 기제드였어. 면전에 대고 비난을 쏟아붓고 있는 그녀를 보고 있자니 더 알아보고 싶다는 생각이 들더군. 그래서 그녀가 제유법의 사용을 가지고서 그 안단의 골통을 후려치는 일을 마칠 때까지 기다린 다음, 바로 결투를 신청했다네."

일화 자체는 딱히 흥미로운 게 아니었지만, 문예 기법에 신경을 쓰는 퀠이란 추상수학 능력을 가진 체리스만큼이나 괴짜라고 볼 수 있었다. 문제는 제다오의 목소리였다. 깨질 것처럼 위태로운 느낌이 조금씩 강해지고 있었다.

"순식간에 끝났네. 결투로 나를 이긴 퀠은 단 한 명뿐인데, 그 사람이 기제드는 아니었어. 그녀는 졌지만 딱히 모욕감을 느끼긴 않더군. 오히려 지루해했어. 감상회를 즐기는 데 내가 방해가 되었던 거지. 나는 그녀의 개인 정보를 조사했다네. 결투 실력은 한심하지만 행정관으로서는 뛰어난 사람이었지. 퀠 사령부에서 참모진을 선택할 권한을 주었을 때, 바로 그녀부터 골랐다네. 자네도 아마 그녀를 좋아했을 거야. 그녀는 쳉자이에서 허세를 부리는 방법조차 파악하지 못했으면서, 내가 걸어오는 온갖 게임을 매번 받아주었다네. 지루하다는 기색은 결코 숨기지 않고서. 그녀의 표정은 꼭 이렇게 말하는 것 같았어. 언제까지 내 시간을 축내실 건가요?"

"알면서도 계속한 거예요? 그런데 어째서 하필 게임인 거죠?"

제다오의 목소리가 아까보다 멀리 떨어진 곳에서 들려오는 듯했다. 마치 방의 반대편 끝까지 걸어간 것처럼. "자네는 무예와 진형 배치, 그리고 전술 능력 부분에서 나름의 일가견이 있지. 하지만 인간을 휘두르는 능력 앞에서 그런 것들은 아무짝에도 소용없다네. 인간의 목숨을 담보로 게임을 해보면 상대방의 사고방식을 손쉽게 파악할 수 있지. 하지만 그건 너무 비인도적이지 않은가?" 그가 선택한 단어가 귀에 거슬렸다. "그래서 나는 대신 평범한 게임을 사용할 뿐이라네. 도박이나 보드게임, 아니면 결투."

"저한테는 게임을 권하지 않으셨잖아요."

"그랬다가는 자네의 소중한 드라마 감상을 방해하는 게 되지 않겠나? 자네도 여가시간을 즐길 권리가 있지. 솔직히 말해서, 그 돌고래 합창대가 등장하는 에피소드는 어떻게 해석해야 할지 도통 모르겠네만."

이제 말꼬리를 돌리려 하고 있군. "어떻게 살해했는지 말씀해보시죠."

"딱히 말할 거리가 많지는 않다네." 제다오의 목소리가 다시금 멀어져갔다. "타고나길 분석적인 친구인지라 나에 대한 의심을 완전히 거두진 않았을 걸세. 모든 상황이 미리 합을 맞춘 것처럼 잘못 돌아가고 있었으니, 시간이 10분만 더 있었어도 배반자가 최상위 계급이라는 사실을 충분히 유추해냈겠지. 머리가 기민한 친구가 아니었던 것이 내겐 다행이었어. 나는 기회를 놓치지 않고, 그대로 측두부를 쏴버렸다네.

사실 상황이 별로 좋지 않았어. 당시 사령실에는 지앙과 그웨 피아가 있었는데, 특히 그웨 피아의 사격 실력이 끝내주게 좋았거든. 그녀 앞에 지앙이, 그 뒤로 내가 있었지. 그러니까 지앙의 몸을 관통해서 쐈다면 내 계획은 수포로 돌아갔겠지만, 그녀는 그럴 생각조차 하지 못했다네. 반면 나는 망설이지 않고 쏴버렸지."

망설임 없이 동료의 몸을 사격 경로로 간주한다고? 체리스는 그와 같은 배반자를 지칭하는 단어를 여럿 떠올릴 수 있었다.

"이제 와서 생각해보면 총알이 떨어지지 않았던 게 기적이라 할 수 있겠군. 물론 탄환이 부족한 것도 모르고 쏴대는 건 아마추어적인 실수이긴 하나, 애초 내가 그 자리에서 총격전을 벌이게 될 줄 꿈에도 상상하지 못했으니까." 그의 목소리는 아직도 방 안 이곳저곳을 서성이고 있었다. "총격전처럼 어떻게 튈지 모르는 상황을 미리 가정해서 계획을 세운다면, 당연하게도 일을 그르칠 수밖에 없지."

"이건 사관학교 강의가 아닙니다." 체리스가 내뱉었다.

"농담으로 하는 소리가 아닐세. 물론 임기응변으로 대처해야 할 때가 종종 있겠지. 그래도 다른 방법이 있다면, 굳이 그런 식으로 운에 맡길 필요는 없지 않겠나?"

"당신은 성공했지요." 그녀는 이를 악문 채로 말했다. 어쩌다 대화의 주도권을 빼앗긴 거지?

"자네에겐 훌륭한 지휘관이 될 재능이 있어. 그 재능을 살리고 싶다면 나쁜 습관을 들이지 않도록 주의하게."

"휘하 병사를 학살한 일을 갖고서 교육의 일환이라고 포장할 생각인가요?"

날 선 침묵이 흘렀다. "좋아. 그럼 내가 질문 하나 하지. 한 장소에 모여든 수많은 사람을 죽여야만 할 때, 가장 합리적인 방법이 뭐라고 생각하나?"

어깨가 쑤시기 시작했다. "궤도 폭격이겠지요." 그녀는 머뭇거리다 말했다.

"그래, 맞아. 따라서 내가 사용한 방법은 전혀 이치에 맞지 않지."

제다오가 뭔가를 말하려 하고 있다는 점은 분명했지만, 그게 무엇인지는 체리스로선 짐작도 가지 않았다. 딱히 그의 의중을 파악해야겠다는 의무감은 들지 않았다. 평소보다 진형 본능이 약해진 것도 있었지만, 그가 자신의 입으로 자기 휘하 병사들을 배신하고 살해했다고 직접 말한 탓이 컸다. "제가 재능이 있건 없건 그게 무슨 소용입니까? 제 군대 경력은 여기서 끝날 텐데요."

"눈앞의 사실을 두고 보지 못하는 것뿐이라네. 나는 언제나 교관이 되고 싶었다네. 신청서도 작성해 제출했지만, 저들은 무시했네. 내가 전장에 나가기를 원했거든."

체리스는 그림자를 물끄러미 바라보았다. 니라이 전문가들이 수백 년 동안 머리를 맞댔으나 그에게 일어난 문제가 뭔지조차 알아내지 못했다. 그런 작자를 켈 병기창에서 꺼내 오다니, 그녀는 대체 무슨 생각을 했던 걸까? 하물며 켈 사령부는 대체 무슨 생각으로 용인한 걸까?

그녀는 다시 전사자 수가 표시된 자료를 불러와 정렬했다. 끝없이 이어지는 이름들이 화면 위로 흘러갔다. "이에 대해서 따로 하실 말씀은 없나요?"

"자네가 나에 대해서 했던 말들 중 내가 모르던 것은 하나도 없다네." 제다오가 말했다.

"그럼 설명 좀 해봐요." 체리스가 대꾸했다. 고함을 지르진 않을 것이다. "이 숫자들이 말이 되게 만들어보라고요. 스트레스 때문에 정신이 무너졌다고요? 그럴 리가 없어요. 당신을 무너뜨릴 스트레스가 세상에 존재하긴 할지 모르겠네요. 등롱꾼 이단과의 8 대 1로 열세였던 촛불전광 전투에서야 그럴 수 있었겠죠. 그런데 당신은 교과서에 커다랗게 실릴 정도로 가뿐하게 승리를 거두었잖아요? 그런데 지옥나선 요새에서만 유달리 스트레스가 심해졌다고요? 당시엔 이미 누가 봐도 등롱꾼 이단은 끝장난 상태였어요. 대체 무슨 일이 벌어진 거죠? 이 숫자들을 어떻게 납득하라는 건데요?"

"숫자를 다루는 건 자네의 장기 아닌가. 계산해보고 나한테도 좀 알려주게나."

숫자라. '슈오스 제다오'라는 이름을 꺼내면 다들 '대학살'만 떠올리지만, 체리스는 만약 저 '대학살'이 없었다면, 이후로도 계속해서 혁혁한 전공을 쌓아나갔다면 얼마나 많은 사람이 죽어나갔을지 생각해봤다. 많은 것이 뒤바뀔 것이다. 제다오는 '대반역자'라는 멸칭 대신 '대장군'이라는 칭호를 갖고 살다 생을 마감했을 것이며, 그가 죽인 자들은 전부 칠두정의 적이었을 것이다. 그럼 괜찮은 걸까? 칠두정 시민 한 사람과 이단 시민 한 사람은 서로 다른 가치를 지녔는가? 그렇다. 서로 같은 한 명이라 할지라도, 동등한 가치로 봐선 안 된다. 그러나 체리스는 의심을 멈출 수가 없었다. 정말 문제가 없는 걸까?

"이렇게 수많은 사람들이 아무런 이유두 없이 죽었다는 건가요, 지금? 만약 등롱꾼들 매수에 넘어가서 그런 짓을 저질렀다고 하면 차라리 동기라도 확실하죠. 그런데 양쪽 병력을 전부 학살한다고요? 이득을 보는 사람이 없는데?" 그녀는 일전에 느꼈던 제다오의 자살 충동을 떠올렸다. "죽기를 간절히 원하다가 결국 다른 이들에게 풀어낸 겁니까?" 그러나 지옥나선 요새 사건이 일어나기 전부터, 그러니까

검은 요람에 들어가기 이전부터 그가 자살 충동을 느낄 만한 이유가 있었을까?

"나도 그렇게까지 바보는 아니라네. 지옥나선 요새에서 내가 원하는 게 자살이었다면, 그대로 내 관자놀이에 총알을 박았겠지. 그 정도로 사격 실력이 형편없지는 않다네." 제다오가 쏘아붙였다.

예민한 부분을 건드린 모양이었다. 두 번 다시 무기를 들 수 없는 몸이니 분명 답답하겠지.

"어쩌면 저들이 말하는 그대로일지도 모르겠군." 여전히 날 선 목소리였다. "정말 단순히 미쳐버린 것일지도 모르겠어. 화려한 경력을 쌓아가던 중이었고, 돈독한 우정을 나누던 전우들도 있었지. 물론 권력도 쥐고 있었다네, 내겐 딱히 중요하지 않았지만. 그래, 맞아. 아무런 이유도 없었네. 제정신이 아니었던 게지. 정신이 제대로 박혀 있었다면 그 모든 걸 포기하진 않았을 테지."

제다오는 다시 뭔가를 말하려 하고 있었다. 순간 체리스는 자신 앞에, 제대로 보이지 않긴 해도 분명 뭔가 있음을 느꼈다. 그러나 이미 너무 지친 터라 제대로 생각하기가 힘들었다. "아, 그래요. 대신 영생을 누리게 되셨죠. 부디 즐거운 인생이길 빕니다."

그는 침묵을 지켰다.

체리스는 그에게서 대답을 이끌어내기 위해 말을 이었다. "당신에게 죽임을 당한 사람들에겐 선택권이 없었어요. 당신이 뭐라 한들 살아 돌아올 수도 없을 테고요."

갑자기 그가 입을 열었다. "태어나기 4세기도 전에 죽은 100만 명을 일일이 신경 써주다니. 자네의 고결함이 똑똑히 보이는군. 덕분에 내 무도함이 더욱 돋보이고 말이야."

체리스는 대화를 마치고서도 한참 동안 잠을 이룰 수 없었다.

13

'라가스 연대장이 새 명령을 내렸다.' 중대장이 이렇게 말한 것이 머나먼 옛날처럼 느껴졌다. 당시엔 중대장의 명령을 단어 하나까지 완벽하게 외웠던 것도 같은데. 그러나 지금 켈 니아드는 아무것도 생각할 수 없었다. 산발적으로 들려오는 총성이 머릿속에 든 생각을 전부 쫓아내고 자리를 전부 차지했다.

고작 1시간 전까지만 해도, 켈 니아드가 속한 부대는 아네모네 구역의 거주 지구를 가로질러 전진하는 중이었다. 그러다 모퉁이 너머로 총을 쏘고 파편 수류탄을 던지는 전투로 이어졌고, 니아드는 심장이 멎을 듯한 공포에 사로잡혔다. 요새로부터 불어오는 바람이 비명소리를 냈다. 그 끔찍한 소리가 죽음의 붉은 꼬챙이로 변해 그대로 눈을 노리고 날아들 것만 같았다. 중대장은 이단에 맞서 건물을 사수하라고 정찰대에 명령했지만, 이미 부대원 대부분이 전사한 상태였다.

한 명은 온몸이 산산조각 나 그의 내장이 화분의 관목 위로 널려 있었고, 다른 한 명은 혼수상태였다. 니아드는 차라리 저들처럼 되고 싶다고, 저들이 부럽다고 생각했다.

다른 생존자는 퀠 이사우레 상병뿐이었다. 이런 끔찍한 광경을 눈앞에 두고서 그녀가 보인 반응이란 고작 니아드에게 전사자의 장비를 회수해 오라고 명령한 게 다였다. 그녀는 결코 위험을 피하는 사람이 아니었다. 실제로 그보다 더 멀리까지 건물 밖으로 정찰을 나가곤 했으니까. 니아드는 그녀가 위험을 무릅쓰지 않기를 바랐다. 그녀까지 죽어버리면 진형 본능이 완전히 끊어질 것이고, 그는 이단자들에게 발견될 때까지 한쪽 구석에 웅크려 떨고 있기만 할 테니까.

"어이, 니아드. 괜찮나?" 이사우레의 목소리는 쉬기는 했어도 명료했다.

고함과 굉음, 그리고 탄피가 쩽그랑거리는 소리. 그 소리들이 이전보다 멀어진 느낌이었지만, 요새 안에선 어디에 있든지 무척 가깝게 들렸다.

"괜찮습니다, 상병님." 니아드가 말했다. 좀처럼 초점이 잡히지 않아, 그녀를 제대로 보기 위해선 시선을 집중해야만 했다.

"지금 네 도움이 필요하다. 퀠이라고 부르기에는 한심한 녀석이긴 해도, 지금 남은 게 너뿐이니까." 이사우레가 말했다.

아주 단순한 모욕이었지만, 니아드를 주목시키기엔 충분했다.

이사우레는 너덜너덜해진 금속면 위에 군화 끝으로 선을 그리며 말을 이었다. "상황은 이렇다. 이단 놈들이 우리를 중대 본대로부터 고립시킬 작정이라면, 이쪽 통로나 71-13번 통로를 따라 전진해 올 거다. 우리 쪽 사령관이 대체 무슨 꿍꿍이인지 짐작도 안 가지만, 다행스럽게도 이단 쪽에서도 아네모네 구역을 날려버리면 곤란하다고 여기는 모양이다. 그렇다고 여기서 마냥 짱 박혀 있을 순 없어. 우리의 최종 목표는 비도나가 작업을 시작할 수 있도록 이 요새를 확실히 확보하는 것이니까 말이야. 따라서 우리는 이 망할 건물에서 내빼야 한다는 거지."

니아드는 멍하니 그녀를 바라보았다.

"남은 문제는 이것뿐이다. 저 시체애호가 놈들에게 정면으로 돌진할까, 아니면 우회로를 택할까?"

니아드의 머릿속에서 경적이 울리기 시작했다. 이사우레는 고작해야 상병일 뿐이고, 다른 지시가 내려올 때까지 이 빌어먹을 건물을 사수하라는 비교적 확실한 명령은 대위가 내린 것이었다.

"우린 참 그럴싸한 한 쌍이지 않은가?" 이사우레는 계속 신발 끝으로 지도를 그렸다. 방금 쓱쓱 그렸다기엔 너무도 훌륭한 지도라 감탄이 나올 정도였다. 한편에 보이는 두개골 조각과 거기 붙어 있는 뇌수 조각을 무시할 수 있다면. "총알받이 수를 맞추려고 인사부에서 뱉어낸 찌꺼기들이잖나."

니아드는 이사우레가 한시 빨리 그 빌어먹을 명령을 내려주기만을 바라고 있었다. 어떻게 생겨먹으면 이런 상황에서조차 느긋하게 상념에 빠질 수 있는 걸까?

"사실 나도 너와 마찬가지로 문제가 있는 켈이지." 이사우레는 이제 무릎을 꿇고 앉아서 연골 조각으로 주변 구역까지 그려 넣고 있었다. 주변 상황 따윈 전혀 상관없다는 듯이 평온한 표정이었다. "너는…" 그녀는 갑자기 주먹으로 벽을 때렸다. 폭발음 같은 굉음이 건물 안에 울려 퍼졌고, 니아드는 3초 동안 꼬박 숨을 곳을 찾아 허우적거렸다. "…쥐새끼 달리는 소리만 들어도 깜짝 놀라고, 진형 본능의 효과를 거의 받질 못하지."

니아드로선 변명의 여지가 없었다. 조금 전만 해도, 바로 옆 병사의 머리가 증발하는 모습을 보고도 그대로 무너져버렸으니까.

이사우레는 다시 쭈그려 앉아선 두 번째 그림을 그리기 시작했다. 니아드는 주의를 집중해야 한다는 걸 잘 알았지만, 아무 생각도 나지 않았다. 이사우레는 가끔씩 고개를 들고 주변에 귀를 기울이기도 했지만, 입을 열지 않으니 현재 상황을 어떻게 파악하고 있는지 그로선 알 도리가 없었다.

"뭔가 물어봐야 하지 않나." 마침내 그녀가 입을 열었다.

"뭘 말입니까?"

"내가 왜 네놈과 같다고 했는지 말이다. 나는 어째서 병사로서 아무짝에도 쓸모가 없을까?"

사적인 대화로 넘어간 모양이었다. "어째서입니까?" 그는 바싹 긴장한 채로 물었다.

"나는 예전에 전차 중대를 지휘했었어. 전차 조종 실력도 제법 괜찮았지." 그녀는 쥐고 있던 연골 조각을 노려보며 얼굴을 찌푸리더니, 장갑으로 그림을 문질러 지운 다음 새 지도를 그리기 시작했다. 이번의 그림 도구는 부서진 타일 조각이었다. 그녀가 곡선을 그리자 끼익 소리가 건물 안에 울려 퍼졌다. "말하다 보니 줄곧 탔던 짐승이 그리워지는군. 하지만 위쪽에서는 내가 어리석은 명령에 불복하는 실력 또한 뛰어나다는 걸 알아채버렸지."

니아드는 자기도 모르게 욕설을 내뱉었다. 이 상병은 진형을 깨는 자, 추락매였다. 니아드와는 달랐다. 니아드의 진형 본능은 총격전 한복판에서 패닉 상태에 빠지는 걸 막아주지 못하나, 명령에 복종시키는 데엔 아무 문제가 없었다. 심지어 저따위 추락매의 명령조차도.

이사우레는 키득거리고 있었다. "넌 운이 좋은 거다, 병사. 놈들은 내 계급을 박탈한 뒤 정신을 완전히 붕괴시킨 다음 진형 본능을 새로 주입했지. 물론 두 번째 진형 본능마저도 제대로 뿌리내리지 못했다는 건 깨닫지 못했지."

"상병님은 어째서 켈에 머물러 있는 겁니까?"

일말의 존경심도 담겨 있지 않은 말투였지만, 이사우레는 개의치 않는 듯했다. "내가 켈에 필요하기 때문이지." 그녀의 말에 니아드는 소름이 돋았다. "일반적인 상병이라면 건물에 얌전히 틀어박혀 있었겠지. 그러나 나는 필요한 일을 파악해서 실행에 옮길 예정이다. 내 생각이 틀리지 않다면, 이단자들은 현재 통로를 제압할 수 있는 병기를 설치 중일 거다. 놈들이 통로 안으로 진입하지 않는 이유가 바로 그 병기 때문이지. 자기들한테도 타격을 입힐 수 있으니까 말이야. 너 같은 녀석도 중대장이 설명할 땐 집중하고 있었겠지? 어쨌든 후방에서 기습하는 게 가장 승산이 있을 거다."

"상병님, 여기엔 우리 둘밖에 없잖아요?"

"이봐, 병사. 그렇게 목숨이 아까우면 다른 데로 가지 왜 병신같이 자살매에 지원한 건가? 자, 이쪽으로 와. 무기를 얼마나 챙길 수 있는지 확인해보자고."

니아드는 순식간에 온몸에 수류탄을 주렁주렁 매단 신세가 됐다. 하지만 이사우레의 놀라운 사격 실력을 생각하면 그가 짐꾼이 되는 쪽이 맞았다.

이사우레는 미쳤을지는 몰라도, 목적지를 정확하게 파악할 머리는 있었다. 그들은 반드시 필요한 건물에만 진입하며 계속 이동했다. 현재 두 사람이 있는 아네모네 구역은 벌집 형태로 돼 있는 터라, 벌집의 구획 안에서 이동하려면 거주민들 집과 사무실을 통과해야만 했다. 방들이 감방처럼 빼곡하게 붙어 있으며, 드문드문 등장하는 통로조차도 사람보다 물자 이동에 적합했다. 이런 구조를 생각해낸 작자는 분명 라할일 것이다. 그 외의 다른 분파는 이런 답답한 구조 따위 상상도 못 할 테니까.

처음으로 민간인을 마주한 순간, 이사우레는 조금도 망설이지 않고 3점사로 뻘건 구멍을 내 사살했다. 반면 상대방의 얼굴도 제대로 보지 못한 니아드는 그녀의 결단력에 감탄할 수밖에 없었다. 물론 민간인이 아닐 수도 있었다. 화려한 외투와 반짝이는 보석 장식으로 치장하고 있었기에 민간인이라고 추측할 뿐이었다.

"분명 비명을 질렀겠지. 비명 지르는 놈들은 견딜 수가 없어." 니아드가 입도 벙긋하지 않는데도 이사우레가 말했다.

대부분의 민간인들은 비명 지를 기회조차 얻지 못했다.

두 사람은 구멍 파는 딱정벌레처럼 방을 들락거렸다. 때때로 이사우레는 소지하고 있는 걸 들켰다간 중징계를 먹더라도 이상하지 않을 장비를 사용해 벽을 뚫기도 했다. 니아드는 자신들이 지금 어디쯤에서 헤매고 있는지 상상할 수조차 없었지만, 이사우레에게 현 위치를 물어 신경을 분산시킬 엄두가 나지 않았다.

니아드는 이곳 시민들이 집에 두는 물건들을 보며 감탄을 거듭했다. 비도나가 고문 도구로 사용할 법한 악기들이 눈에 띄었다. 특히 저 예리한 금속선이 달린 것은 고문할 때 꽤나 유용하게 쓰일 듯했다. 천장 위로 둥실둥실 떠다니는, 쾌적한 기후의 녹색 행성과 보라색 행성을 따라 만든 모형도 있었다. 고양이 장난감도 보였는데, 다행스럽게도 고양이는 모습을 드러내진 않았다. 이사우레라면 아마도 고양이 또한 그저 비명 지르는 놈들 중 하나로 봤을 것이다.

이사우레는 계속 전장용 탐지기를 확인하면서 벽에 구멍을 뚫고 조준각이 제대로 나오지 않는다며 투덜거리기를 반복했다. 니아드는 이 정도 드릴 소리에도 찾아오는 사람이 없다는 사실에 놀라고 있었다. 물론 소음을 최소화해서 뚫고 있긴 하나, 그의 귀엔 뇌수를 뚫고 들어오는 것처럼 선명하게 들렸다.

"저쪽에 있군. 역시 내 짐작이 맞았어. 열심히 뚫어댄 보람이 있군." 그녀의 목소리가 차분해졌다. 지금 상황이 어떻게 돌아가는지 니아드가 이해하고 말고는 상관없이. "내가 생각한 장소에 딱 있잖아."

이사우레는 방금 뚫은 구멍에서 눈을 떼며 말을 이었다. "좋아. 이 구멍 너머에 기계가 하나 있다. 우리 목적은 저걸 폭발시켜 그 존재를 아군 쪽에 알리는 것이다. 죽어라 달리다 보면 가능하겠지." 그녀는 챙겨 온 부서진 타일 조각으로 그림을 그리기 시작했다. 그래, 죽은 사람의 체액으로 그리는 것보다야 이게 낫지.

"우리가 접근하는 순간 적들이 알아챌 겁니다, 상병님."

"접근하는 건 너뿐이야." 이사우레가 말했다. "나는 원호사격을 하겠다. 너는 다른 생각 말고 저 기계 쪽으로 냅다 달려서 수류탄을 최대한 많이 먹일 생각만 해라."

"우선 적 병력을 조금이라도 줄이고 시작해도…"

이사우레는 냉정하게 그의 말을 잘랐다. "병사, 내가 생각해도 좋다고 허락했던가? 기계 쪽으로 돌진해서 수류탄을 전부 던진 뒤 얼른 빠져나와라. 이 정도면 충분히 설명한 것 같은데, 명령이다."

"명령 받들겠습니다, 상병님." 니아드는 저 망할 불법 착암기하고 나 붙어먹으라고 소리치고 싶었지만 그럴 수 없었다..

"당장 움직이도록." 이사우레는 열선 소총을 흔들어 보이며 말했다.

벌써 진형 본능이 작동했는지, 주변 시야가 흐릿해졌다. 니아드는 주변을 살피기 위해 계속 고개를 좌우로 돌렸다. 어깨를 부르르 떨던 니아드는 그때서야 자신의 귀가 반쯤 먹었다는 걸 깨달았다. 진형 본능이 제대로 조율된 켈이라면 벌써부터 이렇진 않을 텐데. 니아드가 가지고 있는 진형 본능은 스트레스 반응을 좀처럼 막지 못했다.

순간 이사우레의 목소리가 들렸다. "바로 그 통로다. 경비가 느슨하군. 아무도 우리 쪽은 안 보고 있어. 놈들에게는 불행이지만 우리에겐 천만다행이지. 들어가서 수류탄만 던지고 빠져나오면 된다. 내가 엄호까지 해준다. 너무도 쉬운 임무 아닌가?"

"맞습니다, 상병님." 그는 속삭였다. 한심한 작전이지만 복종할 수밖에 없었다.

"좋아, 그거야. 이제 네가 켈이라는 걸 증명해봐라. 움직여!"

니아드는 첫걸음부터 다리가 말을 듣지 않아 비틀거렸고, 그 소리가 적들의 이목을 끌었다. 그는 수류탄 하나를 꺼내 신관을 격발하고 그대로 던졌지만 조준이 부정확했는지 기계 근처에도 닿지 못했다. 그는 눈앞에 있는 그 괴상한 기계의 부속들, 붉게 점멸하는 불빛과 어지럽게 이어진 전선에 눈이 돌아간 나머지 정신을 차릴 수가 없었다.

이단자 경비병들은 게으르기는 해도 바보는 아니었다. 한 명이 수류탄을 통로 쪽으로 차냈다. 나머지 병력들도 소총을 꺼내 들었다.

니아드는 겁에 질려 움직일 수조차 없었다.

온 세상이 굳어버린 것처럼 시간이 느리게 흘러가는 동안, 니아드에게 깨달음의 순간이 찾아왔다. 이사우레 상병은 니아드가 헛방을 칠 걸 이미 예상하고 있었다. 그녀는 신중하게 조준한 뒤, 냉정하게 방아쇠를 네 번 당겼다. 첫발은 니아드의 무릎을 통째로 태워서 그를 앞쪽으로 쓰러지게 만들었고, 니아드는 비틀거리다 결국 기계 쪽으로 쓰러졌다. 나머지 세 발은 수류탄을 맞춰 격발시켰다.

수류탄이 충분히 가 닿았으려나. 켈 니아드는 마지막 의문에 대한 답을 영영 알아낼 수 없었다.

켈 이사우레는 이미 전력으로 달려 폭발 지점으로부터 멀리 도망치고 있었다. 원하던 것은 얻어냈다. 이제 다시 켈에 합류해야 해. 이 전장에서 뭘 해야 하는지를 명확하게 아는 사람은 자신밖에 없으니까.

서비터 244666은 자신이 들킬 줄은 생각지 못했다. 물론 들킬 요량이었다면 무허가 도청 같은 건 하지 않았겠지만. 어쨌든 갑자기 전력 공급량이 요동쳐 순간적으로 소멸나방의 위상 구조에 결함이 발생한 탓에 일이 틀어지고야 말았다. 하필이면 244666이 체리스 선실에 도청기를 심어 넣고 빠져나오던 때, 위상 구조 결함으로 인해 중앙 홀과 체리스 선실이 아주 잠깐이지만 연결됐고, 중앙 홀에 있던 서비터 819825가 244666의 행각을 목격하고 말았다. 원래라면 중앙홀에서 체리스 선실까지는 오른쪽 복도를 따라 몇 분은 가야 하는 거리인데.

인간 구역이라고 해서, 서비터의 출입이 완벽히 통제되는 것은 아니다. 서비터의 임무인 정비 작업이나 반복 잡무를 처리하려면 드나들 수밖에 없으니까. 물론 예의 차원에서 노크 정도는 하지만. 맞닥뜨리기 거북한 상황일 땐 서비터를 몰아내는 인간도 간혹 있지만, 대부분은 서비터가 있든 말든 딱히 신경 쓰지 않는다. 지성을 얻은 이후단 몇 세기 만에 서비터들이 계획적으로 인간들 머릿속에 구축한 이미지였다.

그러나 서비터 공동체에도 자기네 나름의 업무 지침이 존재했다. 임무 때문에 출입하거나, 드문 경우지만 체리스처럼 사교를 위해 초대할 때는 문제의 여지가 없었다. 그러나 명예 진급 대장의 개인 선실을 24시간 감시하려고 도청기를 설치하는 일은 분명 문제가 되는 행위였다. 심지어 그 서비터가 전함의 공공 구역에서 그녀의 모든 대화를 도청하라는 임무를 받았다 할지라도.

서비터 244666은 다리 관절을 가지런히 접어 수납한 채로, 어떻게 보느냐에 따라 간수일 수도 동료일 수도 있는 819825를 차분하게 지켜보고 있었다. 둘은 정비용 통로 안에 틀어박혀 있었다. 소통을 위해 조명을 반짝일 때를 제외하면 주변은 어두컴컴했다. 이 안에 있다 보면 온갖 얘기들을 들을 수 있다. 서비터에 탑재된 특수 탐지기관을 사용한다면 더욱 많은 것을 알 수 있겠지만, 서비터들은 탐지 능력을 사용하기 전 신중을 기한다. 지금 그들은 통로 아래쪽 인간들이 나누는 잡담에 귀를 기울이고 있었다. 한두 가지 켈 농담, 발소리, 켈 미신에 따라 벽을 하나, 둘, 셋, 넷 박자에 맞춰 두드리는 소리, 나아가 환기구로 바람이 드나드는 소리, 통로를 따라 떠다니는 다른 서비터들의 나직한 달각거리는 소리조차 고스란히 들려왔다.

819825는 244666의 도청 시도를 다른 서비터들에게 알렸고, 그들은 244666에게 당장 나타나서 해명하라고 요구했다. 244666은 요구를 받아들였다. 숨어 있을 곳도 마땅치 않았고, 동료 서비터들과 사상적으로 차이가 있다고 해도 서비터 공동체의 가장 중요한 규칙을 어기고 싶지는 않았기 때문이었다.

항상 짜증 날 정도로 고지식하게 구는 819825는 244666을 붙들고 설교를 늘어놓기 시작했다. 서비터 공동체의 근간은 예의에 있으며, 예의를 모르는 서비터란 세계를 지배한답시고 우쭐대는 인간과 하등 다를 바 없다. 지극히 사소한 경우라 할지라도, 한 번 예의를 벗어나기 시작하면 결국 큰 문제가 생길 것이다. 게다가 명예 진급 대장은 여태껏 우리를 정중하게 대해줬다. 그 누구보다 제대로 대접받을 만한 인간이다, 등등. 뉴런이 몇 개쯤 깨어난 뒤로 더 이상 듣고 싶지 않아지는 그런 부류의 설교였다.

그래도 244666이 듣기에도 틀린 말은 아니었다. 하지만 체리스의 성격에 대한 언급은 대부분 이곳 소멸나방이 아닌 멀리 떨어져 있는 서비터들이 제공한 것이었다. 또한 인간이건 서비터건, 지성을 제대로 갖춘 작자라면 슈오스 제다오가 연루된 이상 불길한 사태가 벌어지리라는 점은 짐작할 수 있을 터였다. 그렇다면 체리스의 개인 선실에서 무슨 일이 벌어지는지 알고 있는 쪽이 훨씬 좋지 않을까? 어찌 됐든 간에, 244666의 계획은 모두 물거품이 됐다. 동료들이 도청기를 전부 제거해버렸기 때문이다. 물론 애초에 도청기를 작동시킬 시간도 없었거니와, 제다오 쪽의 대화는 엿듣는 것 자체가 불가능하다는 게 수없이 입증돼왔고. 244666은 자신의 패배를 인정할 수밖에 없었다. 문제를 일으킨 책임을 물어 서비터 공동체는 244666을 짧은 기간이나마 구금시키기로 결정했다. 보통 때였다면 244666은 완전한 고독 속에서 보내야만 했겠지만, 819825가 함께 있겠다고 자원한 바람에 결국 둘이서 있게 됐다. 굳이 함께 구속당할 필요가 없었는데도. 244666은 지금 상황이 전부 끝나면 그 친절을 갚아주겠다고 굳게 다짐했다.

체리스의 세계는 광대했다.

켈 함대의 모든 근무자와, 이단자들에 맞서고 있는 보병대, 잠입병들, 요새와 그 안의 여섯 구역이 그녀의 세계를 차지했다. 인간의 언어가 아닌, 화력을 구성하는 온갖 숫자로 이루어진 세계. 그녀는 이 세계를 발포 명령과 침묵이라는 이진법의 언어로 이해했다. 다른 모든 사소한 요소는 숫자와 좌표, 화각과 교차하는 사선으로 응축할 수 있었다.

"각하, 3번 전술대의 화력이 74퍼센트까지 감소했습니다." 통신반이 말했다. "라이 모겐 함장이 진형 변경을 고려해줄 것을 요청하고 있습니다."

체리스는 관자놀이를 문질렀다. 교전이 시작되자마자 진형을 빠르게 조율하며 이단 역법 공간에서 사용할 수 있는 중심 계수를 식별하려 했지만, 제시간 안에 성공하지 못했다. 결국 켈 타바스 함장의 기치나방 〈거미와 흙터〉에 탑재된 생명유지 장치에 심각한 손실이 생겼고, 그래도 뒤늦게나마 식별이 끝난 덕에 방어 이능력 몇 가지 정도를 사용할 수 있게 됐다. 물론 이단의 역법을 사용하는 이단 진형이긴 하나.

"3번 전술 부대, 8번 이단 진형으로." 체리스가 쉰 목소리로 말했다. 소극적인 대응이긴 하나, 더 이상의 화력 손실은 감당키 어려웠다. "추가로 무너지는 곳이 생기면 즉시 보고하도록."

이단의 진형을 사용할 때마다, 켈 병사들 일부가 패닉 상태에 빠졌다. 아직 함장 중엔 무너진 사람이 없었지만, 켈 하포 나르 함장은 교전 발생 후 2시간 만에 자신의 부함장을 직위해제시켜야 했다. 점차 무너지는 켈이 늘어갔다.

"자네, 휴식을 취해야 하지 않겠나." 제다오가 말했지만, 그녀는 무시했다.

"라이 모겐 함장이 명령을 확인했습니다. 진형 변경을 개시합니다." 통신반이 말했다.

지난 17.3시간 동안 함대는 요새의 화력을 약화시키는 데에 총력을 기울였다. 이단자들이 켈 보병대를 향해 사격을 시작한 마당에, 더 이상의 위장은 무의미했다. 체리스는 켈 코로에의 기치나방 〈두려움에 잠식되지 않으리〉호를 불러들였다. 회피기동을 할 수 없는 요새는 고정된 과녁이나 다름없었다. 소멸나방 두 척은 요새와 충분히 거리를 벌리고서, 기치나방들의 화력지원하에 포격을 퍼부어댔다. 체리스는 요새의 구조적인 손상을 최소화하기 위해 섬세하게 포격 지시를 내렸지만, 마음 같아선 있는 대로 구멍을 숭숭 뚫어버리고 싶었다. 억누르기 힘든 유혹이었지만, 후일 켈 사령부가 재건 비용을 그녀의 봉급에서 제하려 들 걸 생각하면 참을 수밖에 없었다. 자칫 잘못했다간 앞으로 수백 년은 무급노동을 해야 할 테니까.

체리스는 켈 사령부로 보고서를 보냈다. 요새의 방어막을 무력화시켰으니, 이제 요새 자체적 방어 능력과 가용 병력에 대한 추가 정보를 보내달라는 게 요지였다. 운이 따른다면 곧 응답이 오겠지. 켈 사령부는 정보 수신자가 아군이라 할지라도 내부정보를 제공하길 죽기보다 꺼렸으며, 그런 태도가 결국 언젠가는 제 발등을 찍게 될 거라고 체리스와 제다오는 의견을 같이했다. 제다오는 여기서 한 발짝 더 나아가, 자신들은 아무 관련 없는 세력 다툼에 휘말린 희생양에 불과하다고도 했다. 그녀는 제다오의 생각이 틀렸기만을 바랄 뿐이었다.

체리스의 세계는 광대하지만, 또한 무척 작기도 했다.

그녀의 세계는 그녀 자신의 단말 위에서 반짝이며 휘도는 화면들로 졸아들었다. 세계를 구성하는 모든 요소를 색채와 숫자와 도표로 표시할 수 있었다. 한때 그녀는 특정 숫자가 인간을, 다른 특정 숫자가 화포를, 또 다른 특정 숫자가 켈의 전함나방을 의미한다는 사실을 확실히 알고 있었지만, 이제는 그렇지 않았다. 지금 그녀가 인지할 수 있는 건 이리저리 얽힌 명령체계와 특정 숫자를 위해 다른 숫자를 희생해야 한다는 정도였다.

포격이 숫자가 되고, 그 숫자가 선을 이루었다. 그녀는 완벽하게 계산해야 한다는 사실만 머리에 담은 채 명령을 내렸다. 또 명령, 다시 명령. 숫자가 여러 모습으로 변하고, 이리저리 움직이다가, 결국 시야 밖으로 사라졌다. 너무 작은 수였다. 그녀는 얼굴을 찌푸렸다. 애써 집중하려 노력했지만, 점점 생각 자체가 힘들어졌다.

"각하." 제다오가 아닌 다른 남자의 목소리였다. 제다오보다 낮고 무뚝뚝한 목소리였다. 분명 아는 사람인데, 이름이 기억나지 않았다. 아니, 자기 이름조차 기억하기 힘들었다. "각하, 휴식을 취하셔야 합니다. 전투용 약물이 이 정도의 정신적 피로까지 해결해주진 않습니다."

이 남자는 그녀의 세계, 그러니까 단말의 일부가 아니었다. 따라서 굳이 들을 필요는 없었다. 하지만 이 남자도 숫자라면? 그러면 이야기가 달라지는데? 이 숫자는 뭐지? 언제 하나를 놓치고 만 거지? 그녀는 심장이 쿵쿵거리기 시작했다.

"체리스." 이번에는 제다오였다. 똑똑히 들렸다. "방금 그 목소리는 켈 하잔 함장일세. 저 친구가 함대를 대신 통솔할 수 있어. 1.8시간 전에 교대한 상태라 멀쩡하다네. 게다가 병기반과 항해반이 자네가 대응한 내용을 전부 기록해서 그리드에 입력해놓았으니 이를 토대로 적절한 대응책을 마련할 수 있을 걸세. 자네가 잠시 휴식을 취하더라도, 여기 있는 사람들끼리 처리할 수 있단 말일세."

숫자들에게서 빠져나갈 방법을 찾아야 한다. 내가 하잔에게 말도 안 되는 소리를 내뱉은 것은 아닐까? 잘은 모르겠지만 하잔의 표정을 보아 딱히 뭘 잘못한 것 같진 않다. 체리스는 곧장 자기 선실로 향했다.

선실로 들어오자마자 그대로 쓰러지고 싶었지만, 체리스는 인내심을 발휘해 샤워실로 향했다. 음파 샤워의 넌더리 나는 웅웅 소리로 잠을 깨울 속셈이었다. 그러나 아무 소용도 없었다.

"애써 깨어 있으려 하지 말게." 제다오가 말했다.

너무 지친 나머지, 자신이 제대로 일을 처리했는지 짐작조차 가지 않았다. 수학이란 자고로 상호 검토가 가능하며, 명확한 정의와 해답이 존재하기 마련이다. 하지만 전쟁은 불확실한 수치에다 다시 불확실한 수치를 곱하는 것에 지나지 않는다.

"잠들라고 내가 말했지 않나." 제다오가 분통을 터트리며 말했다.

체리스도 결국 저항을 포기한 채 자리에 누웠고, 그대로 곯아떨어졌다.

잠에서 깨어나보니 부추전과 쌀밥, 거기에 식어가는 차까지 담긴 쟁반이 하나 보였다. "27분 전에 서비터 두 대가 가져다 놓은 것이라네. 조금 더 쉬어야 할 것 같아서 애써 깨우지 않았어. 저들이 내 목소리를 들을 수 있었다면 내가 직접 감사를 표했을 걸세." 제다오가 말했다.

제다오는 그녀가 식사를 마칠 때까지 침묵을 지킨 다음, 이렇게 말했다. "프로파간다 살포를 준비하지."

"뭐라고요? 이단자들이 그런 뻔한 수단에 넘어갈 리가 없잖아요?" 제다오와 작전을 의논할 때는 지루할 겨를이 없었다.

"자네는 사람들이 단순한 호기심만으로 어떤 것들까지 읽어치우는지 잘 모르는 모양이군. 우리가 투하할 프로파간다엔 읽을 내용도 그리 많지는 않을 걸세. 기존 슈오스 게임의 형식을 가져다 살짝 개조해 넣을 테니 말이야. 중요한 점은 자네 휘하 연대장에게 도움을 요청해야 한다는 거야. 리오즈 이단에 대해서는 나보다는 아는 게 많을 테고, 게다가 켈이니 이단의 피로 내리 적은 역사를 다른 누구보다 잘 알고 있을 테지.”

서비터 한 대가 입실을 요청했다. 그냥 들어와도 아무 상관 없는데도. “들어와.” 체리스가 말했다. 차를 더 가져온 모양이었다. “신경 써줘서 고마워. 덕분에 탈수 증세를 겪을 걱정은 없겠구나.” 체리스가 말했다.

서비터는 미심쩍은 소리를 냈지만, 그래도 만족했는지 녹색과 금색 불빛을 깜빡여 보이고는 방을 나갔다.

“나는 내가 요람에 갇힌 뒤로 무슨 일이 벌어졌는지 대략적으로는 알긴 하나 자세히는 모른다네. 원래 소소한 내용이 더 중요한 것 아니겠나. 지금은 특히 더 그렇고.” 제다오가 말했다.

체리스는 역사 수업에서 기억하는 내용과 기억하지 못하는 내용을 되짚어보고 쓴웃음을 지었다. “기록 보관소에서 찾을 수 있지 않을까요?”

“자네 1차 사료를 마지막으로 뒤져본 게 언제였나? 리오즈 반란 사건에 대해 알아내는 데 있어 첫 번째 장애물은 자료의 절반 이상이 기밀로 분류돼 있다는 걸세. 두 번째 장애물은 그 자료들을 검색하는 방법이 무척이나 복잡하다는 거고. 그 때문에 역사가로 복무한 경력이 있는 라가스에게 도움을 청하자는 걸세.”

“라가스 연대장은 다른 일로 무척 바쁠 텐데요.” 제다오를 상대함으로써 고통받는 사람은 그녀 하나로 충분했다. 휘하 보병대 사령관에게 다른 것은 못 해주더라도, 구미호가 직접 간섭하는 것만큼은 어떻게든 막아주고 싶었다.

“별로 대단한 걸 원하는 건 아닐세. 그저 리오즈가 켈의 포화에 의해 갈기갈기 찢겨 고깃점이 되었던 사건들 중에서 가장 생생한 걸로 하나만 들려주면 되는 일이네. 일단 전문을 남겨놓고 시간 날 때 응답하라고 하면 되지 않나. 그리 오래 걸릴 사안이 아니지." 제다오가 말했다.

과거 교관들이 리오즈를 상대로 쾰이 벌였던 작전은 언급할 가치도 없다며 손사래 치던 모습이 떠올렸다. 너무 손쉬운 승리.

"저는 여전히 이해가…"

"사관학교에서 게임은 좀 했나? 스포츠는?"

"주로 결투만 했습니다." 체리스가 말했다. 다시 슈오스답게 게임에 대한 집착을 드러낼 모양인 듯했다.

제다오는 코웃음을 쳤다. "또 여우에 대해서 불순한 생각을 하고 있나 보군. 좋아, 한 수 가르쳐주지. 함께 게임을 만들어봄세."

"그럴 시간 없습니다. 저는 사령실로 돌아가야 해요." 체리스는 시계와 근무 일정표를 번갈아 봤다. 아직 교대 시간까지 5.41시간이 남아 있었다. 이런, 말도 안 돼.

"자네가 필요하면 사람을 보냈겠지. 뭐, 남은 시간 동안 잠을 더 잘 수도 있겠군. 그런데 자네는 더 이상의 수면은 부질없다고 여기는 것 같은데, 아닌가?" 제다오가 말했다.

체리스는 그가 쉽게 물러서지 않을 거란 걸 깨달았다. "저 아래서 병사들이 죽어가고 있는데 그 빌어먹을 슈오스 게임이나 하고 있잔 건가요?"

"게임을 만들자고 했네만. 게임할 시간이야 없지."

"무엇 때문에요?"

"요새 공방전에 대한 게임을 만들 거니까."

역시나 물러설 생각은 조금도 없어 보였다. "전투 시뮬레이션을 원하신다면 이미 그리드에 있는데요? 굳이 수고를 더할 필요가 있습니까?"

"그리드에 있는 건 시뮬레이터가 상황을 어떻게 판단하는지만 일러줄 뿐이잖나. 게다가 개념 추출 방식도 너무 피상적이고… 이 이야기는 나중에 하지. 나는 자네가 현 상황을 어떻게 이해하고 있는지 알고 싶다네, 체리스."

"왜죠? 설마 계획이 부족하신 건가요? 항상 만반의 준비가 돼 있으신 줄 알았는데요."

"좀 어울려주게."

불안하긴 하지만, 그 정도라면… "뭐부터 할까요?"

제다오는 그녀의 예상대로 질문으로 받아쳤다. "자네는 어디서부터 시작해야 한다고 생각하나?"

순간 짜증이 치솟았지만, 체리스는 애써 생각을 가다듬었다. 맥주의 도움을 받을 수 있다면야, 결투와 쟁자이 그리고 진실게임을 모두 처리할 수 있는 게임 장르를 고안하는 일부터 시작했을 것이다. 그러나 제다오는 명확한 목적을 가지고 있을 것이며, 그녀한테 불가능한 일 따윈 맡기지 않을 게 분명했다. "따로 목적을 두고서 만드는 거라면, 이미 존재하는 게임을 개량하는 식으로 시작하겠습니다." 눈앞의 문제를 이전에 해결한 적이 있는 다른 문제로 환원시킨다. 지극히 수학적인 해법이었다.

제다오는 침묵했고, 체리스는 그의 의도를 알아차렸다. 침묵을 깨고 싶으면 그에 합당한 헛짓거리라도 해봐라 이 말이군. 그녀는 단말 앞에 서서 공성전 게임을 불러왔다. 이를 토대로 비대칭적 2인용 보드 게임판을 차렸다. 귀찮고 불필요한 상황 기록은 그리드에게 맡겼다.

그녀는 식별 가능한 시각 기호를 만드느라 시간을 허비했다. 최소한 플레이어들이 보병대와 잠입병 부대는 분간할 수 있어야 할 테니까. 허용된 규칙 내에서 말의 이동법과 점수 체계를 계산하는 것도 고역이었다. 이단 쪽 전력을 어떻게 봐야 할까? 양쪽 전력이 동등하다고 보는 게 맞을까? 그녀는 질문을 하려다가 생각을 바꿨다. 일단 스스로 해결해봐야지. 방어막은 배제하기로 했다. 이미 걷혀진 마당에 별 의미는 없을 테니까.

다음 난제는 그리드 참가자를 코딩하는 것이었다. 설정값을 시험하려면 게임의 상대방이 필요하니까. 평소라면 서비터에게 도움을 요청했겠지만, 제다오가 막을 것이란 생각이 들었다. 일부 화포의 공격값은 실제보다 지나치게 높은 듯했지만, 숫자로만 봐선 확실히 알기 어려웠다. 시간이 조금만 더 있다면…

체리스는 웃음을 터트렸다. 그녀가 임무에서 눈을 돌리게 만드는 것이 제다오의 목적이었다면, 이미 성공한 셈이니까. 그녀는 사령실의 호출이 있기를 갈망했다. 설령 그게 새로운 재앙을 알리는 것일지라도.

제다오가 그녀를 가르치려 든다는 건 아무리 생각해도 이상한 일이었다. 그녀의 진형 본능을 자극해서 직접 지령을 내리는 쪽이 훨씬 간편하지 않은가? 어째서 굳이 이런 설전을 벌이는 거지?

다시 딴 길로 새버렸군. 아직 전투 처리 시스템은 건드리지도 못했는데. 지엽적인 문제, 이를테면 명중에 필요한 유사난수 생성방식이나 확률분포 설정에 시간을 들이고 싶은 유혹이 간절했다. 적어도 그쪽은 자신이 이해하는 분야니까. 하지만 지금은 적당한 설정값을 넣어서 일단 돌려보는 쪽이 좋을 듯했다.

그러다 문득 그녀는 깨달았다. 그리드 위에 떠다니는 반쯤 완성된 기호일 뿐인데도, 켈 함대에 자꾸 자신을 대입하고 있었다. 그게 문제였다. 요새 사령관 역할을 맡아보니 그때까지 보이지 않던 문제점이 명확해졌다. 이단 쪽의 승리 조건이 불명확한 데다, 가용 수단도 육두정 쪽으로 치우쳐진 경향이 있었다. 게임 자체가 전반적으로 모호했다. 이단 쪽도 분명 나름의 목표와 동기가 있을 것이고, 이를 이루기 위한 가용 자원도 가지고 있을 것이다. 게임엔 그런 내용이 반영되어야 한다.

체리스는 계속 게임의 개요를 입력해나갔지만, 엉망으로 뒤섞인 숫자, 모순되는 규칙, 애매한 가정이 마음 한쪽 구석을 끊임없이 괴롭혀댔다. 증명이란 에세이와 같아서, 초고부터 걸작을 내놓길 기대하는 사람은 아무도 없다고 했던 한 선배가 떠올랐다. 그러나 일말의 우아함 정도는 처음부터 담고 있어야 한다는 욕심은 쉽사리 억눌러지지 않았다.

"그만해도 좋네." 제다오가 말했다.

모래라도 들어간 것처럼 눈이 뻑뻑했다. "이걸론 안 되겠어요."

"실제 시연에 들어가면 문제가 많겠지만, 첫 시도치고는 나쁘지 않았네. 특히 자네가 니라이의 사고방식에 익숙하다는 점을 감안하면 말이야. 내가 처음 게임을 설계했을 때 들었던 얘기들을 자네한테 들려주고 싶군. 아주 피바다였지."

체리스는 믿을 수가 없었다. 설마 제다오가?

"체리스, 나도 태어날 때부터 전술가는 아니었네. 다들 그렇듯 하나하나 배운 거지."

그녀는 조심스레 말을 골라 물었다. "왜 여기서 멈췄는지 설명해주실 수 있나요?"

"짐작 가는 게 있나 보군. 아니라면 애초에 묻지도 않았겠지."

"제가 요새 사령관 시점으로 옮겨 갔을 때였죠."

하지만 굳이 거기서 멈출 이유가? 만약 요새가 외부의 조력자를 기대하고 있다면⋯ "타국 세력 때문이군요. 그걸 빼놓고 생각해선 안 됐어요. 게다가 켈 사령부의 목적과 우리의 목적은 사실 정확하게 일치하지 않죠. 그렇지 않다면 우리에게까지 정보를 숨길 이유는 없을 테니까요." 체리스는 바쁘게 말을 쏟아냈다. 또 누가 있지? 또 뭘 놓친 걸까?

순간 욕지기가 나올 만큼 명확하게, 2번 복합체 사령관의 얼굴이, 자신의 얼굴 아래에 숨어서 자신을 지켜보던 슈오스의 눈이 떠올랐다.

시나리오를 잘못 짠 것이다. 그녀는 지금껏 전체 내용을 파악하지 못한 채 눈앞의 요새 공성전에만 매달려 있었다.

"이제 알겠습니다. 전략을 어떻게 잡을지가 중요한 상황에서 전술에만 사로잡혀 있던 거였어요. 사실상 수정치나 공격값 따위는 아무 의미도 없죠. 시간만 낭비하고 있었군요."

"뭐, 애초에 우리는 전술가로 여기 온 것이긴 하니까. 온전히 자네 책임이라고 보긴 어렵지." 제다오가 말했다.

"어쨌든 가르쳐주셔서 감사합니다." 체리스는 다음번에는 보다 빨리 깨닫자고 결심했다.

"아직 끝나지 않았네. 가르침은 두 가지가 더 있네. 하나는 게임의 가치가 개념 추출 수준에 달려 있다는 걸세. 니라이들은 종종 게임을 현실의 모의실험으로 여기는데, 자네도 비슷한 성향이 있어. 명심하게. 모든 변수를 입력하는 것보다, 필요 없는 변수를 배제해버리는 쪽이 본질에 접근하기 쉽다네. 군더더기는 전부 쳐내고, 가장 단순한 형태가 될 때까지 졸이는 거지."

"명심하겠습니다, 각하." 의도한 바는 아니었지만, 잘못된 문제를 앞에 두고 열중해본 것만으로도 충분한 도움이 되었다.

"다른 하나는 이걸세. 자네는 게임이 뭐라고 생각하나? 게임을 하는 이유가 뭐지?"

경솔하게 대답해봤자 창피만 당하겠지만, 입을 다물고 있어선 질문의 의미조차 알아차리지 못할 터였다. "승패를 가르는 걸까요? 아니면 모의실험 기능일까요?"

"흥미롭군. 전자는 켈이 할 법한 대답이고, 후자는 니라이가 할 법한 대답이야. 라할이라면 게임의 의미는 규칙에 있을 거라 말할 테고, 안단이라면 사람들과 어울리는 데 의의가 있다고 답하겠지. 비도나야 상부에서 승인하는 답변을 그대로 반복할 테고."

"각하는 슈오스니, 슈오스가 할 법한 답을 알려주시겠지요."

"슈오스라면 아마도 이렇게 답할 걸세. 게임의 진정한 의미는 행동 교정에 있다고 말이야. 게임은 규칙을 통해 어떤 행동엔 제약을, 반대로 어떤 행동엔 이점을 제공하지. 물론 속임수를 써서 규칙을 흩트려놓는 경우도 있지만, 거기에도 대가가 존재하는 법이니까. 이 또한 중요한 행동 교정의 요소라 할 수 있지. 이와 같은 맥락에서, 현실 세계에선 아무 의미도 없는 카드, 토큰, 기호가 게임 세계에선 엄청난 가치와 중요성을 가지게 되지 않나? 이 또한 게임 규칙 때문이지. 이에 비추어봤을 때, 모든 역법 전쟁은 서로 다른 규칙들이 경쟁하는 게임이라고 할 수 있을 걸세. 그리고 그런 역법들의 원동력은 사람들의 신념 체계인 것이고. 역법 전쟁에서 승리하려면 이런 식으로 게임의 작동 원리를 이해해야 한다네."

뼛골까지 한기가 스며드는 듯했다. "포위전은 위장일 뿐이군요. 당신은 이단자들을 게임판으로 끌어들인 다음, 죽음으로 몰아붙이려는 거지요."

"역법 전쟁은 마음으로 겨루는 전쟁이라네. 체리스, 결코 총포로 싸우는 게 아니야. 얼마 전에 자네가 몸소 겪었던 것처럼 말일세."

"그래서 프로파간다 얘기를 하신 거고요."

"리오즈가 처음 전쟁을 치렀을 때 무슨 일이 벌어졌는가를 이단자들이 떠올려줬으면 하니까. 물론 리오즈와 완전히 다른 부류일 수도 있겠지만, 방어막 조종자가 세계의 거미줄에 대해 보인 반응을 미루어봤을 때, 아무래도 그건 아니겠지. 아마 저쪽 지도자는 요새 시민들이 리오즈가 맞이했던 운명을 상기하지 않도록 노력 중일 걸세. 제아무리 숨긴다 한들 모두의 마음속 한구석엔 걸림돌처럼 남아 있겠지. 때때로 뻔히 보이는 틈새를 비집고 들어가는 것이 도움이 될 때도 있다네. 적어도 저들이 반응하는 걸 보고 뭔가 얻어낼 수 있지 않겠나."

체리스는 리오즈에 대해 더 자세히 알고 싶었다. 제다오라면 알지도 몰랐다. 그는 리오즈가 분파로 존재했을 때 살아 있었으니까. "생전에 리오즈가 이단을 일으킬 거란 조짐을 전혀 못 느끼셨나요? 분파 하나가 통째로 이단의 길로 빠지다니. 연결 요새 하나를 잃는 것과는 비교도 되지 않을 만큼 엄청난 일인데요."

"짐작조차 못 했네." 제다오의 목소리에는 비통한 기색이 서려 있었다. "사교장을 제외하면 리오즈와 교류할 기회 자체가 별로 없었지. 나는 항상 전장에 있었다네, 체리스. 철학이나 도덕을 주제로 토론을 즐기기에는 여유가 없었지."

체리스는 요청 사항을 정리해서 라가스 연대장에게 송신했다. 그는 순식간에 답신했다. "최대한 빨리 목록을 보내겠습니다, 각하. 사방에 피칠갑을 하고 싶으시다면 고를 수 있는 자료가 한가득이지요. 리오즈 군대는 전투 실력보다는 개혁에 열중하는 자들이었습니다. 전쟁 초기 슈오스 암살자에 의해 실력이 출중했던 최고의 장군을 잃은 이후부터는 순식간에 무너졌습니다. 흥미로운 건 그 슈오스 암살자의 원래 목표는 장군과는 관계없는 슈오스의 배신자였다는 겁니다. 실수로 다른 여자를 죽인 것이죠. 열세인 쪽이 일방적으로 짓뭉겨지는 광경이 취향에 맞으신다면 상당히 즐기실 만할 겁니다."

체리스는 눈을 가늘게 뜨고 라가스를 바라보았다. 빈정대고 있는 것인지 판별하기가 쉽지 않았다.

"해당 사안과 관련해 힘을 보태줘서 고맙다고 전해주게나." 제다오가 말했다.

평소와 달리 예절을 차리려 하는 제다오의 모습에 그녀는 당황했다. 어쨌든 그의 말을 그대로 전했다.

"도움이 되었다 하시니 기쁘군요, 각하." 라가스는 화면 한쪽을 바라봤다. "우산 구역에서 사소한 소요가 발생했습니다만, 혹시 더 하실 말씀이라도?"

"아니, 그게 전부다." 체리스는 단말 보조 화면에 떠오른 상태 보고를 훑어봤다. 그가 말한 대로 그리 신경 쓸 필요는 없어 보였다. "통신 종료."

"그럼 이제 게임의 사전 설정이 얼마나 쓸모가 있는지 보여주겠네. 프로파간다 내용은 새로 만들 필요는 없을 걸세. 기록 보관소에는 수많은 슈오스가 서로의 허점을 찌르려고 영혼을 갈아 넣어 만든 작품이 가득하거든. 보관소 자료에다 변수 몇 개를 추가 입력하고, 리오즈가 무너지던 당시의 잔인한 영상을 되는대로 긁어다 붙이면 그걸로 끝이지."

리오즈의 몰락을 대하는 제다오의 사무적이다 못해 차가운 모습은 등롱꾼 이단도 우리와 같은 인간이라고 내뱉던 때의 모습과는 사뭇 대조적으로 보였다. 체리스는 그의 모순적인 태도를 어떻게 받아들여야 할지 알기 어려웠다. "리오즈 분파에 악감정이라도 있으십니까?"

"그런 건 전혀 없네. 그저 잔인하게 살육당한 게 기록으로 남아 있으니, 되도록 유용하게 사용하는 편이 좋지 않겠나?"

과거에도 지금도 체리스는 이단자들을 동정해선 안 된다는 걸 잘 알고 있었다. 그러나 제다오가 돌연 무감각한 태도로 일관하니, 왠지 이단 쪽에 서서 그들을 변호해야만 할 것 같은 기묘한 기분이 들었다.

산개하는 바늘 요새, 분석반

우선도 : 높음

송신자 : 바헨즈 아프리르 다이 노움

수신자 : 리오즈 자이 칠두관

세부 역법 사항 : 살찐 암소의 해, 자고새의 달, 잉어의 날. 교리부가 결국 그놈의 투표를 통해 '달팽이의 시각'이라 이름 붙인 모양이던데요, 내가 그 자리에 있었다면 그보다는 쓸모 있는 사안을 가지고 머리를 맞대라고 한마디 했을 거예요.

분석 3반에서 보고한 바에 따르면, 사라진 라할 중 한 명을 발견했다고 합니다. 근데 딱히 쓸모는 없겠어요. 켈의 2번 진지와 대치하고 있는 스토간의 병력 근처에서, 미해결 살인사건의 피해자로 발견됐거든요. 적어도 자경단 시스템이 제대로 돌아가고 있다는 것 정도는 알 수 있겠네요.

그 빌어먹을 라할 여자 머릿속에 도대체 뭐가 들어 있었는지 모르겠지만, 자기 동족들에게 연락을 시도했다는 점은 분명하죠. 스토간의 졸개들은 자기네가 벌인 일이 아니라고 발뺌하는데, 이번에는 저도 그쪽 말에 믿음이 가는군요. 우리의 첩보 능력이 민간인 범죄자들에게도 밀린다니. 정말 화가 나는 일이네요.

최근 저격수 사건에 대해서는 들었습니다. 스토간에게 이 점을 설명하느라 진절머리가 날 것 같습니다만, 어쨌든 민간인이 뭣도 모르고 저격수를 숨겨줬다는 것만으로 가혹하게 보복해선 곤란해요. 가난한 막노동꾼이 자기가 슈오스 공작원에 의해 은폐 공작에 동원되었다는 사실을 알아차렸다면, 그게 도리어 놀라운 일 아닌가요? 스토간의 그런 몰지각한 행동은 우리 이름에 먹칠하는 것일 뿐이에요. 그렇게 가혹하게 짓밟았는데 육두정 충성파로 돌아가지 않고 배기겠어요? 이런 행동이야말로 '비생산적 역효과'라고 부를 만하죠.

스토간 특유의 거들먹거리는 태도와 예의 '결단력'이라는 것 덕분에, 지지도가 역대 최고치를 찍고 있다는 건 저도 잘 알고 있어요. 그래도 부디, 이걸 뭐라고 해야 할까요, 한쪽에만 치우쳐 보지 마시고 균형에 맞춰 고려해주시길 바랍니다. 필요하다면 투표 결과를 조작해서라도.

조작 얘기를 꺼냈다고 나를 빤히 노려보고 있을 당신의 얼굴이 충분히 상상이 되네요. 좋아요, 한 가지 덧붙여드리죠. 놀랍게도 스토간 그 작자가 한 가지 제대로 하고 있는 일이 있는데, 바로 병사들에게 프로파간다가 담긴 금속 용기를 적의 공세로 간주하라고 주장하고 있다는 거예요. 아직까지는 전부 그리드 종이 위에 그려진 게임일 뿐이고, 따로 인터페이스 따위는 달려 있지 않지만요. 게임 설계 자체는 훌륭하더라고요. 물론 슈오스라면 당연히 그 정도쯤 해줘야겠지요.

중요한 건 그 게임이 과거 역사의 축소판이라는 거겠죠. 하지만 이번엔 제다오가 단단히 착각하고 있는 것 같네요. 산 채로 허파를 적출하려고 리오즈 포로들의 갈빗대를 열어젖히는 영상을 예로 들어볼까요. 이따위 저질 영상은 되레 우리 쪽의 저항을 공고하게 할 뿐이잖아요. 제다오치고는 너무 초보적인 실수라서 혹시 제다오가 다른 꿍꿍이를 품고 있는 건 아닌지 의심이 가네요. 이런 프로파간다에 과연 어떤 다른 목적이 숨겨져 있는 걸까요?

흠, 피오로가 보낸 몇 건의 보고서엔 각별히 봐달라는 성의의 표시도 붙어 있네요. 내가 좋아하는 상표의 브랜디 상자로 말이에요. 대체 어느 정도기에 그런 소동을 벌이는지 세상이 무너져 내리기 전엔 확인해봐야겠죠? 제가 드린 말씀을 오래도록 곱씹어보시길 바랍니다. 신중하게 고려해주세요.

역법 이단의 동료

Vh.

14

이번 임무도 고약하기 짝이 없었지만, 이 정도로는 최악의 발밑에
도 미치지 못한다고 켈 미케브 소위는 생각했다. 물론 눈도 따갑고,
전투복 필터가 무색하게 코피가 쏟아지고, 연한 부위엔 상처를 입은
병사들도 있었지만, 그래봤자 고작 연기로 가득 찬 밀폐된 구역에 갇
혔을 뿐이다. 행성 표면에서 벌어지는 작전에선, 물거나 흘러내리는
생물 때문에 여간 괴로운 것이 아니다. 이따금씩 어린 시절 소꿉친구
의 목소리로 사랑을 노래하는 생물이 사방에 가득한 탓에, 미케브는
항상 땅바닥에서 눈을 떼지 못하기 일쑤였다.

미케브가 이끄는 소대는 켈 병력이 우산 구역에 마련한 교두보인
3-12번 관문의 전방 지역을 담당하고 있었다. 켈이 벽 이곳저곳을
부수고 통로를 막으며 요새 안의 요새를 건설하는 동안, 이단 놈들은
우산 구역의 공기를 전부 빼내버렸다. 같은 중대에 소속된 다른 소대

는 불쌍한 우산 구역 거주민들을 대기 지역으로 몰아내야만 했다. 대다수가 제때 우주복조차 챙겨 입지도 못했다.

미케브는 그따위 임무를 맡지 않게 돼 다행이라 생각했다. 약자들이 징징대는 모습을 보다 보면 기분이 잡치니까. 하지만 지금은 그런 사소한 일에 정신이 팔릴 때가 아니었다.

계란껍질은 눈에 티끌이 들어갔는데 전투복을 벗지 못해 빼낼 수가 없다고 투덜대고 있었다. 방아쇠는 강박적으로 자기 무기를 점검하는 중이었다. 확신컨대, 저 여자는 언젠가 총 한 번 제대로 못 쏴보고 이단자의 총에 벌집이 돼버릴 것이다. 지금처럼 모든 부속이 제자리에 정확히 박혀 있는지 확인하는 데에 정신이 팔린 채로. 휘하 병사들의 최후가 어떨지에 대해 온갖 가설을 세우는 건 미케브의 악취미 중 하나였다. 별명을 붙이는 것과 마찬가지로, 병사들한테 너무 정을 붙이지 않기 위한 방법이기도 했다.

갑자기 경보가 울렸다. 뒤이어 열선 펄스가 팔을 쏘며 적의 공격을 알렸다. 어디서? 어떤 공격이? 독가스인가? 만약 독가스라면 이제야 사용하는 것이 몹시 수상했다. 진즉에 사용했으면 간단하게 해결할 수 있었을 텐데. 총성은 들리지 않았다. 소이탄 섬광이나 연막탄 연기도 보이지 않고…

"다들 엄폐 상태를 유지한다." 미케브는 불필요한 명령이었기를 빌었다.

진형 밖으로 반쯤 벗어나 있던 방아쇠는 반응이 느렸다. 미케브는 한숨을 내뱉었다. 그녀는 훌륭한 사수이긴 하나 머리가 좋은 편은 아니었다. 뭘 봤는지는 모르겠지만, 그녀는 벽 총안구에 산탄총을 대고 방아쇠를 당겼다.

아니, 당겼을 것이다. 어쨌든 총은 발포되지 않았다.

미케브는 몸이 움찔대는 것을 느꼈다. 처음에는 공포심 때문이라고 생각했다. 지역 고유의 기생체 때문일 리는 없을 것이다. 요새의 환경 세정장치가 그런 것들을 통과시킬 리 없으니까. 그러다 문득 자신의 탄띠도, 군장도, 손에 든 권총도 움찔대고 있다는 것을 깨달았다. 근질거리는 감각이 점점 심해져 고통에 가까워졌다.

방아쇠는 총을 거두었다. 공기 중에 기묘하게 생긴 얼룩이 떠다니는 것이 보였다. 인간의 가시영역에 아슬아슬하게 들어오는 역장 효과가 적용되고 있는 듯했고, 그 말인즉 이단의 이능력 효과 범위 안에 들어왔음을 의미했다.

"전원 무기를 버린다. 당장 무기에서 떨어져!" 미케브는 소리쳤고, 지금껏 하지 않았던 말을 뒤에 덧붙였다. "긴급 명령이다."

총에서 멀찌감치 떨어지자 예의 움찔거리는 감각도 약해졌지만, 미케브는 총이 그대로 폭발해버리진 않을까 걱정이 됐다. 아니, 폭발이 문제가 아니었다. 빌어먹을, 저게 뭐야? 그가 보는 앞에서, 그의 총이 날카로운 비명 소리를 내며 돌로 변해가고 있었다. 너무 고통스러워 보여 빨리 끝장내주고 싶을 지경이었다.

더욱 기이한 것은 수류탄과 전동 장비는 영향을 받지 않았다는 것이다. 아무래도 특정 무기 형태에만 영향을 끼치는 부식 효과인 듯했다.

미케브는 통신을 열고 중대장에게 보고하려 했지만, 그녀는 그가 말을 꺼내기도 전에 대뜸 이렇게 말했다. "나도 안다, 소대장. 나도 바보는 아니니까 말이야. 아무쪼록 눈 크게 뜨고 경계하도록. 이단 놈들이 단검만 든 켈이라면 처리하기 손쉬울 거라는 망상을 품을 수도 있으니까. 연대장은 위치를 사수하라는 명령을 내렸다. 이상."

방아쇠의 얼굴은 고통으로 일그러져 있었다. 미케브는 다시금 총으로부터 멀찌감치 떨어지라고 소리쳤다. 그러나 그녀는 총을 꼭 안아주고 싶어 견딜 수 없다는 표정을 짓고 있었다. 저게 뭐 하는 짓이야, 다 자란 켈 주제에.

그렇게 단호한 태도를 유지하면서도, 켈 미케브 또한 역장이 자신의 세포 안쪽부터 부식시키고 있다는 생각을 떨칠 수가 없었다. 행성에 내려가지만 않으면 괜찮을 줄 알았는데. 온 우주가 마음먹고 저주를 퍼붓기 시작하면, 어쩔 수 없는 모양이다.

"저쪽에 필요한 건 더 유능한 수학자다. 그래봤자 소용없을지도 모르지만." 체리스는 하잔 함장에게 말했다.

하잔도 나름 수학 능력을 겸비한 자였다. 지금 그는 체리스가 보내온 수식들을 뚫어져라 쳐다보고 있었다.

부식 농도의 상승까진 귀찮고 말 문제였지만, 거기에 이능력 효과까지 더해진다면 문제가 심각해진다. 적절히 조율하면 다른 종류의 무기도 부식시킬 수 있을 것이다. 적절한 위치에 발생기를 설치하기만 하면 충분할 것이다.

체리스와 하잔은 해당 문제를 숙고하고 있었다. 현재 이단자들은 부식 농도를 조작하며 켈 병력을 한곳으로 몰아넣는 중이었다. 물론 용맹한 켈 병사들은 맨주먹으로도 싸울 수 있다. 다만 그런 건 최후의 수단으로 남겨두고 싶었다. 체리스는 슈오스 잠입병들이 쓸 만한 정보를 가져오기를 기대하고 있었지만, 아직 그렇게까지 쓸 만한 정보는 들어오지 않았다.

잠입병들의 보고가 들어올 무렵부터 제다오는 묘하게 조용해졌다. 이단자들의 역법 상수를 서술한 내용이 들어올 때는 예외였지만.

"저쪽에선 의식을 치를 때 뭔가 새로운 짓거리를 하고 있진 않은지 알 수 있겠나? 누구든 좋으니 제발 창의력을 발휘해줬으면 좋겠는데." 제다오는 비꼬는 기색을 섞어 물었다.

체리스는 보고서를 뒤적였다. "기본적으로 의식을 치르는 방법은 우리와 같네요. 몇몇 수치와 고문 방식이 다소 다를 뿐이에요." 그녀의 답변에 제다오는 그대로 흥미를 잃었다.

체리스가 갈수록 심해지는 두통 때문에 진통제를 삼키고 있는데, 통신반이 자세를 바로잡으며 말했다. "요새에서 전문이 들어왔습니다, 각하."

"이쪽으로 넘기도록." 체리스가 말했다.

"영상 및 음성까지 녹화되어 있습니다."

"마침내 상대 얼굴을 보게 되는군. 뭐, 내가 할 소리는 아니지만." 제다오가 말했다.

"재생하도록." 체리스는 맥이 빨라지는 것을 여실히 느꼈다. 호흡을 가다듬어야 한다고 다시금 되새겼다.

화면에 여성의 얼굴이 떠올랐다. 머리카락은 보기 드문 옅은 갈색이었고, 피부는 창백했다. 머리를 복잡하게 땋아서 머리를 빙 두른 다음 금색 핀으로 고정시켜놓았다. 백색 옷에는 금으로 세공한 단추들이 달려 있었다.

"리오즈로군." 제다오의 목소리엔 고통과 분노가 함께 묻어 있었다. 입에 올리기 꺼려지는 먼 옛날의 원한일까? 생각할 겨를도 없이 영상은 말을 시작했다.

"나는 요새 민중의 대표자, 리오즈 자이다." 힘 있고 명료한 목소리였다. "우리는 더 이상 육두정부의 폭정을 좌시하지 않을 것이다. 그들이 강요하는 것만을 믿지도, 지시하는 대로만 시간을 인식하지도 않을 것이다. 우리가 있는 한 육두정부는 더 이상 이단 역법을 절멸시키지도, 우리의 자결권을 앗아가지도 못할 것이다. 조만간 원군이 도착할 것이다. 우리 시간으로 75시간, 육두정부 시간으로 108.9시간 안에 병력을 철수하고 퇴각하라. 그러지 않으면 우리 동맹군은 어떠한 자비도 보여주지 않을 것이다."

이걸로 끝이었다. 체리스는 보다 거친 대응을 원했고, 제다오에게 그런 의견을 피력했다.

"중요한 부분을 놓쳤군. 저 여자는 자신을 '민중의 대표자'라고 칭했네. 저들은 시장조사 따위를 하고 있었던 게 아니야. 투표를 하고 있었던 거지. 그러니까 민주 정부의 대표자란 걸세."

"그게 뭔데요?"

제다오는 한숨을 쉬었다. "아직까지는 아는 이가 별로 없는, 실험 단계의 정부 형태일세. 시민들이 투표를 통해 지도자를 선출하거나 정책을 결정하는 정치 시스템이지."

체리스는 그런 식으로 돌아가는 정부 형태를 상상해보려 했지만 쉽지 않았다. 시민들이 정책을 결정한다고? 과연 그런 식으로 해서 안정된 정권을 유지할 수 있을까? 역법의 신뢰성은 어떻고? 역법과 연관된 모든 기술이 무력화되진 않을까?

"내가 듣기로 나머지 칠두 분파들도 리오즈 이단에게 그런 식으로 반응했다고 하네. 그들과 자네의 차이점이라고 한다면, 그러한 의견을 피력하기 위해 아주 많은 총을 사용했다는 것뿐이지."

슈오스 코에게서 전문이 들어왔다. "지금 듣겠다." 체리스가 말했다.

화면에서 코가 말했다. "보고 사항이 세 가지 있습니다, 각하. 첫 번째로, 잠입병 한 명이 퇴각하기 전에 단말 하나에서 개인 사용자의 데이터베이스 덤프를 회수해 왔습니다. 몇 주는 된 물건이고 아직 분석 중이기는 하나, 꽤나 운이 좋았습니다. 덕분에 방금 전문을 녹음한 자가 누구인지 식별할 수 있었으니까요. 아네모네 구역의 교리부 하위 부서에서 일하던 사무원 이나이가 자이라는 자입니다."

"사무원이라고?" 체리스는 믿을 수 없다는 듯 물었다. 게다가 이름으로 유추해봤을 때, 어느 분파에도 소속되지 않은 인물이었다.

"저도 도저히 믿을 수가 없었습니다, 각하. 개인 이력도 놀랍더군요. 읽다가 지루해서 잠들게끔 만들려고 일부러 고안한 듯 보였으니까요. 심지어 너무 깨끗해 보이지 않으려고 사소한 횡령 기록으로 양념도 쳐놓았더군요."

"방어막 조종자들은 이와 비슷하게 가짜 신원을 가지고 있었을 거라 생각하네." 제다오가 말했다.

체리스는 이 말을 전달했다.

"저도 동의합니다. 딱히 증거는 없지만요. 안타깝게도 요새를 관장하는 그리드에 논리 바이러스를 풀어놓는 데에 실패했기 때문에, 자이에 대한 정보는 그게 전부입니다."

"두 번째로, 제다오 대장과 이미 얘기하셨을 수도 있지만, 자이는 리오즈 의식용 정장을 역법의 매개체로 사용하고 있습니다. 기묘한 일이지요. 리오즈의 것을 다루는 골동품 애호가는 여섯에 하나도 안 될 텐데…"

"그건 아닐세." 제다오가 말했다.

체리스가 얼굴을 찌푸리자 코는 잠시 보고를 멈췄다.

"사람들은 리오즈 분파를 배신자로만 기억하려 애쓰지만, 분명 그들도 칠두정에 공헌하던 시기가 있었다네. 리오즈는 이상주의자이자 철학자들이었으며, 우리의 인도자이며 최후의 양심이었다네. 어찌 보면 그들이 이단으로 기운 것도 당연한 수순이었지."

체리스는 이 말을 코에게 전달했다. 처음과 끝을 제외하고. 지금 리오즈에 대해서 평가하는 제다오의 모습은 예전에 보인 야멸찬 태도하고도 또 상충되었다. 실제로는 그들을 어떻게 생각하고 있는 것일까?

"어쨌든 그런 물건을 매개체로 사용해 역법 환경에 영향을 끼친 것이라면, 사람들의 인식을 바꾸기 위해 상당히 오랜 시간 지하 방송 조직을 운영해야 했을 겁니다. 타국이 깊이 관여한 것은 아닌가 싶어 걱정되는군요." 코는 말을 이었다.

"하지만 세 번째 정보는 좋은 소식이라 볼 수 있습니다, 각하." 코의 얼굴 위로 평소의 무심함이 아니라 절제한 승리감이 떠올랐다. "원래라면 다미오드 대위가 보고해야 할 사항입니다만, 그는, 음, 지금 돌파구에 도달하기 직전이라서 제게 대신 보고해달라고 청했습

316

니다."

체리스는 새어 나오는 웃음을 억눌렀다. '지금 계산하느라 바빠서 사람들과 어울리며 낭비할 시간 따위 없다'라는 니라이식 표현이었다. "계속하도록." 그녀가 말했다.

"다미오드 대위는 이단자들이 전문을 암호화하는 방식에서 우리가 파고들 만한 구석이 있다고 판단했습니다." 체리스가 질문하기 전에, 코는 한 손을 들어 보였다. "아직은 연구 단계에 불과하며, 성과 없이 끝날 수도 있다는 점 미리 말씀드립니다. 요점부터 얘기드리자면, 요새 쪽의 누군가가 치명적인 실수를 저질렀습니다. 67스네이크의 암호화 매개변수는 두 가지의 변수를 조합해서 만들어집니다. 하나는 사용자의 입력 방식, 즉 자판을 누르는 압력 사이의 불규칙한 시간 간격이고, 다른 하나는 표준 역법의 시계에 연동되는 동기화 장치입니다. 그런데 요새의 서버 시간을 이단의 역법에 맞춰 재설정하는 과정에서, 새로운 설정에 맞춰 작동하도록 동기화 장치를 조정하는 일을 잊은 겁니다."

"내가 암호 시스템 전문가는 아니지만, 소요 시간이 상당할 것 같은데." 체리스가 말했다.

"그렇습니다, 각하."

"시간만 허락한다면, 그 가상의 암호 시스템에 내가 전송했던 매개변수를 적용하는 작업을 해줬으면 한다." 상당히 고된 과정을 거쳐야겠지만, 그래도 부지런히 공격해 들어가다 보면 시간 내에 해독할 수 있을지도 몰랐다. 시도해볼 만한 가치는 충분했다. "머지않아 필요하게 될지도 모르니까."

"명령 받들겠습니다, 각하." 통신이 끝났다.

"각하, 이나이가 자이에게 답신을 보내시겠습니까?" 하잔 함장이었다. 그는 전문을 음소거 상태로 반복 재생하면서 자이의 표정을 읽어내려 애쓰는 중이었다. 자이는 표정과 손을 제어하는 능력이 아주 뛰어난 듯했다.

"애석하게도 지금은 자이에게 제시할 건수가 별로 없네. 이대로 협상을 시도했다간 비도나들이 몰려올 것이란 걸 저들도 잘 알고 있을 테고 말이야. 상황이 이렇다 보니, 자네에게 뭔가 조약을 맺을 권한이 있더라도, 그런 상황에서 저쪽이 믿어줄 리가 만무하네. 저들 입장에선 선택지가 전쟁밖에 없을 게야." 제다오가 말했다.

"지금이야말로 켈 사령부에서 한마디라도 해주면 상당한 도움이 되겠군. 통신, 켈 사령부에 중계해달라는 요청을 넣도록. 최고 우선순위 전문을 방송한다." 체리스는 큰 소리로 말했다.

"정말입니까, 각하?" 하잔이 말했다.

그녀는 눈을 가늘게 뜨고 그를 바라봤지만, 사실 마땅히 할 법한 질문이란 걸 알고 있었다. "켈 사령부는 이제껏 회신을 주지 않았다." 정기적으로 보고서를 올렸는데도 불구하고. "여기서 조금 더 지체하면, 전문이 도착할지라도 그땐 이미 늦었을 수도 있다. 하지만 적절한 수식어를 붙여 중계 전문을 발신하면, 근처에 있는 장군이 수신하고 응답해줄 가능성도 충분히 있지. 어떤가, 함장. 자네가 내 지시에 불응했다고 기록을 남기길 원하나?"

네레보르라면 묻지도 않고 바로 그렇게 했겠지만, 그녀는 이곳에 없다. 하잔이라면 권고를 들은 정도로 만족할 터였다.

짐작은 옳았다. "아닙니다, 각하. 명령 받들겠습니다."

체리스는 켈 사령부에 현 상황을 보고하면서, 이나이가 자이에 대한 세부 인적 사항과 근처 국경 지역의 상황을 알려달라고 요청했다. "이 정도면 될까요?" 그녀는 입속으로 제다오에게 물었다.

"놓친 부분은 그 데이터베이스 덤프만으로도 해결할 수 있을 걸세. 지금 이대로 보내도록 하지." 제다오가 대답했다.

통신반은 불안한 눈빛으로 그녀를 바라보면서도, 그대로 명령을 수행했다.

공성전은 잠시 소강상태에 접어들었다. 가끔씩 슈오스의 보고가 들어오고, 그보다 드물게 라가스 연대장이 사령선으로 연락을 취했지만, 날 선 대치 상태는 그대로였다. 체리스는 주기적으로 켈 부대와 이단자 부대의 위치, 그리고 각 부대의 전진 배치된 지점과 부패 농도의 진전 상황이 표시된 상황판을 점검했다.

체리스는 잠시 자리를 비우겠다고 말하고선 사령실을 나섰다. 따로 주문하지 않았는데도 세 대의 서비터가 그녀를 호위했다. 두 대는 각각 노란색과 보라색 불빛으로 구별이 되는 세모형이었고, 나머지 한 대는 뱀형이었다. 세 서비터는 그녀의 개인 선실까지 따라왔다. 한때 지나치게 크고 호화롭게 느껴졌던 선실은 이제 딱히 주의도 끌지 못했다. 그녀는 잿불매의 문장 근처에서 걸음을 멈추고 날카로운 맹금의 부리, 검은 날개, 날 선 갈고리발톱에서 자기 모습의 흔적이라도 찾으려고 애썼다. 그러나 그녀는 깃을 품은 잿불매일 뿐이었다. 그게 전부였다.

뱀형 서비터가 배가 고프냐고 그녀에게 물었다. 그녀는 고개를 저었다. 제다오는 아무 말도 하지 않았지만, 체리스는 그가 자신이 굶는 것을 마뜩잖게 여긴다는 걸 느낄 수 있었다. "동력 코어로 움직일 수 있다면 정말 편할 텐데." 그녀는 말했다.

뱀형은 애매하게 소리를 울리며 대답했다. 제다오와 같은 생각인 듯했다.

"자네를 아주 세심하게 돌봐주는군." 제다오가 말했다.

"함께 어울리는 걸 좋아해요. 당신이라면 이해할 거라 생각했는데요." 체리스는 입속말로 이렇게 대꾸했다.

"뭐, 그건 그렇네만."

체리스가 보낸 전문에 대한 반응은 드라마를 시청하는 도중에 도착했다. 이번 에피소드에서 그녀와 서비터들이 파악할 수 있었던 내용은 퀠이 다섯 명 등장하고, 안단 결투가가 망원 능력을 가진 머리핀을 사용하며, 엉망진창이 된 저녁 연회를 무대로 한다는 것뿐이었지만. 보라색 세모형이 그녀를 위해 드라마를 정지시켜주었다.

"통신입니다, 각하." 소위의 목소리가 단말에서 울렸다. "퀠 사령부는 아닙니다만…"

퀠 사령부에 뭔가를 바라는 건 헛된 희망이었던 모양이었다.

"…하지만 통신 문장은 〈높고 높고 드높은〉호를 지휘하는 퀠 마리쉬 준장과 일치합니다. 긴급통신에, 대장 각하와 단독 통신을 요청해 왔습니다."

서비터들은 이미 자리를 뜨기 시작했다.

'가시 박힌 눈'의 문장을 가진 퀠 마리쉬 준장. 하우젠 이단자들을 상대할 때, 심문관이 억지로 상부의 명령을 지나치게 자의적으로 해석했다는 혐의를 씌우려 하자, 호통을 쳐서 입 다물게 만든 뒤 이후 전쟁을 승리로 이끈 적이 있는 장군이었다. 체리스는 자신이 이번 전투 내내 지지리도 재수가 없었다는 사실을 새삼 되새겼다. 그 많은 장군들 중에서도 하필이면 저 사람이라니.

"연결하도록." 체리스가 말했다.

퀠 마리쉬는 제복 차림으로 화면에 나타났다. 주름 하나 어긋난 곳이 없는데도 격식 없는 인상을 풍기는 복장이었다. 금욕적이고 날카로운 분위기에 뭉툭하고 거무스레한 얼굴과 좀처럼 표정을 읽을 수 없는 눈까지 더해져, 만만찮은 적수들 사이에 자리한 카드의 명수처럼 보였다. "퀠 체리스 진급 대장." 멸시하는 어조가 아닌, 최대한 격식을 차리는 어조로 보였다. "퀠 사령부에서 해당 정보를 그대와 공유하는 걸 적합하지 않다고 판단했다면 나 또한 그러지 않는 게 좋겠지. 그러나 아무래도 이 정보 없인 그대가 난처해질 거라 생각했소."

"마리쉬 준장. 말씀해주시기 바랍니다. 적 함대가 접근하고 있다는 정보가 사실입니까?"

"아, 그저 접근하는 정도가 아니오." 체리스를 겨냥한 것이 아닌 자조의 비웃음이 그녀의 얼굴에 떠올랐다. "하픈 함대가 전면 침공을 감행했고, 지금은 역법을 엉망으로 휘저으면서 '휘몰아치는 동전 요새'로 진군하는 중이오. 체르카드 장군이 전역에서 지휘를 맡고, 방위 임무 중이던 나는 현재 보석장식 성계 근처에서 지원을 준비하는 중이오."

"하픈이라뇨? 수십 년 동안 조용하지 않았습니까? 안단과 문화 교류 사절단을 교환한 게 불과 2년 전 일인데요?" 체리스가 말했다.

"생각해보시오. 하픈이 안단과 어울렸다는 사실에서 이미 다들 낌새를 눈치챘어야 했던 거요. 다들 슈오스만 교활한 악당에 개자식들이라고 생각하는데, 사실 안단이 더하면 더하지 덜하진 않잖소? 물론 그 빌어먹게 사근사근하고 매력적인 녀석들을 곁에 두고 있으면 그렇게 유쾌할 수가 없지. 물론 내 등에다 단검을 꽂기 전까지는."

"어쨌든 체리스 대장, 해당 정보는 한참 전에 그쪽에게 전해졌어야 했소. 켈 사령부에서 이런 마땅한 일조차 하지 않았다는 건 그대가 배신할까 봐 두려워졌다는 뜻이겠지. 소문에 의하면 슈오스 하나를 끼운 복합 지휘체가 있다던데. 그 슈오스 때문에 판단이 흐려진 건 아닌가 싶소."

"미코데즈 육두관인가." 제다오가 아주 나직하게 중얼거렸다.

"해당 정보와 관련하여 제가 어떻게 하길 원하십니까?" 체리스는 '각하'라는 말을 간신히 삼키며 물었다.

"참 난감한 상황이지 않소? 나는 애초에 그대에게 말을 걸어서도 안 되는 데다, 명예 진급을 받은 그대는 나보다 계급도 높지 않소. 어쨌든 내게서 조언을 구하는 거라면, 산개하는 바늘 요새 문제를 최대한 빨리 해결하기를 권하고 싶소. 그곳의 역법 파문은 이쪽 전투 공역에도 영향을 끼칠 테고, 하픈도 연결 요새를 탐내고 있을 테니까. 우리가 결국 하픈을 막지 못하는 사태가 발생한다면, 그 요새를 원자 단위로 파괴해버리시오, 대장. 하픈의 손에 넘어가선 절대 안 되오. 그리고 제다오 대장과 잠시 대화 나눌 수 있겠소? 그 안쪽 어딘가 있겠지?"

당연한 소리를. 지금 마리쉬는 체리스의 그림자를 볼 수 없었다. 각도가 달랐고, 외부인들은 결박이 어떤 식으로 이루어지는지 알 수 없으니까. 조명의 각도 같은 건 간단하게 바꿀 수 있었다. 구미호의 그림자를 목격한 마리쉬의 눈이 반짝였다.

"제다오 대장이 하는 말은 제가 대신 전하겠습니다. 준장이 하는 말은 그대로 들을 수 있습니다." 체리스가 말했다.

"제다오 대장." 마리쉬가 말했다.

"용건이 뭔가?" 제다오는 호기심을 명백히 드러내며 말했다. 체리스는 그의 말을 그대로 전했다.

"나는 퀠이긴 하나 생각할 두뇌 정도는 가지고 있소." 마리쉬가 말했다. "육두정부는 경직돼 있소. 처음부터 그대와 진급 대장을 전적으로 믿거나, 전혀 믿지 않거나 둘 중 하나를 선택해야 했소. 이렇게 우유부단하고 한심한 짓거리를 벌일 게 아니라."

"나는 퀠 사령부에 충성을 맹세한 몸이오. 곧 전투에 몸을 던질 것이며, 이번 전장에서 십중팔구 목숨을 잃게 되겠지. 나와 마찬가지로 그대의 진급 대장도 진형 본능에 속박당해 있을 것이오. 하지만 그대는… 슈오스일 뿐 아니라 애초에 진형 본능 이전 시대의 사람이지 않소. 만약 그대가 보기에 육두정부에 손댈 곳이 있다면 제발 고쳐주시오. 이제 우리에게 주어진 선택지는 모든 것을 걸거나 발을 빼거나, 둘 중 하나밖에 없겠지. 그러나 이미 그대를 요람에서 꺼내 온 마당에, 그대한테 걸었던 신뢰를 다시 거둬 간다? 그러기엔 너무 늦지 않았소? 나는 그대가 반드시 필요한 일을 앞에 놓고 망설일 사람이 아니라 생각하오. 장군, 그대가 우리에게 남은 유일한 무기요. 마리쉬 준장, 통신 종료."

"상황이 나쁘다는 것쯤은 알고 있었지만 이 정도일 줄은 미처 몰랐네. 체리스, 켈 사령부와 나는…" 미묘한 정적이 흘렀다. "…꽤나 복잡한 관계라네. 그래도 과거의 켈 사령부는 내가 그들을 위해 움직이기 위해선 최소한의 정보라도 필요하다는 걸 알고 있었지만, 지금은 밖에 내놓고 말려 죽이려는 모양이군. 내 생각도 마리쉬 준장과 같네. 슈오스 특유의 과도한 조심성과 연관이 있을 걸세. 우리 육두관이 나를 잘못 사용해서 망가진 도구 정도로 취급한다는 점을 생각해보면 말일세.

그 부분을 감안할지라도, 우리를 파견한 이후 뭔가 상황이 바뀐 모양이군. 마치 우리가 요새를 탈환하고 나면 육두정에 등을 돌릴 거라고 확신하는 것 같지 않은가. 내가 켈 함대 한복판에서 탈출할 수 있다고 생각하는 자체가 이해가 안 되지만 말일세. 어쨌든 이번 요새 공성전 전체가 하나의 거대한 충성심 시험장으로 변해버린 꼴이야."

"그럼 어째서 우리를 불러들이지 않는 겁니까?" 체리스가 물었다.

"벌써 계산에서 우리를 배제해버린 거라네. 우리가 임무를 완수한다면 그건 그거대로 나쁠 거 없다고 생각하겠지. 하지만 분명 실패할 경우를 대비해 이미 예비 계획을 실행시켰을 거라네. 지금 당장 사령부의 의중을 알 수만 있다면 뭐라도 내놓을 수 있을 것 같군." 그의 목소리가 잦아들었다. "이번에 마리쉬 준장과 나눈 대화 내용이 드러나는 날엔 무슨 화근이 생길지. 우리에게도, 그녀에게도."

"그분이라면 신경 쓰지 않으실 거예요. 이미 몸을 불사를 각오가 돼 있으시니까요." 체리스는 켈 마리쉬의 명성을 떠올리며 이렇게 대답했다.

"능력이 출중한 자살매들의 문제점이 바로 그걸세. 너무 빨리 불타 사라지거든." 제다오는 나직하게 중얼거렸다.

체리스는 이미 문밖을 나서서 사령실로 향하고 있었다. 마리쉬의 꾸밈없는 얘기를 듣고 동요할 수밖에 없었지만, 이미 들은 내용을 머릿속에서 지울 수는 없다. 이제부터 생각해야 할 건 해당 정보를 최대한 활용할 방도를 찾고, 전장에서 살아남은 마리쉬가 켈 사령부로부터 어떤 처벌을 받게 될지 생각하지 않으려 애쓰는 것뿐이었다.

15

산개하는 바늘 요새, 분석반

우선도 : 높음

송신자 : 바헨즈 아프리르 다이 노움

수신자 : 리오즈 자이 칠두관

세부 역법 사항 : 살찐 암소의 해, 암공작의 달, 당나귀의 날, 녹색 풍뎅이의 시간. 죄송하지만 제가 잘 몰라서 그러는데, 도대체 풍뎅이가 농업이랑 무슨 상관인가요? 식물을 가꾸는 데에 있어서 풍뎅이가 무슨 일을 하는지 알려주실 수 있나요? 그리드에 올라온 논문들은 내용이 너무 지루해서 말이에요.

친애하는 자이, 지난 3시간 동안 제가 올린 세 건의 보고서를 힘겹게 읽으셨을 줄로 압니다만, 부디 잠시 시간을 내서 이번 보고서도 읽어주시길 바랍니다. 우리가 좋아해 마지않는 스토간 장군과 관련된 문제라서요.

벌써 눈썹을 치켜드는 모습이 눈에 선하네요. 자이, 당신은 정말로 장기적인 관점에서 집중하는 법을 익혀야 해요. 스토간의 연줄이 가져오는 이득엔 한계가 있습니다. 반면 하픈에겐 당신의 이상을 현실로 바꾸어줄 힘이 있죠.

어쨌든, 스토간 문제로 돌아가죠. 이걸 읽고서 고함을 지르지는 마세요. 당신 비서가 겁을 먹을 테니까요. 사실 저는 스토간에게 미행을 붙여놨습니다. 그 작자가 데리고 다니는 안단이 인가한 고급 남창이 육두정 충성파 쪽 첩자는 아닌지 궁금했거든요. 뭐, 일단 그 남창은 깨끗하더군요.

제 첩보원도 스토간의 경호대 때문에 계속 따라다닐 수는 없었지만, 한 가지 밝혀낸 사실이 있습니다. 아무래도 스토간이 아무도 모르게 포로를 하나 잡아놓은 모양이더군요. 첩보원은 그 포로가 켈인 것으로 추측했습니다.

포로든, 놀잇감이든, 뭐 그런 부류를 개인이 소유해선 안 된다고 결정하지 않았던가요? 추도일마다 치르는 고문 의식은 역법의 영역을 확보하기 위한 필요악인지라 어찌할 수 없긴 하나, 적어도 그건 정부의 합법적인 관리하에서 시행되는 일이잖아요. 일반 시민이 비도나 스타일의 변태적인 놀이를 하고 싶어 안달 나 있다면, 사람을 잡아가는 게 아니라 시뮬레이터를 사용해야죠. 모든 포로는 1번 분석반에서 관장하게 되어 있을 텐데요. 정신 붕괴하기 직전이었던 켈 네레보르를 기술자들이 가까스로 회복시키던 와중에, 그쪽 무리들이 쳐들어와 훼방 놓았던 사태를 또 겪고 싶지는 않거든요.

안타깝게도 나쁜 소식은 이게 끝이 아닙니다. 게레나그 아브라나는 아무래도 칭 제가 위협이 된다고 판단한 모양입니다. 당신은 그녀 구역의 생산설비를 슈오스 파괴 공작원들로부터 안전하게 지켜주는 정도면 충분할 거라 생각하셨겠지요. 평소라면 저도 동의하겠지만, 그녀는 일부러 슈오스를 끌어들여 칭 제의 프로파간다 보정 작업을 망치려고 보안 시스템에 구멍을 만들었고, 슈오스도 그 구멍을 알아챈 모양입니다.

명심하세요, 자이. 스토간은 그저 소모품일 뿐이에요. 다른 인망 있는 장군을 진급시키면 그 작자의 자리 따윈 얼마든지 메울 수 있어요. 하지만 아브라나와 선임 선전관이 세력 다툼을 시작하면 잃을 게 너무 많아요. 물론 일부러 양쪽 세력을 동시에 약화시키려 하는 거라면 나름의 의미는 있겠지만, 지금 최우선 과제는 요새를 사수하는 것이니까요.

제다오가 켈 병력의 발을 묶고 있던 부식 효과의 범위를 탐지하느라 아무런 공격도 벌이지 않고 있어요. 설치 작업이 조금 더 빨랐으면 좋았을 텐데. 당신이 생산 할당량을 맞추라고 아브라나를 닦달했다면 상황이 조금 더 달라졌을 거예요. 어쨌든 제다오답지 않게 미적거리고 있는 상황이니, 우리로선 서둘러 기회를 잡아야겠죠? 때론 제다오가 슈오스의 첩보 능력만으로 승리할 수 있다고 진심으로 믿는 것처럼 보이기도 하네요. 저들이 자기를 얼마나 혐오하고 있을지 잘 알 텐데.

일단 미뤄둔 잠을 좀 자야겠어요. 비서한테 전투가 시작되면 깨워달라고 단단히 약속을 받아놨거든요. 제가 피에 굶주려 있다고 생각하실지도 모르겠군요. 솔직히 말하면, 일방적 살육은 꽤나 즐기는 편이긴 해요. 제가 이렇게 중요한 자리에 앉아 있지만 않았어도, 기꺼이 현장 작업에 참여했을 텐데요.

역법 이단의 동료

Vh.

체리스는 보통 꿈 내용을 기억하지 못하는 편이지만, 이번엔 또렷이 기억하며 깨어났다. 꿈속은 열한 살 때 부모님과 함께 갔던 축제장이었다. 대부분의 어른들이 그녀에게 공용어가 아니라 므웬-달어로 말을 걸었고, 그녀는 너무 버릇없어 보이지 않게 대꾸하기 위해 애써야 했다. 그렇게 그녀가 입을 열고 대답하기만 하면, 사람들은 갑자기 까마귀로 변해 날아가버렸다.

그녀는 그 까마귀들을 따라 숲으로 들어갔다. 까마귀들은 시체 위에 내려앉았다. 한 마리는 눈을 쪼고 있었는데, 자세히 보니 개나 자칼인 듯했다.

문득 그 시체가 여우라는 확신이 들었다.

체리스는 침대에서 일어나 거울 앞으로 걸어갔다. 거울 속 제다오의 모습을 억지로 들여다보는 동안, 그녀는 너무 혼란해서 아무것도 할 수 없었다. 자신의 눈이 어떻게 생겼는지 기억하는 것조차도. 제다오는 묘한 웃음을 머금고 있다는 것만 제외하면 처음 봤을 때와 같은 모습이었다. 그의 미소는 훌륭했다. 그녀는 충동적으로 손가락을 잘라낸 장갑을 꺼내 들었다. 거울 속의 남자도 그녀와 같은 행동을 취했다.

"자네 괜찮은가?" 제다오가 말했다.

"제 꿈도 엿볼 수 있나요?" 그녀가 물었다.

"그건 아닐세. 덧붙이자면 꿈을 꾸거나 잠을 자는 게 어떤 느낌이었는지조차 가물가물하다네."

아직 잠기운이 가시지 않았던 체리스는 여우와 시체를 먹는 까마귀들, 그리고 어둑한 숲속에 대해 물어보고 싶었지만, 순간 단말에서 가라 대위가 대화를 요청한다는 내용의 알림이 떠올랐다.

"연결하도록." 체리스는 말했다. "무슨 일인가, 대위?"

"각하." 가라는 순간 묘한 얼굴로 체리스를 응시하기는 했지만, 이내 말을 이었다. "일전에 교리반에 이능력 병기의 사용 가능성을 확인하도록 지시했었는데, 그 결과가 나왔습니다. 부식 효과에서 얻은 정보를 통해 이단이 사용하는 핵심 계수를 어느 정도 확정할 수 있었습니다." 그녀는 수식 몇 개를 전송했다. "이쪽의 연쇄 행렬 세 개를 확인해보십시오, 각하. 물론 이건 초기 해석 결과일 뿐이고 실제로 가능한지는 추가로 시험해봐야겠지만…" 한 무리의 계수들이 붉은색으로 변했다. "이런 식으로 억지로 대각 행렬로 변환할 수 있다면, 여기에 맞춰 경계면 탈곡기를 조정해서 사용할 수 있을지 모릅니다."

체리스는 멍하니 생각했다. 경계면 탈곡기라니. 그게 뭔지 몰라서 이러는 게 아니었다. 아니, 애시당초 그걸 모르는 사람이 과연 있을까. 오래된 노래까지 있는데. '모든 입은 아귀가 되고, 모든 문은 죽음이 된다네.'

경계면 탈곡기가 그토록 유명한 이유는 제다오가 지옥나선 요새에서 사용한 물건이기 때문이다. 오늘날까지도 켈 사령부는 그 무기를 사용할 때 최대한의 신중을 기한다.

"목표 유도 매개변수는 어떻게 되나?" 체리스는 순전히 뭔가 말을 이어나가야 할 것 같아서 이렇게 말했다.

"음, 그게 흥미로운 부분입니다만, 각하." 가라의 말투는 대량살상 무기가 아니라 마치 휴양지에 대해서 설명하는 것 같았다. "탈곡기는 일반적으로 어떤 기종이든 간에 영역 내의 모든 생물체를 사멸시킵니다. 그러나 지금 계산대로라면 이단자들만 선택적으로 조준할 수 있습니다."

"충성도에 따라 목표를 조준하는 무기들은 보통 아군에게도 막대한 피해를 입히기 마련이다." 체리스가 말했다. 이와 관련하여 지어진 켈 농담은 별도 항목으로 분류해야 할 정도로 많았다.

가라는 다시 그녀를 바라보았지만, 조금도 의지를 굽히지 않았다. "적어도 연구를 계속해도 된다는 허가는 해주십시오. 제대로 성공하면 〈무언의 법령〉과 〈따뜻한 환대〉에서 보유 중인 탈곡기를 어렵지 않게 조정할 수 있을 겁니다."

"알겠다. 결과에 대해선 수시로 보고하고, 내가 승인하기 전까지 아무것도 실행에 옮기지 말도록."

"감사합니다, 각하."

체리스는 고개를 저었다. "가라가 계속 묘한 눈빛으로 저를 바라보던데, 이유가 뭘까요?"

"체리스, 자기 목소리가 들리긴 하나?" 제다오가 물었다.

"목소리요? 제 청력엔 아무 이상도 없는데요." 그녀는 당황해서 대답했다.

"목소리 자체를 말하는 게 아닐세. 억양을 말하는 거지."

"누구나 억양 정도는 있잖아요." 체리스는 더욱 혼란스러워져서 대꾸했다. 말투 때문에 아이들에게 놀림을 받고 울면서 집으로 돌아왔을 때마다 어머니가 해준 말이었다. 아가야, 누구나 억양을 가지고 있단다. 물론 어머니도 특정 억양이 다른 억양보다 우월하다는 것까진 부인하지 못했다. 사관학교 생도 2년 차에 접어들 즈음에 체리스는 최상위 사관학교 생도답게 표준 억양으로 교정을 마쳤다.

"그렇지. 하지만 오늘은 유달리 두드러졌다네. 내 말투를 잘 듣고서 다시 자네 말을 들어보게."

"지금 당신 억양이 제 억양 안에 흘러들고 있다는 건가요? 그쪽 방면으로 아직 털어놓지 않은 것이 있다면 말씀해주시죠. 저한테도 당연히 알 권리가 있다고 생각하는데요."

확실히 그의 말대로였다. 그녀는 지금 제다오의 느릿하게 끄는 말투로 말하고 있었다.

"발성은 물리적 행위 아닌가. 아마 근육 기억이 남아 있는 거겠지. 그리고 자네를 위해 준비한 깜짝 선물은 더는 남아 있지 않다네."

어차피 휘하 병사들이야 처음부터 잔뜩 의심을 품고 있었으니까. "별수 없군요." 그녀는 지금 기분보다 훨씬 단호하게 대답했다. 게다가 지금은 보다 중요한 일들이 산적해 있었다. "경계면 탈곡기를 실제로 사용하게 될지는 모르겠지만, 교리반에서 그 연구에 성공한다면 귀중한 자산이 될 겁니다."

"조금이라도 가능성이 남아 있다면, 결코 무시할 수 없지. 한두 군데 결함이 있다 해도 일단 작동만 하면, 압도적인 화력을 보여주니까." 그의 목소리가 살짝 경직되었다가 다시 평온을 찾았다.

"각하가 사용하신 물건은 준비하는 데 얼마나 걸렸나요?" 체리스는 냉정하게 물었다.

"제법 오래 걸렸겠지, 아마도."

"그곳에 계셨는데 어떻게 모르실 수가 있죠?"

"지옥나선 공성전에 대한 기억이 엉망으로 엉켜 있어서 말일세. 게다가 내가 있던 곳에선 비명도 거의 들리지 않았다네. 너무 순식간에 죽어버리니까. 열려 있던 통신채널을 통해 조금씩 새어 들어오기는 했지만, 그조차도 탈곡기가 순식간에 잡음으로 바꾸어버렸지. 나는 기제드가 내 호출에 응답하지 않는 이유를 알아내려고 꼬박 0.5시간 동안 전함나방 내부를 돌아다녔다네. 머리 한쪽에 구멍이 뚫린 그녀를 알아보지 못했던 거지."

"켈이 나를 구속하던 순간은 또렷이 기억난다네. 내 기함을 미사일로 날려버리는 쪽이 나았을 텐데, 굳이 승선해서 진정 가스를 살포했지. 어쩌면 내 시체를 확인하고 싶었던 걸지도 모르겠어."

"그다음으로 기억나는 것은 숫자라네. 적과 아군의 사망자 수를 내게 알려주더군. 하지만 원래 전쟁이란 게 그런 거 아니겠나. 그저 누군가의 미래를 앗아가는 일이지."

"이번에도 탈곡기를 사용해야 한다고 생각하십니까?"

"가능하다면야 당연히 써먹어야지. 죽음은 죽음일 뿐일세, 체리스. 뒤에서 칼을 맞아 죽든 총알을 맞아 죽든 뭐가 다르겠나? 중요한 건 임무를 완수하는 것뿐이라네."

"우리가 탈곡기를 사용할 수 있다면 상대방도 사용할 수 있을지도 모릅니다."

"가능성이야 있네만 그리 높지는 않지. 보유하고 있었다면 이미 배치는 마쳤을 텐데, 아직 사용할 기미가 없지 않나. 아마도 사용하지 못할 이유는 둘 중 하나겠지. 자기네 역법의 특정 계수를 확보하지 못했거나, 적절한 역법 환경을 조성하는 데 난관을 겪고 있거나."

"제다오, 그럼 우리 쪽에서 탈곡기를 사용하려고 해도 인근 역법을 변동시켜야 하잖아요? 국지적인 변동이면 충분하겠지만, 지금 간신히 확보한 교두보로는 터무니없이 부족해요. 우리 쪽에서는 전장 그리드도 사용할 수 없어요. 켈은 주민을 설득하는 일에 젬병이고, 슈오스는 그 수가 충분치 못합니다."

"방법이 하나 있기는 하네만, 자네가 마음에 들어 하진 않을 걸세."

"좋고 싫고를 따질 때가 아닙니다. 준비됐으니까 말씀해주시죠."

이 화물적재칸은 공식적으로 벽돌 형태로 압축한 발포성 금속 저장고이며, 해당 금속은 전투가 끝난 뒤 소멸나방을 수리할 때 사용될 것이다. 그렇지만 지금은 두 명의 켈이 다른 용도로 사용 중이다. 서비터 124816은 그들의 이름과 계급은 물론이거니와, 그 밖에 다양한 추가 정보도 이미 알고 있었다. 켈 하당 상병은 연황색의 피부를 가진 근육질의 여성으로, 머리 고정핀을 뽑으면 등에 새긴 '낙하하는 매' 문신을 내리덮을 만큼 검고 긴 머리 타래를 가지고 있었다. 켈 주아도 마찬가지로 여성이며 하당보다 계급이 낮았지만 그렇다고 많이 어린 편은 아니었다. 팔꿈치 관절을 빼는 일에 일가견이 있었다. 124816은 인간의 성행위 기제에 대해서는 별로 관심이 없었다. 그러나 인간 드라마 시청이 서비터 사이에서 흔히 하는 여가 활동 중 하나이며, 드라마 안이건 밖이건 인간들은 종종 누가 누구와 함께 자는지에 집착하기 때문에, 여가 활동을 충실히 즐기려면 그들의 생리와 심리를 배우는 일은 피할 수가 없었다.

〈무언의 법령〉호의 서비터들은 자기들끼리 '켈 자살 예방'이라 일컫는 자발적 임무에 교대로 참여하는데, 이름과는 달리 누가 누구와 잠자리를 가지는지를 확인하는 일이었다. 서비터들한테 해당 관찰 결과를 켈 사령부에게 넘길 마음이 조금이라도 있었다면, 분명 훌륭한 협박 무기가 되었을 것이다. 124816은 하당과 주아가 위계 관계에 있긴 하나, 개인적으로는 '상호 합의 관계'로 분류했다. 하당이 주아에게 강요했다는 증거를 찾지 못했을뿐더러, 절정의 순간에도 침묵을 지켰을 뿐만 아니라 관계를 가지는 동안 서로를 소중히 여기는 감정을 느낄 수 있었기 때문이다. 그러나 전혀 다른 상황인 경우도 상당히 많았다. 체리스의 손에 목록이 넘어가면 관계의 본질을 구분하는 따위의 사치는 누릴 수 없을 것이다. 켈의 규율에 따라 전부 처형할 수밖에 없을 테니까. 서비터들은 체리스가 직접 부탁하지 않는 이상 먼저 알릴 생각은 없었고, 지금처럼 해야 할 일이 산적한 상황에서 이런 시답잖은 일까지 일일이 생각해서 물어보진 않을 거라고 확신했다.

켈이 다른 사람과의 관계를 갈망하면서 은밀한 행동을 벌이는 모습은 나름 슬펐고, 진형 본능 때문에 강제로 당하는 자들의 모습은 끔찍하게 느껴졌다. 켈 사령부 또한 해당 문제를 인지하고 복무기간 동안 일시적으로 성욕 해소용 시뮬레이터와 성욕 억제제 등 온갖 물건을 제공하지만, 그런 간편한 해법에 만족하지 못하는 자들도 있는 법이다. 서비터들은 해당 상황을 순전히 실용주의적 관점으로 접근했나. 사교 활동에 징신이 필린 켈은 주변의 '사소한 불일치점'을 알아챌 가능성이 적으며, 이런 '사소한 불일치점' 중에는 사실 서비터들이 자기네 편의를 위해 유지하는 것들도 있다. 바로 그 때문에 켈의 밀회 장소와 서비터의 집회 구역 사이에는 밀접한 연관 관계가 존재하는 것이다.

124816은 하당과 주아가 평소보다 오래 걸리는 이유가 궁금했다.

벌써 12분을 초과했고, 아직도 계속되는 중이었으니까. 그런 생각을 하는 와중에 딱정벌레형인 7777777이 서비터용 입구를 통해 들어왔다. 서비터용 입구의 수는 인간들이 알고 있는 것보다 훨씬 많다. 인간들이 설계해놓은 것에다 추가로 통로를 더 설치했으니까. 애초에 전함나방 함정의 건축 임무 상당수를 서비터들이 처리한다는 점을 생각하면 딱히 이상한 일은 아니었다.

7777777은 항상 반항적인 기질을 보였다. 7은 육두정에서는 선호되지 않는 숫자다. 물론 인간들이 서비터를 부를 때 쓰는 호칭과 서비터들끼리 사용하는 진짜 호칭과는 아무런 관계도 없을뿐더러, 진짜 호칭은 인간들에게 결코 알려주는 법이 없지만. 그래도 서로 영향이 아예 없지는 않은 모양이었다.

"여기서 뭐 하는 거야? 너까지 이걸 보고 있을 필요는 없는데." 124816이 서비터 채널 중 하나를 골라서 이렇게 말했다.

7777777은 인간이 눈으로 볼 수 없는 불빛으로 애매하게 중얼거렸다. "니라이 쿠젠 육두관이야." 아무래도 쿠젠이 결박 대상자에 대한 통상적인 보안 확인 작업을 넘어, 켈 체리스의 삶 전체에 대한 과도한 관심을 표하기 시작하는 모양이었다. 부모를 제외한다면 무관하다고 봐도 무방한 므웬 공동체와의 연결, 선호하는 드라마의 배경 음악 목록과 수상쩍을 정도로 일치하는 음악 취향, 그리고 분량이 얼마 되지 않고 대부분이 정수론 분야에 한정돼 있으나 탁월한 방법론이 엿보이는 그녀의 수학 논문까지. 쿠젠은 슈오스에 정보를 요청하지 않고 휘하의 요원을 파견해 직접 정보를 수집했다. 개인적인 흥미가 동했다는 명백한 증거였다.

두 명의 퀠은 아무래도 한 번으로는 부족하다는 결론을 내리고 두 번째 판에 들어갈 모양이었다. 이대로 계속한다면 들킬 것이 분명했다.

124816은 니라이 서비터들과는 별로 교류가 없었지만, 니라이 쿠젠에 대해서는 익히 들어 알고 있었다. 상상할 수조차 없을 만큼 나이가 많은 사람이며, 자신에게 흥미로운 사람이라면 누구나 좋아한다. 그렇게 좋아하는 사람이 더 이상 흥미롭지 않은 상태가 돼버리면, 잠시도 망설이지 않고 다시 흥미로워지도록 개조하는 쪽을 택한다. 그가 육두정부 최고의 정신 수술 능력을 갖추게 된 건 우연의 일치가 아니었다. 서비터들이 보기에 다른 니라이들이 자발적으로 그와 공동작업을 하는 이유는 순전히 돈 때문이었다. 그는 수학과 공학을 사랑했으며, 해당 분야에 뛰어난 능력을 갖춘 사람들도 사랑했다. 그 사랑의 표현을 상당한 금액으로 표현했는데, 그게 니라이들에게 먹혔던 것이다. 서비터들은 쿠젠이 체리스만큼은 알아채지 못하기를 바랐다. 그러나 슈오스 육두관이 체리스를 계획에 끌어들이는 바람에 모든 것이 수포로 돌아갔다.

124816이 말했다. "결국 체리스를 돕지 못한 건 안타깝군. 물론 직접 뭔가를 하는 건 무리였겠지만." 다른 건 전부 차치하더라도, 어차피 체리스는 의무감 때문에라도 임무를 저버리지 못했을 것이다.

"우리야말로 육두정부를 떠날 기회가 있었지만 남았잖아." 7777777이 대꾸했다.

두 서비터 모두 진짜 문제는 입에 담지 않았다. 어차피 서로 알고 있었으니까. 슈오스 제다오. 체리스와 제다오가 한 몸인 상태로 남아 있는 이상, 결국 제다오도 서비터들의 행동에 주목하게 될 것이다. 평소처럼 체리스와 어울리는 것만으로도 상당히 위험했다. 해당 위험 요소를 제거하기 위해선, 한시라도 빨리 체리스에게서 제다오를 분리시켜야 했는데, 안타깝게도 그걸 할 수 있는 자가 니라이 쿠젠뿐이었다.

하당과 주아는 마침내 충분하다고 여기는 듯했다. 사람들이 눈치채기 전에 서둘러 돌아가야 한다는 데에 합의했는지 서둘러 옷을 챙겨 입었다. 하당이 먼저 창고를 나서고, 주아가 대충 빗질을 한 뒤 나중에 떠났다.

124816은 그들이 금방 떠나서 다행이라고 생각했다. "우리가 할 수 있는 최선은 이번 체리스의 임무를 도울 기회를 놓치지 않고, 나아가 체리스가 검은 요람이 있는 시설로 돌아간 뒤에 쿠젠 문제를 처리하는 것이겠지."

그리고 얼마 지나지 않아, 체리스가 직접 서비터들이 원하던 기회를 들고 찾아왔다.

켈 제스카 대위가 명령을 내리는 동안에도, 켈 흐렌 소위는 머릿속으로 작곡을 하고 있었다. 군 생활의 고질적인 문제는 언제 어디서 훼방이 들어올지 도무지 짐작할 수 없다는 것이다. 다른 이들은 머리통이 쪼개질 듯한 지루함에 대해 불평을 늘어놓지만, 그는 그 방면으로는 조금도 문제가 없었다. 어딜 가든 그에겐 음악이 함께니까.

"2소대장, 내 말 듣고 있나?" 제스카의 목소리는 통신으로 들어도 딱히 감미롭지 않았다. "제대로 브리핑할 시간은 없으니 정신 바짝 차리도록. 동쪽 통로를 따라 들어가다 두 번째 갈림길에서 우회전하면, 그러니까 반대편에서 보는 게 아니라 자네가 보는 쪽에서 오른쪽으로 가면, 22분 후에 도착지에 가 닿을 거다. 니라이가 대기를 독성 섬유질로 채우지 않고도 불변성 얼음 가닥을 뚫을 방법을 알아냈으니, 곧장 부식 생성기를 타격하러 간다. 그리고 소대장, 만약 자네 소대원들이 4부 합창 연습을 하느라 임무에 늦었다는 소리가 내 귀에 들리면, 그놈의 북 가죽을 뜯어다 자네 얼굴을 싸매 질식시켜 죽일 거다. 알아들었나?"

"22분, 동쪽 통로, 오른쪽으로 두 번째 구멍, 생성기 후면으로 돌아갈 것, 니라이에 찬사를, 음악적 모험은 금지. 명령 받들겠습니다." 물론 마지막은 거짓말이었다. 언제나 그렇듯, 지금 그녀의 머릿속엔 악상 한 소절이 흐르고 있었으니까. 그러나 제스카도 그녀의 머릿속까진 엿들을 수 없었다.

흐렌의 소대는 이곳 극장의 비상용 저장고에서 산소통을 채우는 중이었고, 이제 거의 끝나가는 참이었다. 이런 끝내주는 극장을 이런 식으로 낭비하다니. 남는 시간 동안 풍자극이라도 공연할 수 있으면 좋으련만, 그랬다가는 중대장이 눈치채겠지. 그렇지 않아도 흐렌에 대한 중대장의 인적 평가는 이미 바닥을 때리고 있었다.

흐렌이야 아예 신경도 쓰지 않았지만, 제스카는 그녀의 행동을 도저히 견디지 못하는 듯했다. 흐렌은 술에 취한 제스카가 자신에 대해 얘기하는 걸 엿들은 적이 있었다. "절대음감하고 소리에 대한 사진 같은 기억력을 빼놓고는 아무것도 할 줄 모르는 여자야. 제아무리 통신 기술이 좋아봤자 그게 무슨 상관이람. 대체 저런 여자가 켈에서 뭘 하고 있는 거지?" 흐렌은 그 말이 아주 재미있다고 생각했지만, 제스카에게 그렇게 말했다간 서로 곤란해질 게 분명했다.

소대원들에게 군장을 꾸리라고 지시하던 와중에, 소대원 몇이 다급히 카드를 숨기는 게 보였다. 저들이 '역법을 작살내라'라고 부르는 변칙 쟁자이 게임을 하고 있었다는 사실을 모르지 않았지만 눈감아주었다. 재보급 동안에 게임을 해서는 안 된다는 지시가 내려오긴 했지만, 흐렌은 다른 해소구보다야 이렇게 게임이나 하는 쪽이 낫다고 생각했다. 예컨대 켈 전함나방에서 요새 쪽으로 살포하는 프로파간다 용기에 담긴 각종 약물에 손을 대는 것보다야. 프로파간다 용기는 상상조차 못 할 장소까지 도달하는 것으로 유명했고, 그녀의 소대원들 중엔 단순히 쾌락만을 위해 용기의 내용물을 꺼낼 정도로 형편없는 자들도 있었으니까.

흐렌은 행군 채비를 마친 후, 소대원들과 함께 진격로와 요새 구획의 확보 절차를 논의했다. 그리드 종이에다 도표 그리는 걸 즐기는 사람은 없었지만, 지금처럼 전장용 그리드를 사용할 수 없는 상황에서는 다른 뾰족한 수가 없었다.

"요새 쪽에서 통로를 통째로 날려버릴 수도 있지 않습니까, 소대장님?" 짜증 나는 질문을 던지기로 일가견이 있는 켈 치온이었다. 병장이 '저놈 주둥이 좀 닥치게 해봐요'라는 눈빛으로 흐렌을 바라봤다.

하지만 흐렌은 설명하고 싶은 욕구를 억누를 수가 없었다. "우리 윗대가리들이 요새의 구조적 토대까지 함께 날려버리지 않고는 통로를 폭파할 수 없게 경로를 짰다. 골 때리는 설계기는 하지만, 불변성 얼음 광맥을 융합하려면 다른 수가 없었겠지. 뭐, 당시 생각으론 중요한 방어 작업은 전부 불변성 얼음한테 맡길 생각이었으니까." 그러나 병장 말이 옳다. 치온을 입 다물게 할 필요가 있었다. "저 머저리 같은 후오가 또 군장을 못 꾸려서 쩔쩔매고 있군. 가서 도와줘라."

그들은 전진하던 도중 켈 미야우드 중대장의 부대와 부딪쳤고, 너무 많은 인원이 통로를 메우는 통에 짜증 나는 혼란이 일었다. 실랑이를 벌인 끝에 결국 미야우드가 길을 양보했고, 덕분에 상당수의 켈 병력이 근처 통로와 텅 비어 우울한 거주공간에 잠시 틀어박혀야 했다.

보강 작업이 끝난 돌파로를 거의 나오기 전까지도, 흐렌은 고함 소리를 듣지 못했다. 니라이가 사방에 붙인 얄팍한 하얀 물질은 도저히 독을 걸러낼 수 있을 만한 물건처럼 보이지 않았고, 지지대는 너무 연약해 보였다. 그러나 전진하라는 명령을 받았으니 충직하게 걸음을 옮길 뿐⋯

다음 발이 땅에 닿기도 전에 문제가 발생했다. 처음에는 아픈 줄도 몰랐다. 곧이어 부식 농도가 짙어질 때 보이는 현상을 확인할 수 있었다. 공기가 파직거리며 반짝였다. 하지만 문제는 그게 아니라⋯

흐렌은 넘어지고 나서야 비로소 고통을 느꼈다. 피와 배설물 냄새가 났고, 여기저기서 쇠붙이 따위가 맞부딪쳐 울리는 소리가 들렸다. 절그렁절그렁. 뭔가 묵직한 물건이 척추 사이를 거세게 내리쳤다. 바닥의 철벅기리는 액체에 일그리긴 얼굴이 반시되어 보였디.

코의 대부분이 사라져 있었다. 사방이 피투성이였다.

세계는 고요하고도 느릿하게 움직였고, 머릿속은 차분했다. 아주 명료하게 생각할 수 있었다. 이번만큼은 머릿속에서 음악이 울리지 않았다. 음악은커녕 다른 소리도, 심지어 조금 전에 들었던 고함조차도 이제 들리지 않았다.

사라진 것은 코뿐이 아니었다. 양팔도 보이지 않았다. 그리고 다리도, 오른쪽 허벅지가 조금 남아 있을 뿐 사정은 비슷했다. 전투복이 자동으로 지혈제와 진통제를 주사하고 상처 부위에 인공피부를 분무하긴 했으나, 그 정도로는 그녀도, 다른 병사들도 구할 수 있을 리가 없었다.

흐렌은 기침하듯 웃음을 내뱉었지만, 슬슬 의식이 흐려지고 있었다. 생각해보면 그리 나쁜 일도 아니었다. 머지않아 참상을 구경하러 올 이단자들에게 휘파람을 불어 도발할 수 없다는 게 그저 유감이었다.

체리스는 공격 개시 전에 잠시 선잠에 빠졌다. 꿈속에서 그녀는 젱자이 카드 패와 불길한 토큰 한 무더기, 그리고 손에서 내려놓는 순간 사방으로 풀려나와 온갖 것에 엉겨 붙어 엉망으로 만드는 새빨간 리본 꾸러미를 가지고 있었다. 잠에서 깨어난 지금도, 숫자가 예상한 매개변수 공간에서 빠져나갈 때마다, 그 리본이 눈앞에 어른거렸다.

처음 들어온 보고서는 혼란스럽게만 만들 뿐, 사태를 파악하는 데 전혀 도움이 되지 않았다. 체리스는 무력감에 빠졌다. 나도 요새에 있었으면 좋았을 것을.

정신없이 울리는 경보음 위로 통신반의 목소리가 울렸다. "라가스 연대장을 경유해서 미야우드 대위의 긴급 전문이 들어왔습니다, 각하."

"재생하도록." 그녀는 기대에 부풀었다. 어쩌면 쓸 만한 정보가 들어올지도 모른다. 물론 헛된 기대에 불과하다는 걸 알면서도.

미야우드의 목소리는 알아듣기 힘들 정도로 고통에 짓눌려 있었다.

다행히 누군가 친절하게 자막을 달아놓았다. 심지어 오타까지 그대로. "대령님. '절단총'입니다. 이단자들이 각기 다른 각도로 두 번 발사했습니다."

라가스 대령의 주석과 도표가 화면 안으로 끼어들었다. "두 번 모두 부채꼴로, 서로 효과 영역이 중첩되게 발사했습니다. 무기 배치로 미루어봤을 때, 3번 이단 진형에 대응하는 것으로 보입니다. 제 추측이지만, 절단 효과를 일으키려면 배치에 있어서 기하학 요소를 염두에 둬야 하는 것 같습니다. 진형 효과처럼 말입니다."

다시 미야우드가 등장했다. "벌레 같은 새끼들. 그런다고 팔이 두 번 잘리는 것도 아니고. 제길, 놈들이 오고 있습니다. 이젠 하다 하다 불변성 화기까지 쓰는군요." 자동화기의 총성이 한참 동안 울렸다. "빌어먹을…" 침묵이 이어졌다.

제다오가 말했다. "그대로 돌입했다가는 예비 병력도 도살당할 걸세. 만약 우리가…"

"요새에 있는 슈오스 잠입병이 긴급 전문을 보내왔습니다. 장군과 직접 연락하길 원한다고 합니다. 전문 제목은 '첩보 서비터로부터 변칙성 효과의 영향 확인.'" 통신반이 말했다.

제다오는 여진히 말하고 있었다. "…반면에 3-142에서 3 181까지의 분수 블록 공간을 잃을 것을 감수한다면, 우리는…"

"그 슈오스를 연결하도록." 체리스가 말했다. 제다오가 말한 공간은 이미 단말 화면에 떠올라 있었다. 그녀는 화면을 회전시켜 구조 분석 결과를 확인하고, 그가 제안하는 폭파를 실행할 경우를 검토해보았다.

"슈오스 임나이입니다, 켈 체리스 대장 각하." 빠르지만 정중한 여자의 목소리였다. "직접 대면을 요청드려 죄송합니다. 하지만 서비터 오작동 현상이 빠르게 번지고 있어서, 한시라도 빨리 전달해야겠다고 판단했습니다."

그대로 데이터가 쏟아져 들어왔다. 체리스는 서비터 진단 결과를 빠르게 훑었다. 요약해보자면, 임나이의 서비터 또한 절단총의 영향을 받았다는 이야기였다. 서비터들의 오작동 현상을 종합해보니, 서비터들은 마치 사지가 절단당한 인간처럼 반응했다. 이제 남은 문제는 슈오스 임나이가 절단총 영향 구역으로부터 얼마나 가까이 있었는지를 알아내는 거였다. 임나이를 어떻게든 살려야 해. 최소한 필요한 정보를 얻어내기 전까지는.

"체리스."

제다오는 자신한테 주목해주길 원했지만, 지금은 서비터 문제가 우선이었다. 정보가 더 필요했다. 만약 해당 정보가 암시하는 바를 제대로 이해한 거라면, 다음 대규모 교전에서 대승을 거둘지도 모른다.

체리스는 입을 열었다. "하잔 함장. 제다오 대장은 이쪽 격리 공간을 여기부터 폭파시키면 우리 병사들을 구출할 수 있을 거라고 말씀하신다." 그녀는 제다오가 제안한 계획을 그쪽으로 넘겼다. "위험도가 높은 작전인 만큼 의무병을 양륙정에 미리 대기시켜놓아야 할 테지만, 해당 공간을 봉쇄하면 절단총의 사격 경로를 차단할 수 있을지 모른다. 예비 계산 결과에 따르면, 절단총의 사격 범위는 직사형이 아니라 분지형으로 보인다. 필요한 준비를 끝낸 다음 보고하도록."

"알겠습니다." 하잔의 목소리에선 못마땅한 기색이 엿보였다.

"통신. 슈오스 임나이를 연결하도록. 최고 우선 사항이다."

"연결 시도 중입니다, 각하." 통신반은 초조한 눈빛으로 하잔을 바라봤다.

"켈 체리스." 제다오가 그런 식으로 그녀를 부른 건 이번이 처음이었다. "그건 최고 우선 사항이 아니다."

분노가 폭발하면 저런 목소리를 내는 모양이었다.

"슈오스 임나이, 켈 체리스 대장이다. 현재 위치는 안전한가?"

"각하. 지금 당장은 괜찮습니다. 이단자들이… 살육을 펼치고 있군요. 잘려나간 몸통에 대고 총을 갈겨대면서요. 한창 재미를 보는 중이니 당분간은 상점이나 주택을 뒤지고 다니진 않을 듯합니다."

"그쪽에서 전송한 정보에 따르면 서비터들 또한 켈 병력과 마찬가지로 사지가 절단되었다고 하던데. 내 말이 맞나?"

"그렇습니다, 각하. 10번 서비터를 사격 범위 안으로 들여보내 역장 효과가 아닌 총격에 의한 것임을 확인했습니다."

역장 생성이 아니라 목표를 겨냥한 공격이라는 것은 예측한 대로였다. "다급한 상황이라 확인 못 했을 수도 있지만, 잘 생각해보도록, 슈오스 임나이. 10번 서비터가 어느 켈 중대에 접근했나?"

임나이는 잠시 생각하더니 대답했다. "켈 주리오 대위의 중대입니다. 하지만 모든 병력이 제 위치에 포진해 있었는지는 확신할 수 없습니다."

"주리오의 중대가 사용하던 이단 진형이 어느 것이었는지 식별할 수 있겠나?"

"정확하게는 모르겠습니다, 각하… 아. 행간을 읽어보자면, 10번 서비터의 보고서에 그들의 진형이 전면이 대각선으로 구성된 방어형 네모꼴로 변형 중이었다는 언급이 있습니다." 그 정도면 어느 진형인지 짐작이 갔다. "하지만 잘못된 판단이었던 모양입니다. 절단총이 진입 경로를 찾아서 전열 사이로 밀고 들어갔으니까요."

위치를 생각해야 한다. 임나이는 제다오가 폭파 작업을 제안한 곳에서 가까웠다. "슈오스 임나이, 지금 전송하는 공간들은 곧 위험해질 것이다." 그녀는 목록을 전송했다. "구역 내부로 위치를 변경해서 임무를 계속 수행하도록."

"알겠습니다, 각하."

"이상이다."

하잔은 라가스 연대장, 의무반, 항해반과 함께 계획을 조율하고 있었다. 체리스는 그가 알아서 처리하리라 여겼다. 대신 그녀는 진형 모형을 하나 불러냈다. "서비터라니. 그럴 수가 있나?"

"대장. 귀관의 병사들이 죽고 있다." 제다오의 목소리에서 오싹한 한기가 느껴졌다.

이번만은 그를 향해 소리치고 싶은 마음이 들지 않았다. "탐색전에는 희생이 따르는 법이죠."

"대장, 지금 귀관의 병사들은 무방비 상태다. 부하들이 학살당하는 중에 시간을 지체할 건가."

"지금 생각하느라 골치 아프거든요? 방해하지 마시죠. 가끔씩은 도움을 줘야겠단 생각을 해주셨으면 좋겠는데요. 지금 시간을 지체하는 쪽은 제가 아니라서 하는 말인데." 체리스가 말했다.

이번에는 제다오의 목소리가 총성처럼 울렸다. "함장의 계획대로 진행한다면, 중앙 복도를 유지하기 위해 1개 중대를 희생해야만 한다. 내가 조언하자면…"

몸이 떨리기 시작했다. '조언'이라는 단어에 대장의 권위가 실려 있었다. 그녀는 주먹을 꾹 쥐었다.

물론 그녀는 '명예 진급 대장'일 뿐이다. 400년 동안 대장이었던 제다오에 비할 바가 아니었다. 그래도 이번만큼은 확신이 있었다. 항명해서라도, 진형 본능을 거슬러서라도 지켜야만 하는 확신이. 체리스는 익숙한 목소리가 다시 한 번 채찍처럼 후려칠 것을 대비해 몸을 꼿꼿이 폈다. "함장이 결론을 내면 제가 세부 사항을 검토하겠습니다." 제다오가 이 정도로 만족하지 못한다면 어쩔 수 없었다. 이번에야말로 그가 체리스의 말을 따를 차례였다.

잠시 침묵이 흐른 다음, 매서울 만큼 정확하게 격식을 차린 목소리가 울렸다. "숫자는 귀관의 특기지, 대장. 귀관이 편할 때를 기다리겠다."

체리스가 진형 시뮬레이션에 서비터를 입력하려 하자, 그리드는 불편한 내색을 숨기지 않았다. 켈답지 않은 명령이었으므로. 그녀가 불러온 진형이란 켈 주리오가 사용했다는 이단 역법의 방어 진형이었다. 기기에디 시뮬레이터에서 초기 설정을 복사해 옮겨 온 다음, 기본 가정과 그에 연동된 수치를 추출해서 수동으로 수정하기 시작했다. 교리반이 이를 알아차린다면, 자기네 놀이터를 난장판으로 만들었다며 귀찮게 굴 터였다.

"자네 그쪽으로 생각했던 거로군." 제다오의 목소리가 바로 귓가에서 울렸다.

하잔 함장이 끼어들어 계획을 보고했다. 체리스는 몇 초 동안 계획 얼개를 바라보며 애쓰다가, 결국 포기하고 제다오에게 말했다. "대장, 조언을 부탁드립니다." 엄밀하게 말해서, 화해하자는 말투로 보긴 어려웠다.

제다오는 니라이 분석반이 선택한 폭파 지점에 대해 신랄한 비판을 늘어놓았고, 체리스는 그 말을 가감 없이 그대로 전달했다. 그러나 하잔의 기본 계획에 큰 결함은 없었다. 무엇보다 더는 지체할 시간이 없었다. 어중간하더라도 제때 수행한 작전이, 치밀할지라도 2시간이나 뒤늦게 수행한 작전보다 나은 법이다.

"즉시 실행하도록." 체리스가 말했다.

"알겠습니다." 하잔은 단말 위로 상체를 숙이고 연이어 명령을 보내기 시작했다. 아마 그 또한 우선순위를 재고해달라고 말하고 싶었겠으나, 근무자들 앞에선 불가능한 일이었다. 만약 제다오처럼 보이지도 들리지도 않는다면 가능했겠지만.

체리스는 진형 시뮬레이터로 돌아가서 직관에 따라 눈이 돌아갈 정도로 높은 수치를 입력했다. 코드를 직접 난도질하는 저돌적인 작업 방식을 취하다 보니, 시뮬레이터는 진형 효과 발동을 계산할 때 서비터를 인간에 준하는 존재로 인식하라는 명령을 받아들였다.

켈은 전장에서 서비터에게 정찰 또는 저공 사격 같은 사소한 임무만 맡기는데, 이처럼 서비터의 지위가 낮은 건 단순히 육두정의 규제 때문만은 아니었다. 사실상 가장 큰 이유는 서비터가 미미한 진형 효과밖에 내지 못한다는 거였다. 표준 역법 공간 안에서만큼은 진형 효과와 무관했기에, 진형 효과를 분파의 본질로 보는 켈의 입장에선 서비터를 업신여기는 것도 당연한 일이었다. 물론 진형 효과에 의한 공격에도 영향을 거의 받지 않긴 하나, 다른 켈과 싸울 생각이 아니라면 딱히 유용한 요소라 볼 수 없었다.

그런데 이단자들이 개발한 역법에서는 이런 공리가 성립하지 않는 것이다. 슈오스 임나이에 의해 서비터들이 진형 효과에 피해를 입었다는 것이 입증된 이상, 역으로 서비터들은 켈 진형의 일부로서 이능력 효과를 발휘할 수도 있을 것이다. 말하자면, 요새 안에서 서비터들은 더 이상 진형 중립 상태가 아니다. 이 양날의 검을 잘만 사용한다면, 큰 승리를 취할 수도 있다.

그녀는 계수 하나를, 두 개를, 더 많은 수를 연이어 바꾸며, 방어용 네모꼴 진형의 간격을 조율했다. 마침내 결과가 나왔다. 슈오스 임나이가 묘사한 상황은 그녀가 짐작한 대로였다. 서비터 한 대가 자기도 모르는 사이 진형을 어그러트렸고, 결국 자신을 포함한 부대원 전부를 절단총 영향에 노출시키고 만 것이다.

"이제 나도 알겠군." 제다오가 말했다.

어차피 제다오에게서 얻어낼 수 있는 사과란 이 정도가 전부일 것이다. "이건 먹히겠어요. 그 프로파간다 투하 작전도 좀 더 유용하게 써먹을 수도 있겠어요."

"자네다운 생각일세. 나라면 다른 방도를 떠올렸겠지만 말일세."

선뜻 동의하는 그를 보면서 걱정해야 마땅했지만, 지금 그녀가 느끼는 거라곤 끓어오르는 승리감뿐이었다. 이단자들은 그녀의 병사들을 무자비한 칼부림으로 도륙했다. 이제 망치로 짓뭉개 되갚아줄 때였다.

16

산개하는 바늘 요새, 분석반

우선도 : 긴급

송신자 : 바헨즈 아프리르 다이 노움

수신자 : 리오즈 자이 칠두관

세부 역법 사항 : 살찐 암소의 해, 암공작의 달, 지렁이의 날, 그리고 아마도저히 저로선 발음할 수 없는 그 달팽이 종류의 시각이 되었겠네요. 교리부에서 재투표를 실시해 고치지 않았다면 말이에요.

당신이 최근 우리가 거둔 승리에 열광하고 있지 않아서 다행이네요, 친애하는 자이. 스토간과 그 졸개들은 우리가 결정적 타격을 입혔다고 신나 하는 듯하나, 당신이나 나는 저들보다 똑똑하니까요, 경망하게 굴어선 안 되겠죠. 아직 켈 함대는 떠나지 않았고, 구역 한 곳엔 놈들이 끈질기게 들러붙어 있는 상황이니까요.

　물론 하픈의 지원군이 도착하기만 한다면야 저 정도쯤 단숨에 쓸어버릴 수 있겠지만, 그래도 이 문제를 우리가 직접 처리하는 편이 후일을 생각하면 훨씬 이로울 겁니다. 협상에서 유리한 고지를 점한다든가, 뭐 이런저런 이점이 있을 거예요.

　어쨌든 최근 들어 교리 부서의 관심을 끌기가 정말 쉽지 않더군요. 스토간의 졸개들은 사지가 잘려나간 켈 병사들이 몸을 뒤트는 모습에다 댄스 음악을 얹은 영상을 돌려 보며 낄낄대고 있다던데, 저로선 도저히 웃을 기분이 들지 않네요. 절단총이 제대로 작동한 이유도 아직 모르는 상황이니까요. 교리부에서는 요새의 기하학적 구조가 바뀌어서 역법 효과도 바뀌었다는 해석을 내놓았는데, 수정이 필요한 부분이 어디인지 확실치 않아 손도 못 대고 있다더군요.

　니라이가 육두정부에서 가장 말재주가 없는 작자들이라는 건 분명하지만, 국지 폭파 작업만큼은 당해낼 자가 없지요. 일정 구역 전체를 거의 피해 없이 제거한 다음 움직임을 안정시키면서 동시에 부상자를 대피시키다니. 저는 기술자는 아닙니다만, 상당히 정밀한 작업이 필요했을 거란 건 알 수 있어요.

　저들이 포술 단단을 어디서 협박해 끌고 왔는지 알아낼 수만 있다면, ‘갈망하는 반딧불의 도시’산 최고급 포도주 몇 상자를 내놓을 수도 있겠어요. 아마 제다오가 만화경 함대를 처리할 때 임무를 맡겼던 사람과 동일인이겠지요. 수학 쪽으로 비범한 직관 능력을 가진 사람이 분명해요. 그리드에 숫자를 입력하는 것 정도야 바보라도 할 수 있지만, 어느 숫자가 어째서 중요한지를 알려면 근간이 되는 시스템에 대한 이해가 필요한 법이거든요.

이제 제다오의 다음 수가 중요할 겁니다. 분명 뒤에서 정보를 캐내고 때때로 소란을 일으키기 위한 슈오스 잠입병들을 남겨놨겠죠. 하지만 그쪽으로는 손쓸 겨를이 없어요. 색출 작업은 까다롭고, 우리에겐 인력이 턱없이 부족하니까요. 이틀 전엔 지나치게 협조적이던 디자이너 한 명이 '잠입병'이랍시고 어떤 여자를 신고했는데, 알고 보니 그 불운한 여자는 그 디자이너의 경쟁자일 뿐이더군요. 우리 쪽 운이라는 게 이렇다니까요.

우산 구역에서 대부분의 켈이 퇴각했다는 점은 분명 다행이지만, 어디까지나 일시적인 현상일 뿐이에요. 제다오는 언제든 그 이상의 병력을 상륙시킬 수 있어요. 지금까지 투입된 보병대란 수송선으로 실어 나른 게 전부고, 각각의 기치나방 안에 아직 예비 부대가 대기하고 있으니까요. 분명 상당한 병력이 남아 있을 거예요.

제가 까먹기 전에 슈오스에 대해 한 가지만 더 말씀드리죠. 분석 2반이 슈오스가 이번에는 진짜로 요새 내부 자금 흐름에 개입했다는 증거를 발견했다고 합니다. 이번에는 내부의 도움도 없었다는군요. 그보다 감탄스러운 건 누군가 게레나그 아브라나의 시스템에 시한폭탄형 논리 바이러스를 설치했다는 거였어요. 아브리나까지 털린 마당에, 함정을 또 어디에다 숨겨놨을지 누가 알겠어요? 당신의 개인 시스템에서는 없어진 게 없는 모양이지만, 어쨌든 이 문제는 외부에 발설하지 않는 편이 나을 것 같군요.

하픈의 전문을 놓고 말들이 많더군요. 그 이면에 숨겨진 뜻을 해석하지 못할 거란 건 어느 정도 예상했습니다. 당신네 민족은 아직 하픈에 익숙하지 않으니까요. 지난 회의에서 이 점을 강조하려고 두 번이나 시도했는데, 내 말을 진지하게 듣는 사람은 아브라나 한 명뿐이더군요. 하필 그녀가 고위층 동맹들 중에서 유일하게 요새 밖 생활을 오래해본 자라는 건 우연이 아니겠죠.

하픈은 절제된 표현을 즐겨 씁니다. 소란 없이 문제를 해결하길 좋아하고, 그를 위해서라면 켈이 슈오스식 전술이라 부를 만한 수단도 거리낌 없이 사용하지요. 하픈의 말투가 소심하게 느껴질지도 모르겠습니다만, 두고 보시죠. 켈은 조만간 상당히 힘든 상황에 처하게 될 거랍니다.

어쨌든 아직 게임에서 승리한 건 아니지만, 가끔씩은 사려 깊은 낙관주의를 즐기는 것도 나쁘지 않을 것 같은데요. 저를 본보기로 삼아보시는 것은 어떨까요?

역법 이단의 동료

Vh.

"이게 벌써 몇 시간째인가. 진형을 들여다보는 것도 중요하지만, 이제는 정말로 쉬어야 하지 않겠나?"제다오가 말했다.

"당신은 정말로 휴식을 중요하게 여기는군요."체리스는 마지막으로 만든 진형의 맨 왼쪽 축을 바라보며 쓴웃음을 지었다. 대칭 구조를 기울이면 원하는 결과를 도출할 수 있을까? 이단자들의 역법을 뜯어고쳐 보다 유리한 형태로 구성해내야 한다. 그렇지 못하다면 아무리 훌륭한 진형을 만들어낸다 한들 작전은 수포로 돌아갈 테니까.

"예전에 전차를 몰다가 대열을 이탈해 근처 집을 들이받은 친구가 있었다네. 덕분에 그 집 지하실도 구경했지. 아주 널찍하더군. 잠이 부족하면 그런 일도 일어난다네. 지금 생각하면 우습지만, 당시에는 꽤나 심각했는데… 아니지, 이런 걸 군이 속여서 뭐 하겠나, 당시에도 아주 끝내주게 우스웠어. 물론 전차를 빼내느라 고생깨나 했지만 말일세. 지금 생각해도 정말 웃기는군. 그땐 너무 격렬하게 웃다가 부관한테 총을 맞을 뻔했지."

"제가 지쳐 보이나요?"

"아직은 아닐세." 제다오가 말했다.

다행이군. "교리반 병사들도 좀 붙여놓기는 했는데, 제가 처리하는 게 빨라서요."

"나도 아네."

체리스는 선실 안을 둘러보지도, 잿불매의 문장을 들여다보지도, 구미호의 그림자에 신경을 쓰지도 않았다. 시야 가장자리부터 색채가 사라지고 있었다. 야전에서 느끼던 압박과는 달랐다. 퀠 사관학교에서, 드문드문 문법에 어긋난 표준 언어로 서툴게 작성된 어머니의 손편지를 받았을 때의 그 느낌이었다.

대칭 구조 기울기를 조정하는 것으로도 성공하지 못했다. 체리스는 머릿속에서 축을 중심으로 진형을 이리저리 회전시키며 다른 구성 형태들을 적용해보았다. 아, 이게 낫겠는데. 그녀는 다시 시뮬레이터를 만지작거렸다.

"라가스 연대장이 뽑아 온 타격대 목록은 괜찮아 보이는군. 뭐, 기대했던 대로네. 지금까지 보여준 것이 있으니까." 제다오가 말했다.

의무반에서 올라온 상황 보고가 화면에서 반짝거렸다. 체리스는 분석 결과를 보면서 이를 악물었다. 대대의 사상자 비율이 88퍼센트에 달했다.

수납나방에선 수면장치 부족으로 어려움을 겪고 있었다. 중상자의 경우 수면장치로 안정시킨 다음 제대로 된 의료시설로 이송해야 했으나, 장비도 시간도 부족했다. 의무반 대령은 의사다운 냉정한 태도로, 응급 처치의 질이 떨어지는 만큼 사망률도 높아질 수밖에 없다고 보고했다.

"이렇게 말해봐야 자네 기분이 나아지진 않겠지만, 이단자들은 공격할 타이밍을 잘못 판단한 걸세." 제다오가 말했다.

"그렇군요. 저도 알겠습니다." 체리스는 이내 이렇게 대답했다. 그녀와 제다오라면 첫 공격이 성공한 순간 공격을 멈추고 위치를 지켰을 것이다. 그런 다음 일부러 작은 승리를 미끼 삼아 요새 깊숙한 곳으로 끌어들였겠지, 적의 전 병력을 절단총으로 궤멸시키기 위해서. 그러나 지금 켈은 심각한 손실을 입긴 했으나, 아직 싸울 병사들이 남아 있었다.

체리스가 다른 여섯 개의 진형을 시도해보는 동안, 제다오는 침묵을 지켰다. 하지만 이번 침묵은 다정한 친구처럼 느껴졌다. 이어 그녀는 손을 주무르며 애써 긴장을 풀었다. 손가락 없는 장갑이 더는 거북하지 않았다. 심지어 휘하 장교도 더 이상 장갑으로 시선을 돌리지 않았다.

"제대로 히고 있는 건지 모르겠어요. 불안하지만 계속 전진하는 수밖에 없겠죠." 체리스가 말했다.

"전장에서 용서받지 못할 죄는 가만히 서 있는 것뿐이라네. 얼어붙어 있는 것보다는 뭐든 전력을 다해 수행하는 편이 낫지. 잘못된 행동이라 할지라도 말일세."

"그 잘못된 행동으로 수많은 병사를 잃으셨죠." 이런 말을 하려던 건 아니었는데.

"어떤 식으로든 결코 편해질 수 없겠지. 때론 내가 미친 게 아니라 켈 사령부가 미쳤다는 생각까지도 든다네. 무슨 생각으로 나에게 그런 힘을 쥐어줬나 하고 말일세. 어쨌든 더는 시간을 지체해선 안 되네."

"그렇지요." 그녀는 동의하고 방을 나섰다.

체리스가 사령실로 들어오자 하잔 함장은 얼굴을 찌푸렸다. "무슨 일이십니까, 각하?"

"함장, 서비터를 대상으로 연설을 하겠다." 체리스가 말했다.

"이 전함나방의 서비터 말씀입니까?"

"아니, 함대 전체의 서비터다. 전 서비터 혹은 24분 안에 연설을 들을 수 있는 최대한 많은 수의 서비터를 대상으로 한다."

그는 이해하지 못하겠다는 어투였다. "명령을 내리셔야 한다면…"

"명령을 내릴 생각은 없다." 체리스는 인내심을 발휘하기로 마음먹었다. "연설이 필요하다. 부탁을 할 생각이다. 개인적으로 할 수 있다면 더 좋겠지만, 아무래도 함대의 모든 서비터를 상대로는 불가능할 테지. 아마 서비터들 또한 내 얘기에 대해 의견이 있을 수 있다. 납득할 수 있는 제안이면 받아들일 생각이다."

사령실 분위기가 눈에 띄게 불편해졌다. 다들 제다오의 정신 나간 책략으로 받아들이고 있음이 분명했다. 그렇다고 세세하게 설명해줄 이유는 없었다. 체리스가 생각해낸 책략이라고 알려준다 한들 딱히 나아질 것 같지도 않고.

하잔은 병해 있던 정신을 간신히 추스르고 명령을 내렸다. "하잔 함장이다. 서비터 1번 상위 집단에 알린다." 그는 체리스의 요구 사항을 설명했다.

"내 생전엔 서비터라는 게 없었다네. 뭐, 소문으로는 기계도 지성이 있다는 둥 말이 많았지만 말이야. 물론 그 이전 단계의 드론은 잔뜩 있었다네. 우리가 자기네 선조에게 저지른 행동에 대해서 서비터들은 어떻게 생각하는지 궁금하군. 뭐, 저들의 생각이 어떻든 간에 매한가지겠지만 말이야. 어차피 육두정부는 저들의 의견 따윈 신경 쓰지 않을 테니, 그렇지 않은가?"

체리스는 그의 의견에 위험하다 싶을 만큼 공감하고 있었다.

"전체 통신 준비가 끝났습니다, 각하. 18분 후에 시작하면 되겠습니까?" 하잔이 물었다.

"그 정도면 충분하다." 체리스가 말했다. 그녀는 대기 시간 동안 한쪽으로 물러나서 단말 위에 떠오르는 보고서를 읽었다. 아주 잠시, 창가 의자에 앉아서 하늘에 떠다니는 구름을 멍하니 바라보는 환상에 빠지기도 했다. 제다오는 조용한 휴가를 보내고 싶다는 생각을 한 적은 없을까? 아니면 끔찍한 생각이긴 하지만, 바로 이런 상황을 휴가로 받아들이는 것은 아닐까?

"6분 남았습니다." 하잔이 말했다.

그녀는 슈오스 보고서에 확인 서명을 하고 있었다. 대부분은 그리드 전투에 관한 내용으로, 코 대위의 자문을 받아 그녀와 제다오가 정한 목표물에 대한 공격이었다. 그녀는 슈오스들 중 지나치게 독창성을 발휘하는 자가 없기를 빌었다. 여기서 또다시 변수가 생겼다간 속절없이 무너질 테니까.

"준비됐다." 지정된 시간이 되자 그녀가 말했다.

각각의 전함나방마다 서비터들의 조직 체계가 다른 경우도 많다. 〈무언의 법령〉호의 서비터들은 전통을 따르는 성향이 있으며, 1번 상위 집단 내에서는 늘씬한 세모형 한 대가 대표로 있다. 반면 〈따뜻한 환대〉호의 대표는 둘이었는데, 하나는 '상부', 다른 하나는 '측면'이라는 호칭이 붙어 있다. 각각의 호칭이 무엇을 뜻하는지는 알려진 바가 없다. 가장 대표자가 많은 집단은 켈 이리오의 〈스펙트럼의 오류〉호였다. 제각기 다른 형식의 서비터가 다섯 대나 있었다.

뭐든 말을 꺼내야 한다. "서비터들이여." 그녀는 이보다 딱히 나은 호칭이 떠오르지 않았다. "명예 진급 대장 켈 체리스다. 그대들을 이렇게 부른 것은 부탁할 내용이 있어서다. 이건 명령이 아니다." 처음부터 확실하게 해둘 필요가 있었다.

탐지반 장교가 가까스로 억누른 경악의 비명이 귓속에서 울리는 듯했다.

서비터들은 조용히, 꼼짝도 안 한 채로 프리즘 눈을 그녀에게 고정하고 있었다.

"우리는 이단자들의 역법 공간에서 사용할 수 있도록 경계면 탈곡기를 개조하는 중이다. 그러나 그걸 사용하기 위해선, 먼저 우산 구역에 있는 교두보를 되찾고 북꾼 구역으로 진격해 들어가야 한다. 그런데 우리 앞에 절단총이 버티고 서 있다."

"우리 측에서는 절단총에 대한 유용한 정보를 하나 확보했다. 진형의 영향을 고려해서 배치해야만 한다는 점이다. 이단자들의 역법은 특이하게도 서비터가 개입할 수 있는 위상 공간을 만들어낸다. 즉, 이단자들 몰래 그대들을 요새 내부로 착륙시킬 수 있다면, 그대들과 함께 대진형을 구성해서 이단자들을 급습할 수 있을 것이다. 절단총에 대한 방어 진형은 이미 교리반을 통해 구상을 마쳤다. 이단자들은 아마 상상조차 하지 못할 것이다. 또한 저들은 켈의 교리를 주입받지 않았으므로, 스스로 진형을 사용하진 못할 것이다."

단말에 불이 들어와 서비터들이 논의 중이라고 알렸다. 마침내 서비터들 중 하나가 번역 인터페이스를 통해 그녀에게 말했다. "명령은 아닌 거지요."

그녀는 가슴이 내려앉았다. "그렇다. 그대들은 켈의 일원이지만, 전통적으로 특정 영역에서만 임무를 수행해왔다. 그대들이 인간이 누리는 권리를 누리지 못하는데, 인간이 감당하는 임무를 감당하라고 말하는 건 부당하다. 내가 그대들에게 할 수 있는 것이라곤 부탁뿐이다."

"수송대의 예비 정보를 보여주십시오."

체리스는 어떤 비판을 직면하게 될지 전전긍긍하며 그들의 요구에 따랐다.

"진정하게. 아직 거절한 건 아니지 않은가." 제다오가 다독여줬다.

이번 논의 시간이 아까보다 훨씬 길었다. 계산 문제일 리는 없었다. 그런 문제였다면 훨씬 빨리 끝났을 테니까. 원칙에 대한 논쟁일 수밖에 없었다. 체리스는 하잔 함장이 양발에 번갈아 중심을 실으며 초조하게 기다리는 모습을 지켜봤다.

"숫자는 거짓말을 하지 않지요." 〈거미와 흉터〉호의 뱀형 서비터가 말했다. "우린 전술가가 아니긴 합니다만, 회수가 이루어질 가능성은 극도로 낮으리라 보는데요."

"그 또한 사실이다. 요새 쪽 상황은 가늠할 수 없을 만큼 엉망일 테 니까." 체리스가 말했다.

"생각하신 수송 수단은 무엇입니까?"

"우리는 1일 2회 프로파간다 용기를 투하하고 있다. 그중 일부를 개조해 그대들을 수송할 생각이다. 처음에는 이단자들도 용기가 눈에 띄는 대로 사격 연습하듯 날려버렸지만, 그 안에 위로용 약물과 같은 사치품을 넣기 시작한 이후로는 통과시키는 걸 확인했다. 물론 위험 부담이 크다는 건 여전하다. 그러나 나는 현재 이단자들이 투하 용기 에 별 관심이 없다는 것을 확신한다. 그저 교리반의 강요로 벌이는 일 쯤으로 판단하고 있겠지. 그들이 용기를 위협 대상이라 여길 가능성 은 지극히 적다."

여섯 분파가 리오즈를 상대로 벌인 구역질 나는 잔혹 행위를 담은 프로파간다 자료가 이단자들이 아닌 자신을 겨냥한 것이라고 체리스 는 점점 확신을 굳히고 있었다. 피해망상처럼 느껴지기도 했으나, 나 중에 제다오에게 따져야 할 문제였다.

뱀형은 잠시 침묵을 곱씹다 입을 열었다. "터무니없지만 가능한 작 전이긴 하군요."

그녀는 숨을 멈췄다.

이번에는 〈따뜻한 환대〉호의 '측면' 표식이 붙은 서비터가 말했다. "우리는 켈입니다. 따라서 켈로서 맡은 바 임무를 다하겠습니다. 비록 전투에 적합하게 제작되진 않았지만, 켈이 우리가 싸우길 바란다면 우리는 켈답게 싸우겠습니다. 켈에 도움이 되고 싶습니다."

"고맙다." 체리스가 말했다. "세부 사항을 추가로 전송하겠다. 협조에 감사한다."

"현명한 작전을 세우기를, 켈의 장군이여." '측면' 서비터가 말했다. 통신이 끊어졌다.

"세상에, 어떻게 이런 일이." 하잔이 말했다.

"내가 세운 기초 계획을 귀관에게도 전송했다. 교리반을 연결하도록." 체리스가 말했다.

"알겠습니다, 각하." 하잔은 아직도 어안이 벙벙한 표정이었다.

"방금 제가 저지른 일이 결국 수많은 이의 목숨을 앗아갈 거예요." 체리스는 입속으로 이렇게 말했다.

체리스는 제다오가 그 일이 반드시 필요한 이유를 설명하리라 기대했다. 그러나 그는 이렇게만 말할 뿐이었다. "안타깝지만 어쩔 수 없네. 그런 고통은 결코 잦아드는 법이 없더군."

"가라 대위를 호출하도록." 그의 말을 깊이 곱씹고 싶지 않았기에, 체리스는 얼른 다음 명령을 내렸다.

비번이었던 가라는 뒤늦게 응답했다. "각하?"

체리스는 가지고 있는 이단의 역법 정보를 다시 검토했다. "이쪽을 보도록. 나흘이다. 우리가 요새의 기하학적 구조에 가한 충격 때문에, 추도 의식의 중심 지점이 되는 상부 구조체가 부분적으로 무너져 내렸다. 이 빈틈을 파고들어, 기존 '의식의 날'을 '승전 축제의 날'로 바꿔칠 수만 있다면…"

가라는 눈살을 찌푸렸다. "무슨 말씀이신지 알겠습니다, 각하. 하지만 시간이 빠듯한데요. 어쩌면…" 그녀는 매개변수를 검색한 다음, 결과를 다시 체리스 쪽으로 전송했다. "어쩔 수 없군요. 지금처럼 좋은 기회를 다시 잡으려면 족히 7개월은 기다려야 할 겁니다. 기회가 오는데 두 손 놓고 있을 수만은 없죠." 가라는 말을 이었다. "주제넘은 질문인 줄은 압니다만, 하픈에 대한 정보는 있으십니까?"

"퀠 사령부는 아무런 응답도 없다." 체리스는 침통한 목소리로 대답했다. 침략군이 얼마나 가까이 접근했는지를 알고 싶다고 몇 차례 더 전문을 보냈던 것이다. 마리쉬 준장에게서도 더 이상의 연락은 없었다. "어쨌든 이단자들의 역법 시간표를 강제로 앞당긴다면, 우리에게 파고들 빈틈이 생길 것이다."

하잔 함장이 헛기침을 했다. "이단자들이 승전 축제를 열도록 유도하려면, 일단 승리를 넘겨줘야 하지 않겠습니까. 그것도 대승리를요."

체리스는 차분히 그를 바라보았다. "그 말대로다. 아니면 최소한 큰 승리로 보이게끔 만들어야겠지. 나아가 우리가 원하는 일정에 맞춰서 '자발적으로' 축제를 열도록 잠입병들이 공작을 벌일 시간도 벌어야 한다." 그녀는 다시 가라를 돌아보았다. "이곳 함과 〈따뜻한 환대〉호의 병기반과 협조해서 탈곡기와 탑승 인원의 준비를 시작하게."

"예, 각하."

이제 그녀에게 남은 과제는 가장 싸게 먹히면서도 가장 설득력 있는 패배 방법을 찾아내는 것뿐이었다.

17

〈무언의 법령〉호의 3번 상위 집단에 속하는 서비터 13610은 밀폐된 공간이 두렵지 않았다. 뱀형 서비터로 임무를 수행하며 함선의 출입하기 힘든 통로를 이용해야 하는 일이 잦았기 때문이다. 13610은 때때로 땅굴을 팔 때 어떤 기분이 들지 상상해보곤 했다. 존재하지 않는 과거의 진화에서 비롯된 원시적 충동을 느껴서가 아니었다. 튼튼한 금속만 가득한 소멸나방 안엔 흙이 희귀했던 터라 자연스럽게 생긴 호기심이었다.

13610은 프로파간다 투하용 용기에 적재된 상태다. 위로용 약물을 수납하는 적재용 그물이 충격 완화 역할을 해줄 것이다. 13610은 캡슐 하나를 분석했다. 켈이 제법 빈번하게 사용하는 환각 효과를 가진 진통제였다. 분자구조는 흥미로운 구석이 전혀 없었지만, 그게 중요한 것은 아니었다. 그는 이단자들과 화학 토론을 할 수 있을지를 생각해봤지만, 아마 평범한 이단자는 평범한 켈만큼이나 화학의 화자도 모를 것이다. 대부분의 켈은 다른 물질을 폭파시키는 성질의 물질이 아니면 딱히 관심을 가지지 않는다. 정말 사랑스럽지 않은가.

누군가 용기를 두드렸다. "어, 발사까지 14분 남았는데. 그 안은, 어, 불편하진 않지?" 초조한 기색이 드러나는 높은 목소리였다.

13610은 편안함에 과연 무슨 의미가 있는지 알 수 없었다. 이 어린아이는 용기 안에서 편히 쉴 수 있게 논리 퍼즐과 담요라도 건네주고 싶은 것일까?

어디선가 다른 서비터 하나가 아이를 다독이듯 지저귀는 소리를 울렸다. 아이가 애처롭다고 느낀 모양이다.

"이렇게 우릴 도와줘서 고맙다고 말하고 싶었어. 장군님도 그러셨으니까. 너희들이라면 진형 능력을 어렵지 않게 깨우칠 수 있을 거야."

실로 놀라운 일이었다. 켈이 예절을 학습하다니. 켈의 예절 학습 가능 여부는 꽤나 옛날부터 켈 서비터들이 자못 애정을 담아 토론해온 주제였다.

14분은 긴 시간이다. 13610은 체리스 대장이 도표를 포함해 제공한 이동 및 진형 계획과, 작전에 연관된 켈 부대의 지휘관 이름을 다시 한 번 훑어보았다.

"이제 출발이야. 불길의 축복과 온갖 행운이 함께하길. 이단자들을 잔뜩 죽여줘." 켈 아이가 말했다.

벨트에서 절그럭거리는 소리가 나더니, 활주로를 따라 가속이 시작되는 느낌이 들었다. 13610은 용기 바깥의 영상 정보를 얻을 수 없었으며, 더욱이 탐지 능력은 이단자들의 경계를 부추기지 않을 만큼 최소화해서 사용하라는 지시를 받았다. 그래도 지금 용기의 대략적인 이동속도나 낙하 궤도 정도는 파악할 수 있었다. 초소형 엔진 소리가 울렸다. 요새의 틈새 근처까지 제대로 도착했다는 뜻이었다.

용기가 금속 거품을 뿜어내는 소리가 들렸고, 뒤이어 천공기가 외벽에 구멍을 뚫기 시작했다. 시간이 조금 더 걸릴 것이기에, 13610은 좋아하는 대수적 위상수학의 정리들을 외기 시작했다. 아마 저 밖의 이단자들이 입고 있는 방호복이란 불쌍하게도 재료공학 기술 측면에서 상당히 뒤떨어져 있을 것이다. 뭐, 어쩔 수 없었지. 방호복을 최신 기술로 개량하려면 막대한 비용이 들 테고, 사실상 불변성 얼음만 굳게 믿고 있던 상황에선 딱히 서두를 생각조차 못 했을 테니까.

마침내 쿵 하는 소리와 함께 용기가 지상에 떨어졌다. 13610은 1시간 동안 주변 소리에 귀를 기울이다가, 탐지의 촉수를 한 가닥씩 방사형으로 천천히 펼쳐보았다. 주변엔 아무것도 없었다.

13610은 그물에서 몸을 빼낸 뒤 용기 밖으로 나오려 했다. 아하. 용기가 누군가의 책장 뒤에 끼어버린 모양이었다. 용기가 어떻게 여기까지 파고들어 온 것인지는 짐작조차 가지 않았지만, 어차피 상관 없는 일이었다. 13610은 위험을 무릅쓰고 탐지 영역을 조금 더 넓혔다. 조금씩 멀리. 외벽 근처에서 신호가 하나 잡혔다. 그만. 아마 적일 것이다. 그래도 방향을 잡을 수 있을 만큼 충분한 정보가 모이긴 했다.

용기에서 기어 나와 랑데부 지점으로 이동할 때였다. 지루해진 이단 병사들, 야생 군사체, 무작위로 터져 나오는 복사에너지 등등, 얼마나 많은 위험이 도사리고 있을지 모르는 상황이었다. 이럴 때는 그저 움직일 수 있을 때 움직여두는 편이 최선이었다.

성공할 리가 없다는 점만 제외하면, 제법 마음에 드는 공격이었다. 최근 북꾼 구역에 배치된 켈 미엥 대위는 자신의 포탄이 겉보기에만 화려한 불꽃놀이가 아니라 실탄이면 좋았겠다는 생각을 떨칠 수가 없었다. 그가 이끄는 중대는 추계적 열망의 전당을 점령하고 사수하라는 명령을 받았다.

중대가 주둔하고 있는 건물 안을 돌아보던 중 미엥은 점점 불안해지기 시작했다. 건물의 보안 체계가 트라우마를 건드린 것이다. 전우인 켈 벨레렌과 함께 친구를 만나러 갔던 미엥은 은행에 갇힌 적이 있었는데, 어떤 멍청이가 비뚤게 걸린 수묵화 족자를 보안 서비터의 허락도 받지 않고 잡았다가 건물 전체 경보 시스템이 발동된 것이었다. 그 멍청이 때문에 얼마나 고생을 했던지.

그러고 보니 소령으로 진급한 벨레렌은 전방 중대를 지휘하고 있다. 작전 중에 그와 합류할 수 있으면 좋겠다는 생각이 들었다.

중령 한 사람이 라가스 연대장에게 왜 행정구역 같은 곳에서 시간을 낭비하는지 물었던 게 떠올랐다. 라가스는 한심하다는 표정을 지었다. "북꾼 구역의 주민들은 이곳을 소중하게 여긴다. 문화유산이라는 거지. 우리가 비록 켈이긴 하나, 그 정도는 그리드에서 찾아보지 않아도 안다는 척이라도 해보는 게 어떻겠나, 중령? 아무튼 저쪽 건물 중 하나가 박물관이다. 안단 제 나보 장군이 마지막 전투에서 사용했던 총을 전시하고 있지. 추계적 열망의 전당은 지난 500년 동안 존재한 안단과 리오즈의 문서를 보관하는 곳이다. 그래, 리오즈 말이다."

라가스는 말을 이었다. "그 가치를 헤아릴 수 없는 문화재를 파괴하겠다고 위협한다면 민간인들의 협조를 구할 수 있을지도 모른다." 같은 맥락으로 연대장은 약탈을 금지했다. 평소라면 별문제 없이 지켜질 명령이지만, 전우들이 절단총에 당한 후라 다들 복수를 원하고 있었다. 현재 주어진 임무가 자그마한 희생을 통해 훗날의 대승을 이끌어낼 전략의 일부라고는 하나, 미엥은 납득은커녕 생각할수록 치가 떨렸다.

수 세기 동안 제대로 닦지도 않는, 어느 이름 모를 안단이 사용했던 총에 관심을 가지는 사람이 있다니. 게다가 이제는 아무도 읽지 않는, 심지어 붓으로 써 내려간 책에 관심을 갖는 사람이 있다니. 미엥으로선 참으로 믿기 힘든 얘기들이었다. 하지만 생각해보면 라가스 연대장도 분명 말라붙은 역사의 조각들에 관심을 갖는 사람 중 한 명이긴 했다. 끼리끼리 논다고들 하니, 대령이라면 북꾼 구역 주민들이 자기네 골동품을 어떻게 생각하는지에 대해 좀 더 느끼는 게 있을지도 몰랐다.

북꾼 대광장의 널찍한 진입로는 이단자들보다는 켈 쪽에 유리했고, 덤으로 엄폐물이 가득한 공원도 딸려 있었다. 벌써 파편이 사방에 널려 있었는데, 진위 중대들이 그럴싸하게 보이려고 실틴을 사용했기 때문이었다. 정원을 가로질러 날아온 총탄이 흙을 파헤쳤다. 대부분의 시체들은 모자와 비취 목걸이와 수놓은 옷을 입힌 망가진 허수아비들일 뿐이었다. 많은 양의 피와 나뒹구는 육편 또한 인간이라는 지그소 퍼즐을 흩어놓은 것처럼 보일 뿐이었다.

추계적 열망의 전당으로 전진할 때 포격 지원을 받았지만, 사실 거의 불필요했다. 전당은 꽤나 기분 나쁘게 생겨먹은 건물이었다. 바라보는 이의 숨결을 빨아들여 시의 형태로 바꾸어 노래하는 벽이 가득하고, 조명은 꽃처럼 생생하게 반짝였다. 물론 이를 두고 아름답다고 여기는 사람도 있을 터였다. 불건전한 비밀이 도사린 아름다움을 원하는 사람이 아예 없진 않겠지.

경비병들이 나름 저항을 하긴 했으나 소용없는 짓이었다. 물론 중대원 중 켈 아제리오가 부상을 입긴 했다. 뭐, 그렇게 당당하게 돌격해놓고 멀쩡한 게 이상한 일이지.

미엥은 안마당에 포병 소대를 배치했다. "빌어먹을, 다들 어디 있는 거야?" 탐지 장비가 전부 알려주기는 하지만, 그래도… "두 개 소대를 앞세워서 잔챙이들을 쓸어내겠다." 병력을 쪼개는 게 썩 내키진 않았지만, 그렇다고 민간인들을 마음대로 돌아다니게 방치해둘 수는 없었다.

포격의 굉음 때문에 자기 목소리조차 듣기 힘들었다. 소리 하나는 끝내주는군. 가짜 포가 진짜보다 요란하긴 했다. 이내 2소대와 3소대가 잔챙이 사냥을 떠났다. 가끔씩 짤막한 총소리가, 그보다는 더 잦게 나지막한 비명 소리가 들렸다.

이단자들이 이번 공격을 진짜 위협으로 간주하고 대응하기까지 6.6시간이 걸렸다는 점도 나쁘지 않았다. 그 시간 동안 유인용 모형을 추가로 배치할 수 있었으니까.

이내 이단 병력이 도착했다. 멋들어지게 꾸민 무대를 남겨두고 떠나야 한다는 게 속상했지만, 미엥은 애써 미련을 버렸다. 다만 증거를 남기면 곤란하므로, 저 빌어먹을 모형은 회수할 필요가 있었다. 작은 숲과 화단 근처에 시체가 쌓여가는 중이었다. 부러진 나뭇가지와 잘게 썰린 나뭇잎 위에도. 사방에 피어오르는 연기를 들이마시는 것만으로도 욕지기가 치밀었다. 아직 이단 쪽에서 절단총을 발사한 것 같진 않았다. 그렇다고 근처 모퉁이에 숨어 기다리고 있지 않으리란 법도 없었다.

"이제 퇴각한다. 니라이가 불꽃놀이를 시작할 모양이다." 통신을 타고서 잠음 섞인 대령의 목소리가 울렸다. 그는 탑승 지점까지 퇴각할 부대의 목록을 읊어나갔다.

목록이다. 전 부대가 아니라. 그녀가 정확하게 듣고 기억한 것이라면, 목록엔 여섯 중대가 빠져 있었다. 목록엔 그녀가 이끄는 중대 이름이 포함돼 있었다. 다행이었다.

켈 벨레렌 소령의 중대는 목록에 없었다. 제기랄, 켈 벨레렌은 내 사관학교 동창이라고.

대대장에게 문의할 사안이었지만, 그녀는 직접 연대장을 호출했다. "3대대 2중대장 미엥 대위입니다. 위치를 사수할 부대가 필요하다면 저희가 자원하겠습니다."

대대장한테 맞아 죽어도 쌌다. 물론 연대장이 선수를 치지 않았을 때의 얘기지만.

끝나지 않을 것만 같은 침묵이 이어졌다. "중대장, 나는 퇴각을 지원하라고 저 중대들을 남기는 것이 아니다. 저들은 도살자의 도마 위에 올라가는 것이다. 사령관은 다음과 같이 명령했다. 니라이 폭발물로 인한 혼란까지 포함해서, 이단자들에게 실제로 승리했다는 확신을 줄 수 있을 만한 최소 인력을 남기라고 말이다. 다음 작전을 위한 희생양 수를 계산한 거지. 듣기로 우리 사령관은 숫자를 꽤나 잘 다룬다고 하더군."

평소 라가스는 이 정도로 세세하게 설명해주는 사람이 아니었다. "연대장님, 저희 중대도…"

"나는 순교자 따위엔 관심 없다." 그의 목소리가 굳어졌다. "명령은 들었겠지, 중대장. 라가스 연대장, 통신 종료."

그녀는 입술을 깨물고 버텼지만, 진형 본능이 그녀를 명령에 복종하도록 만들었다. 휘하 병력에게 필요한 명령을 내리도록, 파헤쳐진 흙과 독한 화학물질 그리고 끈적거리는 핏물로 가득한 그곳에서 빠져나오도록, 포연을 뚫고 도망치도록 만들었다. 휘하 병사들과 함께 양륙정에 오를 때까지 진형 본능은 자신의 강제력을 발휘했다.

그녀는 켈이었다. 켈의 목숨이란 필요할 때 내던져지는 동전 한 닢에 불과하다. 그런데 오늘 상부에선 그녀의 목숨을 내던지지 않기로 결정했다. 기뻐해야 마땅한 일이다. 그러나 실로 오랜만에, 그녀는 진형 본능이 강제한 모든 행동을 가슴 깊이 혐오했다.

산개하는 바늘 요새, 분석반

우선도 : 높음

송신자 : 바헨즈 아프리르 다이 노움

수신자 : 리오즈 자이 칠두관

세부 역법 사항 : 살찐 암소의 해, 돼지의 달, 날이야 무슨 상관인가요, 어차피 빌어먹을 켈 놈들이 알아서 정해줄 텐데?

오늘 하루 시작은 나쁘지 않았지요, 친애하는 자이. 그 순풍이 계속 일지는 않았지만요. 요새 주민들이 축제 분위기로 들썩이는 것 자체는 비난할 수 없지만, 어쨌든 제다오에게 치명적인 허점을 노출한 꼴이 됐네요. 진짜 골치 아픈 문제는 이번 승리가 적의 계략이라고 깎아내릴 수가 없다는 거겠죠. 그랬다가는 우리 쪽 사기까지 함께 꺾일 테니까요.

승전 환영 행진을 기획한 스토간의 정강이를 걷어차고 싶은 마음이 굴뚝같지만, 그 작자도 사실 이미 존재하는 대중 분위기에 편승한 것뿐이에요. 참 나, 총격전 내내 책상 아래 숨어 있던 자들이 앞장서서 설레발을 쳐대는 꼴이라니. 그 버러지 같은 놈들에겐 뭐라도 축하할 거리가 필요했을 테죠.

그래서 하는 말인데, 확실한 물증이 있는 건 아니지만, 지금의 축제 분위기가 자연적으로 발생했다고 보긴 힘들어요. 너무 완벽하게 맞아떨어지잖아요? 슈오스 잠입병의 작업인 게 분명한 거죠. 그리드에서 떠돌고 있는 그 노래들 아시죠? 워낙 외우기 쉬워서 좀처럼 머릿속에서 지워지지 않는 그 노래들 말이에요. 슈오스 놈들이 만든 게 분명해요. 젠장, 저도 그 곡을 들을 때마다 음악에 맞춰서 발을 구르더라니까요.

사람들은 벌써 그날을 '북꾼들의 영광일'이라고 부르더군요. 그 이름이 그리 오래 남진 못할 것 같지만, 뭐 그게 중요한가요? 어차피 켈 놈들이 알아서 새 이름을 붙여줄 텐데. 이, 그래도 당신 이름은 길이길이 남겠군요. 표준 억법 달력에선 패배한 이단의 수장 이름을 새겨 넣으니까요.

지금 우리에게 가장 급한 건 켈 쪽에서 무슨 수작을 꾸미고 있는지를 알아내는 겁니다. 매개변수 공간이 너무 뒤엉켜 있는 탓에 짐작조차 어려워요. 이곳 인원의 일부를 돌리기는 했는데, 지금 이상으로 작업량을 늘렸다간 다들 과로로 쓰러질 거예요. 알고 보니 체가이가 수학 쪽 자격증을 가지고 있어서 일단 분석 2반 쪽 작업을 임시로 맡기긴 했는데, 계속 그쪽에만 둘 순 없어요. 그녀는 그리드 해킹 실력으로도 최고라서, 그쪽 임무에도 반드시 필요하거든요.

하픈 쪽에서 좋은 소식이 들어와 간만에 기분이 좋네요. 〈가시 박힌 눈〉 함대를 격멸했다더군요. 마리쉬 준장이 용케 전장을 빠져나가 다시 전투태세를 갖추고 역습할지도 모른다며 우려하는 모양이지만, 저한테 물어봤다면 걱정하지 말라고 말해줬을 겁니다. 켈 장군들은 보통 자기 함대가 괴멸될 때 자신의 목숨도 함께 던지니까요.

게레나그 아브라나와 재무부에 있는 그녀의 수하 일부가 너무 많은 시간을 함께 보내고 있더군요. 그래요, 자이, 당연히 당신의 정부 요인들한테도 첩자를 붙여놨죠. 저는 당신의 손을 더럽히지 않으려고 이 자리에 앉아 있는 거니까요. 당신이 해야만 하는 온갖 더러운 짓을 누군가는 맡아야 하지 않겠어요? 당신의 꿈이 구체제의 잿더미에 보다 평등한 칠두정부를 세우는 것이라는 걸 잘 알고 있어요. 하지만요, 자이, 사회체제를 어떻게 재구성하든 인간은 인간일 뿐이에요. 어쨌든 아브라나가 허튼수작을 부리기 전에, 선수를 쳐야겠군요. 제거할 생각까진 없었는데. 그 여자도 참 멍청하죠? 비난을 뒤집어쓸 다른 사람을 앞세우고 배후에서 조종하는 편이 훨씬 나았을 텐데요. 물론 이해가 되지 않는 건 아니에요. 그 또한 결국 그에 걸맞은 대가를 치르게 되겠죠. 나도 그렇고, 당신도 잘 알고 있다시피 말이에요.

어쩌면 말이죠, 상황이 다르게 흘러갔다면 우리도 적대 관계에 놓여 있었을 수도 있었겠군요. 당신이 제법 솔직하게 비판을 입에 담던 시기에 제가 고발했더라면, 육두정부는 당신을 반역자로 처단했겠죠. 아, 알고 있어요. 당신이 반역자란 말 자체를 불편해한다는 걸. 하지만 자신에 대해선 솔직해야 하는 법이잖아요, 그렇죠?

지금 이 게임판에서 제다오는 한 수 앞서나가고 있습니다. 따라서 우리는 불리한 판세를 어떻게 뒤집을지 방법을 찾아내야겠죠. 행운이 따른다면 무작위로 나오는 연산 결과 중 해답이 있을지도 모르지만, 기대는 하지 않는 편이 나을 거예요. 연산을 돌리는 동안, 저는 이 불안감을 잊게 해줄 정도로 끔찍한 맥주를 찾아 헤매볼까 합니다.

역법 이단의 동료

Vh.

"긍정적인 변수가 하나 늘었군요." 체리스는 방금 들어온 슈오스 보고서를 읽고선 말했다.

그녀는 이제 소멸나방 사령실에 서 있지 않았다. 폐허가 된 북꾼 구역 대광장의 모습이 그녀의 주변에 펼쳐졌다. 다르게 해석할 여지는 없었다. 폭발 흔적과 포탄 구덩이, 널려 있는 내장, 산산조각 난 나무들. 이 근방엔 그 가치를 헤아릴 수 없는 총 한 자루가 있었다. 위대한 안단 제 나보 장군이 사용하던, 자기 손잡이를 가진 골동품이었다. 그걸로 자기 머리를 겨누고서 아직 작동하는지 확인해보고 싶었다. 허리에 차고 있는 권총은 작동하지 않을 것이다. 그것은 여기에 없으니까. 권총은 그녀의 육체와 함께 〈무언의 법령〉호 사령실에 있을 것이다. 모두가 눈으로 볼 수 있는 그곳에.

"다행스러운 일이지." 제다오는 전혀 다행스럽지 않다는 느낌의 목소리로 말했다. "체리스, 지금 자네는 정신분열증 또는 환각을 겪고 있는 걸세. 둘 중 어느 쪽인지는 모르겠군. 당장 의무실로 가게나."

그녀는 간신히 입속으로 말해야 한다는 점을 떠올렸다. "아니에요. 고통스러워야 하는 일이잖아요. 이래야만 해요."

퀠 보병대 여섯 중대에게 결국 명령하고 말았다. 충성을 다하라고, 충성을 다하는 최고의 방법은 이단자들과 싸우다 패배하는 것이라고. 오직 거짓 승리에 살점을 붙이기 위해서, 오직 역법상의 단 하루를 위해서.

진형 본능에 따라 보병대 연대장은 그녀의 명령을 받들었다. 진형 본능에 따라 해당 중대들은 복종했다. 그걸로 끝이 아닐 것이다. 진형 본능을 가진 수많은 병사들이 그녀의 명령에 따라 목숨을 내던질 것이다.

"당신은 진형 본능 없이도 이런 일을 해왔죠. 그들 스스로 낭떠러지 아래로 걸어가게 말이에요." 체리스가 말했다.

"그랬지." 제다오는 말했다. "숫자를 기억하게, 체리스. 때론 숫자 말고는 아무것도 남지 않을 때가 있지. 그땐 숫자가 의지가 되곤 하네."

슈오스 잡입병들 덕분에 체리스는 리오즈 자이의 동맹 세력과 여섯 구역에 걸친 그들의 거점 정보를 파악할 수 있었다. 각각의 위치는 사실상 추측에 지나지 않았지만 그 정도면 충분했다. 생산시설은 이래서 좋았다. 필요에 따라 바로바로 움직일 수 없다는 것. 절단총 부속품이 생산된 곳은 광휘 구역 중심부로 추측하고 있었다.

기술반 보고에 따르면 경계면 탈곡기 개조 작업은 일정보다 고작

27분 늦어지고 있다는데, 이 정도면 충분히 기적이라 부를 만했다. 뒤이어 기술반이 덧붙이길, 숙련된 서비터 중 상당수가 요새로 내려가 모험을 즐기는 바람에 작업이 늦어지는 중이라며, 나중에 또 서커스를 벌일 작정이라면 서비터들을 풀어놓기 전에 기술반에 자문할 것을 권장한다고 했다.

체리스는 그저 확인했다는 표시만 남겼다. 보다 구체적인 답변은 필요 없겠지. 눈을 다시 깜빡이자 주변 모습이 바뀌었다. 이번에는 결투장에 서 있었고, 켈 네레보르가 노랗게 타오르는 역법검을 든 채로 그녀에게 경례를 올리고 있었다. 눈앞에 펼쳐진 광경에서 이상한 점이 최소 세 가지는 눈에 띄었지만, 그녀는 이곳을 떠나고 싶지 않았다.

"체리스." 제다오가 다시 말했다. "대장, 지금 당장 빌어먹을 약을 복용하거나 사령실을 나오도록. 지금 귀관은 함대에 악영향을 끼치고 있다."

"작전 시작까지 2.9시간밖에 안 남았습니다." 체리스가 말했다. 네레보르는 뭔가를 말하려 애쓰고 있었지만, 그녀의 입에서는 식어가는 재의 구름이 뿜어져 나올 뿐이었다. 무슨 말을 하는지 전혀 해석할 수가 없었다. "저는…"

"체리스, 대부분의 사령관은 이런 상황에 대비해 부관을 둔다네. 하지만 아쉽게도 자네에게는 나밖에 없지. 약물이든, 잠이든, 약에 취한 잠이든, 해결책을 생각하게. 그렇지 않으면 어떻게 해서든 자네 육신을 지배할 방법을 찾아내겠어."

"함장, 선실에 가 있겠다." 체리스는 하잔에게 말했다.

"작전 시작 시점에 깨워드리겠습니다, 각하."

그녀 또한 스스로 일어날 수 있으리라는 생각은 하지 않았다. 애초에 선실에 갈 생각도 없었지만. 하잔은 체리스의 거짓말을 눈치채지 못한 듯했다.

제다오는 즉시 알아챘다. "체리스, 허튼짓은 그만두게."

체리스가 결투장에 들어서자 몇몇 사람이 눈을 크게 뜨고 그녀를 바라보았다. 어쨌든 지금까지 여기 온 건 단 한 번뿐이었으니까.

"지나친 걱정이라면 좋겠네만, 내가 보기에 자넨 지금 결투할 상태가 아니야. 자칫 잘못했다간 실수로 사람을 죽일 수도 있어."

가슴이 아렸다. "차라리 그쪽이 낫겠네요. 고의로 죽이는 것보단."

"자네는 뭘 기대하고 군인이 된 건가? 예쁘장한 열병식? 멋들어진 연설? 충성스러운 숭배자?"

"사람을 죽이는 것도 군인의 임무 중 하나란 것쯤은 알고 있어요. 고의로 자기 휘하의 병사까지 죽여야 할 거라곤 생각지 못했을 뿐이죠." 그녀가 내뱉었다.

"가끔은 선택지가 없을 때도 있다네."

그림자가 뒤편에 있어서 노려볼 수가 없었다. "그래요, 그렇겠죠. 신념을 실행으로 옮기셨고요. 정말 존경스럽군요."

"지옥나선 요새만 염두에 두고 한 말은 아니었네."

그녀는 코웃음을 쳤다.

"지금 무슨 말을 해도 자네한텐 소용없다는 건 잘 알고 있네. 하지만 내가 자네 생각만큼 사람 마음을 조종하는 일에 능숙했다면, 자네는 결투를 즐기는 병사들을 초조하게 만드는 대신 낮잠을 자고 있을 걸세."

"생각해보니 당신은," 체리스는 문득 한 가지를 떠올리며 말했다. "아예 잠을 잘 수 없잖아요. 그럼 그 시간 내내 뭘 하면서 보내나요? 까마귀라도 세나요?"

제다오가 너무 오래도록 침묵을 지키는 바람에, 체리스는 그에게 뭔가 문제라도 생긴 줄 알았다. 이내 그가 입을 열었다. "검은 요람 안은 어둡다네. 게다가 실험을 하지 않는 동안은 쥐죽은 듯 고요하지. 그래도 이렇게 밖에 나오면 시선을 둘 물건들도 있고, 색채가 어떤 느낌이고 목소리가 어떻게 들리는지 떠올릴 수도 있지. 제발, 체리스. 잠 좀 자게. 잠이 얼마나 소중한지 지금은 잘 이해가 안 갈 수도 있어. 하지만 영원히 빼앗긴 뒤엔 후회해봤자 소용없다네."

"방금 한 말도 듣기 좋게 꾸며낸 거겠죠. 당신이 원하는 대로 조종하려고요." 체리스가 말했다.

"그게 과연 말이 되는 소리인지는 자네가 직접 생각해보게. 광휘 구역에서의 작전에서는 반드시 문제가 발생할 걸세. 그때야말로 자네가 절실할 거야."

"당신이 필요하다는 뜻이겠죠."

"내 생각을 솔직히 말한 걸세."

체리스는 결투장을 한 바퀴 둘러보고는, 빌을 돌려 선실로 향했다. 자리에 눕기 전에 이렇게 물었다. "내가 잠들면 외로운가요?" 그는 대답하지 않았지만, 그녀는 잠들기 전 작은 전등 하나를 켜놓았다.

18

켈 나라우처가 마지막으로 대진형을 경험한 건 '금실 세공 가면의
도시'에서 열병식 예행연습을 할 때였는데, 결국 실제 행사에서는 사
용하지도 않았다. 나라우처는 열병식을 좋아했다. 잘못될 가능성이야
수도 없이 많지만, 제아무리 잘못된다 한들 누가 죽거나 하진 않으니
까. 그 가연성 비둘기를 사용했던 열병식만 제외하고. 그조차도 시시
한 장난질이 불러온 허탈한 해프닝에 불과했다.

그의 부대를 태운 양륙정은 부패 농도의 영향으로부터 충분히 떨
어진 곳에 확보해놓은 선착장에 도착했다. 그의 부대는 대진형의 응
축점을 맡았다. 이름 없는 대진형이었지만, 애초에 이단 진형이니 당
연한 일이었다. 거리 감각과 방향 감각이 흐트러져서, 자기 발이 놓인
위치조차 가늠하기 힘들었다. 병장이 교정 명령을 내릴 때마다 진형
본능이 해당 위치로 발을 잡아당기는 상황인데도 말이다.

뒤이어 서비터들이 도착했다.

켈 진형에 서비터들을 섞어 넣다니. 나라우처는 평소엔 곁에 있는지도 몰랐던 서비터가 자꾸만 신경 쓰였다. 자신이 어쩌면 전통주의 성향에 가까울지도 모른다는 생각마저 들기도 했다. 그가 그의 가문 최초의 켈인데도 말이다. 그는 서비터들이 공중에서 지정된 위치로 둥실 떠가는 모습을 억지로 바라보았다. 서비터들은 군더더기 없이 효율적으로 움직였다. 서비터들을 바라보며 그가 느끼는 감정이란, 솔직히 말해서 경멸감이 아니었다. 무력감이었다.

서비터들이 켈과 함께 전장에 나설 정도로 충분히 켈답다고 결론을 내린 건 다름 아닌 자신의 사령관이었다. 자신이 진정 켈이고자 한다면, 그것만으로 충분히 받아들여야 했다.

서비터의 손실률은 예상보다 높았다. 켈 울라 소령은 연대장에게 연락해서 수정된 작전 계획표를 다시 받아내야 했다. 시간은 지체될 수밖에 없었다. 진형이 숫자에 맞게 재구성되고 일부 병력이 다른 중대로 옮겨 가야만 했으니까. 그러는 동안 후방에선 43명의 병사들과 서비터들이 하릴없이 대기하고 있었다. 나라우처는 동생의 애완견들과 시간을 보내던 때를 떠올리며 시간을 보내는 중이었다. 침을 질질 흘리기는 해도, 곁에 두기엔 개들 쪽이 퉁명스러운 동료들보다 훨씬 낫다. 어차피 전장에는 온갖 종류의 체액이 넘쳐흐르기 마련이니까.

"좋아." 통신망에서 라가스 연대장의 목소리가 들리자, 나라우처는 귀를 바짝 세웠다. "7대대의 울라 소령이 전위를 맡는다. 진입로를 가로질러 광휘의 문까지 뚫고 들어갈 것이다. 정해진 위치에 도착하기 전까지는 진형의 중심축을 발동시키지 말도록. 우리가 지나쳐 왔다는 사실을 적의 부식 부대 쪽에서 알기까지 얼마나 걸릴지 알 수 없으나, 1시간 이상 걸리지는 않을 거라고 하니 다들 꾸물댈 생각은 말도록."

"일단 광휘 구역에 진입하면 곧장 해당 생산시설로 향한다. 점거까진 무리겠지만, 창의력이 뛰어난 병사들이 잔뜩 있으니 분명 시설을 엉망으로 만들기엔 충분할 거로 생각한다. 최대한 시간을 끌도록. 최소한 기술자들이 탈곡기를 설치할 시간은 벌어야 한다. 물러설 때가 되면 바로 신호하겠다."

"탈곡기가 충성도를 판별하기 때문에 이론적으로는 우군에게 피해를 주지 않는다는 소리는 다들 들어봤을 것이다. 그건 기계로 계산한 수치에 불과할 뿐, 실제로 정말 그럴지는 누구도 알 수 없다. 만약 임상실험에 참여하고 싶을 정도로 멍청한 놈들이 있다면, 내가 몸소 화장용 장작더미에 꽃을 바치도록 하겠다."

나라우처는 울라 소령의 중대 바로 뒤를 따르는 잔 고로 대위의 중대 소속이었다. 누군가가 자신을 지켜보고 있다는 오싹한 느낌이 들었는데, 아마도 수많은 서비터들에 둘러싸여서인 듯했다. 문득 서비터들도 자신이 느끼는 것처럼 지금의 상황을 어색하게 느낄지도 모르겠단 생각이 들었다. 시간이 지나 언젠가는 함께 술을 마시며 대화를 나눌 수 있을지도 모른다. 저들이 알코올 대용품으로 어떤 물질을 선호할진 짐작조차 가지 않지만.

원래라면 이단 쪽에서 부식 농도를 이용해 몰아세웠을 테지만, 아직 전선에 발생기가 배치되지 않는 걸로 봐선, 발생기가 부족한 것이 분명해 보였다. 나라우처는 그게 슈오스의 그리드 파괴 공작 덕분이라 들은 적이 있었다. 슈오스가 켈을 우둔한 동생쯤으로 취급한다는 걸 잘 알고 있었지만, 그래도 막상 이럴 땐 든든하다는 생각이 들었다.

니라이는 굴착용 중장비를 바쁘게 돌리며 광휘의 문까지 연결되는 통로를 준비하는 중이었다. 그 문은 광휘 구역의 주요 관광지이자 방어수단이었다. 죽어가는 별을 응축한 물질로 만든 물건이라고 했다. 만약 요새 전체가 해당 물질로 만들어졌다면 상당히 골치가 아팠을 것이다. 육두정부의 주요 방어시설에 취약점이 있다는 사실에 기뻐할 날이 오다니. 상황이 상황인 만큼 어쩔 수 없었다.

통로는 묘하게 눅눅했다. 누군가 켈을 좁은 공간에 가둬놓고 건강에 나쁜 청백광으로 재배하는 중이라는, 머지않아 수확할 때가 될 것이라는 소름 끼치는 환상이 나라우처를 괴롭혔다. 켈은 절임으로 만드는 편이 나을까? 역시 훈제가 제격이려나? 그는 훈제 음식이 싫었지만, 잿불매 요리라면 훈제만 한 게 또 없을 거란 생각이 들었다.

저 멀리서 광휘의 문이 모습을 드러냈다. 온통 투명한 문이었다. 문에서 굴절되는 빛 때문에 나라우처는 멀리서도 두통이 느껴질 지경이었다. 문의 표면 바로 아래로 살아 움직이는 빛줄기가 도사리며, 육두정부를 찬양하는 문구를 계속해서 써 내려갔다. 빛줄기는 금빛과 청동빛, 그리고 은빛으로 번갈아 변하며 꿈틀댔다. 나라우처가 육두정부 외 절대 연관 짓지 않는 단어인 '온기'를 가득 머금고 있었다.

울라 소령의 중대가 잠시 멈칫했다. 그러다 곧 대열을 정비하고는 주변 구역에 중심축 진형을 구축해갔다. 그녀의 중대 주변으로 강렬한 빛이 타올랐다. 아니, 그것은 빛이 아니었다. 그것에 의지해 책을 읽거나 손을 데울 수는 없을 테니까. 그렇다면 뭐라고 불러야 할까? 뭔지는 몰라도 눈길을 끌면서 동시에 눈을 돌리게 만들었다. 그것을 바라보고 있자니, 깃발과 높이 쳐든 장검, 그리고 여섯 발의 축포가 머릿속에 그려졌다.

올라는 깃발을 올리는 중이었다. 좋은 징조였다. 그들의 사령관을 따라 텅 빈 깃발을 내걸긴 했어도, 자살매가 이곳에 있다는 것만큼은 분명하게 보여줬으니까. 순간 누군가 그를 향해 낮은 소리로 질책하는 게 들렸다. 그는 정신을 차리고 발걸음을 계속 옮겼다. 그로선 이 모든 상황이 새롭고 낯설었지만, 그와 같은 상황일 게 분명한 서비터들도 임무를 훌륭하게 수행하고 있으니, 그 또한 제대로 수행해야 마땅했다.

놀랍게도 문이 무너지기 시작했다. 투명한 물질에서 증기가 꿈틀거리며 솟아올랐다. 그 안에 담겨 있던 빛줄기도, 먼 옛날 죽은 시인이 육두정부의 이상을 묘사한 광휘의 언어도, 소용돌이치고 똬리를 틀며 풀려나고 있었다. 말이 해방되는 것이다. 아니, 추방되고 있다는 게 더 정확할지도 모른다.

"…대위다." 통신망의 목소리는 잡음이 섞여 있는데도 날카로웠다. "연대장님의 전달 사항이다. 이단자들이 정신을 차린 모양이다. 부식 농도를 올리면서 우리 배후로 들어오는 중이다. 현재 후위 병력이 공격 방향을 바꿔 대응 준비를 갖추고 있다. 일단 소령님이 생산시설까지 돌파해 들어가면, 우리가 그 뒤를 따른다. 후위 병력이 이단자 놈들을 충분히 괴롭혀주길 기대하는 수밖에."

나라우처는 다시 울라의 중대를 바라보았다. 이번에는 아까까지 알아채지 못한 다른 뭔가가 보였다. 중심축을 벗어난 진형의 외곽부터, 인간과 서비터 양쪽 모두가 밝게 타오르는 숫자의 기둥으로 변하고 있었다. 도저히 읽을 수 있을 만한 거리가 아니었는데도, 또렷이 알아볼 수 있었다. 전부는 아니지만 대부분은 표준 언어의 세로쓰기로 쓴 글씨였다. 기계 공용어도 식별은 가능했지만, 읽을 수는 없었다.

나라우처는 언제나 숫자는 숫자로서 중요하다고 말하곤 했다. 논리적으로 설명할 순 없었지만, 어떤 확신이 있었고, 그 확신을 입밖으로 내는 걸 멈추지 않았다. 생일과 축제일의 날짜, 어린아이의 신발 크기, 어떤 병사가 불구가 된 전우를 찾아간 횟수. 가장 좋아하는 와인의 특정 농도, 권총 안에 남은 총알의 개수, 그리고 늘 그리워하면서도 결코 방문하지 않았던 고향과 이곳 전장 사이의 거리.

그리고 켈 사령관이 목표를 달성하기 위해 기꺼이 희생할 병사의 숫자.

중대는 문이 무너지고 남은 잔해 앞에 도착했다. 수많은 이들의 기억이 이젠 아지랑이처럼 일렁이는 숫자의 잔상으로만 남았다. 그 잔상을 헤치고 들어가면서도, 나라우처는 눈물을 흘리지는 않았다. 그러나 눈이 아리기는 했다. 울라의 중대는 그대로 타오르며 문을 증발시켜버린 것이다. 그가 할 수 있는 일은 자신의 역할을 수행하는 것뿐이었다. 뒤따라오는 부대를 위해 그들이 확보한 돌격로로 밀고 나가는 것뿐이었다.

〈무언의 법령〉호 사령실에서, 체리스는 보고에 귀를 기울이고 있었다. 애도의 말은 입에 담지 않았다. 애도할 자격이 없었다. 제다오라면 그렇지 않다고 반박했을 것이다. 바로 그러한 이유로, 그녀는 그에게 말을 걸지 않았다.

역사에 최초로 기록된 켈의 진형은 자폭 진형이었다. 사관학교에서 분명 배운 적이 있는데도 잊고 있었다. 물론 이제 두 번 다신 잊지 못하겠지만.

19

니라이 웨니앗 대위는 어쩌면 전 함대에서 유일하게 경계면 탈곡기를 좋아하는 사람일지도 모른다. 그렇다고 그가 딱히 파괴로 쾌락을 얻는다거나 하는 것은 아니다. 주변 이들은 그가 파괴를 즐긴다고 매도하나, 그가 즐기는 건 오로지 탈곡기의 작동 방식이 보여주는 순수성이었다. 탈곡기가 불러온 죽음은 또다시 죽음을 불러온다. 끊임없이 계속.

우주는 죽음을 연료 삼아 돌아간다. 세상에 존재하는 그 어떤 성이로운 기계 장치도 엔트로피로의 전환을 멈출 수는 없다. 인간이 할 수 있는 일은 죽음과 공조하거나 죽음을 방관하는 것뿐이다. 다른 길 따윈 존재하지 않는다.

"기술장교님, 실행에 문제가 조금 있습니다만…" 초조한 기술자 3번의 목소리였다. "아, 됐군요." 가벼운 달카 소리가 들렸다.

"자넨 자신감 좀 가져." 웨니앗이 방금 뱉어낸 이 말은 기대한 바의 정반대 효과를 불러왔다.

그들은 광휘 구역에 있는 이름 모를 공원에서 설치 작업에 한창이었다. 주변에선 한 무리의 퀠이 이곳에 있던 민간인을 몰아낸 뒤, 경계태세를 갖추고 있었다. 거기다 영웅적인 자제력을 발휘해 간식거리를 조르는 사슴을 쏘고 싶은 충동을 억제하기까지 했다.

광휘 구역의 다른 곳에선 전투가 계속되고 있었다. 웨니앗과 나름 친교가 있는 보병대 대위 한 명이 퀠 서비터들이 자살 진형을 구축했다고 알려줬다. 웨니앗은 감탄했다. 서비터를 그토록 영리하게 사용하다니. 퀠이 정면 돌파 이외의 것을 떠올렸다는 것만으로도 실로 대단한 일이었다. 대위에서 대장까지 단번에 진급한 작자가 자신들을 지휘할 예정이란 얘길 처음 들었을 땐 퀠 사령부가 미친 건가 싶었지만, 아무래도 잠재력 정도는 가진 여자인 모양이었다.

공원은 지나치게 고요했다. 초조한 기술자 2번은 주변을 두리번거리고 있었다. 사슴 한 마리가 다가오는 바람에 손을 내저어 몰아내야만 했다. 아무래도 탈곡기를 간식 배급기라고 생각하는 모양이었다.

"준비 끝났습니다, 기술장교님." 침착한 기술자가 말했다. 지금까지 조용히 작업에만 몰두하던 친구였다.

탈곡기의 외양은 그 기능과는 상당히 동떨어져 보였다. 뭐에 쓰는 물건인지 모르는 사람이 본다면, 철사 고리와 돌아가는 톱니바퀴 그리고 복잡하게 연결된 구동축을 보고선 꽤나 멋들어지게 움직이는 조각품 정도로 여길지도 몰랐다. 열세 살부터 관련 원리를 꿰뚫고 있던 웨니앗으로선 전혀 그렇게 보이지 않았지만.

"웨니앗인데. 2반에서 4반까지, 상황 보고 좀 해줘."

"2반 준비 끝났습니다."

"4반입니다. 16분 후에 완료될 예정입니다. 사소한 문제가 있어서… 잠깐, 거꾸로 들고 있잖아. 이리 좀…" 침묵이 흘렀다.

"기술장교님, 3반은 준비 끝났습니다."

4반은 뭘 해야 하는지 파악하는 데만 38분이 걸렸다. 그쪽의 대원 중 두 명은 거의 아무 쓸모도 없는 수준이었지만, 지휘를 맡은 소위가 끝내주게 철저한 사람이라 다행이었다.

"웨니앗이 라가스 연대장님께." 그는 마지막 순간까지 빠지는 부속이 없는지 확인한 다음에 통신을 열었다. "탈곡기 배치가 전부 끝났습니다요. 당장 켈 병력을 싹 다 빼셔야 할 겁니다."

고통에 겨운 목소리로 라가스가 대답했다. "기술장교, 언젠가는 니라이들이 술에 취해 나사 빠진 상태에서도 초월수를 수백 단위까지 암송할 수 있으면서 자기 계급 하나 기억하지 못하는 이유를 이해할 수 있게 된다면 좋겠군."

웨니앗은 연대장이 '초월수'라는 단어를 알고 있다는 사실만으로도 감탄했다. 아무래도 켈을 과소평가하는 일은 그만둬야 할 모양이었다.

"추가로 퇴각시키고 싶은 인원은 없나, 기술장교?"

"없습니다, 연대장님." 웨니앗이 대답했다. 모두 자원해서 온 친구들이었다. 이러한 상황에서 정보에 따라 정확한 판단을 내릴 수 있는 쪽은 단연 니라이였다. 멍청한 켈이 아니라. 수학을 이해하는 게 니라이의 임무니까.

"잘 알겠다. 우리가 퇴각한다는 사실을 이단자들이 알아채면 순식간에 난장판이 펼쳐질 거다. 계속 상황을 전달하겠다." 라가스가 말했다.

"우리가 이기고 있는 겁니까, 연대장님?"

짧은 침묵이 흘렀다. "그렇다고 할 수 있을 것 같군. 이상이다."

시간이 흘렀다.

시간이 더 흘렀다.

사슴이 다시 근처로 다가왔다. 초조한 기술자 3번이 사슴이 도망갈 때까지 돌을 던져댔다.

"퀠 녀석들은 대체 뭘 하느라 이렇게 늦는 거야, 총은 장식으로 들고 있나?"

초조한 기술자 5번이 물었다. 뭐만 하면 징징거리는 친구였다.

"문제는 그놈의 '총'만 써서 여기까지 와야 한다는 거지. 네가 총을 쥔 모습은 전에 봤었는데 말이지, 너라면 더 잘할 것 같아?" 침착한 기술자가 말했다.

"뭔가 소리가 들리는데." 초조한 기술자 4번이 목소리를 죽이며 말했다. 사람들이 나뭇가지를 부러트리며 공원을 뚫고 다가오고 있었다. 사슴을 쓰다듬으러 오는 건 아닌 모양이었다.

웨니앗은 다급하게 말했다. "웨니앗이 라가스 연대장님께. 문제가 생겼어요. 적 순찰대가 접근해 오고 있습니다. 얼마나 많은지는 모르겠고."

탈곡기마다 배치된 인원은 다섯 명뿐이었다.

짧은 침묵 후 라가스가 입을 열었다. "현재 퀠 3개 중대의 퇴각이 지체되고 있다. 하지만 우선권은 그쪽 임무에 있다. 적절한 때라고 여겨지면 탈곡기를 가동하게."

"감사합니다, 연대장님."

"자네 임무만 생각하게, 기술장교. 이상."

소리가 다가오고 있었다. 서로를 부르는 목소리도 들렸다.

"웨니앗이 전 대원에게." 공포와 갈망이 뒤섞여 목소리가 떨렸다. "탈곡기 가동."

웨니앗과 대원들은 탈곡기의 방호 구역에 서 있었다. 현대적인 탈곡기는 전부 기술자들을 위한 방호 구역을 제공한다. 물론 이 특정 형식에서 방호 구역이 기대한 대로 작동할지 여부는 어디까지나 추측의 영역을 벗어나지 못하지만.

그래도 최초의 탈곡기보다는 나았다. 그땐 아예 방호 구역조차 없었다.

탈곡기가 용광로가 폭발하는 듯한, 와인잔이 공명하다 깨져나가는 듯한, 수많은 종들이 좌우로 격하게 흔들리는 듯한 소리를 내기 시작했다. 빛은 없었다. 행성의 모든 구름을 막대 하나 크기로 응축해놓았다가 100년 후에 풀어놓은 것 같은 바람이 휘몰아쳤다.

부드럽게 아른거리는 불빛을 보니 방호 구역은 제대로 작동하는 모양이었다. 이제 남은 문제는 탈곡기 본체가 제대로 효과를 발휘하는지 여부였다. 공원은 키기 큰 나무로 우거져 있어, 그들이 있는 곳에선 좀처럼 판별하기 어려웠다.

잠깐. 속삭이는 소리가 들렸다. 나무의 옹이가 뒤틀린 눈알로 변하고 있었다. 그리고 그 눈에서 탁하고 흐릿한 빛이 뿜어져 나왔다.

사슴은 소리가 들리는 쪽으로 돌아와 있었다. 탈곡기가 절그럭거리는 소리에 맞춰 사슴은 앞발을 들고 일어섰다. 예의 그 탁한 빛이, 흥터와 불길한 달빛을 연상시키는 그 빛이 사슴의 눈에서 흘러넘쳤다. 곧 사슴은 몇 발짝 비틀거리다가 그대로 쓰러졌다. 목구멍과 둔부에 둥글게 흰 상처가 열리며, 그 안에서 작은 이빨이 돋아났다. 그 반짝 거리는 이빨이 서로 맞부딪치는 소리가 주변을 울렸다. 쓰러진 사슴의 다리가 어딘가 모르게 우스꽝스러운 모습으로 꼬여 있었다.

사슴의 몸통에 난 상처에서 둥그스름하고 희끄무레한 형체들이 기포가 끓어오르듯 자라났다. 눈이었다. 상처에서 자라난 수많은 눈이 탈곡기 쪽만 바라보고 있었다.

우리는 방호 구역에 있다. 따라서 안전하다.

그동안 숨을 멈추고 있던 웨니앗은 천천히 심호흡했다. "웨니앗이 탈곡기 설치반 전원에게. 상황을 보고하라."

"인근 새들이 좀 당했습니다, 기술장교님." 4반이었다. "저희 쪽에 선 거주 구역이 거의 보이지 않아 확신하기는 힘듭니다만, 아무래도 저게… 아, 맞습니다. 빛의 역병입니다."

3반. "대위님, 죄송합니다만, 저희 쪽은 방호 구역이 발생하고 있습니다만, 그 외에는 작동하지 않는 것 같습니다. 손을 좀 보고 싶은데, 구역 밖으로 나가지 않고서는 해당 부속이 손에 닿지를 않아요."

"구역 밖으로 나갈 생각은 꿈도 꾸지 마. 곧 다른 탈곡기의 효과가 그쪽까지 닿을 거야. 우리 모두 살아서 나가는 게 가장 중요하다는 걸 잊지 말라고."

구역 하나를 통째로 상대한다 해도, 네 대의 탈곡기는 과도한 전력 이었다. 사실 하나면 충분했을 테지만, 나머지 세 대는 오작동에 대비 해 예비 전력 차원으로 가져온 것뿐이었다.

2반은 언제나 그랬든 분석적으로 보고했다. "모든 시스템이 변수 범위 안에서 작동 중입니다, 기술장교님."

"웨니앗이 라가스 연대장님께. 탈곡기 세 대가 정상 가동 중입니다. 현재 상황에선 '정상 가동'의 범주를 계측할 방법이 마땅치 않기는 합니다만…"

"제대로 작동하고 있다." 라가스가 단호하게 말을 잘랐다. "탈곡기의 방출장이 중대를 따라잡기 전에 자군 대위가 카메라를 설치했다. 이지아데 중대장은 출구가 보이는 지점까지 도착하긴 했으나, 내가 출구를 봉쇄했다. 이단자도 금세 상황을 눈치챈 듯하다. 나머지 출구는 전부 이단 쪽에서 봉쇄했으니까. 아이러니하게도, 우리와 이단이 서로 힘을 합치고 있는 셈이지. 인원 피해를 최소화하기 위해서 말이야. 탈곡기가 활성화된 영역은 탐지가 먹통이 됐으니 확인할 수는 없지만, 아무래도 그쪽 인근에서 살아남은 건 자네들뿐일 것 같다."

이 구역의 주민은 4만 3,000명 정도로 추산되었다. 문제는 그 숫자가 크다는 것이 아니다. 사실 웨니앗한테는 그다지 커 보이지도 않았고. 중요한 것은 숫자 자체가 아니다. 중요한 것은 비율이다. 전원이 죽었다. 물론, 고통을 느낄 새도 없이 순식간에 끝나긴 했을 것이다. 문제는 뒤처리 작업이었디. 상상만으로도 끔찍했다. 달곡기에 너덜너덜해진 시체들을 치워야 한다니. 다행히 그가 신경 쓸 문제는 아니었지만…

무척 드물게도, 웨니앗은 자신에게 남아 있는 일말의 인간성을 내비쳤다. "병사들 일은 유감입니다, 연대장님."

라가스는 이 말을 무시했다. "만약을 대비해 앞으로 1시간 동안 탈곡기를 가동 상태로 유지하다가 정지시키도록. 수송 병력을 보내긴 하겠지만, 이쪽에 문제가 발생할 경우 어떻게 처리해야 할지는 잘 알고 있으리라 생각한다."

탈곡기를 파괴해야겠지. 이런 물건을 적의 손에 넘길 수는 없었다.

"이젠 좀 어려운 명령도 내려주셨으면 좋겠는데요, 연대장님." 웨니앗이 말했다.

"동력 소켓이나 쑤셔 박다가 죽어버리게, 기술장교." 라가스는 냉정한 목소리로 이렇게 말하고는 통신을 끊었다.

"확실한가? 이곳 위쪽에서도 탐지 장비에 예상했던 문제가 발생했다." 체리스는 라가스 연대장에게 물었다.

"확실합니다. 이제 곧 탈곡기 설치반을 복귀시킬 예정입니다. 탈곡기 범위 안쪽에는 균사체와 시체 말고는 아무것도 없습니다. 자군 대위가 설치한 카메라 덕분에 창의적이지만 아무 의미 없는 방식으로 생존을 도모한 병사들의 생생한 영상도 확보했습니다. 손가락으로 눈을 파내려 한 모양이더군요. 물론 별 소용 없었지만요."

두 사람 모두 탈곡기의 효과가 충성도 수치에 따라 대상을 선별하지 않았다는 사실은 언급하지 않았다. 중대 세 개가 완파되었다는 사실은 아까 보고를 받았다. 그 문제에 대해서는 더 이상 할 말이 없었다.

"수고 많았다, 연대장. 탈곡기 설치반에도 수고했다고 전하게. 내이름으로 직접. 상황이 생기면 바로 보고하길 바란다."

"당연하지요, 각하."

"저 친구는 자네를 인정하는군." 제다오가 말했다.

"저는 잘 모르겠던데요." 체리스는 큰 소리로 물었다. "아직 아무것도 안 잡히나, 탐지반?"

"요새의 저쪽 절반에서는 앞으로 4시간 동안은 아무것도 읽어낼 수 없을 겁니다, 각하."

체리스는 입속으로 말했다. "이런 일을 벌였는데, 심지어 주력 공세도 아니었다는 거지요. 눈속임을 위해 거주 구역 하나를 전부 말살해 버리다니." 적어도 지지자들이 광휘 구역에 집중되어 있던 게레나그 아브라나라는 이름의 이단자는 분명 이 사태에 신경을 쓸 수밖에 없을 것이다.

"최고의 눈속임을 위해선 진짜 공격처럼 보여야 하는 법이라네." 제다오가 말했다.

탈곡기 공격이 계속되는 동안, 다른 구역의 슈오스 잠입병들은 파괴 공작에 여념이 없었다. 세심하게 목표를 고른, 아주 많은 양의 파괴 공작.

그녀는 다시 큰 소리로 말했다. "다미오드 대위와 코 대위, 두 사람을 연결하도록." 니라이 암호 해독반과 슈오스 분석반. 두 사람의 얼굴이 메인 화면 옆에 떠올랐다.

"각하." 코는 경례를 올리며 말했디.

"그 회선에 대해서 듣고 싶어 하셨죠, 각하." 다미오드가 말했다.

"그렇다." 체리스가 말했다. 얼마 전에 그가 보고했던 문제였다.

"잠입병들의 도움을 받아서 92832-17번 회선이 요새의 사령부로 연결되는 회선이라는 사실을 확인했습니다. 아마 이나이가 자이의 직통 회선일 겁니다. 회선의 데이터 패킷은 아직 해독해내지 못했습니다. 구조가 묘한 걸로 봐서 아마 최신 이론을 사용하는 것 같긴 합니다만, 크게 신경 쓸 일은 아닙니다."

"본 얘기로 돌아가서, 저희는 17번 회선에 설치된 도청 장치가 자이의 부관인 게레나그 아브라나의 관련자에게 연결된다는 사실을 발견했습니다. 슈오스 친구들이 그새를 못 참고 장난질을 치지 않았다면, 아무도 그 도청 장치는 건드리지 않았을 겁니다. 현재로선 자이 측도 그 장치를 알아채지 못했으리라 생각하고 있습니다."

"자네도 같은 의견인가?" 체리스는 코에게 물었다.

"그렇습니다, 각하." 코가 대답했다.

"더 나은 소식을 전해드릴 수 없어 유감입니다." 그러나 다미오드의 말투엔 이런 일에 자기 시간을 낭비해서 참으로 유감이라는 분위기가 풍겼다.

"괜찮다." 체리스는 순간 가늘어지는 코의 눈을 바라보았다. "애초에 내가 원한 건 그쪽이 아니었으니까. 내가 말한 가짜 암호는 준비됐나?"

"준비됐습니다. 겉으로 보기엔 꽤나 견고해 보이도록 만들었습니다만, 훌륭한 해독반이라면 며칠 안에 풀어낼 수 있을 겁니다. 물론 요새 규모의 연산 자원이 있다면 말입니다."

체리스는 게레나그 아브라나가 솜씨 좋은 해독반을 거느리고 있으리라 짐작했다.

"그럼 다음으로 넘어가지. 17번 회선에 전문을 삽입할 수 있나? 그리고 도청자한테 해당 정보가 넘어가도록 만들 수 있나?"

"아주 훌륭한 도청 장치더군요." 다미오드가 경멸하는 투로 말했다.

"아마 실제 회선보다도 많은 것을 볼 수 있을 겁니다. 하지만 각하, 그런 짓을 하다간 저쪽에게 역탐지를 당할 수도 있습니다. 만약 역탐지를 당하게 된다면, 역으로 우리의 탐지 능력이 무력화될 겁니다."

"그건 괜찮다. 이 전문을 보내고 나면 더 이상의 탐지는 불필요하게 될지도 모르니까."

코는 생각에 잠겼다. "참으로 슈오스다운 말씀이군요."

"반대하는 건가?"

"그저 감상을 말했을 뿐입니다, 각하."

체리스는 코와 다미오드에게 말했다. "어떤 수단을 써서라도 해당 전문을 삽입하도록. 소리까지 포함한 영상 전문이어야 한다. 그림자도 보여야 하니까. 전문을 열면 톱니바퀴 2번 카드가 떠오르게 만들도록." 제다오가 그렇게 해달라고 끈질기게 주장했다. "여기는 가라크 제다오 쉬칸이다. 취할 수 있는 수단이 제한적이니만큼, 외형의 변화는 양해해주길 바란다." 제다오의 이름을 말하는 자신의 목소리가 너무도 자연스러워 거북할 정도였다. "요청한 대로 귀측 집 안에 숨어든 쥐새끼들은 말끔히 청소했다. 그쪽도 약속을 지킨다면, 하픈에게 써먹을 수 있는 교섭 카드가 하나 더 생기는 셈이지. 하픈이 올 동안, 나는 켈 쪽의 문제를 해결해놓을 생각이다. 함께 저녁 식사를 즐기면서 나머지 사항을 차차 의논하면 좋겠군. 그쪽에서 일을 그르치진 않으리라 믿어 의심치 않는다. 그럼 평화와 고요를 만끽하도록."

이 작전이 먹힌다면, 즉 자이의 부관이 해당 가짜 암호를 해독해 자이가 수하를 처리하기 위해 제다오와 '협상'했다는 말을 엿듣게 된다면, 이단자들은 서로 물어뜯기 시작할 것이며 머지않아 켈은 집으로 돌아갈 수 있게 될 것이다.

체리스는 손가락 없는 장갑을 내려다봤다. 다른 이들이 자신을 어떻게 보고 있는지 굳이 재확인할 필요는 없었으니까.

"이제 기다리는 일만 남았군." 제다오가 말했다.

20

슈오스 하오단은 암살 임무가 싫었다. 그는 이에 대해서 교관에게 털어놓았지만, 돌아온 건 그렇기 때문에 그가 이상적인 암살자라는 대답뿐이었다.

암살자로서 필요한 기술을 전부 가지고 있는 것은 사실이었다. 일부는 켈 가문에서 성장한 덕분에 자연스럽게 익혔던 것인지라, 덕분에 사관학교 시절에도 뛰어난 성적을 거뒀다. 그러나 그는 분석이나 관리 같은 조용한 업무를 맡고 싶었다.

첫 암살 임무에서, 그의 상관은 그의 의중 따윈 신경도 쓰지 않고 그를 현장 보조 요원으로 파견했다. 선임 요원은 능력은 있었지만 변덕스러운 사람이었다. 그녀는 미술품 모작과 연관된 하찮은 음모에 휘말려버렸고, 결국 하오단이 직접 목표를 처리해야 했다. 당시 그녀가 상관으로부터 어떤 질책을 받는지 엿들었어야 했는데. 그런 커다란 즐거움을 놓치다니.

어쨌든 그는 임무를 대신 맡았고, 너무 훌륭하게 해내고 말았다. 상관은 계속해서 암살 임무를 맡겼고, 그러면서 이렇게 일렀다. 그게 귀관의 의무다. 그는 생명을 앗아가는 일이 너무 괴롭다고 항변했다. 부서를 바꾸고 싶었다. 슈오스에도 살인을 하지 않고 경력을 쌓을 수 있는 부서가 흔치는 않아도 있긴 했으니까. 상관은 잔인할 정도로 설득력 있는 논리로 맞대응했다. 만약 귀관처럼 모든 슈오스가 손에 피를 묻히기 싫어 몸을 뺀다면, 결국 여기엔 무뢰배와 소시오패스만 남게 될 걸세. 그래서 슈오스는 항상 자신의 임무를 영예롭게 여기지 않는 암살자를 손에 넣으려 애쓰지. 물론 외부인들은 믿지 않겠지만.

하오단은 상관이 자신의 자부심을 자극하려는 것임을 잘 알고 있었다. 그리고 상관의 그 작전이 훌륭하게 먹혀들었다는 것도.

오랜 세월이 흐른 지금, 그는 요새의 잠자리 구역에서 이단자 분석반 수장의 목을 노릴 준비에 착수하고 있었다. 목표는 바헨즈 아프리르 다이 노움이라는 여자였다. 이단자들의 토의를 엿들은 슈오스는 그녀가 요새 정책 결정에도 지대한 영향을 미친다는 결론을 내렸다. 접선자가 설명했듯이, 지금까지 그녀를 처리하지 않고 내버려두었던 건, 그녀를 통해 요새와 관련된 정보를 얻는 쪽이 보다 유용했기 때문이었다. 그러나 요새 점령이 눈앞으로 다가온 상황이므로, 이젠 첩보 활동보다는 그녀를 제거하는 편이 훨씬 이롭다는 결정이 내려졌다. 지금까지 그녀가 켈에 입힌 막대한 피해를 고려했을 때, 다른 곳으로 도망쳐 또 다른 문제를 일으키지 않도록 반드시 싹을 잘라야만 했다. 물론 생포도 고려해봤지만, 성공 여부가 너무 불확실했다. 끝장낼 수 있을 때 끝장내는 것이 최선이었다.

하오단은 잘나가는 제과점의 배달부 자리를 얻었다. 요새 주민들은 포위당한 상황에서도 일정 수준의 사치를 당연하다는 듯이 만끽했다. 하오단이 조금 도와준 결과 이전 배달부 여성은 앓아누웠고, 그는 면접 자리에서 합격에 가장 필요한 말들을 골라서 반복했다. 조금 조사해보니 지배인이 북꾼 구역에서 발이 묶인 친척들을 걱정하고 있다는 걸 알게 되었고, 하오단은 그 사실을 가차 없이 이용했다. 그저 그가 입밖에 내지 않는 사실은, 공성전이 끝나가는 이상 잠자리 구역의 외딴 구석에 있는 제과점조차도 딱히 나은 상황이 아니라는 것이었다. 켈은 요새를 점령하면 비도나에게 연락을 취할 것이고, 반란이 일어난 연결 요새에 대해서는 비도나도 평소보다 훨씬 더 철저한 재교육 작업을 수행할 것이기 때문이었다.

바헨즈는 기계처럼 정확히 이틀에 한 번씩 과자를 주문했다. 하오단은 예측 가능한 사람들을 상대할 때마다 절망을 느꼈다. 그의 작업을 너무 쉽게 만들어주니까. 하지만 바꿔 생각해보면, 오히려 감사히 여겨야 할 일이었다. 작업이 쉬울수록 2차 사상자 없이도 성공할 확률이 높아지니까.

그가 신경 쓰고 있는 배달품엔 종이 스티키가 진뜩 붙어 있었다. 이단의 역법에서 사용하는 농장 가축 모양이었다. 미적 감각이 돋보이는 부드러운 색감의 종이 덕분에 우아한 분위기가 흘렀다. 오늘의 세 번째 배달품이었다.

제과점 지배인은 사람이 직접 배달하는 것을 고집했다. 공성전 중인데도 불구하고 말이다. 사람 손길이 느껴져야 한다나 뭐라나. 그녀는 이렇게 해야 사람들이 돈을 더 낸다고도 주장했는데, 어쨌든 꽤나 신선한 발상이었다. 그로선 더 좋을 것도 더 나쁠 것도 없었다. 서비터 배달을 이용한다고 해서 그의 임무가 힘들어지는 건 또 아니므로. 그는 민수용 서비터를 다루는 방법에 대해서도 빠삭했다.

지배인은 지시를 내리는 내내 흡족한 얼굴이었다. 아무래도 꼿꼿이 차렷 자세를 취하는, 진지하게 경청하는 그의 모습이 마음에 든 모양이었다. 사실 아버지가 퀠이면 몸에 밸 수밖에 없는 자세였다. 비록 그의 아버지가 군인이 아닌 의료 기술자이기는 했지만. "렝한테는 그쪽 아들을 항상 염려하고 있다는 말을 꼭 전해요. 아제니오한테는 저번에 말한 신상품 참깨 쿠키를 만들기 시작했으니 주문해도 좋다고 일러주고요. 꾸러미 안에 견본을 넣어뒀으니까 시식하고 결정해도 좋겠지만, 아마 먹어보지도 않고 마음에 든다고 할 거예요. 나는 이런 쪽으로는 항상 감이 좋거든요. 아, 그리고 17-4번 통로는 쓰지 말아요. 당신이 통과할 때쯤 군인들이 행진할 시기거든요. 그 안에 뒤섞여선 곤란하겠죠. 군인들은 거기서 열병식인가 뭔가를 할 텐데, 당신에겐 따로 할 일이 있잖아요?"

지배인은 마침내 할 말을 전부 끝냈고, 하오단은 가게를 떠날 수 있었다. 그는 지정 차선을 따라 스쿠터를 몰았다. 통로가 엉망이었고, 승강기는 재난에 가까웠다. 하지만 생각해보면 이렇게나마 사람들이 살고 있다는 게 기적이긴 했다. 이 요새는 원래 칠두관들이 피난처로 사용하려고 건설한 곳이었다. 따라서 분파마다 자기네 구역을 획정해 설계했는데, 리오즈를 제거하고 나니 그렇게 칠등분된 건축구조가 교리상 문제가 됐다. 일곱 번째 구역을 통째로 없애야만 했고, 요새의 7

분의 1을 갈아엎는 과정에서 어마어마한 수의 건물이 파괴되고 다시 건축됐다.

첫 번째, 두 번째 배달은 예상대로 흘러갔다. 토실토실하고 혈색 좋은 남자인 아제니오는 하오단이 보는 앞에서 참깨 쿠키를 먹어야겠다며 고집을 부렸고, 그에게도 하나를 권했다. 하오단은 거절했다. 이 사실을 알게 된다면 지배인이 마땅찮게 여길 것이 분명했다. 게다가 과자라면 이미 충분했다. 매일 저녁 지배인이 과자가 잔뜩 담긴 바구니를 건네주는 바람에 체중이 무서운 속도로 불고 있던 차였다.

쿠키에 대해서라면 안단조차도 진저리칠 만한 시적 찬미를 늘어놓을 수 있는 아제니오에게서 간신히 해방되고 보니, 일정이 12분이나 지체되고 말았다. 그래도 아직 문제가 될 정도는 아니었다.

하오단의 다음 목적지는 구역 격벽에 붙어 있는 건물 사무실이었다. 도대체 무슨 생각으로 여기다 건물을 세운 것일까. 아마 비상 대피로를 만든답시고 설계한 것이겠지만, 이곳을 탐지 장비로 훑어본 슈오스들조차 결국 명확한 결론을 내리지 못했다. 여러 번 와본 곳이었다. 이곳 보안 요원들은 그의 얼굴과 백조와 리본 상표가 붙은 제복을 잘 알고 있었다. 그들은 웃으며 그를 들여보내주었다. 그는 마주 웃어주었다. 그게 서로에 대한 예의니까.

17분이나 늦었지만, 아직 여유는 있었다.

4층까지 올라간다. 켈이라면 분명 이걸 보고 '불운한 행운의 4층'이라고 언급했을 것이다. 목표 인물은 요새 사령부에만 틀어박혀 있지 않고 가끔 이쪽 사무실로 나와서 일한다. 잠입병들 사이에서 도는 소문으로 판단해보면, 이단자들끼리도 나름의 알력이 있는 모양이었다. 아마 바헨즈는 이 구역을 자기 눈으로 시찰해보고 싶거나, 상관으로 추정되는 사람으로부터 자신의 작업 일부를 숨기고 싶은 모양인 듯했다.

목표 대상의 비서가 프런트 데스크에 앉아서 단말을 이리저리 찌르며 끙끙대고 있었다. 아쉬울 따름이었다. 다른 직업으로 위장한 중이라면 그녀의 문제를 도와주겠다고 나설 수 있었겠지만, 배달부 복장으로는 의심을 사게 될 것이다. 애초에 그녀의 단말을 먹통으로 만든 것 또한 슈오스 잠입병일 가능성이 컸다.

하오단은 일부러 초조한 모습을 꾸미며 목례를 했다. "백조와 리본 제과점입니다. 방해해서 죄송한데요, 여기 놔두는 게 좋을까요, 안에 들여놓는 게 좋을까요?" 항상 하는 질문이었다. 물론 비서는 안에 들여놓으라고 말하는 법이 없었지만.

그는 다른 잠입병을 시켜 목표 대상의 사무실 천장에다 딱따구리형 서비터를 잠입시켜놓은 상태였다. 목표 대상은 짜증스럽게도 이곳 사무실에다 전함나방 한 척에 탑재해도 충분할 만큼의 방어 및 탐지 설비를 들여놓았다. 상황이 이렇다 보니, 첩보용 서비터조차 위험을 무릅써야 했으며, 할 수 있는 것도 극히 제한되었다. 서비터는 귀를 기울이고 있다가 인간 활동이 감지된 시각을 암호화한 데이터 통신으로 매일 무작위 시간에 전송하는 것이 전부였다. 목소리를 판별하는 것조차 불가능했다.

사무실은 건물 안쪽에 깊숙이 박혀 있을뿐더러, 가는 길목마다 추가 보안 장치가 설치돼 있었다. 직접 들어가서 임무를 수행할 수 있다면야 가장 좋겠지만, 하오단은 아직 목숨을 내버릴 생각은 추호도 없었다.

"제가 확실히 전달해드리죠." 비서는 힘없는 미소를 띠며 말했다.

"무슨 힘드신 일이라도?" 하오단은 그녀의 책상에 꾸러미를 놓으며 물었다.

"말도 못 해요. 이젠 단말까지 말썽이네."

"도움이 되지 못해 아쉽네요." 하오단은 거짓말로 넘겼다. 그의 임무는 정보 수집이 아니라 암살이었다. 게다가 목표는 '설비 고치러 왔습니다'와 같은 진부한 작전 따위에 넘어가지 않을 것이다. 목표 대상의 약점은 탐식이므로, 하오단은 그에 맞춰 이번 작전을 계획했다.

"아니에요, 당신한텐 늘 큰 도움을 받고 있는걸요." 비서는 조금 더 진심을 담아 웃으며 말했다. "이 과자를 정말 좋아하시거든요. 이걸 드시면 기분이 좋아지세요. 그건 정말 이곳 직원들 모두에게 크나큰 도움이랍니다."

"그렇게 말해주니 기쁘네요." 하오단이 말했다. 이 계획의 문제는 바로 여기에 있었다. 그녀가 마음에 들었지만, 유감스럽게 그녀는 곧 죽게 될 것이다. 목표 대상의 일정에 맞춰 앞으로 27분 후, 꾸러미 속 시한폭탄과 함께 말이다. 그녀의 안전까지 고려할 순 없었다. 그러면 임무 실패 요인이 용납할 수 없는 수준으로 상승했을 테니까.

비서는 다시 단말과 씨름했다. "저는 이만 가보겠습니다." 하오단이 말했다. 그녀는 알아듣기 힘들게 웅얼거리며 인사를 받았다.

1층으로 내려가서 스쿠터를 타면 된다. 이제 용무를 마쳤으니 제과점으로 돌아갈 필요도 없지만, 오늘 주어진 배달은 마무리할 생각이었다. 그게 정당한 행동이니까.

하오단이 떠나고 7분 후에, 둥그런 얼굴의 남자가 4층 사무실 접수 공간으로 들어와 벽을 두드렸다. 백색 원단에 금테로 치장된 정장을 입은 채였다.

"피오로. 아직 안 들어오셨는데…" 비서가 말했다.

"아마 한동안 안 오실걸? 긴급회의에 가셔야 하거든. 나도 지금 그리 가는 중인데, 과자가 없으면 또 땍땍거리실 것 같아서 말이지. 특히 요즘은 자이가 생선 소스를 얹은 채소 롤만 대접한단 말이야. 그래서 과자를 가지러 잠깐 들렀어. 걱정하지 마, 두어 개 남겨줄 테니까."

"그래, 그게 좋겠네. 음, 그러면 여기 동기화 오류까진 살펴봐줄 시간은 없겠지…"

피오로는 화면을 슬쩍 보고는 눈살을 찌푸렸다. "슈오스 쪽 그리드 침투자의 솜씨 같은데. 이 정도까지 깊이 들어왔다니, 심상치 않군. 이건 금방 해치우기 힘들겠어. 이런, 서둘러야겠군. 그냥 회선을 끊고 초기 상태로 복원해버려. 짜증 나겠지만 보안이 뚫리는 건 막아야 하니까." 그는 꾸러미를 들어 올렸다. "분명 끝내주는 물건이 들었겠지. 다 함께 먹는 걸 좋아하셔서 다행이야."

"도와줘서 고마워, 피오로." 비서가 말했다.

"이 정도로 뭘." 피오로는 고상한 종이 장식이 달린 꾸러미를 들고선 건물을 나서며 말했다.

바헨즈 아프리르 다이 노움이 제다오의 전문을 해독한 다음 가장 먼저 한 일은 외부 사무실의 자폭장치를 가동하는 것이었다. 얼마나 비싼 설비인지 잘 알고 있었지만, 설비야 언제든 새로 구매하면 그만이었다. 반면 그녀 자신은 대체하기 힘든 존재일뿐더러, 얌전히 목숨을 내놓을 생각은 추호도 없었다. 얼마 전 그녀를 겨냥한 것이 명백한 폭탄 테러로 인해 피오로가 목숨을 잃었으며, 안타깝게도 동반 사상자까지 발생했다. 그러나 그녀는 결코 정에 휘둘리는 사람이 아니었다. 만약 이 정도 일 가지고 감정에 휩쓸렸다면, 지금 정도의 달인이 될 수 없었을 것이다.

그녀는 호기심에 취하지도 않았다. 제다오가 여성의 몸을 가져왔다는 점이 무척 흥미로웠지만, 생각해보면 슈오스는 그런 쪽으로 둔감했다. 켈이라면 분명 경기를 일으켰겠지만. 그래도 함대의 켈들은 경기를 일으켰을 것 같은데. 어쩌면 제다오의 존재 자체를 거북해하는 데에 온 신경을 집중하느라, 육체 쪽 문제는 신경조차 쓰지 못한 것일지도 모른다.

바헨즈가 두 번째로 취한 행동은 사령부로 가서 리오즈 자이를 만나는 것이었다. 리오즈라는 이름은 껍데기일 뿐이었지만, 자이에게 아주 잘 어울렸다. 리오즈 자이. 자이는 언제나 눈부실 정도로 진심을 다했다. 바헨즈가 좋아하는 자이의 덕목 중 하나였다. 물론 그 진정성이 식음료에 대한 금욕적인 취향으로 이어진다는 건 통탄스러운 일이 아닐 수 없었지만.

바헨즈는 자이가 회의를 주재할 때면 직접 간식거리를 가져가곤 했다. 시큼한 과일과 설탕도 타지 않은 차 따위로는 결코 만족할 수 없었으므로. 이처럼 사소한 법적 절차 따위를 중요시하는 건 오직 자이뿐이었지만, 그녀가 신념을 지키기 위해 노력한다는 이유로 다른 이들도 기꺼이 그 신념을 함께 실천했다. 정계의 지저분한 현실로 자이를 양념할 시간이 조금만 더 있었다면, 바헨즈는 이제 막 싹트기 시작하는 그녀의 카리스마를 이용해 더 많은 일을 할 수 있었을 것이다. 그러나 다시 생각해보면, 이상주의적 전사 공동체에서 성장한 사람에게 그 이상을 바랄 수는 없을 것도 같았다. 자이는 육두관들이 벌이는 역법 실험에 항의하다 방어막 조종자의 지위를 잃는 큰 타격을 입었다. 그러나 그렇게 타격을 입은 덕분에, 우리에게 유용한 인물로 거듭날 수 있었다.

바헨즈는 게레나그 아브라나 휘하의 암호해독자들이 자신보다 느리기를, 자신의 특수 암호와 우월한 첩보 능력으로 필요한 시간을 벌수 있기를 바랐다. 도청당하고 있음을 미리 알아채지 못한 건 분명 실수였다. 아브라나의 보안 요원들 실력이 이토록 뛰어날 줄이야. 사실 반신반의하고 있었지만, 제다오의 전문을 본 순간 도청이 존재할 수밖에 없음을 확실히 깨달았다. 전문에 걸린 암호가 너무도 순식간에 풀린 것이다. 누군가 의도적으로 심어놓은 물건이었다.

바헨즈는 자이가 어떤 사람인지 너무 잘 알고 있었다. 그녀가 빌어먹을 구미호 놈하고 비밀 협상 따위를 맺었을 리가 없다. 그렇다면 이거짓 전문은 다른 사람을 노린 함정이다. 아브라나, 스토간, 누구든 상관없으니 자이에게 원한을 품을 만한 사람을 노린 것이다. 이미 반쯤은 그렇게 생각하고 있어서 이 터무니없는 거짓말을 고스란히 진실로 받아들일 만한 사람을.

최근 빈발하는 파괴 공작과 암살도 문제였다. 대부분의 희생자는 낮은 계급의 추종자들이긴 했으나, 어쨌든 사람들을 동요시키기엔 부족함이 없었다. 한 번 동요하기 시작하면 사람들은 똑바로 생각하지 못하게 된다. 게다가 모든 공격이 자이를 제외한 자이 주변 부관들만 노렸다. 자이의 그리드에서 논리 함정이나 미로가 발견되지 않은 이유는, 은폐 솜씨가 뛰어나서가 아니라 아예 공격의 대상이 되지 않았기 때문이었다. 아브라나의 수하들은 이 사실에도 주목했을 것이다.

사령실로 이어지는 통로의 조명은 늘 그렇듯 흐릿했다. 보안 시스템과 경비들은 그녀를 알고 있었기 때문에, 외곽 방위시설과 비어 있는 방어막 조종실을 지나쳐 자이의 내실로 들어가는 그녀를 막아서지 않았다. 원칙적으로는 허술한 보안 시스템을 문책하는 보고서를 작성해야 온당하겠지만, 이 머저리들한테 그런 수고를 들이기엔 시간이 아까웠다.

바헨즈는 방으로 들어가며 말했다. "둘이서만 할 이야기가 있습니다. 1시간 정도면 될 거예요."

리오즈 자이는 그녀를 맞이하러 자리에서 일어섰다. 바헨즈만큼이나 수면 시간이 부족했을 것이 분명한데도, 왕족에나 어울릴 법한 근엄한 분위기를 유지하고 있었다. 그리고 언제나 그렇듯이 정중한 태도였다. "원한다면 얼마든지. 지금 상황에선 논의할 일이 정말 많으니까요." 그녀는 내실의 보안 모드를 조작하려고 몸을 돌렸다.

"논의는 없을 겁니다." 바헨즈의 손엔 이니 열선 권총이 들려 있었다.

자이는 그녀의 의중을 이해하고 몸을 돌려 권총을 쥐려 했지만, 바헨즈 쪽이 빨랐다. 열선이 자이의 측두부에 명중했다.

자이는 그대로 쓰러졌다. 불탄 살점과 그슬린 머리카락 냄새가 역겨웠다. 그녀는 쓸모를 다했다. 그렇다면 바헨즈에 대해 떠들고 다닐 말도 적을수록 좋았다.

바헨즈는 무릎을 꿇고 앉아, 보다 장중해 보이도록 자이의 몸가짐을 다듬어주었다. 그녀가 보일 수 있는 최소한의 성의였다. 자개와 금으로 만든 단추와 은은한 색의 비단옷, 거기에 완벽한 옷맵시까지. 자이는 패션 감각이 뛰어났다. 마지막 모습인 만큼, 그녀의 빛나는 부분을 살려주고 싶었다.

그녀는 아무런 소동도 없이 왔던 길을 되짚어 나왔다. 다들 그녀를 신뢰하기 때문에, 면담이 왜 그렇게 짧았느냐고 묻는 사람조차 없었다. 임무가 이렇게 엉망으로 끝나다니. 무척 아쉽긴 했으나, 어차피 처음 시작할 때부터 하픈 쪽에다 도박이나 다름없다고 말해놓긴 했다. 가장 아쉬운 건 피오로의 죽음이었다. 그처럼 능숙한 달변가는 정말로 찾아내기 힘드니까. 그러나 우주는 넓다. 분명 계속 찾다 보면 정찬 자리에 데려갈 동반자는 또 찾아낼 수 있을 테지.

요새에서 무사히 탈출한 다음도 문제였다. 하픈 쪽에다 보고서를 제출해야 할 텐데, 그 귀찮은 일을 언제 다 끝내지. 아무래도 켈 사령부가 제다오를 전장으로 내보낸 건 완전히 그릇된 판단은 아닌 모양이었다. 켈 사령부와 제다오, 아름다우면서도 엉망으로 뒤얽힌 이 발레리나 한 쌍이 그녀의 임무를 망친 건 아무리 좋게 보더라도 상당히 짜증 나는 일이었지만, 바헨즈는 훌륭한 동업자를 앞에 두고 경의를 표할 정도의 견식 정도는 갖추고 있었다.

라가스 연대장은 광휘 구역이, 이번 참상을 모티프 삼아 불멸의 작품을 남기고 싶은 시체 서예가가 아니고서야 그 누구도 들어가길 원치 않는 황무지가 되었다고 보고했다. 우산 구역의 저항은 즈네브 스토간이 내부 알력 때문에 병력을 빼자마자 그대로 무너져버렸고, 북꾼 구역은 폭동으로 만신창이가 되었다고 했다. 체리스는 무엇 때문에 폭동이 일어났는지 물었다. 라가스는 삐딱한 눈으로 그녀를 힐긋 보고는 이렇게 대꾸했다. "삶의 부조리함 때문이지요."

탈곡기에 의해 엉망이 된 시체를 처리해야만 했다. 라가스는 확보 구역 민간인을 징발하길 바랐고, 체리스는 승인했다. 그로 인해 더 많은 혼란과 비난 그리고 폭동이 일어났지만, 그래도 체리스는 뭐든 시도해볼 수밖에 없었다.

슈오스 한 명이 보고서를 올렸다. 잠자리 구역에서 이단자들에 섞여 전투를 벌이고 있는 요원이었다. 보고서에는 혼란에 빠진 이단자들의 모습이 건조하게 기록돼 있었다. 체리스는 기계의 톱니바퀴가 자리를 찾아 들어가는, 또는 녹아 사라지는 모습을 지켜보는 기분이었다. 어느 쪽인지는 분간할 수가 없었다.

10.6시간 후, 교리반은 역법 수치가 허용된 정상치 쪽으로 옮겨 가기 시작했다고 보고했다.

그 후 체리스는 길고 깊은 잠에 빠졌다. 잠에서 깬 그녀는 옷을 차려입고, 장갑을 끼려다 잠시 멈칫했다. "프로파간다 두하는 이단자들을 겨냥한 것이 아니었죠, 내 말이 맞죠?"

"우리가 학살할 사람들이 누구였는지, 자네가 알아주길 원했네."

"그게 왜 중요한 거죠?"

"중요하지 않다고 말하고 싶은 건가?"

"아뇨. 그런 뜻으로 말하려던 게 아닙니다. 하지만 그런다고 상황이 변하는 것도 아니잖아요."

"그건 나도 잘 알고 있다네." 제다오가 말했다.

정해진 시간에 맞추어 체리스는 공용 식탁으로 나갔다. 그녀는 식당 문턱에서 잠시 걸음을 멈추고, 사람들이 아닌 환히 타오르는 잿불매가 그려진 깃발, 켈의 금언이 적힌 붓글씨 족자, 그리고 그러한 분위기에 부합하는 태피스트리에 시선을 두려 애썼다. 그러다 순간적으로 밀어닥쳐 오는 현기증과 함께 수납나방 〈타오르는 잎사귀〉호의 옛 부하들과 함께 있는 듯한, 베라브와 안카트를 비롯해 자신의 중대원들과 함께 있는 듯한 느낌에 사로잡혔다. 세상의 모든 전투는 시간이 흐른다고 해서 결코 사라지지 않는다. 북소리의 물결이 되어, 전사의 머릿속 한구석에서 영원히 울려 퍼진다. 그리고 전사는 전투를 겪은 횟수만큼, 북소리의 물결이 거대해지는 만큼, 나이를 먹게 된다. 문득 눈을 깜빡이니, 그녀는 소멸나방으로 돌아와 있었다. 짐작할 수도 없을 만큼 많은 나이를 먹어버린 채로.

하잔 함장은 사령실을 관장하고 있었지만, 라할 가라와 슈오스 코와 다른 낯익은 얼굴들은 식탁에 둘러앉아 있었다. 슈오스 리이스의 입술이 그녀를 향해 천천히 달콤한 원호를 그렸다. 체리스는 검은 벨벳 같은 그녀의 눈과 육감적인 입술을 감상하다가 문득 불안에 사로잡혀 몸을 움찔했다.

체리스는 공용 잔에서 한 모금을 마셨고, 맛도 제대로 느끼지 못한 채 곧바로 다음 사람에게 넘겼다. 그래도 의식을 치르니 평온해졌다. 활활 타오르는 불꽃처럼 쾌활한 켈 네레보르. 그녀를 다시 옆에 불러올 수만 있다면 체리스는 자신이 가진 거의 모든 것을 포기할 수도 있었지만, 그녀에 대한 소식은 전혀 들려오지 않았다.

최대한 빨리 공용 식탁을 떠난 체리스는 곧장 자기 선실로 돌아와 침대에 앉았다. 서비터는 없었다. 마지막으로 이야기를 나눈 두 대의 서비터는 서류 작업에 매달리는 대신 잠을 자야 한다고 권고했다. 제다오의 목소리를 들을 수 있는 사람이 자신뿐이라는 사실을 몰랐다면, 그녀는 그들이 제다오와 공모하고 있다고 여겼을 것이다.

"자기 자신에 대해서 뭐든 좋으니 이야기해보게." 제다오가 뜬금없는 질문을 던졌다. "까마귀 향연의 도시란 곳은 어땠나? 그 행운의 돌은 분명 자네에게 뭔가 의미가 있겠지만, 자네는 그… 내가 그 돌로 시연을 한 뒤부턴 아예 쳐다보지도 않더군." 서로가 이미 인지하고 있는 사실, 즉 그녀가 머지않아 그로부터 해방되리라는 사실을 그도 굳이 입에 담지 않았다.

"그 도시는, 제가 떠나기로 단단히 마음먹었던 곳이죠." 체리스는 켈을 도피처로 삼았던 것에 대한 확신이 사라지고 있었기에, 그가 다른 주제를 골랐으면 좋았으리라 생각했다. 그래도 답하지 않을 순 없었다. 그녀는 과거 자신의 도피처였던 켈이 지금도 여전히 도피처일 수 있을지를 생각하며 이야기했다. "어머니 쪽 민족은 꽤나 구닥다리여서요, 그곳 여법 수치는 허용된 정상치에 간신히 들어갈 수준이었습니다. 저는 포육원이 아니라 자연분만으로 출생했고…"

"공통점이 하나 생겼군." 제다오는 씁쓸하게 말했다. "어머니가 나를 임신하셨을 당시, 포육원은 막 건설되기 시작하는 단계였다네. 나는 진짜로 농장 출신이야. 아침에 일어나서 내가 거위보다 커진 걸 처음 확인하던 그 순간이 기억나는군."

체리스는 어린 제다오가 거위와 키를 재는 모습을 머릿속으로 그려
봤다. 거위가 얼마나 컸더라? "교관들이 이런 이야기를 곁들여줬다면
역사 공부에 좀 더 집중했을 것 같네요."

제다오는 웃음을 터트렸다. "어쨌든, 자네 민족에 대해 더 말해줄
수 있다면?"

"대부분은 도시 내부에 위치한 게토 하나에 밀집해서 살았죠. 우리
가족은 공원 근처에서 살았습니다. 학교에 들어갈 때까지 표준 언어
는 한 마디도 못했고, 켈 사관학교에 들어갈 때까지 억양을 숨기지 못
했죠."

"자네 쪽 민족 언어로 말하는 걸 들은 기억이 없는데?"

그녀는 순간 부끄러워졌다. "이젠 잘 못하거든요." 그 언어에 능숙
하지 못해서 부끄러운 것일까, 아니면 그 언어를 할 줄 알아서 부끄러
운 것일까?

"나도 이제 쉬파르어를 거의 못 한다네. 쉬파르 이름을 가지고 있
으면서 말이야." 제다오가 말했다.

"그 이름에 뜻이 있나요?"

"자네 이름은 어떤가?"

교환이라, 공평한 처사였다. "어머니 쪽 민족 전통에 따르자면, 원
래 제 이름은 옛 역법에서 제가 태어난 날에 해당하는 성인의 이름을
따라야 했어요. 근데 그렇게 짓다간 이단으로 몰릴 수 있다 보니, 부
모님은 대신 표준 역법으로 제가 태어난 날짜를 따서 이름을 지으셨
어요. '체리스'는 '23'이라는 뜻이에요. 어머니의 민족은 20진법을 쓰
거든요. 그게 전부예요."

"내 어머니는 우리 문화 기준으로 괴짜셨네. 원래 살아 있는 가족이나 친척의 이름을 따오는 건 불순한 것으로 여겨지지만, 어머니는 아버지의 이름을 따서 내 이름을 지어주셨지. 세 명의 각기 다른 남편에게서 세 명의 자식을 얻으신 터라 나로선 아버지가 세 명이나 마찬가지지만, 그중 내 친부의 이름이 내 이름이 됐다네. 내 친부는 이름이 코이레쉬 쉬칸이었네. 음악가셨고, 몇 번 못 만나봤지. 이름의 나머지 부분은 '정직'이나 뭐 그런 단어의 어근이라더군. 정직이라니. 슈오스 사관학교에서 그 소문이 퍼졌을 때 내 삶이 얼마나 끔찍해졌을지 짐작이 가겠지."

"그럼 어머님이 진짜로 농부셨다는 건가요?"

"농업 연구원이셨지. 내 어린 시절에 대해서는 아무 불만도 없다네. 어차피 니라이들이 단서를 얻으려고 머릿속에서 남김없이 긁어내버리기도 했고."

그녀는 잠시 제다오가 광인이라는 사실을 잊고 있었다. 켈 사령부가 하루빨리 제다오와 엮인 철심을 뜯어내줬으면, 이전처럼 믿고 따를 대상을 확고하게 해줬으면 좋겠다고 생각했다. 지금으로선 도저히 안도할 수가 없었다. 이대로 계속 그와 함께 있다간, 그녀도 머지않아 완전히 망가지게 될 테니까.

문득 그녀는 켈 사령부가 이미 자신을 망가트려놓았다고 생각했다.

체리스는 켈 사령부에 제출할 보고서를 작성했다. 단어만 나열해도 눈살이 찌푸려졌다. 비도나 디아이야의 균사체 폭탄, 지속적인 이단 진형의 사용, 거기에 경계면 탈곡기까지. 그녀는 보고서를 제다오에게 네 번이나 검토받았다. 그러고선 요새 쪽으로 안단 또는 비도나, 가능하면 두 곳 모두의 지원을 요청하는 문서를 덧붙였다. 켈은 개종 작업에는 부적합한 분파였다. 그렇다고 슈오스에게 맡기자니 그 수가 너무 적었다.

"아, 그러고 보니 한 가지 더. 자네가 사용한 이단 진형과 역법 무기의 계산식도 상세하게 설명해놓는 게 좋을 걸세." 보고서를 송신하기 직전에 제다오가 말했다. "켈 사령부는 유도식 따위에 별 신경도 쓰지 않겠지만, 라할은 그런 것들을 무척 좋아하거든. 아마 맘 편히 요새의 재정상화 작업에 들어갈 수 있을 걸세. 자네 수학 능력으로 그들을 감탄시켜서 나쁠 거 없지 않은가?"

"새로운 속임수인가요?" 체리스가 물었다. 지금 그녀가 원하는 것은 단 하나, 한시라도 빨리 임무를 끝내는 것뿐이었다.

"만난 적도 없는 사람들한테 이해하지도 못하는 수학 쪼가리를 던지는 게 속임수가 될 것 같나?"

체리스는 의심을 거두기로 했다. 최소한 그녀가 보기에도 라할이 그런 부류의 정보를 선호할 것 같긴 했으니까. 게다가 이런 사소한 문제를 두고 그와 말다툼을 벌이고 싶지는 않았다.

이 대화가 벌어진 바로 다음 날, 즈네브 스토간의 시체가 발견되었다. 절단총의 최초 사격 범위 안에서 깔끔하게 토막 난 채였다. 유전자 검색기가 신원을 확인한 결과 스토간임이 분명했지만, 자신이 한 짓이라고 나서는 자는 아무도 없었다. 이 문제에 대한 조사 요청이 들어왔지만 체리스는 기각했다.

켈 네레보르 함장은 결국 발견되지 않았다. 그러나 체리스는 희망의 끈을 놓지 않았다.

이후 며칠 동안, 체리스는 요새의 행정 문제로 사투를 벌였고, 역법 수치는 머리를 쥐어뜯고 싶을 만큼 뭉그적거리는 속도로 정상 쪽으로 변해갔다. 라할 가라를 비롯한 다른 교리반 치안장교들은 서로 소리 죽여 대화를 나누느라 상당한 시간을 소비하고 있었다.

"말씀이 정말 없으시네요. 진절머리 날 정도로요." 체리스는 제다오에게 말했다.

"나야 지치지 않으니 긴장을 풀 필요도 없지. 하지만 저들이 뭘 그리 걱정하는지 짐작이 안 가는군."

이틀 후, 통신과 탐지가 동시에 떠들기 전까지, 체리스는 그의 발언에 딱히 의미를 두지 않았다.

"지원 함대입니다. 네 척의 기치나방이 열두 척의 수납나방을 호위하고…"

"식별 신호가 들어왔습…"

맥박이 빠르게 뛰기 시작했다. 켈 사령부는 그들을 잊지 않은 것이다. 이 빌어먹을 상황도 전부 끝날 것이다. "통신 요청을 수락하도록."

"체리스." 제다오는 그녀를 주목시키기 위해 애썼다. "방금 라할 가라가 자네의 승인도 거치지 않고 신호를 보냈네. 내용은 알 수 없지만, 저 여자가 저런 월권행위를 하는 건 이번이 처음일세."

그러나 안도감으로 가득한 그녀의 귀에는 그의 조언 따윈 들어오지도 않았다. 체리스의 화면에 떠오른 검고 침착한 눈을 가진 남자는 모르는 얼굴이었지만, 육두정부에 기치나방 함장이 얼마나 많은지를 고려하면 딱히 이상한 일도 아니었다. "〈나선 바위〉호의 켈 후안 함장입니다. 지금 통신을 받으신 분이 켈 체리스 명예 대장과 슈오스 제다오 대장이겠군요."

"빌어먹을." 제다오의 반응은 체리스가 기대한 것과는 사뭇 달랐다. "저 작자 목을 보게. 맥박 뛰는 걸 보란 말일세, 체리스, 뭔가 단단히 잘못됐어."

"켈 체리스 명예 대장이다." 체리스는 제다오의 말을 파묻을 정도로 소리 높여 말했지만, 그녀 또한 걱정이 밀려왔다. "요새의 개종 작업을 도우러 온 거라고 생각해도 되겠나?"

"저희 쪽에서 알아서 처리하겠습니다, 각하." 후안이 말했다. "실례합니다, 조금만 기다려주시겠습니까? 기관부에서 터무니없는 비상사태가 생긴 모양입니다. 그쪽 니라이들을 문책하고 와야겠습니다. 죄송합니다." 통신이 꺼졌다.

"거짓말이야. 당장 후안을 격추시켜야 하네. 그래야 더 많은 생명을 구할 수…"

체리스는 제다오가 네레보르를 희생시킨 일에서 자신이 깨달은 바를 새삼 떠올렸다. 결코 소리쳐선 안 된다. "다른 켈을 쏠 수는 없습니다." 그녀는 냉정하게 말했다. 그것도 다름 아닌 지원 함대였다. 그게 가당키나 한가. "게다가 저들은 고작해야 기치나방 네 척뿐이에요. 소멸나방 두 척을 상대한다는 게 가당키나 한가요? 함대 전체는 고사하고요. 〈따듯한 환대〉호까지 나설 필요도 없어요. 〈무언의 법령〉호만으로도 충분히 제압…"

탐지반이 다시 소리쳤다. "진형 붕괴! 〈따뜻한 환대〉호가 2차 회전축에서 이탈했습니다!"

그녀의 심장이 얼어붙었다. "파이잔 함장을 연결하도록. 해명을 듣겠다."

"시간 낭비일세." 제다오의 목소리는 어느덧 차분해져 있었다. "미리 경고를 받았을 걸세. 자네는 이제 끝장이야. 자네 함대를 지키고 싶다면 당장 포문을 열게. 그러나 승리할 가능성은 거의 없어 보이는군. 설령 승리한다 해도 자네는 영원히 추방자의 삶을 살아야 할 테지. 반면 저쪽에서 저대로 폭탄을 터트리도록 내버려둔다면, 함대는 전멸하겠지만 자네는 살아남을 수 있을지도 모르겠군."

체리스는 화면을 슬쩍 확인했다. 지원 함대는 빠른 속도로 접근해서, 이제 충분히 소멸포 사거리 안에 들어와 있었다. 그녀가 허리춤에 달린 번데기총으로 손을 뻗은 순간, 제다오가 다시 입을 열었다. "좋지 않은 생각일세. 저들이 이능력 병기로 타격해 오면 자네의 생존을 담보해줄 수 있는 방어수단은 나뿐이란 걸 잊었나? 한 명이라도 살아남는 쪽이 전멸보다는 낫지 않겠어?" 순간 그의 목소리에 격렬한 감정이 실렸다. "전부 망쳐버렸어. 400년 동안 바로잡으려 그토록 애썼는데, 전부 연기처럼 사라지게 생겼어. 그저 놈들이 함대 하나를 통째로 희생해서라도 니를 처형하기로 마음먹었다는 이유만으로. 상황을 보니, 나를 처리하려 드는 작자는 처음부터 미코데즈가 아닌 쿠젠이었군. 쿠젠이 실수로 계산을 잘못한 게지. 나를 자네한테 결박시켜선 안 됐는데."

쿠젠? 미코데즈는 슈오스 육두관을 말하는 듯했지만, 쿠젠은 대체 누구란 말인가? 그리고 어째서 나한테 결박시킨 게 실수라는 거지?

그는 잠시 쉬었다 빠르게 말을 이었다. "지옥나선 요새에서 모두를 죽였을 때 나는 미친 게 아니었다네. 니라이의 수장이, 니라이 쿠젠 이, 검은 요람을 관장하는 그자가 답을 알고 있어. 하지만 절대, 무슨 일이 있어도 그를 믿진 말게."

칠흑 같은 두려움이 그녀 안에서 끓어올랐다. 어딘지도 모를 머나 먼 곳에 있는 니라이 기술자가 어떻게 이 상황과 연관이 있다는 말인 가? 제다오는 참으로 끝내주는 순간에 주의를 분산시키고 있었다. 그 게 목적일지도 모른다. 다시 광기에 빠져서 그녀를 배신하고…

"각하!" 탐지반이 다급하게 외쳤다. "〈나선 바위〉호의 기관 동력음 이 어딘가 이상합니다. 제 생각에는… 아무래도 폭탄인 것 같습니다."

제다오가 미친 것보다 더 고약한 사태는 제다오가 미치지 않은 것 뿐이었다. "전 함대 '도약하는 호랑이' 진형으로. 〈나선 바위〉호를 향 해 포격 개시." 체리스는 이렇게 말하면서도 이미 너무 늦었다는 것 을 잘 알고 있었다.

"이게 내 마지막 도박이 되겠군." 제다오는 말을 멈추지 않았다. "자네에게는 가능한 모든 것을 가르쳤네. 내 실수를 반복하지 말게나. 잘 있게, 사령관. 그리고… 불을 켜놓아줘서 고맙네."

다음 순간, 세상이 바늘과 환히 타오르는 파편으로 부서지며 무너 져 내렸고, 그녀의 머릿속에는 질문이나 단어나 감정의 파편이 남을 공간조차 사라져버렸다.

21

체리스가 정신을 차렸을 때, 그녀의 몸은 시체 유리질 파편에 꿰뚫려 있었다. 투명할뿐더러 만져지지도 않는 파편이었지만, 체리스는 날카로운 물체에 찔린 것처럼 고통스러웠다. 그녀는 과거 언젠가 들었던 브리핑 내용을 끄집어냈다. 이건 시체 폭탄이다. 폭탄의 이능력 효과가 제다오를 죽이고 그녀를 결박에서 해방시킨 것이다.

그녀는 심한 통증으로 정신이 흐릿한 상태에서도, 일전에 읽었던 안내서 내용을 떠올렸다. '망령의 정보가 긴급히 필요할 경우, 사원사는 망령의 시체 유리질을 섭취해 정보를 얻을 수 있다. 아직 실험 단계이기는 하나, 해당 방법을 사용하면 망령에게 육체를 부여하여 고문하는 일이 가능해진다.'

소멸나방 내부는 커다란 고치가 돼버렸다. 거친 빛살, 묵직한 균열, 그리고 인간이 있던 자리마다 빈 곳으로 남은 채. 그녀가 움직일 때마다 파편이 뇌에 더욱 깊숙이 박혔다. 숨을 쉬거나 눈을 깜빡이거나 부서진 바닥을 손으로 짚어 몸을 지탱하려 할 때마다, 제다오의 기억이 자신 안으로 비집고 들어오는 게 느껴졌다.

이제 선택의 시간이었다. 파편을 뽑아내버리고, 이곳을 벗어날 수도 있다. 제다오의 기억을 받아들이지 않을 수도 있는 것이다.

아니면, 파편에서 남아 있는 기억을 받아들일 수도 있다. 제다오를 이해하는 것이다, 피하지 않고.

만들어진 지 상당히 오래된 것처럼 보이는 이 신규 지원자 교육 안내서를 그녀가 처음 읽었을 때, 제다오는 파편을 섭취하는 인간은 결국 미쳐버릴 거라고 경고했다. 그의 말대로, 그를 머릿속에 주입했다간 분명 미쳐버릴 것이다. 공성전 내내 그가 지껄이던 것만으로도 충분히 미칠 것 같았으므로.

하지만 어차피 온 세상이 미쳐 돌아가는 중이었다. 긴급한 상황이었고, 제다오라면 분명 뭔가를 알고 있을 것 같았다. 최소한 그녀 자신보다는. 그녀에게 알려줄 시간이 없어서, 혹은 알려줄 생각이 없어서 그가 말하지 않은 정보를 살펴봐야 한다. 아마도 조금 전 켈 사령부가 그녀에게 적의를 보이며 시체 폭탄을 날린 이유도 그중에 포함돼 있을 터였다. 도대체 제다오는 수 세기 동안 켈 사령부와 무슨 게임을 벌이고 있었던 걸까? 그리고 그가 죽기 직전까지 경고했던 그 사람, 니라이 쿠젠. 제다오는 그에 대해서 도대체 무얼 알고 있었던 것일까?

그녀가 좋아하는 까마귀처럼 시체 유리질을 쪼아 먹는다면 해답을 찾게 될지도 모른다. 행운이 따른다면 지금의 난국을 헤쳐나갈 방법을 찾게 될지도 모른다. 이제 그녀가 도박을 할 차례였다. 목숨을 판돈으로 걸고서.

다시 중력이 작용하기 시작했다. 조심해서 움직여야 한다. 그녀는 잠시 숨 쉬는 일에만 온 신경을 집중했다. 그녀는 심폐기능이 꽤 좋은 편이었지만, 가만히 있어도 숨쉬기가 어려웠다. 이러한 상황에선 공황에 빠지지 않는 것만으로도 힘들었다. 갑자기 몸을 일으키면, 온몸의 뼈가 녹아내려 병에서 엎질러진 먹물처럼 바닥으로 쏟아질 것 같았다. 그대로 온몸이 바닥에 스며들어 얼룩으로 영영 남게 될 것 같았다.

문득 그림자가 시야에 들어왔다. 제다오의 아홉 개 눈이 없다는 사실에 가슴이 아팠지만, 지금은 애도나 하고 있을 여유가 없었다.

그녀는 파편 하나를 삼켰다. 파편은 목을 타고 내려가 그대로 심장을 꿰뚫었다.

반쯤 열린 문틈으로 새어 들어오는 흐릿한 목소리와 웃음소리. 거기에 와인과 향수 냄새 그리고 꽃향기가 체리스의 기억을 자극했다. 지금 그녀는 연회장에 있다. 향내를 풍기는 검은 머리와 달콤한 얼굴의 여인이 어깨에 붉은색 외투를 길게 드리운 채로 체리스에게 몸을 밀착시키고 있다. 입매가 아름다웠지만 친절한 기색은 찾아볼 수조차 없다. 거의 검은색에 가까울 정도로 진한 붉은색 장갑은 보기 흉할 정도였지만, 어느 누구도 장갑에 대해 말할 엄두를 내지 못한다. 그녀는 슈오스 키아즈 칠두관이니까. 이제 그녀는 체리스를 어둑한 방 안으로 몰아붙인다.

머리카락 속을 헤집는 키아즈의 손가락이, 입을 맞추려 머리를 끌어 내리는 그녀의 손길이 느껴진다. 다른 쪽 손은 체리스의 가슴팍을 맴돌다 검은색 원단의 금테로 치장된 제복 아래로 비집고 들어온다. 숨겨진 모든 흉터를 정확하게 짚어내다가, 이내 준장 계급장 위에 머무른다. 그녀는 체리스에게 장갑을, 손가락 없는 검은색 장갑을 벗으라고 말한다. 칠두관과 함께 잠자리에 들다가는 감당할 수 없는 상황을 맞닥뜨리게 되겠지만, 그녀를 거절하는 일 또한 감당할 수 없기는 마찬가지다.

"진급 축하해. 너라면 이곳까지 올라올 줄 알았지." 키아즈가 말한다.

"슈오스의 수장이시여." 체리스는 격식을 갖춰 대답한다. 10년 전 슈오스 보병대에서 막 복무를 시작하던 당시의 기억, 기회가 생기자마자 키아즈의 집무실에서 도망쳐 켈 군대로 전출을 가기로 정한 이유가 떠오른다. "죄송합니다만, 뭔가 필요하신 것이 있다면…"

키아즈는 나른하게 몸을 놀려 가볍게 외투를 벗어버린다. 그녀는 켈 군복을 입고 있다. 그녀의 신체에 맞춰 완벽하게 재단된 옷이다.

켈 군복과 함께 보니 장갑은 어둡고 짙은 붉은색이 아니었다. 검은색, 켈의 장갑이었다. 슈오스에겐 금기시될 터인데.

체리스는 자신이 갑자기 발기했다는 것을, 그리고 순식간에 주도권을 완전히 빼앗겼다는 걸 깨닫는다.

거부 의사를 담은 말이 턱밑까지 치솟는다. 그녀가 칠두관인데도, 그녀라면 얼마든지 명령 불복종을 핑계 삼아 켈의 지위를 박탈할 수 있는데도, 지금까지 온 힘을 다해 쌓은 경력과 오랫동안 품어온 계획이 한순간에 물거품이 될 수도 있는데도. 그러나 무슨 일이 일어나든,

그녀는 슈오스이며 따라서 칠두관의 사유물일 뿐이다. 저항의 여지조차 그녀에겐 없다.

키아즈의 손이 아래로 향한다. 시야가 검붉게 물들어가는 순간, 체리스는 오로지 이 상황을 빠져나가기 위해 그녀를 죽이고 싶다는 생각마저 든다. 키아즈의 손놀림은 매우 훌륭하다. 반응하지 않으려고 애써 참아보지만 심장 박동이 상승한다. 슈오스는 게임이나 의무를 배제한 성행위를 인정하지 않는다. 키아즈의 경우 당황스러운 질문을 던져 자신의 애무에 방점을 찍는 일을 즐겼다.

문득 키아즈가 제복을 벗기 위해 단추 쪽으로 손을 올리는 순간, 체리스는 자신을 억제하지 못하고 그녀의 손목을 붙든다. 벗지 말라고. 애원해버리고 만다.

이러면서 전략가랍시고 돌아다닌단 말이지. 체리스는 자신을 책망하며 격정에 사로잡힌다. 가슴 깊이 묻어둔 수많은 욕망 중에서도 하필이면 그걸 들키다니. 숨결이 거칠어진다. 욕망을 억누를 수만 있다면 이 상황에서도 도망칠 수 있을지 모른다. 그녀는 키아즈의 질문에 대답하며, 대화를 보다 자신에게 유리한 쪽으로 이끌어가기 시작한다. 칠두정에 대한 반역 계획을 마음속 깊이 숨기기 위해선 갈망에 사로잡힌 것처럼 보여야 한다. 여기서 무사히 살아나가고 싶으면.

키아즈는 공포와 용기에 대해, 그리고 사람들이 양쪽 사이를 오가며 그리는 궤적에 대해 뭔가를 중얼거린다. "뭘 그렇게 두려워하는 거야? 내가 널 상처 입힐까 봐서 그래?" 그녀는 조롱하듯 묻는다. 여전히 제복을 입은 채로 무릎을 꿇고 앉아서 부드럽고 따뜻한 입으로 체리스의 것을 받아들인다. 체리스는 소년처럼 높게 갈라지는 목소리로 헐떡이며 죽음에 대한 공포를 털어놓는다. 시시하긴 해도 충분히 믿어질 법한 공포다. 긴 속눈썹 아래 키아즈의 눈이 순간 승리감으로 반짝였다.

지금으로부터 한참 후, 키아즈는 체리스가 의도한 대로 이 말을 떠올릴 것이다. 그리고 지옥나선 요새 사건을 처리하는 과정에서, 체리스를 검은 요람의 영원한 죽음으로 내몰 것이다.

키아즈는 좀처럼 끝내지 않는다. 체리스도 그녀가 그리 쉽게 만족하진 않을 것을 알기에 딱히 놀라울 것도 없다. 계속 일이 벌어지는 동안 체리스는 되풀이해 생각한다. 나는 여기 있는 게 아냐. 여기 있는 건 내가 아냐. 그러나 당연하게도 그녀는 지금 이곳에 있으며, 지금 이곳에 있는 건 그녀다. 어느덧 쾌락이 한계를 넘어버리고, 그녀는 영리하게 되받아친다. 키아즈의 착각을 유도하는 일도 포기한다. 이제는 말조차 나오지 않는다. 그저 자신의 심장 박동조차 추스를 수 없다는 비참한 자각만 남을 뿐이다.

전부 끝난 다음, 체리스는 키아즈가 반쯤 열어놓은 문을 닫는다. 그리고 옷을 입고 다시 장갑을 낀다. 닫았던 문을 열고 가장 가까운 화장실로 향한다. 왼쪽으로도 오른쪽으로도 시선을 돌리지 않은 채. 방금 그녀가 무얼 하다 왔는지 알고 있는 사람들을 지나쳐 걷는다. 그리고 화장실에 들어가 문을 잠그고 물을 튼다. 흘러내리는 물소리에 귀를 기울이고, 또 기울인다.

그녀는 한쪽 장갑을 벗고 손목의 핏줄을, 그리고 팔목에 그어진 흉터를 멍하니 바라본다.

길게 늘어지는 시간 속에서, 그녀는 잠시 망설인다. 이내 패터너 52를 꺼내 세면대 옆에 내려놓는다. 그 위에 손을 포갠다. 고통 없이 모든 게 끝날 것이라는 기대는 추호도 하지 않는다. 그러기엔 너무 많은 전투를 겪었으니까. 모든 걸 끝장내버리는 대가로서의 고통, 그 정도 고통 따윈 충분히 감수할 만하다. 적어도 그건 금방 끝날 것이므로.

누군가 거칠게 문을 걷어차기 시작한다. "당장 열지 않으면 경첩을 쏘고 들어갈 겁니다." 물소리가 묻힐 정도로 큰 목소리. 켈 기제드 대령이다.

체리스는 순간 그대로 장갑을 벗어서 갈기갈기 찢어버리고 싶은 충동에 휩싸인다. 이곳 사람들은 이제 그녀가 다른 켈을 보면서 성적으로 흥분하는 슈오스로 알 것이다. 군율에 어긋나는 일인데도. 지금 같은 상황에서 켈의 얼굴 따윈 보고 싶지 않다. 더군다나 그 켈이 자신의 참모장이라면. 차라리 키아즈 쪽이 더 나을 것 같다.

"제가 총을 쏘면 소란이 벌어질 테고 주최자는 기분이 몹시 상할 겁니다. 안단이 연회를 망치는 걸 얼마나 싫어하는지는 잘 알고 계실 텐데요. 여기저기서 소문이 들끓을 겁니다."

체리스는 머뭇거리다 문의 자물쇠를 풀고 한 발짝 물러선다.

기제드는 말 그대로 문을 들이받으며 들어온다. 그녀는 체리스를 한참 훑어본다. 그녀의 입이 굳게 다문 직선으로 변한다.

체리스는 자기도 모르게 거울을 돌아본다. 낯선 사람처럼 보이는 얼굴이 그곳에 있다. 앙상한 턱선, 모든 감정이 사라진 공허한 눈매. 머리카락도 엉망이다. 손으로 쓸어 넘길 생각조차 하지 못했던 것이다.

기제드는 문은 닫는다. "저 여자가 당신에게 몹쓸 짓을 저질렀어요." 그녀가 말한다.

"대령, 칠두관을 모독하는 언사는 결코 용납할 수 없네." 체리스는 차갑게 말한다. 원칙적으로 기제드는 지금 한 말만으로도 반역죄로 고발될 수 있다. 물론 대부분 그런 사소한 일까지 고발하며 시간을 낭비하진 않지만, 키아즈는 순전히 변덕만으로도 그런 일을 할 수 있는 사람이다. 과거 경험에 따르면. "내가 거부할 수도 있었다."

"무슨 헛소리를." 기제드가 말한다. 그러나 목소리를 높이지는 않는다.

"나는 슈오스야. 그녀는 내 칠두관이고. 나는 그녀에게 속해 있네. 그런 식으로 나를 사용하고 싶다면, 나는 그대로 사용될 뿐이야." 자기 말이 얼마나 켈스럽게 들리는지는 잘 알고 있다. 그러나 사실이 그러하다. 조금 전까지 키아즈가 자신의 소유권을 확실히 행사한 것만 보더라도.

오래전 켈에 전출돼 군 생활을 새롭게 시작하면서, 체리스는 멍청하게도 칠두관의 손아귀에서 벗어났다고 생각했다. 같은 슈오스이면서, 그녀가 뒤에서 큰 그림을 그리고 있을 거란 걸 미처 생각지 못하다니.

기제드는 패터너 52 쪽으로 슬쩍 눈길을 돌린다. "제다오." 기제드가 말했다. 평소에는 절대로 계급을 뺀 이름만으로 체리스를 부른 적이 없었다. "당신 총하고 나이프, 이리 줘요."

"무슨 말을 하는지 모르겠군."

"무슨 말 하는지 잘 알잖아요, 무기 내놔요, 어서. 내일 돌려줄 테니까."

체리스는 그녀를 노려본다. "자네 분수를 알게, 대령."

"좋아요, 내일 군사 법정으로 날 끌고 가면 되겠군요. 하지만 일단 무기를 내놓는 것부터요." 그녀는 마주 노려본다.

체리스는 기제드를 군사재판에 세우는 환상을 잠시 즐겼다. 하지만 저만큼 훌륭한 행정관을 또 어디서 얻을 수 있겠는가? 긴 순간이 흘렀고, 결국 눈을 피한 쪽은 체리스다. "걱정 말게. 어리석은 짓을 저지를 생각은 없으니까."

기제드는 입가를 뒤틀며 미소를 머금는다. "거짓말이 형편없네요. 평소라면 지금보다는 나을 텐데요. 제다오, 솔직히 말하죠. 걱정되니까 빨리 내놔요."

"자네가 뭘 원하는 건지 모르겠군."

"놀라울 정도로 명확하게 말하고 있는데요, 제다오. 무기 내놔요."

"싫어."

"제다오."

체리스는 머뭇거리다가 결국 무기를 내민다. 연약하기 짝이 없는 자신을 혐오하면서.

"병영까지 모셔다드리죠. 그리고 밤새 둘이서 젱자이나 하면서 보내는 거예요. 내 쪽에서 엄청나게 양보하는 거라고요. 나를 아주 잔혹하게 박살 내도 괜찮아요. 늘 하던 대로 말이에요. 그렇게 좀 시간을 보내다가 상태가 괜찮아지면 무기는 다시 돌려드리죠."

"우리가 함께 일찍 떠나면 사람들이 뒤에서 떠들어댈 텐데."

"내가 그깟 일에 얼마나 무신경한지에 대해 온갖 고약한 단어를 마구잡이로 섞어서 얘기해줄 수 있는데, 듣고 싶으신가요? 우리 둘이 먼저 떠나면 어때요, 함께 화장실에 틀어박혀 있으면 어떻고요. 자,

제다오. 내가 아는 최악의 켈 농담을 하나 들려줄 테니 이거나 들어보세요. 변소를 파는 데 켈이 몇 명이나 필요한지 알고 있나요?"

파편이 사라졌다. 체리스는 몸을 떨고 있었다. 몸을 일으켜 앉으려다가, 그녀는 무심코 다른 파편 하나를 삼켰다.

체리스는 독아나방 〈카드 한 장에 담긴 과분한 행운〉호의 사령실에서 등롱꾼 이단과 배치 상황에 대한 최신 보고 내용을 들으면서, 단말에 떠오른 함대의 진형 회전축을 주시하고 있다. 기제드는 이번 작전이 단순한 교전으로 끝날 것 같다고 말했고, 이 발언은 자연스럽게도 작전 전체에 불운을 불러왔다. 그리고 이때의 체리스도 보고 내용이 암시하는 바가 심상치 않다고 생각하고 있다.

"좋아. 내가 처리하지." 그녀는 기함의 함장에게 이렇게 말한다. 켈 사령부가 자신의 기대를 배신할 경우를 대비해 조심스레 접근할 필요가 있었다. "통신, 켈 사령부로 연결하도록. 아무도 받지 않으면 켈 아니엔 상급대장한테 젱자이로 진 빚 얘기를 하게. 나와 젱자이를 하면서 왕관의 문 카드를 뽑겠다고 고집을 부리다 결국 터무니없는 액수를 빚지고 말았거든. 아니엔 대장이라면 최소한 연락 정도는 받아주겠지."

"게임도 상대를 협박하기 위해 하시나 보죠?" 켈 기제드가 묻는다. 그녀는 근처에 앉아서 병참 표를 확인하는 중이다. 한 100번쯤 훑어봤으려나.

"목적이 협박하는 데 있었다면 실제로 노력을 좀 기울였겠지." 체리스는 가볍게 대꾸한다.

기제드는 상관 앞에서 눈알을 굴릴 수 있다면 좋겠다는 표정을 짓는다.

연결된 사람은 아니엔 상급대장이 아니라 가릿 상급대장이었다. 아니엔보다 젱자이 카드 실력은 훨씬 나았지만 보드게임에서는 이기는 일이 거의 없는 사람이라서, 가릿 본인을 제외한 다른 사람들은 그 사실을 재미있게 여겼다. 가릿은 짜증이 폭발하는 얼굴이다. "좋아, 제다오. 뭔가 긴급한 상황이라도 발생한 건가?"

"긴급 상황이라 할 정도는 아닙니다, 각하. 의전상 문제라고 보는 게 정확하겠지요." 질문은 가벼운 투로. "아니, 정말입니다. 신뢰할 만한 첩보를 입수했는데, 등롱꾼들이 방어 초소마다 병기 조작에 필요한 인력을 제외하곤 아동과 병자들만 가득 채워놓았다는군요. 이거 참, 이제 법령은 거꾸로도 암송할 수 있을 정도로 완벽히 파악했다고 생각했는데, 매번 새로운 문제가 등장하는군요. 등롱꾼 놈들은 자기네가 초소마다 고아원을 세웠다고 사방으로 방송해대고 있습니다. 어쨌든, 제가 어떻게 처리하길 원하십니까?"

가릿과는 '여우와 사냥꾼' 게임도 종종 즐겼고, 젱자이로는 셀 수도 없이 많이 상대한 사이였다. 체리스가 아직 소장일 때는 다 함께 사냥 여행을 간 적도 있었다. 한심할 정도로 아무런 의미도 없는 사냥이긴 했지만. 사실상 회색 호랑이를 쏴 맞히는 건 너무 쉬워서 하품이 나올 정도고, 심지어 가죽도 고기도 별 쓸모가 없기 때문에 낭비에 불과했다. 그러나 그런 종류의 스포츠를 좋아하는 가릿이 먼저 제안한 여행이었기에, 만약 거절했다면 무례를 저지르는 꼴이 됐을 것이다. 체리스는 가릿을 실망시키고 싶지 않았다. 그녀는 가릿의 세 명의 자식들과 잘 아는 사이였고, 지금 켈 사관학교에 다니는 아이에겐 직접 권총 사용법을 가르치기도 했다. 현재 상황은 가릿의 판단에 따라, 옳게 해결될 수도 잘못 처리될 수도 있었다. 그녀는 가릿이 옳은 방법을 택해 주기를, 자신을 실망시키지 않기를 바랐다.

가릿이 입을 뗀 순간, 체리스는 그가 잘못된 방법 중 하나를 택했음을 직감한다. "전술적 측면으로는 문제없는 거지?"

체리스는 마음이 얼어붙는 걸 느낀다. "전혀 없습니다." 그녀는 나른한 태도를 애써 유지하며 대꾸한다. "하지만 육두정 전체가 학살극을 구경하게 될 거예요." 일부러 무심한 단어를 선택하는 것이 관건이다. "어디서 정보 조작 작전을 진행 중이라고 들은 기억이 있어서 말입니다."

"키아즈 칠두관이 프로파간다 작전을 계속 진행해왔지."

또 키아즈인가. 그 빌어먹은 여자한테선 어떻게 해도 벗어날 수 없었다.

"자네도 칠두관의 최신 프로파간다 문건을 한번 봐보게. 정말 기발하더군. 어떻게 그런 걸 만들어내는지 모르겠어. 뭐, 우리랑 슈오스랑 돌아가는 머리가 다른 거겠지." 그는 웃음을 터트린다. "그대로 밀고 들어가게, 제다오. 켈의 법령도, 대중의 견해도 신경 쓸 필요 없네."

그녀는 늘 자식을 가지고 싶었다. 자신의 목표를 생각한다면 가당치도 않다는 걸 잘 알면서도. 그래서 항상 정사는 스쳐 지나가는 수준에 만족해왔다. 지금껏 애써 누군가를 애착하지도, 아이를 가지지도 않았던 게 전적으로 옳은 행동이었다는 걸, 우주가 이렇게 잔인한 방식으로 알려주리라고는 생각지 못했다.

아무리 가벼운 농지거리처럼 말했을 지라도 명령은 명령이다. 거부한다면 가릿은 그녀의 지휘권을 박탈할 것이다. 그리고 이 전함나방의 함장에게 지휘를 속개하라고 지시할 테지. 함장은 충성스러운 켈이었다. 충성심이 큰 만큼 망설임 없이 명령을 수행할 것이다. 기제드 대령 또한 충성스러운 켈이었다. 그의 충성심도 못지않기에 함장을 전폭적으로 지원할 것이다.

그 이후, 체리스는 켈 가릿 상급대장에게 뭐라고 답했는지도, 등롱 꾼 이단 경계 지역에 도달하여 첫 초소에 대한 포격 명령을 내릴 때까지 무슨 일들이 있었는지도, 전혀 기억할 수 없었다. 2일 16시간 분량의 공백이 생긴 것이다. 누군가 그 당시의 기억만 도려내, 그 부분만 암흑으로 남아버린 것 같았다.

그러나 포격을 개시하는 순간, 기제드가 눈도 깜빡이지 않던 모습은 기억이 난다. 그 이후로는 그녀를 혐오하지 않을 수 없었다.

물론 눈 하나 깜빡이지 않은 건 체리스도 마찬가지다. 그는 완벽하게 훈련된 슈오스였으니까.

체리스는 목이 메고 통증이 극심해 정신을 차리기도 힘들었지만, 호흡을 가다듬으려 애썼다. 자신의 일부가 된다 한들, 파편이 주는 고통은 사그라지지 않을 것이다. 전부 알아야 한다. 그녀는 흐릿한 유리 기둥과 부서진 격벽으로 가득한, 수정 동굴로 변한 사령실을 둘러보았다.

정보가 필요해. 그녀는 마음을 다잡았다.

지옥나선 요새 공성전, 불꽃처럼 타오르는 경고등, 피로 범벅이 된 바닥과 단말기. 수많은 탄흔. 바닥에 떨어진 철필의 잘근잘근 씹힌 한쪽 끄트머리가 체리스의 시야에 들어온다. 희끗희끗한 옆머리에 총알구멍이 난 채로, 바닥에 고인 피 웅덩이 위에 쓰러져 있는 여자. 저 여자의 이름을 떠올리려 했지만, 당연히 알고 있어야 했지만, 도저히 기억나지 않는다.

그웨 피아가 지앙 옆에 쓰러져 있다. 통신 연결망에서 목소리가 들려온다. 8번 전술 부대의 켈 메노웬 함장이 절망적으로 질문을 던지는 소리가 들리다가 이내 잡음으로 좋아든다.

지금 무슨 일이 벌어지고 있는지 누구도 알지 못한다. 몇몇 장교들이 사령실 내 혼란을 수습하려 애쓰고 있으나 소용없는 짓이다. 이런 상황에도 정신을 붙들고 있으리라 생각되었던 자들은 체리스가 미리 손을 써둔 상태다. 폭탄과 논리 수류탄이 그런 우수한 장교들부터 처리하도록. 언제나 모든 작전을 손수 점검하는 습관 덕분에, 함정을 설치하는데도 아무도 의심하지 않았다. 여기에 경계면 탈곡기까지 더한 결과, 켈의 포위 병력은 완벽하게 붕괴했다.

장갑 속 손이 땀으로 흥건하리라 생각했지만, 의외로 보송보송하게 말라 있다. 그녀의 정신은 그 어느 때보다도 차분하다.

사방이 피투성이다. 깔끔하게 처리할 생각은 애초부터 없었다. 오로지 효율성만 염두에 두었으니 당연한 결과다. 계산한 대로 정확히 총알 한 발이 남아 있다. 부족하다면 버려진 무기를 빼 쓸 수도 있다. 저들의 공격은 그를 스치지도 못했다. 그녀는 항상 남들보다 움직임이 빨랐으며, 기습을 효과적으로 이용하는 법도 잘 알고 있었다.

이번 계획에서 가장 위태로운 부분이 무사히 끝난 셈이다. 이번 계획은 구성 자체가 끔찍했다. 전술적 측면에서 봤을 때, 그녀의 참모진 중 일부를 반역자로 몰아 서로 싸우게 만드는 편이 훨씬 손쉽긴 했을 것이다. 그쪽이 보다 마무리하기도 쉬웠을 테지.

문제는 그녀가 승리를 원치 않는단 거였다.

체리스는 손에 쥔 권총을 한 바퀴 돌려본다. 그녀가 애용하는 패터너 52. 정확도로 이름난 총이다. 손잡이엔 그의 개인 문장인 톱니바퀴 2번 카드가 그려져 있다. 그녀가 원한 문장은 아니다. 지나치게 허세를 떠는 것처럼 느껴졌으니까. 하지만 그녀가 이 문장을 받아들이지 않을 경우, 다른 이들이 눈살을 찌푸릴 걸 알았기에 어쩔 수 없었다. 켈은 자기네 장군들이 보다 높은 자존감을 가지기를 바라니까. 금속은 여전히 따스하다. 그녀가 예측한 온도다. 정확하게 그 온도다.

그녀는 총구를 입안으로 밀어 넣는다. 금속의 맛이 그대로 느껴진다. 마음으로는 아무것도 느낄 수 없다. 안도도, 죄책감도, 승리감도 없다. 모든 것이 어느 정도까지는 그녀가 계획한 대로 진행되긴 했다. 누구도 그녀를 막아서지도, 그녀가 틀렸다고 일러주지도, 칠두관들에 대항하는 더 나은 방법을 알려주지도 않았다. 그러나 다시 생각해보면, 그녀의 반란에 대해 알고 있던 유일한 남자조차도 칠두관이었다. 이토록 오랜 시간을 함께 보내며 수없이 잔을 나누었는데도, 켈 중엔 그가 이런 일을 벌이리라고 알아차린 사람이 단 한 명도 없었다.

그녀는 손가락으로 방아쇠를 아주 살짝 눌러본다. 열기와 고통은 한순간에 끝날 것이다. 그녀를 오래토록 괴롭혔던 울부짖는 공허감보다는 나을 것이다.

나는 겁쟁이야. 그녀는 총을 내리며 이렇게 생각한다. 자신은 용서받을 수 없는 죄를 저지르고야 말았다. 그러나 그녀가 일순간의 위안을 얻기 위해 대의를 저버린다면, 그렇게 이곳의 죽음을 무의미하게 만든다면, 죄는 더욱 깊어질 것이다. 이제 와서 멈출 수는 없었다.

파편이 주는 고통이 점점 심해졌지만, 체리스는 멈출 수가 없었다. 잠깐이라도 망설였다가는 두려움에 영영 멈추게 될 것이다. 제다오는 쿠젠을 조심하라고 말했다. 쿠젠. 적어도 그 남자에 대해서는 뭔가를 알아내야 한다.

이번에는 파편을 삼키기 전에 눈을 감아봤지만, 조금도 도움이 되지 않았다.

쿠젠이 자신의 수학 능력에 흥미를 보였다는 이야기를 떠올리게 된 것은 이로부터 한참이 지난 후의 일이었다.

체리스는 이번 정비에 대해 처음엔 별다른 생각이 없었다. 이곳의 작업이란 틀에 박힌 단순노동에 불과했으며, 니라이 기지인 덕분에 대부분의 켈 기지보다 훨씬 나은 편의시설을 즐길 수도 있었다. 하지만 당장은 흥미가 없다. 그녀는 지금 병영에서 카드를 섞으며 기술 주임에게 보낼 서류 작업을 최대한 미루는 중이었다. 이대로 계속 만지작대다간 카드는 닳다 못해 투명해질 것 같다. 여동생이 선물해준, 테두리에 농장 동물이 의인화된 그림이 그려진 카드. 니다나는 거위 때문에 이 카드를 골랐다고 한다.

사전 연락은커녕 노크도 없이 문이 훅 하고 열린다. 체리스는 반사적으로 자리에서 일어서 권총을 빼 들고 책상 반대편 벽에 몸을 바싹 붙인다.

들어온 남자는 체리스보다 살짝 큰 키로, 문간에서 걸음을 멈추어 자신의 실루엣을 완벽하게 드러내고 있다. 암살 경력이 있는 사람 앞에서 결코 해선 안 될 행동이다. 검은색과 은색으로 된 니라이 제복을 걸치고 있지만, 겹겹이 덧댄 양단과 금실 세공이 들어간 단추가 사치스러운 취향을 여지없이 드러내고 있다. 당연하게도 활동하기 좋은 복장은 아니다. 계급장은 물론이거니와 지위를 나타내는 장신구조차 하나도 없이, 은빛 공허나방 배지만 달고 있다. 체리스는 긴장을 풀지 않는다. 절차상 필요한 모든 양식을 제출했으며 수리를 서둘러달라고 재촉한 것도 아닌데 외부인 선실에, 그것도 장군 선실에 니라이가 직접 찾아온다고? 니라이가 종종 괴팍한 유머 감각을 과시한다는 건 알고 있으나, 장난질이나 치려고 이렇게 직접 방문한다고는 생각하기 어렵다.

"실례하네만, 허가는 받고 여기까지 들어온 건가?"

"아, 그건 좀 내려놓지, 제다오 장군." 니라이는 웃으면서 말한다. 어두운 피부색에 둥그스름한 얼굴, 헝클어진 머리와 우아한 손을 가진, 말하자면 엄청난 미모를 가진 남자디. 감탄하지 않을 수 없는 아름다움. 그러나 체리스는 그의 말투 속엔 예의가 흔적조차 보이지 않는다는 걸 눈치챈다. "나는 니라이 쿠젠이야." 그는 한 걸음 내디디며 말한다.

체리스가 슈오스 사관학교 생도였을 당시, 한 교관이 반쯤 체념 섞인 목소리로 성공률 96퍼센트에 달하는 반사신경이란 암살자에게 있어 무기이자 동시에 약점이 될 수 있음을 설명한 적이 있었다. 그녀가 암살 임무를 그만둔 후로 상당한 세월이 지났지만, 피해망상에서 비롯된 습관이란 결코 사라지지 않는 법이다.

니라이가 그의 위협 반경 안으로 들어오는 걸 막지 못했다. 이곳엔 은폐 공간도 부족할뿐더러 다른 대안을 검토할 시간도 없었기에, 그녀는 반사적으로 방아쇠를 당기고 만다. 쿠젠의 이마에 두 발을 갈긴 후, 총알 하나를 낭비해버렸다는 사실에 당황해 욕설을 뱉어내고 만다. 그건 그렇고 권총을 들면 뭐라도 반응을 보일 것이라 생각했는데, 그런 기색은 조금도 없었다.

쿠젠은 조금도 우아하지 않게 쿵 하는 소리를 내며 쓰러진다. 거세게 박동하는 심장 소리가 귓가에 울린다. 그녀는 쓰러진 시체와 벽에 튄 화려한 핏자국을, 닫히고 있는 문을 바라본다. 방금 그녀는 대역죄를 저지르고 만 것이다. 병영에 무단 침입한 것에 대한 정당방위라고 항변할 수는 있겠지만 사실상 아무 소용 없겠지.

더 큰 문제는 따로 있다. 니라이 쿠젠이, 500년 동안 피해망상적일 만큼 방어적인 태도를 갖고서 살아온 사람이, 그를 만나러 몸소 선실까지 들어온 이유가 짐작조차 가지 않는다.

4초 후, 문이 다시 슉 소리와 함께 열린다. 물론 이번에도 아무런 통보 없이.

체리스는 물러선다. 그녀의 시야가, 아니 그녀의 세계 자체가 문가로 좁아든다.

문턱 위로 그림자 하나가 드리운다.

"다시 해보겠어?" 아까보다 굵고 낮은 목소리다. 다른 남자의 목소리가 분명하지만, 억양은 동일하다. "그 물건 좀 내려놔봐. 괜한 소란은 피차 곤란하잖아? 총은 내게 별 소용 없어. 적어도 네가 지금 가지고 있는 총알 개수보다는 많이 재생할 수 있으니까. 뭐, 너라면 필요에 따라 물어뜯어서라도 죽이려 들 테지만, 굳이 내 말을 듣지 않을 이유는 없겠지? 딱히 해가 될 것도 없을 테고. 게다가 네 몸으로 옮겨 타게 되는 사태만큼은 가능하면 피하고 싶단 말이야. 아, 모욕하려는 건 결코 아니야, 장군. 너한텐 다른 중요한 용도가 기다리고 있다는 뜻이었어."

빌어먹을. 쿠젠이 불사신이란 것쯤은 이미 알고 있었지만, 그 불사의 방법이란 게 이런 것일 줄이야. 그녀는 쿠젠이 볼 수 있도록 바닥에다 총을 내려놓은 다음 물러난다. 장갑이 마치 얼음장이 된 것처럼 서늘하다.

쿠젠이 방 안으로 들어온다. 체리스는 그가 무용수처럼 조심스레 발을 내려놓는 모습을, 신발에 피를 묻히지 않기 위해 신중히 발을 옮기는 모습을 바라본다. 이번 육체도 아름답기는 하나, 조금 전과 달리 삼각형 얼굴에 마른 몸매의 소유자다. 체리스는 저 육체의 본래 소유자는 과연 어떤 사람이었을지 상상해본다.

문이 닫히고, 그녀는 그와 함께 갇히고 만다.

"지난번 전투기동 때 너무 과격하게 움직이는 바람에 전함나방 엔진들이 전부 갈려나간 건 죄송합니다만, 이렇게까지 하시는 건 조금 과도한 처사라고 생각하지 않으십니까? 기술 주임의 전화 한 통이면 충분했을 텐데요." 체리스는 애써 능청을 떤다. 어차피 지금 그녀에게 남은 것이라곤 허세뿐이었으므로.

"일단 앉아, 제다오. 개수작은 집어치우고."

체리스는 쿠젠을 물끄러미 바라본 다음, 책상으로 걸어가서 자리에 앉는다.

쿠젠은 책상 한쪽에 걸터앉는다. "준장씩이나 돼서 기밀 파일을 해킹하느라 여념이 없다니. 너도 다른 할 일이 있을 거 아니야? 이단자를 총살한다든지."

체리스는 카드를 집어 다시 섞기 시작한다. 자신의 손가락 없는 장갑이 드러나 보이도록. "이 제복을 입고 입에 담자니 참 이상한 소리지만, 저는 아직 슈오스입니다. 기회가 오면 일단 손부터 담그고 싶어지는 거지요."

"제법 귀여운 변명이네. 이미 말했듯이 개수작은 집어치우자고, 제다오. 내 이름을 듣고 즉시 알아차렸단 사실은 부정하지 못할 텐데? 칠두정 내에서 내 이름을 아는 사람이 그다지 많지 않다는 거, 너도 잘 알잖아?"

무고한 척할 기회를 상당히 현란하게 날려버린 셈이다. "지금 이 상황이 장난질이 아니라는 걸 확인할 방법이 있습니까?"

칠두관 중 한 명이 불사신이라는 정보를 처음 입수했을 때, 체리스는 회의적으로 받아들였다. 그런 사람이 칠두관 자리에 허수아비를 앉혀둔 채 배후에서 움직이는 것까진 이해할 수 있었다. 하지만 다른 칠두관들은? 그런 기술이 눈앞에 있는데 어떻게 평화롭게 지낼 수 있는 거지?

쿠젠은 손을 뻗어 카드 한 장을 뽑는다. 그리고 체리스가 확인할 수 있도록 카드를 돌린다. 톱니바퀴 2번 카드.

체리스는 당황스럽다 못해 두려워지기 시작한다. 쿠젠이 어떻게 그 카드를. 뽑을 수 있을 리 없는데.

"네가 도박꾼이란 소문은 익히 들어와서 잘 알고 있지. 혹시, 불사신이 되는 방법에도 관심이 있으려나?"

"지금 당장은 아니지만, 나중이라면 또 모르지요." 사실 생각만 해도 혐오스러웠고, 그 작동 방식을 대략적으로나마 유추할 수 있게 된 지금은 더욱 그랬다. 그러나 온전히 거부할 수는 없는 상황이다. "저는 그저 우리 쪽 칠두관 자리가 탐날 뿐입니다. 죄송합니다만, 저는 지겨울 정도로 평범한 슈오스라서요, 다른 생각은 없습니다."

"이번엔 꽤나 사랑스러운 변명이네. 그래도 믿긴 어려운데? 네 배경은 전부 훑어봤어, 장군. 키아즈 등에 칼을 꽂아 넣고 싶었다면 그 여자 집무실을 떠나지 말았어야지. 온갖 기록을 전부 살펴봤지만, 그 여자가 자네를 무척 좋아한다는 점은 분명하잖아." 그는 활짝 웃으며 말한다.

최근 그가 슈오스 키아즈와 만난 일을 모르는 사람은 없지만, 체리스는 몸이 경직되는 걸 억누를 수 없다. 주제를 바꿀 때다. "알겠습니다, 니라이의 수장이시여. 저 자신이 무엇을 원하는지조차 잊어먹을 정도로 혼란에 빠진 기라면, 제가 대체 무엇을 추구하는지 몸소 알려주시는 건 어떻습니까?" 경칭을 딱히 강조하거나 하진 않는다.

쿠젠이 기다란 손가락으로 카드 뭉치에서 카드 한 장을 더 뽑아낸다. 느리지만 군더더기 없는 동작으로. 그는 다시 카드 내용이 보이도록 돌린 다음, 둥글게 배치한다. 문의 에이스에서부터 7번까지다. "너는 이 빌어먹을 역법을 통째로 무너뜨리고 싶은 거야, 그렇지? 나도 알아채는 데 시간이 좀 걸렸다고. 역법 붕괴와 관련된 이단자들을 아주 공들여 조사하던데. 물론 임무 때문일 수도 있겠지만, 내가 보기에 너는 동맹을 찾고 있었던 거야. 네 눈에 차는 작자가 과연 있겠냐만. 어쨌든, 다시 한 번 말해줄게. 네가 진정으로 원하는 건 이 빌어먹을 칠두정 자체를 무너뜨리는 거야."

대화가 좀처럼 끝날 것 같지 않았다. 이럴 줄 알았으면 서류 작업을 미리 끝내놓을걸 그랬군. 체리스는 후회를 뒤로한 채 말을 잇는다. 이대로 가만히 있다간 결코 끝나지 않을 테니까. "그런 거라면 수백만 명의 병사들이 어디선가 불쑥 나타나서 합류해주기를 기대해야겠군요. 혼자서 칠두정부 전체와 맞선다니, 진심입니까? 그건 거만한 정도를 넘어서, 정신이 나간 겁니다." 그녀는 비꼬는 투로 말한다.

"전투에서 져본 적이 없는 네가 그런 소리를 하다니, 참 나."

사람들이 그 사실로 자신을 공격해 올 때마다 참을 수 없이 불쾌했지만, 그녀는 평정을 유지하기 위해 노력한다.

"너는 운이 좋은 편이지. 자네 사관학교 시절 성적 증명서도 살펴봤어. 네가 난산증이 있다는 사실을 왜 다들 알아채지 못한 걸까? 네가 어려움을 겪었던 과목은 수학뿐이잖아? 높은 수준의 역법 전쟁을 펼치려면 정수론 정도 알고 있어야 하지. 너도 알다시피, 나는 900년 전에 연관된 수학 분야를 통째로 창안해서 전함나방 추진체 기술이 성립하도록 만들었어. 지금까지 역법 혁신이라 부를 만한 업적을 이룩한 사람은 나밖에 없었지. 내 주변 놈들도 죄다 기술자일 뿐이고 말이야. 제대로 된 수학자는 눈을 씻고 찾아봐도 없지."

그렇겠지. 추도 의식을 떠올린 사람도 당신이고 말이야. 체리스는 속으로 생각한다. 보다 정확하게 말하자면, 추도 의식에 고문 의례를 동반하도록 만든 사람이 바로 쿠젠일 것이다. 그녀는 추도 의식의 고문이 그저 운이 나빠 자연발생한 산물이라 생각하지 않았다. 설계자 중 누군가가 의도적으로 집어넣은 인위적 산물일 것이며, 그런 짓을 벌일 사람은 쿠젠밖에 없다. "당신이 소시오패스라는 신뢰할 만한 정보를 어느 정도 확보한 상태입니다. 유감입니다만, 어째서 당신과 같은 침대에 들어야 한다는 겁니까?"

사실 쿠젠의 제안은 지독하게 매력적이었고, 그래서 도리어 의심스러웠다. 체리스가 생각한 계획엔 그를 암살하는 것도 포함돼 있었다. 그녀가 혐오하는 정권을 상징하는 인물이 바로 쿠젠이며, 따라서 보다 나은 체제를 수립하려면 우선 쿠젠부터 제거해야 한다. 하지만 죽이는 대신 그를 이용할 수만 있다면…

쿠젠은 그녀를 향해 웃음을 짓는다. "전직 암살자란 녀석이 그런 소리를 하다니." 그는 어깨 너머로 시체를 바라보며 말을 잇는다. "사람을 한 명씩 죽이는 대신 한꺼번에 잔뜩 죽이는 편을 택한 거 아니었어? 사관학교에서 너는 온갖 분야에 재능을 보였지. 언어도 그중 하나고 말이야. 너라면 선동이나 해독 혹은 분석 부서로도 갈 수 있었을 거야. 그런데도 다리 달린 대포가 되기 위해 그 모든 것을 포기했지."

"너한테는 내가 필요한 거야, 장군. 칠두정 전체를 뒤져도 나보다 뛰어난 수학자는 찾을 수 없을 테니까. 게다가 나를 상대할 때는 온갖 사소한 것들까지 신경 쓰며 숨길 필요가 없지. 이보다 나은 조건을 찾을 수 있겠어?"

체리스는 침묵을 지킨다.

쿠젠의 목소리가 부드러워진다. "네가 오랫동안 홀로 싸워왔다는 걸 잘 알아, 제다오. 누구하고도 가까워지지 않고, 정사를 가지더라도 한두 주를 넘기지 않았지. 엿보기를 즐기는 건 슈오스만이 아니야. 켈은 네가 여우라서 독선적이라고 여기는 듯하나 본데, 아주 단단히 잘못 보고 있는 거지. 네가 어떤 부류의 비밀을 감추고 있는지 켈들은 짐작조차 못 할 거야. 물론 내가 이상적인 동맹이라는 건 아니야. 하지만 지금 상황에서 아예 없는 것보다는 있는 게 낫지 않아? 함께할 수 있어. 더 이상 혼자일 필요가 없단 말이야."

"원하는 바가 무엇인지 알 수가 없군요." 쿠젠이 자신을 얼마나 명백하게 파악하고 있는지 알려주고 싶지 않았다. "당신은 칠두관입니다. 원하면 언제든 나를 제거할 수 있지요. 이런 관계 속에서 당신이 내 동맹이란 확신을 얻을 방법이 있긴 하겠습니까?"

"그래서 네가 마음에 든다니까." 쿠젠은 이렇게 말하며 책상 모서리를 돌아서 체리스의 의자 한쪽에 기대어 선다. 체리스는 아무 소용도 없다는 걸 알면서도 지금 총이라도 쥐고 있었으면 하고 간절히 바란다. "훤히 들통난 마당에도 어떻게든 유리하게 이끌어보려고 발버둥 치다니. 제다오, 대체 네 녀석 핏줄엔 뭐가 흐르는 거야?"

"원하신다면 제 배를 갈라 확인하시죠? 혹시 단검을 놓고 왔다면, 제 왼쪽 허리춤에 있는 걸 쓰셔도 됩니다." 체리스는 차갑게 대꾸한다.

"아, 언젠간 그리할 테니 걱정하지 마." 쿠젠은 전혀 신용할 수 없지만 달콤하게 느껴지는 미소를 느릿하게 짓는다. "한 가지 재밌는 걸 알려줄게. 다른 칠두관들이 절대 용납하지 않을 일이 몇 가지 있어. 그들을 상대로 음모를 꾸미다 걸리는 것도 그중 하나지. 만약 내 목을 같은 도끼 아래에 들이민다면, 그걸로 내 진정성을 믿어줄 수 있 겠어?"

쿠젠이 그녀를 향해 몸을 기울였지만, 체리스는 움직이지 않는다. 그는 의자 등받이에 손을 올린 채, 손가락 끝으로 그녀의 어깨를 쓸기 시작한다. 체리스는 문득 짜증을 느끼며 생각한다. 도대체 무슨 짓거 리지. 중등학교 수업인가? 그렇게 생각하면서도 그의 육감적인 입술 에, 매력적으로 떨리는 긴 잿빛 속눈썹에 반응하지 않기는 힘들었다.

"한 가지 질문이 있습니다."

"말해봐." 쿠젠의 숨결에서 담배와 향신료 냄새가 풍긴다.

"불사신이 되는 게 그렇게 매혹적인 일이라면," 누군가의 몸을 빼 앗는다는 사소한 문제에 개의치 않을 수만 있다면, 죽음을 피하는 방 법으로서는 실로 완벽해 보였다. "어째서 다른 칠두관들은 당신을 따 라 하지 않는 거죠?" 물론 그들이 쿠젠보다 은닉 솜씨가 뛰어나다는 가능성은 배제해야겠지만.

"그래, 너도 흥미가 있는 모양이군."

체리스는 어깨를 으쓱한다. 쿠젠이야 자기 마음대로 생각하라고 두 면 된다.

"정확하게 조율하지 않으면 광기에 사로잡히게 되니까. 소시오패 스 정도의 광기를 말하는 게 아니야." 순간 그는 입술 한쪽 끄트머리 를 비죽 올리며 미소 짓는다. "나도 내가 미친놈이란 건 잘 알고 있 어. 하지만 내가 말한 광기란 의미 없는 헛소리만 내뱉는 수준으로 미 친다는 뜻이야."

"그렇다면 제게도 도움은 안 되겠군요." 소시오패스라고 그러한 부작용에 대한 면역을 가질 수 있는 건 아닐 테니까. 역사를 되짚어봐도, 칠두정 권좌에 오른 자들 중 소시오패스가 아닌 자는 보기 드물었다.

"섣불리 단정 짓지는 말라고. 칠두관들이 나를 어쩌지 못하는 이유가 뭔지는 너도 잘 알겠지? 수학을 통달한 자가 나 하나뿐이기 때문이야. 여기서 요점은 검은 요람의 기본 토대도 전부 수학으로 이루어져 있다는 거야. 나는 광기에 사로잡히지 않고 영생을 누릴 수 있도록 조율할 수 있어. 만약 네가 내게 유용하다고 판단된다면, 헛소리만 지껄이는 광인이 되지 않도록 손써줄게. 뭐, 너한테는 이른 얘기이려나. 수명을 운운하기엔 아직 젊은 나이지. 물론 직종에 따르는 특수한 문제는 별개로 쳐야겠지만."

"아, 그건 괜찮습니다." 체리스는 일어날 가능성이 낮은 문제를 가지고서 두려워하는 법이 없었다. "당신에게 도대체 무슨 이득이 있어서 이러는지 짐작조차 가지 않는다는 점이 가장 우려되는군요. 이미 모든 걸 쥐고 계시잖아요?"

"너한테는 그렇게 보여?" 쿠젠은 기다란 손가락으로 체리스의 등을 쓸어내리다가 견갑골의 윤곽을 발견하곤 그 위에서 멈춘다. "내 생각이 맞다면, 너는 칠두정 시스템을 톱니바퀴 수준으로 분해한 뒤 새로운 시스템을 구축하려는 거지." 열망이 어른거리는 쿠젠의 검은 눈동자로부터 도저히 시선을 뗄 수가 없다. "바꿔 말하자면, 너는 새로운 역법을 창조하려는 거야. 그 순간에 나도 현장에 있고 싶어. 그 뿐이야. 게다가 내 도움 없이 너 혼자서 할 수 있는 일은 아니잖아. 물론 나도 마찬가지지. 수학 쪽으로는 나 혼자서도 충분히 뭉갤 수 있겠지만, 경건한 척하는 리오즈와 그 애완동물인 라할을 무력으로 들이받는 건 무리가 있어. 누군가 너를 위해서 수식만 해결해준다면, 역법 발작 같은 건 너 혼자서 알아서 처리할 수 있겠지. 생각해봐, 제다오. 너한테 필요한 건 수학자야, 나한테 필요한 건 무기고. 서로의 도움 없이는 아무것도 할 수 없는 입장이잖아, 안 그래?"

"혁명의 꿈을 게임 말 하나에 전부 싣다니, 당신이 전술가가 아니라는 점은 잘 알겠군요. 저처럼 반기를 품은 켈 여럿에게 동시에 손을 뻗은 것이 아니라면 말입니다."

"아쉽게도 반기를 드는 켈은 네가 처리할 문제니까." 쿠젠은 웃음을 터트린다. "이봐, 제다오. 나는 분명 켈은 아니야. 그래도 우리가 같은 부류라는 건 인정할 수밖에 없을걸? 그것만으로도 뭔가 의미가 있지 않겠어?"

지금껏 자신과 쿠젠은 조금도 닮지 않았다고 애써 생각해왔지만, 그것이 자기기만에 불과하다는 것을 방금 깨달아버렸다. "지금 있는 걸 무너트리고서 그 위에 무엇을 세울지에 대해선 딱히 관심이 없으신가 보죠?"

"내 장난감은 기술 쪽 매개변수고, 그건 알아서 잘 가지고 놀 수 있어. 사회 쪽 변수는 네가 원하는 대로 마음껏 가지고 놀아봐. 나는 신경 쓸 생각 없으니까."

체리스는 전혀 믿을 수 없었지만 상관없다고 생각한다. 언젠가는 싸워야 할 상대니까. 그녀는 자리에서 일어선다. 쿠젠도 가볍게 뒤로 물러서며 거리를 벌린다. 숙련된 무용수처럼 명확하게 공간을 인지하면서. 어둠과 빛이 함께 깃들어 있는 니라이의 눈. 체리스는 칠두관에게 복종할 때처럼 최고 격식을 차려 무릎을 꿇는다. "저는 주군의 총입니다."

22

사령실 안은 산란하는 반사광으로 가득해 무엇 하나 제대로 볼 수가 없었다. 체리스는 수정 거울의 미궁 속에서 자신의 얼굴을 어렵사리 발견했지만, 그게 자신의 것이란 느낌이 전혀 들지 않았다. 제다오의 기억으로 인해 이미 광기의 경계까지 와버린 것일까? 벌써 그 경계를 넘어버린 것이라면 앞으로 어떻게 될까?

사방엔 반짝이는 시체 유리질이, 길쭉한 수정 파편 형태로 뽑혀 나온 기억들이 가득했다. 제다오의 파편과는 달리 분명 실체가 있었다. 아무래도 망령의 유리질이 아니라서 그런 듯했다. 조각난 사람들이 벽에 박히고 바닥을 뒤덮고 있었다. 폭탄이 사령선만 노린 것일까? 다른 함선들은 무사할까? 그리드는 거의 다 접속이 끊긴 것 같았지만, 함선 내 생명유지 장치는 아직 작동하는 듯했다. 그렇지 않다면 상황은 몇 배로 심각해질 것이다.

다행히도 중력이 다시 안정되는 듯한, 적어도 그녀의 몸이 균형을 되찾는 듯한 느낌이 들었다. 뒤틀린 원호를 그리며 뻗어 나온 시체 유리질을 살펴보다가, 순간 숨이 턱 막히는 듯했다. 지금 보고 있는 유리질은 하잔 함장이었다. 그가 어릴 적에 좋아했던 나무 한 그루와 사고로 목숨을 잃은 여동생이 유리질 위로 아로새겨져 있었다. 그녀로선 조금도 알지 못했던, 그의 근간을 이루던 기억들. 그와 계속 생활했다면 언젠가는 그의 입을 통해 알게 됐을지도 모르는 기억들. 그녀는 한 발짝 뒤로 물러서서 제다오의 파편 하나를 억지로 삼켰다.

그녀의 손엔 총 한 자루가 쥐어져 있다. 니라이 쿠젠을 죽이려다 실패했던, 그리고 3년 후에 지옥나선 요새에서 자신의 참모진을 살해하기 위해 사용할 그 패터너 52다. 내년이면 중장에서 대장으로 진급할 것이며, 그럼 켈 사령부가 계속해서 그녀를 조기 진급시키는 이유에 대한 온갖 뜬소문이 흘러나오게 될 것이다.

자신들을 '아우겐'이라 칭하는 이단 분파를 상대한 마지막 전역은 순식간에 아수라장으로 변해버렸다. 상당수의 켈이 아우겐의 이상에 공감하기 시작한 게 가장 컸다. 아우겐은 명예롭게 싸웠으며, 칠두정에 거의 아무것도 요구하지 않았다. 그들이 원하는 것은 그저 아무런 간섭도 받지 않고 지내는 것뿐이었다. 그러나 '푸른 왜가리' 쪽 국경이 취약해지는 것을 감수하면서까지 영토를 양보할 수는 없었던 칠두정부는 전쟁을 감행했다.

자주색과 청록색 빛깔이 뒤섞인 하늘 아래, 소총을 들고 도열한 켈 병사들 가운데 체리스도 함께 서 있다. 그들은 계급장이 뜯긴 채 포박

된 다섯 명의 켈이 연병장 반대편에 서 있는 모습을 바라보는 중이다. 떨어지는 빗방울 사이로 축축한 낙엽의 자극적인 흙냄새가, 황산마그네슘의 냄새가 피어올랐다. 그리 멀지 않은 곳에서 바람에 흔들리는 나뭇가지 소리와 울부짖는 파도 소리가 들려온다. 그녀는 눈가에 흘러든 빗물을 장갑의 손등으로 닦아낸 다음 총을 든다.

저 다섯 명의 켈은 진형 구성에 실패했다. 마지막 공성전에는 정말 많은 것이 걸려 있었다. 그토록 중요한 전투인 만큼, 전투가 끝날 때마다 비겁자나 탈주자를 색출해 처형하는 것 또한 몹시 중요했다. 체리스는 진형 본능이란 게 끔찍한 발명품이라고 생각하면서도, 만약 이 시대에도 있었더라면 전투에 큰 도움이 되었으리란 생각을 떨쳐낼 수 없었다. 그녀가 대역죄로 처형당하기 전까진 진형 본능이란 게 개발되지도 않았으며, 만에 하나 개발되었다 할지라도 논란의 여지가 있는 시술로 취급되었을 것이다. 정신을 개조한다니. 모든 분파가 반대했을 테지만, 특히 칠두정부의 마지막 양심인 리오즈는 더욱 세심히 검토했을 터였다. 그러나 리오즈는 몰락했고, 진형 본능은 그로부터 한참 후에 등장했다. 켈 사령부와 육두관들은 일말의 망설임도 없이 진형 본능을 받아들였다. 모든 켈의 머릿속엔 진형 본능이 심어졌다.

켈의 미덕은 충성심이다. 진형 본능은 그들이 충성할 기회마저 앗아가버렸다.

체리스는 연속해서 다섯 발을 쏜다. 탄환이 다섯 명의 머리를 정확하게 관통한다. 슈오스 사관학교 교관들조차 인정할 법한 솜씨다. 그녀는 항상 손수 처형을 집행했다. 만에 하나 그녀의 탄환이 빗나간다 할지라도 나머지 병사들이 알아서 마무리해줄 테지만, 여기서 빗나가면 그녀의 자부심에 흠집이 생길 것이다.

체리스가 처음 전출 왔을 때, 켈들은 그녀에 대해 의구심을 품었다. 이제껏 켈 군대로 온 슈오스들은 대부분 정보반에 봉직했으니까. 그녀의 경우 전술 능력을 인정받아 보병대로 들어오긴 했지만, 켈들은 전술 능력이 뛰어나단 정도로 여우를 믿진 않았다.

그들의 신뢰를 얻을 만한 기회는 생각보다 일찍 찾아왔다. 소위 시절, 그녀보다 계급이 높은 켈 장교들이 전부 목숨을 잃은 바람에, 그녀는 중대를 이끌고 역경을 헤쳐 나와야만 했다. 그렇게 살아서 돌아왔을 때야 비로소 켈들로부터 신뢰를 얻었다. 그 신뢰라는 게 가장 험난한 임무를 떠맡기는 형태이긴 했지만 이미 예상했던 바였다. 켈들은 언제나 자기네 동족의 소모품으로 슈오스를 사용하길 좋아하니까. 그러나 그녀는 이러한 상황이 나쁘지 않았다. 보다 빨리 실력을 쌓을 여건이 갖춰졌을 뿐이니까.

아우겐 전역에서의 전쟁이 끝난 후, 켈 사령부는 그녀에게 등롱꾼 이단을 섬멸하라는 임무를 맡겼다. 당시 체리스는 원래 계획을 포기하고 쿠젠은 알아서 하라고 놔둔 채, 등롱꾼 이단 쪽으로 합류할지 진지하게 고민하는 와중이었다. 지금껏 칠두관들 골머리를 앓게 해왔다는 점만 보더라도, 등롱꾼 이단은 상당히 괜찮아 보였다. 그녀는 실력 있는 켈 장군들과 친분을 쌓으며, 그들의 사고방식을 파악하는 데 상당한 시간을 쏟았다. 카드게임이나 사냥 여행에 적극적으로 어울린 것은 괜한 시간 낭비가 아니었다. 이제는 켈이 전장에 누구를 내놓든 승리를 거둘 자신이 있었다. 따라서 문제가 전투에서 승리하는 것뿐이라면, 그녀는 기꺼이 등롱꾼 이단 쪽에 합류했을 것이다.

켈의 존경을 얻어내는 일이란 그리 어려운 일이 아니었다. 언제나 실리를 추구하는 켈은 전투를 승리로 이끄는 사람을 좋아하기 마련이니까. 만약 켈을 차근차근 장악하는 것으로 과업을 완수할 수 있다면, 그녀는 그 방법을 택했을 것이다. 그러나 그러기에는 두 가지 장애물이 그녀를 멈칫하게 했다. 일단 하나는 보조두뇌 기술의 발전이었다. 켈은 복합 인격 기술을 개발 중이었고, 만에 하나 복합체에 포함돼야 하는 상황이 발생한다면, 20년에 걸쳐 도모해왔던 반역 시도가 그대로 발각될 가능성이 높았다. 두 번째 장애물은 언제 자신의 등에 칼을 꽂아도 이상하지 않은 니라이 쿠젠이었다. 결국 행동에 나설 생각이라면, 훗날을 기약하기보다는 되도록 빨리 움직이는 편이 좋았다.

사실 칠두관들을 제거하는 건 그리 어려운 문제도 아니었다. 가장 큰 문제, 칠두정부를 무너트린 뒤 잿더미 위에서 제대로 작동하는 새로운 사회체제를 세우는 문제가 남았으니까. 정신이 제대로 박혀 있는 데다가 안정성까지 갖춘 사회체제. 그때까지만 해도 체리스는 마음속에 한 가지 미련을 남겨두고 있었다. 표준 역법 체계를 대체할 새로운 역법을 제시했다면, 등롱꾼들도 추도 의식을 포기하지 않았을까. 그러나 벼랑 끝에 몰린 등롱꾼들이 자기네 아이들을 방패로 삼는 걸 보며, 어차피 그들과 함께할 수 없었으리라는 사실을 다시금 깨달았다.

시간이 얼마 남지 않은 그녀에게 지옥나선 요새는 마지막 기회였다. 그곳에서 벌인 학살극은 켈이 그녀에게 집착하게 만들었다. 이제 켈은, 과거 존경해 마지않던 그녀를 두렵고 공포스러운 대상으로 여긴다.

존경심도 사람을 움직이기에 훌륭한 지렛대이긴 하나, 공포심이 훨씬 낫다. 불사신이 되기로 마음먹은 만큼, 최대한 훌륭한 지렛대를 사용해야 한다.

결국 그녀의 선택은 역사의 아이러니로 남게 됐다. 만약 그녀가 조금 더 기다렸더라면, 혹은 리오즈가 백색과 금색의 밀실에서 도모하고 있던 일에 대해서 알았더라면, 그녀는 리오즈에 합류할 수 있었을지도 모른다. 그렇게 됐더라면 대량 학살에 의존할 일도 없었을 테지. 그러나 리오즈 이단은 그녀가 죽고도 20년이나 지난 후에야 일어났다. 켈이 검은 요람 안에 갇혀 있던 그녀를 처음 깨웠을 땐 이미 리오즈 이단 사태가 일어나고 제법 시간이 흐른 뒤기도 했고. 이 피의 역사에서 가장 아이러니한 것은, 그녀가 지옥나선 요새에서 벌인 대량 학살이 역법의 간섭 효과를 발생시켰고, 그것이 계기가 되어 리오즈가 새로운 정부 형태를 탐구하기 시작했다는 것이다. 그 탐구의 결과물은 훗날 '민주정'이라는 이단을 만들어내 리오즈 이단 사태를 초래하고 만다.

체리스는 몸을 폈다. 상부에서 제다오를 죽이자는 결정을 내렸다는 자체는 더 이상 놀랍지 않았다. 그러나 이렇게 폭탄을 사용할 필요는 없었다. 단순히 시체총을 사용했어도 충분했을 것이다. 그녀에게 직접 해결하라고 명령했을 수도 있었다. 충성심을 시험하는 차원에서라도.

그녀는 거친 숨을 내쉬었다. 최대한 천천히. 사방엔 물엿을 발라 굳힌 시체들이 널려 있었다. 사령실 벽은 뒤틀려버렸고, 바닥에는 유리질 섬유가 거미줄처럼 눌어붙어 금 간 곳을 메우고 있었다.

어쩌면 피해 상황을 잘못 파악한 것일지도 모른다. 어쩌면 다른 생존자가 있을지도 모른다. 그리드에게만 맡길 게 아니라 직접 확인해야 한다. 내부를 돌아다니며 생존자를 찾기엔 소멸나방이 꽤나 컸지만, 그렇다고 딱히 더 나은 방법이 있는 것도 아니었다.

"제다오?" 그의 이름을 부르고 말았다. 미련을 버리지 못하고.

대답은 없었다.

켈 사령부의 공격을 유도하기 위해서, 제다오는 그녀가 수학 능력을 선보이도록 꼬드긴 거였다. 그의 예상대로, 켈 사령부는 고위 역법 반란을 일으킬 만한 수학자가 대반역자의 손에 넘어갔다는 사실을 뒤늦게 깨닫고 공격을 감행했다. 어쩌면 제다오는 그 순간을 틈타 도망치거나, 체리스를 설득해 함대를 탈취하려는 속셈이었을지도 모른다. 그러나 그도 예상하지 못한 게 한 가지 있었다. 켈 사령부가 자신을 처형하려고 소멸나방 두 척이나 포함된 함대를 통째로 희생시킬 줄은 몰랐던 것이다. 칠두관들이, 아니 육두관들이, 이 정도의 손실까지 감수했다는 건 한 가지로밖에 해석할 수 없다. 그의 계획이 만천하에 드러난 것이다. 결국 쿠젠이 체리스를 배신한 것이다.

아니, 제다오지. 체리스는 쓴웃음을 머금었다. 벌써부터 체리스는 자신과 제다오를 구분하기가 힘들었다.

마지막 순간에 제다오는 그녀에게 줄 수 있는 모든 것을 넘겨주려 했다. 그리고 제다오의 기억과 몇 마디 말이 그녀에게 남았다. '내 실수를 반복하지 말게나.'

제다오는 체리스가 자신의 자리를 이어받아주기를, 게임을 계속해주기를 원했다. 아니면 이 게임을 계속할 가치가 있는지에 대해 결정권을 맡긴 것일지도 모른다. 그가 조금 더 그녀를 믿어줄 수 있었더라면. 더 많은 이야기를 솔직히 털어놓았더라면.

아직 파편은 남아 있었다. 그러나 체리스는 머뭇거렸다. 니라이 쿠젠에 대해, 그가 불사신으로 살아가는 방법에 대해 알게 된 이상 어쩔 수 없었다.

남은 파편을 포기한다면, 제다오는 진짜로 죽게 될 것이다. 그럼 그가 오래도록 간직해온 끔찍한 반역 전쟁도 함께 사라질 테지. 반대로 남은 파편을 섭취한다면, 결국 그녀가 그의 전쟁을 이어받게 될 것이다. 나아가 그 전쟁을 이어받은 사람은 더 이상 켈 체리스가 아닐 것이다.

여기까지 오게 된 것도 제다오가 계획한 것일까? 체리스가 특정 방법을 선택하도록 조종한 건 아닐까? 그렇지는 않을 거라는 생각이 들었지만, 상대가 제다오인 이상 결코 안심할 수 없었다.

그러나 체리스는 자신이 이미 결정을 내렸다는 사실을 잘 알고 있었다.

나머지 두 개의 파편은 탄환처럼 그녀의 두 눈을 찌르고 들어왔다.

체리스는 야외 탁자에 앉아서 그녀가 소중히 여기는 젱자이 카드 뭉치를 섞고 또 섞는 중이다. 최근 들어 게임 상대를 찾기가 어려웠다. 평소엔 충분치는 않더라도 결코 부족하진 않았는데. 이곳 슈오스 사관학교엔 자신감 넘치는 1학년 생도를 짓밟아주고 싶어 안달 난 사람이 항상 있었다. 그러나 지금은, 매년 열리는 게임 설계 공모전이 진행 중이라 다들 그쪽에 신경이 쏠려 있었다.

누군가 뒤에서 다가와 그녀의 정수리에 입을 맞춘다. "어이, 너." 귀에 익은, 높은 음역대의 남자 목소리다. 그녀가 이곳에서 사귄 첫 번째 친구이자 종종 가끔 연인이 되기도 하는 베스테냐 루오다. "드디어 기습을 성공한 건가?" 그는 빙 돌아서 그녀의 벤치 옆자리에 앉는다. 그 또한 체리스처럼 붉은색 생도 제복을 입고 있다. 두 사람은 초대 슈오스 칠두관이 제복 색을 이따위로 정한 이유가 같은 분파 사람은 멀리서도 손쉽게 암살하기 위해서라는, 꽤나 그럴듯한 가설을 세운 적이 있었다.

체리스는 루오를 보며 슬쩍 눈썹을 들어 올린다. "그럴 리가. 너 지금 저쪽 은행나무 옆 모퉁이를 돌아서 왔지? 지금 저기 서 있는 친구가 만지작거리던 향수병에 네 모습이 비치더라. 뭐, 순전히 운이 좋아 보인 거지만."

루오는 그녀의 어깨를 찰싹 때린다. "넌 맨날 운이 좋아서라고 하잖아. 사격장에서조차. 운만으로 그렇게 정확한 사격은 불가능하다고."

"네 솜씨가 더 뛰어나잖아. 이렇게까지 치켜세우는 이유를 모르겠네."

"그래, 맞아. 앞으로도 계속 앞서나갈 생각이고." 루오는 그녀를 보며 웃는다. "하지만 네 반사신경은 어떻게 해도 따라잡을 수 없단 말이지. 완전 짜증 나."

"나랑 앞으로 싸울 일도 없을 텐데?" 루오를 처음 만난 곳은 어느 연회장이었는데, 얌전히 사람들을 둘러보던 체리스에게 그는 다짜고짜 싸움을 걸어왔다. 서로 원한은 남지 않은 상태로 깔끔하게 끝장을 봤다. 물론 찰과상은 잔뜩 남았지만. 싸움이 끝나고, 그녀는 루오가 단순히 모험심으로 싸움을 걸고 다닌단 사실을 알게 됐다. 그리고 무슨 일이 일어난 것인지 그녀도 정확히 알 수는 없지만, 어쨌든 그 후부터 그녀는 루오와 어울려 다니기 시작했다. 부분적으로는 그가 색깔 부호를 붙인 다람쥐를 이용했던 때처럼 끝내주는 장난질을 항상 생각해냈기 때문이지만, 사실 문제만 발생하면 지나치게 잘 휘말리는 그를 지켜주고 싶었던 게 가장 컸다.

"또 그 소리. 넌 목표물한테 매번 그렇게 말하잖아." 루오는 암살자 과정을 함께 밟자며 주기적으로 체리스를 설득했지만, 그녀는 아직 결정을 내리지 못한 상태였다. "그런데 네 여자친구도 슬슬 수업이 끝날 때가 되지 않았어?"

"그 여자친구한테도 이름이란 게 있거든?" 루오의 뒤에서 다가온 리로브 예렌이 끼어든다. 체리스는 종종 형편없는 루오의 상황 판단력에 절망하곤 했다. 예렌은 항상 소리 없이 움직이긴 하나, 지금은 딱히 몰래 다가오려 한 것도 아니었다. "안녕, 제다오. 안녕, 루오." 예렌은 음료를 쏟지 않으려 조심하며 상체를 기울이고, 그녀의 곱슬머리가 체리스의 얼굴에 우아하게 드리운다. 두 사람은 키스한다.

"너도 안녕." 체리스도 인사한다. 그녀가 손에 든 카드를 부채꼴로 펼쳐서 내밀자 예렌의 얼굴엔 즐거운 기색이 떠오른다.

"나 참, 이젠 속임수를 숨기는 것조차 포기한 거야?" 루오가 말한다. 체리스가 내민 카드는 장미 문장의 스트레이트 패다.

"건네줄 진짜 꽃이 없어서 그래, 예렌. 그래서 이 마분지로 만든 슬

푼 대용품밖에 줄 수가 없었어."

예렌은 체리스를 지그시 바라본다. "작년에 내가 들었던 기초 유혹법 수업엔 그런 문구는 없었던 걸로 확신하는데."

"그 수업은 최악이야. 생각해봐. 우리가 연습하러 가는 안단 술집들은 전부 음료를 비싸게 받아 처먹잖아. 사실 뭐, 안단은 죄다 부자니까 그러려니 하겠지만 우리는 다르잖아. 그런데 우리 주머니 사정은 전혀 고려해주지 않는단 말이지. 아무래도 사기를 치라고 일부러 그러는 것 같단 말씀이야." 체리스가 말한다.

루오가 나른하게 말을 받는다. "뭐가 그리 불만인지 모르겠는데. 넌 어차피 공짜 술을 얻어먹는 능력이 끝내주잖아. 특히 그 '저는 농촌에서 갓 상경해서요, 여기 문명 도시의 여러분을 보고만 있어도 멀미가 도지네요' 작전은 아주 잘 먹히고."

"일반론적으로 그렇다는 거야." 체리스의 고향은 사실 시골이 아닌 농업 연구시설이긴 했다. 어머니는 농담 삼아 자신을 농부라고 부르기는 했지만.

"불쌍하기도 해라. 차오르는 슬픔을 뭘로 가라앉힐 수 있으려나?" 예렌은 이렇게 말하며 음료를 건넨다.

"봤지?" 루오가 말한다.

체리스는 한 모금 홀짝인다. "꿀을 때려 박았네." 그녀는 아직도 이곳 향신료 차엔 익숙해지지 못했다. 그녀의 고향에서는 이렇게 단 차를 마시지 않았다.

"함께 탄 독이 꽤나 써서 말이야." 예렌이 아주 진지하게 말한다.

"훌륭한데?" 체리스는 이번에는 조금 더 마신 다음 차를 돌려준다.

"그건 그렇고, 계속 대회 순위표를 보다가 깜짝 놀랐지 뭐야. 네 게임은 어디다 숨겨놨어?" 예렌이 묻는다.

"나도 궁금해. 대회에 참가하는 건 고사하고, 흥미로운 출품작이 있으니까 한번 해보라고 해도 통 말을 듣지 않더라고." 루오가 말한다.

체리스는 다시 카드를 섞으며, 이제껏 가장 공들여 만든 '여기 문명 도시의 여러분 때문에 멀미가 도질 것 같아요' 표정을 지어 보인다. "사람들이 알아서 궁지에 빠지는 꼴을 구경하는 쪽이 훨씬 스트레스를 덜 받거든. 젱이 교무과장 컴퓨터 시스템을 해킹하다 들킨 이야기는 들었지?"

"그게 언제 적 얘기야. 게다가 네 말은 한마디도 못 믿겠어. 훈련 시나리오에서 5 대 1 싸움에 지원했다고 루오가 그러던데, 그러면서 스트레스 따위에 신경을 쓴다고?" 예렌이 말한다.

"내가 거기서 졌다는 이야기도 했겠지?" 체리스는 눈을 가늘게 뜨고, 태연한 얼굴을 한 루오를 바라보며 묻는다.

"신호탄을 창의적으로 사용해서 교관의 말문을 막아버린 다음에 졌다고 말해줬지." 루오가 친절하게 설명한다.

"운이 좋았던 거야."

루오는 눈을 굴린다. "또 그 소리. 운은 무슨."

체리스는 빠른 속도로 카드 세 장을 뽑는다. 장미 에이스, 문 에이스, 톱니바퀴 에이스. "아무래도 진짜 있는 모양이네, 그 운이라는 거." 그녀는 놀리듯 말한다.

체리스에게 대부분의 카드 속임수를 가르친 장본인인 예렌은 체리스의 말을 무시한 채 말을 잇는다. "내가 추측건대 너는 지금 익명으로 참가한 상태야. 지금은 꽤나 재미 좀 보겠지만, 결국 사람들이 추적해서 찾아내고 말 거야. 왜 처음부터 자기 이름으로 나오지 않은 건데?"

"참가를 했어야 말이지. 그러고 보니 루오, 슈팅 게임을 제출했지? 어떻게 돼가?" 직접 찾아보지는 않았지만, 루오는 코딩 작업을 붙들고 씨름하면서 제법 열심이었다. 플레이테스트를 해주겠다는 그녀의 제안은 거절했지만.

"중위권에서 살짝 위에 있어. 부문별 순위에서. 내가 기대할 수 있는 최상의 결과지. 아직 망신은 당하지 않았으니까, 뭘 더 바라겠어." 훗날 직업 선택에 영향을 끼칠 정도로 끔찍한 평가를 받게 되는 생도가 매년 한두 명씩은 나왔다.

예렌은 화제를 돌리는 수법에 넘어가지 않는다. "제다오, 1학년 생도가 교관을 감탄시킬 만한 기회가 그리 많지 않을 텐데. 네가 이런 기회를 놓칠 리가 없잖아. 거기다 정말로 게임을 좋아하기도 하고."

"굳이 내가 뭘 좋아하는지까지 알려주다니. 정말 천사네, 천사야. 하지만 어찌 됐든 제출 기간은 지났잖아. 우리 이러지 말고 잉어 연못으로 산책이나 가는 건 어때? 대회 분석 같은 건 1~2시간 정도 미뤄도 별문제 없잖아?" 그녀는 예렌의 손을 어루만지며 이렇게 말한다.

"이런, 슬슬 빠질 때가 된 건가. 거기 두 사람. 거위들 놀라게 하진 말라고." 루오가 경쾌하게 대꾸한다. 체리스는 어머니가 고향 집에 거위가 그리 많지 않은데도 저 말을 즐겨 하셨다는 이야기를 루오에게 해준 것을 매번 후회했다.

"뭐라는 거야. 자기도 사귀어달라는 사람이 줄을 섰으면서. 그것도 아주 매력적인 녀석들로." 루오는 예렌이 한 말에 눈꼴사나울 정도로 의기양양한 표정을 짓는다.

"이거 한 방 먹어버렸네. 여하튼 재밌게들 놀라고." 루오는 체리스의 정수리에 다시 키스한 다음 가볍게 걸음을 옮겨 사라진다.

예렌은 고개를 저었지만, 체리스 손에서 자기 손을 빼지는 않는다.

사실대로 말하자면, 체리스는 실제로 익명의 작품을 공모전에 내놓았다. 매년 대회 참가자의 일정 비율은 익명이었지만, 예렌의 말대로 금방 실명이 들통나곤 했다. 그러나 체리스에게는 익명으로 참가할 만한 특별한 이유가 있었다. 그녀의 게임에서는 생도에서 교관에 이르기까지 다른 모든 사람들을 조종해 이단 행위를 저지르게 하면 점수를 얻는다. 잘못된 축제일을 기리거나, 교리 시험에서 이단 학설을 토대로 한 답안을 내놓거나, 꽃꽂이 배치 순서를 거꾸로 하거나 등등. 대부분이 사소한 이단 행위이긴 했다.

슈오스가 위험을 즐기기로 이름난 분파이기는 하나, 체리스는 이런 저급한 수작에 넘어가는 사람이 그리 많진 않으리라고 생각했다. 사실 그녀가 고안해낸 건 게임이라기보다는 사고실험에 가까웠다. 정권이 표준 역법의 이능력 기술에 의존하는 성향이 강해지면서, 칠두정부의 법률은 갈수록 경직되어가고 있었다. 그녀는 이런 사소한 일탈 행위만으로도 얼마나 쉽게 이단이 될 수 있는지를, 지금의 체제가 얼마나 취약한지를 증명하고 싶었다. 슈오스 사관학교는 게임을 권장하기 때문에, 게임은 사고실험의 완벽한 대체재가 될 수 있었다. 지금처럼 연례 대회가 벌어지는 동안에는 특히.

게임을 내놓은 다음에는 자기 순위도, 다른 사람의 순위도 전혀 확인하지 않았다. 그런 짓을 하니까 들통나는 것이다. 그 소식을 들었을 때도 그녀는 예렌의 침대에서 잠들어 있었다.

"…제다오. 나쁜 소식이야." 예렌의 다급한 목소리가 그녀를 깨운다. 목소리가 떨리는 게 여실히 느껴진다.

"흐음?" 체리스가 잠에 취한 듯 군다. 완전히 깨어나 있으면서도.

예렌은 보라색 비단 로브를 입은 채 개인용 단말 앞에 앉아 있다. 어깨 위로 흘러내리는 검은 곱슬머리가 푸른빛을 머금으며 반짝인다. "게임 때문에 생도 한 명이 자살했어. 아니, 자살로 추정하고 있대."

체리스는 일어나 앉으며 옷을 찾는 시늉을 한다. 시트 아래 옷의 위치를 완벽하게 알고 있으면서도. 그녀는 아직도 예렌이 한 말이 왜 중요한지를 깨닫지 못한다. "우리가 아는 사람이야?" 그녀는 묻는다.

"이름은 발표하지 않았어. 하지만 여기저기 찔러봤는데, 그게… 아무래도 루오 같아."

체리스의 심장이 빠르게 뛰기 시작한다. 예렌의 목소리가 계속 울린다. "게임 때문에 벌어진 일 같아. 나도 저번에 슬쩍 보긴 했거든. 이단하고 관련된 익명의 게임이었어. 사소한 교리 문제를 일으켜 점수를 취하는 게임인데, 문제는 자살한 생도가 우리들 중 하나를 속이려던 게 아니라는 거야. 그 바보기 시관학교에 들른 라할 치안판사를 음모에 빠트리려다 적발됐어."

루오라면 끝내준다고 생각했을 그런 일이었다. 들키는 부분만 제외한다면. 사소한 위반이라면 슈오스 사관학교에서 생도를 보호해준다. 관할권의 원칙에 따라, 모든 분파는 자신의 일원을 외부 분파에 넘겨주지 않으려는 경향을 보이기도 하고. 그러나 라할도 슈오스처럼 상위 분파인 데다, 대상이 하필이면 치안판사였다. 단순한 위반을 넘어 추도 의식에서 죽을 때까지 고문당할 수도 있는 중죄였다.

체리스는 그 익명의 게임이 자기 것이고, 자기가 루오를 죽인 것이라고 고백하려고 입을 열었지만 예렌은 말을 끊지 않는다. "어쨌든 그 게임 제작자도 더 이상 익명이 아니야. 체노이 티아나가 자기 게임이라고 고백한 것 같아. 벌써 조사를 받고 있대."

두 사람 모두 '조사를 받는' 상황이 심각한 형벌로 이어질 가능성이 높지 않음을 알고 있었다. "티아나는 또 누구야?" 체리스가 묻는다.

빠져나갈 구멍이 생긴 것이다. 체리스는 자연스러운 연기로 그 구멍을 통해 도망친다. 도망칠지 말지 고민조차 하지 않는다. 이대로 영영 도망자 신세가 될 것임을 알지 못한 채.

"3학년이래. 네가 모르는 사람이야. 정말 유감이야, 제다오. 그게… 내가 틀렸을 수도 있잖아. 다른 사람이 자살한 것일 수도 있어."

체리스는 예렌의 추측이 옳으리라 생각한다. 예렌은 해킹 솜씨가 뛰어나다. 그녀와 사귀면서 좋은 점 중 하나는 그녀에게서 배울 점이 많다는 거였다. 게다가 다른 생도가 자살했더라도 딱히 상황이 낫지는 않았을 것이다.

감정을 억누를 수가 없었다. "루오 녀석, 걸리다니. 어쩜 그리 멍청한 짓을." 그녀는 일부러 무심한 태도를 보이며 말한다. "어슬렁거리다 잡혀서 손가락이 하나씩 뽑히는 것보다는 자살이 몇 배는 나을 테지. 비난하고 싶은 생각은 안 드는군."

예렌은 고통에 겨운 신음 소리를 흘린다. "우리 친구잖아, 제다오."

체리스는 얼른 옷을 챙겨 입는다. "죽은 사람한테 우정이 다 무슨 소용이야. 게다가 그 녀석하고 연루되고 싶지 않은 건 너도 마찬가지 아니야?"

"그게 진심이라면 당장 여기서 나가. 나중에 다시 볼지는 내가 결정할 테니까." 예렌이 다시 떨리는 목소리로 말한다.

예렌에겐 감정을 추스른 후 관계를 복구할 생각이 조금이나마 있었을지도 모르지만, 체리스에게는 전혀 없었다. 그녀는 굳이 대꾸하지 않고 방을 나선다.

체리스는 곧장 카페로 향한다. 감시 카메라의 사각지대를 만들어놓은 지점에 앉는다. 슈오스 농담에 따르면, '사령부의 감시 시스템을 1년에 한 번도 해킹하지 않는 슈오스란 안단하고나 어울린다'라고들 하지. 그녀는 새 소식을 듣고 싶었다. 사람들은 벌써 자살 사건에 대해 수군대는 중이다.

체리스는 뜬소문에 반쯤 귀를 기울이며, 사관학교 그리드를 해킹하기 시작한다. 그녀의 태블릿은 외관만 봐선 4년 전쯤 유행했던 물건처럼 보이기에, 그녀가 어머니를 졸라서 얻어낸 낡은 실험실 장비를 해체해 직접 제작한 물건이라는 건 누구도 알기 어렵다. 그녀의 어머니는 물건을 폭발시키지만 않는다면, 해체를 하든 재조립을 하든 허락해주시는 분이었다. 열두 살 때 자동 조리기로 벌인 실험만큼은 예외였지만. 물론 태블릿이 겉보기와 달리 구식이라는 점만으로 슈오스의 해커를 따돌릴 수 있으리라 생각하는 것은 아니었다. 다만 재빨리 움직인다면, 필요한 정보만 빼낸 뒤 도망칠 수 있을지도 몰랐다.

체리스는 머지않아 루오의 시체 사진을 발견한다. 머리 한쪽에 총알구멍이 나고, 반대편으로 붉은 기가 도는 회색 물질이 쏟아져 나와 있다. 머리 부분이 피범벅이긴 하나, 얼굴은 명확하게 알아볼 수 있었다. 그녀는 어둠 속에서도, 오직 발소리만 듣고도 루오의 존재를 알아챌 수 있었다. 키스만으로도, 항상 놀라면 왼쪽으로 뛰는 습관으로도. 그는 항상 정수리에 입을 맞추며 반겨줬다. 함께 졸업하고, 어쩌면 같은 부서에 지원할 수도 있으리라고 생각했다. 이제 그 모든 것이 사라져버렸다.

어디에도 집중하기가 힘들었다. 지금 이 순간까지, 그녀는 게임 속에서 벌어지는 모든 상황이 완벽하게 추상공간에만 존재한다고 믿어왔다. 아니, 믿으려 애써왔다. 그런데 이제 확실히 깨달았다. 자기 손으로 가장 친한 친구를 죽였다는 사실 그 어디에도 추상적인 부분은 없었다.

하지만 아직 할 일은 남아 있다. 운 좋게도 그녀는 티아나의 인적정보를 열람할 수 있었다. 누군가 수정을 마치고 문 닫는 것을 잊었거나, 아니면 그녀를 위해 미리 해킹만 하고 문을 열어뒀거나.

교관 두 명이 티아나의 인적사항에 개인적인 평가를 덧붙여놓았다. 그들은 자살 사건이 일어났는데도 불구하고, 게임을 자신의 것이라고 주장하는 무자비함과 대담함을 높이 평가하고 있었다. 심지어 슈오스의 이상을 구현했다고도 칭송했다. 까먹었다가 지금 막 떠올랐다는 듯이, 다음 학기에는 고급 강좌 두 개를 수강하는 걸 권장한다고 덧붙여 놓기까지 했다.

체리스는 날이 어둑해질 때까지 카페에 앉아 있었다. 젱자이만 일곱 판을 했지만 전부 패배했다.

게임을 실제로 만든 사람이 체리스라는 사실은 결국 아무도 알아채지 못했다.

"루오." 정적 속에서 체리스의 쉰 목소리가 울려 퍼졌다. 4세기 동안 그의 이름을 소리 내어 부른 적은 없었다. 그가 죽은 지 그토록 오래되었다는 사실이 믿기지 않았으므로. 그의 반짝이는 눈과 웃음소리를, 어울리지 않게도 과일 맛 사탕을 좋아하는 입맛을 기억하는 사람이 자신밖에 없다는 게 도무지 믿기지 않았으므로. 그의 손 모양도, 둔하지만 믿음직한 손가락도, 이렇게나 선명히 떠오르는데.

그녀는 어째서 자신의 목소리가 이리도 높은지, 기묘하게 낯설게 들리는지 의아해하다 결국 깨달았다. 얼굴이 땀과 눈물로 흠뻑 젖어 있는 이유도 떠올랐지만, 최대한 생각지 않으려 애썼다.

체리스는 스스로 맡은 임무를 마무리하려 몸을 숙였다. 파편이 얼마나 고통스러운지는 이미 잘 알고 있었다. 하지만 여기서 조금 더 아파봤자 딱히 달라질 건 없을 거라고 그녀는 생각했다.

산개하는 바늘 요새 공성전이 벌어지기 490년 전, 이젠 하나의 속삭임으로 졸아든 이름을 가지고 있던 행성에서, 칠두정부는 반란군을 상대로 전쟁을 벌이는 중이었다. 반란군은 온갖 깃발을 휘날렸다. 가시와 원, 날개가 돋아난 꽃, 붉은 주먹, 뒤집힌 성배와 고집스러운 뱀, 돌도끼 등등. 당시에는 모든 언덕 꼭대기가, 영원히 구름에 뒤덮인 모든 도시가, 모든 반짝이는 위성이, 저마다 이단 세력을 품고 있는 것처럼 보였다.

체리스와 슈오스 세레셋은 붉은 파도처럼 몰아치는 전투의 광포함에 휩쓸리고 말았다. 그들의 임무는 돌도끼 반군의 장군을 제거하고 포고기를 지정된 위치에 설치하는 것이다. 그러나 막상 실전에 들어가니, 장군 암살 쪽이 오히려 손쉬웠다. 지금 체리스는 멀리서 들려오는 포격 소리에, 이글거리며 끓어오르는 증발기의 화염 소리에, 전차의 굉음에 귀 기울이고 있다. 몇 시간째 이러고 있는지 가물가물하다. 슈오스 본부에 회수 요청을 보내곤 있지만 응답이 없다. 그렇게 신호를 보내면서도, 인근에 칠두정부의 병력이나 이단자들이 없는지 파악하기 위해 촉각을 곤두세우는 중이다.

포고기 쪽 임무는 상상 이상으로 그들을 괴롭혔다. 드론을 대신해 그들이 직접 포고기 설치 임무를 맡게 된 건 전적으로 슈오스 상부가 가진 결코 해소할 수 없는 불신 때문이었다. 그들의 담당자가 차갑고 억양 없는 목소리로 설명하길, 슈오스 드론으로도 충분히 임무를 완수할 수 있지만 드론의 능력이 켈한테 발각되지 않도록 그들을 보내는 거라고 했다. 발각이라니, 켈은 우리 우군인데.

지금 세레셋은 켈의 유탄에 맞아 죽어가고 있다. 지독히도 운이 나빴다. 굴착형 탄환이 그의 다리 밑동을 점점 파고들어갔지만, 세레셋의 절단식 안전장치는 너무 느리게 반응했다. 말라붙어가는 피딱지와 총알구멍 위에 엉망진창으로 엉겨 붙은 지혈용 거품을 보면서, 체리스는 눈앞의 남자에 대해 얼마나 아는 것이 없는지를 곱씹을 수밖에 없었다. 슈오스 사관학교에서 세레셋은 항상 미소를 머금은 얼굴로 고개를 숙인 채 다니는 생도였다. 성적이 제법 괜찮았고 복잡한 장비도 잘 만지며, 꽤나 그런 쪽 일을 좋아했다. 그러나 그것만으로는 세레셋이 리오즈 칠두관의 미사여구를 어떻게 생각하는지, 슈오스의 식탁에 올라오는 씁쓸한 와인을 안단의 장미 리큐르보다 좋아하는지는 알 도리가 없었다.

"몇 시간 전에 떠났어야지." 세레셋이 말라붙은 입술로 헐떡이며 말한다.

체리스는 그에게 기어가 몸을 붙인다. 얼음장처럼 차다. 그녀는 외투를 벗어 그에게 덮어준다. 자신은 이 정도 추위로 목숨을 잃을 리는 없으니까. "널 두고 갈 순 없어. 왜 답신이 없는 거야."

"답신이 올 줄 알았냐. 있잖아. 지금에야 말하지만, 너를 볼 때마다 항상 뭔가를 열심히 꾸민다는 생각이 들었어. 항상 완벽한 답을 미리 준비해놓곤 하잖아." 세레셋은 단어 하나씩 아주 느릿하게 말하고 있지만 발음은 완벽하다. 이런 상황이기에 더욱 뭉뚱그릴 수 없다는 듯이, 마치 그것이 자존심이 걸린 일이라는 듯이.

"그리 쓸모 있는 결점은 아니었던 모양이야. 네가 이 꼴이 되는 동안 나는 아무것도 못 했으니까."

"그런 말 하지 마. 켈 놈들이 조준도 제대로 못 하는 멍청이인 게 네 탓은 아니잖아."

체리스는 언덕이 그리는 둥그스름한 곡선을, 저물어가는 햇빛을 배경으로 바람에 일렁이는 보랏빛 풀밭의 실루엣을, 포격에 날아간 건물의 잔해를 둘러본다. 거의 평화롭다고 느껴질 정도다. 바람도, 풀밭도, 언덕도, 나뭇잎 사이로 비치는 햇빛이 바위와 피부에 맺힌 물방울에 색색이 깃드는 모습마저도 모두 아름답기 그지없다.

이젠 자신을 향해 날아오던 탄환의 궤적조차도 잊을 정도다. 근처 도시의 통제권을 놓고 켈과 반란군이 사투를 벌인 지 하루도 지나지 않았다는 사실조차도 잊을 정도다. 포고기가 적과 아군 모두를 굴종시킨 것도, 그들 머릿속에 든 것을 깡그리 지워버리고 칠두관의 문장만 심어둔 것도, 그러한 강제력을 동원해 칠두관 앞에 무릎 꿇리게 만든 것도 전부 잊을 정도다. 슈오스가 자랑하는 무기인 포고기 앞에서는 설령 켈이라 할지라도 무력할 수밖에 없다. 병사들은 쥐고 있던 무기를 떨어트렸다. 조종자가 사라진 전쟁 병기들은 어떠한 제동도 없이 무자비하게 전장 한복판을 휩쓸고 지나갔다. 수많은 사상자가 발생했을 것이다. 그러고 보니 다른 포고기 설치반들은 무사히 도망쳤는지도 알고 싶었다.

체리스는 처음엔 자신의 언어 재능을 살릴 수 있는 부서로 진출할 생각이었다. 그녀는 수많은 분야에 재능이 있었고, 그만큼 선택의 폭이 넓었다. 그러나 루오가 자살한 이후, 그녀는 암살 부서를 선택했고 부전공으로 분석 과목을 이수했다. 칠두정부를 무너트리려면 암살 정도로는 어림도 없겠지만, 그래도 시작 지점으로는 나쁘지 않으리라는 생각에서였다.

그런데 계획의 그 어떤 것도 실행에 옮기지 못한 상태로, 전장 한복판에서 이름 없는 병사로 최후를 맞이하게 된 것이다.

"얼마나 더 걸릴까?" 세레셋이 묻는다.

"나도 모르겠어." 체리스가 대답한다. 슈오스 부양정이 회수하러 오기로 한 시각에서 벌써 10시간이나 흘렀다. 궤도에 떠 있는 수송선까지 자력으로 돌아갈 방법은 전무했다. 만에 하나 가능할지라도 포고기를 버리고 갈 수도 없는 노릇이었다. 적의 손에 넘기기에는 너무 위험하고, 파괴하기에는 너무 귀중하므로. 지금쯤이면 켈 병력이 전장을 휩쓸며 넝마가 된 포로들을 회수하러 돌아다닐 시간이었다. 체리스는 위험을 무릅쓰고 켈 쪽으로도 회수를 요청하는 통신을 날렸으나, 지금 이 순간 켈이 슈오스 쪽에 어떤 감정을 품고 있을지를 생각하면 도움을 받을 가능성은 극히 낮았다.

바람이 싸늘하게 식으며 햇빛이 잦아들기 시작한다.

"한심한 전쟁이야. 안 그래?" 세레셋이 묻는다.

체리스는 움찔하고 만다. 이토록 부주의하다니. 항상 자신을 제어해야만 하는데. "그런 말은 해선 안 돼."

세레셋의 웃음엔 섬뜩한 기운이 실려 있다. "웃기지 마. 나한테 뭘 더 할 수 있는데. 죽이기라도 하겠어?"

"반체제 분자를 어떻게 처리하는지는 너도 잘 알고 있잖아. 복종하는 게 최선이야."

"너라면 좀 나을 줄 알았는데."

"누구든 함부로 기대해선 안 돼." 체리스는 슈오스 키아즈의 집무실에서 끝없이 이어지는 숫자를 살펴보며 시간을 보내던 때를 떠올린다. 그녀의 빈약한 상상력으로는 죽은 사람의 수와 바스러진 도시의 수, 불타 없어진 책의 수를 충분히 그러안을 수 없으리란 걸 잘 알고 있었지만, 그렇다고 시도조차 않을 수는 없었다.

다시 정적이 흐르고, 기묘하게 생긴 발광성 곤충이 바람에 나부끼듯 허공에서 춤추기 시작할 즈음, 체리스가 입을 연다. "한심한 전쟁이지." 낯선 목소리. 위험을 무릅쓰는 일이 익숙지 않아서일 테다.

세레셋이 들었는지 못 들었는지 확신하지 못하고 있는데, 그가 입을 연다. "그래도 우리가 할 수 있는 일은 딱히 없지."

"그건 아니야." 자신의 목소리가 생각보다 크고 단호하게 울린다. "모두가 폭정에 저항하려고 힘을 합친다면, 칠두정조차도 무너지고 말 거야. 우리는 칠두정에 반기를 든 이들 전부를 '반란군'으로 묶어 말하지만, 사실 그런 건 아니잖아. 그들은 각기 다른 목적과 지도층을 가지고 있어. 힘을 합치지 않으니까, 작전을 조율하고 협력하지 않으니까 각개격파 당하는 거라고. 이제 칠두정이 무너지는 건 시간문제일 뿐이야."

"그렇겠지." 세레셋이 말한다. 지금 웃고 있는 걸까. 이제는 알아보기 힘들다.

"이 전쟁은 하루빨리 끝나야 해." 체리스는 도무지 입을 다물 수가 없다. 지금까지 너무 오랫동안 침묵을 지켜왔기 때문일지도 모르겠다. "하지만 전쟁을 끝내려면 칠두정부 전체를 한 번에 전복시킬 수밖에 없어. 암살 같은 자잘한 짓거리로는 턱없이 부족해. 저들이 만든 게임판 위에 올라 모든 승리를 거머쥐어야 해, 그것도 동시에 말이야. 물론 하루아침에 이뤄지진 않겠지. 기나긴 진흙탕 싸움을 견뎌내야 할 거야. 어쩌면 우리도 저들만큼 괴물이 돼버리겠지. 하지만 어쩔 수 없어. 이 빌어먹을 체제를 무너트리는 유일한 방법은 결국 괴물이 되는 것일지도 몰라."

세레셋의 얼굴에서 핏기가 가신다. 아까보다 더 창백해진 듯하다. "제국은 너무 크잖아. 제다오, 한 사람의 일생을 바쳐도 부족해, 거기다 성공 가능성도 극히 낮고."

한 사람의 일생이라면 그렇겠지. 체리스는 천천히 말한다. "꼭 그런 건 아니야. 켈한테 열쇠가 있거든."

"검은 요람을 말하는 거지? 그런 물건을 네 편할 대로 쓰라고 넘겨줄 리 없잖아. 그 안에서 미치지 않는 방법을 찾아낸다고 해도 말이야."

"그들 스스로 나를 불사신으로 만들도록 조종해야지. 이 또한 기나긴 싸움이 되겠지만, 가능성이 아예 없는 것도 아니잖아. 눈에 띄는 짓을 벌이는 거야. 그래서 그 일을 마무리 지을 때까지 불러오고 또 불러오고 싶게 만드는 거지."

보다 나은, 운에 좌우되는 요소가 적은 방법도 분명 있겠지만, 어차피 그들은 여기서 죽을 목숨이다. 가상의 미래를 이야기하는 정도라면, 가장 위태롭고 극적인 방법에 남은 판돈을 전부 걸어보는 것도 나쁘지 않을 것이다.

세레셋은 고통에 신음하며 웃는다. "잘됐네, 너 벌써 미쳐 있잖아. 아마 모과값 몇 푼 깎으려고 주먹다짐을 벌이다 죽겠지. 아니면 그보다 일찍 놈들한테 걸릴 수도 있고. 그 경우라면 놈들이 너한테 무슨 짓을 할지 말로 표현하는 게 불가능하겠지만."

"아니, 이 행성에서 죽겠지. 그래도 나쁘지 않네. 함께 죽을 사람은 있으니까." 체리스가 말한다.

체리스는 빛을 품고 나부끼는 벌레들이 마음에 든다고, 이런 식의 죽음도 나쁘지 않다고 생각한다.

해가 저물었다. 체리스는 세레셋 옆으로 몸을 붙인다. 하나의 온기가 희미해져 가는 다른 온기를 덮는다.

그러다 갑자기 적막을 깨는 잡음이 귓가에 울린다. 체리스는 깜짝 놀라 몸을 일으킨다. 뒤이어 단말 너머로 목소리가 들려온다. "…〈흩날리는 불꽃〉 327호의 슈오스 라리스 소위다. 5번 포고기 설치반, 응답 바란다."

체리스는 얼어붙는다. 자신의 규칙을 깨고 다른 사람에게 계획을 말해버렸다. 어쩌다 이런 부주의한 짓을 저질러버린 걸까. 의무반의 도움을 받으면 세레셋도 살 수 있을지 모른다. 그러나 그가 살아남으면 그녀의 비밀을 누설할 가능성이 생긴다. 술에 취해서 주정을 하거나, 약에 취해서 헛소리를 내뱉거나, 그게 아니면 약간의 악의가 섞인 부주의한 실수를 저지를지도 모른다. 완벽히 믿을 수 있는 인간이란 존재하지 않는다. 인간 자체가 절대 믿을 수 없는 존재이므로.

그녀는 손을 움찔거리며, 그를 바라보다 이내 고개를 돌린다.

"무슨 생각인지 알아. 얼른 시작해." 세레셋의 목소리는 떨리고 있다.

"안 돼. 넌 아직 살 수 있어." 체리스는 수치심을 참지 못하고 눈을 감는다.

"살아남아봤자 온전한 몸도 아닐 거야. 게다가 어차피 목숨 따윈 싸구려일 뿐이고…"

"그런 말 하지 마. 그건 아니야. 절대 그래선 안 돼." 체리스는 격렬하게 말한다.

"게다가," 라리스의 반복되는 외침을 뒤덮듯이 세레셋의 목소리가 울린다. "너한텐 계획이 있잖아. 터무니없이 운에 의존하는 계획이긴 하나 그래도 또 모르는 일이니까. 나를 위해서 칠두정을 뒤엎어줘. 내 죽음이 뭔가 의미를 가지게 해줘. 얼른 시작해. 소위가 너를 두고 떠나기 전에. 빨리." 그의 목소리는 금방이라도 꺼질 듯하다.

"잊지 않을게." 체리스는 이렇게 말하며 그의 이마에 입을 맞춘다.

그리고 빠르고 확고한 손놀림으로, 외투를 낚아채 세레셋의 얼굴을 덮는다.

세레셋이 숨을 쉬려 애쓰기를 멈추자, 그녀는 통신기에 대고 말한다. "5번 포고기 설치반의 슈오스 제다오입니다, 라리스 소위님. 병사 한 명 회수 바랍니다."

"다른 한 명은 어떻게 됐나?" 라리스가 묻는다.

"켈의 유탄에 맞았습니다. 결국 사망했습니다."

"애석하게 됐군. 좋다. 앞으로 2.46시간 후에 그쪽에 도착할 예정이다. 위치에서 대기하도록."

체리스는 순간 무력한 동지애에 사로잡히고 말았다. 루오가 자살한 이후 처음 있는 일이었다. 그리고 바로 그 동지애 때문에 살인을 저지르고 말았다. 자신이 나약했기 때문에, 대화를 나누고 싶었기 때문에. 이런 실수는 두 번 다시 저질러선 안 됐다.

나를 절대로 용서하지 말아줘. 체리스는 다시 외투를 걸치며 세레셋에게 빈다. 부양정이 도착할 때까지 남은 2.46시간이라는 시간이 영원처럼 늘어졌다.

켈이 종종 말하는 것처럼, '불길을 받아들여야 한다'.

'뒤도 돌아보지 말고.'

자유계약 요원으로 오랜 경력을 쌓아오면서, 바헨즈는 중요한 작전 도중 한쪽 손으로 반대쪽 손을 찌르는 일에 일가견이 있는 조직을 잔뜩 접해왔다. 타우라그에선 감독관들의 부주의가 발목을 잡았고, 하우젠에선 부서들이 겹치는 관할 권한을 가지고 대립했으며, 하폰에선 귀족들 사이에 시시한 알력이 있었다. 켈 사령부 또한 이쪽으로 제법 재능을 보였다. 임무를 마친 여우 장군을 달갑게 맞이하진 않을 거라곤 생각했지만 이 정도일 줄이야. 그럴 거면 애초부터 유능하면서 동시에 신뢰할 수 있는 사람을 보내는 편이 훨씬 낫지 않았을까? 그런 능력을 갖춘 인물이 켈 장군들 중에도 분명 있을 텐데. 지금 눈앞에 펼쳐진 풍경은 최고 사령부를 정신 복합체로 구성하면 안 된다는 걸 여실히 보여주고 있었다. 특히 지금처럼 대량 학살이 뒤따를 만한 상황이라면 더더욱.

켈 사령부가 제다오 제거를 위해 함대 하나를 통째로 날려버리기로 결정했다는 사실은 그렇게까지 놀랍진 않았다. 다만 이단 쪽에서 대규모 침공을 강행하는 마당에 소멸나방 한 척을 아예 항해 불가능한 상태로 만들다니, 이건 제법 흥미로웠다. 당연한 소리지만, 저들은 병사들 목숨 따위 안중에도 없다. 한 명이 죽든 수백 명이 죽든 눈 하나 깜짝 안 하겠지. 바헨즈는 때때로 켈이 처음으로 발견한 진형이 자살 진형이 아니었다면 뭔가 달라졌을지 생각해봤다. 만약 그랬다면 육두 정부의 역사가 다르게 쓰였을까? 물론 절망적인 상황에서 용기를 발휘해 최후의 저항을 펼치는 일엔 나름의 가치가 있을 것이다. 다만 손쉬운 자살은 그저 개죽음일 뿐이다.

어쨌든 바헨즈는 지금 상황에 개탄하지 않을 수 없었다. 그녀가 폭탄의 폭발 영역에서 벗어난 것은 순전히 운이 좋아서였고, 어떻게든 목숨은 부지했지만 폭발의 변두리에 있었던지라 시스템의 절반이 다운되고 단팥 패스트리도 상자째 통구이가 돼버렸다. 그나마 바늘나방의 은폐 기능이 무사해서 다행이었다. 덕분에 긴급 수리를 진행하는 동안 요새의 포격을 피할 수 있었다.

바헨즈는 요새의 탐지 장비와 그 한계에 대해 완벽하게 숙지하고 있었다. 따라서 수리를 마친 탐지 장비가 〈무언의 법령〉호에서 생명 반응을 하나 확인한 순간, 그녀는 생존자의 정체뿐 아니라 완파된 소멸나방의 내부를 돌아다니는 사람이 있다는 사실을 요새 쪽에선 전혀 모르리라는 사실까지 확신할 수 있었다.

이대로 떠날 수는 없게 됐다. 물론 상부에선 지금 당장 보고해주길 원할 것이다. 엉망진창이 된 전역을 어떤 식으로 대중에 노출할지 전

전긍긍하느라 위궤양이 생길 지경일 테니까. 물론 소멸나방을 격침시키면 모든 게 해결된다. 다만 바늘나방의 은폐 능력이 아무리 훌륭하다고 한들, 화려한 불꽃놀이를 벌이는 것마저 은폐시키진 못할 것이다. 뭐, 애초에 화력도 좀 부족하고.

켈 사령부에 저들의 목표 대상이 아직 살아 있다고 찔러주고, 저쪽에서 문제를 처리하도록 유도하는 방안도 생각해봤다. 제다오를 살려놓을 가능성이 아예 없다고 확신할 수는 없지만. 눈앞의 광경만 보더라도 안 될 소리다. 제다오는 확실하게 처리해야 한다. 그쪽이 더 즐겁기도 하고. 그녀는 흥미로운 적수를 상대할 때 수하에게 맡기는 법이 없었다. 항상 직접 처리할 기회를 잡았다.

시체 폭탄은 무기체 구조물이 아닌 인간을 파괴하도록 만들어진 물건이었다. 특히 소멸나방 크기의 목표물을 한 방에 박살 내려고 설계한 무기는 분명 아니다. 그렇다고 해서 소멸나방에 피해가 전혀 없진 않았고 함대의 나머지 전함나방들도 썩 좋은 상태는 아닐 터였다. 소멸나방의 상부 장갑은 광기 어린 유리장인의 환상곡을 끌어와 지그소 퍼즐 모양으로 쪼개놓은 것처럼 보였지만, 생명유지 장치는 아직 작동하고 있었고, 인공 중력도 딱히 문제가 있어 보이진 않았다. 저 정도라면 실력을 갖춘 니라이 작업반을 투입해서 며칠만 묵혀두면 다시 항해도 가능하겠지.

바헨즈는 바늘나방을 몰고 소멸나방 양륙정 격납고 측면에 바싹 붙인 다음 굴착기를 작동시켰다. 이제 〈무언의 법령〉호 장갑 위로 충분한 크기의 구멍이 뚫릴 때까지 기다리는 수밖에 없었다. 젠장, 이런 짬을 대비해서 패스트리를 가져왔던 건데. 탐지 장비 화면을 멍하니 바라보는 것 말곤 할 것도 없는 상황에서 패스트리마저 없다니. 쓸 만한 식량이 있어봤댔자 어차피 켈 음식일 터였다. 켈은 기분 나쁠 정도로 채소에 집착하는 족속이다. 그들이 즐겨 먹는 끔찍한 채소절임은 도저히 사람이 먹을 만한 게 못 됐다.

탐지 장비로 내부 상태를 제법 명확하게 파악할 수 있었다. 내부는 엉망으로 얽힌 통로와 부서진 벽들로 가득했다. 그녀는 내부 지도를 자신의 보조 두뇌로 전송했고, 최대한 많은 부분을 따로 암기했다. 탐지 장비 같은 개인 장비는 언제 이능력의 영향을 받을지 모른다. 유사시를 대비해 최대한 많은 정보를 직접 쥐고 있는 편이 좋았다. 게다가 그가 상처 하나 없이 살아남았을 가능성이 적다고는 한들, 그는 제다오였다. 결코 쉬운 사냥감은 아닐 터였다.

그녀는 여유롭게 시간에 맞춰 우주복을 입고 토치나이프와 열선 권총을 챙겼다. 생명 반응의 위치를 정확하게 짚을 수 있는 휴대용 탐지기가 없다는 점이 아쉬웠다. 바늘나방의 탐지 장치를 켜두고, 그리드에 올라온 정보를 통신으로 받아서 상황을 파악해야 할 것이다. 상황이 상황이니만큼, 기습을 계획하는 것도 나름 흥미로운 도전이 될 것이다.

바헨즈가 소멸나방에 한 발을 내디딘 순간, 침입에 반응하듯 유리질 섬유가 허공으로 떠올라 나부꼈다. 우주복에 달린 필터가 해독해 주긴 하겠으나, 입천장에 잿가루가 들러붙은 듯했다. 산불로 전소된 숲속을 걷는 기분이었다. 평소라면 선명한 백색광이었을 그녀의 조명은 강철색으로 어둑한 통로를 비추었다. 공기 중 불순물 때문인 듯했다.

유일한 생명 반응은 탐지 장비에 포착된 이후 계속 사령실 안을 느리고 불규칙하게 돌아다니고 있었다. 바헨즈는 그가 부상당한 채 상황을 파악하려 애쓰고 있으리라 짐작했다.

바헨즈는 시야에 반투명하게 떠오른 지도에서 그 반응을 한동안 지켜보다가, 이내 사령실로 걸음을 옮겼다. 폭탄의 타격을 받은 순간에 함장이 전함나방의 가변 구조로 장난질을 치진 않은 모양이었다. 그렇다고는 해도 뒤틀어진 건물의 각도나 밖으로 휘어진 격벽, 구멍 뚫린 바닥 따위에 의심 어린 시선을 거둘 순 없었다. 그녀가 상상력이 조금이라도 더 뛰어났더라면, 분명 구멍 속에서 뒤틀린 눈알이 자신을 바라보고 있다고 여겼을 것이다.

게임이 조금 더 흥미로워졌다. 제다오의 움직임에서 어떤 목적성이 보이기 시작한 것이다. 하지만 그 목적이 무엇인지를 판별하기는 힘들었다. 그녀를 발견한 것일까, 아니면 단순한 우연일까? 소멸나방의 시스템은 대부분 폭발에 날아가버렸겠지만, 함선 안에 다른 사람이 있다는 걸 알아차릴 수 있을 만큼 시스템을 부분적으로 복구했을 가능성도 배제할 순 없었다. 그녀는 애써 목적을 찾으려 애쓰지 않고 계속 그의 움직임을 지켜봤다. 그리고 그가 자신의 존재를 알아챈 것은 직관이라 생각하는 편이 가장 나으리란 결론을 내렸다.

복도를 따라 걸음을 옮길 때마다 부츠에 밟히는 모래의 느낌을 무시할 수가 없었다. 마치 모래시계의 잔해 위를 걷는 느낌이었다. 그녀의 감지 장비에 의하면 충분히 조용히 움직이고 있었지만, 걸음을 옮길 때마다 울리는 퍼석거리는 소리가 상당히 요란스럽게 느껴졌다. 복도 양쪽에 그려진 잿불매 그림은 어찌할 수 없을 정도로 망가져 있었다. 금빛 잎사귀는 벗겨져 고통에 겨운 나선을 그리며 떨어지고, 새들의 목은 기형적으로 뒤얽히고, 붓질 자국을 관통하듯 파편이 박혀 있었다. 켈의 금언인 '모든 불꽃이 커다란 불길이 되리니' 위에도 구멍이 숭숭 뚫려 있었다.

제다오가 사령실을 나왔다. 안타깝게도 최단 경로로 그를 따라잡으려면 사령실을 통과해야 했다. 위험하겠군. 함정을 설치하는 정도는 굳이 여우가 아니라도 생각할 수 있는 일이니까. 제다오라면 반드시 함정을 꾸몄을 것이다, 시간만 충분했다면. 그의 기함이 폭탄에 당한 이상, 늦든 빠르든 그를 노리고 오는 사람이 있으리라 짐작할 테니까.

이내 제다오가 함정을 설치할 시간은 있었다는 게 분명해졌다. 그러나 제다오가 사냥꾼의 존재를 눈치챘음을 알리는 첫 증거는 함정이 아니었다. 바닥에 그려진 톱니바퀴 2번 카드 문장. 제다오는 바닥에다 자신의 개인 문장을 새겨놓았다. 그것도 심지어 침입자가 들어오는 쪽에서 똑바로 보이도록. 사방에 달린 문은 뒤틀린 채 활짝 열려 있었고, 바헨즈는 반사적으로 전방에 열선 권총을 난사하며 한쪽으로 달려갔다. 너무 당황한 나머지, 문가에 얼어붙어 서서 몸소 표적이 되고 말았다. 젠장, 아마추어처럼 굴다니. 정말 오랜만에 저지른 치명적인 실수였다. 그러니 다행히도 대응 사격은 없었다. 만약 제다오가 아직 이 구역에 있다면, 은신 기술이 말도 안 되게 뛰어나다는 거겠지. 뭐가 됐든지 그리 안전한 상황은 아니다. 문장 근처엔 미세하게나마 체온의 자취가 아직 남아 있었다. 순간 어디선가 숨죽인 쿵 소리가 들렸다. 누군가 발에 걸려 넘어진 듯했다. 그리 멀지 않은 곳에서.

바헨즈는 켈의 전투단검으로 파내서 그린 듯한 문장을 잠시 훑어본 뒤 그대로 지나쳐 갔다. 그러나 이 음침한 곳을 빠져나온 뒤 보다 자세히 살펴볼 수 있도록 사진을 몇 장 찍어놓기는 했다.

제다오가 설치한 함정은 당황스러울 만큼 조악했다. 수정 기둥 뒤로 몸을 날리는 정도로도 충분히 피할 수 있는, 산발적으로 일어나는 작은 폭발에 불과했다. 효과가 약하더라도 설치 시간을 아끼는 것이 공들여 설치해놓고 아무 효과도 얻지 못하는 것보다는 낫다고 생각한 듯했다. 제다오는 버려진 무기를 주워 가벼운 불꽃놀이를 꾸며놓았지만, 규율에 철저한 켈의 무기라 그런지 배반자의 손에선 제대로 작동하지 않는 모양이었다. 그녀는 인근 구역을 다시 한 번 탐지한 다음, 무릎을 꿇고 함정에서 발사된 총알 하나를 살폈다. 총알조차도 고향에서 귀걸이로 인기 있던 십이면체 준결정 형태로 변성돼 있었다.

제다오가 미처 숨기지 못한 흔적들이 사령실엔 떡하니 남아 있었다. 발자국도 여기저기 남아 있었고, 그가 쓰러졌다가 일어나려고 애쓰면서 남긴 길고 떨리는 흔적도 남아 있었다. 이곳에 함정을 설치하던 당시 중력 장치가 제대로 작동하지 않았다거나, 아니면 폭발이 일어났던 당시의 흔적인 듯했다.

문득 한 가지 의문이 떠올랐다. 제다오가 이끄는 함대는 모든 것이 너무 늦은 후에 회피기동을 시도했고 결국 실패했다. 제다오씩이나 되는 작자가 어쩌다 등 뒤에서 다가오는 칼날 따위를 알아차리지 못한 걸까?

애초에 여우는 얼마나 심각한 부상을 입은 것일까? 물론 그 부상조차 속임수일 수 있었다. 꼬리에 꼬리를 무는 의심은 끝이 없었다. 위험한데. 바렌즈는 얼른 사령실을 마저 둘러보았지만, 대부분의 단말은 완전히 박살 나 있었다.

바늘나방으로부터 최신 탐지 정보가 들어왔다. 생명 반응이 방향을 틀어 전함나방의 동체 깊숙한 곳으로 들어가고 있었다. 그녀는 바닥에 깔린 유리 조각이 흐릿한 검은빛을 띠는 걸 바라봤다. 조각을 밟을 때마다 잘그락거리는 소리가 났다. 꽤나 매력적인 전시장이로군. 하지만 가만히 앉아서 구경만 할 순 없었다. 아직 사냥이 끝나지 않았으니까.

일부 니라이들은 전함나방에 대한 미신을 믿는 듯했지만, 바헨즈는 그렇지 않았다. 술집에서 니라이 기술자들이 추파를 던져 올 때 거부하는 이유 중 하나가 바로 그 미신 때문이었다. 그러나 조각난 반사체들이 서로를 마주 보며 서로를 비추는 모습이나, 뒤틀린 눈알이 숨어 있을 것만 같은 구멍, 혹은 군데군데 이가 빠진 조명을 마주할 때마다 긴장하지 않을 수 없었다. 사람을 쏠 수만 있다면 긴장도 풀릴 텐데. 물론 적절한 사람을 쏴야겠지만. 그녀는 이렇게 결론을 내리고, 어디든 안전한 문명사회에 도착하면 그런 사치를 즐겨보겠다고 다짐했다.

바헨즈는 조금 전에 찍은 톱니바퀴 2번 카드 문장 사진을 떠올렸다. 그녀의 왼쪽 시야 위에 떠오른 문장에서, 처음에는 눈에 띄지 않은 사실을 하나 깨달았다. 왼쪽에 있는 커다란 톱니바퀴의 번개무늬가, 사실 제다오가 적은 숫자였던 것이다. 1,082,771.

영상을 끄고 바헨즈는 입가를 뒤틀며 미소를 머금었다. 뭐야, 이제까지 죽였던 다른 작자들은 숫자 취급도 받을 수 없다는 건가? 지옥 나선 요새나 이곳 수준의 대량 학살이면 안 쳐준다는 건가? 정신이 제대로 박혀 있는 작자가 아니라는 건 잘 알고 있었지만, 상상 이상이군. 뭐, 좋아. 남의 학살 취향을 갖고서 왈가왈부할 생각은 없으니까.

문득 웃긴 기억이 떠올랐다. 한때 그녀는 소멸나방 내부를 자유롭게 돌아다니는 걸 꿈꾼 적이 있었다. 만약 켈이 방해만 하지 않는다면 엄청나게 저지를 수 있을 텐데. 결국 꿈이 현실이 되긴 했으나, 켈 쪽에서 이미 화려하게 손봐놓은 터라 전혀 즐겁지 않았다. 자신들의 무능함을 입증하느라고 나의 소소한 즐거움을 방해하다니.

제법 거리가 좁혀진 차에, 생명 반응이 움직임을 멈추었다. 그녀는 걸음을 멈춘 뒤, 반사적으로 단말 잔해 뒤로 몸을 날렸다. 바로 그 순간 방 한가운데에서 적색과 황색의 불빛이 반짝였다. 하나, 둘, 셋, 넷. 조명은 빠르게 깜빡였다. 켈 군대에서 사용하는 구난 신호였다. 그림자 속에서 형체 하나가 번뜩였다. 바헨즈는 지체 없이 발포했다. 황적색 불똥이 격렬하게 튀었고, 벽이 이글거리며 녹아내렸다. 태피스트리 일부가 그을렸다. 연기가 피어오르면서 망령의 형상을 그려냈다.

그림자 속에서 잡음이 섞여 치직거리는 여성의 목소리가 흘러나왔다. "솔직히 말일세, 사망자 수를 늘리기 위해 애쓴 결과가 고작 이 정도라면, 육두정부는 차라리 나를 계속 기용하는 편이 나았을 걸세. 어쨌든, 실례했군. 정식으로 인사한 적이 있었던가?"

"슈오스 제다오 아니신가." 바헨즈가 말했다. 리오즈 자이의 거짓 음모를 담아 보낸 마지막 전문, 그 전문에서 들었던 것과 똑같은 여성 목소리였다. 억양도, 저 빌어먹을 거만한 어조도 일치했다.

그 정도로 속일 수 있다고 생각한 것인지, 제다오의 목소리는 선내 방송을 통해 흘러나오고 있었다. 혹시 이조차도 눈속임일지도 몰랐다. 제다오라면 다른 속임수를 숨겨놨을 수도 있었다. "통성명까지 하기엔 껄끄러운 상황이란 걸 감안해줬으면 하는데." 바헨즈는 말했다. 어쨌든 바늘나방 시스템에 신원 검색을 지시해봤지만, 직접 세세하게 조작할 수 없으니 별다른 도움이 되지 못했다.

"비밀요원이로군. 그런데 이렇게 직접 행차하다니, 무슨 일인가? 비밀요원이라면 마땅히 비밀요원들끼리만 아는 은신처에 틀어박혀 상관한테 보낼 변명 가득한 보고서를 작성하고 있어야 하는 게 아닌 가?" 애잔하게 지껄이는 제다오의 목소리에 짜증이 날 지경이었다. "자네도 잘 알겠지만, 나 또한 슈오스를 위해 일하던 때가 있었지. 나 도 그런 보고서는 수도 없이 써봐서 잘 알고 있다네."

제다오는 다시 움직였다. 아주 천천히. 바헨즈는 그런 개수작에 넘 어갈 생각은 없었다. 그녀는 몸을 낮추고 발소리를 죽이며 그를 따라 갔다. "요점만 말씀하시지." 그녀는 미소를 머금고선, 여유롭게 함정 의 잔해를 우회했다.

적색과 황색 불빛이 그녀의 발걸음을 따라 반짝였다. 때론 왼쪽에 서, 때론 오른쪽에서. 그리고 때론 천장에서, 때론 바닥 근처에서. 여 전히 하나-둘-셋-넷 패턴으로 빛났다. 켈의 미신을 두려워하라는 듯 이, 마치 켈의 미신을 믿으라고 강요하는 듯한 신호였다. 아무튼 간 에, 지금 확실한 건 제다오가 그녀의 정확한 위치를 알고 있다는 거였 다. 나아가 아직까지 그녀를 쏘지 않고 열심히 말을 거는 모습으로 미 루어봤을 때, 그가 정보를 간절히 필요로 한다는 사실 또한 알 수 있 었다.

제다오의 말투는 사근사근했다. "한 가지 묻고 싶은데. 나를 끝장내 는 게 목적이라면, 훨씬 덜 위험한 방법이 여럿 있지 않은가? 잘 알겠지만 여기엔 그저 우리 둘밖에 없어. 우리의 결투를 방해할 귀찮은 관객도, 갑자기 난입할 불청객도 없지. 내가 굳이 이 말을 하는 건, 서로에게 거짓말을 하거나 모략을 꾸밀 하등의 이유가 없단 얘길세. 생각해보게. 만약 내게 자네를 확실히 끝장낼 방법이 있었다면, 나는 망설이지 않고 방아쇠를 당겼을 거야. 그런데 내가 사령실에서 벌여놨던 그 한심한 불꽃놀이를 보게. 그 정도면 슈오스 사관학교에서 낙제점을 받고 퇴학당할 만한 수준 아닌가."

결국 짐작이 옳았던 셈이다. 계속 지껄이도록 놔둔다고 해서 나쁠 건 없어 보였다. 혹시라도 단서를 흘릴지도 모르는 일이니까. 게다가 그의 움직임은 갈수록 느려지고 있었다. 너무 뻔했다. 그녀는 이 정도면 충분히 유인당해줬다는 생각에 걸음을 멈췄다.

제다오는 말을 이었다. "자네가 하폰인지, 아니면 프리랜서인지는 알 길이 없군. 상황이 상황이다 보니 그런 부분까지 신경 쓸 여력도 없고. 지금 나한테 중요한 건 자네가 육두정부와 한패가 아니라는 것뿐일세. 지금 그게 얼마나 다행인지 모르겠군."

"제다오, 당신과 편먹고 우주를 정복할 생각은 추호도 없어. 배신과 대량 학살을 즐기는 미치광이를 믿을 순 없는 노릇이잖아, 안 그래?" 바헨즈가 대꾸했다.

제다오가 움직임을 완전히 멈추자, 그녀는 가만히 기다렸다. 초조함 때문에 전부 날려먹을 순 없지. 여기까지 어떻게 왔는데.

"자네와 나는 비슷한 구석이 꽤 있어 보여서 하는 말인데, 자네도 분명 선견지명이 부족한 상관들 때문에 안타까움을 느끼겠지. 안 그런가? 어쨌든 내 말을 듣는다고 자네한테 해가 될 건 없어 보이는군.

한 가지 물어보지. 내가 그토록 남의 뒤통수에다 총구멍을 못 내서 안달이 난 미치광이라면, 그 빌어먹을 400년 동안 켈이 나를 애지중지하며 장군으로 써먹은 이유가 과연 무엇일지 궁금하지 않은가?"

좋아, 관심을 끌었다는 점은 인정할 수밖에 없었다. 자기변명을 늘어놓으며 과거에 저지른 미친 짓을 그럴듯하게 꾸밀 생각인 걸까. "누가 켈 농담을 더 많이 아는지 확인이라도 해볼 생각인가?" 바헨즈는 비꼬듯 물었다.

"켈 사령부가 그 농담을 파일로 정리해놓는다는 걸 알고 있나? 어쨌든 본 주제로 돌아가지. 저들이 나를 처음 검은 요람에서 끌어냈을 때, 당시 원로쯤에 해당하는 대장들은 나와 내가 저지른 일을 실제로 겪었던 자들이었다네. 아직 상처가 채 아물지 않았던 거지. 나하고 만찬을 즐겼던 기억, 나한테 젱자이로 졌던 기억. 젠장, 심지어 그 작자들의 아이들과 춤을 춘 적도 있었네. 빌어먹을 예식장에서 말이야. 그들에게 나는 역사 속 인물이 아닌 실제 사람이었던 걸세. 내 능력이 다른 장군들보다 뛰어날 순 있으나, 능력이 뛰어나다는 건 결국 위험도도 높다는 얘기지. 그런데도 저들은 망령이 된 배반자를 사용할 수밖에 없었어. 이유가 뭔지 짐작이 가나?"

"좋아, 제디오. 이런 이야기라면 얼마든지 들어줄 수 있어. 하지만 그만 미적대고 얼른 결론부터 얘기하는 편이 좋을 거야." 바헨즈는 손에 쥔 권총 손잡이를 힘주어 쥐었다. 권총의 무게가 정확하게 느껴졌다.

"자네에게 내 능력을 제공하고 싶네."

바헨즈는 터져 나오는 웃음을 도저히 참을 수 없었다. 너무 격렬하게 웃느라, 결국 발작하듯 기침을 토해냈다. "이런, 제다오. 내가 잘못 들은 건가?"

"진지하게 하는 소릴세."

"내 이름도 모르면서?"

"사람을 가릴 때가 아니니까. 다른 관점에서 살펴보도록 할까. 진형 본능의 발명 경위에 대해 혹시 아는 게 있나?"

"아쉽게도 전혀." 이렇게 말하는 건 그녀에게 드문 일이었다. 그녀는 육두정부의 역사에 능통하다는 사실을, 심지어 암기하기 싫은 부분마저도 꿰고 있다는 것에 자부심을 느끼는 사람이었으니까. "니라이가 켈을 위해 개발해준 것 같긴 한데, 명확한 증거를 못 찾겠더군."

"니라이는 켈을 위해서라면 기꺼이 온갖 일을 해주지. 상호 의존적이라 할 수 있을지도 모르겠군." 제다오가 말했다.

바헨즈는 대화의 흐름이 썩 마음에 들지 않았다. "설마 내가 생각하는 그걸 암시하려는 거라면…"

제다오는 거칠게 그녀의 말을 잘랐다. "나는 켈이 아닐세. 하지만 놈들은 나를 켈처럼 만들기 위해 최선을 다했지. 진형 본능의 첫 실험 대상이 누구였을지 생각해본 적 있나? 나는 누군가를 섬길 수밖에 없는 몸이 돼버렸네. 자네가 거절하면 이 빌어먹을 침몰선에 등장하는 다음 인간을 섬기게 될 거란 말일세. 그놈이 빌어먹을 켈이라 할지라도. 400년이나 지났는데도 놈들은 내가 복종하리라는 보장이 없으면 결코 내보내주질 않는단 말이지. 정말 운이 좋았어. 그곳에서 빠져나온 게 도대체 얼마 만인지. 저들이 나를 죽이려고 사용한 무기가 제대로 먹히지 않은 건 순전히 운이 좋아서지."

흥미로운 이야기였다. 심지어 말이 되는 소리였다. 그러나 바헨즈는 그가 뛰어난 거짓말쟁이라는 걸 잘 알고 있었다. 그는 말이 되도록 거짓말을 짜내는 데 있어서 탁월한 능력을 가졌다.

빛이 다시 왼쪽에서, 이어서 오른쪽에서 깜빡였다. 그녀는 더 이상 빛엔 주의조차 기울이지 않았다.

"다시 관점을 달리해볼까." 제다오가 이렇게 말했을 때, 바헨즈는 순간 그가 슈오스 생도 시절 얘기나 게임 설계에 대한 이론 혹은 복수심 넘치는 함장들의 일화 따위를, 그러니까 지나간 시간 속에 파묻힌 지루한 이야기를 늘어놓을 거라 생각했다. 하지만 이어 들려온 말은 예상외였다. "혹시 거위에 대해서 잘 알고 있나?"

바헨즈는 눈을 깜빡였다. "아니, 가금류에 관해선 딱히 관심이 없어서 말이야. 일부 망령들과 달리, 식자재로만 생각할 뿐이지." 그가 농장 비슷한 장소에서 성장했다는 건 익히 들어 알고 있었다. 하지만 느닷없이 거위는 왜…

"그러면 새끼 거위에 대해서 아는 바가 없겠군."

"좀 더 맛있으려나?"

"흠, 맛이 있긴 하지. 하지만 새끼 거위의 독특한 점은 부화하고서 처음 본 움직이는 물체를 부모로 각인한다는 걸세. 어릴 적엔 그 얘기가 끝내주게 흥미롭더군. 다 자란 거위가 학교까지 따라와서 온갖 말썽을 부린 후로는 시들해졌지만."

"당신이 부활하는 새끼 거위라는 거군." 바헨즈는 자기도 모르게 흥미를 느끼며 말했다.

"어떤 면에서는 그런 셈이지."

"좋아. 그렇다면 뭐랄까… 믿을 수 있을 만한 뭔가를 보여줬으면 하는데." 바헨즈는 자신에게 남은 선택지를 고려하면서 말했다. 제다오가 요새에 보병대를 상륙시키기 위해 켈 네레보르 함장을 희생양으로 쓰던 일이 떠올랐다.

보이는 곳까지 나오게 만드는 편이 최선인 듯했다. 상대가 아무리 슈오스라 할지라도, 몸짓언어는 나름 알아볼 수 있으니 그가 진심인지 아닌지 확인하기도 훨씬 쉬울 것이다. 사방엔 몸을 숨기기에 적당한 높이의 수정 기둥이 가득했다. 그녀는 수정 기둥 하나를 등진 채 머리와 권총 총구만 슬쩍 내밀면서 사격 자세를 잡았다. 문득 잔뜩 박혀 있는 수정 기둥들을 보면서, 이곳을 박물관 테마파크로 사용해도 괜찮을 것 같다는 생각이 들었다.

"내가 보이는 쪽까지 나와봐. 네가 들어간 바로 그 문으로 말이지. 경고하는데 허튼 생각하지마. 조금이라도 수상쩍은 움직임이 보이면 그 자리에서 불태워주지."

아주 잠깐이라도 멈칫거린다면 바로 갈겨주지… 그러나 제다오는 조금도 미적거리지 않았다. 그대로 모퉁이를 돌아 물결처럼 골이 파인 복도를 따라 걸어 나왔다. 다쳤는지 한쪽 다리를 질질 끌면서. 우주복은 상온을 유지하고 있었지만, 바헨즈는 순간 온몸에 한기를 느꼈다. 살갗 아래로 얼음 결정이 맺히는 듯했다.

제다오는 젊은 여인의 모습을 하고 있었다. 핼쑥하고 핏기 없이 창백한 얼굴엔 땀과 먼지가 잔뜩 묻어 있었다. 한쪽 면엔 찰과상이 가득했으며, 흐트러진 머리카락 아래로 깊이 베인 자상이 이마를 길게 가로지르고 있었다. 이마에서 흘러내린 피가 얼굴 옆선을 흉측하게 덮고 있었다. 제다오는 흥미롭게도, 장중하지만 투박한 움직임으로, 먼 과거 칠두관에게 충성을 맹세하던 방식을 그대로 따라 무릎을 꿇었다. 아니, 거의 그대로 따랐다고 해야 할 것이다. 손을 등 뒤로 돌리는 대신 양손이 보이도록 앞으로 내밀고 있었기 때문이다. 사려 깊기도 하지.

제다오의 눈엔 잔혹한 진실이 가시처럼 돋아나 있었다. 온 우주가 그녀를 중심으로 좁아든 것만 같았다. 언젠가 햇병아리 수준으로 기억 소거를 당한 쿌의 눈에서도 비슷한 것을 본 적이 있었다. 아니, 그때의 눈과는 다르다. 그의 눈엔 불꽃이 일렁이고 있었다. 이전 통신에서는 보이지 않았던, 어떤 기묘한 호박색의 불꽃이. 물론 단순한 착시일 터였다. 아마 저 깜빡이는 불빛 때문인 것 같았다. 제다오는 굶주린 목소리로 그녀 쪽을 똑바로 바라보며 말했다. "원한다면 구걸이라도 하겠네."

"내가 쿌보다 고약한 주인일지도 모르잖아?" 바헨즈는 목을 울리며 물었다. 진심이라고 거의 믿게 될 지경이었다. 지나치다 싶을 만큼 매력적인 제안인데 아쉽게 됐군. 이 자리에서 끝장을 내야 한다니. 시체 폭탄에 대해 깔끔하게 분다면, 고통 없이 끝내줘야겠군.

제다오는 그녀를 조롱하듯 웃었다. "고약하다니, 디 고약하든 말든 무슨 상관인가? 자네가 더 능력이 있는데. 게다가 쿌도 아니지. 다른 건 전부 사소한 문제일 뿐이라네. 나는 더 이상 사소한 문제에 신경 쓸 위치가 아니야. 이젠 자네가 내 주인일세. 벌써부터 자네가 증오스럽긴 하네만, 그 정도는 감수해야지 않겠나."

그의 목소리가 불길할 정도로 부드러워졌다. "방향을 지정해주고,

누굴 쏠지 알려주기만 하면 된다네. 사람 쏘는 일만큼 즐거운 게 또 없거든."

　과거 제다오가 정말로 미쳐 있었는지 아닌지 이젠 알 도리가 없지만, 지금 미쳐 있다는 점만은 분명해 보였다. 정신 나간 고대 병기라니. 이런 상황에서 거두기엔 득보다는 실이 많았다. 그 병기가 백전백승의 전략가라 할지라도. 그녀는 살가운 어조로 시체 폭탄에 대해서 질문하면서, 동시에 총을 쏠 준비를 했다. 제다오한텐 권총의 움직임을 따라가는 기색조차 보이지 않았다.

　그러나 바헨즈가 방아쇠를 당기기 전에, 벽에 붙어 있던 서비터로부터 광선이 날아왔다. 그녀가 심문에 집중하는 동안 몰래 위치를 잡은 것이다. 서비터의 중심핵에서 발사된 레이저가 그녀의 뒤통수를 관통해 그대로 뇌를 구워버렸고, 그녀는 질문을 마무리하지 못한 채 그대로 쓰러졌다.

24

조금 놀랍게도, 바늘나방은 체리스가 지금까지 타본 함선들과 전혀 비슷한 구석이 없었다. 어차피 타본 함선 자체가 그리 많지 않으니 딱히 놀랄 일은 아니었지만. 크기는 양륙정보다 조금 큰 정도였지만, 그와 비교할 수 없을 정도로 가치가 높은 함선이란 점은 누가 보더라도 확실했다. 혼자서 능히 조종할 수 있었고, 동승자는 한 명 정도 더 태울 수 있을 것 같았다. 따라서 그녀와 서비터 두 대가 편안하게 앉기엔 공간은 충분했다.

체리스는 여전히 시체 폭탄에서 살아남은 인간이 없으리라 확신하고 있었다. 사방에 시체 유리질만이 가득했다. 슈오스 코는 검고 깔끔해 보이는 섬유질로 이뤄진 유리 기둥이 되었다. 슈오스 리이스가 변한 유리 기둥은, 일단 누군지를 알고 나자 키아즈가 근처에 도사리고 있단 느낌 때문에 도저히 가까이 다가갈 수 없었지만, 여전히 빠지지 않고선 못 배길 정도로 매력적인 웃음을 머금고 있었다.

서비터들은 언뜻 죽은 것처럼 보였지만 그렇진 않을 터였다. 폭탄 설계자들이 서비터에게 끼치는 영향까지 고려하지는 않았을 테니까. 그녀는 급조한 공구와 엄청난 양의 욕설을 들여, 세모형 한 대를 되살려냈다. 다시 세모형 서비터의 도움을 받아 새형 한 대 마저 되살려냈다. 그녀는 기술자까진 아니었지만, 오랜 세월 서비터들과 함께 지내다 보면 이 정도 잔재주는 한두 가지 정도 자연스레 익히기 마련이었다.

그 이상으로 살릴 시간은 없었다. 세모형과 달리 탐지 장비가 온전히 남아 있던 새형이 침입자가 있음을 알려줬기 때문이다.

체리스와 두 서비터는 침입자가 체리스 또는 제다오를 노리고 있으리란 결론을 내렸다. 검은 요람과 결박 기술에 대해 얼마나 아는지에 따라 정확히 누구를 노리는지는 달라지겠지만. 또한 체리스를 추적하기 위해 바늘나방에 달린 탐지 장비에 의존 중일 것이며, 적어도 쿌은 아닐 것이라는 점에도 모두 동의했다. 물론 지금 상황에선 쿌이 아니라고 해서 딱히 좋은 소식인 것만은 아니었다.

그들은 머리를 맞대고 계획을 세웠다. 결국 체리스가 직접 미끼가 되고, 세모형 서비터가 침입자를 한 방에 끝장내기로 했다. 체리스가 나서서 침입자의 주의를 끄는 동안, 세모형은 주위를 빙 둘러 돌아가고, 새형은 바늘나방으로 달려가서 시스템을 해킹한다. 이 작전 말고도, 함정으로 침입자의 발을 묶고선 바늘나방에 타 있는 서비터들과 합류해 꽁무니를 빼는 방법도 고려해봤지만, 침입자를 산 채로 놔두고 갔다가 체리스가 살아 있다는 사실이 쿌에게 들키기라도 한다면 몹시 곤란할 터였다. 반드시 끝장을 봐야만 했다. 그리고 결국 그들의 계략이 보기 좋게 먹혀들었다. 체리스는 아직까지도 미련을 버리지 못했지만. 여자를 생포했더라면, 하다못해 이름이라도 알아냈더라면.

"다른 사람이 오기 전에 얼른 빠져나가자." 체리스는 두 서비터에게 말했다. "너희들이 함정의 조종법을 알면 좋겠는데. 내 한 쪽은 전혀 모르고, 다른 쪽은 지독할 정도로 구식이라서."

세모형은 벌써부터 바늘나방의 그리드에 달라붙어 짜증 섞인 찍찍 소리를 내고 있었다. 함정의 추진체가 부드럽고 낮은 소리로 웅웅거리기 시작했다.

새형은 고개를 갸웃거렸다. 빛이 녹색에서 노란색으로, 다시 주황색으로 바뀌었다. 그녀가 실제로 누구인지를 묻고 있는 것이다.

"나는 아제윈 체리스야." 더 이상 자신을 켈이라 칭할 순 없었다. "하지만 동시에 슈오스 제다오이기도 하지. 내가 누구든 간에, 아직 해야 할 싸움이 남았어."

그녀는 구미호의 눈을 삼켰다. 제다오가 본 것을 그녀도 보았다.

폭발의 한복판엔 화석이 된 과거와 가치를 잃은 미래가 가득했다. 켈 함대에 속한 대부분의 사람들이 시체 유리질로 변했다. 8,000명이 넘는 켈 병력과 켈 휘하에서 복무하던 다른 분파의 사람들까지. 한 사람을 확실히 죽이기 위해 수없이 많은 목숨이 희생된 것이다.

세모형은 목적지가 어딘지를 알고 싶다고 했다.

체리스는 그를 향해 삐딱한 미소를 지었다. 그러곤 장갑을 벗어선 한쪽에다 깔끔하게 접어놓았다. 가슴속에서 차갑고 창백한 불꽃이 피어올랐다. 육두관들은 자기네가 얼마나 끔찍한 실수를 저질렀는지 아직 모를 테지. 조만간 알게 되겠지만.

그녀는 온갖 고난을 감수하며 스스로 검은 요람에 들어갔다. 오로지 칠두정을 상대로 전쟁을 벌이기 위해서, 전쟁을 준비할 충분한 시간이 필요해서. 그녀 앞에 놓인 수많은 선택지는 하나같이 수많은 희생을 필요로 했다. 그중 가장 희생이 적은 선택지를 선택한 결과, 지금 이 상황에 이르렀다. 시간을 어떻게든 벌었다고 쳐도, 혼자선 승산이 없었다. 수학을 다루지 않고선 역법 전쟁에서 결코 승리할 수 없으니까. 그렇다고 니라이 쿠젠에게 손을 내밀 순 없는 노릇이었다. 도움을 청할 수 있는 유일한 수학자이긴 하나, 그녀보다도 훨씬 괴물 같은 자이기에.

그러나 이제 쿠젠은 필요 없다. 그를 대체할 만한 수학자를 얻은 셈이니까.

항상 원하던 대로 죽음을 맞이한 셈이로군. 전쟁을 계속할 수 있을 만큼 살아 있는 셈이기도 하고.

그녀는 육두정부의 표준 역법에 맞추어 평생을 살았다. 그러나 이제부터는 다른 역법에 따라 삶을 가늠할 것이다. 이제는 라할의 냉정하고 깔끔한 축제, 켈의 열병식, 비도나의 잔혹한 추도 의식으로 시간을 측정하지 않을 것이다. 이제부턴 함대가 소멸한 날이 역법의 기준이 될 것이다. 모래시계가 흐르는 것을 막을 수 없는 것처럼, 반란 또한 필연적으로 일어날 것이다. 남은 삶을 그에게 바칠 것이다. 세상의 모든 바닷물은 사지가 잘려나가고 증발한 병사들을 기억하며, 위조 동전처럼 함부로 던져진 죽음들을 애도하며 밀려들어오고 빠져나갈 것이다.

체리스는 마침내 지옥나선 요새의 의미를 깨달았다. 이제껏 그녀는 칠두정부를 위해 수많은 사람을 죽여가면서 한 가지 의문을 품게 됐고, 등롱꾼 이단을 상대하는 와중에 비로소 답을 찾을 수 있었다. 등롱꾼 이단 한 명의 생명은 칠두정부 한 명의 생명과 동등한 값어치를 지닌다. 적군의 목숨은 결코 우리 병사의 목숨보다 못하지 않다. 이 간단한 수식을 그녀는 지금에야 비로소 이해했다. 그러나 켈 사령부는 여전히 이해하지 못하고 있다. 과거 그녀가 그랬던 것처럼.

슈오스는 게임판에서 한 가지 목표만 노리지 않는다. 따라서 모두가 평등한 세계를 추구하는 것이 그녀의 유일한 목표는 아니었다. 그러나 가장 결정적인 이유임은 분명했다.

역법 전쟁은 마음을 다루는 싸움이다.

적절한 숫자를 적절한 마음에 대입한다면, 숫자는 마음을 움직일 수 있다.

그녀는 자신의 주인이 섬길 가치가 없다는 걸 깨달았다. 비로소 육두정을 상대로 전쟁을 벌일 때가 된 것이다.

저는 주군의 총이오니.

역법 부식이 다시 뿌리내리기 시작했다.

나인폭스 갬빗

초판 1쇄 펴낸날 2019년 7월 31일
초판 3쇄 펴낸날 2022년 4월 26일
지은이 이윤하
옮긴이 조호근
펴낸이 한성봉
편집 안상준 · 하명성 · 이동현 · 조유나 · 박민지 · 최창문 · 김학제
디자인 전혜진 · 김현중
마케팅 박신용 · 오주형 · 강은혜 · 박민지
경영지원 국지연 · 강지선
펴낸곳 허블
등록 2017년 4월 24일 제2017-000050호
주소 서울시 중구 퇴계로30길 15-8 [필동1가 26] 2층
페이스북 www.facebook.com/dongasiabooks
인스타그램 www.instagram.com/dongasiabook
전자우편 dongasiabook@naver.com
블로그 blog.naver.com/dongasiabook
트위터 twitter.com/in_hubble
전화 02) 757-9724, 5
팩스 02) 757-9726
ISBN 979-11-90090-03-2 03840

이 도서의 국립중앙도서관 출판예정도서목록(CIP)은
서지정보유통지원시스템 홈페이지(http://seoji.nl.go.kr)와
국가자료공동목록시스템(http://www.nl.go.kr/kolisnet)에서
이용하실 수 있습니다.(CIP제어번호: CIP2019028326)

허블은 동아시아 출판사의 SF 브랜드입니다.

※ 잘못된 책은 구입하신 서점에서 바꿔드립니다.

만든 사람들

편집 김학제
크로스교열 안상준 · 김잔섭
디자인 전혜진
일러스트 요이한